東欧の想像力
10

DERVIŠ I SMRT

修道師と死

メシャ・セリモヴィッチ　著　Meša Selimović
三谷惠子　訳　Keiko Mitani

松籟社

Derviš i smrt

by

Meša Selimović

translated from the Serbo-Croatian by Keiko Mitani

もしこの世でもっとも美しい本を書くことができたなら、妻のダルカにそれを捧げたいと思う。こんなふうにどこまでも、私は彼女の気高さと愛に負うて生きていくことだろう。私にできるのは、感謝をこめて、この物語の始めに彼女の名を記すことだけだ。これは、他のあらゆる物語と同じように、幸せを探し求める物語である。

作者

修道師と死

第一部

1

Bismilahir-rahmanir-rahim!

（慈悲深く慈愛あまねきアッラーの御名において）

インク壺とペンと、ペンで書かれたものを、証人として召喚しよう
夕暮れの不確かな闇と
夜と、夜が蘇らせるものすべてを、証人として召喚しよう
熟れた月と白みかけた夜明けを、証人として召喚しよう
審判の日と、そして自らを非難する魂を、
証人として召喚しよう
時を、あらゆることの始めであり終わりであるものを、
証人として召喚しよう
人は誰も、常に失うものであるということの証人として

何かのためというわけではなく、自分や他人の利益を思うわけでもなく、利益や分別を越えた必要のゆえに、この、自分の物語を始めることにしよう。いつかすべてに決着がついた時に――そんな時が来たらの話だが――そして挑発するように待ち構えているこの紙の上にインクの跡を残した時に、何らかの解決が見い出されるかもしれない、そんな遥かな希望を抱きながら、自分自身についての覚え書きを、自分との対話の苦しみの記録を、残していこう。何が記されるかは分からない。それでも、文字の隅々には私の中に起こったことの何かしらが残され、まるで何もなかったかのように、あるいはあたかも一体何だったのか自分でも分からないままに、霧の渦の中に消え失せてしまうようなことはないだろう。そうすれば、今あるような私、自分にも得体の知れないこの不可解なものの姿が、見えるようになるだろう。けれど考えてみれば不可解なのは、かつての私がいつも今のような私ではなかったことかもしれない。今、もつれた書き方をしているのは分かっている。私の手は目の前にある解明のために、これから始めようとする裁きのために、震えているのだ。この裁きで私は判事、証人、そして被告のいずれともなり、そのすべてに私はできる限り、およそ人にできる限り、誠実にあろうとするつもりだ。こんなふ

うに言うのも、率直さと誠実さが同じものだというこ とに疑いを抱き始めているからで、つまり率直さとは、真実を語っているという信念（だがこれに確信を持てる者がいるだろうか？）、だが一方、誠実さにはいろいろなものがあって、しかもそれらは互いに食い違うからだ。

私の名はアフメド・ヌルディン、与えられたこの名を私は誇りを持って受け入れたが、わが身に張り付いて皮膚となった長い年月を経た今は、驚き、そして時には自嘲をもって、この名のことを思う。というのも「信仰の光《ヌルディン》」という名が表す矜持の高さを私は感じたことがなく、今ではいくらか恥じてさえいるからだ。私が一体どんな光だというのだ？　何によって照らされたと？　知識によってか？　高い教育によってか？　清廉な心によって？　正しい道によって？　それとも疑いを持たぬことによってか？　すべてが危うくなった今、私は導師《シェイフ》でもなければヌルディンでもない、ただのアフメドだった。何もかもが衣か鎧のように剝がれ落ち、残ったのは原初にあったもの、裸の皮膚、裸の人間だけだ。

私は四十歳、醜い歳だ。望みを持つには十分に若いが、実現するには遅すぎる。この歳にもなれば、やがて到り来る老いの時に、習慣と、そして身につけた確信によって盤石としていられるようにと、どんな者でも心のざわめきを静めるものだ。なのに私は、肉体に若い力が漲り、あまたの道がどれも良いもので、いかなる誤謬も真実と同じくらい有益だったはるか昔にしておかなければならなかったことを、今ようやくしようとしている。残念だ。もう十歳老けていたら、老齢が反乱からこの身を守ってくれただろうし、もう十歳若かったなら、どうなろうと構わなかっただろう。三十歳というのは、もはや取り返しのつかない遠くまで来てしまった今にして思えば、若さそのものであって、若さとはいかなるものも、自分自身をも恐れないのだから。

今、奇異な言葉を口にした——反乱と。そして書くペンをまっすぐな行の上で止めると、その線上には、不用意に言葉にされた疑惑の跡がひとつ残された。自分の苦しみをこんなふうに呼んだのは初めてだ。これまで考えたことさえなく、こんな言葉で言い表すことさえなかった。この危険な言葉はどこから来たのだ？　それにこれは言葉だけのことだろうか？　私は自問する――書くのをやめたほうがよいのではないか、すべてが今以上に苦しくならないように？　もしこれが、説明のつかないさまざまなやり方で、言いたいと思っている以上のこと、私の考えではなかったものを、私から引き出そうとしているのだとしたら？　あるいは、私が闇の中に隠していた考えが、興奮というもはや私に従おうとしない感覚に駆り立てられているのだとしたら？　もしそうだとしたら、書くことは情け容赦のない追求、悪魔の仕業となるだろう。だから一番賢明なのは、たぶん、先を尖らせたアシのペン軸を折り、文具を入れた箱をテキヤ[1]の前の石畳に叩きつけ、インクの黒い汚点《しみ》を見て、悪霊たちが呼び起こす魔術に二度ととらわれまいと肝に銘じることだろう。反乱だと！　ただの言葉か、それとも考えなのか？　もし考えだとしたら、それは私自身の考え、そうでなければ私の考え違いだ。もし考え違いなら私には辛いことになろうが、もし真実なら、いっそう辛いことになるだろう。

　けれども他に道はなく、自分自身と紙以外に語る相手はいない。だから私は書き続け、右から左へ、紙の縁から縁まで、思いの端から端まで、途切れることのない行を連ね、それらは長い列となって証拠のように、あるいは告訴状のように残されていく。誰の告訴状だと？　偉大なる神よ、あなたは自らに対峙するという人間にとって最大の苦しみの中に私を置き去りにされた。だがこれは一体誰の、誰に対する告訴状だ？　私に対する、あるいは別の誰かに対する？　けれどもはや救いはない。これを書くことは生きることと同じように、あるいは死ぬことと同じように、避けられないことだ。しかるべきようになるだろうし、私の罪は、もしそれが罪であるならば、私がこのとおりの私であることに他ならない。すべてが急に変化し、私の中のあらゆるものが根底で揺らいでいるようだ。この世界も私とともに揺れ動いている、私の中が無秩序なら、世界にも秩序はないのだから。それでもやはり、今起きていることも、すでに起きてしまったことも、同じ理由によるものだった。自らを尊びたい、そうしなければならないという気持ちだ。これがなければ、私には人間として生きる力もなかっただろう。もしかした

1　スーフィーの修道師たちが住む道場。

ら、昨日はあんな人間だった私が、今日はまったく別の、ひょっとしたら正反対のこんな人間でいたいと思うのは、滑稽なことなのかもしれない。だが構いはしない、人間とは変化であり、悪しきは、良心が現れた時にそれに耳を貸さないことなのだ。

　私は最も信徒の多い、最も純粋なメヴレヴィ教団[2]のテキヤの導師だった。住んでいるテキヤはカサバ[3]の出口にあり、テキヤを挟む岩壁はほとんど天を塞ぐように聳《そび》え、頭上わずかに青色の隙間を残すばかり、それはまるで出し惜しんだお情けのよう、そして子供時代の広々とした空の思い出のようだった。あれは嫌いだ、あの昔の思い出は、取り逃した可能性のように私をいっそう苦しめる、とはいってもどんな可能性だったのかは分からないが。父の家を見下ろす清々しい森、あるいは湖の周りの畑と果樹園、そういったものを、今自分がテキヤとともに閉じ込められている岩の峡谷とぼんやりとながら比較してみると、私の内にある狭苦しさと、私を取り巻く世界の狭さには、似たところが多くあるような気がした。

　山から岩の間を割って流れ来る川のほとりに建つテキヤは、美しく広く、庭園とバラ園、それに格子棚のある露台がある。露台の奥の細長い居室の静寂は綿毛のように柔らかく、下を流れる小川の小さなざわめきのせいでいっそう静かだった。もともと、先代のハーレムだったこの家を、金持ちのアリ＝アガ・ジャニッチが修道師たちの集会場として、また貧者の避難所として――「心を打ち砕かれた者たちだからな」――教団に寄進したのだった。私たちは祈りと香でこの家から罪を追い払い、テキヤは聖なる場所としてふさわしい栄誉を手に入れた。だがそれでも若い女たちの影を消し去ることはできず、時に彼女たちの影が部屋から部屋へと通り過ぎ、その香りが漂うかのようだった。

　誰もが知っていることだから私も隠そうとは思わない、そうでなければこの記録は、知っていてつく嘘になるだろう（自分が知らない嘘、知らないために勘違いする嘘については、誰にも罪はない）。テキヤとその名誉と栄光、それが私だった。私はテキヤの礎であり、屋根だ。私がいなければ、ここは他の家と同じ、五つの部屋のあるただの家だっただろう。私あればこそ、信仰の防壁となったのだ。テキヤより先に人家はなかったから、ここはあたかも、既知の、そしてまた未知の悪からカサバを守る防塞、カサバの守護神のようだった。頑丈な窓の木格子と庭を囲む壁が、私たちの孤立をいっそう固く確かなものにしていたが、慰めと清めを求める者が誰でも入れるよう、門《カピヤ》はいつも開かれており、私たちはそうした人々がやって来ると、温かい言葉で迎え入れた。とはいってもその数は不幸の数より少なく、さらに罪の数より少なかったのだが。私は自分の勤めを自慢しているわけではない。これは本当に信仰への、誠実かつ完全無欠な奉仕なのだ。私は自分自身を、そして他の人々を、罪から守ることが義務でありまた幸福なのだとみなしていた。自分自身を。そう、隠しても無駄だ。罪深い考えは風のごときもの、誰にも止めることなどできはしない。それにこれは大悪というほどのことでもないだろう。克服すべき誘惑がなければ、神への服従にいかなる意味があるものか。人間は神ではない、人間の力は自分の性分を抑制することにある、そう私は考えていた。もし抑制するものがなければ、人にどのような貢献がある？ 今になって私はこのことについて少し別の考えを持っているが、これについては必要になる時までふれないでおこう。いずれすべてに時は来る。膝の上では、私の重荷を受け取るべく、紙が静かに待っている、重荷を捨てることも、その重さを自分で感じることもないままに。そして私の前には、眠りのない長い一夜、幾多の長い夜が待っている。私は何もかもやり通すことだろう、なすべきことをやり遂げ、自らを糾弾し、弁護するだろう。急ぐ必要はない。とはいっても、今なら書けるが後になったらもう決して書けないことがある。しかるべき時が来て、別のことを話題にしたいと思うようになったら、その時はそれらの番だ。それらが頭の中の倉庫に山積みになっている、私にはそれが感じられる。互いに連なり、どれ一つとして自分だけのためにあるわけではなく、だから一つが別のものを引きずって来るのだが、それでもそのひしめき合いの中にはある種の秩序があり、いつもどれか一つが、どのようにしてかは分からないが、他のものの中から飛び出して、明るみに姿を現す。鞭を振り下ろすかのように、あるいはなだめるかのように、自らを顕示せん

2 十三世紀トルコのアナトリアで設立されたイスラーム教団の一つ、スーフィズムを信条とする。

3 カサバ（kasaba）は、オスマン帝国時代に作られた「町」をさす言葉。

とばかりに。それらは時に押し合いへし合いし、語られないまま残されるのを恐れるかのように、我慢できないというように相争う。だが慌てるな。時間はある、私は自分自身に時を与えたのだ。それに裁判には対決と証言があり、私はこれを避けて通ることはしないつもりだから、最後には自らに判決を下すことができるはずだ。なぜなら審問に関わるのは私、他の誰でもない私だけなのだから。この世は私にとって、そして私はこの世にとって、一瞬にして謎となり、私たちは向かい合って驚いたように見つめ合い、互いを見分けることもできず、もう理解し合うこともできずにいる。

私自身とテキヤの話に戻ろう。私はテキヤを愛していたし、今も愛している。静かで清らかなわがテキヤ、夏はヨモギの、冬は怒った雪と風の匂いがするこの場所を、私ゆえにその名を知られ、また私が誰にも語らず自分自身からも隠して来た秘密を知っているがゆえに、愛している。ここは暖かく穏やかで、早朝には屋根の上でハトが鳴き、雨が瓦に落ちては小さな響きをたて、今もその雨は倦むことなく、夏だというのに延々と降り、木の樋を伝ってこの世界の上に不吉に横たわる夜へと流れていく。そして雨が二度と降りやまないのではないかと思いながらも間もなく太陽が現れることを願っている私は、人疲れを癒す時に一人になることができる二つの部屋の静けさに守られ、それがあるゆえに、このテキヤを愛していた。

小川は私に似ている。時に渦巻き沸き立つが、たいていは静かで声もたてない。川が、治水によって人の役に立つようにとテキヤの下で塞き止められ、樋を通って水車を回すために水路に引き入れられた時には、私はよくないことだと感じ、水が氾濫して堰を壊し奔流となった時には喜んだ。とはいえ、治められた水だけが穀物を挽くことができる、そのことも私は知っていた。

だが今、屋根裏で鳩どもが低く鳴き出した。雨はもう何日もそうしているように相変わらず降り注ぎ、あれらは軒下から出ることができず、これがまだ訪れない朝の兆しなのだ。ペンを握りしめた手が凝り固まり、ろうそくが静かにはじけたり火花を散らしたりしながら死から身を守ろうとする中で、私は長い文字の列、思考の墓標を見つめ、これらを殺したのか生き返らせたのか、分からぬままにいた。

2

もし神が、なされた悪業を残らず罰せられたら、
この地上にただ一つの生き物も残らないだろう

すべてが二ヶ月と三日前にもつれ始めた。あのゲオルギオスの日[4]から、時を数えていくことになるのだろう、なぜならこれは私の時間だから、私に関わる時はこれだけなのだから。弟はもう十日、砦に捕われていた。

　あのゲオルギオスの日の前日の夕暮れ近く、私は苦々しい思いで、ひどく苛立って通りを歩いていた。それでも私は落ち着いて見えただろう。そういう習慣を人は身につけられるものだ、興奮を表に出さない足取りで歩き、心を隠すことはもっぱら身体に委ね、自分は外見からは分からない物思いの闇の中で、かくありたいと願う自分でいるという自由をひそかに味わう。この静かな夕方の時刻、カサバの外へ出て行って夜を迎えられたらこの上ない喜びだっただろう。だが私は用事のために、反対の方向へ、人間の中へと向かっていた。病気のハーフィズ＝ムハメドの代りだ、彼は私たちの後援者である老ジャニッチに呼ばれていた。老人はここ数ヶ月病の床についたままで、ひょっとしたら死の前に私たちを呼んだのかもしれない、私はそのことを知っていた。それに、彼の娘婿が判事《カーディー》のアイニ＝エフェンディで、弟の逮捕状を書いた人物だということも知っていた。だから私は、ある期待感を持って、喜んで出かけることにしたのだった。

　中庭を抜け、家の中を通って案内される間、私はふだんと同じように、自分に関係のないものには目を向けないという習慣を守り、自分自身にいっそう集中するようにして進んだ。長い廊下に残されると、私のことを伝える声が聞こえるのを待ちながら、完全無欠な

4　キリスト教の聖人である聖ゲオルギオスの祭日で、四月二十三日とされる。

静けさに耳を澄ませた。まるで、この大きな建物の中には誰も生きた者がいない、廊下や部屋を歩き回る者が一人としていないとでもいうようだ。押し殺された生の沈黙の中で、ここのどこかでまだ息をしている瀕死の人のそばで、敷物の中に消えていく足音と、囁き声で交わされる音にならない会話の響きの中で、かろうじて聞こえるほどのかすかな叫び声をあげて、窓と梁《はり》の木がはじけている。夕刻が、ゆっくりと家全体を絹のような闇で包みながら、窓ガラスの上で昼の光の最後の反射に身ぶるいする、そのさまを眺めながら、私は老人のこと、そして最期の面会のさいに彼に言うべきことを考えた。一度ならず病人たちと話をしたことはあったし、一度ならず人を死出の旅に送り出しもした。その経験から私は――そうしたことに何らかの経験が必要だとしたらの話だが――人は誰しも自分を待ち受けているもの、死んだように麻痺した心臓の中で、正体を明かさぬままですでに扉を叩いている得体の知れないものの前で、恐怖を感じるのだと確信していた。

私は慰めに、こう語ったものだ――

死とは揺るぎない確信、確かに知り得ること、私たちに訪れると分かっているただ一つのものです。例外はなく、驚きもなく、すべての道はそこに至り、私たちがなすことのすべてはそのための準備、床に額をあて祈りの声をもらす度にそこにますます近づく準備であり、決して遠ざかることはないのです。もし揺るぎないものなら、どうしてそれが到来した時に、驚くことがあるでしょう、この生がほんの一刻、あるいは一日続くだけの短いかりそめのものであるならば、それをさらに一日あるいは一時間引き延ばそうと、なぜ抗うのでしょう。地上の生は人を欺くもの、永遠はそれよりはるかに良きものです。

私はまた語った――

死を前にした苦しみの中で両足がもつれ合う時、なぜ人は心を恐怖で震わすのでしょう？ 死とは、一つの家から別の家へ移り住むことです。それは消滅ではなく、第二の誕生です。ヒナが完全に育って卵の殻がひび割れるように、魂と肉体が別れ別れになる時が来るのです。死とは、そこで人が自らの頂点に至ることのできる別世界に必ずや入るための、必然なのです。

私は語った――

死は、物の滅亡であり、魂の滅亡ではありません。

私は語った――

死は状況の変化です。魂が一人で生き始めるのです。肉体と一つになっている間は手で摑み、目で見て、耳で聞く。だがものごとの本質は、魂それ自身が知っているのです。

私は語った――

私が死してわが亡骸が運ばれる時、私はこの世に対して痛みを感じることはないだろう。

泣くな。惜しい、惜しいと言うな。

ミルクが腐った時の方が、はるかに惜しいものだ。

私が墓に入れられるのを君が見たとしても、私はいなくなるのではない、

月や太陽とて、沈んだらなくなるというわけではないだろう。

君には死と思われるもの、それは誕生だ。

君には墓は牢獄に見えても、魂は自由になったのだ。

地に埋められて芽を吹かない種があるだろうか？

ならば人の種というものを、どうして疑うのか？

私は語った――

ダヴィデの家よ、感謝せよ！ そして言うがいい、真実が訪れたと。時が来たと。なぜなら人は誰も、ある定められた時まで、おのれの迷いの道をぐるぐると歩き回るからだ。神はあなたたちを母の子宮の中で創られ、三重になって見通すことのできない暗闇の中で、ある形から別の形へと造り改められる。嘆くのではなく、あなたたちに約束された天国に歓喜せよ。おお、わたしの下僕たちよ、あなたたちに今日の恐怖はないのだから、悲しむこともないだろう。さあ静められた魂よ、満ち足りておのが主人のもとに戻れ、なぜなら主人もまたあなたに満足しているのだから。わが下僕の仲間に入れ、わが天国《ジェネト》に入れ！

私は幾度となく、そんなふうに語って来た。

だが今、私を待っている老人にこうしたことを語るべきなのかどうか、自信がなかった。彼のせいではなく、自分のせいで。生まれて初めて――この先いったい何度、生まれて初めてと言うことになるのだろう？――死がこれまで信じていたほど、そして人に説いて

きたほど、単純なものではないような気がした。恐ろしい夢を見たからだ。がらんとした場所で私は死んだ弟を見下ろし、弟の亡骸は青い織布に包まれて足元に横たわり、私を遠巻きにして人々が輪になっている。その誰一人として見えず、知った顔もなく、分かるのはただ、私たちの周りで人々の輪が閉じ、死者を見下ろす重苦しい沈黙の中に私が一人で残されたということだけだった。そして見下ろす死者にもはや言うことはできないのだ、どうしておまえの心は震えているのか、と。私の心も震えていたから、物音一つない沈黙は私を怯えさせた。意味のない秘密が私を苦しめる。いや、意味はあるぞ。この戦慄から我が身を守りながら言ってはみるものの、どこにもそれを見いだすことができなかった。起き上がれ、私は言う、起き上がれ。けれど弟は闇に包まれ、消滅の靄《もや》の中、青みがかった暗がりの中、まるで水底の、見知らぬ空間の溺死人のように横たわっていた。

　さあ、私は瀕死の人に何と言えばいいのだろう――あなたの主の道に従って行きなさい、と？　自分のわずかばかりの知識では察知することさえできない、この隠された道のせいでおののきにとらわれた今となって？

　私は審判の日を、そして永遠の生を信じてはいるが、死にゆくことへの恐怖、見通すことのできないこの漆黒を前にした恐怖もまた、信じ始めていた。

　部屋の一つに案内された時、私は何も心に決めていなかった。若い女に導かれながら、私は彼女の顔を見ないように目を伏せ、何でもいいから何か思いつこうとしていた。老人よ、私は嘘をつくつもりだ。でも神はお赦し下さるだろう、私は動揺していて、今考えていることではなく、あなたが期待していることを話すのだから。

　だが、ここに老人はいない。目を上げずとも分かった、病気が長く続けば、どんなことをしても、掃除をしても風を通しても香をたいても取り除くことのできない重病人の匂いが、室内にはなかった。

　長く病床にありながら死の匂いをさせない病人を捜し求めてふと見ると、セチヤ[5]に座っている美しい女性の姿が目に入った。それは、否が応にも生を思い出させるものだった。

　こんなふうに言うのは奇妙かもしれない、だがこの時はまさにそうだった――私は居心地の悪さを感じた。理由はいろいろあっただろう。老人、瀕死の人との対面を予期し、自分自身も重苦しい思いに圧迫されていたのに、目の前にいたのは老人の娘だった（会ったことはなかったが、彼女だと分かった）。私は女たち、とくに彼女のような年齢の美しい女性と話をするのは得意ではなかった。三十歳くらいだろうか。若い女というものは、人生をあれこれ思い描き、言葉を信じている。老いた女は、死を恐れ、天国の話をため息とともに聞くものだが。こういう女たちは、失うものと手に入れるものの価値を知っていて、自分なりの理屈をいつも持っており、それは不可解には見えても無邪気そのものであることはめったにない。成熟した目は、伏せていても奔放で、睫毛の下に隠されていながらも不満げに見開かれている。何よりもこちらの居心地を悪くさせるのは、彼女たちが実は、そう見せかける以上のことを知っていて、私たちがおよそ理解することのできない、自分なりの、ふつうには通用しない物差しでこちらを判断し、そのことを私たちもまた知っているということだ。彼女たちのまぎれもない好奇心は、隠そうとしても発散されるが、しかし望みさえすれば、女の不可侵性によって守られる。だが私たちは彼女たちの前で無防備だ。彼女たちは、自らの力を信じつつ、それを使おうとはせずに、鞘に収めた剣のようにいつも携え、けれど手はつねに柄にかけ、私たちの中に、下僕にすることのできる者か、あるいは何の役にも立たない自分の力をやみくもに誇っているくだらない生き物を見ている。その正気とは思えない自信は、たとえこちらがそんなものを軽蔑していても影響を受けるほどに確たるものだ。男の心には、ゆるぎない信念の傍らに恐怖が、何か見知らぬ可能性への、邪悪なものへの、悪魔の秘かな力への恐怖が残されることになる。

この婦人もまた何か特別な力を持っていたが、それは彼女本人のものというよりは、血筋によるものだった。確信に満ち命令するような姿勢と物腰（座るようにと私に示したのはそんな態度だった）は、どう定めたらいいのか分からない何かによって抑制され、緩和されている。それは長い間の慣習と、薄いヴェールの切れ目から覗く化粧墨を塗った睫毛の下の目に宿る柔

5　東洋風の長椅子。

らかい光、そして白鳥の首のように曲線を描く腕、薄い布地の一方の端を握っていた腕のせいだったのかもしれない。あるいは魔法のように彼女から流れ出て来る、不思議な魅力のためだったのか。

悪魔の娘だ。田舎出の男と、修道師の身に誓いを立てた男、私の中の驚いた二人の男がそう思った。

闇が部屋の中に入り込み、彼女のヴェールと腕だけが白く見える。部屋のほとんど両端に座った私たちを隔てるのは、さしたることもない部屋の奥行きと、重苦しい期待感だった。

——ハーフィズ＝ムハメドを呼んだのですが——薄闇に守られて彼女は言った。

気に入らないのだ。あるいは私にそう見えただけか。

——代わりにお訪ねするようにと頼まれました。病気なのです。

——結構です、あなたも、うちの家族のお友だちですし。

——そのとおりです。

私はそれ以上のことを、もっと厳《おごそ》かなことを言いたかった。そのとおりです、そうでなければ私はいかなる美しい言葉を口にする資格もなかったことでしょう、とか、私は我らの篤志家であるお父君のお目にも止まらぬ者です、この家は私たちの心に刻み込まれています、あるいは、どこかの詩の中にあるようなことだ。けれども結局、どうしたらいいか分からぬままだった。

若い娘たちが、ろうそくと茶菓を運んで来た。

私は待った。

脇の小さな机の上に置かれたろうそくが、私たちの間で燃える。彼女はいっそう近く、いっそう危険に感じられた。何を始めるつもりなのか、私には分からなかった。

私は、彼女の父親のために呼ばれたのだと考えていたし、弟を救出するための奇跡を、秘かな可能性を、幸運な偶然を願っていなかったとしても、やはり来たことだろう。だがもしかしたら死と天国の話の合間に、弟への慈悲を求める言葉を差し挟むことができるかもしれない、老人が力になってくれるかもしれない、私たちがそれについて何も知らない大いなる旅立ちの前に、善行を積んでくれるかもしれない、自らのために記念碑を建ててくれるかもしれない。もしかしたら。死を前にして私たちは、両肩に二人の天使が腰掛けて私たちの善行と悪行を記録し始めるのを感じ、自分の人生を清算しようとするものだし、死んだ後も新鮮で色褪せることのない立派な心延えで死に臨むこと以上に有益なことは、そうはないはずだ。もしかしたら、うまくいくかもしれない。いっさいの犠牲も苦しみもなしに、私の弟をただ釈放することが天国への道にいたる足がかりになる、そうアリ＝アガが考えでもすれば、アイニ＝エフェンディにとっても、どこかの哀れな男を牢獄に留置しておくより、裕福な舅《しゅうと》を軽んじないことのほうが重要になるだろう。これほど楽に何かに貢献できることはないだろうし、エフェンディがそれを拒むとは思えなかった。

だが彼女については何も知らないし、私と話すようなことがあるのか、どうして私が彼女の役に立てるのか、さっぱり分からない。彼女と自分の間に、どんな結びつきも見いだすことができなかった。

私たちは背に武器を隠した二人の戦士のように、秘めた意図を内に持った敵対者のように、向かい合っている。攻撃に入ったらどちらも正体を現すことだろう、彼女が何を手に入れるつもりなのか、何を奪うつもりなのか、それを見てやろうと待ちながら、私はまだ望みを持っていた。だがそれはもう、ついさっきのように確たるものではなかった。この婦人は、自分の行いを記録する天使のことを考えるにはあまりにも若く、そして美しい。彼女にとっては、この世しか存在していないのだ。

彼女は躊躇することも、言葉を探すこともしない。足を止めることもなく、振り返ることもなく、戦闘へと進む戦士そのものだった。それは彼女の血筋のせいでもあり、しかし私のせいでもあった。この女性は、どこか他所ではためらうことがあったとしても、私の前ではためらいはしない。はじめ私は、彼女の意図して抑制した、ズルナ[6]の音色を持った声を注意深く追い、どこかレースのような、連なった真珠にも似たような、言葉とそのつなぎ方が街《チャルシヤ》で聞くものとはまったく違う、いくらか色褪せた、だがこの家の古い部屋の数々と由緒がもつ香りで飾られた話に耳を傾けていた。

——こんなお話をするのは辛いことですし、誰にでも話すものではありません。でもあなたは修道師です。

6　オスマントルコからバルカンに伝わった木製の笛。

ありとあらゆることを見聞きし、できる限り人助けをされるのでしょう。それにどんな家族にも、誰にとってもありがたくないようなことが起こるものだということもご承知でしょう。弟のハサンはご存知ですね？

——知っています。

——弟のことで話がしたいのです。

　こう言って、彼女はまず必要なことから始めたのだった——おだてて信頼を示し、私の職業に頼り、これから話す愉快ではない話への心構えをさせ、そこに家族一般というものを含めることで、無様《ぶざま》なことはどこの家庭にもあり、この家に限ったことではないということを私に覚え込ませようとした。悪は大きなものだが恥はそれほどではない、なにしろこんなことはよくあることだから、それについて彼女は躊躇なく話しても構わない、そのことを忘れるなというわけだ。

　役にも立たないこの麗しき導入部の後に続いたのは、家族の中の厄介者についての、私たちにはとうに周知の嘆き、恥にまみれて裏切られた大きな期待ゆえの嘆きの訴えだった。問題の厄介者である男にとっては、家の厄介事などいっこうに気にならないのだが、家族にとってそれは悲嘆、不幸、世間に対する恥、そして神への恐れなのだった。この手の美しい響きをもつ訴えを、時として人々は私たちの前で歌い、助けを期待する。とはいっても私たちは、助けを約束することはあっても実行することはめったになく、ほとんどの場合、この人たちはやれるだけのことをしたし、神に仕える者たちまでも動かそうとしたのだから、悪を根絶やしにできないのは彼らの罪ではないということの証人になるだけだった。

　もうずっと前から聞かされて来たその話は、暗唱できるほどに覚えていたので、耳にするや否や私の好奇心は消え失せた。そしていかにも集中しているという表情でそのことを隠しながら、いつわりの注意力を向けて話を聞いた。なぜというわけでもなく私は何か特別なこと、驚かされるような並々ではない話を期待していたのだった。だが、驚かされるようなこともないだろう、彼女は言うべきことを順に話し、弟のことを嘆き訴え、彼と話をして物の道理を分からせてほしいと頼むつもりなのだ。私は同情をこめてこの見せかけの嘆きの告白を受け入れ、もちろん非力ながら神のご加護を頼りにできうる限りのことをしましょうと言うだろう。そして、すべては何も変わらぬまま、彼女は義務を果たしたことで心安らかになり、それは誰もが知ることとなり、一方私は笑い者にならないように気をつけながらハサンと話をし、ハサンはこれからも自分の好きなように生き続け、家族がそのせいで怒るならこれ幸いと思うことだろう。これで誰も損はしない。得もしないが。少なくとも私が、それに投獄された弟が、損をすることはない。なぜなら彼女は、現実的な必要に迫られてというわけでなく、役に立つとかうまくいくという見込みがあるわけでもなく、人聞きというものに向けられた、曖昧模糊とした社会的義務感から話しているだけなのだから。私はその触れ込み役というわけだ。だがこれはただのご立派な振る舞い、家族の品格に見合った態度、悪に染まっていない者たちを良しとして、罪ある者を隔離し排除することに過ぎない。彼女が得ることのできるものは、見返りとして私が弟のために請うことができる温情にはほど遠い、わずかばかりのものだろう。ハサンのような、家庭内の反抗児は増えるばかり、彼らにとっては身分とか父親の名声などはうんざりするもので、ハサンはそんな多くの反逆児の一人であり、格別の恥でもなく、人の意思では思うようにできない多くのことがらと同じ、一つの現象のようなものなのだ。

始まりを聞くや否や結末が分かってしまった話に私は感銘も受けず、引き込まれもせず、また率直な話し方でなかったために彼女の訴えに感動することもなかったが、それはまた彼女が、誇張を避け、ほどほどに押さえるすべを知っているということでもあった。話す、それだけで十分なのだ。心が求めているわけではない義務を果たすこと、そこには、それと分かる冷淡さのようなものがあった。

注意深く話を聞く理由も可能性もなくなって、私は、注意深く彼女を観察し始めた。関心を持ってそうしたから、彼女はそれを話のせいと思ったかもしれず、そのようにして私たちは二人とも、見た目には礼節を保っていた。

もちろん私は、出会ったその時から彼女を見ていた。薄い布を通して輝いて見えるなめらかな顔の美しさ、熱っぽい性急さとその中にある重い影を映し出す大きな目、そこに宿る抑えられた光、そういったものに私は不意をつかれた思いだった。だがこれはほんのうわべだけのものだった。落ち着かず、不確かで、これから彼女が何を話すかと待ち受けながらのこんな見方は、彼女についてではなく、私自身について語っていた。彼女が自分の魔法を取り去り、そして私が見せかけの聞き手の立場をしっかり確保した時、初めて私は、不吉な予感によってではなく、自分自身の目でそこにいる彼女に注意を引きつけられたのだった。

　これは、このただならぬ、かくも私たちの世界からかけ離れた被造物をもっとよく見たいという単なる好奇心ではなかった。そんな好奇心は、すっかり満足させられることはめったにないか、さもなければおのずから明らかな思慮が働くために、実際の出会いの中では感じることさえないものだ。はからずも私は、彼女を秘かに観察し、私たちの関係を何も乱すことなく、彼女の意思と威厳を尊重する修道師として彼女の前に立てるという状況にあった。内心、いくらか優位な気分だった。彼女が考えていることをこちらは知っていて、彼女を好きなように見ることができるのに、彼女のほうは私を見ていないからだ。彼女には私が見えず、私のことは何一つ知らない。これは人がいつも望み、けれど実際にはめったに与えられることのない特権だった。人から見られずにいたいという、古くからの願望だ。だが私はみっともないことは何一つせず、ただ静かに集中して彼女を眺めていただけで、どんなやましい思いも、自分の中に決して起こることはないと分かっていた。

　まず注意を向けたのは、彼女の手だ。彼女がヤシマク[7]の端を握っている間は、決まった動きに制されて大した可能性もないまま、両手は引き離され、何かを表すというのでもなく、ほとんどお互いの存在に気づいていないかのようだった。けれども彼女が布を離して両方の手を合わせると、それらはたちまち生き返って完全な一つとなった。急に動き始めたわけでもなく、生き生きと動くわけでもない、しかしその抑えられた愛撫の、でなければ軽やかなたゆたいの中に、大きな力、ただならぬ思考のようなものがあって、私の注意を捕えて離さなかった。それらはまるで今にも何か重要なこと、決定的なことをしようとでもいうかのように、絶え間ない、興奮させるような期待感を作り出す。膝の上で、互いを抱きかかえるようにおとなしく組まれ、あたかも静かな憧憬の中で息を押し殺しているかのよう、あるいはどこかへふらふらと彷徨い出て無分別なことを仕出かさないようにとお互いが相手の番をしているかのようだ。落ち着かない身震いやみなぎる力から生じる軽い痙攣を思わせるような、ほとんど目には見えないが絶えず沸き立つさざ波の中で、それらはじっと動かずにいる。それから緩やかに、申し合わせたかのように分かれ、ほんの一瞬だけ舞い上がり互いを求めたかと思うと、求愛の時の鳥のようにサテンに包まれた膝の上にそっと降り、また抱き合い、不可分となって、重ね合わされた沈黙の中で幸せに浸る。長い間そんなふうだった後、ふいに片方の手が動き、指を緩慢に、けれど情熱的に引き攣《つ》らせながら、サテンの布とその下にある肌をなで始めた。するともう一方の手は、その上にぴったり寄り添ったまま、静かに、丸い大理石の膝の上の滑らかな繻子の、音にならない擦れの音に耳を傾ける。ほんの時たま両手は離れ、一方が一人歩きに出かけ、赤みがかって反射する黒髪の下に恥じらい隠れた耳の端にある耳飾りに触れたり、あるいは何かの言葉を聞くためとでもいうように空中で止まり、それから会話にはさして面白いこともないとばかりに、もう一方の、黙ったまま、ひととき無視されたことにいくらか傷つけられた手に会おうと、元の場所に戻ったりするのだった。

私は、独立した生き物のような両手の表現力の豊かさに驚嘆し、まるで自分たち自身の命の軌道を、欲望と愛を、嫉妬を、切望を、淫乱さを持ち合わせているかのようなそれらの動きを目で追いながら、ある瞬間には心を奪われ、また次の瞬間には、かつてのちっぽけでどこにでもある、閉ざされた無意味な人生に対する狂おしい思いのせいで恐怖にかられた。いや、あれはほんの束の間の思いだ、危ういものではない、私の中のまったく別の人生の一瞬の脈動に過ぎず、私はあれを目覚めさせたいなどとは思っていなかった。

私が彼女の両手に見入っていたのは、美しさのゆえでもあった。腕輪から始まり、絹の上衣の刺繍をほどこした縁で飾られた手首、柔らかく曲線を帯び、考えられないほどほっそりしたその関節、そして透き通るような指の節にいたる。何より美しいのは指だ。長く、しなやかで、動きの影まで彫り込んだ左右対称の木型に流し入れられたような肌をしたそれらは、花びらのように、ゆっくりと開いたり、透き通って見える萼《がく》と

7　イスラム教徒の女性が被る布の一部で、顔を覆う部分にあたる。

なってつぼんだりする時、驚くほど生き生きとするのだった。

けれども、この二つの被造物、二つの小さな生き物、二匹の軟体動物、二輪の花にまず最初に注意を向けたとはいえ、それらだけに注目していたわけではなかった。他の何にもましてそれらに目を向けていた始めのうちも、あるいは後になって、あたかも未知の土地を発見するように彼女を発見した時も、そうだった。彼女にあるものはすべてが調和し、互いに不可分なのだ。黒い化粧墨で薄く縁取られた目が向ける眼差し、それは上衣の薄く透ける布地ではほとんど隠すことのできない腕の動きと呼応する。柔らかく傾ける頭。金の縁に嵌《はま》った翠玉《エメラルド》が額で揺れ動くさま。銀糸で作られた上履きの中で我知らず震える足。顔はどこもなめらかで、その一面に、内なるどこかから、温かい反照へと姿を変える血から湧き出る穏やかな輝きが広がり、見るからに怠惰なふっくらした唇の奥で、歯が濡れたきらめきを放っている。

彼女にあるのは身体《からだ》だけ、他のすべては身体にすっかり隠されていた。彼女は私の中に欲望を呼び覚まさなかったし、私はそれを自分に許しもしなかっただろう。恥の気持ち、長い年月と自分の職業への思い、自分自身が被るかもしれない危険への自覚、病気よりも重くなるかもしれない心の不穏に対する恐怖、そして自制するという習慣から、そんな思いは現れたらすぐに絞め殺してしまったことだろう。それでも私は、心ゆくまで、深く落ち着いた悦楽に浸って彼女を眺め、そうしていることを自分に隠すことはできなかった。それは穏やかな川や空や夕刻、あるいは深夜の月、満開の木、幼い頃の夜明けに見た湖を眺めるのと同じものだった。わがものであれという願望もなく、味わいつくすこともできず、追い払うだけの力もない。彼女の生きた両の手が動き、戯れの中で互いを忘れるのを見るのは心地よかった。彼女が話すのに耳を傾けるのも心地よく、いや、何も話す必要さえなく、彼女がそこにいるだけで十分だった。

しかしそれから、これは危険だ、この喜びに満ちた観察は危険だと気づき、すると私はもう優位に立ってはおらず、私の中には何か望ましくないものが息を吹き返し始めていた。それは欲望ではなく、もしかしたらもっと悪いもの、思い出かもしれなかった。私の人生にただ一人の女の。積み重なった歳月の層の下からどうやって浮き上がったのかは分からない、目の前の婦人のような美しさもなく、似てもいないのに、なぜ一人の女が別の女を呼び覚ますのか。今はもういない遠い彼女のほうが私にはよほど関わりがあるのだが、二十年間彼女を忘れてはまた思い出し、彼女が思い出の中に現れるのは私が意図しない時、必要もない時で、そんな時の彼女はニガヨモギのように苦々しい味がした。長いこと現れなかったのに、どこから今、現れたのか。罪深い夢から出て来たような顔をしたこの婦人のせいか。弟のせいか、弟を忘れたいと思っているためか、それとも一連の出来事すべてのせいで、私はおのれを責めようとしているのか？ あらゆる可能性を逃してしまい、それらをもう取り戻すことができないということで、自分を非難するつもりなのか？

私は目を伏せた。人は自分が確かだなどと、そして過ぎたことは死んだことだなどと思ってはならない。けれども、なぜもっとも必要でない時に目を覚ますのだろう？ 彼女など重要ではない、あの遠い女は。彼女への思い出は、何もかもがまったく違っていたかもしれないという秘かな思いへと替わり、その思いが私を苦しめた。立ち去れ、影よ、何一つ違っていたはずなどないし、きっと痛みをもたらす別のものがあっただろう。人生で、これ以外であればもっとよかったはずなどということは、あり得ないのだ。

私を遠くへ運んだ目の前の女性が、私を我に返らせた。

――お聞きですか？

――聞いています。

私がぼんやりしていたことに気づいたのだろうか？

――聞いています、続けて下さい。

本当に聞いていた、このほうがずっと安全だ。彼女がごくありきたりの話をしているのではないことに驚き、耳を傾けて聞いた。その話はもちろん、尋常ならぬというものではなかったが、退屈でもなく、耳を傾ける価値はあったし、彼女を眺める以上の価値があった。希望が、ふいに頭をもたげた。

彼女の弟の奇妙な運命のことは、私も知っていた――弟は帝都で学校を終え、学識と家の名声に見合った地位を手に入れました――彼女はそう話した（もしかしたら彼女は学識のほうを過大に評価し、家のほうを低く評価したのかもしれない、地位は高いものではなかったのだから。だがそうやって彼女は損益をならしたのだろう)。家族は、とくに父は弟を自慢に思っていました。けれどもそれから望ましくないことが起こりました、誰も説明できず、誰も、おそらくは本人も本当の理由は分からない何かで、ハサンはすっかり変わってしまったのです。かつての素晴らしい若者など、赤の他人であるかのように、そう彼女は言った。神学校《マドラサ》の恩師たちが褒めちぎった学識はどこへいってしまったのか、あの年月は跡形もなく消えてしまったのか、その間に悪が準備を整えていたというのか、そう誰もが尋ねました。誰にも断りなしに勤めをやめ、帰郷すると不釣り合いな女を娶《めと》り、身分の低い者たちと交わり始めたのです、お酒を飲み、財産を浪費して、カサバのあちこちで、酒場の踊り子《チェンギヤ》たち(彼女は声を落としたが、こめた力は変わらなかった)のところや、その他の、口にするのも憚《はばか》られるような場所で、仲間たちといっしょに騒ぎを起こしました。そうして、家畜商人《キリジヤ》(彼女の声には浅ましい、いやおぞましい、といった響きがあった)になったのですよ、セルビアやワラキアからダルマチアやオーストリアへ牛を追って、他の商人たちのために仲買いをする仕事を始めて、つまり他人の下僕となったのです。大損して破産し、財産はなくなり、母から残されたものの半分を売り払い、父はほとんど気も狂わんばかりで、まさに弟のせいで病の床についたのです。父が頼んでも脅しても無駄で、誰もハサンをその道から引き戻すことはできませんでした。とうとう父は弟のことなど知りたがらなくなり、まるで息子はもういない、もう死んだとでもいうように、自分の前でその名を口にすることも許さなくなりました。私は父の前で泣きましたが、どうしようもありませんでした。この次に彼女の言ったことが、私の注意を引きつけた。ようやくズルナが面白い歌を歌い始めたようだ。父は弟を遺産相続から除外するつもりです、名士の方々の前で遺言状を作り、弟をはっきりと勘当するつもりです。だから、そのようなことが起こらないように、もうこれ以上、見苦しいことにならないように、ハサンと話をしてほしいのです、そしてハサンが自分から進んで相続権を捨て、父が息子を呪うようなことが起こらず、家族にとってなるべく恥にならないようにしてほしいのです。それから、と彼女は付け加えた、夫のアイニ＝エフェンディはこのことについては何も知りませんし、父と子の問題にはいっさい関わろうとはしないでしょう。すべては私自身の考えで、いくらかでも不幸が少なかれと思ったのです。ハーフィズ＝ムハメドとあなたはきっと大きな力になってくれるでしょう、だってハサンはあなた方のテキヤには時々訪ねに行くようですから。時たまでも賢明で善良な人々と話をするのは良いことです、ありがたいことだと思っています。

彼女が私の前であるがままを語ってくれたのはありがたかった。ためらいを見せないのは、私をあまり敬っていないということだが、それはどうでもいい、もっと重要な問題が目の前にある。

ハーフィズ＝ムハメドの怪しげな病気に祝福あれ、こちらはおかげで思いもかけない機会を得ることになった。彼女の父親は、死を前にして私を助けるのに多くの理由を必要とはしないだろう。アイニ＝エフェンディが何もかも知っているのは明らかだし、もしかしたら思いついた言葉を妻に伝え、それを彼女が喜んで私に語ったのかもしれない。正当な理由もなしにただ一人の息子から相続権を奪うなど、容易なことではない、それは彼にも分かっているはずだ。それでももし彼に、そして夫婦に確たるものがあれば、家族の名声に傷がつくなどさして恐るるに足りないことだろうし、私たちを呼び寄せることもなかっただろう。まあいい。私は思い、そしてもともと義務として課せられていた注意力を持って彼女を見ながら、自分の表情があまり明るくならないように心がけた。あなたも私も、弟のせいで窮境にある。あなたは自分の弟を滅ぼそうとし、私は救おうとしている。私たちのどちらにとってもそれは何にも勝る願いだが、ただ私の願いは誠実なもの、一方あなたのものは穢れている。しかしそれでいい、私には関係のないことだ。あなた方のことなど、私の知ったことではない、もっともあの血の気のない判事に対して、あなたが優位に立てるだろうことは分かるような気がする。あなたの力と富を、そのどちらも持たない夫は尊重していることだろう。彼の一晩だけの恥辱、そしてそれ以上に決然としたあなたの一つの要求、それらは私の弟の運命を変えることができる。こんなわずかな投資で、実に多くを得ることにしようではないか。

私はあやうくあけすけに言ってしまうところだった——いいでしょう、もうお互いに手の内を隠す理由はありませんよ。私はあなたにハサンを売り、あなたは私に弟を返す。あなたには弟さんなどどうでもいいのでしょうが、私は弟のためなら、これ以上のことさえするでしょう。

言いはしなかった、もちろん。あまりに率直なのは侮辱と受け取られただろう。人は、他人と一緒の時には、率直さは好まないものだ。

私は、彼女の求めに、分かりましたと答えて、言った。確かにハサンはテキヤに来ます、ハーフィズ＝ムハメドの友人だし（これは本当だ）、私の友でもありますから（こちらは本当のことではなかった）、私たちはあなたのご希望を果たすために、彼と話をしましょう、姉上としての嘆きと家族の名誉へのお心遣いに、感動いたしました。もしあなた方が傷つくならば、私たちも傷つきますし、私たちの間で最善の人々に汚点がつくことがないようにお助けしなくてはなりません。名声ある人たちが不幸に見舞われた時によく起こる、悪意のこもった嘲笑を阻止しなくてはならない。それに、テキヤへの寄進者に対する感謝もおろそかにはできません（私は意図的に父親のことを、娘がそうしないので口にした）。また、あなたのご配慮ばかりか、ご提案も結構なものだと思います、それ以外のことは当てにはならないでしょうから。相当な理由がなければ、筆頭相続者を排除することは難しいでしょう。

――相当な理由はあります。

――私は裁判のことを言っているのです。ハサンは牛の商いをしている、それは事実ですが、いかがわしい仕事ではありません。浪費もしていますが、自分が稼いだものです。財産の半分は、売り払ったのではなく、前妻に与えたのです。相当どころか、いかなる理由も挙げることは難しい。

私は確信していた。それは彼女の確信に勝り、私は自分の中で私たちの関係を変えていた。私たちは最初会った時のような、美しい目をした奥方と、つつましい修道師でいつまでも田舎者である私ではなく、実務的な話をする対等な二人の人間だった。ここで私は彼女より強かった。彼女は、こちらが彼女の話に同意している間は、同調するような目で私を見つめ、なにもかも納得できるといった様子だったが、私がひとたび彼女の気に入らないことを言うや、弓なりになった眉がぴくぴくと震え始め、視線は鋭さを増した。私の反対は、彼女にしてみれば愚かしく、屁理屈のように見えたのだろう。

――父は弟を相続からはずします、間違いありません

——彼女は脅すように言った。

父親がハサンを相続からはずすかそうしないかは、私にはさしたる心配事ではなかった。彼女の怒りも私をさほど狼狽させなかった。ただ彼女の確信を打ち砕き、私にとって大事なものを手に入れたかった。

——そうなさるかもしれませんが——私は静かに言った。

——お父君はご高齢で、もう長い間ご病気です。ハサンは遺言を無効にするための訴えを起こすかもしれない、お父君は弱っていて力もなく、決断を下すのに十分な意識がなかったとか、誰かに説き伏せられたのだとかと立証して見せるかもしれません。

——誰が説き伏せたというのですか?

——私は訴えの話をしているのですよ。誰でもいいでしょう。裁きがハサンに有利になるように下されるのではないかと懸念しますね。とくに、アイニ＝エフェンディがおられるここで裁判は行われないでしょう。それに、ハサンにも人脈があることを忘れてはなりません。

彼女は何も言わずに私を見ている。ヤシマクはとうに、ろうそくが運ばれて彼女がこの醜い話を始めた時に、はずしていた。月明かりで作られた美しい顔、その面《おもて》にある目は、隅に火花となってはじけるろうそくの炎を反射して、身震いするように、落ち着かなげに輝いている。それは彼女の身震いではないのだが、私は彼女のものと解釈した。いくらか意地悪な気分になっていた。彼女を動揺させたぞ。私には分かる、彼女は、自分の計画に対して私がこれほどの圧力をかけてこようとは信じられなかったのだろう。もっとも、ある程度は分かっていたはずだが。

彼女はまるで私の顔に冗談の跡か、確信のゆらぎ、疑いの余地を見つけようとするかのように、瞬きもせずに私をじっと見ている。だが彼女に見えるのは、確信と、こんな次第で残念しごくという私の思いだけだ。彼女の怒りは、地下の水源から湧いて来るかのように大きくなり、しかも立派な理由で反論できないために、いっそうひどくなる。私はそれが満ち溢れて来るのをわざと待って、本当に噴き出すのをとどめた。彼女が望むすべてに同意し、しかし釈明済みの警告は取り消さずに、こう言った。

——訴訟沙汰なしに万事はかどるように、説得しなければなりません。

きっと彼女は意地を張り続け、どんな訴訟の可能性も、父の意思を変えさせるいかなる可能性も認めようとはしないだろう。その挙げ句にようやく別の、私のほうから彼女に差し出す会話に入るだろう。私はそう思った。

だが、その場で彼女は抵抗をあきらめた。急いでいたのだろう。

彼女は信じがたいという思いを隠さずに、私に尋ねた。

——承知するでしょうか?

——ハサンを怒らせず、屈辱も与えないような、賢明でうまい理由を見つける必要があります。彼の場合、意地になると難しいですから。

——賢明でうまい理由とやらが見つかるといいのですけれど。

それはひそかな嘲笑か、でなければ苛立ちだった。何もかも、もっと簡単にいくと思っていたのだ。私もそう思っていた。

——やってみましょう。

そう私は言った。

私の声に不確かさ、ためらい、疑いが感じられたかどうか。私には分からない。だが私の熱意は、すっかり萎れてしまった。

——承知するとは思わないのですか?

——分かりません。

あとほんのわずかの間我慢していたら、もし弟への愛が、私の中にある道徳的な思慮よりもほんの少し強かったなら、何もかもうまく収まっただろう。あるいはまずく、かもしれないが。それでも、弟を助けることができたかもしれなかった。

私は、傍目にそう見えたかもしれないほどあっさりと自分の望みを諦めたわけではなかった。ほんのわずかな瞬間のうちに私は、一方と他方、つまり同意することと拒絶することのそれぞれに対する数限りない理由を見つけ出し、しかもその多くが同じものであることに気づいていた。彼女が待っている間の、ほんの一息つくくらいのわずかな時の間隙に、心の中で嵐が巻き起った。私は、自分と弟の人生に対する決断を下そうとしていたのだった。彼女にはおめでたい弟を、友の助言という罠にはめて引き渡してやればいい。私はその労苦と裏切りの見返りを得るわけだ。もしも私がいなければ、彼らは好き勝手に事を運ぶだろうし、私はせめてそれより立派に外聞が保てるように手助けするのだから、代価はさほど高いというわけでもない。なぜ恥じることがある？ なぜ自分を非難する？ 弟を助けようというのだぞ！

ただもっと大声で、私に警告を発する別の声をかき消すほどに信頼できる声で、叫ぶ必要があった。弟が何をしでかしたのかは知らないし、どのくらいの罪があるのかも分からない、重罪のようなものであるはずはない、真面目すぎるような奴で、大悪を犯すにはあまりにも若い。もしかしたら、もうすぐ釈放してもらえるのかもしれない。だがもしそうでなければ、私さえもがそうではないだろうと確信している時に、これまで一度たりとも醜い言葉の一つも私に言ったことのない男に対してめぐらされたこの不実な計略に、私は同意できるのか？ 財産は問題ではない、私は財産を持たないし、他の者の財産にも敬意を払ってなどいない。問題は別のことにある、つまり不正、汚れた行為、欺瞞、正当な権利を奪うことだ。彼女の弟を私は大して評価していなかった、うわべばかりで軽薄で、変わり者だ。だがそんな実像よりもっと悪かったとしても、神を恐れぬこの婦人に加担して、ハイドゥーク[8]のやるような強奪行為に手を染めたとしたら、自分自身に対してどうやって弁明できるだろうか？

もしそうしたら、かくも長い年月の中で人々に語り聞かせて来たことは一体何だったのだ？ すべてが終わった後で、自分自身に何と言うつもりだ？ 生きている弟は、もうやり直すことのできない私自身の醜い行いを絶えず思い起させることだろう。私には、自分が正直な人間だという信念の他には何一つない、これを失ったら、私は廃墟となるだろう。

そう考えた、本当だ。弟を自由の身にすること、そのためにささやかな裏切りを行うこと、この二つの不釣り合いなものの間でかくも揺れ動くのは、傍目には奇妙に見えるかもしれない。けれども、良心の厳格な物差しで自分の行動を測ることを学び、罪を死以上に恐れるようになれば、こんなこともそう奇妙ではなくなるものだ。

それに、ただハサンのもとに行って、相続を放棄し

8　オスマン時代にボスニアの山岳地に居住し、強盗や略奪行為をしばしば行った浮浪民。

てくれ、弟のためと思って、そう言えばすぐにそうしてくれるだろうということは分かっていた、私はそう確信していた。

　それでも、彼と話をしないうちに彼女には何も言いたくなかったし、言えもしなかった。

　私のためらいを打ち破るように、彼女は私をせき立てた。

――手助けして下されば、それを忘れはしません。家族の周りに騒ぎが持ち上がらなければいいのです。

　その手助けに、いったい何でお返しをしてくれることか、偉大なる神よ！

　立て、アフメド・ヌルディン、立て、そして出《いで》よ。

――またお知らせします――再会のための道ならしをしながら、私は言った。

――いつですか？

――ハサンが来たらすぐに。

――それなら明日かあさってですね。

　私たちは同時に立ち上がった。

　彼女の美しい手は、顔を隠すために持ち上げられることはなかった。私たちは、陰謀の仲間だった。

　何か醜いことが私たちの間に起こり、私ははたして完全に潔白なままなのかどうか、確信がなかった。

3

わが神よ、彼らは信じておりません

不安は、まるで私がこの家の前に置き忘れていったかのように辛抱強く私を待っていて、私はそれをまた、去り際に拾い上げた。

　ただそれはさっきよりもっと複雑になり、ふくらみを増して重くなり、いっそうはっきりしないものになっていた。何も悪いことをしていないのに、心にはくぐもった静けさ、見通せない闇、奇妙な光の瞬き、待つことの苦しみ、嫌な緊張感、隠されて笑いで飾られた考え、恥ずかしい秘密の記憶が残され、まるで私は何か失敗をしでかした、過ちを犯したというような気がし、とはいえ何において、またどのようにしてなのかは自分でも分からず、分からぬままに心穏やかでなかった。この心地悪さ、自分でも原因をはっきり定めることのできない苛立ちに耐えるのは辛かった。もしかしたら、弟のことを口にしなかったから、弟の話をしようと努めなかったからかもしれない。だがそれは、すべてをぶち壊してしまわないように、わざとしたことだ。それとも醜い会話の場にいたから、醜いもくろみを耳にしたから、そしてそれに反対せず、無実の人の擁護をしなかったためか。だが私には、そのすべてにもまして重要な理由があったのだし、自分自身を過剰に非難するのは良いことではないはずだった。思い当たるあらゆることに釈明を見つけることはできたが、それでも重苦しさは残ったままだった。

　月明かりが出ていた。か細く、絹のようなそれは墓地《メザルルク》の墓石に暖かく白く光り、家々の間では砕けた夜が小声で囁き、あちこちの通りや庭で興奮したように動く若者たちがいる。笑い声、遠い歌声、囁き声が聞こえ、このゲオルギオスの夜、カサバは熱に浮かされているようだった。ふいに私はわけもなく、そのすべてから孤立していると感じた。気づかないうちに私の中に恐怖が入り込み、すべてが異様な大きさになっていく。するとそこにあるのは、よく知った気配でも、見知った人々でも、見慣れたカサバでもなかった。周囲がこんなふうに見えたことはこれまで一度もなく、わずか一日で、一時間で、一瞬で、世界がかくも姿を変えてしまうことがありうるなどとは、私はつゆ知らなかった。まるで魔女の血が不意に沸き立ち、止めることのできる者は誰一人いないとでもいうようだ。誰もが二人ずつになって見え、声も二つずつ聞こえ、それらは垣根という垣根、門《カピヤ》という門、壁という壁の向こう側にいて、他の日のように笑いもせず、見ることも、言葉を交わすこともしない。話し声は押し殺されて重く、叫びは稲妻のように、私を脅かす嵐の中を貫き、空気は罪にたっぷりと浸され、夜も罪で満ちる今夜、魔女たちが忍び笑いをもらしながら、月光の白い乳を注がれた家々の屋根の上を飛んでいく。誰一人正気ではいられなくなり、そして人々は突如、欲望と憤怒、狂喜、破滅への願望ではじけるのだろう、誰も彼も。ならば私はどうする？ 祈るべきなのだろう、あらゆる罪人のために、神に赦しを請わねばならないのだろう、さもなければ、彼らを正気づかせるための罰を。熱病のような激しい怒りに駆られる、あるいは急襲のような、というべきか。私たちがなすことのすべては、何の助けにもならないというのか？ 私たちが説く神の言葉は、粘土でできた音のないものなのか？ それとも、あの連中が聞く耳を持たないのか？ 彼らの中の真の信仰心はあまりにも脆弱で、巨大な野生の欲望の塊の前には、腐った垣根のようにばったり倒れてしまうものなのか？

　木柵の向こうから、水をいっぱいに張った銅鍋にヒソップと赤く染めた卵を入れ、夜明けとともに体を洗うための支度をしている娘たちの熱っぽい声が聞こえる。まるで花と夜の魔術を信じている原始人のようだ。

　恥を知りなさい、私は木柵に向かって言う、恥と慎みを知りなさい。あなたたちの信じる神の名は、何というのだ？ どこの悪魔に身を委ねるつもりなのだ？

　けれども、他のどの夜より狂喜に勝る今夜は、何をしようと、何を言おうと無駄だった。真夜中、娘たちは水車の下に行き、裸になって水車がまき散らす水滴だけを身にまとい水浴びをする。そしてその時、悪魔どもが巣窟から起き上がり、毛むくじゃらの手足で、月明かりに光る娘たちの腿をピシャピシャと打つのだろう。

　家に帰りなさい、行き会う野放図な若者たちに私は言う。明日はゲオルギオスの日、異教の聖人の日だ、私たちの祭日ではない。罪を犯すことなかれ。

だがあの連中にとってはどうでもいいことなのだ、カサバ全体にとっても。この夜を彼らから奪うことは、誰にもできはしない。

これは、ゲオルギオスの夜には罪が許されるという古くからの権利だった。信仰をないがしろにして、いや信仰に逆らって、彼らはこれからの二十四時間、ヒソップと愛の淫らな香りが続く間、ヒソップが罪深げに女の香りをたて、愛が女の太腿の香りをたてる間、異教徒となってこの権利を守る。罪はこの一昼夜の間、惜しげもなく、まるで大きな桶か、口を縛られていた欲望の革袋からのように、ぶちまけられる。私たちの背後について来る古い異教の時間は、私たちより強く、肉体の反乱の中に姿を現し、続くのはわずかだが、次の反乱の時まで記憶から消えない。こうして終わることもなく、他のすべて、罪の原初的な勝利の間にあるものすべては、幻想と化していく。不幸なのは、淫乱そのものではなく、真の信仰よりも強い異教の悪が永遠に続くことにあるのだ。私たちはいったい何を成し遂げたというのだろう？　何に到達し、何を破壊し、何を築き上げたと？　理性が差し出すどんなものより強い自然の本能に戦いを挑んでも、無益なのではないのか？　果汁をたっぷり含んだ太古の野生の代わりに私たちが与えようとするものは、あまりにも無味乾燥な、魅力のないものではないのか？　古《いにしえ》からの呼びかけという魅惑に、何をもって抗しようというのか？　遠い原始の祖先が私たちを支配し、彼らの時間に引き戻すのだろうか？　私の願いは、自分が感じる恐怖のほうが、真実より悪いものであってほしいということのみだ。だが残念ながら、不安に満ちたわが魂のほうが、同胞たちの魂よりずっとよく、ものごとを見通しているようだ、彼らの魂にとっては天上世界より俗世のほうがずっと近いのだ。誰を責めるというわけではない、すべてをご存知の神よ、私に、そして彼らに、罪深い人々すべてに、慈悲を下され給え。

その夜を、私は覚えている。もし他のことが何もなければ、その夜は、息を詰まらせる熱気と、人の欲望が私の表皮を削ぎ落とそうとする空しさで、頭に残ったことだろう。だが神は、その夜を、他の夜とは違う特別なものにされた、長い時間をかけて準備された邂逅のように、わが人生をまっぷたつに分断することになるものを予感させ、四十年の静かな歳月に私自身であったものすべてから、私を断ち切ってしまおうと望まれたのだった。

　テキヤに戻る途中だった。挫け、打ちのめされ、私はもしかしたらその夜カサバでただ一人の不幸せな人間だったかもしれない。様変わりした街路の不穏さに、隠れた月明かりに、わけもなく鮮烈になった恐怖に、俗世の人々が私の心いっぱいに詰め込んでくれた不安に、疲れ果て、まるで火と燃える家々の間を通り抜けていくような心地がし、だから穏やかに眠るテキヤは願ってもない隠れ家のように見え、その分厚い壁は、自分が今必要としている静寂へ、不快なものになるはずのない平穏へと連れ戻してくれるように思えた。ヤシン[9]を唱えよう、そしてざわざわと震え、神がよしとされる以上に苦しんでいるわが魂を祈りで静めよう。まことの信者は、絶望や臆病さに陥ってはならないのだ。だがこの私という罪深き男は、ひどい臆病者であり、途中で見つけた理由を忘れてしまい、それからまた、自分の不安が続くのにはわけがあるとばかりに、意識的に努めてそれを取り戻した。根強い異教の罪がただ一つの理由であると思うことで、その他のものは暗闇の中に隠してしまいたかった。

　魔女どもを追って、その夜の街路を走り回るのは私の務めではなかったし、他人の罪などどうでもよかった、ただ弟のことから、そして自分に与えられた試練から、考えをそらしたかったのだ。しかし結局のところ、不安と苛立ちでいっぱいのまま帰り着いただけだった。

　ふだんの夜ならば、よく川のほとりの月明かりの中に立って、記憶か、あるいははっきりしない願望が、ちらちらと姿を見せながら私を征服していくのに身をまかせたものだ。そんなことがいつ許されるかは分かっている、心の中に、嵐に見舞われる心配のない、晴れ晴れとした平穏がある時だ。だが興奮が近づいて来るわずかな兆しでも感じたなら、自分の部屋の四つの壁の中に身を潜め、自らを強いて、よく知った祈りの確かな道をたどることに専念した。祈りの中には、秘められた守護者のようなもの、家族の古い品々のような、私たち自身の脅かされることのない一部のようなものがあり、そうしたものは、安心して受け入れられる慰めとなり、意に反して私たちの中に時として生じる危険な考えをなだめ、かき消してくれ、だから私たちは何も考えずに祈りを信じ、その古からの力の保護下に自分の弱さを置き、永遠のものさしで測るという習慣によって人間としての思い煩いのあれこれを不均衡なまでに軽くし、ついにはほとんど意味のないほどのものにしてしまうことができるのだ。

だがその夜、私は庭園にとどまっていられなかった。自分自身を遠ざけ忘れてしまわなくてはならないのに、ここではすべてが挑発のように押し寄せてくる。氷の冷たさの月光は硫黄の匂いがするかのようだし、花は香りが強すぎて苛立たせる。あれは摘み取ってしまうか、足で踏みにじってしまわなければいけない、そうして後にはただアザミと荒地だけが残ればいい。何の印もない墓だけが、何一つ思い出させるものもないままに残ればいい。形も匂いもなく、私たちを取り巻く物の数々とは何の関係もない、むき出しの人の思いだけが残ればいい。あの川も、嘲笑うように流れる音をたてないように塞き止めてしまうべきだ。鳥も、あちこちの枝や梢で意味もなくさえずり声をたてないように、息の根を止めてしまえ。娘たちが裸で水浴びした水車は打ち壊し、街路は塞ぎ、門は楔《くさび》を打ち込んで閉ざし、そして悪が力を得ることがないように、むりやり命を押さえ込んでしまえ。

神よ、私に理性を授け給え。

こんなわけの分からぬ怒りで人々や生命のことを思ったことはない。私は怖かった。何もかも失せてしまえというこの願望は、いったいどこから湧いて来たのだろう?

部屋に入りたかったし、入らなければならなかったのだが、できなかった。奇妙な力で夜が私を引き止め、私は自分よりも強いその夜を憎んだ。だがひとたび降参すると、こんどはまるで夜が私をなだめるような感じがした。夜は、まどろむような、ただ夜自身にとってだけ大切な、静かな響きを私にそっと押しつけ、ほとんど見えるか見えないかの気配の中、異様な影と輪郭のうごめく中、血に深く浸透して私の一部となった匂いの中で、またたきながら震える闇によって私を支配した。命の匂いが漂い、それはか細い声と身動きによって、強いものへ、私がそうあってほしいと思う以上に強い何かへ、私自身と不可分なものへと一つに絡

9　コーランの一章。

まっていき、しかしその何かとはまた私自身でもあり、まだ見出されず、しかし見出されたいと願っているその私は、ほんのわずかばかり前には月光が氷のようで硫黄の匂いがしていたことも忘れていた。あれは単なる月光に対する恐怖だ、今はそれももう消え失せ、あるのは私と、この世界に注がれる静かな明かりだけだった。私の中には何かの跡、起こり得たかもしれないことの、あるいは起こったことの痕跡がある。それはまた、習慣と意識と意思で作られた堰が引き上げられ、防ぐものも守ってくれるものもない中で、なおこの空虚な状態にあろうとすればきっと起こるに違いない何かでもあった。そうでなければ私の血の黒い地下室から、私の知らない願望が現れ出るのかもしれず、そんなものがひとたび外に出てくれれば、手遅れとなって、それらをもう死んだもの、鎮められたものと考えることはできなくなるだろうし、私が以前の私に戻ることもできなくなるだろう。そしてそれらを押しとどめ、命じられた闇の中の住処に押し戻すだけの力は、私にはないように思えたし、そうしたいとも感じなかった。それらがどんなものなのかははっきりしないが、非常に力強いものだということは分かった。無垢なものではない、それは確かだし、身を隠そうともしないだろう。

力なく何かを待っているだけの間——私はそれがしばらく続くことを願っていたのだが——その時、まさに神は私を破滅の危機から救ってくれた。神、そう私は言おう、なぜなら、偶然というものが、これほど時間ぴったりに、計算されたようにうまく、ほとんどとらえることもできないような時と時の断片の間に訪れるはずもなかったからだ。あの瞬間、まさに不可解な力が、私の内なる光明では照らし出されない、けれど大きく膨張し今にも解き放たれようとする不可解な力が、私の中で育ち始めていた。この後、ムラ＝ユースフと話をしている間は、それらが解き放たれなかったことに安堵していたが、どんなものかを見ることがなかったのは残念でもあった。人前では心を隠すことを学んでいたが、内心で私は取り乱していた。

彼は、静かに近づいて来た。慎重に運ぶ足の下の砂が軋《きし》み、潜めた息が私をかすめた時に初めて、彼の気配を感じた。振り返らなくとも誰なのか、すぐに分かった、あんなふうに音も立てずにものを踏む者は、他にはいない。慎重な歩き方をずいぶんと早く身につけたものだ。

――考えごとの邪魔をしましたか？

――そんなことはない。

声もやはり静かで押さえられているが、まだ未熟だ、声の中で小鳥たちが騒いでいる。目も本人を裏切って輝きを放ち、そわそわしていた。

こちらからは何も尋ねまい、自分から話すべきなのだ。この場所に個人的な秘密はない、誰も知り得ないものは別として。そのことは彼も納得していた。テキヤの規律は厳格なものだったし、もし彼がどこで時間を過ごしていたのかを話さなければ、私はきっとそれを記憶にとどめただろう。

――シナンのテキヤに行ってました。アブドゥラーフ＝エフェンディが、知覚について話をされました。

――アブドゥラーフ＝エフェンディは神秘主義者だ、バイラム派[10]に属している。

――知ってます。

――どんな話をしたのだ？

――知覚の話です。

――それだけか？ 他に何か覚えていないのか？

――詩を覚えてます、エフェンディが解釈したものです。

――誰の詩だ？

――分かりません。

――聞かせてみなさい。

――神の完全を、アフリマン[11]は知らないが、アサフ[12]に尋ねてみよ、彼なら知っている、不死鳥の一口を、雀は飲み込むことができるのか？

大海の水を、一杯の素焼きの壺が受け止めることができるのか？

――それはイブン・アラビー[13]の詩だな。神の叡智を知ることができるのはただ選ばれた者だけ、ごくまれな者たちだけだと語っているものだ。

――だったら、私たちには何が残されるんですか？

10 一四―一五世紀にアンカラでハジ＝バイラムによって創設されたイスラームの神秘派。
11 ゾロアスタ教の悪と闇の神。
12 ソロモンの大臣で偉大なる賢者として知られる。
13 イブン・アル・アラビー（一一六五―一二四〇）は、イスラーム神秘主義の思想家。

——私たちなりに知ることができる。不死鳥のように口に入れたものを丸呑みできない雀も、食べられるだけのものを食べる。壺一つで大海の水を汲みつくすことはできないが、汲めるだけのものでも、海に変わりはない。

一気に、夢中になり悦楽を感じながら、私はあっさりとイブン・アラビーの神秘主義を打ち破りにかかり、そうしながら生まれて初めて、天と宇宙の神秘、死と生存の神秘とは、俗世の悩み事から逃避するのにもっとも都合のいい領域なのかもしれないと思った。もしそれらがなかったなら、逃げ場として、空想して作り出さねばならなかっただろう。

それにしてもこの若者は、話し相手としては失格だ。人は誰でもほとんどの場合、おのれのために話をするものだが、自分の言葉の反響には敏感でなければならない。彼は私の前に立ち、顔をありありと月明かりに照らされて、線という線が丸見えだった。おとなしく立ったまま、私が許すまで立ち去ることもできず、しかし彼の思いはいずれとも、どれほど遠いとも分からぬどこかへと行ってしまい、私はそれを引き止めることもできず、彼の体だけが空っぽのまま、ここで、課せられた服従を示すために残されている。詩も神秘主義も知覚も、この若者の関心から、そして理解できる範囲からあまりにも遠く、ただ私の口の動きを見つめているだけなのは間違いなかった。目で聞いていますといわんばかりだ。ばかばかしい、大声で空っぽの井戸に向かって叫んだほうがましだ、それでもせめてこだまは返って来るだろう。理解しようと努めてさえいない。シナンのテキヤで詩を聞いていたのも、長い時間ではなかったのだ。

未熟者だな、月明かりに身をさらし、闇と見せかけの表情で自らを隠すことをまだ学んでいない、聞いているといわんばかりに目ばかり大きく見開いて。だがほんの少し前に目撃した何かが目に輝いて宿り、それは彼自身の反証人となり、私などには服従しないという本心を暴露している。いったい何を内に抱えているのだろう？　何かの情景か思い出か、何かの言葉の残響か？　でなければ眠りかけた記憶か、犯した罪か。青白い月光にも若者の血色の良い頬は青ざめもせず、若い農夫か花婿にあるような男らしい線と強い血の力がそこに影を刻んでいるだけだ。この聖なる場所の静寂の中で、修道師という身分の固い足枷をつけて、いったい何を求めているのだろう。この男は俗世の産物だ、この男を作っているのは、ゲオルギオスの夜、罪へと誘う明るく照らされた生暖かい闇だ。ヒソップの匂いがするぞ、腕に抱えて、息に吸い込んで、持って来たのだな。欲望に満ちた街路の魅惑に浸り、オオライチョウの囁きを聞いてそれ以外の声は聞こえなくなり、感覚を失った掌の中にはもしかしたら、誰か別の若い肉体の血がまだ脈打っているのかもしれない。見開かれた目の奥から、なかなか静めることのできない炎が吹き出している。異教の夜に異教徒と化し、汚れ、穢され、月光に照らされて、清められた若者、自分と他人の炎で焼け死んでしまわないように、今晩、この若者を七重の錠の奥に閉じ込めてしまわねばならないのかもしれない。テキヤの静寂はこの男を窒息させるだろう、それに孤独もだ。なぜ夜に戻り、さっきの姿にならないのだ、遠い夜明けを待つのは大変だぞ。ヒソップが香るのは今夜だ、何かが起こる今夜、どこか恐ろしげな夜だ、月はまだしばらくは沈まず、心を惑わす影でいっぱいの重い月明かりの中、水車の下で水滴が火花のように飛び散るだろう。月は今夜、夜通し輝き、一晩中呼びかけるだろう。出て行くのだ、あの月と一緒に、一人きりで、出て行って彷徨え。出て行って戻るな。出て行って死ね。出て行って生きろ。すべてが消え失せた後に残るこの夜に。

このとおり、ついに溢れ出た。

それはまぶたが下がるくらいの、ほんの一瞬ほどの間のことだった。そう分かったのは、若者が凍り付いたような空っぽの笑みを浮かべて私の前に立っていたからだ。彼には何も聞こえず、私の内にある荒々しい叫びを感じ取ることもなく、私をふいに襲った狂気に驚いてもいなかった。これは苦しみの後、弟の身を思う恐怖の後、根底から私をゆさぶる疑いの後に、襲撃のように到来したのだ。私たちの築いた土台が崩れるのを待っていた生命の力が吹き出し、洪水のように、長い時間をかけて育てた作物を押し流し、後に廃墟の石ころと砂だけを残したかのようだった。私はその時、恐れとおののきの時、自分を裁くことも、悔いることも祈ることもできなかった。何もかもがまだあまりにも煮えたぎっている。まるで雷が落ち、私は全身を焼かれて力を奪われたかのようだった。

行きなさい、私は彼に低い声で言った。行きなさい、私は言った。いや、言わなかったかもしれない、だが口の動きか手振りを、彼は理解した。なにしろ彼も去りたがっていたのだ、一刻も早く一人きりになって、目の中に入れて来たものを味わいたい、そんな待ちきれない思いにせかされ、しかし表には出すまいとして、ゆっくり去っていく。行きなさい、私は言った。彼は私の弱さの目撃者だ、本人はそうとは知らず、何も見えず聞こえてもいなかったが、それでもここにいたのだし、彼を自分の恥にしたくはなかった。憎みたいとも思わなかった。ただ、一人きりになりたかった。

自分の中にある不安と反乱分子のことは以前から知ってはいたが、それはふいに現れては消える、瞬間的な意識の喪失のようなもの、心の内にある秩序に対する説明のつかない反抗心のようなものだった。そんなものは、跡形もなく消えてしまう束の間のぐらつきだ。だがその夜は、すべてが混乱し、あらゆる関係がちぎれ、自分がかつての自分ではなくなってしまったように思えた。私は、もしそのまま続けば致命的になるかもしれない可能性を自分が持っているのを、はっきり見たのだった。

まず最初に感じたのは恐怖だった。それはまだ遠い、けれども深く確かなもので、時が来たら代価を支払うことになるだろうことがはっきりしているようなものだった。神が私を良心の呵責で罰するだろうし、その到来を長く待つことはないだろう。もしかしたら今夜、もしかしたら今かもしれない。

けれど何も起こらなかった。私は同じ場所で、庭の通り道に足を埋め込まれてしまったかのように立ち、心乱れ、疲れ果て、私の中で炸裂した炎にまだほとんど熱せられたままだった。神よ、お赦し下さい、こんな時にこそ助けになるはずの祈りの言葉を思い出すこともなく、思わずこう私は囁いた。

それから、その場から逃げるように去り、川を見下ろす垣根の近くに立った。

私の頭にはどんな考えもなく、あらゆる感覚は衝撃のあまり痺れてしまったと思っていた。だが驚いたことに、私はどんなことにも気づき、ほんの少し前よりも感じやすくなり、周囲のあらゆることにずっと敏感になっているのだった。耳がとらえるざわめく夜の響きの数々は、はっきりして澄み切り、ガラスから聞こえて来るもののようだ。その一つ一つが聞き分けられ、しかしそうするとまたそれらは一つの低くうなるような音へと溶け合っていく、水も、鳥も、微風も、消え失せた遠い声も、誰も知らず目には見えない翼で打たれて軽く揺れ動く夜の低くうなるような響きも。そのどれ一つとして気にはならず、私を苛立たせることもない。それらの声、ざわめき、喧噪、羽ばたきの音がもっと聞こえたらいいのに、私の外にあるものすべてがもっと大きな音を立てればいいのに、そう思った。だがこんなふうによく聞こえたのも、もしかしたら、自分自身の声を聞かないようにしていたためだったのかもしれない。

声とざわめき、明かりと姿形が、実際にあるとおり、音として、ざわめきとして、香りとして、形として、私の外の世界にあるものの印と現象として、そこに立ち現れたのは、たぶん生涯でその時がただ一度のことだっただろう。私は引き離され、関わり合うこともなく、悲しみも喜びも感じずに耳を傾け、目を向け、それらを壊しも直しもしなかったからだ。それらは自分たちだけで、私の関与なしに、私の感情によって変えられることもなく生きている。そんなふうに独立した、本来のままの、私がそれらに対して抱く思いに溶け込まないそれらは、見知らぬ他人の持ち物のように、よく起こることや、愚かしく無用ではあるが放っておいても起こってしまうことのように、ある種の冷ややかな印象を残していった。自らを閉ざし、閉ざされた私は、周囲のすべてから切り離され、するとこの世は幽界のようであり、生きながらにして冷ややかなものとなり、そしてまた私も独立した、不可侵な存在なのだった。

空は茫漠として何一つなく、もはや脅しでも慰めでもない。様変わりし、水に映ってひっくり返り砕けたその空を見ると、それは秘密を持った空間ではなく、すぐ近くの光の反射だった。澄み渡った水の中に、石英が反射して光る。まるで浅瀬の底でひっそりと身動きもせずに眠るか、あるいは死にかけている魚の腹のようだ。私の思いに似ている、だがあれはいずれ浮き上がって来るぞ、心の底で沈んだままではいないだろう。まあいい、息を吹き返し、私があれを単なる暗示以上の意味をもって受け入れる時が来たら、起き上がるがいい。けれど今は静かにしている、もしかしたら、どのくらい続くのか私にも分からない静けさの中で、私自身の、開放された感覚が、ささやかな祝宴を催しているのかもしれない。不思議なことに、自分の考えか願望に強いられていない時、感覚は清らかで無邪気で、それは私自身をも解放し、平穏へ、もしかしたら実際にはなかったかもしれない遠い時へ、あまりにも美しく清らかで、記憶に残っているとはいえ、かつて実在したとは信じられないようなはるか昔へと連れ戻そうとするのだった。最高なのはおそらく、絶対にあり得ないこと——あの夢に、記憶にもない子供時代に、暖かく暗くしっかり守られた至福の時に、戻ることなのかもしれない。だがこんな切望は私の願いなどではないし、これに対する悲しみも狂おしさも感じはしない、これは思いつきと同じように実現不可能なものだからだ。私の中でそれは、過ぎし後方に向けられた明かり、あり得ないもの、存在しないものへと向けられた、ほとんど消された明かりのように漂っていた。そして川もまた遡って流れ、月光の銀で象《かたど》られた小さな水車も流れを止められず、川はさらに源泉へと向かって流れ、石の魚が白い腹を見せて水面へ浮かび上がり、それでもやはり川は源泉へと流れていた。

　その時ふと気がついた——私の思考がまた目を覚まし、目に見え耳に聞こえているものを痛みに、思い出に、叶わぬ願いに変えようとしている。水気を搾り取られた海綿のようだった脳が、ふたたび水気を含み始めた。一人引き離されていた時は、短かった。

4

人は望むものに到達できるとお考えなのですか？

キヅタがびっしり生えたテキヤの壁に沿った小道に、足音が聞こえた。それに私はまったく注意を払わなかったし、ふつうとは違うように感じられた何かがあって、かろうじて気づいたほどで、そこから受けた印象は表面的で確かめようもなく、気もそぞろだった私は、現実に起きたことと、その原因であるかもしれないことを結びつけることができなかった。こんなに遅く、夜中近い時刻に、カサバの出口にあるこのテキヤの横を誰かが通り過ぎたとしても、私の知ったことではない。私の心の中では何も起こらなかった、どんな予感も予想もなく、足音は蛾の羽音ほどの意味しか持たず、私の人生にとって決定的なものとなるかもしれないと警告するものなど何一つなかった。人が自分を脅かすもっとも差し迫った危険を感じることもできないとは、なんと残念なことか、そしてなんと奇妙なことか。もし知っていたなら、扉に閂《かんぬき》をかけて中に入ってしまっただろう、他人の運命は私のいないところで決めてもらうのだ。だが、そんなこととは知らぬ私はそのまま川を眺め、少し前の、私自身を介さない川そのものを見ようとした。だがうまくいかない。もうすぐ真夜中だ、いくらか迷信を信じたいような気持ちで、私はあらゆる闇の霊たちが目を覚ます時を迎えながら、私自身のこの静寂からでさえ、良きか悪しきかは分からない何かが起こるのではないかと待ち受けていた。

足音が戻って来た、静かだ、前より静かになっている。どんな足音とは分からずとも、同じ足音なのは確かだった。私の中の何かがそれを知っていたし、耳は、私が思いをめぐらせようともしなかった不思議な響きに気づき、覚えていた。片方の足の歩き方は用心深く、もう一方は聞こえない、だが片足で歩くことができる者がいるはずないというそれだけの理由からすれば聞こえるのかもしれず、すると私は自分勝手に、存在しない歩みの幻想を作り出していたことになる。夜警の気配はない。ならばどこかの隻脚の精霊が、早々に目を覚ましたか。

足音は門の前で止まった、あの確かな現実の、静かで慎重な歩みと、もう一つの、私の作り出した音のないものだ。

振り返って、私は待った。足音は私に関わる問題となり、鳥肌が立つような思いが押し寄せる。今ならまだ門のところに行って門をかけてしまうこともできたが、そうはしなかった。虫食いだらけの木の扉に身をもたせかけ、誰か息をしているのか、どこかへ過ぎ去ったか、さもなければ闇に変身したかと耳を澄ますこともできた。だが私は待った、邪魔をしないことで、偶然が起こるのを助けようとしていた。

街路のあちこちに足音が聞こえる。駆け足の、急ぎ慌てているいくつもの足音だ。隻脚もあの中に合流したのか、それとも、もういないのか?

門が開き、誰かが入って来た。

入口の敷石の上で立ち止まり、広い扉に背で寄りかかる。力が萎えたとでもいうのか、さもなければ門が開かないように押さえているつもりなのか。無意識の、だが無駄な動作だ。あんなにか細い体では、人一人とて止められないだろう。

二本の木が門に影を落とし、その隙間の光の中に、裁かれたように、孤立し、さらし者にされたように、彼はいた、きっと深い闇の底に身を隠したかっただろうに。だが動くわけにはいかない。駆け足が門に沿って通り過ぎながら敷石の上で音をたて、川が曲がって狭まるあたりで静止した。あそこにはアルバニアの警備隊の詰め所があるから、追っ手たちはきっと、ここで門に磔《はりつけ》になっている男のことを尋ねたに違いない。そして男も私も、追っ手たちが戻って来ると分かっていた。

それぞれが立っている所から動かずに、私たちは黙って互いを見つめていた。扉の幅と同じだけ離れた所から、入口の敷石に置かれた裸足の片足と、テキヤの壁よりなお白い顔が見える。その白い顔に、力なく左右に広げられた腕に、そして沈黙の中に、待つことへの恐怖があった。

私は、この興奮させるような追いかけごっこの邪魔をしないように、動きもせず話しかけもしなかった。私たちがそのままの姿勢でいるのが難しくなればなるほど、待つことは緊張感を増した。何かただならぬ、過酷で容赦ないものに引き込まれていくのを感じる。いったいどちらが、つまり逃げているこの男か、追っている連中のどちらのほうが容赦ないのかは分からないが、そんなのは重要ではない。集団襲撃は血と死の匂いがし、すべては目の前で結末を迎えようとしている。さまざまな思いがめぐる中でふと気がついた、これは生命そのものが血にまみれた結び目に絡められた姿なのかもしれない。もしかしたら、やや強すぎ、きつく押し込まれ、荒々しく表現され、あまりにも近いが、いずれにしても同じこと、終わりのない大小のありとあらゆる追跡の中にあるものだ。私はどちらの味方にもつかない。この立場はこの上なく重要だった。自分が裁判官になれる、一声出せば判決を下せる、その思いが私を興奮させた。彼の運命はこの手の中にある、この男の運命になれる、自分にできるかもしれないことにこれほどの力を感じたことはかつてなかった。彼を引き渡しなどしない。何気ない呼びかけか低い咳払いでも、彼を破滅させることができたかもしれないが、そうしなかったのは、ここからはよく見えもしない彼の目が情けを懇願していたからでもなく、正しくないことかもしれないからでもなく、私がただ、この追いかけごっこを引き延ばし、慄然とし興奮しながら、見物人そして目撃者でいたいがためだった。

追っ手たちが戻って来た。もう駆け足ではなく、歩いている。興奮し、激怒しているようだ、というのも今や追っ手たちは罪人でもあったからだ。この男が逃げおおせれば、それはあの連中の罪ともなり得る。ここでは平和裏に終わることなど何一つなく、結末は必ず悲惨なものになるのだ、どんな結末であれ。

追いかけごっこに巻き込まれた者は、みんな黙っていた。私、追われる者、追う者。ただアルバニアの警備兵たちだけが、狙撃用の塹壕に寝そべって、くぐもった声で母国の歌を歌い、その野生の吠え声にも似た異国の嘆き歌が、私たちの沈黙をいっそう重苦しくしていた。

秘かに、ためらいがちに、足音が近づき、私は深く緊張しつつ、追う側になったり追われる側になったりしながら、それらを耳で追った。もちろん私はどちらの側でもなく、あの男が逮捕されることも逃げおおせることも切望していて、逃げる者を心配する思いと、どこに隠れているかを叫んでしまいたいという願望が、私の中で奇妙に混ざり合い、そうしてすべてが苦しい享楽へと変わっていた。

追っ手たちが門の前で立ち止まり、私は息をこらし、堪え難さから激しく脈を打たせながら、私の運命をも決するだろう瞬間を迎えようとしていた。

追われる男も、息を止めていたに違いない。追う者たちと彼を隔てるのは薄い板一枚、両者は掌の幅ほども離れていないのに、山に隔てられたように遠くにいる、外の彼らは知らずにいることによって、彼は望みをもつことによって。彼の腕はまだ左右に広げられたままだが、顔はリンのように光っている。私の目の前に広げられた手足が興奮のせいでかすかに震え出したが、顔の上に残る白い跡は、恐怖の印だった。

追っ手が門を開けて入って来るか？ この男が足をつるつるした石の上で滑らせて、彼らの注意を引いてしまうか？ 私が興奮のあまり咳き込んで、彼らを呼び寄せてしまうか？ この男はほんの一瞬しか抵抗しないだろう。二つの絶望が相争うだろうが、彼らの方が数で勝っている。両者は顔をつき合わせるようにして、相まみえることだろう。それで一巻の終わりだ、彼を見失ったことに対する恐怖と猛々しい怒りのあまり、そして見つけたことに対する嬉しさのあまり、追っ手は容赦なく彼になだれかかるだろう。眺めているだけの私は結末に落胆し、ただこのテキヤの中庭から出て行ってくれと頼むことだろう。だがこの時、たまたま、自分は追われる側なのだと感じた。たまたまというのは、追う側だと思ってもよかったはずだからだ。だがもしかしたら、たまたま、ではなかったのかもしれない。彼の姿は見てしまったのだし、姿の見えない連中には門の前から消えてほしかった。そうすれば悲惨な結末を目撃しないで済む。この願いは、命のために孤立無援で戦っているこの男を助け、幸運が転がり込む機会を与えてやれるもののように見えた。

そして実際、私の張りつめた意志が働きかけたかのように、足音は門から遠ざかり、やがてばらばらに止んだ。確かめた方がよいかと、誰かが迷っている。また戻って来るかもしれない。だがそうはせず、通りを下ってカサバのほうへと向かっていった。

男はまだ同じ姿勢で立っていたが、筋肉のこわばりは目に見えて弛み、足音が遠ざかるにつれて力も弱まった。

こんなふうに終わってよかった。もしこの男が捕えられたなら、あるいは私の目の前で殴られでもしたら、記憶には長く残酷な光景が残り、ほんの一瞬とはいえ彼を連中に引き渡そうとしたことを、楽しんでいたことを、心を痛めながらもあの人間狩りを、そうだ、楽しんでいたことを、後悔する気持ちが起こったことだろう。この結末に対する後悔の念なら、もし起こるとしても、それよりずっと軽いはずだ。

どちらに罪があり、どちらが正しいのかなどとは考えなかった、どちらでもよくさえあった。誰にでも自分なりの決着のつけ方がある。罪人はたやすく見つけられるが、正義とは、必要と思うことを成し遂げる権利であり、そうだとすればどんなことでも正義となりうる。悪も同じだ。私は何も知らないのだから、どちらがどうと定めることはできず、介入するつもりもない。本当は、黙っていることで介入していたのだが、そういう介入は私の立場に反するものではなく、真実を知った時に自分にとってこの上なく都合のいい理由で正当化できるものだった。

男を一人残して私はテキヤに向かった。これであの男は自分の好きなように行動することができる。人間狩りは終わりだ、彼は自分の道を行くがいい。私は足元を、小道の砂と緑色の縁を見つめ、彼を心から閉め出し、ほんのわずか前には存在した彼と私の間の細い糸を断ち切り、彼が以前のままの、私の目とも道とも交わることのない、見ず知らずの男のままでいてくれるように努めた。けれど実際に見ずとも、彼の衣服の白さと青い顔が見えた、あるいは心の中で記憶にある姿を思い出したのかもしれない。手を下ろし、足を開くのが見える。もう緊張してはいない。生か死かを決する時が続いていた間だけ活動していた震える神経の、血にまみれた縄に絡められてもいない。束の間の苦しみから解かれ、これから先に待ち受けていることに思いをめぐらせるだけの自由を与えられた人間の姿でいる。私には分かっていた、彼と彼を追う連中の間に何かの決着がついたわけではない。ただ先延ばしにされ、どのくらいとは分からない先か、あるいは次の瞬間が訪れるまでの間、中断されただけなのだ。どのみち彼は逃げるように、彼らは追うように、定められているのだから。とその時、ためらうように、ほとんど体から離れないほどに、彼がわずかに手を挙げたように見えた、まるで私に止まってほしい、何か言いたい、自分の運命に介入してほしいと願うかのようだった。だが本当に見えたのか、本当に男がそうしたのか、あるいは彼がするかもしれない、したはずに違いない身振りを想像したのか、自分でも分からない。私は立ち止まらなかった。これ以上関わりたくない。テキヤに入って、錆びついた錠に鍵をかけた。

部屋に入ってもまだ、私たちを隔てた錠の軋み音が聞こえた。あの男にとっては解放だったはずだ。いやそうではなくて恐怖か、究極の孤独かもしれない。

私は本を、コーランを、でなければ他の本でもいい、道徳について、偉大なる人々について、聖なる日々について書かれた本を手に取らなければと感じた。もしそうしたなら、いつも信じているよく知った文章のもつ楽の響きが心を安らかにしてくれるだろう。わざわざ思いをめぐらせることさえないそれらの文章は、血流さながらに体の中にある。私たちは気がつかないが、血流とは私たちにとってのすべてて、私たちが生き、呼吸することを可能にし、まっすぐに立たせ、あらゆるものに対して自分の考えを伝えるものだ。自分がよく知っている物事についての美しい言葉は、私を不思議な心地で癒してくれるようだった。いつも歩き回っているよく知った輪の中で、私は確固とし、人々やこの世界が私を脅かそうとする企みには無縁だった。

ただ、どんな本でもいいと思い、自分が慣れ親しんでいる考えに保護を求めるというのは良いことではない。何を私は恐れていたのだろう？ 何から逃げようというのだろう？

あの男はまだ下に、庭にいる。門を開けたのなら、音が聞こえたはずだ。明かりをつけず、部屋の黄色い闇の中で、足を月光に浸して立ったまま、私は待った。だが何を待っていたのだ？

部屋は古い木の、古い皮の、古い息の匂いがし、もう死んでしまった女たちの影が時折行き過ぎる。私が来る前にここに住んでいた彼女らの影に、私はもう慣れていた。だがこの古い平穏の中に、古い隠れ家に、新手の、見知らぬ男が入り込んで来たのだ。白い跡を顔につけ、手足を枝のように広げ、苦しみながら自ら扉に磔になった男だ。彼が姿勢を変えたのが分かり、体中の骨組みがばらばらになったかのように体から力が抜けるのが見える。その姿は新たな、しかしより意味深く、より痛々しいものだった。だが私の記憶に残っているのは、少し前の彼の痙攣と肉体の張り、生きて戦い誰にも屈しない力、奇跡を起こしうる筋肉の強く引かれたバネだ。あの姿のほうが、この崩れ落ちたものより好きだ。あちらのほうが希望がもてたし、私を楽に解放し、彼のことは彼自身に任せられると約束していた。こちらのほうは依存、望みのなさ、支えを求める姿だ。あの時見えたか、でなければ見えはしなかった彼の動き、私の目を自分のほうに向けさせようとした動きを思い出す。私を呼び、そして、俺の傍らを、俺の恐怖の傍らを、自分には関係ないことだといわんばかりに素通りしないでくれと懇願していた。もし彼がそうしなかったのだとしたら、もし自分の身を守り助けを呼ぼうとする、あの命の必然的な動きが私の単なる想像だったのだとしたら、彼にはもうどんな力もなくなっていたのだろう。だが今はそればかりか望みもないのだ。あの男について何も知らないのは残念だ。もし罪ある男なら、彼のことなど考えもしないだろう。

窓に近づいて、顔に当たる月明かりにぎくりとする。これでは、私がさらされているようではないか。脇から覗くと、もう門のところに彼はいなかった、出ていったのだ。もっとよく庭を眺めて、そこに誰もいないのを見ようと思った。だが、出て行ったのではない。木の下にいた。影に隠れ、木に身を寄せて立っている。彼が身を引くのが分かった。両足が月明かりに照らされ、膝から上が影で切り離されていた。

この家も窓も見てはいない、私からはもう何も期待していないのだ。通りのほうに耳を澄ませている、きっと猫の足音さえ、鳥がせわしなく飛び移る音さえ、そして自分の潜めた息さえ、聞いているのだろう。彼が梢を見上げ、私は彼の視線を追う。梢が深夜の風に軽く揺れ出した。静まってくれと願っているのか、それともそのざわめきを呪っているのか。これではテキヤの壁の外の騒音を聞き分けることができない、これは命に関わることだ。

背を幹に当てたまま、彼は銀色に光る足で木の周りを回り、それから身を離すと、まるで重さがないかのように音のしない歩みで庭の門に近づき、そっと門を下ろした。それからまた戻り、木の影に隠れながら垣根のそばまで行き、川の底を覗き込み、流れの狭まっている上手のほうを見上げ、そしてカサバに向かって流れる本流へと目をやってから身を引き、深い闇の中に姿を消した。何か聞こえたのか、見えたのか、それとも出ていく勇気がないのか、行くあてがないのか。

彼は罪があるのか、私は知りたかった。

さあこのとおり。私は彼の脇を通り過ぎ、目を地面に向けたままテキヤの扉に鍵をかけ、部屋に閉じこもったのだが、この平穏の中に突如現れた男から離れられずにいる。彼は私の思いを引きつけ、私は窓辺に立って彼の恐怖が息を吹き返すさまを見せられるはめになった。このゲオルギオスの夜、他人の罪を、私自身の罪の始まりを、あの薄暗がりの中の魅惑的な両腕を、そして心の悩みを、彼はすっかり忘れさせた。だがもしかしたら、この一部始終も私の悩みゆえに起きたのかもしれない。

窓に背を向け、ろうそくをつけて隣の部屋に行ってしまうべきだった、明かりの灯った窓で必要以上に彼を苦しめないように、そして、自分がしてしまったこと以外のことなら何でもいい何かをするために。というのもこれは束縛、病的な関心、私自身の優柔不断だからだ。私はまるで自分自身に、そして自分の良心に、もう信頼を寄せられないかのようだった。

こんな隠れんぼは、子供のする、いやもっと悪い、臆病者のすることだ。怖がることなど何もない、自分自身さえもだ。なのになぜあの男が見えないふりをし、出て行く機会を与え、しかもなおあいつは出て行かないのだ？　彼がテキヤの中庭にいるのかどうか、悪を隠しているのか、あるいは悪から逃げているのか、そんなことを確かめられないかのようにどうして私は振る舞うのだ？　何か、決して罪なきことではないことが起きている。いつでも苦しく過酷な出来事が起きているのは知ってはいるが、これは私の目の前にある出来事だ。他のことのように、見ず知らずのものの中に押し込めることなどできない。それに私は罪人にも、偶然関わりになる者にもなるつもりはなく、自分で自由に決断したかった。

庭に下りると、月が空の端で輝いていた。沈む間際だろう。ホソグミが開き始め、空気がその香りに焚き込められる、あれは伐ってしまわなければ、あの花は嘆きを誘い、押し付けがましい。私は時に匂いに敏感になりすぎ、地上のあらゆる重苦しい匂いに耐えがたいまでに息を詰まらせる。それは思いがけず、どうやら興奮すると起こるようだった。とはいっても、匂いと興奮の間にどんな関係があるのかは分からないのだが。

彼は茂みの中に立っていた。居場所を知らなければ、見つけられなかったかもしれない。顔ははっきりした線を持たず、半ば闇に隠され、彼のほうが私をよく見ることができただろう。私は明かりにさらされ、裸でいるような気がしたが、身を隠すこともできない。彼は茂みに姿を変え、枝となって伸び、狭い山間を吹き抜けて来る夜風を受けて、やがて揺れ始めるかもしれない。

——出て行ってくれ——囁き声で私は言った。

——どこへ？

声はしっかりして深く、目の前にいる貧弱な体つきの男のものではないかのようだった。

——ここから出て行くのだ、どこへ行こうと構わない。

——ありがたく思うよ、引き渡さないでくれて。

——人ごとには干渉しない、だから出て行ってほしい。

——俺を追い出すんなら、もう干渉したことになる。

——たぶんそれが一番いいんだ。

——一度は助けてくれたのに、どうして今度はそれを無駄にするんだ？ いつか、美しい思い出が必要になることがあるかもしれないぞ。

——おまえのことを私は何も知らないのだ。

——すべてご存知だよ。俺は追われてる。

——何か連中にとって悪いことをしたんだな。

——悪いことなどしてない。

——どうするつもりだ？ ここにずっとはいられないぞ。

——ちょっと見てくれ、警備兵は橋の上にいるか？

——いる。

——俺を待ってるんだな。そこら中にいる。あんたは俺を死に追いやるつもりなのか？

——修道師たちは早起きだ、おまえは見られてしまうだろう。

——明日の夜まで匿ってくれ。

——旅人に見つけられるかもしれない、旅の客人たちだ。

——おれも旅の客人だ。

——無理だ。

——ならば警備兵を呼べよ。すぐそこにいるだろう、壁の向こうに。

——呼びはしない。おまえを匿いもしない。なぜ私がおまえを助けなければいけないんだ？

——理由などない。あんたも隠れることだな、あんたには関係ないんだから。

――おまえを破滅させることもできたんだ。

――あんたにはそれだけの力もなかったさ。

私は腹立ちを覚えた。こんな会話には心の準備ができていなかった。まったく違う男と出会うだろうと思っていたせいで、言葉を交わすごとに意表をつかれる思いだった。手足を門に磔にされた姿にすっかり欺かれた。憐れみの気持ちから、そして顔の白い跡と頼りない楯のような薄い板のせいで、私は彼を哀れな、怯えて途方にくれた男だと想像した。声さえきっと震えてあやふやなものだろうと思っていた。なのに何もかもまったく違っている。私の一言が彼に笑顔を与え、卑下するような態度で私を見るだろうと思っていた、なにしろ行き止まりの状態で、私の悪意あるいは善意いかんだったはずなのだ。それでも彼の声は静かで、怒りさえなく、ほとんど陽気といってもよく、嘲笑的で、挑発するように響き、相手に腹を立てるでもなく、自分を卑下するでもなく、まるで起きていることすべてを超越しているとでもいうかのように、自分の安全を確保できる何かを知っているかのように、我関せずといった調子で答えたではないか。あまりにもみごとに予想が裏切られたせいで、おそらく私は、彼の落ち着きさえ過大評価したのだろう。彼がかくまってほしいと頼んだ態度もまた奇妙だった。こんなのはどこにでもあることだ、願いを聞き届けてもらえばありがたいが、運命を決するというほどのものではないね、そんな調子だった。懇願を、いや要求かもしれなかったが、繰り返すこともなく、あっさりあきらめ、私が拒絶したことに腹も立てず、こちらには目も向けずに、やや頭をもたげてじっと聞き耳をたて、もはや私の助けなどあてにしてはいない。誰の助けもあてにしておらず、あえて手を差し伸べる者はもう誰もいないことを、親戚も友も知り合いもなく、不幸の中でひとりぼっちでいる定めなのだということを、承知している。彼と追っ手たちの周りには、何もない空間が残されていた。

――私のことを汚い男だと思っているのだろう。

――思ってないよ。

――私はそんな男ではない、だが助けることはできないのだ。

――誰でも自分が何者なのかは知ってるからな。

そこには非難もなければ不幸と妥協しようという響きもない、ただあるがままを受け入れる態度、人は誰も、有罪とされた者を助けてやろうとはこれっぽっちも思わないものだという、古くからの苦々しい知恵があるだけだ。しかもそうした人間の中にこの私も数え入れ、そのことを意外とも思っていない。だがそんなことも彼を挫けさせず、力を奪うこともなく、あたりを見回すにも途方に暮れてではなく、集中力を持って、確固とした様子で、唯一人で闘う決意を見せている。

なぜ追われているのかと私は尋ねた。答えはない。

——どうやって逃げた？

——崖から飛び降りた。

——人を殺したのか？

——いや。

——盗みか、略奪か、何か恥ずべきことをしたのか？

——何も。

あわてて弁明しようとも、私を納得させようともせず、こちらの問いかけに、いかにも余計でくらだぬことだと言わんばかりの調子で答え、もはや私を善か悪か、あるいは危険か希望かに分けて判断しようとはしていなかった——要するに、身柄を引き渡しはしなかったが助けにもならない奴、というわけだ。おかしな話だ、私はまるで木か灌木か、さもなければ子供であるかのように、こんな調子で素通りされて、自尊心を傷つけられ、名もなき者のように扱われ、卑小化され、彼だけでなく私自身の目の前で価値を奪われた。こちらには関係ないことなのに。この男については何も知らないし、もう会うこともないはずだ。だがこの男が何を考えているのかがすっかり気掛かりになってしまった、私をまるで存在していないかのように扱って、侮辱したのだ。彼が怒りを爆発させたほうが、ましだった。

彼を置き去りにするつもりだったのに、人には頼らぬという彼の様子が、私の神経を逆撫でした。

こうしてそのまま私はじっと立ち、窒息させるようなホソグミの花の香りの中、自らのためだけに生きているこのゲオルギオスの夜の中、独自の世界と化した庭の中に立ち続け、私たち二人は、互いに出会ったことを嬉しいとも思わず、といってあたかも出会わなかったかのように分かれることなどできるはずもなく、至近距離で立っていた。苦しみながら私は、木の枝と化してしまったこの男をどうしたらいいだろうと思いをめぐらせた。悪は犯したくない、どんなものかは分からないが他人の罪に加担したくはない。良心の呵責を感じたくないと思いながらも、解決を見いだせなかった。

奇妙な夜だった。起きたことのせいだけではなく、私が起きたことを受け入れたせいだ。理性は関係ないことに巻き込まれるなと言っているのに、出口が見えなくなるまでに関わってしまった。自制するという長い習慣が部屋へと引きこもらせたのに、何か新たな要求に駆り立てられて舞い戻った。テキヤと修道師の身分は、確固たる自己であれと教えてくれたのに、何をすべきか分からぬままに逃亡者の前につっ立っていて、そのことはもうすでに、無用なことをしていることを意味していた。この男のことは彼自身の運命にまかせよとあらゆる道理が告げているのに、私は彼の滑り易く危険な道を、それが自分のものにもなるなどということはあり得ないはずなのに、一緒に進み始めていた。

そんなことを考えつつ、身を引くべき適当な言葉を探しながら、私はふいに言った。

——テキヤの中に入れてやることはできないんだ、私にとってもおまえにとっても危険だろう。

彼は答えず、私のほうを見もしない、彼にしてみれば私は何も新しいことは言っていなかった。引き下がる時間はまだあったが、私はもう滑り始めていて、止まることは難しかった。

——この庭の奥に小屋がある——私は囁いた——あそこなら誰も行かない。不要の古物を置いているだけだ。

そう言った時、逃亡者が私を見た。目には生気が満ち、信じられないといったようだったが、恐れの色はない。

——連中がいなくなるまで隠れていろ。捕えられても、私が助けたなどと言うなよ。

——捕えられやしないさ。

あまりにも確信ありげな言い様に、私はほとんど胸が悪くなった。自信たっぷりな態度にまた苛立ちを覚え、隠れ場所を提供したことを後悔し始める。こいつは自分一人で十分なのだ、おまえは退けられた。嫌になるほどに泰然自若としている彼に、まるで殴られたかのように、差し出した手を払いのけられたように、私は感じた。後になって私は、この時の自分の敵愾心のような感情を恥じた（自らを信じる以外に彼に何があったというのだ！）。私は、他人から感謝されたい、他人には、わたしはちっぽけであなたが頼りなのですという様子でいてほしいという低俗な欲求にとらわれていたのだ。だがこの欲求こそが、好意を生み出し、養い、私たちの行為と善意をより意義あるものにする。こんな態度をとられたら、好意はごくつまらない、不必要なものになってしまうだろう。だがあの場では、恥じるどころか、腹を立て、無意味なことにのめり込んでしまったような気になってしまった。それでも庭を抜けて、茂みとニワトコの陰にある、朽ちた小屋のほうへ向かった。嬉しいとも思わず、自分を正当化もできず、どんな内なる要求もなかったが、他にどうしようもなかった。

扉は開いたままで、コウモリと鳩が棲みついていた。

彼は立ち止まった。

——なぜこんなことをするんだ?

——分からない。

——もう後悔しているんだろう。

——おまえは自尊心が強すぎる。

——余計なことを。それに、人は自尊心が強すぎるなんてことはないんだ。

——おまえが何者で、何をしたのか、尋ねはしない、私には関係のないことだ。ここにいればいい、これが私にできるすべてだ。私たちは出会ったこともなければ互いの姿を見たこともない、そういうことにしよう。

——それが一番いい。もう部屋に戻れよ。

——食べ物を持って来ようか?

——要らぬこと。あんたはすでにこんなことをしてまずかったと思ってるだろう。

——なぜまずかったと私が思うんだ?

——あんたは迷い過ぎるし、考え過ぎる。今は何をしてもまずい、あんたはそう感じているはずだ。テキヤに戻って、俺のことはもう考えるな。考えたらきっとあんたは俺を突き出すだろう。

これは嘲笑か、叱咤か、軽蔑か? こんな態度を取るだけの力がいったいどこから湧いて来るのだろう?

——あまり人を信じていないな。

——もうすぐ夜が開ける。一緒にいるのを見られないほうがいいだろう。

私を厄介払いしたいわけだ。待ちきれないといった様子で、夜明けの予兆の光で変化していく空を見上げている。だが私は聞きたいことが山ほどあった、もう会うこともないのだし、彼以外には誰にも答えようがない。

——もう一つだけ、おまえは一人ぼっちなのに恐ろしくはないのか？　捕えられ、殺されるんだぞ。どんな見込みも、まずない。

——ほっといてくれ！

　彼の声は荒く、腹立ちに押し殺されていた。たしかに彼にしてみれば、自分自身が十分承知のことを言われる必要はなかったのだ、もしかしたら本当に私が汚い男で、彼の苦しむ様を見て楽しんでいると考えていたのかもしれない。それから私に、こちらと同じ調子で言い返して来た——

——何かに苦しんでいるな——予想だにしなかった洞察力で彼が言い、その洞察力は私を圧倒し、私の陣地である茂みの中で、私に迫った。——危険がなくなったら、いつか話をしにあんたのところに行くよ。今はもう戻れ。

　知りたいと思ったことには答えずに、私を私自身に突き返した。だがあの男がいったいどんな答えを私に与えられただろう？　私たち二人がいったいどんな関係を持つことがありえただろう？　彼が私に何を教えられるというのだろう？

　窓を開けた。部屋の中は息が詰まりそうだった。あの男がいなかったら、庭に降りて、眠らぬままの夜明けを迎えたかった。どうせここでも夜明けは迎えなければならないのだ、もう間もない、早起き鳥のさえずりがますます騒がしくなってそのことを告げ、暗い山々の上に広がる空が、まぶたを開いて青い瞳を見せ始めた。木々は薄暗い霧に包まれて眠たげな様子だが、もうすぐ最初の朝の光に向かって、魚も水から飛び跳ねるだろう。私は生命が今始まったとでもいうような、こんな朝の目覚めの時が好きだった。

　部屋の真ん中で、不安とともに待ちながら、何が不安の原因なのか定められないまま、自分のしたこと、そしてしなかったことのせいで苦しみに満ちた私は、いわれのない脅威と不吉な予感でいっぱいになったこの夜、敗北者のようだった。

　ざわめきと鳥の翼の羽ばたきの一つ一つに耳を澄ませ、川の流れが一つになるのを聞きながら、彼の声か、あるいは彼を追う連中の声が聞こえはしないかと待ち受けた。逃げおおせるか、ここにとどまるつもりか、捕まるのか。あの男を引き渡さなかったのは、あるいは自分の部屋に隠さなかったのは、過ちだったのだろうか？　彼は言った——今は何をしてもまずい、あんたはそう感じているはずだ。私自身にさえはっきりしていなかったことを、どうして言い当てることができたのだ？　あの男の敵にも味方にもなりたくなくて、その中間の、無策という解決策を見つけたのだ、というのも、何も解決されてはおらず、苦しみが引き延ばされただけだったからだ。私はいずれ、どちらかの側に立たねばならないのだろう。

彼を破滅させる側、助ける側、どちらの側につくにしても、理由はいくらでもあった――私は修道師、信仰と秩序を守る側にいる。彼を助けるとはつまり、自分の信念を裏切ること、わが清らかな人生の長い年月をつぎ込んできたものを裏切ることだ。もし彼が捕えられたなら、テキヤにとっても具合が悪いだろうし、さらに悪いのは私が助けたと知られた場合だ。きっと誰も許してはくれないだろうし、知られてしまう可能性は高い。おそらく彼はざまを見ろという気持ちから、でなければ恐怖から、きっとしゃべってしまうに違いない。弟にとってもまずいことになるだろう、弟にとっても、私にとっても。私自身の立場も弟の立場も悪くしてしまうだろう。私の行動には関連性があり、つじつまが合うと見られてしまう。弟を捕えられた仕返し、さもなければ弟をもう助けられない代わりに誰か他の者を助けようとするかのように見えるに違いない。あの男を当局に引き渡す理由はいくらでもあるのだ。彼には彼なりのやり方で、もめ事と正義の決着をつけてもらおう。

だがまた私も一人の人間だ。彼が何をしでかしたかは知らないし、裁くことは私の仕事ではない。それに正義も過ちを犯すことがある。ならばなぜ彼の身に責任を負って、起こるかもしれない後悔に圧迫される必要があるのか。彼を助ける理由のほうも、いくらでもあった。だがそれらはどちらかというと色褪せたような、さほど信頼できるものではなく、それらを考え出しそこに意義を与えたのはひとえに、本当の、そしてただ一つ大切なことから逃れる口実を作るため、そしてそのただ一つ大切なこととは、彼という機会に乗じて自分自身を放免することだった。彼は、私の心が揺れ動いているまさにその時に、不安定な揺れを量る竿秤の針となるべく、現れたのだ。あの男に裁きを下して当局に引き渡してしまえば、私は自分のこの混乱を通り越し、起きたことのすべてに関係なく、牢に入れられた弟にも、弟ゆえのこの嘆きにも関係なく、何ごともなかったかのようにこれまでの私のままでいただろうし、不運に見舞われた弟と、傷ついた自分自身を犠牲にしていただろう。そして服従というしっかり踏み固められた道を、自分の苦しみには背きながら、進んだことだろう。だがもしあの男を助けたなら、それは私の最終決断となる。私は反対側の者、自分の中の平穏に背き、今日までの私に対立する者となる。そのどちらになることも、私にはできない業《わざ》だった。前者をとることは、揺らぎ始めたとはいえ信念が引き止めただろうし、後者を取ることは、習慣の力が、そして見知らぬものに向かう旅に対する恐怖心が、引き止めていただろう。十日前、弟がまだ投獄されていなかった時だったら、私にはどちらでもいいことだったに違いない。何をしようと平静だったはずだ。だが今はもう、それは決定だった、分かっている。だからこそ途中で、未定のままでとどまったのだ。どんなことも可能であり、しかし何一つ実現していなかった。

彼は庭の古い小屋の中にいる、茂みの中だ、私はそちらにひっきりなしに目をやる。されど動くものは何一つなく、何も聞こえない。彼が出て行かなかったのはまずかった、出て行けば自分ですべてを解決できただろうに。もう逃げ出すこともできず、一日中ここにいることになるだろう。私は一日中彼のことを思い、彼にとって、そして私にとって救いの主となる夜を待つことになるだろう。

テキヤがどんなふうに目覚めるかはよく知っていた。最初に起きるのはムスタファだ、もし自分の家で寝ていなければだが。彼は一階の床の石に重い履物を叩き付け、音をたてて扉を開け、庭に行き、鼻から思い切り息をして、うがいをし、指をいっぱいに広げた手をこすり合わせながら沐浴《アブデスト》を行って、せかせかと礼をする。そして火をおこし、食器を出したり並べたりし、こうした一連のことをするのに、彼は早起きの習慣がない者でさえ目を覚ましてしまうほどの大きな音をたてる。耳が聞こえないのだ。そして音も響きもない空っぽの世界の中では、大音響は願望そのものであり、だから私たちがなんとかして、打ち付ける音や叩く音、ものを割ったり鐘をならす音が大きすぎると伝えると、ムスタファは、そんなことで迷惑を被る者がいるなんてとても考えられないといわんばかりに驚くのだった。

ほとんど同時に、ハーフィズ＝ムハメドが呟き込むのも聞こえてきた。咳は一晩中治まらないこともあり、春と秋にはことにひどく息苦しそうで、彼が血沫を飛び散らしていることを私たちは知っていた。だが彼は血の赤い跡を自分で拭き取り、笑みを浮かべ、頬に赤い斑点をくっつけたまま、自分のことでも病気のことでもなく、ありきたりの世間話をしながら出て行ってしまう。それで時々私は、あれは一種の誇りなのだろう、私たちみんなに対して優越感を感じていたいという現れなのだろうと思った。体を洗うことには特別の注意を払い、長い時間をかけて色のない肌をこする。今朝はあまり咳をせず、楽そうで、暖かい春の息吹が彼を和らげているようだ。同じ春の息吹が彼を痛めつけることもあるが、今日はきっと愛想がよく、静かで、控えめでいてくれるだろう。そうやって、憤りを見せずに皆に仕返しをするつもりなのだ。

それからムラ＝ユースフが下りてくる。木の履物《ナヌラ》の響きは抑制され、ゆっくりして、あのみなぎるような健康には似つかわしくないまでに静かだ。他の誰よりも自分の行動に注意を払っているのは、誰よりも隠すべきことが多いからだろう。私は彼の落ち着きぶりを信じていなかった。紅潮した顔と二十五歳という若さを考えれば、あれは不自然などというのではない、偽装に似ている。とはいってもこれは確信ではなく疑惑、こちらの気分によって変わる印象ではあった。

私たちは互いのことをあまり知らなかった。共同生活をしているとはいえ、自分の身の上話は決してしないし、何かを徹底して話すこともなく、共通することだけを話題にしていたからだ。結構なことだ、個人的なことは些末に過ぎ、不透明で無益だ。かき消すことができないのなら、そうしたものは自分のうちにしまっておくべきなのだ。会話に用いるのは、私たちより前にすでに誰かが使ったような、一般的な、よく知られた文章だった。なぜならそうしたものは、確実で信頼がおけ、思いがけなさとか理解不可能などということから守ってくれるからだ。個人的な色づけは、詩情、過ちに陥る可能性、恣意的なものだ。共通の思考の回路からはずれることはつまり、それを疑うことだ。だから私たちは、重要ではないこと、あるいは私たちにとって共通のことがらを通じてのみ、互いを知っていた。言い方を変えれば、私たちはまったく互いを知らず、その必要もなかったのだ。互いを知るとは、必要もないことを知ることを意味していた。

だがこんなふうに周囲を見渡すのも、決して安楽なことではなかった。私は、嵐に共通の輪から吹き飛ばされないように、こんな観察をすることで、何か確かなものの中に身を隠したいと思っていたからだ。崖っぷちを歩いていた私は、誰でもない者に戻りたかった。今朝は誰も彼もがうらやましく見える。皆にとって今朝は、いつもの朝なのだ。

この苦しみを軽くする、いや取り除くことさえできる確実でごく簡単な方法はあった。皆に共通の心配事にしてしまうのだ。逃亡者は今やテキヤ全体の問題であり、私がただ一人で決断を下す必要はない。他の者の問題ともなった今、私に隠す権利があるだろうか？ 自分の考えを述べるのはいい、逃亡者の身を案じるのもいい、だが匿うことはしてはならない。匿うとはまさに、私が避けている決断だった。決断は私だけのものではなく、私たち全員のものでなくてはならない。そうすればずっと楽だし、誰に対しても正直だ。それ以外のことはすべて不誠実、偽りだろう。私は、許されないことをしていると分かっているべきだったし、そんなことをする理由もなかった。あんなことをする必要があったのか、その確信さえなかった。

だが、まず誰と話をしよう？ もし全員が集まったら、逃亡者はあらかじめ犠牲にされることが決まっているも同然だろう。私たちは互いを恐れ、その場にいない者を代弁するだろうし、そうなれば、もっとも容赦ない決定がもっとも受け入れやすいものとなるだろう。一人だけと話をするほうが簡単で、より正直というものだ。そうすれば聞き手は数の力に引きずられない。聞く耳の数が少なければそれだけ、理性の言い分は尊重されるだろう。とはいえ、誰を選んだらいい？ 耳の聞こえないムスタファはまず間違いなく失格だ。私たちは神の前で平等ではある、そうは言ってもムスタファと話をして決めたなどと言ったらみんなの笑い草になるだろう、それも彼の耳が聞こえないことが理由ではない。内縁の妻から始終逃げ出して幾晩もテキヤで過ごし、自分の子供と連れ合いの養子の合わせて五人の子供がいるムスタファは、妻と子供たちのことですっかり頭が一杯で、もし私が何か尋ねても、あたしが何も知らないことを尋ねるなんてと彼自身がびっくり仰天してしまうに違いないからだ。それに、彼がまったく知らないことは山ほどあり、そういう意味で彼は、自分の何人もの子供たちと似たりよったりだった。

ハーフィズ＝ムハメドなら、ぼんやりしながら、何も意味しない笑いを見せて私の話を聞いてくれるだろう。黄ばんだ歴史書にかじりついて生きて来た男で、彼にとっては過ぎた時間しか存在せず、現在という時間はただ過ぎ行くものでしかないのだ、そんな彼をその時の私はうらやましいと思っていた。彼のように人生から切り離されてなお幸せに生きている者はめったにいない。何年もの間、東方を放浪し、名高い図書館をめぐって歴史書を漁り、本の分厚い包みを抱え、貧乏だが豊かになって、本人以外の誰にも役に立たない知識をいっぱいに詰め込んで、生まれ故郷に戻って来た。彼からは知識が川のように、大水のように流れ出し、そこに出て来る名前や出来事は私たちを呑み込まんばかりに溢れる。聞く者は、今ここに存在するかのようにこの男の中で生きている群像のせいで、恐怖にとらわれてしまう。それらは亡霊や影などではなく、今ここにいて、何か恐ろしい、永久に続く存在の中で絶えず活動している生きた人間たちであるかのようなのだ。帝都で、ある軍人に丸三年歴史学と天文学を教わったとかで、この二つの学問のために、彼はあらゆるものごとを、天空と時間の巨大な広がりによって計っていた。私は彼が今の時代の歴史も記録しているのだろうと思っていたのだが、それも疑わしく思えてきた。彼にとって出来事や人々は、死んで初めて大きさと意義の尺度をもつからだ。ふつうに持続する人生に関心を払わない彼に書けるのは、歴史の哲学の書、非人間的な尺度を持った、望みというもののない哲学の書だけだっただろう。もし私が例の逃亡者のことを尋ねたなら、熱も出さずに迎えたこんな素晴らしい朝に、不愉快なことで心を乱され、テキヤの庭にいる人間の運命のようなちっぽけな問題について考えることを強いられて、ひどく苦しむことになる。そして何かはっきりしない答え方をして、結局すべては私の判断にかかったままとなるだろう。

ムラ＝ユースフと話をしよう、そう心に決めた。

ムラ＝ユースフはちょうど沐浴《アブデスト》を終えたところで、私に会釈しながら黙って離れようとした。話がしたい、そう言って私は彼を引き止めた。

ちらりと私を見て、彼はすぐに頭を垂れた。何かを恐れている。だが苦しげに待ち構える態度につけこみたくなかった私は、間を入れずに逃亡者のことを打ち明けた――男が庭に入ってきて茂みに身を隠し、それが私の部屋から聞こえ、見えもした。きっと今もそこらにいるだろう、だが逃亡中であることは間違いない、でなければ隠れなどしないだろう。私は本当のことを話した、迷っていたし、今もそうだ、と。どうしたらいいのだろう、当局に訴えるか、あるいはなるがままに放っておくか。もしかしたら何か罪を犯したのかもしれない、無実の者は夜通し追われたりしないものだ。だがこんなふうにも考えてみたのだ、あの男のことは何も知らないし、彼に不当なことをするかもしれない。そんなことをしないように神がこの身を守って下さることを願うのみだ。さて、悪しきは介入することか、それとも介入しないことか。より悪しきは悪人を、もしもあの男が悪人であるとしてだが、隠すことか、それとも情けをかけないことか？

興奮を呼ぶような私の話に注意と関心を引き起こされ、しかしそれらを隠しながら、彼は緊張して私を見ていたが、しわ一つなく、水と朝日を浴びて清々しい、赤みのさした顔は、生き生きとしながら同時に不安げになった。

――まだ庭にいるんですか？小声でそう尋ねた。

――夜が明けるまでは出て行かなかったし、昼間は行けないだろう。

――どうしたらいいと？

――さあ。私が恐れるのは罪だ。もし彼が罪を犯したのなら、人の怒りを買うだろうし、テキヤのためにも不都合なことになる。もし罪人でないのなら、罪は我らの魂にかかる。誰の罪悪であれ、それは神のみがご存知のこと、人間には分からないものだ。

夜の影でまだ重い薔薇色の薄明かり、昼の強い明るさに至らない晴れた空、時はちょうどあらゆる色が生き生きし始め、わずかだったあたりの物音が強さを増す頃だ。けれども今日の私は疲れを知らない朝の喜びに気づかず、悩みを眠りで和らげることもないままに昨日の日を今日という日に繋いでいた。

朝の礼拝で心を鎮めることもできずにモスクから戻ると、テキヤの庭に警備兵たちがムラ＝ユースフと一緒にいた。隅から隅まで調べて回り、小屋も調べたが逃亡者はいなかったと話す。

――もしかしたら私の勘違いだったかもしれない。私は不満げな警備兵たちに言った。

――勘違いじゃないでしょう、夕べ逃げ出して、どっかに隠れたんですよ。

——あの連中を呼んだのか？

警備兵が出て行った後で、私はそう彼に尋ねた。

——あなたがそうしてほしいんだろうと思ったんです。もしそうしてほしくなければ、私に話しはしなかったでしょう。

結局このとおりだ、もうどうでもいい。これが一番なのだ。私は責任と過ちを我が身からはたき落とし、誰にも罪をなすりつけなかった。安心して一息つき、夕べのことはもう考えないようにすべきだった。

だが考えてしまった、どんな理由をつけて正当化できるとしても、それ以上に私は考えてしまうのだった。庭を歩いて回ると、砂地の道に跡が見えた。靴を履いた一方の足と裸足のもう一方が平行に並んだ足跡だ。それがあの男の残したすべてだ、それに折れたキビの小枝、扉に磔にされた手足の光景、古い木々の枝の下に漂っている何か常ならぬ気配、新しい匂い、空白も虚無も無い、嵐の後の清々しさ。彼がもう私の手の届く範囲にいない今、脅かされることも脅かすこともなくなった今、あの男のことを考えるのは実に奇妙だった。あの男はまるで鉄砲水のようだった、でなければ一陣の風か、夢の中に出て来たのか。彼の姿は溶けてなくなり、経験は彼の実在を拒否していた。生きた人間が人に気づかれずにここから出て行けるわけはない。だが足跡が二つ、その現実の痕跡は、いったいどういうことなのかまったく理解できないままに私が感じている不可解な思いをとどめて、彼の実在を証明していた。警備兵が捕縛しにきた時には、その目の前で自分の家の窓から逃げ、牢獄の壁を打ち破り、崖から飛び降り、柵で囲われた他人の地所であることなどおかまいなしに見も知らぬ門の中に入り込み、そして姿を消した。まるで精霊のように、包囲網を作って待ち受けている警備兵たちに足音で居場所を暴露することもなかった。私のことを信用せず、もう誰のことも信じてはおらず、自分以外の誰か他の者の恐怖から、そして警備兵の容赦なさから逃れ、ただ自らのみを頼みにしていた。しかし人を信じる気持ちをすっかりなくしてしまったのは嘆かわしい。きっと不幸になり、心は空ろになることだろう。人を信じていないからこそ、生きて自由の身でいられるのだろうが、破滅の原因が私にあったかもしれないなどと彼が知ることは絶対にあってほしくないものだ。あの男は私に関係もないし、互いに何も負うものもない。私に対して悪も善もなすことはできない。それでも、あの孤独な心に私への良い印象がもたらされてほしかった。ひどい人間不信の中にあって、私のことを他の者たちとは違った形で記憶にとどめてくれたらと思った。

それからしばらくの間、ムラ＝ユースフが外でコーランを書き写している姿を眺めていた。ユースフは、テキヤの前に大きく枝を伸ばしたリンゴの木が作る濃い日陰の下にいる。まぶしい輝きも影もない、一定の明るさが必要だったのだ。若者のふっくらとした薔薇色の手を、私は見ていた。手は複雑な文字の曲線と限りなく続く行を紡ぎ出し、人はこの連なりを目で追いながら、この厳しい仕事にどれほどの時間が必要かなどとは考えもせず、もしかしたらその美しさに気づきさえしないかもしれない。最初に見た時、他人には真似のできないこの若者の器用さに驚いたものだが、これほど長い時間が過ぎた今も、このとおり、彼の技は奇跡のように見えた。気高い曲線、水のしたたるような豊かさ、いく通りもの平行に並んだ行、それぞれの節の先頭にある赤と金色の文字、紙を縁取る花柄の装飾、それらすべては人の心を沸き立たせる美だ。そしていくらか罪深いものでもある。この美が手段ではなく、目的そのものだから、それ自体が重要な、色と形の光り輝く遊びであり、本来の役目から目をそらさせるものだからだ。そしてまたいくらか恥じらうべき美でもあった。まるでこれらの装飾された紙から肉感的なものが現れて来るかのようだ。だがもしかしたら、美というものがそもそも肉感的で罪深いものなのかもしれない、そうでなければ、私が物事をきちんと見ていないのだろうか。

ホソグミが匂う。昨夜私を濃厚な息づかいで窒息させようとしたあの香りと同じ匂いを放っている。市街地からは、昨夜あの厚顔無恥さで私を震え上がらせたのと同じ歌が聞こえ、昨夜この心を恐怖で満たしたのと同じ黒い怒りを呼び覚ます。私は進むべき溝から足を踏み外した。軌道からはずれ、支えになるものはなく、私自身とこの世界から私を守ってくれるものとて何一つなく、昼も守ってはくれず、私は自分の考えも行動も制御することができなくなって、強盗が手にする刀と化した。ここから出ていけ。どこでもいいから。詮索するような目で私を苛立たせる若者から離れろ。心のうちを明かしてしまわないように、何でもいいから話をしろ、彼は今朝の私について多くのことを知っている。彼の中には何か暗いもの、穏やかではありながら容赦ないものがあったが、今ほど熱く燃え、しかも確信ありげな目を私は見たことがなかった。

私は彼から顔を背けた。この若者の中に見えた醜い姿から、煙のように、腐敗物のように、こちらの息を詰まらせて心の中にこみあげるわけもない憎しみから、顔を背けた。よくもあっさりと警備兵を呼んで、逃亡者を捕らえさせようとしたものだ。逃亡者の運命について、あの男の人生について、無実の可能性について、一瞬たりとも考えようともしなかったのか。私は夜通し打ちのめされていたのに、彼は即座に決断した。そして今は平然として、目を見張るような罪深い文字を綴っている。あたかも巧妙で容赦知らずの、そしてこの若者と同じように無神経な蜘蛛が、自分の織物を織っているようだった。

私は砂の上に残された、左右の形が違う足跡に近づき、痕跡を消した。

――片方は裸足でした――ユースフが言った。

私を観察し、動きと考えを見ていたのだ。ならば手伝ってやろう、迷うことなく、当て推量をしないで済むようにしてやろう、そんな気違いじみた欲求が私を捕えた。あの逃亡者について何もかも話してやる、あの男について私が何を考えたかを。少しも素晴らしいことではないだろうが、あの連中のことも、私自身のことも、あれもこれも、果ては考えてすらいないことも、ただ悲惨なことになればいいという思いで、言ってやろう。

――もう捕まったかもしれない――目眩《めま》いを感じながら、ほとんど朦朧《もうろう》として、私は言った。

気をつけろと私の中の慎重さが警報して言葉を改めさせるのに、一瞬あれば十分だった。言ってしまいたいと思ったことゆえに、なりえたかもしれない私自身のゆえに、そしてこの若者が私に対してなすかもしれないことゆえに、私は彼を恐れた。

私の言葉は思いがけないもので、隠しようもない怒った決断のもつ熱気と、罵りを吐くのにふさわしいような声色にはそぐわなかった。彼は意表をつかれたかのように、まるでがっかりしたかのように私を見た。

そしてこの時、私ははっきり悟った。最初からこいつが何をするか私には分かっていたのだ。テキヤの誰かに洗いざらい打ち明けようと決心し、あらかじめ他の者を全部排除してまさにこの男を選び、そして、私たちは関わらないほうがいいかもしれないと話した時、彼がきっと警備兵を呼ぶだろうという確かな気持ちがあった。確信はゆるぎないものだったから、私はモスクでの礼拝の後、あの男が捕えられ連行されるのを見ないでいいようにと、近くの通りをうろついていたのだ。私はこの若者の思慮のなさを見通していた。分かってはいたものの、彼が本当にそうしたので、やはり不快であり彼への軽蔑を感じたのだ。彼は私の秘かな望みを実行してくれたのだが、望みは決断そのものではなかった。決断したのはこの男だ、いやたとえ私が決断したのだとしても、実行したのは彼だ。

　だが、もしかしたら彼に対して私は不当な態度を取っているのかもしれない。もしも、私が逃亡者を警備兵に引き渡したがっていると彼が本当に思っていたのなら、彼の罪は服従したことにあるわけだが、それは罪ではない。いつでも情け容赦なくなれるという彼の態度を、昨日だったら決断力と呼んだことだろう。今日、私は彼を非難している。彼が変わったわけではなく、変わったのは私なのだが、それはつまりすべてが変わってしまったということだ。

　それでも、彼に対して不当な判断をしているのかもしれないと考えると、若者に対して親愛の情で報いたくなった。もちろんそれは若者の知らぬことだが、私にはひどく気にかかることで、とはいえ彼についての考えは大して変わっておらず、憎しみはまだ私からすっかり消え去らず、もしかしたら十分それを隠せてはいなかったかもしれない。

　君のコーランは正真正銘の芸術品になるだろう、そう私は言った。だが若者はびっくりし、まるで脅迫されたかのように、ほとんど怖じ気づいたように私を見た。心からの親愛の情が私たちの間に起こることはめったになく、起こるとすればそれは何かの目的があってのことだったためだろうか。

——コンスタンツァ[14]に行って、書の技法を完璧なものにすべきなのではないかな。

　その時、彼の顔にほとんど隠しようのない、本物の恐怖が現れた。

——なぜですか？——彼は小声で尋ねた。

——君は黄金の手をしている。できる限りのことを学ばないのは、損失というものだ。

　若者は頭を垂れた。

私を信じていない。自分をここから遠ざける口実を探していると思っているのだ。このほんのわずかの時間にできる限りをつくして不信感を静められるように、彼を落ち着かせようとしたのだが、私の心には奇妙な心地の悪さが残った。彼の不信感は昨日もあったのだろうか、去年も、いつの時も、そして私は今ようやくそれに気づいたのだろうか？　私がこの男を恐れているように、彼も私を恐れているのではないか？

以前にはこんな風に考えたことなどなかったのに。寝ていた姿勢からひとたび起き上がると、世界はすっかり変わるものだ。だが私はそんなことは望みもしなかった、寝床から起き上がりたいとも、視点を変えたいとも思わなかった。そうなれば私は今ある私ではなくなってしまうだろうし、そうなったら私がいったい何者なのか、誰にも分からなくなるだろう。もしかしたらまったく新しい、見知らぬ、今の私がこうと定めたり、行動を予測することができないような者なのかもしれない。満ち足りぬ思いとは野獣のようなもの、生まれた時にはひ弱だが、力を得ればきわめて恐ろしい。

たしかに、私は逃亡者を警備兵たちに引き渡したかったし、それで平気だった。あの男は挑発、刺激、見知らぬものへと誘き寄せる囮《おとり》、子供の物語の主人公、勇敢さへの夢想、気違いじみた抵抗、そしてそのとおりだと思っただけでより危険さを増すものだ。私は自分の無責任な考えを抹殺し、この場所に、分別と良心にさえ従えば私のものであるここに、彼の血にまみれて身を埋めるべき者だった。

テキヤは陽光になごみ、ツタと水に濡れた木々の葉で青々とし、分厚い壁と屋根の鈍い赤色の覆いは古い安堵感を放ち、庇《ひさし》の下で鳩のたてるクウクウという鳴き声が、それまで閉ざされていた私の感覚に入り込み、感覚は満ち足りた気分へと戻り、庭は太陽と暖かくなった草の香りでいっぱいだった。人には、自分のものであるがゆえに、守られているがゆえに、いとおしく思われる場所があってしかるべきだ、この世は支えのない者にとっては罠だらけなのだ。ゆっくりと、すっかり伸びたキビを足の裏全体で踏みしだき、ヒエの実

14　黒海に面した港町、現在はルーマニア。中世よりイスラームのカリグラフィーの修行の地として知られる。

の丸い殻を手で包み、水が流れていく低い音に耳を傾けながら、まるで病から回復した者のように、帰郷者のように、私は旧知の平静さに笑いかける。さまざまな思いの中でさすらう長い一夜を過ごしたが、今は昼、太陽もある、私は帰り着き、すべては再び美しく、再び戻ってきたのだ。

だが夜明け前に分かれた場所に来ると、またしても逃亡者の姿が見えた。あの正体不明の笑いと揶揄するような表情が、昼の光とともに圧倒的になっている熱気の中で、私の前に浮かんだ。

——ご満足かな？——私を平然と見ながら、彼は尋ねる。

——満足だ。おまえのことは考えない、殺してやりたかったよ。

——俺を殺すことはできない。誰にも俺を殺すことはできない。

——自分の力を過信しているな。

——過信しているのは俺ではなく、あんただよ。

——分かっている。もう話もするな。おまえはもしかしたらもう存在していないのかもしれない。私がおまえの代わりに考え、話しているのだ。

——だったら、俺はいるよ。あんたにとっちゃまずいことこの上ないことにね。

私は自分に笑いかけようとした、力なく、ほとんど打ち負かされながら。彼に対する、そして彼が意味したかもしれないことに対する勝利の凱歌を挙げたのもほんの束の間のこと、もうあの男は私の記憶の中で、しかも前よりも危険な存在になって、生き返っていた。

5

あの人たちの心には錠が掛けられているのか？

古い旅人宿《ハーン》を四角い箍《たが》のように囲む長い廊下に人がひしめき、通行を塞いでいた。一つの部屋の扉の前で、興奮した様子の人々が固まって群れを作り、いびつな円をなして待ち、その中心の空いた場所に警備兵が一人立っている。そこへ別の人々が加わり、流れを塞き止めた水路のように、廊下をいっぱいにし、怒りそして驚いているようなざわざわとした囁きが聞こえた。群れは独自の言葉を持ち、それはここにいる人たちが使う言葉のどれとも違って、蜂がたてるぶんぶんという音か、でなければものを裁断する音のようで、ひとつひとつの語は消えて塊となった音だけが残り、個人の感情はなくなり、共通の、危険なものだけが残されていた。

旅人が殺されたんだ、商人だってさ、夕べだ、すぐに犯人も連れてこられる、今朝捕まったんだ、人殺しなどしなかったかのように、のんびり腰をおちつけて飲んでいたと。

私は殺人者が誰なのか尋ねる勇気がなかった、とはいってもその名が私にとって何かの意味があろうはずもなかったのだが。聞く名がどんなものであれ、その男のことを知っているのではないか、ただ一人のことを考えて、そう思った。ほとんど深く考えることもなしに、私はこの人殺しを例の逃亡者の仕業に仕立てていた。夕べ犯行を犯し、追われてテキヤに隠れ、今朝になって出て行き、安全だと思ってどこかで飲んでいたのだ。いかに狭い輪が人の生の中で閉じられ、いかに交差した道を私たちは歩いていることか。私は驚きを禁じ得なかった。夕べは偶然が彼を私のもとに運び、今は偶然が彼の最後を見るために私をここに連れてきた。これを認め、素早い神の正義の証を、印と安らぎとして、心に受け入れてしまうのが一番よかったのだろう。だがそれができず、夕べあれほど私を混乱に陥れたあの男の顔を、打ち砕かれた確信を、さもなければ悪人の厚かましさを見てやろう、そして彼を心から閉め出してやろうというつもりで待った。どうやって殺したかって、小刀で、首と心臓だ、周囲で交わされる押し殺した囁き声の会話に耳を傾ける。そうしながら、嫌なことに巻き込まれた、人殺しだなどとはつゆも予感することなく、良心に苛《さいな》まれながら苦しい一夜を過ごしたものだと思い、出会ったことで汚され、あの男の言葉で貶められ、彼が逃亡したことに対しても、愚かなまねをして飲食店に立ち寄ったりしないでもよかったはずだということに対しても、まるで自分に罪があるように感じていた。

だが私は、自らを責めながら、嫌悪感を感じているように自分に見せかけながら、すべてを実際以上に辛いものに想像しようといたずらに努めていたのだ。本当はずっと楽になったはずだ、苦しい重荷がなくなり、絶えず私を圧迫していた悪夢が消えたのだ。あの男は人殺し、小刀のひらめく刃に他人の死をのせて運ぶ忌まわしい残酷な人殺しだ、さしたる理由もなく、ただの一言のせいか、金貨一枚のためにやったのだろう。心底私はそうであってほしいと思い、そうやって彼を厄介払いしたかった。だからこんな安堵感が私をとらえたのだ。今こそあの男を閉め出し、触れてはならないとして守って来たものすべてを焼き尽くしてしまう炎のような、気違いじみた昨日の一夜を忘れてしまおう。それに人殺しは単なる不幸者だ、唾を吐きかけようが憐れもうがどうでもいいはず、あの男が私の中にかき立てることができるのは、せいぜい悲嘆か、ここにいる人々のせいで引き起こされる嫌悪だけだろう。

そよ風のような、さわさわという静かだが興奮した人々の声がする（あの男からなら何でも生まれてきそうだった、嵐も、静寂も）。憎しみと興奮、震えるような好奇心と血の匂いと秘かな驚嘆、暴行と袋だたきの前触れ、そうしたものに満ちた声だ。それで人殺しが連れて来られることが分かった。いっそう激しさを増す人々の動き、一カ所で続く興奮した小刻みの足踏み、近づいて来る人々に向けられる好奇に満ちた表情、声ばかりか息さえ奪って人々を襲う痙攣、それらが人殺しの到着を告げる。静まり返った中、廊下の敷石の上に足音が聞こえ、私は頭を上げずに、片方が不完全な足音かどうかを聞き分けようとした。それからまず、二人の警備兵の間から、両方とも靴を履いた足が見えた。そこから視線を上げていく。だが昨夜のことは、見える白いシャツと鋭い顔の他に何も思い出せない、両手は交差して縛られ、痣だらけで血管が浮き出ているが、あの男の手については何も覚えていなかった。視線をやせた首のところまで上げる。もっと早く帰ればよかった。だが慌てることもない。目をその顔に向けた。昨夜の男ではなかった。

顔を見る前から、分かっていた。

この男は輪の中に青い顔で静かに立ち、わが身に何が起ころうと構いはしないとばかりに薄い唇の端に笑いさえ浮かべているように見えた、あるいは皆に見られていることを満喫しているのか。警備兵は野次馬たちを押しのけると、男を殺された商人が安置されている部屋に連れて行った。

私は廊下を歩き始めた、これは私には関係のないことだ。あの男ではなかったことに驚きはしなかった、もしそうだったらそれこそ信じがたいことだっただろう。それでも私はそうだったらと思い、奇跡が起こることを期待した。自分の外にあるさまざまな理由を一つに結びつけ、昨夜、そして今朝、彼について考えたことを忘れていた。そうしながら私は彼に対して不当なことをしていたのかもしれないし、そうでなかったのかもしれない。けれども肝心なのは彼ではなく、この私だ。今朝そうしたように、彼から解放されたかった。これは、あの男を完膚無きまでに打ち砕き、自らを罰し、彼が残した痕跡をかき消してしまおうという二度目の試みだった。関わり過ぎた。彼は私の心をすっかり捕え、そのために私の心には迷いが生じ、あの男が、治水を施しようのない川のように追っ手を逃れて自由を守ることを願いさえした。彼はめったにない、守っておかなければならない貴重な可能性だ。そう私は思い、そしてたちまち後悔した。私の人生の中に、ちょうど弱っている時に飛び込んできて、束の間の、けれど確かな裏切り行為の原因となり証人となったのだ。だから人殺しであればいいと思った、そうすれば何もかもがずっと楽になるはずだった。殺人は、反乱より危なくない。手本にも刺激にもならないし、裁きを、それに嫌悪感を引き起こしはするが、殺人が起こるのは恐怖心と良心がふと忘れられた時だ。不快なものではあるが、これは、人が恥ずかしいと感じる低俗な本性が常にあるのだということを示唆するようなもの、その恥の感覚とは、恥辱にまみれた先祖や前科のある身内に対して感じるのと同じ類いのものだ。しかし反乱は、感染症のように広がり、いつもどこにでも転がっている不満を焚き付け、英雄的行為のような様を見せる。いや、本当に英雄的行為なのかもしれない、なぜならそれは抵抗だからだ。反乱はまた美しくも見える、夢想家たちが担い手になるからだ、連中は美辞麗句のために命を投げ出し、自分たちのすべてが不確かなものであるために、何もかもをさいころの目に賭けてしまう。だから反乱は魅力がある、ちょうど、時として危険なものはどんなものでも魅力的で美しく見えてしまうようなものだ。

父が部屋の中に立って、扉を開けたまま待っていた。どうすべきかは分かっている。近づいて抱きしめる、見つめたりためらったりせずに。そうすれば、二人の間にあるものは最善のやり方で、そしてこの上なく簡単に解決され、私は自分をそして父を拘束しているあらゆる結び目をほどき、私たち二人は父と息子として振る舞えるようになっただろう。けれども手を差し出すことも、この面会に恐れを抱きながら部屋の中にただ無意味に立っているわけではない白髪の男を抱きしめることも、難しかった。二人とも、落ち着きを失い、どのように振る舞えばいいのか、互いに何を言えばいいのか分からず、最後に会ってからの二人の間に長い年月が立ちはだかる中で、それでも私たちの人生が別れ別れになってしまったことをどうにかして隠そうとしていた。私たちは長いこと互いを見つめていた。父の顔は老齢に深く窪み、落ち窪んだ目が私に向けられ、昔とは何もかもが違っている。かつての厳しい張りつめた顔立ち、力強い声、手を挙げることを躊躇しない強い男の単純さ、そのすべてを置き換えなければならない。どういうわけだか私には、父を老いることのない男として思い描くことが必要で、ずっとそのような姿で記憶にとどめていたのだった。父が私をどう見たかは神のみぞ知る、何を求め何を見つけたのか。二人は、見ず知らずであるとは振る舞いたがらない赤の他人だった。だが、私にとって何にもまして苦しかったのは、これからどうなるかとか、私たちに何ができ、何ができなかったかなどといったことに思いを巡らせることだった。

ふつう息子がするように父の手に接吻しようと頭を傾けたが、父がそうさせず、私たちは知人同士のようにお互いの腕を摑んだ。これが一番いい、親密な感じだが、大袈裟ではない。けれども、まだ力のある父の手を自分の腕に感じ、間近に父の灰色の濡れた目を見た時、子供の頃に慣れ親しんだなつかしい父のたくましい臭いを嗅ぎ取った時、私は自分の、そして父の動揺を忘れ、子供らしい動作で父の幅広い胸に頭をもたせかけ、とうの昔に消えてなくなったと思っていた何かに慰められる思いを感じた。もしかしたら私を動揺させたのは、この動作そのものだったのかもしれない。あるいは隠された思い出を呼び覚ました父との緊密な距離だったのか。父は湖と麦畑の匂いがした。それとも理由は父の動揺にあったのかもしれない、額を当てた父の鎖骨が震えているのが分かる。でなければ本性が、私のものであったかもしれない本性の奇跡的によみがえった残滓が、私を征服して、偽りのない涙にくれている私自身を驚かせたのか。それは束の間のことで、涙がまだ乾き始めもしないうちに、私は自分の滑稽な子供っぽい動作を恥ずかしいと思った。私の過ごした歳月にも、その歳月を着て過ごした修道師の衣服にも、父は何も応答しなかったからだ。けれども不思議なもので、私はその後長く、恥ずべきこの弱さを永遠の慰めのように記憶に留めていた——ほんの束の間だが、すべてから切り離され、私は、誰かしらに守られている子供時代に戻り、年月やさまざまな出来事、そして決断の苦痛から解放され、自分の手より力強い手に何もかもをゆだね、驚くほどか弱く、力を行使する必要もなく、どんなことでも叶えてくれる愛情にしっかりと守られているのだった。何もかもを父に打ち明けたかった。前の晩、人々の罪深い興奮に恐怖を覚えながら街頭を彷徨い歩いたこと、私までもが奇妙な考えに毒されて、混乱し不幸だと感じる時にはいつもそうなるように、まるで体が苦しみから脱出する出口を探しているようだった。そしてそれはみんな弟のせいなんだ、それに父さん、父さんも弟のことでここに来たんでしょう、分かっている。そして言いたかった、逃亡者がテキヤに隠れていて、どうしたらいいか分からなかったんだよ、何もかもが心の中に溢れ返ってしまって、だから自分とあの男を罰したいと思ったんだ、今朝も、今も、ついさっきも、どうでもいいことなのに、何一つもとどおりの場所になくて、だから昔の小さかった頃のように、父さんの胸に安らぎの場所を求めているんだ。

けれども和らいだ感情が、稲光のように瞬く間に過ぎ去ると、目の前に見えたのは、動顛し私の涙に恐れおののいている一人の老人だった。涙は愚かしく無用のもの、父のあらゆる希望を砕いてしまうかもしれないものだ、父の頭にはただ一つのことしかなかったのだから。でなければ涙は私が人生に失敗したと父に思わせるもの、だがそれは真実ではない。私が言おうと思ったことのわずかでも、父には分からないだろう、それは明らかだった、私のほうは思ったどころか、子供のように、病人のように、強くそうしたいと願ってはいたのだが。だがきっとすぐさま父の怯えた目と、理性という私自身の見張り役が、私を制止したに違いない。互いに同じことを相手に望み、父は私の、私は父の力を当てにし、私たちは二人の病人のようで、それが目的もないこの再会の一番嘆かわしいところだった。

なぜテキヤに来なかったんですか、見ず知らずの旅人だって泊まっていくのに、私は尋ねた。私にとってどんなに嬉しいことか、知っているでしょう。他の者だって、別のところに宿を探すなんてとびっくりしますよ、私たちは喧嘩をしたわけでも互いを忘れてしまったわけでもないんです。それに旅人宿は居心地が悪いでしょう、宿には誰でも泊まれるから、身寄りがない者にはいいかもしれないが、どんな者が往来するか分からない。今どきはいろんな人間がいるんだから。

来るべきことを遅らせようとあれこれ並べたてる私の説得に、父はただ、昨日の夜遅くに着いたし、邪魔するつもりはないんだと答えただけだった。

宿で人殺しがあったのを知っていますかと尋ねると、父は手をさっと振った。知っている。

テキヤに移ることに父は同意しなかった。午後には帰る、近くの村の友達のところに泊まるよ。

――一、二泊していけばいいのに。休んでいって下さいよ。

また手を、そして頭を振った。昔は話が上手だった、ゆっくり、時間をかけて、言葉を調和のとれた複雑な文章に組み立て、静かなゆったりしたその話し方の中には平穏と確かさのようなものがあり、まるで父が現実のものごとを超越していて、そこに君臨しているように見えた、父は言葉の響きと意味を信じていたのだ。けれどこうして力なく手を振り動かす仕草は、人生の前に降伏し、不幸を阻止することも説明することもできはしない言葉というものを放棄することを意味していた。その動作で心を閉ざし、どう言葉を交わしたらいいのかも分からなくなった息子を前にして動揺を隠し、犯罪と暗闇で待ち構える町を前にして恐怖を、老齢の日々を破滅させようとする不幸な出来事を前にして困窮を、隠そうとしている。はるばるやって来た理由である用事を早々に済ませ、息子たち、安全、そして人生への信仰という、父が持っていたすべてを奪ったこの町から逃れる必要があったのだ。辺りを見回し、床に目を向け、節くれだった指をぎゅっと固め、父は目を覆った。私には父が憐れで、辛かった。

——俺たちはばらばらになってしまった——父は言った——我が家にばかり不幸が寄って来る。

——聞いたのはいつです？

——ついこの前だ。たまたま馬方たちが来たんだ。

——それですぐにここへ？　驚いたんですね？

——様子を見に来たんだ。

私たち二人は、投獄された弟の——父には息子の——名前を口に出さず、まるで死んだ者の話でもするかのように話題にし、その場にいない当人が私たちを結びつけていた。まったく別のことを話していても、私たちは彼のことを考えていた。

父は今、恐れと希望を抱きながら私を見ている。私が父に言うことは何でも決定的になるだろう。父は危惧も期待も口にせず、言葉の持つ悪しき魔力を恐れて、迷信のように、決定的なことは何一つ言わないように用心していた。ただ、ここまでやって来た理由をもう一つ、付け加えただけだった——

——おまえはここでは名望がある。一番偉い人たちとはみんな知り合いなんだろう。

——何も危ないことはないですよ、あいつは何か余計なことでもしゃべったんだろう。

——何をしゃべったんだ？　言葉のせいだけで牢屋に入れられるものか？

——今日、代官《ムセリム》のところに行って、理由を聞いて恩赦を請うつもりです。

——俺も行こうか？　間違って正直この上ない者を捕えたんだぞと言ってやる、あいつが悪いことをするはずがない。でなければ跪《ひざまず》いて、親の嘆きとはどんなものか代官に見せてやる。欲しいというなら金も払う、何でも売って、払ってやる、釈放してくれればいいんだ。

——釈放してくれますよ、お父さんはどこにも行くことはありません。

——それならここで待っている。おまえが戻るまで出て行かない。あいつが家に戻ることをあてにしていたんだ、家を絶やさないために。そのためなら何を売ってもいい、何もいらない。

——大丈夫ですよ、神様の思し召しで万事うまくいくから。

全部私の作り話だった、神の思し召しという部分を除いては。父を希望のないままにしておけなかったし、弟のことは何も知らないんですとも言えなかった。父は、私の存在と名望が弟の助けになると素朴に信じていて、私のほうは、自分の存在が弟を助けることはない、私の名望とやらも根本からゆらぎそうだなどとは言いたくもなかった。弟の罪は部分的に私にも降りかかっていたが、父がそんなことを理解できるはずもない。

宿所を出た私は、父への気遣いのために背負い込んだ義務という重荷を担ぎ、父が悲嘆の中で吐き出した不用意な言葉に圧迫されていた。父が自制していれば決して口にはしないような言葉だったから、それだけに父の嘆きがどれほどのものかがよく分かった。それにまた、父がもう私を抹消してしまったこと、父にとって私はもう存在せず、死んだも同然で、弟だけが残されたものだということも、よく分かった。だからそのように私も言えばいい——父にとって私は死んだのです、弟だけが残された、ですから父に弟を返してやって下さい、と。私はもういない、罪深き修道師アフメド、彼の魂に安らぎを、あれは死んだのです、ただ生きているように見えるだけだ。自分についてのそんな考え方を、もし父が悲嘆で意識も朦朧《もうろう》としていなければ、私は気づく由もなかっただろう。だが今ははっきり分かり、自分を違ったやり方で、他人の目で見ることができる。私が選んだ道は、父にとっては、私を生きたまま葬ってしまえるほどに意味のないものだったのか？ 父のためにしていることは無意味なことではないのか？ 私たちはかくも隔たって、すっかり違ってしまい、まったく逆方向の道にいる。だからもう父は私の存在を認めないのではないのか？ 私を失った嘆きさえ父の中にはなく、それほどに喪失は遠い昔のもので、もうすっかり嘆き尽くされてしまったことなのだ。けれども、私は大袈裟に考えているのかもしれない、もしかして私が何か災い事に見舞われたら、やはりこんなふうに父は駆けつけてくれるかもしれない、そして私のことだけを考えてくれるかもしれない、最も苦境にある者を最も愛おしく思うのが人の常なのだから。

一体これは、何がいきなり起こったのか？ 土台のどの石がはずれ、するとすべてが崩れ始め、土砂崩れになってしまうというのだ？ 人生は堅固な石造りの家のように見え、ひび割れ一つないようだったのに、思いもよらない地震が、意味もなく、いわれもなく、誇らしげに立つ石の家を、砂上の楼閣のように崩してしまった。

丘の頂上の辺境部にあるジプシー地区から、太鼓を鳴らしズルナを吹く音が鈍く響き、ゲオルギオスの日のにぎわいが雹のようにカサバにひっきりなしに降り注ぎ、そこから逃げるすべはなかった。

愚か者どもめ、昨日からの憤りで私は気もそぞろに思った。世の中にはもっと大切なものがあることも知らないで。

けれど憤りは、昨日のような煮えたぎるものではない。それは憤りでさえなく、むしろ侮辱だった。あのばか騒ぎは迷惑だし、不埒だ。私の悩みはあれのおかげでいっそう重くなり、私は悩みの塊と化し、悩みは私の全世界、私の命になり、他には何一つ存在しなかった。

私にできそうなことはすべて、どうしようもないほどに困難で、まるで犯罪を犯すか、生まれて初めて歩き出すかのようだった。だがやらなければならない、自分のために、私は兄ではないか。そして弟のために、私の弟なのだぞ。心に抱えた不安、暗い予感に満ちた不穏な気持ちさえなければ、この聞こえの良い、おのずから説明のつく、ありきたりの理由の他に別の、もっと立派な理由は必要なかっただろう。だが私は、この不安に追い立てられ、青い怒りを感じながら、投獄された弟のことを考えた――なぜこんなことをしでかしたんだ。最初はこの身勝手な考えから我が身を遠ざけようとした。よくないぞ――自分で自分に語りかけた――あいつの災難を自分の不幸とみなすだけでは。血を分けた兄弟ではないか、自分のことなど考えずに助けるんだ。

このほうがずっとよかったはずだ、自分の立派な考えに誇りを持つことができただろう。それなのに我が身を案ずる思いを退けることはできなかった。そして脆くも清らかな自分の考えに、こう答えたのだ――そうとも、弟だ、だからこそ大変なんだ、それにこの私にも影を落としたじゃないか。皆が私を疑わしげに、嘲笑うように、でなければ同情するように見ている。中には顔を背け、目が合わないようにする者もいる。私は自分を納得させようとした——あり得ない、気のせいだ、何であるにせよ、おまえの弟のしたことであって、おまえがしたことではない。

だが無駄だ。人々の視線はもう以前のものではなく、これに耐えるのは苦しく、私が人々には知らないでいてほしいと願っていることを絶えず思い出させた。潔白で自由なままでいようとしてもうまくいくはずない。おまえの身内の誰かがおまえの人生に苦汁を注ごうとしているのだ。

小川に沿って街《チャルシヤ》からはずれ、テキヤの庭と浅い川床との間を、流れを伝って歩いて行った。人はそこを通り過ぎるだけで、立ち止まりはしない。できれば川の水を追ってずっと遠く、カサバの外へ、丘陵に挟まれた野原へと出て行きたい、それが一番よかっただろう、もちろん逃げ出したいと思っても何の役にも立たないのは分かっているが、それでも、思いだけは辛さから解放される。浅い水底に、銀色に光る小さなドジョウが泳ぎ回っている。こいつらは絶対に一人前になることなどないのだろう、なんと素晴らしいことか。立ち止まらずにそれらの小魚を視線で追いながら、私はその姿にぴったり寄り添っていた。こちらに来るはずではなく、反対の方へ行かねばならないのだ、だが戻るつもりはない。不快なことのためには、いつだって時間はたっぷりあるのだから。

放浪の身だったらよかったのに。放浪者は、いつも愉快な連中や気に入りの土地を探し求めることができるし、広々とした天に、そしてどこへ通じることもないがあらゆるところに通じている自由な道に向かって開かれた、朗らかな心を持っている。わがものとした土地にしがみつこうとさえしなければの話だが。

出て行け、胸くその悪くなるような気の弱さよ。おまえは重荷からの解放という偽りの絵で私を欺こうとするが、そんな解放は私の望みでさえない。

背後の道伝いに、地底から響くような鈍い足踏みが聞こえた。埃の雲を舞い上げながら、川に沿って牛の大群が進んで来る。

庭の門の一つに身を寄せ、この角をはやした百頭の軍団、目を閉じ、ただ牛追いの鞭に合わせて怒濤のように進む盲目の気違いじみた群れをやり過ごそうとした。

大群の先頭に、馬に乗ったハサンがいる。赤い外套をまとい、すっと背筋を伸ばした姿は愉しげで、この大群の中、牛のモーモーという鳴き声や人の叫び声、罵り声の喧噪の中で唯一人落ち着き払い、笑みを浮かべていた。

この男はいつも同じだ。

彼もまた私に気がつき、牛の群れと追い手たちと埃の雲から離れて、私のいる門のところまで上がって来た。

——他ならぬ君を轢《ひ》き殺すつもりはないよ——笑いながらハサンは言った——他の奴だったら、気の毒にも思わないだろうが。

軽々と、まるで今旅に出たばかりのように馬から下り、しっかり私を抱きしめる。肩が彼の手で鷲掴みにされるのを感じ、私は奇妙な、ばつの悪い思いを抱いた。いつもこうして彼は喜びを隠そうともしない。これが、この喜びが、私にはいつも不思議だった。これは私のためなのか、それとも誰に対しても同じように投げかけるのか？　水のように飛沫となって散る空っぽの生の朗らかさ、そんなものは、特別な誰かのためのものでないなら何の価値もありはしない。

ワラキアから戻って来たのか、何ヶ月も旅をしていたんだな。私はただ何か言うために、知っていることを尋ねた。夕べは、危うく彼を姉に売り渡すところだったのだ。

——具合が悪そうだな。

——心配事があるんだ。

——知っているよ。

どうして知っているのだ？　三ヶ月近くも異郷を歩き回り、商いをしながら何千里も踏破し、いま着いたというのに、すべてご承知とは。カサバの中でさえ誰もが知っているわけではないと思っていた。つまり不幸や悪事は誰もが知っていて、善だけがいつも隠されたままというわけか。

——なぜ牢に入れられたんだ？

——分からない、悪いことなどするはずがないのに。

——悪いことをしたのなら、自分で分かるはずだろう。

——おとなしい奴だったよ——ハサンの言葉が理解できないままに、私は言った。

——俺たちはみんなおとなしく生きている、そしていきなり刑罰を受けるんだ。気の毒に思うよ、君の弟も、君も。今どこに？

——砦の中だ。

——遠くから挨拶してしまった、あの中に何があるか、忘れてたよ。もし差し支えなければ、今晩テキヤを訪ねたいんだが。

——差し支えなど！

——ハーフィズ＝ムハメドはどうしてる？

——元気だ。

——きっと俺たち全員の墓を掘ってくれることだろうな。

——今晩、待っているよ。

　ハサンの空っぽの、実を結ぶことのない善良さは、助けにも邪魔にもならないだろう。彼のすべては空虚で役に立たない。穏やかな本性も、陽気な気分も、明晰な頭脳も、空虚で表面的なものだ。それでも彼はカサバでただ一人、助けにはならないが間違いなく心からの同情の言葉を私にかけてくれた男だ。だがやはり、こう言ってしまうのは恥ずべきことだが、その言葉は貧者への施しのようなもので、私の心を暖めもせず、感極まる思いにもしてはくれなかった。


　ハサンは馬に乗り、突撃でもするかのように角を低く下げた雄牛どもの先頭に立ち、灰色の浮き袋のように群れの上を漂いながらその姿を視界から隠す埃にまかれて、去った。

　私は彼によそよそしい態度をとった。昨夜の出来事のせい、そしてこれから待ち受けていることのせいだ。

　頭の中で、私は木の橋を渡って向こう岸へ、足音だけがぽつんと孤独に残される居住区の静寂の中へと向かう。そこでは家々が高い垣根の奥の木の枝に隠れ、まるでなにもかもが孤独と平穏の中で互いを避けながらひっそり身を沈めているかのようだ。そちらには何の用事もなかったが、行きたかった。何であれ何事かを試みようとする前に、すべてのものを先送りするために。向こうの、死んだようにひっそり隠れた通りのほうに行くのでもよかった、そのほうが楽だったかもしれない。だがその時、街《チャルシヤ》から、ジプシーたちの鳴らすものとはまた別の、太鼓の驚いたような打音と、時計塔《サハトクーラ》から甲高く響く時ならぬラッパの音、そして同じ一つの苦痛の中で互いに呼び合う混乱してはっきりしない人声が聞こえた。それはまるでつつかれた蜂の巣にも似て、ひしめきあう人間バチが罵りの叫びをあげては助けを求め、逃げるために飛び立ったり、あるいはまた守るために戻ったりしているようだった。ゆっくりと、カサバの上に灰色の煙の糸が立ち上る、まるで人の叫びが目に見える形になって細い綛《かせ》へと巻き取られていくかのようだ。叫び声と熱気に追い立てられた一群のハトが、煙の糸の周りを飛んでいた。

間もなく火柱が強くなり、家々の上に濃く黒く広がる。炎は解き放たれ、容赦なく、過酷に、荒々しく、人々の叫び声と恐怖の上に覆い被さり、嬉々とした様子を隠そうともせずに屋根から屋根へと飛び移った。

惨事を目の当たりにして、本能的に私は身震いした——私たちはいつだって虐げられ、何かひどいことが起こる。だがすぐそれから自分の不幸のせいで気を逸らした、こちらのほうが火事よりひどくて重大なのだ。私は、みんな無力であればいい、あらゆる不幸が、そして私の不幸もまた、これで一気に消えてしまえばいい、そう願いながら、充足感さえ覚えつつ、火事を眺め始めていた。とはいえこれはほんの束の間浮かんだ愚かな考えだ、後でこんな思いに関わり合うことはなかった。

ともかく、まだ回り道をして、実行しようと計画していたことを引き延ばすだけの十分な理由が残されていた時に、私は先延ばしにするのはやめにしようと決めた。そう深く考えたわけではなかったが、こんな災いに見舞われた時のほうが、普段より慈悲について話しやすいだろうという希望が心に生じたのかもしれない、こうした災いは、神の意志の前で人は脆弱で力ないものだということを思い出させるからだ。

それに実の弟のこと、せめて話してもらえるだけのことを、誰でもそのくらいは聞けるという程度のことを、知る権利が私にはある。弟を助ける義務があるのだ、もしそれができるならばだが。傍観したままというのはひどいではないか、誰もが私を嫌うだろう。弟の他に私に誰がいる? 弟にとって私以外に誰がいるというのだ?

私は自らを勇気づけ、弁護し、自分の権利を確かめ、退路を用意しておいた。前に考えていたことを忘れていたわけではなかった、自分自身のために恐れていること、弟を憐れに思っていること、そしてそのどちらがより大事なのかも分からず、両者を区別することさえできなかった。

代官《ムセリム》の官邸の前には、剣を腰紐に掛け太い革帯に銃を挟んだ警備兵が立っていた。ここに来たのは初めてで、武装した警備兵が障害物のように立っていようとは思いもしなかった。

——代官はいるか？

——どうして？

ひそかに私は代官が不在ならいいのにと願っていた。町は火事騒ぎだし、他にもありとあらゆる仕事があるはずだ、私が会いに来たまさに今この時にここにいるのは奇跡的なことだろう。もしかしたらこの秘かな思いがあって、ここに来たのかもしれない。彼はきっといない、そして私は翌日に訪問を延期することにして立ち去るのだ。だが警備兵が銃の握りに手をおいたま横柄な態度で、どうしてと言った時、私の中で怒りが炸裂した。まるで不安な気持ちが、激情に駆られて叫び出すのを待ちきれずに突破口を見つけたかのようだった。私は修道師、テキヤの導師だ、かりにこんな服装をしていたとしても、一介の兵卒ごときが銃を手にしたままこんな風に出迎えることはできないはずだ。私は心底屈辱を感じた。後になって、こうして私たちは、機会を得た時に恐怖の仕返しをするのだと思ったのだったが。兵士の問いかけは粗野で、彼の権利と存在意義を強調し、私には価値などない、私が属している身分も尊敬を呼び起こしはしないと示していた。だがそれは、立ち去る口実とするには役立たなかった。もしも代官はいないとか、今日は面会はなしだとか言われたならば、私は満足し、心を軽くして立ち去っただろう。

——私はメヴレヴィのテキヤの導師だ——静かに、腹立ちを抑えて私は言った——代官に会う用事がある。

兵士は私の言葉に少しも動揺することなく、平然として、うさん臭そうに、私の言ったことに屈辱的なまでに無関心なようすで、私を見ていた。私はその容赦ないまでの平静さに恐ろしさを感じ、この男は喜びも怒りもなしに短筒を抜き出して、私を殺すかもしれないという気がした。でなければ面会を許すか。代官は昨夜あの逃亡者を狩り、私の弟を砦に引っ立てた。彼は二人に対して、そして二人は私に対して罪があり、彼らのせいで私はここにいるのだ。

急ぐ様子も見せず、まだ反抗か懇願か何かを私から予想しながら、兵士は廊下にいた別の見張り番を呼び、どっかの修道師が代官殿に会いたいんだとさ、と告げた。無名にされたことに対して私は腹を立てなかった、このほうがいいのかもしれない。代官が拒否するとしてもそれは私ではなく、どこかの名もない修道師だ。

伝言が廊下を通り抜け、また戻って来るのを私たちは待った。警備兵はまた所定の場所に立ち、私には目を向けず、手を短銃にかける。私が面会を許されるか追い払われるかはこの男には関係がなく、黒くやせた顔には、この場所によって培われた男の無関心な平静さが浮かんでいた。

待っている間、私はこの障害物を意地になって越えようとしたことを後悔した。大したものではないと考えていたのだが、実は代官と同等の存在、その手の延長なのだ。今となってはもう立ち去ることもできない。自分で自分を身動きできなくしてしまい、連れて行かれるか追い返されるかのどちらかという状況に自らを陥れてしまった。どちらのほうがより悪いだろうか。代官とは以前から知り合いだから、立ち寄って話のついでにとでもいうように弟のことに触れる、私はこれを狙っていた。だがもうそれもできない、数珠《タスビフ》の珠を繰るように人を突き動かして代官に合わせろと言ったからには、ついでというわけにはいかない。私たちの会話には重大な意義が与えられてしまった。声を落として卑屈な態度で話をすれば、臆病さを認めることになるだろう。私は尊厳と慎重さを保ちたかった。厚かましさは役に立たないだろうし、そもそも持ち合わせていない、かといって服従は屈辱的、されど私は神経の端々まで、それを感じていた。

面会を断られたほうがよかった。動揺し心の準備ができていなかった私は、何を言おうかとあてもなく思いを巡らせ、部屋に入る時どんな表情をしていこうかといたずらに想像した。そうして思い浮かんだのは、恐れおののいた男の歪んだ顔の線、その男には、今まさに踏み出そうとする一歩へと追い立てるものがいったい何なのかも分かっていない、弟への愛情か、おのれを恐れる気持ちか、父親への気遣いか。その男はまた、何か禁じられたことをしようとしているかのように、あらゆるものを根本から覆そうとしているかのように、ひどく怯えている。私は、いったい何を覆そうというのだ？　分からない。だからあらゆるものを、そう言うのだ。

私は、入るように呼ばれた。

代官は窓辺に立って火事を見ていた。振り向いた彼はぼんやりしていて、視線は私を出迎えてはいなかった。まるで私が誰だか分からないかのようだ。無表情な顔をどうにかできるものは、何もなさそうだった。

代官の突き放すような、私に裁きを下そうと待ち構えている目を見つめている間に、ふと私は自分が罪人であるかのような気になった。彼と、何事かは分からないが実際に起こった悪事との間に私は立たされ、代官から押しのけられて犯罪者のほうへと追いやられていた。

動揺していなければ、話を持ち出すやり方はいくらでもあった。静かにこう言う——弁護しに来たのではなく、ただ尋ねるために来たんです。あるいはゆったり構えて——投獄されただけの罪があるのでしょうね、何をしたのか、教えてもらえませんか。でなければいくぶん侮辱されたように——投獄されたと、よろしい、だが私に知らせてくれてもよかったでしょう。必要なのは、何らかの意図を持って、あるはっきりした要求を持って、この厄介事に際してより確固とした態度を示しながら対処することだった、なのに私は最悪のやり方を選んでしまった、いや自分で選んだのでさえなく、そうせざるを得なかったのだ。

——弟のことを聞きたいと思って——私はあやふやな調子で言った、こんなふうに始めてはいけないのに。確信なげで、たちまち弱点をさらしてしまう。だがもっと有利に受け入れられる印象を与えるだけの心構えができなかった。重苦しいあの眠ったままのような顔のせいで、何でもいいから何か言わなくては、私が誰だか分かるように、私に気がつくように、一気に言わなくては、という気にさせられたのだ。

——弟？　誰の弟だ？

うつろな問いの中、死人のような声の中、そんな瑣末なことまで知っていなければいけないのかと驚いているように私には感じられた響きの中で、弟と私は埃の粒ほどにまで小さくされたような気がした。

すべての正直な人々よ、私より勇気があり、誇りを忘れるという試練を経験したことのない善良な人々よ、許してほしい、だが言わなくてはならない、自分の前で真実を隠しても何一つ助けにはならないのだから。代官のわざとそうする不躾な態度も、私との間に置いた恐ろしいまでの距離も、私を侮辱することはなかった。私は怯えたのだ、予想だにしなかったものだったから、私は不安と脅威を覚えた。弟は私と代官とを繋ぐことのできる輪なのに、それが存在しない。彼を生き返らせ、この男の前に引き出してお目見えさせ、そして初めて罪の重さを定めなくてはならなかった。だが弟の不利にもならず代官を侮辱もしないようにして言えることとは、いったい何だっただろうか?

こんなことになってまことに嘆かわしく思います、身内の者の死に出くわしたように、不幸に打ちひしがれました。血を分けた弟が、罪人や敵が送られるところにいるのを見るという不幸、長年神と信仰に心から仕えて来たこの私がまるで犯罪に加担していたかのように人々に驚きの目で見られるという不幸、運命はそういった不幸から私を守ってはくれませんでした。こう話しながら私は、こんなのはみっともない、これは裏切り行為だと自覚していたが、それでも言葉はやすやすとそして心にあるがままに流れ出た。運命に対する嘆きは自然と溢れ出し、心の中で叱責が強く大声を出し始めるまで、我が身に注がれる甘美な嘆きの涙に自分でうんざりするまで、続いた。すべては本当の理由が自分にも分からない臆病さのせい、他の考えをすべて押しつぶす身勝手さのせいだ。いや違う! 何かが私の心の中で呼び起こされる。みっともないぞ、自分を守るためにここまで来たのか、一体何から守るつもりだ、弟が窮地に陥っているのに、後で恥ずかしいと思うぞ。弟の立場を難しくするじゃないか。黙って出て行け。言うだけのことを言って出て行け。言うことを言ってとどまれ。代官の目をしっかり見るんだ、あれはただ、銅像の目で人を怖じ気づかせるだけなのだ。いわれのない恐怖を黙らせろ、恐れるものなど何もない。代官の前で、そして自分の前で、嘆きの歌を歌うことを恥じるな。言うべきことを言うんだ。

そして言った。聞いたところでは、弟が何か余計なことをしたようですが、重大なことではないものと信じています。だから代官であるあなたに取り調べてもらって、捕えられた者が濡れ衣を着せられないようにしていただきたい。

言葉は少なく、勇敢さも誠実さも足りなかったが、できる限りのことはした。ひどい疲労感に見舞われた。

代官の顔は何も告げておらず、腹立ちも理解も示さず、その口から出て来るのは判決でも恩赦でもありそうだった。請う者とはどれほど恐ろしい立場にいるものか——あの時そんなことを思ったのを、後になって不確かながらに思い起こしたものだった。小さくつまらない者となり、他人の足元にひれ伏し、罪を感じ、貶められ、他人の気まぐれに脅かされ、偶然の善意をあてにし、他人の力に服従し、自分でどうにかできるというものは何一つない、恐怖や憎しみの表情さえもだ、破滅の原因となるかもしれないのだから。光のない、ほとんど私を見ていない眼差しにさらされて、私は暖かい言葉も情けも期待することをやめ、ただ立ち去りたいと願った。すべてはアッラーの望むとおりに終わるがよい。

ようやく代官が口を開いたが、もう私にはどうでもよかった。死んだような調子は黙っているのと変わりなく、人を寄せつけない態度と頑《かたく》な蔑みの姿勢は代官の長年の常だったが、もうどうでもよかった。ただ嫌悪感が私を苦しめた。

――弟と、そう言ったな。牢にいるのか？

私は窓から外を見た。火はもう消えて、のろのろとした黒い煙だけが街から立ち上っている。完全に廃墟にしてしまわなかったのは残念だ。

――どうして投獄されたのか、知っているのか。

――それを聞きに来たんです。

――これだ、投獄された理由も知らん。何をしたかに関係なく、請いに来たわけだな。

――いや、請いに来たわけでは。

――では、訴えるのか？

――いえ。

――有利な証言をする証人でも連れて来ようというのか？　それでなければ不利な証人か？　別の罪人を差し出すか？　それとも共犯者でも？

――いや、無理です。

――ならば何が望みだ？

代官は面倒くさそうに、断片的に、顔をそむけ、侮辱だといわんばかりに、こんな明らかなことを説明しなければならないとは、道理の分からん奴を相手に時間の無駄だ、といわんばかりに話していた。

私は恥ずかしくなった。恐怖ゆえに、臆病な身勝手さゆえに、代官の軽蔑や、彼が粗野な態度をとる正当な権利を持っているという事実ゆえに、彼のうんざりしたというあからさまな態度ゆえに。私を卑しめたこと、私がまるで荷役か神学生《ソフタ》か敵ででもあるかのように話をしたこと、それらすべてのことゆえに。人の話を聞き、非難せず、頭を下げることに慣れていた私には、弟のことを尋ねただけでも一線を越える行動であるように思われたのだが、この薄情な男の横暴さ、いやそれよりも粗雑な無礼さが、私の長年の習慣を押さえ込んだのかもしれない。嫌悪で私は顔が青ざめるほどだったが、嫌悪感など役に立たないことも分かっていた。この男にはどうでも構わないことだろうが、私にはそうではない。そしてこれはまさに彼が望んだことで、わざとそうしようとしていた、いやそうしようとさえせずにいて、嫌われ者の雰囲気をあたりに発散していた。どうして代官はかくも敵を作りたがるのか。私には分からないし、どうでもいいことだが、それにしてもこの私にどうしたらこんな態度がとれるのだろう？　この身分と自分が属している階級の意義、それがまだ私を惑わしていたのだろうか。

人間は平穏に生きて、しかし突然死ぬもんだよ、変わり者の家畜商人、ハサンはそう言ったが、そう言う本人は、絶対によく考えもせずに何かに飛び込んだり不幸に見舞われたりすることはなかった。私のほうは、予期せぬことなどには無縁と確信していたのに。

——ならば何が望みだ、ですと？——私は口にして自分で驚き、同時にこんなことを言ってはまずいと自覚もしていた——そんな言い方をしなくてもいいでしょう、何をしたにせよ、弟について尋ねるのが悪いことですか？　これは私の義務だ、そして神と人の掟に適ったものだ、もし私が自分のこの権利をないがしろにしたら、誰もが私に唾を吐きかけるでしょう。誰だって、この権利が脅かされればそうするでしょう。私たちは獣に、いや獣以下に成り果てたとでもいうのですか？

——大仰な言葉を使うものだ——代官の言い方はあいかわらず抑揚のないままで、ただ瞼が重い目の上に垂れ下がっただけだった。

——正義はどっちの味方だと思う？　おまえは弟を弁護し、私は法を擁護する。法は厳格なもので、私は法の僕《しもべ》だ。

——法が厳格だから、私たちも悪に染まらなくてはいけないと？

——どっちが悪い、法を守ることか、それとも攻撃することか、おまえがしているように？

悪とは、何が何でも容赦しないことです、私はそう言いたかった。人は突然不幸に見舞われるのです、と。だが代官の挑発に乗らないでよかった、この男は他人の頭を混乱させてやらなければと考え、それに満足を感じていたのだ。

それから私はすっかり打ちひしがれ、怒りはあっという間に過ぎ去り、本性ではない性急さに対する後悔の念が取って代わった。私の答え方は先鋭すぎた、あまりにも緊張し、熟考もなしの衝動をどうにもできなかった。こんな場合は何をしてもだいたい害をなすだけだ。あれは愚かな英雄的行為の形、長続きもせず、ただ不満だけを残す目的のない自殺的反抗だ。そして手遅れで何の役にも立たない熟考を残すだけだ。

一番恐れていたことが起きてしまった。弟を弁護しながら、私は法に楯突いていると言われたのだ。本当にそうだったら、つまり誰かにそのように見えたのなら、というのもそうではないと自分では分かっているからだが、もし私が自分の個人的な損失を他の何よりも気にしていると思われたのなら、すべては最悪の事態に至ったことになり、私の漠とした恐怖心は正しかったことになる。だが本当に最悪だったのは、実は弟を擁護したわけではなかったということだった。ある不合理な瞬間、私は恐ろしいまでの苛酷さに対して反旗を翻したが、ただそれだけのことで、弟の側にも代官の側にもついていたのではなかった。私には、どこにも居場所がなかった。

嬉しいことに間もなく昼だ。嬉しいというのはつまり、一人ぼっちのままではなく、祈りによって今日という日から離れ、モスクの扉の前にこの苦しみの重荷を下ろすことができるからだ。苦しみは私を待っているだろうが、せめて少しの間でもそれなしに過ごすことができる。

数人の信者たちの前に立って祈りを始めると、私は、なじみの場所の保護者のような穏やかさを、溶けた蠟《ろう》の濃く暖かい香りを、金色の塵の粒にあたって火花のように輝く陽光の母のごとき優しさを、かつてないほどに強く感じた。ここが私の居場所だ、魔法の力を持った絨毯、ろうそくの束、膝をついて身を屈めている人々の前で私が立つ聖龕《ミフラーブ》、私の沈黙と確信。何年もの間私はここで私自身であり、絨毯の模様のどこに足跡がついているかも知っていた。すり切れて、色褪せた所だ。私たちの死後にも残るだろうものの上に私は跡を残し、神の、そして私たちの建物の中で、ここは誰よりも私のものだという思いを自分自身にさえ隠しながら、来る日も来る日も聖なる勤めを遂行してきた。

けれどもこの日、この昼、悪夢から解放され、およそ馴染みのない奇妙な世界からこの静められた平穏さへ戻った私は、勤めを果たしているのではなかった。はっきり分かっていた、私が誰かに仕えるのではなく、すべてが私に仕え、私を押しとどめ連れ戻し、何かはっきりしないものが出て来る悪夢を追い払ってくれるのだ。親しんだ祈りの甘美さに身を埋め、長い間私のものであったあらゆるものによって、心安らぐ香りと人々のあいまいな祈りのつぶやきによって、膝を打つ鈍い音、いつも変わらぬ祈り、そして守り陣のように、要塞のように、私を正しいと確信させてくれる閉じた人々の輪によって、乱れていた均衡が取り戻されるのを感じた。習慣のままに祈りを続けながら、私は、ガラスを貫いて射し込み、窓から両手のところまで伸びて戯れるかのように挑発して来る陽光を見ていた。モスクの周りで威勢よく言い争うような雀のさえずりが、陽気なその黄色い声のざわめきが聞こえ、その声と同じように太陽は黄色く見え、温かく晴々とするようなものが私の周りに漂っている。それは私を引き離し、かつてあったものへの思い出を目覚めさせた。かつてあったもの、いつのことか、どこのことかは分からない、だがあったことは確かで、わざわざ蘇らせる必要はなく、生きていて、かつてあったように、いやかつてなかったように、強く愛おしくあり、はっきりした形を持たないがゆえにあらゆるものを包み込む、もしかしたら、そうだ、子供の頃にあったものかもしれない、今はもう、思い出の中ではなく嘆きの中にあるもの、もしかしたら、ゆらめきのように、水の静かな流れか穏やかに流れる血のように、日が当たる時の何とはなしの喜びのように、透明で軽やかであってほしい、あり続けてほしいという願いの中にあるものだ。だがそれが罪であり、祈りの中の忘却、肉体と思考の甘い喜びであることを私は知っていて、しかしなおそこから離れられず、この奇妙な忘却を中断したいとは思わずにいた。

それからそれはひとりでに断ち切れた。

背後で祈る人々の中に、昨夜の逃亡者がいるのを感じる。振り向く勇気はなかったが、モスクの中にいるのは間違いない、私の後から入って来たか、私が気づかなかったか。だが彼の声は他の人々の声とは違ってより深く男らしく、祈りは懇願ではなく要求であり、目は鋭く身のこなしは軽い。名はイシャーク、こう呼ぶのは、この場にいるのに名前を知らないからだ、本当は知っていなければならないのに。ここに来たのは私がいるから、感謝を伝えるためか、あるいは彼自身のため、隠れるのが目的か。礼拝《ナマーズ》が終わったら私たちは二人だけで残り、私は彼に昨夜聞き逃したことを尋ねよう。イシャーク。繰り返してみる、イシャーク。これは私の叔父の名前だ、子供の頃はこの叔父が大好きだった。この二人をなぜ結びつけようとするのだろう、自分でも分からない。それになぜこんなにしつこく子供時代を思い出そうとするのか。きっと逃避だ。あるがままの現実から逃れ、無意識に沸き上がる思い出によって、これが現実であってくれるなという愚かしい願望によって、救いを得ようとしているのだ。だがそんな願望は実現されるはずもないし、もし本気でそれを願ったのだとしたら、私は絶望に追い込まれたことだろう。身体と内にある未知の力は、歪んで靄《もや》のかかったような忘我の中で、失われた平穏さを探し求めていたが、そんなふうにしていても、現実は現れようとしていた。忘却にはいくら時があっても足りない、そんなことにこの時の私は気づいていなかったが、それでもイシャークのことが思い浮かぶと穏やかな気持ちがまた混乱するのは分かった。あの男が、私の考えたくないと思っている世界の人間だからだ。ひょっとするとそのために、彼を遠い夢の中に送り込み、私たちが一緒にいるはずのない時間から彼を遠ざけようとしていたのかもしれない。振り返りたかった、彼のせいで祈りも上の空で、中身のない言葉と化し、かつてないほどに長く感じられる。

　彼と何の話をしよう？ 彼は自分の話はしないだろう、それは昨夜すでに確かめた。私の話をするか。ここに、このモスクの人気のない空間に座ろう。私たちはこの世界にいながらその外にいる。二人だけだ。彼は例の確信ありげなよそよそしい薄笑いを浮かべるだろう、あれは薄笑いというよりは、貫くような冷淡さなのかもしれない。何でも見通すが何にも驚かない視線が、私の話を聞くだろう。目の前の絨毯の模様か、あるいは陽光の筋が薄暗がりを貫いて火花のような光をちらつかせるさまをじっと見つめ、それから本当のことを話してくれるだろう、それで私の心は安らかになるはずだ。

　二人の会話をあれこれ思い浮かべながら、彼のことを実によく覚えているのを意外にも思わずに、その姿を私は蘇らせていた。昨夜のように二人きりになり、こんどは互いに隠し立てなしに昨夜の奇妙な会話を続ける、そんな時が来るのを待った。私が思いつくことのできるあらゆることに対して正反対の考え方をするあの不穏な反逆者が、矛盾に満ちあふれた気まぐれのせいか、あてにできる男であるように思える。なすことはすべて気違い沙汰で、話すことは何一つ理解できない、だが彼にだったら心の内を明かすことができるはずだ。あの男は不幸だが正直で、何が望みなのか分かっていなくとも何をしているかは分かっているし、殺しは犯すかもしれないが、人を騙すことはないだろう。こんなふうに心の中で、まったく見ず知らずのお尋ね者の良い面をあれこれと描きながら、私は昨夜からどれほど隔たったところまで来たかということには思い至りもしなかった。今朝は彼を警備兵に引き渡したいと思い、昼には彼の味方をしている。けれど今朝とて敵対していたわけではないし、今も届け出るかもしれず、この両方の間に関係はなく、いやあるのかもしれないが、それは逆転したきわめて複雑なものだった。実際のところ、あの男、反逆者イシャーク、彼だけが、紐の固い結び目のようになった私の中の何かを説明することができるに違いないと思っていた。なぜかは分からない、もしかしたら彼が苦しんでいるからか。苦難の中で経験を学んだから、反逆によって習慣の束縛する考え方から解放されたから、先入観を持たないから、恐怖を克服したから、出口のない道へと出発したから、すでに判決は下され、ただ果敢に死を先延ばししているだけだからか。そういう人間は、教えられた規律から罪に対する恐怖までの間を、習慣に始まっていつでも犯しうる罪に対する怯えに到るまでの道を、よろけながら歩んでいく私たちのような者より、はるかに多くのことを知っている。これまで一度として背信行為の道を歩んだこともなく、想像の中でさえそんなことはあり得ない私だったが、それでも真実について聞いてみたかった。だが、何についての真実だ？何についてかは、分からない。

私はこう話すだろう――

修道師になって二十年、まだ幼い頃に学校に通うようになったから、大人が私に教えようとしたことの他は何も知らない。人の話を聞くこと、我慢すること、信仰のために生きることを教わった。私より頭のいい子供はいたが、私以上に信仰心のある者は少なかった。

するべきことはいつも分かっていたよ、修道師という身分が私の代わりに考えてくれたから、それに、信仰の根本は揺るぎなくかつ広く、自分の中にそこに適合しないようなものは何もなかった。家族がいたんだ、私とは別の人生を生きていた家族、血を分けた、でも遠い思い出の中の、葬ってしまいたいといつも思っている子供時代の、もう死んだものと自分に信じ込ませようとして来た家族だ。それでも私の家族で、つまりそうでなくてはならないからそうなんだが、触れ合いとか利害ぬきの家族の愛情が私には好ましかった、もちろんそのせいで愛情は冷ややかになりはしたが。確かにいたんだ、私の家族は、そしてそれで十分だったし、家族にとってもそうだっただろう。この二十年間で三度会ったが、そのことで何一つ台無しにもならず、何かが正されたということもなく、信仰に仕える私の身に邪魔立てもしなければ助けにもならず、ただ私は自分自身の家族から離れてしまったことへの嘆きより、もっと大きな家族を見い出したことへの誇りを強く感じたのだった。ところが、さあ、弟を不幸が襲った。不幸などという言葉を使うのは、しかるべき言葉が分からないから、正義とか不正とか言うことができないからだ。ここから苦しみが始まるんだ。暴力は嫌いだ、あれは弱さと無分別なものの考え方の印だろうし、人を悪へと追いやる方法でもある。それなのに暴力が誰か他の者に振るわれた時、私は黙り込み、決断を下すことを拒み、他人に責任を押し付けるか、でなければ、自分の犯した罪ではないことについては考えないようにし、あまつさえ、もっと大きく重要な善のためには時に暴力も必要なのだと認めさえした。だが権力の鞭が弟に当たって、私もまた、血が出るまでの傷を負わされたよ。ぼんやりとだが、処分が厳しいと思っている。あの子のことはよく知っているんだ、悪行をなすことなどできない奴だ。だがこのとおり、私は十分に確信を持って弟を弁護してはいない、もちろん権力の側にいる連中の正当性を認めているわけでもない。ただみんなが一緒になって私に、ほとんど同じように悪をなすりつけ、私は混乱の渦に放り込まれ、自分が本来歩むべき正しい道以外の人生に向き合わされ、自分で決断するように強いられた気がするんだ。さあ、私はいったい何者だ？　発育不全の兄か、あやふやな修道師か？　人間としての愛情を忘れた者か、それとも自分で信仰の固い守りを損ない、そして何もかもを失ってしまったのか？ どんな弟であれ、弟のために涙を流したいとは思うが、その一方で、弟が危機に瀕しているのだとしても、そしてそのことを哀れに思っていても、法の不屈の守り手でありたいとも思っていて、そのどちらにもなれないんだ。これは何だ、イシャーク、優柔不断という受難者よ、おまえはただ一方の側に立ち、優柔不断ということを知らないのだろう。私が失ったのは人としての姿か、それとも信仰か？ それとも両方なのか？ ならば何が私の後に残される？ 抜け殻、墓穴《メザール》、それとも碑銘のない墓石か。恐怖が私の心に現れたんだ、イシャーク、恐怖と動揺だ。どちらの側にも一歩も踏み出せない。きっと私は我を失って、破滅するだろう。

彼の姿を見ようと振り返ることはしなかった、まだいるとは思っていなかったし、名状しがたいこの苦しみの少しでも話すことができるかどうかも分からなかった。誰にも語るはずのないことを彼に打ち明けるというのは、危険な考えだ。修道師でもなく、ふだん出会う人々の誰でもなく、よりによってお尋ね者、逃亡者、法の圏外にいる者にだ。そんなことをしても彼だけは驚かないだろうと私は考えたのだろうか？ 彼だけが私を非難がましく見なかったと信じられたのか？ お助け下さい、神よ。私をこの試練から、かつてあった私と同じままに救い出して下さい。分かっている、唯一の正しい出口は、何も起こらなかったとすることだ。

イブラヒムに救いと安息を
ムサとハルンに救いを安息を
イリヤスに救いと安息を
イシャークに救いと安息を
不幸なアフメド・ヌルディンに救いと安息を

人々は咳払いをしたり、低い声で囁きかわしながら、私を一人残して外に出始めた。私は幸いにしてたった一人、そして残念なことにたった一人、苦しみの前に跪《ひざまず》いたまま残されて、優柔不断によって我が身を苛《さいな》むことのできるこの場所を離れることを恐れていた。

外で発砲音がし、誰かが叫び、誰かが脅している。けれど私は何と言っているのか聞こうとはしないし、叫ぶのは誰か、脅すのは誰かなど知りたいとも思わない。この世に起こることは何もかも醜いものだ、神よ、この弱さの祈りを聞き届け給え、そしてこの静けさから出て行こうとする力と願望を取り除き、安らぎへと連れ戻し給え。最初の、あるいは最後の安らぎへ。この二つの間には何かがあると思っていた。どこかに川があって、川の夕べに立つ霧が、川幅いっぱいに広がる日の反射があり、それは今もまだ私の心の中にあり、忘れてしまったと思っていたのに、何一つ失われてはいないらしく、何もかもが鍵をかけた引き出しから、いわゆる忘却という暗闇から舞い戻ってくる。それはもはや誰のものでもないと思っていたのに実は自分のものであって、必要もないのに目の前にあり、かつてあった姿でおぼろげに光りながら私たちにその存在を思い出させ、痛手を負わせる。そして裏切りに対して復讐しようというのだ。だが手遅れだ、思い出たちよ、現れても無駄だ。おまえたちの弱々しい慰めも、こうであり得たかもしれないというほのめかしも、無益なもの、かつてなかったことはあり得るはずがないのだから。だが実現されなかったものはいつだって美しく見える。思い出たちよ、おまえたちは不満を生み出すまやかし、私から戦う武器を取り上げ、秘かな嘆きで私を受難から守ってくれるがゆえに追い払うこともできず、またそうしたいとも思わないまやかしなのだ。

父が私を待っている、息子のせいで心痛のあまり途方に暮れた父だ。父には弟しかいない、もう私などいないのだ、なのにその弟もいない。たった一人、老人が旅人宿で待っている。たった一人。私たちが一つだと思った時もあったが、今私たちは何も考えてはいない。父の目がまず尋ね、私は答えるだろう、にっこりして。それだけの力はある、父のためだ。間もなく釈放されると言われましたよ。そして希望を持たせて送り出そう、うなだれて行かせる必要があるか？　真実など、父に何の役に立つ？　そして私は悲しみにくれて戻って来よう。

新鮮な五月の夜の、若々しくはじけるような空気を吸い込む。春が好きだ、そうなのだろうと思う、春が好きだ。疲れ知らずで重荷を持たない春は、またやり直そうというほがらかで気軽な呼びかけで私たちを目覚めさせる。年ごとの幻惑と希望、新芽が古い木から生えて来る。春が好きだ。私は頑《かたく》なまでに心の中で叫び、懸命にそう信じようとする。若い頃はこのことを自分に隠していたが、今の私は春に呼びかけ、我が身を包んでくれと差し出し、道ばたにある林檎の花に、すべすべした新しい枝に触れる。するとそこにある無数の小さな葉が匙のように液をしたたらせ、私はその流れを感じる。さあ、この指先から身体の中に入ってくれ、そして林檎の花をこの胸に開かせ、掌の上には透き通った青葉を芽吹かせてくれ。そうすれば私は果実の柔らかい香り、その静かな気楽さとなり、やがて満開となった腕を驚愕するわが目の前にかざし、滋養の雨に差し出し、大地に埋もれ天に育まれ、春ごとに蘇り、秋が来ればひっそり枯れる。こんなふうに始めから何もかもを開始することができたら、どれほどすばらしいことか。

だが始まりなどというものはもはや存在せず、重要でもなく、いつ来るかも分からず、後になって、渦に巻き込まれた時、ものごとがただ続いていく時に至ってようやくあれがそうだったと定めることができるもので、そうなってみるとこんなはずではなかったかもしれないと思うのだが、実はそうではなく、あるはずもない始まりや、醜悪なその続きのことを考えないために、人は、春に埋没しようとするのだ。

意味もなく街路を歩き回って、潰しきれない時間を私は潰そうとした。ハサンがテキヤで待っている。父は宿で待っていて、ハサンは今夜テキヤに来る。あらゆる道、あらゆる岐路に誰かしらが立っていて、私を憂慮から解放してくれない。

――釈放されたらすぐに知らせてくれ――父は出立する時にそう言った――知らせを聞くまで安心できない。家に戻ってくれれば一番いいんだが。

家から出て来ないことが一番よかったんだ。

――明日、代官のところに行ってくれ――私が忘れないように、父は言った――礼を言ってな。俺の名でも礼を言ってくれよ。

父が去ってよかった。慰めを求める父の顔を見るのは辛かったし、私はただ嘘によってそれを与えることができただけだった。父はその両方を持って去り、私には後味の悪さだけが残された。野原の手前で私たちは止まり、私は父の手に、父はふたたび父親となって私の額に接吻し、背をかがめた父の後ろ姿を私は見送った。馬をまるで支えにするようにして引きながら、幾度も振り返りながら、父は去り、父と別れると気が楽にはなったものの、私は悲しく孤独を感じた。これで最後だ、もう幻想はありえない。父と私は互いの顔を再び見たその瞬間に互いを葬ってしまい、最後のぬくもりも何の助けにもならなかった。

父が馬に乗って崖の向こうに、まるで灰色の岩にのみこまれるように姿を消し、その間私は広い野原の真ん中に立っていた。

長い午後の影が、陰気な山の精霊となって野原に這い出してきた。野原を曇らせ、私をも追い越し、四方から私を包囲し、日あたりは向こうの山のほうへと移動しながら、影から逃げていく。夜は遠く、これはまだ早い夜の予兆に過ぎなかったが、陰気なその先触れには何か嫌な予感のようなものがあった。影で二分された野原に人の姿はなく、どちらの側も空っぽだった。勢力争いをしながら暗くなっていく広がりの中にたった一人、次第に閉じていく空間の中で私は立っている。ちっぽけな存在として、他人のものでありながら私のものでもある古い魂が抱える混沌とした不安に心をいっぱいにして。この野原で、この世界で、大地の秘密と空の広漠の前に、私は力なく一人きりだ。だがその時、丘のどこかから、斜面にある家からだろうか、誰かの歌声が、日の当たる空間を通り抜け私の影のところまで突き抜けて聞こえ、まるで私を救いに来たもののように、束の間のわけも分からぬ魔法から解放してくれた。

私はハサンの、こちらが頼みもしない心配から逃れられなかった。ハサンは川を見下ろすあずまやの中で、ハーフィズ＝ムハメドと一緒に座っていた。青色のミンタン[15]を着込み、柔らかい顎鬚を短く刈り込んで香油の匂いをさせ、清々しげで、笑いをうかべ、三ヶ月の旅の垢や家畜の匂い、宿所の汗や埃や泥をすっかり落とし、罵り言葉や山越え、危険な川渡りのいっさいを忘れたような姿は、人生に甘やかされた、苦労も勇気も必要とはされない、若いアガのようだ。

私が近づいた時、二人は言葉を交わしているところだった。神学校《マドラサ》の教師だったこともある家畜商人のハサンは、茶化しながら、聞いたことにも答えたことにも意義をいっさい与えないようにしながら、ハーフィズ＝ムハメドに知ってることを残らず言わせて、さあ反論してやろうと刺激しているかのようだった。ふざけた会話の中に知的な議論を見いだしては馬鹿げた形にして反響させる、そのやり方はいつもを私を驚かせた。

挨拶した時と同じことを、ハサンは尋ねた――

――何か分かったか？

――何も。明日また行ってみるよ。それで君は、旅はどうだった？

　これが一番いい、わが悩みはわが心に秘めよ。

　ハサンは旅についてごくありきたりのことを二言三言、冗談めかして口にしただけだった、いつだって神の御意思と家畜の気分のままだよ、俺は自分の意思と気分を牛どもに合わせるんだ。それからハーフィズ＝ムハメドに、話の続きをしたらどうですと水を向けた――実におもしろく、怪しげなご高説だ、あらゆる生き物の始まりと進化についてのね。生きとし生けるものがある限り有意義で、議論にはもってこいだ、とくに議論なんてものがなく、みんなの意見が何でも一致して、誰もが退屈で死にそうになっている時には。

　ここ三ヶ月というもの、口を開かないか、でなければごくありきたりのことしか言わなかったハーフィズ＝ムハメドが、世界の始まりについての説を展開し始めた。奇妙な、不正確な、コーランにも示されていない、けれども面白い、彼自身が描き広げた絵で、それは彼が読破した数多くの書物のどこかから取ってきて、想像力によって生き返らせたものだった。孤独な熱病の発作のたびに、ハーフィズ＝ムハメドの病んだ視界の中では世界が創造されては崩壊していく有様が見え、その熱の炎で、光景全体がぼんやり光るのだ。それは神への冒瀆のようでもあったが、私たちはもう慣れっこになっていたし、誰も彼をまともな修道師だとは思っておらず、彼は、まともでないという、この身分では最高にしてめったにない立場を獲得していて、まれに語ることもほとんどわけの分からない話だったから、それほど大きな害にはならないと私たちは考えていた。

　まったく不可思議な、想像してみることさえできないような光景だった。信仰心のない学者が、冗談好きの道化者にして不埒な善人、かつては神学者《アリム》であり今は隊商と一緒に牛を追う商人であるハサンに、世界の始まりについて語っている。まるで悪魔が自らの手で、何一つ共通点のないこの二人をわざわざ引き合わせ、誰も予想もしなかった会話へと導いたかのようだった。

　年若い友であるハサンはいつも、説明することも正当化することも難しいような意外さでそのつど私を驚

15　オスマン時代の男性の衣服、腰まで丈のある長袖シャツ。

かした。頭もよく教養もあったが、なすことはすべて奇妙で、理解の域を越えている。帝都の学校を出て、東方を遍歴し、神学校の教師となり、官府《ポルタ》に役人として勤め、それから何か訳があってすべてを放り出してドゥブロヴニクに居を定め、帰郷した時にはドゥブロヴニク人とその妻を連れて来た。噂では、肌の白いその妻、黒髪に灰色の目をしたキリスト教徒の婦人に恋していたとかで、婦人は夫と一緒に町の加特力教徒区《ラティンルク》に居を構えていた。ハサンはまた、自分の財産を横取りしたとかで遠縁の者を訴えようとしたが、不幸なその親戚の男がどれほどの子供を養っているかを知ると訴えを取りやめ、男の娘を妻にした。とはいえそれも横取りされた財産の見返りとして周りから押し付けられただけで、どんな相手を摑まされたかを知るやいなや、何もかもを家に置いたまま一目散に逃げ出し、そして家族がぞっとしたことに、商いに手を染めて東へ西へと出かけるようになったのだ。あれほどの職業をどうやって一人の人間がこなせたのか、どれが本当に彼のものなのか。どれでもないね——そうハサンは笑って言った——だが人は何かで生きていかなきゃならないし、結局のところは何でもいいのさ。官府に勤めるには口数が多すぎ、神学校の教師としては激しすぎ、牛を商うにはあまりにも教養がある。帝都から追放されたのだと言う者もあり、正直者だという評判と不届きな奴だという評判、類いまれな才能があるという話とまったくのでき損ないだという話は、同じくらい伝えられていた。財産の件で訴えを起こした時には情け容赦ないと言われ、取り下げた時には馬鹿者呼ばわりされた。恥知らずな奴だ、ドゥブロヴニク女と暮らしてるんだから、間抜けな夫を傍らに置いて、そう言う者もいたし、あいつこそ間抜けだ、ドゥブロヴニク女と亭主に利用されてるのに、と言う者もいた。目の細かい篩《ふるい》のようなカサバの人々の視線にいつもひっかかり、とりわけ人々が彼に親しむまでの最初の頃は、数知れない詮索好きな憶測の格好の餌食になったが、彼はいつも手を振っていなし、人生の他のこと同様に、どうでもいいよという調子でいた。誰とでもつきあい、神学校の教師と会話も交わせば商人たちと取り引きもする。悪党どもと飲んだくれ、遍歴職人たちと冗談を交わし、関わり合いになる誰にでも同じ態度を取り、そして結局あらゆることで失敗者なのだった。

　私はハサンと弟の話をしたくなかった。彼は嘆いてくれるだろう、ほんの少しの間だけ、そして怒ってくれるだろう、だがほんの少しの間だけだ。それに昨夜のハサンの姉との会話が私を苦しめていた。来てくれない方がよかったのに。

幸い、ハサンは押し付けがましくない。そして幸い、目下の会話に気をとられている。だから私は何もかもを先延ばしすることにした。

湿り気と暖かさが命の源なんだよ、ハーフィズ＝ムハメドは語っていた。腐敗した湿り気から、まず最初に、長い時間をかけてでき上がった生き物が現れたんだ、形も手足もない種粒や棒切れのようなそいつらは、生命の力を内にくすぶらせ、あてもなく、何も見えない真っ暗闇の中を動き回り、ふらふらとさすらいながら、水の中で暮らしたり、陸に上がって泥の中に身を沈めたりした。何千という年月がそうして過ぎて……

——では、神は？——ハサンが尋ねた。

それは冗談めかした、けれどまじめな質問だった。ハーフィズ＝ムハメドは無視しようとした。

——何千という年月がそうして過ぎて、その小さくひ弱な生き物どもは姿を変えて、あるものは陸に、別のは水に馴染んでいった。耳の聞こえないものや目が見えないもの、手なし、足なし、体に何もないもの、あらゆるものが、長い間の必要と多くの試みの後に生まれた。

——では、神は？

——かくあるようにと、神も望まれたんだ。

さして説得力があるようには響かなかったが、ハーフィズ＝ムハメドとしてはそう言わざるを得なかったのだろう、挑発に乗るより、この一般的で反論不可能な断定によって、厄介な問題を避けるほうを選んだのだ。

二人の態度も驚きだった。ハーフィズ＝ムハメドは地球の創世に神が加わったことを事実上否定し、対するハサンは、この問題を徹底的に追求しようともせず、有利な立場を簡単に得られるのにそれを利用しようともせず、ただ冗談めかして警告するだけではないか。

ハーフィズ＝ムハメドの話は、私には周知のもので、ギリシャ哲学の教えのある種の変形版であり、イブン・スィナ[16]もアラビア語で書いた著述に用いていた。その

16　十世紀-十一世紀のブハラ生まれのアラビア人学者。

教えによれば、人は今あるように徐々に成り立ったものので、ゆっくりと自然に適合し、自然を自分に従えながら、知性を持った唯一の生き物となったのだという。だから人にとって自然はもはや秘密ではなく、周囲の空間は見知らぬものでなく、ウジ虫から地上の主人となるに至る遠大な道のりを通り抜け、人は世界を勝ち取り、支配下に置いたのだと。

——みっともない主人だな——ハサンは笑った。

この点に関してまた議論が始まり、やり取りが交わされた——人間どもはこの世を作ったから、今あるような世界でも腹も立てずにいるわけだ——ハサンはそう断言したが、ハーフィズ＝ムハメドは同意せずに、世界の萌芽の証明というところまで話をもっていった。

ハーフィズ＝ムハメドの話は、自然に起こったという生き物の始まりから、神の御心とはほとんど関係なく人が地球の主人であるという主張に至るまで、あらゆる部分にいくらでも批判を差し挟むことのできるものだった。だが、話に割って入った時の私は、彼のこうした誤ちを非難しようと思っていたわけではなかった、あまりにもよく知られたことについて議論を吹っかけるのは滑稽なことだろう。もっと大事なのは別のことだった——人間はこの地上に心地よく住んでいてここがまことの住処だと言うが、そんな考えはあまりにも単純素朴に過ぎるのではないか？

この空間は、私たちの牢獄だ。聞き慣れない自分の考えの響きに耳を傾けながら、私は言い、行き止まりになった無益なそれまでの会話にいきなり火を投げ込んだ。空間は私たちを所有しているが、私たちが所有できる空間はといえば、目の届く限りの部分だけだ。空間は私たちを疲弊させ、恐怖を引き起こし、追って来る。私たちは空間が私たちを見ていると思っているが、むこうは私たちのことなど気にもしていない。私たちは空間を支配していると言うが、ただその無関心さにつけ込んでいるだけだ。地球は私たちに好意など持っていない。雷や大波は、私たちのためにあるわけではない、私たちがそのただ中にいるのだ。人間に本当の我が家などなく、何も見えていない自然の力から分捕っているだけだ。ここは別の生き物の巣、地球に住めるのはただ、地球がいやというほど差し出す災厄の数々と格闘できる怪物どもだけだろう。そうでなければ誰のものでもない。つまり私たちのものではないのだ。

私たちが征服したのは地球ではなく、足が立つ部分の土くれのみ、山ではなく目に写った姿のみ、海ではなくその形を定めぬ堅牢さと水面の輝きのみだ。幻影以外の何一つ私たちのものではなく、だからこそ幻影に私たちはしがみつくわけだ。

私たちは、何かの中にいる何か、ではない。何かの中にあって何でもないもの、周りにあるものとは違うもの、同じでないもの、結びつかないものだ。人の進化は、きっと自分自身への意識を失うことに至るものに違いない。地球は、月と同じように生きるには適さないが、私たちはこれがまことの住処だと自分をごまかそうとする、他に行くところがないからだ。何も理解しない者、あるいは傷つかない者には良いかもしれない。もしかしたら、地球は人間が逆戻りするための出発点となり、後には力のみが残るのかもしれない。

こんな理にかなわぬことを口にしてしまってから、私はぞっとした、隠しておきたいと思っていることをすべて暴露してしまった。今日という日と傷つけられた思いに向かって私は答えていた。そうして私自身を、そして二人を、気まずい立場に追い込んでしまったのだ。

ハーフィズ＝ムハメドは驚いたように、いやほとんど恐ろしげに私を見つめ、ハサンは体をゆらして笑い、彼ら二人の目の中には、あらかじめ考えることもしなかった私自身の言葉の本当の重みが見えたが、私は良心の咎めを感じることもなく、むしろ気が楽になった。

ハサンの表情が、思いもかけないほど引き締まった。そうじゃない――ハサンは、まるでまじめくさって話してすまないとでもいうかのように頭をゆっくり振りながら言った――人間は自分と相反するものになる必要はないんだ。人間にとって価値あるものは何であれ、傷つきやすいものだ。もしかしたらこの世に生きることは楽ではないのかもしれない、だが俺たちがここに居場所がないと思えば余計に悪くなるだけだ。力を望み、無感覚になることを望むとしたら、それは絶望のせいで我と我が身に報復することだ。そうなったら、それは出発点じゃない、それは人間がなりうるあらゆるものに対して抗うことだ。思慮というものをいっさい拒否すること、こいつは太古からの恐怖、力を欲する人間の大昔からの本性だよ、人間は恐れる生き物だからな。

——我々はここにいるのだ、この地球の上に——ハーフィズ＝ムハメドは息を荒立てた——ここが我らの場所だということを拒むのは、生きることを拒むことだ。なぜなら……

咳が始まり、ハーフィズ＝ムハメドは病気の発作を押さえることができず、それでもなお手を振って、私には賛同しかねると身振りで示した。

——部屋に戻らないといけないな——ハサンが諫めた——ここは寒いし、湿っぽい。手を貸しましょうか？

ハーフィズ＝ムハメドは、いやいらないと手振りで答えて、咳をしながら去った。俺の病に証人は要らんといわんばかりに。

二人はその場に残された、ハサンと私は。

残念ながら、説明もこれ以上の会話も一切なしに別れてしまうことはできなかった。私も立ってその場を去るのが一番良かったのだろう、中断するのも続けるのも辛いことだったし、ハサンと私の結び役であり、差し障りのない会話の口実でもあったハーフィズ＝ムハメドはいなくなってしまった。今やハサンと私だけの関心事が待ち受けていた。

それでもハサンはいっこう平気な様子だった、いつも、何もかもが自然なままであるような方法を見つけるのだ。ハーフィズ＝ムハメドから私のほうへと視線を向け直すと、にっこり笑った。彼の笑顔は人に近づく道だ、理解を示し気楽にさせる。

——ハーフィズ＝ムハメドを怖じ気づかせたな。まるで気絶しそうだった。

——悪いことをした。

——君がしゃべっている間、俺が何を考えていたと思う？　世の中には、好き勝手に言いたい放題を言う奴がいて、それでも聞いている側は、それを受け入れるにせよ受け入れないにせよ平静でいられる、そんなのもいる。だが、ただ一言に自分自身のすべてを託す連中もいて、その場合には一瞬のうちにすべてに火がついて、誰も落ち着いてはいられなくなる。みんな、何か重大なことが起きていると感じるわけだ。これはもうただのおしゃべりじゃない。

——でなければ何だ？

——下準備だな、すべてを大鍋の中に投げ込んでしまおうという。君は弟の不幸にかなり打ちのめされたようだ。

他の誰かであれば、こんなふうに私と言葉を交わすことなど、許さなかっただろう、腹を立て、拒絶したに違いない。だがハサンにはかなわなかった。私の反乱の本質を見抜き、しかも善意をもってそうし、彼の善意は言葉にではなく、その眼差し、心からの真剣さ、理解と気遣い、漂わせる雰囲気のすべてに感じられ、まるでそれは彼がこの時初めて私を、ふつうは隠れている私の一面を見たとでもいうようだった。だが拒絶はしなくとも話題をそらしたかった。人に詮索されるのは好きではない。

――君のほうこそ、人間が大昔から引きずっている空間に対する恐怖心について話しながら、何を考えていたんだ？

――おい、今晩話をするのはこれが最初じゃないか。俺は君の弟について話がしたいんだ、もし差し支えなければ。

君には関係ない――そう言うこともできた――ほっといてくれ、私の秘密の空間に入らないでくれ、助言しようという奴は嫌いなんだ。偽らざる気持ちはそんなところだっただろう。だが粗野な態度は、自分のであれ他人のであれ、私の大嫌いなもので、思わず面に出してしまうと恥ずかしくなって、そうなるとそのことを私はいつまでも忘れられなかった。だから、失礼を詫びながらこう言った――今日、父が出て来たんだ。こっちは上機嫌というわけではなくてね。

――また俺を拒んでるな。

――君に何を言えというんだ？　何も分からないのに。

――なぜ捕えられたかも？

――まったく。

――ならば俺の方がまだよく知ってるわけだ。

この男を拒絶するのは、じつに容易なことではない。ハサンの話は奇怪で、世間知らずなことでは子供のごとき、限られた一方向の経験しか持たない私のような者には、とうてい理解しがたいものだった。

町の近くに少々の土地を持つ男がいたんだ――ハサンは語った――いた、だよ、もう死んでる。その男はある時、それなりの訳があったからか、つまり何かに打ちのめされたためか、それともあまりにも単純素朴か真面目だったのか、喧嘩早い質《たち》だったのか蜂のように人を刺す奴だったのか、夢想家か、でなければ誰かを庇っていたのか、何か証拠があったのか、それとも頭がおかしくなったのか、何がどうなろうとよかったのか、それは分からないし今となっては重要ではない。

とにかくある時、権力の側にいる者たちの誰彼について悪し様に言い始めたんだ、はっきりと大きな声で、誰もが知ってはいるが口にしようとはしないことを。正気に戻れと周囲は男を諭したが、男はみんなが自分を怖がっているんだと思い、誰の得にもならないことをやめようとはしなかった。それで兵士たちがやってきて男を縛りあげ、砦に連れて行った。捕われた不幸な男は取り調べを受け、調書を取られ、調書には、さまざまな罪を白状したと書かれた。信仰、国、スルタン、そして知事《ワーリー》に楯突く自分の言葉を再現して見せ、怒りと腹立ちのあまり言ったことですと申し開きしたと。あまつさえ、国家転覆を謀るクライナ[17]の謀反人どもと通じ、連中を手助けし、家は仲間の伝令や気脈を通じた者たちの隠れ家になっていたことまで認めた。男はそんな調書と一緒にトラヴニクに送られたが、途中で斬り殺された。サーベルでだ、逃亡を企てたということだった。逃亡という点については、ご想像にまかせるよ、もしかしたら本当に逃げようとしたのかもしれないし、そうでなかったのかもしれない。男にとってはどっちでも同じだっただろう、兵士に始末されなければ、宰相《ヴェジール》に処刑されていただろうから。もし君の弟がこれに絡んでいなければ、俺はこんな話を一切君にはしない。この男に限った話じゃないし、この男が最後というわけでもないんだから。君の弟はこの男とは知り合いでもなく、顔を見たことさえなかっただろうし、男の方だってそんな若者がいることなど知る由もなかったはずだ。君の弟がこの件に絡んで来なかったとしても、男の運命は同じだっただろうけどね。互いに知り合いでもなく、会ったこともなく、二人の間には何の結びつきもない。君の弟とその男はまったく違う、だが似た点はあるな、どっちも自殺的なところだ。不幸にして、君の弟は判事のもとで働いていた。不幸にして、と言わなけりゃならないのは、危険なまでに、それに重大なまでに権力者に近い立場だからだ。そして信用された書記だった彼は、極秘の記録に行き当たった。どのようにしてかはもう誰にも分からないが、見せてもらったのでないのは確かだろう。たまたま目にしたんだろうな、けれどそれは、目にするにはあまりにも決定的なものだった。

——どんな決定的なものを目にしたと?

——たった今話した罪人の調書だよ。取り調べを受ける前に書かれていたんだ、カサバに連行される前、砦に捕われるより前にね、だから君の弟の運命も危ないんだ。分かるか？ 男が何をしゃべるか、何を認めるかはあらかじめ決まっていたわけだ、そいつが殺されるだろうことも。まあいい、これはそう珍しい話じゃない。連中は急いで片付けたかったんだろうし、素早く確実にやり遂げなけりゃならなかったわけで、結局は同じことだっただろう、君の弟が、あらかじめ用意されていた調書を見つけたところにそのままそっと置いておいたにしても。そしてすっかり忘れてしまったとしてもね。でも実際はそうはしなかった。どうしたか、俺は知らないが、誰かに見せたか話したか、でなけりゃ調書を手にしているところを捕まったか。とにかく捕えられた。知り過ぎたわけだ。

私は信じがたい思いで話を聞いていた。これは一体何だ？ 狂気の沙汰か、悪夢の中で私たちを捕える戦慄か？ 誰も覗き込むことのできない人生の暗雲か？ 人がこれほどまでに何も知らずにいるとは、信じがたいことだ。誰もが私の前で黙っていたのか、囁く声があまりにも小さかったのか、それとも、私が信じまいと前もって心構えをしていたというのか。なにしろ知ってしまったら、我がものとしてきた平穏さから私は放り出され、均衡をよく保っている世界の、そしてそれは私のものでもある世界の、作り出された姿が乱されてしまうのだから。この世界を完璧だとは思わないが、我慢できるものだと信じていたし、世界が不当なものだなどということが、どうして受け入れられるだろう？ ひょっとしたら私の言葉の真実性を疑う者がいるかもしれない、そしてこう尋ねるだろう——長く世の中を渡って来たいい大人が、愚かではないか？ 人々のすぐ近くにいて、彼らが他人に隠しているものの中に入り込めると信じていながら、自分の身近で起きている、しかも少なからず重要なことを、見ようとも知ろうともしないとは。偽善ではないのか？ それとも盲目というか。誓うことが罪でなければ、私は誓って言う、本当に知らなかったのだ。正義は必要なもので、不正は可能なもの、私はそうみなして来た。だがこれは、私の単純素朴極まりない、孤独と服従の中で作り上げられた人生観にとってあまりにも入り組んでいた。いくつもの関係が交錯する複雑な

17　オーストリア帝国とオスマン帝国の境界をなす、ボスニア北西部から現在のクロアチアにかけての地域。

陰謀のようなこの話を、私は、神の御業《みわざ》のための苦しくも栄誉ある、だが何かはっきりしない戦いと受け止めようとしたのだが、そこに足を踏み入れるには、腹黒い想像力が相当に必要だった。それとも、もしかして私が聞きたがらないことを言わないようにと人々が注意して、私から隠していたのだろうか？ そんなことは信じがたかった。だから実際に話を聞いた時も、少なくとも丸ごと信じることはすまいと構えたではないか――これを信じるとはつまり、死ぬほど怯えることと、でなければ何かの行動をとらねばならないことを意味していたが、それを何と言い表したらいいかさえ私には分からず、しかもそれは、わが良心がせよと命じるに違いない、逃れようのない責務なのだった。白状しよう、恥じることは何もない、考えの率直さが私を弁護してくれるだろう、他ならぬハサンの人柄が、聞いた話の重大さを軽減してくれたのだ。善意はあるが表面的で、正直ではあるが軽卒な男だから、その無責任な想像力で、ごくわずかの真実に勝手な想像の産物をくっつけて何かの話をでっちあげたということもあり得る。そもそも、旅から戻ったばかりなのに、どうして知ることができたのだ？

――どこから聞いたんだ？

――たまたまね。

質問を予想していたかのように、ハサンは静かに答えた。

――何もかも憶測ではないのか？ 話だけのことだとか？

――憶測でも話だけのことでもない。

――君にこの話をしたのは、そういうことを知りうる立場にある者なのか？

――そいつは、俺がたった今君に話したことしか知らない。

――いったい誰なんだ？

――それは言えないし、大したことじゃない。そいつが知っているのは、俺が君に話したことだけだ。これ以上何が聞きたいんだ！

――何も。

――そいつは気の毒になるほど怯えていたよ。

――ならばどうして君に話したんだ？

――さあ。肩の荷を降ろしたかったのかもしれない。知っていることのせいで窒息しないように。

私はハサンから聞いた話にひどく混乱し、火事を予知した鳥たちのように逃げまどっては、イワシャコさながらに薄暗い洞窟に隠れてしまうさまざまな思いをひとまとめにすることがどうしてもできなかった。恐ろしい姿をとって、私の前に完全無欠の力を持った悪が現れた。

――恐ろしいことだ――私は言った――恐ろしくてとても信じられない。そんな話をしないでくれたほうがよかった。

――俺もさ。今はそう思うよ。もし不要な話だったら、俺が何も言わなかったことにすればいい。

――それは無理だ。口に出されてしまった物事は、存在しないわけにはいかない。

――存在しない限り、物事は口に出して言うことはできないんだ。問題は、言う必要があるかどうかだ。君がこれほど動揺すると知っていたら、黙っていたかもしれない。真実をなぜ恐れるんだ？

――真実から、何を得られる？

――さあ。でも真実ではないかもしれない。

――いまさら取り下げようとしても手遅れだ。一度口に出されたことは、消してしまうことはできないんだ。その男、君に話をしたのは、私の知っている男か？

ハサンは驚いたように私を見た。

――俺は君を助けてやろうと思ったんだ。君は弟をできるだけ早く、急いで助け出すにはどうしたらいいかを考えるだろうと思ったのに、まるで君は、夜な夜な恐ろしくて眠れずにいるに違いない哀れな男のことしか頭に残ってないみたいだ。他のことはどうでもいいとでもいうようだぞ。

そのとおりかもしれない、もしかするとハサンが正しいのかもしれない、きっと、枝葉のことを考えることで、私はこの耐え難いまでの重荷を軽くしようとしたのだろう。それにしても、こんなふうに話をすることはなかっただろうに。どんなふうであるべきかは、私でさえ分かっていたと思う。子供じみた、馬鹿げた問いかけが口から出かかった――どうしたらいいんだ、わが良き友よ、君は、理性が発する警告の中を通り抜けて会いに来てくれたんだろう、さあ、私はどうしたらいいんだ？ 君が見つけたものに私は震え上がっている、まるで地割れの縁に連れて行かれたようだ。覗き込みたくない、さっきまでいたところに戻りたい。いや戻りたくない。世界に対する信頼を救いたい。でも無理だ、この恐ろしい、あまりにもひどい誤解が取り除かれるまでは。さあ、教えてくれ、どこから始めたらいいのだ？

この時の私は、過去を断ち切ってしまう気になれず、はるか昔に結ばれた絆を頑《かたくな》に守ろうとし、そしてまさにそうすることによって、誰かが負わなければならない罪を弟に負わせていたのだが、そんなことには気づかずにいた。何か口に出すことができたらどれほどよかったことか、そうすれば彼からも自分からも身を隠すのをやめたことだろう。だがそれで何が起こりえたというのか。もしかしたら、彼は私に何も言葉をかけられず、私の助けにもならず、それでも、心のこの引き攣《つ》るような痛みは和らぎ、私は孤独を感じずに済んだかもしれない。あるいは、後になって自分が歩むことになる人生の道を選ぶことを、避けられたかもしれない。もしも彼のもっと大きな苦渋に満ちた体験を受け入れて、自分の苦しみに閉じこもることがなかったならの話だが。だが確かにそうだったというわけではない、なにしろ私たちの思いはまったく違う方に向かっていたのだ、彼は人を一人救おうとし、私は思想を一つ救おうとしていた。もちろん、こんなことは後から考えたことで、この時の私は動揺し、憤り、そうとは気づかずに不快だった。彼は私の知らないことを見つけ出し、しかも真実を明らかにするためにはできる限りのことをしなければならないということを察していて、そのため今や私はそうしなければならないのだ。もし知らなければ、待つこともできた、知らないという理由が救いになってくれただろう。だがもはや選択の余地はない、私は真実によって、判決を受けてしまったのだ。

明日、あさって、さほど遠い先ではない未来に待ち受けていることへの懸念で頭がいっぱいになり、それでも私は彼と別れる時の心の痛みのことを思った。何も言わずに彼は去るか、二人でただありきたりのことを話題にするか、それとも冷ややかに、怒ったように別れ別れになるか？　自分個人の問題となると、私はしかるべき言葉としかるべき関係を見いだすことができない。これまではいつも何をいうべきか、どう行動すべきか分かっていたのに。私たちの会話の後には何か不愉快なもの、ある種の重苦しい予感、すべてが言い尽くされたわけではないという不満が残ったが、彼がこの先まだ必要になるかどうか分からなかったから、私は冷淡さや屈辱感を表さないように、思わず、自分自身を抑制した。思わず——そう言うのは、意図して狡猾さを狙ったわけでもなく、彼がどんなところで役に立つのかも分からなかったから、彼をこうと定めたわけではなく、ただ内心の慎重さが彼を失うなと命じたからだ。もしかしたら、彼の姉との間でもう取り決めた仕事のために、彼の好意が必要になるかもしれない。それで私は、後で再開できるように、あるいは再開しないように、会話を終わらせることにした。後は神の御心にまかせよ、という具合に。

ごくふつうの、礼節のある声が出るようにと心の限りで願いながら、私は言った。

——もう遅い、君は疲れただろう。

ハサンの思いがけない、けれども自然な答えと仕草は私の不意をついた、それは単純なものだったが、だからこそ意外でもあった。

ハサンは長くしっかりした指を、長椅子の手すりにもたせていた私の腕に触れるか触れないかという程度に重ねて、その心地よいひんやりした皮膚と柔らかい指先をわずかに感じた私に、愛をささやくのにこそふさわしいと思わせる低く深い声で静かに言った。

——どうやら傷つけてしまったらしいな、そんなつもりはなかったんだが。君はもっと世間や人間というものを知っていると思っていた、もっとずっとね。違う話し方をするべきだった。

——どう違う話し方ができたというんだ？

——さあ、子供と話をするように、かな。

その言葉は何も意味しないようでもあったが、彼の話し方そのものが私の心に強い印象を残した。土笛の深い響きのような、雑音も反響も落ち着かない息継ぎの音もない声と、たった今起こらなかったなにごとかゆえの悲しげな、けれど優しく賢明で、心を解放するような笑顔。私は初めてこの時、彼の中にすっかり成熟し完全になったものがあり、ただそうしたものはほんのふとした折、ちょうど、私たちを不安で溺れさせるこんな月光の中にいるような時に、表面に現れるだけなのだということを、驚きながら思い知ったのだった。私はこの丸みを帯びた、否が応にも信頼へと導く声と、なだめるような笑み、そして秘密が明らかにされる深夜近いこの時を、ずっと覚えていた。何か非常に強い、けれども完全には捕えきれないものゆえに、何もかもが記憶の中にいつまでも残ったのだ。もしかしたらそれは、一人の男がそれまで誰にも見せたことのない一面を表し、私がそれを目の当たりにしたからかもしれない。この男は今生まれつつあるのか、抜け殻を引きずりながら脱皮しつつあるのか。彼が見せたものが何だったのか、それは分からないが、その瞬間がふつうにはないものだということは分かった。私自身の興奮状態が、あらゆる言葉や、身動き、体験のすべてを変形させてしまいかねないとも思ったが、記憶だけは残った。

今やハサンは立ち上がり、私たち二人の間にあったわだかまりの結び目をうまくほどき、美しく長く余韻を残す正しい言葉を見つけ、そして立ち去るだけになった。ほんの少し前のわけも分からぬ興奮はもう私の中になく、代わって悪しき目論見が頭をもたげたが、それは、そんなものが現れたということよりも、感動のすぐ後に生まれたということのせいでひどく不可解にも感じられた。

ハサンは去り際に懐中から小さな包みのようなものを取り出し、椅子の上に置いて、君に、と言った。

そして去った。

私は門のところまで送った。それから彼が角を曲がると、その後を追った。私は影だ、そう思いながら、彼が振り向いたらすぐ立ち止まれるように、そっと壁伝いに、柵に沿って、歩を進める。町の暗がりに彼の姿が消えると、足音をたよりに後を追った。柔らかく秘かな私の足音は聞こえない、昔はこんなふうに歩いたりしなかった。それからまた青いミンタンと背の高い姿が月明かりに照らされた四つ角に浮かび上がり、私は後を追った。円を描いているようだ、そんな気がし、とうとう私は、惑わせるような巡回の輪が、街のよく知っている場所に向かって狭まっていることに気がつき、落胆した。私が立ち止まったのはモスクの横だった。ハサンが自分の庭の門扉の呼び輪を叩き、誰かがまるで門のすぐ後ろで待っていたかのように、扉が開く。もし誰か他人の家に入っていったのであれば、私はきっと、さっきの、教えてくれなかった男の家に入ったものと思ったことだろう。結局、何も分からぬままだった。

テキヤに帰った私は、体の疲労ではない何かで、ひどく疲れていた。

長椅子の上にハサンの土産が置かれている。アブル＝ファラジの『物語の書』だった。四隅に金の鳥があしらわれた、高価なななめし革の装丁本だ。本を包んであった絹の手布巾にも、四羽の金の鳥が縫い取られている。私は驚いた。これは何かのついでに買ったものではない。

いつだったか彼と話をしていて、若い頃を思い出しながらアブル＝ファラジについてふれたことがあった。ふれただけでそのまま忘れていた。だがハサンは忘れていなかったのだ。

本を膝の上に置き、滑らかな革を指でなぞりながら、月明かりの中で死んだように静かな川を見つめ、時計塔が時刻を打つのを聞いていた。驚くほどに心は静まり、私は泣きたくなった。ずっと昔のバイラム祭の日、記憶の中ではとうに消え失せていたあの子供時代の時以来初めて、贈り物をもらった。誰かが私のことを思ってくれたのは、あの日以来だ。ハサンは私の言葉を覚えていて、どこか遠い異国で思い出したのだろう。

こんな気分はまったく常ならぬものだ。すがすがしく晴れた日の朝のような、でなければ遠い旅から家に戻って来たような、わけもなく強い喜びに照らされているような、暗闇がかき消されたような気分だった。

真夜中を告げる鐘が鳴り、夜警が夜鳴き鳥のように姿を現し、時は過ぎていったが、私は驚きにとらわれたまま座っていた。アブル＝ファラジの本のせい、そして四羽の金の鳥のせいだった。薄い布地に舞う黄金の鳥を、彼も見たことがあったのだ。あれは家にあった中でただ一つ私のもとに残ったものだ。あの日、父が粗末な布に包んだ固い焼き菓子と一緒に布巾を持ってきてくれた、あれは麻布の上に広げられて、ずっときれいに見えた。

容易には信じられない。だが事実だった、私は深く心を動かされた。誰かが私のことを覚えていてくれた。特別な訳があるのでもなく、何かの得になるからでもなく、ただ心から、いや冗談かもしれないが。こんなふうに注意を向けられることで、年老いて固い甲羅を身につけた修道師も感動させられるわけだ、その修道師はといえば、自分の内にある些細な弱さを克服したと思っていたのだが、心の中にある弱さはそう簡単に滅びるものではなく、また些細なものでもないようだった。

夜は過ぎ、私は心満ち足り、説明のつかない興奮のせいで自分が滑稽でもあった。だがその気持ちを追い払いたいとは思わなかった。

6

弱者とは求める者、弱さとは弱者に求められるもの

朝になると私は外に出て、花の咲き乱れる丘を登り、果樹の低い幹に寄り添うように立ち、顔を花や葉、萼、結実のために生きている何千というそれらの奇跡に寄せ、そのみずみずしい音と、目には見えない無数の脈を流れる樹液の小さな吐息に甘美な酔いのようなものを感じ、昨夜と同じように、この両腕が枝と化し、木の無色透明な血が私の中に流れ込み、痛みもなくこの体に花が咲き色褪せていくようにと願った。そしてこの奇妙な願いの再来が、私の担う重荷をはっきりと感じさせるのだった。

森のほうから、斧で木を伐る音が響く。一定の間隔で、力強い手から繰り出される一振り、それに続く短い静寂。遠く離れていても、斧が鋭く刃は長く、木に鋭く切り込みを入れ、怒り狂ったように髄にまで達するものだということは分かる。カッコウが、二音節からなる悲しいまでに抑揚のない嘆き歌を歌う声も聞こえた。そして誰かの呼び声がする、女のものだ。陽気でよく通る声、何を言っているのかは分からないが、彼女は若く、春陽に顔をほてらせ笑いを浮かべている。姿は見えずとも、若々しい声のする方に、まるでキブラ[18]にそうするように向き直れば、彼女のことは何もかも分かった。春の朝の静けさの中で、私の外の世界に響く音はこの三つだけだった。目を閉じた私の中には、花弁の甘い香りが漂い、私は三つの単純な音に耳を傾ける。この時私は、すべてを忘れるという得難い瞬間を味わっていた。これは思い出ではなく、別の、もっと前の時間の中にいるという感覚だ。今ある私のいかなる部分もまだ存在せず、あるのはただ軽々とした喜ばしい生、周りのあらゆるものとの心を震わせるような協和だけだった。知っているとも、あの斧は父さんのだ、家の後ろの森で強い腕を振り下ろしているところだ。カッコウの声もよく知っている、姿を見たことはなかったが、いつも同じところから聞こえてきた。

そして若い娘のことも。彼女は十六歳、まるで数世紀もたったかのように思える歳月を隔ててなお、彼女を見ることができる。何一つ忘れてはいない、笑っている口の周りにある細かい金色の産毛も、両手ですっぽり包み込める腰も、ヒソップの香りも、年月を経てなお、消え失せてはいなかった。あの娘は遠い時の向こうから、誰に呼びかけているのだろう？ 私は呼び返すことができなかった。戻ることができなかった。

はるか昔の魔法から私を目覚めさせたのは、愉快な出会いだった。道の反対からこちらに向かって少年が歩いて来る。花をむしり取っては頭越しに後ろに放り投げ、硬いゴボウの花を集めたつぶてを鳥めがけて投げつけながら、自分にしか意味の分からない言葉を吐いている。楽しげでのんびりした様子はまるで子猫のようだ。だが私の姿を認めるとおとなしくなり、真面目くさった様子で道の脇に寄った。私は、彼の世界に属する者ではないというわけだ。

かつて、もう長い年月が過ぎた昔のこと、私は別の場所、別の路上で、この子と同じような少年に出会った。思い出す理由も、二人を比較する理由もなかったが、それでも私は思い出した。もしかしたら、今日という日が思い出のために用意された日だからか、あるいはあの時も今と同じように、私が人生の分岐点に立っていたからか、さもなければ二人の少年がどちらも丸々とした体つきで、何かに夢中になっていて、人気のない場所が気に入りのようで、まるで私が少年たちの楽しみを台無しにしたかのように真面目くさって私の脇を通り過ぎようとしていたせいかもしれない。私は少年に問いかけた、その目はあの日に出会った子供と同じだった。大麻草の花のようで、昔と同じ問いかけは悲しく響いたが、この子はそれを知らない。

幸いなことに、私たちの会話は、かつての会話とはまったく違うものになった。これを書き留めるのは、特別な必要のためではなく、ただ気を楽にするため、疲れた旅人が新鮮な水のほとりで足を止めるようなものだ。

——どこの家の子だい、君は。

少年は立ち止まり、私を親しげというのにはほど遠い目つきで見た。

18　イスラーム教徒が礼拝のさいに向かう方角。

——あんたには関係ないよ。

——学校《メクテプ》に通ってるのか？

——もう行かない。きのうホジャに叩かれたから。

——君によかれと思って、先生は叩いたんだよ。

——だったらこっちもそのよかれとやらをみんなにやってやる。ホジャはいつだって、そのよかれでケツを叩くんだ、何か言うたびに紫色になってさ、ナスそっくり。

——悪い言葉を使ってはいけないよ。

——ナスって悪い言葉なの？

——きみは大した悪党だな。

——悪い言葉を使ってはいけないよ、エフェンディ。

——昨日もこんなふうに、ずけずけとものを言ったのか？

——昨日までは、ホジャに叩かれる太鼓だった。でも今日はあそこにいる鳥ってとこだね。さあ、叩けるもんなら叩いてみなって！

——お父さんは何と言った？

——おまえは学者《アリム》には絶対なれないって。アリフ[19]は知ってても知らんでも畑は耕せる、おまえには待ってる土地がある、土地は誰にもやらん。こん棒で教えられることは俺にだってできるって。

——私からお父さんに話してやろうか、カサバに連れて行ってほしければ。ふつうの学校に通って、いずれ学者になれるぞ。


かつての日の少年にも私は同じことを言い、その少年は修道師となって今テキヤにいる。だがこの子は違っていた。喜びの表情が顔から消え、嫌悪が現れた。怒りを含んだ疑念をあらわにして一瞬じろりと私を睨みつけ、それからふいに身を屈めると路上の石を拾った。

——あそこに父さんが——警告するように言う——畑を耕してる。できるって思うなら今行って、そう言ってみなよ。


もしかしたら本気で石を投げるつもりだったのかもしれない。それとも泣きながら丘のほうへ逃げていったただろうか。この子は、あの日の少年よりも賢い。

——いや——私はなだめるように言った——誰も君に強いることはできないよ。それに、ここにこのままいたほうが君のためにはいいのかもしれない。


少年は興奮した様子で立っていたが、手から石を捨てはしなかった。

私は歩き始め、何度か振り返った。少年は、父親と私の申し出の間に挟まれ、身動きもせずに同じ場所にいた、怖じ気づき、疑惑に捕われたまま。私が遠ざかり、もう怖がる理由はなくなったという時になってようやく少年は石を畑の中に遠く投げ、父親のいるほうへと走り出した。

私は憂鬱な気分で戻った。

小柄な女が門を開け、形ばかりにヴェールで顔を隠したまま中庭へと案内し、この奥で——そう言った——頭のおかしなのが三人がかりで暴れ者を捕まえようとしているんです。もしお帰りになりたければそうして下さい、でなかったらここでお待ちになっても結構です。今、旦那様に知らせて来ます、もし何か一言でも口をきく気があるのなら、あなたとは話をするでしょう、なにしろ今日は全く人と話をしないんです。

あちらに行きますよ、そう私が言うと、女は門を閉じて屋敷の中に入った。

屋敷の裏手にある大きな庭の、スモモの木に囲まれ草の生えた空き地で、ハサンの使っている男が二人して若馬を捕えようとしていた。ハサンは柵のすぐ内側に立ち、口出しはせずに、ただかけ声や罵り声を短く発しながら眺めている。

ほとんど野生のままの馬の蹄の下から地響きが轟く、草で覆われたその格闘の場の中に、私は足を踏み入れなかった。

ハサンの二人の男、背は低いが力がありそうな年長の者と、背が高くやせている若い男が、交わる交わる若馬に近づこうとしていた。二人で一緒に捕まえようとはしない、そうすればずっと簡単にできただろうに。それに、ハサンが何も言わずに彼らが苦闘するがままにさせているのも、奇妙だった。

黒々として光り輝く毛並み、力強い臀部、筋張った足、ほっそりした関節。若馬は癇癪をおこし、赤みを帯びた鼻孔を広げ白眼を剝き、小刻みに体を震わせるたびに、硬い皮にさざ波のような小じわができた。

年長の男が、広い肩に頭を埋めるようにして低く身を屈めたまま、馬に声をかけるか身振りで示すかして

19　アラビア文字の最初の字。

なだめようともせず、敵意をむき出しにして脇から馬に近づき、いきなり跳び上がって、自分の力をたよりに馬の首とたてがみを摑む。馬は一見静かにしていたが、急に矢のごとく素早い動きで円を描くように向きを変え、しかし男はそれを予期していたかのように体を離して反対側に身をかわした。再び馬の長いたてがみを摑もうとする。馬は驚いて止まり、それから自由になろうと男を引きずり始めるが、抱きつく力は強く、男の腕は細い首から離れない。男が馬をうまく押さえるかと思われた。それは人間の力が、この緊張のみなぎる筋肉の塊を制していく奇跡を見るかのようだった。両者は力を使い果たし、かといって互いに体を離すこともできず、この先どうしたらいいか途方に暮れている、そんな様子でじっとしていた。だがそれから馬がふいに身を振って男を遠くへ放り出してしまった。

同じことは若い男にも起きた。彼は慎重に、抜け目なさそうに馬に近づき、両手を開いて、意味のない笑いを浮かべた優しそうな表情さえ見せながら、馬の裏をかこうとする。だが男が手の届くところまで来ると、馬は円を描いてくるりと向きを変え、男に体当たりして跳ね飛ばした。

ハサンは悪態をつき、若い男は薄笑いを浮かべ、年長の方は、この役立たずめと罵りを吐いた。

――おまえこそ役立たずだ――ハサンは男に言った。

私が見ている間、ずっとハサンはこの戦いを、格闘技か決闘であるかのように黙って眺めていて、柵のこちら側にすでに鍛冶屋が待ち構えているとはいえ、馬を押さえられるかどうかはどうでもいいとでもいう様子で、私がそうしていたように、二人の男が試みては失敗する様をただ眺めながら、助言もしなければ、この危ない戯れを止めさせようともしなかった。けれどさらに意外なのは、ハサンがいつになく深刻で陰気な様子だったことだ、それに何か不満そうだ。男たちの不器用さが問題なのではないだろうとは思ったが。こんなことをこれほど長く続けさせているのも不可解だった、必要もなく残酷なことで、彼らの間では当たり前のことかもしれないが、私に言わせれば何の利益にもならない。ハサンの振る舞いもまた、私の中で作られた彼の姿を変えるものだ。こちらが思っていたような、親切でほがらかな男ではない、あれは自分と同等の者たちと一緒の時で、配下の男たちといる時は別なのかもしれない、そんなふうにも思った。だが、私に気づいて軽く会釈した時にも、様子は変わらない。男たちの労苦を短くしてやろうともせず、男たちもハサンに文句を言う気配は見せなかった。

ちょうど折よく、馬が年長の男を太腿で蹴り、男も馬のあばら骨を凄まじい力で殴りつけた。

――馬鹿者！　あいつと同じだな。二人とも外に出ろ！

ハサンが叫び、男は何も言わずに馬の動きの範囲の外に、足を引きずりながら動いた。

男たちが脇に退いて柵のところに立つのを待って、ハサンはゆっくり馬のほうに向かい、馬の周囲を歩き、急がず、興奮させるような身振りもせず、馬をごまかそうともせずに、馬がおとなしくなるまで絶えず位置を変えながら、前から近づいた。馬が静かになる。ハサンの、息を合わせた動きのためか、それとも彼が発する、絶え間のない川のせせらぎのように響く不明瞭な言葉のせいか、彼の屈しない視線のせいか、あるいは馬に恐怖と怒りがなくなったためか。馬は人間が近づくのをじっと待っている、まだ完全に信用していない。鼻孔を広げて荒い息をついている。だがハサンはもう馬のすぐ隣に来ていて、小声で馬をなだめながらその額に手をのばして撫で始めた。それから相変わらず急がずに、せかすこともなく、馬が首を振ったのにも気づかないかのように、ゆっくり鼻先から額、首へと手を動かし、たてがみを摑むと柵の方へ引いて来た。

――さあ――男たちにそう言った――これならおまえたちでも大丈夫だろう。

そして私のほうに近づいた。

――大分待たせたかな？　よく来てくれた。中に入ろう。

――今日は機嫌が悪いんだろう。

――悪かった、だよ、ずっと。今よりひどかった。

――邪魔だったら、帰ろうか？

――なぜだ？　来てくれなかったら、呼びに行かせたところだよ。

――あの男たちは、君を怒らせることをしたのか？

――したね。俺はどっちかが死んでくれたらいいと思ってた。

私は何も答えなかった。

彼は笑った。

――まさしく修道師的返答だな、無言の答えか。いや分かってる、俺は機嫌が悪いし、くだらないことをしゃべってる。すまない。

　帰ろうか、そう言いはしたが、私は彼に引き止めてほしかった。できそうにない、外に出ることはとてもできそうにない。今朝だって、意味もなく歩き回っていた訳ではなかった、君に会いたかったんだ、君の落ち着いた言葉が聞きたかった、私の周囲で渦巻く嵐を静めることのできる、脅威のない安心が必要だったんだ。人間は時に、こんなふうに静かに流れる大河のほとりに腰をおろして、その落ち着いた力と確かな流れで心を安らげたいと願うものだろう。だがこのとおり、私は別人を、私の知らない男を発見してしまった。残念だ、私は傷つけられた気分だったし、苛立った二人の人間にいったい何ができるのか、見当もつかなかった。

　幸いにしてハサンには自制心がある、というか、陽気な気質のせいでいつまでも憤激を留めておけないのだろう、彼は次第に私が必要とする男に戻った。

　私は大きな部屋に案内された。正面に窓が並び、そこから何にも遮られずに空の半分が見える夏用の居間の広さに驚く。長椅子やレヴハ[20]、彫刻が一面にほどこされた箪笥、キリム織りの絨毯があちらこちらに置かれたそこは、一つの散財の限り、いくらかかるかなど考えもしない贅沢の粋だった。この男さながらだ――私は思った。私は秩序を、厳格な修道師の秩序を好む。この世のすべてにおいてと同じように、どんな物にもしかるべき場所があるはずだし、人は理性を失わないために、秩序を身につけなければならない。だが不思議なことに、この乱雑さは気にならなかった。これは、物を実際には使わず、かといってあがめ奉るわけでもなく役に立てるという、人にとって決してささやかならぬ自由のようだ。私自身にはとうていできそうにないことだが。

　ハサンは笑顔になり、旅先の宿で乱雑にしているのに慣れてしまってね、ここじゃ誰か来た時にようやく他人の目になって気がつくんだと言って、ミンタンと長靴、銃を片付けた。だがこの男は昔からずっとこんなで、これが彼の無責任で矛盾だらけの天性の一部なのに違いない。私は冗談まじりに彼に言った、君の家は実にいいよ、いつだって君はこんな調子だったんだろう。ハサンは私の冗談を笑顔で受け止めた。ご明察、俺はいつもいい加減だ、もちろん、秩序も尊重はするよ、他の人間が作り出すことができるというなら。だが俺には必要ないし、それ以上考えないことにしてる。一度だけ、自分に強いてみようとしたが無駄だった。俺は物の世界と敵対関係にあるのかもしれない、でなければ物が俺のことを認めず、俺に従うのを拒否するか。だが俺は何に対しても支配権を振るおうなんて思わない。実のところ、俺は秩序が少々恐ろしくてね、こいつは決定、盤石とした掟、人生の可能なあり方の数を減らし、人生をうまく操っているという偽りの確信を抱かせるものだ。だが人生のほうは逃げていくばかりで、こちらが近づくほどにますます遠ざかってしまう。

ついさっきまで馬を操っていた男が、現在の商売には似つかわしくないような会話にこともなげに飛び来むというのも尋常ではなかったが、私は満足して受け入れた。そして尋ねた。

——ではどうやって生きるんだ？　秩序もなく、目的もなく、実現しようと努めるはっきり自覚した意図もなしに？

——さあね。もちろん誰もが目的や意図をはっきりさせ、人生のあらゆる出来事に法則を打ち立てられて、十分に考え抜かれた秩序を生み出せたら、そりゃいいだろう。人々の頭上を通り越して空と永遠とを見上げながら、一般則を勝手に作り上げるのは簡単だ。だがそれを生きた人間にあてはめてみようとするのは、しかもそれがよく知っていて、ひょっとすると好意を持っている相手かもしれず、そいつらを侮辱しないように、ということになるとね。うまくやるのは難しい。——コーランが人と人との間のあらゆる関係を定めている、そうではないのか？　コーランが定めるところの本質は、どんな個別の場合にも当てはまるはずだ。

——そう思うか？　ならばこの難題を解いてくれ。珍しい話でも驚くようなことでもない、俺たちから遠いところのことでもない。目を開けばいやでも目に入るものだ。男と女がいる、そんなところだな、見た目は愛し合っている。いや待てよ、俺たちが知ってる人間の場合で話そう、そのほうが簡単だ。君が会った二人にしよう、君が来た時に門を開けた女と、あの年長の男、ファズリヤといって彼女の夫だ。二人は俺のところで暮らしている、敷地内の家でね。二人には悪くな

20　コーランを記した飾り板。

い暮らしだ、夫のほうは俺と旅に出て夫婦に必要な以上の稼ぎをあげ、旅の土産物を妻に持ち帰り、彼女が喜ぶのを見て楽しんでる。女は女で、子供のように喜ぶすべを知っているよ。夫は滑稽な奴なんだ、不器用で水牛のように力持ちで、やや子供っぽいが、妻には並々でない心遣いを見せる。惚れているんだな、あの女なしではだめになってしまうだろう。妻のために時々俺のものをかすめ取っているが、俺のことも好きで、俺を守るためなら命も惜しまないはずだ。二人がうまくいってたのはありがたかったよ、衝突ばかりしてる夫婦はごめんこうむるからね。あの夫婦には目をかけてやってる、俺が二人を引き合わせる手伝いをしたんだから、彼らに親しみさえ感じていた。さて今、俺はこんな風に考えている――女が他に男を見つけ、神の掟においても人間の法に照らしても夫のものであるものを、その男に秘かに与えるようなことが起きたら、さあどうなる？　もしそんなことが起きたら、俺はどうしたらいいいんだ？

――それは実際に起きたのか？

――起きた。君は相手の男にも会ってるよ、あの若いのだ。夫は知らない。コーランにはあるな、姦淫者には投石刑をと。だが君も認めるだろうが、それは大昔のことだ。ならばどうしたらいい？　夫に話すか？　女を脅すか？　若いのを追い出すか？　どれも俺にはできそうにない。

――だが過ちを看過したままではいられないだろう。

――阻止するほうがもっと難しいよ。男は二人とも女に惚れていて、女は夫を恐れているが若い男に恋してる。あいつも俺のところに住んでいるんだ、少々狡いところがあるが頭はいいし、仕事の腕前は大したものだ、正直さという点で疑わしいほどにね。だが俺には必要な男だ。夫婦と一緒にここで暮らしている、そもそも夫が連れて来たんだ、遠縁の者だと言って。夫はお人好しで何も疑わない、人間を信じていて、我が身の幸せを享受してる。妻は何も変えたがらない、何もかもがだめになるのが怖いんだ。若い男は何も言わないが、出て行くことはない。あいつを別の家に移すことはできるが、そうしたら女も一緒に出て行くだろう、自分でそう言ったからね。そうなったら余計にまずい。男を別の土地に送ってしまうこともできるが、彼女も後を追っていってしまうだろう。この状況のどこを変えてもうまくいかない。夫はもし知ったら妻と若い男を殺すだろう、何しろ、愚かな奴だ、妻が自分の人生の命綱なんだ。男たちはどちらも幸せを手に入れ、その権利があると思っているが、もっといい形にしようなんてことには考えも及ばない。男たちにしても彼女にしても、容易じゃないだろう、女は好きでもない男の妻でいなくてはならず、若いほうの男は毎晩彼女を他の男に譲らなくてはならない。夫が一番気楽だな、何も知らず、あいつにとっては何も起きていないんだ。だが、君も思うだろう、誰より害を被っているのはあの男だよ。妻に対してもはや権利もなく、ただ彼女の恐怖心だけが夫のもとに引き止めているんだ。だから俺はただ待つのさ、何もかも続くままにしておく。手を出すことはできない、すべてがあまりにも生煮えなんだ。連中を一つに縛っている細い糸を断ち切って、彼らの頭上にぶらさがっている悲劇をさっさと進めてしまいたいよ。さて、なんでもいい、好きなように法則を見つけてくれ、解決策を教えてくれ、秩序をもたらしてくれ！　だが彼らを破滅させてはだめだ、そうしたら君は何もしなかったことになる。

——ただ不幸な結果に終わるだけだぞ、君自身がそう言っている。

——おそらくは。だがそれを急がせるつもりはない。

——君は結果について語っているのであって、原因についてではない。何か起きた時の規律の無力さを口にしているのであって、規律を守らない人間の罪についてではない。

——人生はどんな規律より、広いんだよ。道徳は理念だが、人生は現実に起きることだ。人生を理念の中に押し込めて、しかも損なわずにいられるとでもいうのか？　罪そのものよりも、むしろ罪を防ごうとすることによって損なわれる人生のほうが多いんだ。

——それなら、私たちは罪の中に生きろというのか？

——そうじゃない、けれど禁じることは何の助けにもならない。それは偽善と精神のゆがみを作り出すだけだ。

——それならどうすべきなのだ？

——分からないね。

ハサンは、どうしたらいいか分からないのが嬉しいとでもいうように笑った。

そこに、話題の女性が蜜酒を運んで来た。

私は、ハサンが彼女と話を始めるのではないかと心配した。彼は開けっぴろげすぎて、考えていることをとっさに隠すことができない。だが幸い、そして意外にも、彼は何も言わず、ほとんど分からない程度の笑いを浮かべて彼女を見ただけだった。その笑いに悪意はかけらもなく、誰か親しい人か、さもなければ子供でも見るような、どこかからかうような親しみさえある。

——あの女を見た時の君は、まるで彼女の味方をしているようだった。

——そうだよ、俺は彼女の味方だ。恋をしている女はいつだって面白いし、そういう時の女は他のどんな時より賢くて決然としていて、可愛いもんだ。男はぼんやりするか荒っぽくなるか、考えなしになるか、でなけりゃ涙がでるほど軟弱になるがな。だが俺は男たちの味方でもある、両方のね。みんな悪魔にさらわれてしまえ！

その時、私は彼が気の毒でもあり、うらやましくもあった。どちらにしても大いにというわけではなかったが。気の毒だったのは、信仰のために役立てることのできる一貫した確かな考え方を、彼が自分の中で意識的に滅茶滅茶にしていたからだし、うらやましかったのは、私にはただ遠くから感じることしかできないぼんやりした自由さのせいだった。あんな自由は私にはない、私には相反するものだ、だが安らかな呼吸に似ている。こんなふうに考えるのはハサンだからこそだ。ここは譲るとしよう、自分をごまかすことはできない。彼に会えて嬉しいし、あの自然に浮かび上がる、軽い、隠し事のない笑顔が好きだ。風に焼けて上気した顔、そこに輝く青い目が好きだし、彼を明かりのように包む陽気さ、それどころか、屈託のない軽佻浮薄さまでもが心地よく感じられた。青いチャクシール[21]に羊の皮でできた黄色の長靴、ゆったりした袖のついた白い上衣という風変わりな衣服を身につけ、頭にチェルケス帽[22]を被った姿はこの上なく清々しく、広い肩に頑丈そうな胸、色黒の肌が上衣の三角形の切り込みから覗いて見え、どっしりした寝台に横たわる姿は、まるでハイドゥークの頭領か、自分を含めた何人《なんぴと》も恐れることのない闊達な山賊、あるいは牡鹿か、満開の花を咲かせた木か、手綱をつけることのできない風のようだった。彼をもっと別人として見よう、振り出しに戻してみよう、そう思うのだが無駄だ。彼を私自身と比べて、大げさに見てしまうのだろう。

かつては私と同じだった、あるいは私に似ていた。

だがある時、何かが起こり、ハサンは、人生と自分自身を変えてしまったのだ。私は、導師アフメド・ヌルディンが変貌した姿を想像してみる――街道をさすらい、止宿所で宴に興じ、野生の馬を屠殺し、雑言を吐き、女の話をし、それから――いや、とても考えられない。お笑い草だし、ありえない。生まれ変わって、今知っていることをまったく知らずにいるのでなければ、到底無理だ。私は彼に尋ねたい気がしたが、それは私自身が自分の中に変化を予感していたからかもしれない。ハサンのような変化ではないし、予感しながら同時に恐れてもいたが、どうしたらいいのか分からなかった。だがハサンにはひどく奇妙に見えることだろう、私の思いがたどる道も好奇心の本当の理由も、彼には分からないのだから。

私は、本題からそれることにした。

――君は自分の仕事に満足しているのか？

――ああ。

そして笑い、愉快そうに私の目を覗き込みながらずばりと言った。

――白状しろよ、そんなことを聞きたかったわけじゃないだろう？

――魔術師のように他人の考えを言い当てようとするんだな。

笑いを見せたまま彼は、胸襟を開かせるように、あっけらかんとした様子と明るい目つきで私を待っていた。私はその好機を自分のために利用した、彼はいつも他人のためにそういうものを用意しているのだった。

――以前の君は私と同じ、あるいは似たような考え方をしていた。自分を変えるのは簡単なことではない、君自身であったもののすべて、学んだこと、慣れ親しんだものをすべて放り出す必要があるからだ。だが君は変わった、それも完全に。まるで歩くことを覚え直し、最初の言葉を発し、習慣の基礎を築くことを学び直したようだ。そのためには重大な理由があるはずだ。

ハサンは、あたかも私が彼を過去かあるいは忘れたはずの苦しみに引き戻したかのように、一瞬奇妙な表情を浮かべて私を見たが、緊張したような表情はすぐ

21　東洋風のズボンのような男性の衣服。
22　チェルケスはカフカース北西部の地名。

に和らいだ。そして静かに肯定した。

——そうだ、変わったよ。俺は君が信じているものを、君と同じように、いやもっと強く信じていた。だがそれからスミルナのタリブ＝エフェンディにこう言われたんだ——若者が空に向かって駆け上がるのを見たら、足を摑んで地面に引きずりおろす——そして俺を地面に引きずりおろしたんだ。おまえはここで生きるように定められておる、そう俺を叱り飛ばした、さあ生きよ、と。しかもなるべくいい暮らしをせよ、かといって恥はさらすな。そして、なぜこうしたのかと神に問われるよりは、なぜこうしなかったのかと問われたほうがずっといいということを認めるのだ、と。

——それで、今の君は何なのだ？

——街道の流浪者だな、その行く先々で、ここにもあるような心配事や問題を抱え、どこにもあるようなささやかな幸せゆえの喜びを持っている善良な人々や悪辣な連中に出会う。

——誰もが君と同じ道を歩き始めたら、どうなるんだ？

——世の中がずっと幸せになる、だろうな。

そう言って彼はこの話を終わらせようとした。

——そして今の君に関心を抱かせるものは何もない、それが君の手に入れたものなのか？

——そうでもないな。

じっとして会話を続けていたが、私の注意力も関心も次第に薄れていった。私は彼の告白に大いに期待していたのだが、得るものはなかった。彼の場合は特例なのだ、少し変わっているというか。本当の理由を隠すことのできる賢明な男、でなければ抵抗で身を守る不幸な男というか。だがそうあるためには、弱すぎるか強すぎるかでなくてはならず、私はそのどちらでもない。私たちはこの世の強い絆で結ばれているのに、どうやってそれを断つことができよう？　そしてどんな理由で？　信じるという気持ちは、皮膚のように人の一部となるものだ、おまえ自身でもあるそれなしで、どうやって生きていけよう？　自分なしでどうする？

そこから弟のことを思い出し、そもそもの出発点を思い出した。私は一人のままでいてはならないのだ。

——贈り物の礼を言いに来たんだ。

——何の理由もなしに来てほしいな。話し合うことがあるとか、何か理由があって、なんてことではなしに。

——昨夜のように感動したことは久しくなかったよ。

善き人とは、現世に与えられた幸だな。

　たしかにあれは、語る者にも聞く者にも何かの義務を課すわけではない、純然たる好意だった。けれども私の記憶には昨晩のことがあったし、本当にたった今言ったように感じていたと思うし、言葉が足りなかったようにも思えた。もっと言いたい、大きくなった内なる要求を満たしたい、優しさと暖かさで心を満たしたいと感じていた。ハサンは笑いに隠して私を制止しようと努めたが、無駄だ、できないことだ。私は錨にしがみつくように彼にしがみついていた、あの時、まさにあの瞬間、彼が必要だったし、彼が大切な、最良の友である必要があった。明日、あるいは今日のうちにも弟のためにできる限りのことをするつもりだ、そう彼には言った。私は正しいと確信しているし、行けるところまで行って真実を追求するつもりだ。容易ではないかもしれない、きっと困難に出会うだろうし(もうそれは感じている、今朝も代官《ムセリム》が私と面会したがらなかった。代官は不在だと横柄に告げられたが、代官本人が私の前を通って官邸《ムセリマート》に入っていったのだ)、私自身の身も危険になるかもしれない。だから君のところに来た、君には親しみを覚えるから、人間らしい言葉以外の何も求めずに、自分自身のために。

　私が言ったことは真実、何か常ならぬ内なる真実だった。それによって私はここに来たのだが、自分自身に向かって口に出したのは、彼の前に来て初めてだった。まるで命がけの道へ、危険な戦闘へと歩き始めた時のように、私はただ一人の友人を見た。不幸の時に、それが全きまでのものにならないように、姿を現してくれた友、彼は何の助けにもなってはくれないし、助けが必要なわけでもないのだが、それでも何か深くぼんやりした危険な予感が、彼を大切にしろと私を動かしていた。もしかしたらこの時、じっと私の話に聞き入り、私の声の真剣さと、想像がついたに違いない内に隠した不安に注意を傾けている男の前で、私は初めて、今朝がた兵士たちが平然と嘘をつくのを唖然としながら聞いていた時に感じた空しさを、はっきり自覚したのかもしれない。私はないがしろにされたのだが、侮辱を感じるだけの力がなかった。弟と一緒に糾弾され、それがもう元に戻せないものだと知るに至って、恐怖に陥ってしまった。弟を救い、同時に自分自身を救わなければならなかったのだが、自分自身の前で、私を愕然とさせた氷のような空しさを隠すことはできなかった。これが叩くべき唯一の扉ではない、権力にとりつかれた弱い者いじめのあの男だけが、訴えかけるべき唯一の相手ではない、もっとましで、もっと権力のある者がいるとは分かっていたが、しかし私は怯えきり、夜道に迷ったように急に萎えてしまったのだった。これが、信頼と支えを求めて、ハサンを友情の絆と親愛の鉤で自分自身に結びつけるような行動に踏み切った理由だ。そしてそんな自分と、この新たな要求、さっぱりわけの分からない、またそれと同じくらい強烈な要求にびっくりしていた。うまくいったぞ。私は、偽りのない無力さが持つ意図しない巧みさと、ずっと以前からあったにもかかわらず隠され押しつぶされていた大いなる渇きを満たしたいという膨れ上がった切望に導かれ、自分にできる最善の形でやり遂げたのだ。あの瞬間と、心をとらえた強烈な感動を、私はずっと後まで覚えていた。

私は、彼をも刺激したようだった。広く見開かれた青い目が、まるで私が誰だか見知ろうとでもいうように、私を名も知らない誰彼と区別して、輪郭と個性を与えようとするかのように、見つめている。普段の嘲笑を含んだ陽気な表情が、不穏な緊張感のあるものに変わり、だが話し出すと、いつもの落ち着いて思慮深い男になった。感情を抑制し、夢中になったことをあっさり忘れてしまう者にありがちな大仰さなどは表さない。彼の熱気は、熱い言葉がその中で燃え尽きてしまうような炎より長く続くものだ。だがこんなふうに彼のことを考えるのは初めてだ。今日まで、ほんの少し前まで、私は彼を、うわべばかりの空っぽな男だと思っていた、とはいっても心のどこかではそれとは違う見方をしていたに違いない、でなければ人の言葉を必要としている時に彼のもとに来たはずはないではないか。こんなふうに彼を擁護するのは、私の新しい愛情、孤独を恐れて彼に結びつけた、私の熱狂じみた思いだった。それにどうでもいいのだ、うわべばかりでも軽薄でもいい、並々ならぬ知性を勝手に浪費していてもいい。彼は善良で、良き友になるための秘訣を知っている。私には分からないが、彼が教えてくれるだろう、彼の言葉は、大いなる恐怖の到来を前に捧げる祈り、悪の力に対抗する護符、受難の巡礼に旅立つ前の予言となるかもしれない。

だが私たちは、自分にとってはお決まりの意味しか持たず、自分の必要を満たすだけの言葉が、他人の中に何を呼び覚ますかなど知る由もない。私は、彼の中に巧みに隠されていた、他人の人生に関わりたいという願望を突き動かしたようだ。私の友情が溢れ出し、それに手を、そして助けを差し出す時が待ちきれないといわんばかりだった。

——信頼してくれて嬉しいよ——心は決まっているとばかりに、ハサンは言った——できる限り手を貸そう。

彼の中で何かが一瞬にして命を吹き返し、何かへの、何かの行動か危険なものへの準備ができ上がった。言葉だけで済ませるつもりはないのだ。

——助けが欲しいと言ってるんじゃない。必要だとも思わないよ。

——助けはいつだって多すぎることはないし、今こそ必要な時だ。できるだけ早く救い出して、どこかに隠さなくては。

せわしなげに立ち上がり、私のほうに向く、その目には悪しき炎が燃えていた。私は彼の中にいったい何を引き起こしたのだ？

彼の申し出も、こんなに素早い決断も期待してはいなかった。死ぬまで誰かを知っていたとしても、本当に知ることなどありはしない、他人はいつも説明のつかない行為で混乱させる。不意をつかれ、こんな性急さに恐れをなし、悪しき企みに引き込まれるかもしれないという危機の中で、私は瞬間的にあれこれ思いを巡らせた。そして本当の理由を言わずに、またそれが何であるかも分からぬままに、拒んだ。

——だがそれでは、弟は有罪のままだ。

——それでも生きたままだろう！　人を救うことが大事なんだ。

——私はそれ以上のものを救う、正義を。

——それでは君も罰を受けるぞ、彼も、そして正義とやらも。

——そう定められているのなら、神の御心だろう。

私の静かな言葉は、悲しく苦々しく、絶望的に響いたかもしれないが、率直なものだった。他にどうしようもなかった。何がかくもハサンを突き動かしたのだろう、まるで私が面と向かって投げたのが、泥の塊ででもあったかのようだ。もしかしたら彼の英雄的行為を止め、高邁な気分になろうとするのを阻止したからなのかもしれない。彼の中で火がつき、それは少し前とは違い、ずっと直接的で近く、目は燃えるように輝き、頰には赤みがさし、まるで手を大きく振り上げてしまうのを食い止めるかのように、左手で右手を握っている。興奮が持つこんな力を、こんなにも激しい怒りを目にすることは滅多にない。私は攻撃か爆発、罵りを予期した。意外にも彼は、叫ぶのではなく――そうしてくれたほうがましだったのだが――低くこもった声で、不自然なまでに静かに、喉を緊張させて話していた。だがそれから急に苛立ちが現れ、顔つきも変わった。私は初めて彼が熱くなり、怒りにまかせて思ったままを話すのを聞いた。厳しい言葉も侮辱も、和らげようとしない。

愕然としながら、私は聞いていた――

――何とも哀れな修道師殿よ！　君たちが修道師流でない考え方をしたことはないのか？　秩序に従った行動、神の意志に従った秩序、正義と世界を救うだと！　よくもまあそんなごたいそうな言葉で窒息しないもんだ！　人間の意思に従って何かをすることはできないのか？　世界の救済なんか抜きにして？　世界のことなんかほっとけよ、もし神を知っているのなら、そんな心配はしないほうが幸せになれるぞ。何かしてやれよ、名前も姓も知っている人間のために、しかもそれは、なんと君の弟なんだぞ。君が守ろうとしている正義のために、その男が罪やら責任を負わされてしまわないように。もし君の弟の死が他の者たちにとっての明日の天国の理由になるなら、結構だ、安らかに死んでもらおう。多くの不幸の肩代わりになってくれるだろうからな。だがそうはならない、何もかも、以前と変わらないだろうよ。

――それならば、神がそうお望みだからだ。

――他に言い方を知らないのか、人間らしい言い方を？

――知らない。そんな必要もない。

ハサンは窓に近づき、カサバとそれを取り囲む丘陵の上に覆い被さる半球の空を、まるで広大なその清浄さの中に応答か、あるいは心を静めるものを求めるかのようにじっと見つめていたが、やがて中庭にいる誰かに向かって、馬に蹄鉄はつけたか、芸人を早く呼んで来い、そう大声で叫んだ。

だめだ、この男を知り尽くすことはできない。ある一面を見せたかと思うとすぐに私の知らない別の面が顔を出し、一体どれが本当の彼なのか、さっぱり分からない。

こちらに向き直った時、彼はもう落ち着いていたが、笑顔は前のように晴れやかではなかった。

――すまない――陽気に振る舞おうとしている――なんともがさつで愚かだった。まったく役立たずの振舞いだった。罵り言葉を吐かなかったのがせめてもだったよ。

――どうでもいいことだ、大したことではないよ。

――それに、俺にはそんな権利もないのかもしれない。確かに君のやり方のほうが有益なのかもしれない、天空の次元に合わせたほうが、ここの、日常の次元に合わせるよりいいのかもしれない。失敗はいっさい気にならないし、いつだって無限なる時間をあてにしていられる。弁明は君の範囲を超えたところにあり、個人的な損失の意味は小さくなる。苦痛もだ。人間も。今日という日も。何もかもが永続へと、非人間で巨大な、眠くなるほどに鈍重で厳《おごそ》かなまでに無関心な永続へと伸びていく。海のようだ、その中で絶えず起きている無数の死を嘆いても仕方ない。

私は黙っていた。何を言うことがあっただろう？　苛立った彼の言葉は、際限のない不確かさと疑いを露呈している。何が問題なのか彼にも分かっていない時に、何を言い争うというのだ？　あるいは弁護すると？　彼は疑っているだけだ。私に疑いはない。神の意志こそが至高の法であり、私たちの行動の基準は永遠であり、信仰は人間より重要だと、本当に信じている。そうだ、海は大昔から永劫に存在し、些末な死の一つ一つに波立ったりはしない。彼が言ったのだ、苦々しげに、本心ではそうは思わずに。信じることもなく。だが私は自分の幸福がかかっているとしても、この考えの域に到達したいと思っていた。

説明しようという気にはなれなかった。彼は理解しないだろう、考え方が違うのだ。計画的な脱走か買収で弟の身を自由にすることなど受け入れがたい、私はまだ正義を信じているからだ。もし自分の生きる世界に正義がないと確信したなら、私は自らの命を絶つ以外にはないだろう、あるいはもはや私のものではないこの世界に背を向けるだろう。ハサンはきっと、それこそ修道師的思考だ、法則への盲従だと言うに違いない。だから私は何も言うつもりはないが、これ以外に人間にどんな生き方ができるというのか、さっぱり分からない。

あるいは、できるのだろうか？

私は窓の下の満開の枝を見下ろした。もう帰らなくては。

——春だ——私は言った。

彼が知らないかのように。私が感じているようなものは、知らないに違いない。私の言葉が彼には奇妙に聞こえるかもしれないということを、私は忘れていた。まるで会話を、思考を遮るような言葉だ、だがそうではなかったのだ。

今朝の、そしてかつての日の、溢れんばかりに白と紅《くれない》が際限なく繰り返される光景を、私は思い出していた。幹の下に光り輝く影が落ち、目覚めた大地が香り、私は托鉢用の鍋を手に、唯一無二の太陽に導かれながら、どんな川でもどんな道でもいいからそれに沿って、世界にさまよい出る、そんなことができたらどんなにすばらしいだろう。望みはただ一つ、どこかにいるということもなく、何かに結びつけられることもなく、毎朝異なる土地で目覚め、毎晩違う寝台に伏し、義務も嘆きも思い出も持たない。憎しみに身をまかせるのは、もうそれが遠ざかり無意味になった時だけ、そうしてこの世界と距離を置きながら、通り過ぎていくのだ。いや違う、これは私が思ったことではない。ハサンがついさっき口に出した望みを、自分自身の姿に思い描いてみただけだ。あまりにも美しく、何もかもを解決してくれるように見えたから、私はそれを我がものとし、瞬間的に私自身のものだと考えたのだ。頭の中に、彼の言葉そのもので刻み込みさえした。それは今朝の迷いにうまく答えるものだったから、後から私自身のものとして受け入れたのだ。だがこれは私の望みではない。確かだ。

私は、代官から屈辱をくらった後の少年との出会いのことを、ハサンに話した。

——なぜ声をかけたんだ？——ハサンは笑いながら尋ねた。

——賢そうだったからだ。

——君は辛くて、重荷から逃れようとしていて、兵士たちが代官の官邸の入口で君を追い払おうとしたことを忘れたいと思っていた。そんな個人的な重圧に喘いでいる時に君は、賢そうな少年に気がついて、信仰の未来の守り手のことを考えた。そういうことか？

——何だ、辛いと感じたら、それは私がこんな自分であるのをやめたことになるのか？

彼は首を振り、私には彼が嘲笑っているのか憐れんでいるのか分からなかった。

——そうじゃないと言ってくれよ、頼むから。何よりも弟のことが肝心だと、弟を助けるためならなんでも悪魔にくれてやると言ってくれよ。無実なのは知ってるんだろう！

——できるだけのことはするつもりだ。

——それでは十分じゃない、それ以上のことをしようではないか。

——それ以上のことを話すのはやめようではないか。

——分かったよ。好きにすればいい。ただ君に後悔してほしくないんだよ。

ハサンは頑固だった。ほとんど見ず知らずの人間を助けるという危険で不確かな仕事にどうして手を出そうとするのか、私には理解できなかったし、私の知っているハサンとはひどく矛盾することだったから、いっそう不思議だった。だが嘘はついていない、私が決して同意しないのを見たのだから、口先だけではなく本気で言ったはずだ。一瞬たりともためらうことなく、行動に出たことだろう。

いつでも助け船を出すぞという彼の態度に、きっと心を動かされただろう、そう私のことを考える者があるかもしれない。彼の差し出す貴重な犠牲に出会って、喉に涙を詰まらせただろうと。だがそれは違う。まったく違う。最初は、彼の申し出は偽りのもの、実際には何の行為にも責任を持たない言葉だけのものなのだと思ってしまうつもりだった。だがそうとあっさり片付けることはできず、彼の率直さに疑いの余地はなく、それゆえに私は腹立ちと侮辱を感じたのだ。彼の示すこれほどの関心は見当違いな感じがした。まったく見当違いで押し付けがましい、不自然なものだからだ。彼の熱意は私のそれをはるかに凌ぎ、私の心配が十分でないと指摘し、自分の犠牲を差し出すことで私の愛情が足りないと示し、私を非難し罰しようとしていた。彼との会話は苦しく、私はそれを終わらせたかった。私たちは理解し合うことなどできはしない。少年の話をした後で、彼は思わぬ結論で私を苛立たせ、それは私が考えもしなかったことだが確かに真実であり、けれども彼の考えそれ自体が反乱のようなものだった。この結論を封印して、私は砲撃が降り注ぐ包囲された砦のように、心を閉ざした。彼は友などではない、あるいは友だとしても、私の根を断ち切り大地から引き抜こうとする不可解な友だ。考えの異なる者の間に、友情は存在しない。

この苦々しい認識（そしてこれは空気か薬のように必要なものだった）の力を借りて私は彼をすっぱりと拒絶し、ずっと考えながらも引き延ばしにして来た重い話題を切り出せるようになった。

彼に請うことはできただろう、友人として、私にはそれだけの権利がある。だが私の思いは別の道を進み、それはできなくなった。私ではない別の人間の、いわば私には関係のない者の伝言であるかのように言うことはできたかもしれない。だがそうなれば自分の願いを口にする私自身を苦しめ、全てが無様なことになってしまうだろう。だから一番いいのはこう考えることだ——この男は友ではない、それは間違いないことだから、私が見返りを当てにしている別の人物の頼み事として彼に伝えよう。つい先ほど私が怒りをあらわにしなかった理由はたぶん、ここにあるのだろう、もし私の怒りが彼の反発を買ったら、うまくいく見込みは少なくなってしまう。

帰り支度をしながら、私はふと思い出したとでもいう調子で言った——君の姉さんのところに行ったよ、呼ばれたんだ（知ってる、彼はそう口を挟んだ、まるで私自身にとって利益になること以上のことを言わなければだめだと警告しているかのようだ）。父君が君の相続分を取り消すつもりでいる（それも知ってるさとハサンは笑った）、だから世間体のために、判事の前で、自分から放棄するように伝えてくれと言われた。世間にさらす恥が少なくて済むようにと。

——さらす恥が少ないと、誰が得するんだ？

——分からない。

——俺は放棄しない。あっちはしたいようにすればいいさ。

——まあそれが一番いいのかもしれないな。

隠しても無駄だ。私はこの汚らわしい仲介の役目が、私と弟のために役立ってくれるものとあてにしていた。拒絶した時のハサンは荒っぽく頑《かたくな》になっているだけに見え、彼の決断を支持するにはかなりの努力が必要だった。辛かった。言葉が毒のように喉をひりつかせるが、他にどうしようもない。もしもハサンが私の駆け引きに気づいたら、私は自分自身を許すことができなかっただろう。最初から間違った、何もかも企んでしまった。男同士、率直に言うべきだったのだ。たとえ彼が拒絶したところで何も恥ずべきものはなかったはずなのに、すべてを台無しにしてしまった。ずっと待っていた機会は失われ、私は無力なまま残された。けれども、私が望みを失い、訪ねて来たのは無意味だったと思ったまさにその時、彼は気づいてくれた——

——もし俺が相続権を放棄したら、判事である義兄は、君の弟を助けられるだろうか？

——分からない。そんなこと、考えもしなかった。

——ならばそうしよう！　義兄に君の手助けをさせよう。何でも放棄するよ、光塔《ミナレット》から大声で呼ばわってもいい、必要とあらばね。他のことはこのさいどうでもいい、どのみち俺には一銭たりとも残すつもりはないんだろうから。

——君は訴訟に持ち込むこともできるんだ、第一相続者なんだし、家族を侮辱したわけではない。父君は病んでおられ、誰かに圧力をかけられれば何でもする、そんなことは簡単に証明できる。

——知ってるよ。

私は精一杯の努力で言ったのだ。何とか誠実であろうと自らを強いた、これが二度目だ。私は彼と対等でいたかったし、後になって彼の寛大さを思い出すたびに、自分にこう答えられるようにしておきたかった——すべきことはした、自分の利益を損なうとしても、彼を裏切りはしなかった、あとはハサンの決意にまかせるまでだ。

——知ってるよ。

彼は言った。

——こうしよう。義兄だって訴訟沙汰は恐れてる、愚かなわけじゃないが、正直でないからね。それに欲張りだ、幸いにして。あの男にとっては見も知らぬちっぽけな書記なんかより財産のほうがずっと大事だろうから、おそらく力になってくれるよ。他にどうしようもない時は、人の悪しき性をあてにするさ。

——君は与え過ぎだ。私には感謝以外に返すものがないのに。

ハサンは笑い、それからすぐに自分の贈り物をけなすように言った——

——俺はそんな慈善家じゃないよ。どうせ義兄たちのものになるんだろう。誰が好んで裁判に明け暮れるものか。

こうなると、私は好きなだけ彼を思いとどまらせようとすることができたが、彼は決意を変えようとはしないだろうし、私ももう運命に逆らおうとは思わなかった。

私は礼を述べ、帰ろうとした。気分が良くなり、希望が戻った。ハサンの打算のない寛大さの勝ちだ。ありがたいことに、彼は自分から放棄し、その犠牲を私に思い知らせるようなことも、感謝という負担を押し付けることもしない。そして彼はもはや敵ではなかった(あの頃の彼はどんな者にもなり得る男だったのだ、何と定まるわけでもなく、まるで不確かな初恋が簡単に憎しみに変わり得るように、私はその都度、彼に対する態度を決めなければならなかった)。

——君が修道師なのは残念だな——大声で笑いながら、彼はふいに言った——酒宴にご招待したのに。友達が来るんだ。

それから抜け目なく、開けっぴろげな調子で付け加えた。

——隠し立てはしないよ、いずれにしても明日には君にも分かることだ。

——秩序は嫌いなのか?

——ああ、秩序は嫌いだ。分かってるよ、説教したいんだろう。だが「人はそれぞれ本分を弁《わきま》えよ」と言うじゃないか。善を行わないことはさして重要じゃない、重要なのは悪を行わないことだ。そしてこれは悪じゃない。

ハサンはコーランさえ冗談の材料にするが、そこには悪意も非難もなかった。秩序は好まない、聖なるものは好まない、そんなものを何とも思っていないのだ。

ふいに彼の陽気な声が断ち切れた。唇が引き締まって両端が下がり、風に曝され日焼けした顔がほとんど分からない程度に青ざめる。彼の視線を追って窓の外を見ると、例のドゥブロヴニクから来た細身の婦人とその夫が、中庭に来ていた。

——あの二人も宴の席に呼んだのか?

——何だって? いや、ちがう。

彼が自制心を忘れ、興奮に身をまかせたのは一瞬だった。広く開かれた瞼の間で目が止まり、両手が震える。ほんの一瞬、そして何もなかったかのようにすべてが過ぎ去った。顔に笑みがもどり、落ち着きを取り戻し、さりげない陽気さを見せ、友人たちがやって来たことを穏やかに喜んでいる。だが見かけは落ち着いて見えても、まだ興奮に包まれていた。そうと分かるのは私のことを見ていないからだ、彼にとって私はここに存在しない。無愛想なわけでもなく、私を無視するでもなく、また立ち寄ってくれ、姉のところに忘れずに行けよと言い、すべてはふつうどおりに見えるが、ハサンの思いは別のところにあった。彼の心は下の中庭に、彼を訪ねて来た女性のもとにある。私たちは彼らを出向かえる形で歩き出し、扉のところで顔を合わせ、挨拶をしながら私はすれ違いざまにこっそりと女性の顔を見た。こうして近くで見ると、格別の美女というほどでもない。頬はやせて青白く、目には病気か苦悩から来る炎の跡が見え、だが表情には何か心に残るものがあり、私は軽い香水の雲の中を通り抜け、彼らの間の曖昧な関係について考えながら外に出た。そうか、だから屋敷に住む女と二人の男の話をあれほど熱心にしたのか！　あれはハサン自身の苦しみ、彼の袋小路なのか？　恋しているのでなければ、すべてはもっと容易で単純だったのだろうが、あんなふうに突然顔色を失うところを見ると、間違いない。彼女は知っているのだろうか？　夫はどうなのだ？　気のいいドゥブロヴニク人は、あらゆることに鈍感なお人好し特有の、愛想のいい笑みを浮かべて私に深々と礼をした。知らないのは間違いない、苦しみのほとばしりが感じられない。だがあの男ならたとえ知ったとしても、誰も殺しはしないだろう。彼女は知っている、言葉にして言われなくとも、女たちはいつだって知っているし、そうでないと考えるよりそうだと考えようとするものだ。彼らの間に何があったのだろう？　言葉にならなかったこと、つぶやきのようなもの、存在していることによって二人を隔て、疑いを持たぬ心によって二人をその気にさせ、他愛もない陽気なおしゃべりで二人の危険な沈黙に橋をかける夫との間に？　若い二人の間には、味わうことを知った、あるいは満たされることを知らない渇望の、どれほどの激しさがあるのだろう？　頭の中で膨らみながら危険な忘我へと変わっていく魅惑とは、どんなものだろう？　あるいはハサンだけが虜になったのか、細いアシのようにたゆとう彼女の体と、病んでいることを示して静かに明るく光る目のせいで？　だから一人離れたのか、尽きることもなければ消えてなくなることもない情熱にどっぷり浸るために？　何ヶ月も離れて彼女を思い、戻って来た時に会えば、彼女は遠い旅路で抱いた渇望の中でいっそう美しくなり、その姿を飢えた目でとらえ、記憶に留めて新たな旅に連れて行くことができる。だが、育つばかりで費やす捌け口のない情熱の循環の終わりは、どこにあるのだろう？

ハサンはもう私のことを忘れていた、もしも私のことを考える暇があったならの話だが。私は彼女によってとっくにかき消されている、私も、彼女以外のありとあらゆるものも。私がこの時彼女を憎んだとしたら、それは、香りの焚き込まれた彼女の衣服の波打つ襞《ひだ》が、少女のようなふっくらした唇と熟した滑らかな声が、ハサンにとっては私と私の苦悩よりも重要だったからだ。彼女は私の存在をかき消し、私から支えを奪った。もちろん支えなどありはしない、だがそれが幻想であることは明らかにならないままであってほしかった。

また私は、たった一人だ。

これが一番なのだろう、手助けを期待もしなければ裏切りを恐れることもない。たった一人。ありもしない助けをあてにしないで、自分でできる限りのことをしよう。そうすれば達成したものはすべて私のものだ、良きものであれ悪しきものであれ。

ハサンの住む区画の角にあるモスクの脇を通り過ぎ、壁に遮られて見えない神学校、それから靴職人町を過ぎて革なめしの店が並ぶ所まで来ると、ドゥブロヴニク婦人の香りは消え、ハサンについての思いも次第に醒め、黙々と仕事に打ち込む職人たちの作業場や店の立ち並ぶ脇を過ぎる辺りで、歩みとともに道は、私自身の苦しみから未知の世界へとまたがる境界になっていった。だがなぜ未知の世界なのだ？　うまくいくことを疑っていなかったし、疑うことなどとてもできない。そうでなければ、さらに進むだけの力はなかっただろう。私は前進しなければならなかった。私の人生が、あるいはそれよりさらに重要なものがかかっていたのだ。私はこの時、平穏を求め、うなだれたまま、すっかり落ち込んで歩いていた。革と木の皮の匂いがする。疲れた。自分の前の歩道の丸い敷石を、そして通行人の足を見つめる。疲れた。わずかな力のかけらもない、ほしいのは閉ざされた部屋と長い死者の眠りだ、閉ざされた扉の向こうの溺死者のような、閉め切った窓の向こうの病人のような。だが今はこんな弱さ、予期できない困難を前にした恐怖、横たわり死んでしまいたいという願望、あきらめて運命を受け入れてしまいたいという願いに阻止されてはならない。疲れも挫折感も、義務を遂行する妨げとなってはならないのだ。私を駆り立てるのは、自分の中に残っている田舎者の頑固さと、自らを守らねばという仮借ないまでにはっきりした思いだった。やらなければならない。進め、死ぬのは後だ。

経験が警告を発することができないというのに、いったいどこからこんな恐怖と迫り来る不幸への予感ばかりが来るのだろう？

歩道に響く馬の蹄の音に気づいて目を上げると、武器を携えた兵士が二人、並んで誰にも挨拶もせずに進んで来る。狭い街路で、通行人たちは馬の足に蹴られたり鋭い銅剣に引っ掛けられたりしないように、店の軒先や壁に体を押し付けるようにしている。ゆっくり馬を進める兵士たちに、人々は黙って身をよけ、通り過ぎるのを待った。二人の兵士はあからさまに脇に除けさせようとはしなかったが、道を譲ろうともしなかった。人々など目に入らないとでもいうようだ。

どこかの店に入って彼らをやり過ごそうか、あるいは他の者たちと同じように壁際に立とうか。壁際にしよう、他の人々のように。私を貶めるがいい、通りは狭く、彼らだけで塞がっている。鐙《あぶみ》がぶつかるかもしれない、この衣を引き裂くかもしれない、それでも私は振り返らない。何でもするがいい。私もまた、黙ってただ眺めじっと待っている人々と同じようにしよう。待っている人々、だがいったい何を待っているのだ？ この人々は、兵士たちが私のほうにやって来るのに、店の軒下でじっと待っているのか？ 私が侮辱されるのを見るためか、さもなければ私が叫ぶのを聞くためか？ 私の身分とこの衣服が私にそうする権利を与えているからと？ どちらの状況も私は望んでいた、突然自分が何をするかが重要で決定的であるように思われる。人々がただ眺めながら待っているのが、私を苛立たせた。彼らは味方なのか、敵なのか、それとも無関心なのか。それさえ分からない。叫ぶことはできない。兵士たちは私を足蹴にし、私は笑い者になるだろう、こんな敗北で人々が私を気の毒だと思うはずはない。いや、私を侮辱するがいい、私が脇によけたことを、他の者たちと同じく弱い者なのだということを、みんなが見るだろう。自分の受ける侮辱が大きければ大きいほどいい、他の者が受けるものより重大であればいいとさえ私は思った。壁際に、背中にわずかに日干しレンガの凹凸を感じながら立つ。目を伏せて、待ち受けている屈辱に神経を高ぶらせながら、わざわざ一番狭い場所を選んで、ある種の痛みを伴った甘美な思いさえ抱きながら、兵士たちが来るのを待つ。きっと噂になるだろう、人々は私を憐れむことだろう。

私は生け贄となるのだ。

だが実際には、予想もしなかったことが起きた。兵士の一人が先に馬を進め、相次いで私の前を通り過ぎたのだ。挨拶さえした。最初私は面食らい、兵士のこんな振る舞いに不意をつかれた思いだった。全身に緊張をみなぎらせたのも無用だったわけだ、軟弱な勇敢さも、壁にへばりついた姿勢も、侮辱を受け入れようという心の準備も、何もかもがただのお笑い草になってしまった。目を伏せたまま私は人々の間を歩き始め、人々は街路に立って黙って私に目を向けている、思い違いをして恥じ入っている私を。私は他の人々と同じになる瀬戸際にいた。だが兵士たちは私を選り出してくれたのだ。

人々の問いただすような視線が激しく注がれる。見返す勇気もないままそこを通って別の通りに出た。ここにはもう、私のお門違いの犠牲的精神の目撃者はいない。心の緊張は緩み、私は重荷から解放された心地で目を上げ、周りの人々に静かに呼びかけ挨拶を返し、そうするうちにこんな風に終わってよかったのだという気分になった。私は認められ、敬意を払われたし、暴力を振るわれることもなかった。こうなることを私だって望んでいたのだ、壁際に立ち、占ってみようとさえした――もし兵士たちが前後になって通り過ぎれば、私がやろうとしていることはすべてうまくいくだろう。いや、そうではなく、後から、すべてが起きてしまってからそう思ったのかもしれない、それより前には、自分の望む成功は奇跡という不可能に近い条件と結びついていると頑固に信じていたのだから。けれどどちらでもいい、奇跡は起きた、いや奇跡ではなく兆候と証拠かもしれない。どうしてこんな臆病者の私が、放り出され権利を奪われるだろうなどと思いついたのだろう？　なぜそうなるのだ？　それがいったい誰の得になる？　私は私のままだ、尊敬すべき身分の修道師、テキヤの導師であり、誰もが認める信仰の守り手だ。どんなふうに放り出されると？　それに理由は？　私は自分以外のものになりたくないし、なれるとも思わない、誰でも知っていることだ。そうあることを邪魔立てする者がいるだろうか？　すべては自分が空想したこと、必要もないのに編み出したことだ。ただ、どこからあんな臆病者が現れたのかが分からない。何回となく死の瀬戸際に立ち、恐れることなどなかったのに、今この心は石のごとく、死のように冷たい。何が起きたのだろう？　私たちの勇気は何に姿を変えてしまったのか？　フクロウの啼き声に対する、轟く声とありもしない罪に対する､恥ずべき怯えにか。そんなふうにして生きることに意味はない。歯に剣をくわえて川を泳いだことも、敵の呼吸に耳を澄ませながらアシの中を腹這いになって進んだことも、ためらいもせずに銃口めがけて突進したこともあった。なのに今の私は、カビのごとき兵士どもを恐れている。おお、大いなる嘆きよ、我らに何かが起きた、何か忌まわしきことが起き、我らは卑小になりそれに気づきもしなかった。いつ失ったのだろう、いつ手放したのだろう？

まだ昼だ。弱々しく、疲れたようで、もう影に蝕まれ始めてはいるが、私が苦しみと恥を抱えたまま夜を迎えないよう、まだ続いてくれなくてはならない。訪れるとも決心していないうちから、どこへ行くつもりか分かっていた。無意識のうちに、彼の妻が私たちの話し合いについてもう話しているだろうと期待しながら、彼のことを考えていた。私たちはお互いに何も目的がないふりをして、いわゆる秘密を守り、ハサンのことは口にしないだろう。だがきっと私の明るい表情が暴露してしまう。もし妻が話していなかったとしても、何を恐れることがある？　もしかしたら彼女のところに先に行って、ハサンが同意したという知らせを贈り物として伝えたほうが良かったかもしれない。それから夫と話をするほうが楽だろう。

いや無駄だ｡臆病という虫に住みつかれた私たちは、考え方まで支配される。たとえ恥ずかしいと思っていても、呪わしいかな、この虫は内からの言葉となって語り出すのだ。

この腹立ちの瞬間を逃さず、私はもう後回しにしないよう、すぐに行動した。

不思議なことに、アイニ＝エフェンディはまるで私を待っていたかのようにすぐに面会を許した。廊下には秘かな人の気配と視線があったが、呼び出しも使いの者も私の前には現れなかった。

エフェンディは礼儀正しく、大声を出すでもなく、無関心というのでもない挨拶で私を迎え、喜ぶ様子も驚いたそぶりも見せず、すべてにおいてほどほどで、こちらを怖じ気づかせようとも勇気づけようともせずに、得体の知れない笑みを浮かべていた。正直なことだ、そう思ったが、居心地は悪かった。

どこからか猫が忍び込んできて、意地の悪そうな黄色みがかった目で私をじろりと一瞥し、匂いを嗅ぎながら彼のほうに近寄った。エフェンディは、愛想は良いがぼんやりした視線を私に向けたまま柔らかな生き物を撫で、その生き物は彼の手の下でうっとりしたように身を伸ばし、彼の膝に首と脇腹をこすりつけ、それから腿の上に這い上って身を丸め、私のほうを嫌そうに目を細めて見ながら喉を鳴らし始めた。黄色みがかった目と、冷ややかで慎重な目、二組の目に私は見つめられていた。

彼の妻のことを考えたくなかったが、暗がりから、遠くから、あの姿がひとりでに浮かんできた。夫のせいだ、警戒して身体をこわばらせ、手を隠している、この男の手は長い袖の中で窒息しているに違いない。色のない顔、薄い唇、狭い肩、魂の抜け殻のような脆弱な男、血管には水が流れているのだろう。大きく物音もしないこの家の中で、二人の間にはどんな夜があるのだろう？

考えられないような平静さで、何一つ動かす必要も感じないとばかりにただじっと座り（あれは死人の無感覚か、あるいは托鉢僧の克己の力に似ていた）、私が入って来た時に見せたのと同じ、唇のない口に偽りのように貼付けられた何も表さない笑みを浮かべたままでいる。彼本人よりもその笑みが、私を疲れさせた。

ただほんの時折、そしていつもそれは思いもかけない時であるように見えたが、手が狡そうに生気を取り戻し、ヘビのように（彼女の手は小鳥のようだった）袖から這い出した。そして自分のものと同じような猫の目を覗き込む時にだけ、彼の目は和らぐのだった。

どのくらいそこに座っていただろうか。黄昏がいつしか闇になり、彼の膝で燐光を放つ目が燃え、彼の目もまた同様に燃え——いや、そう見えただけかもしれないが——彼が四つの光を放つ目を持っているようだった。それからろうそくが運ばれ（あの晩と同じだったが、私はもう彼女のことを考えてはいなかった、できなかった）、さらに悪いことに、彼の死んだ笑みが私を不安にし、死者のごとき視線と背後の暗闇と壁の上の影が恐怖を呼び起こし、シューシューという息の音が苛立たせ、まるで私たちの周りをネズミどもが這いずり回っているようだった。だがもっとも苦しかったのは、彼が一度も大声を出さず、話し方を変えず、興奮もせず、怒りも笑いもしないことだった。蜜蠟の黄色をした言葉、よそよそしい言葉がゆっくりこぼれ落ち、それらは、彼の内から吐き出され、口腔いっぱいになって無秩序に出て来るように見え、だから私はその都度、それらがぴたりとしかるべき場所に収まるのに驚かされた。話し方は頑固なまでに辛抱強く、確たるもので、一度として疑いを持つこともなく、他の可能性を考えることもしない。私が時折異議を唱えても、何かの聞き誤りではないのか、頭のおかしな人間に出くわしたのか、とでもいうように心底びっくりした様子を見せるばかりだ。そしてふたたび書物に書かれた文章をつなぎ始め、その何世紀という古さに、自分の澱んだ倦怠感を付け加えていく。なぜ話す必要があるのだ？　私は動揺しながら思う。私がこれらの有名な文を知らないと思っているのか、それとも忘れてしまったとでも？　これはこの男の高い地位、誉れある職責のなせる業《わざ》か？　あるいはいつもの習慣からか、何かしゃべったり罵ったりしないためか、それとも学んだこと以外に言うべき言葉を持たないのか？　私を苦しめて狂気に追い込むつもりなのか。そしてこの猫は、最後に私の目を抉《えぐ》り出すためにここにいるのか？

それからふと気がついた、この男は本当にふつうの言葉を忘れてしまったのだ。これは私には恐ろしいことに見えた。自分の言葉を一つも知らず、自分の考えを一つも持たず、あらゆる人間らしいものに対しては口をつぐみ、必要もなく意味もなく、私の目の前でまるで私などいないかのように話し、記憶でしかない言葉を語る、これがこの男の定めなのだ、そして私は、すでに知っていることを拝聴する定めにあった。

それとも狂人なのか？　死人なのか？　幻覚か、最悪の責め手なのか？

最初のうち私は自分が信じられなかった、この男の目の前にいる一人の生きた人間が、そして砦に捕われた生きた囚人が、この瞬間に関わるたった一つの現実の言葉も彼から引き出すことができないとは。彼を人間らしい会話に引き込もうと、彼自身について、私について、弟について、せめて何か言わせようとしたが、無駄だった。コーランの言葉しか口にしない。だがそれでも彼は、自分自身と私と弟について話しているのだった。

それで私も、コーランに身を沈めた、コーランは彼のものであるのと同じくらい私のものだ。彼に劣らずコーランは熟知している。それに長い歳月を経た言葉の闘いを始めたのは彼だ、それらの言葉は私たちの、今という時の言葉の代わりとなり、私の捕われた弟のために作り出されたものとなった。私たちは、溜まり水に飛び散る二つの噴水に似ていた。

ここへ来た理由を告げると、彼はコーランの言葉で答えた――

――神と裁きの日を信ずる者は、アッラーとその使者の敵とは友好を結ばない、たとえそれが父親、兄弟、血縁者であろうと。

私は嘆きの叫びを上げた――

――弟がいったい何をしたというのです？　何をしたのか教えてくれる者はいないのですか？

――信仰厚き人よ、もしはっきり聞かされたら心痛と絶望に投げ出されるかもしれないようなことは、尋ねぬことだ。

――いや、死ぬまで恩に着ますよ。はっきり聞くために来たのです。このような状態でさえ私は心痛と絶望の中にいるのです。

――彼らは地上で奢って暮らし、悪しき企みを謀った。

――誰のことを話しているのですか？　弟のこととは思えない。それは信仰なき者について神が語られたことだが、弟はまことの信者だ。

――災いなるかな、信じぬ者たちには。

――弟は、何かしゃべったことで捕われたと聞きました。

――神が第四の存在とならずして三人の間に秘かな合意も密談もありえない。密会は悪魔のなせる業、なんとなれば悪魔はまことの信仰を滅ぼすことが望みなのだ。

――自分の弟のことはよく知っています、悪をなすことなどできない男だ。

――不信心者の助け、後ろ盾になるな。

――私の弟なんだ！

――もし汝の父、息子、兄弟、妻、家族が神とその死者と神の道への戦いより大事なら、神の慈悲を期してはならぬ。

――信仰厚き人よ、疑いと呪《のろ》いを遠ざけよ、それらは罪なのだから。

これを言ったのは、私だ。

私は同じやり方で、コーランで言い返した。もうふつうの言葉を用いることができない、それほどに彼は私より強かった。彼の論拠は神のものだが、私のそれは人間のものだ、私たちは対等ではない。彼は物事を超越したところにいて、創造主の言葉で語るが、私は自分の些細な不幸をありふれた人間の正義の秤にかけようと試みていた。だがこの問題をまったく価値なきものとしないために、私は永遠というものさしで計ることを余儀なくされたのだ。この時、永遠という次元の中で弟を失ったことに、私は気づきさえしなかった。

つまり彼は原則を守り、私は自分を守り、彼は落ち着いて確固としており、私は興奮し、ほとんど憤っていた。同じことを言いながら、二人はまったく別の話をしていた。

彼は言う――天も地も罪人たちを思って泣きはしない。だが私は思う――尺度が天と地であるとは、人にとって何と苦しいことか。彼は言う――まこと、魂を泥土に浸す者は不幸なり。そしてまた言う――おお、ズ・ル・カルナインよ，ヤァジュージュとマァジュージュがこの国に混乱を引き起こそうとしている。

対して私は言った――おお、ズ・ル・カルナインよ、ヤァジュージュとマァジュージュがこの国に混乱を引き起こそうとしている。そしてさらに言う――まこと、魂を泥土に浸す者は不幸なり。さらに言う――真実と並んで欺きがある。さらに――人々に許しと和解を与えるがよい、あなた方は神に赦されることを望んでいないのか？ そしてさらに――まこと人間とは強いる者だ、強いる者は真実からもっとも遠い。

これに対して彼は一瞬詰まり、それから相変わらず笑みを浮かべて静かに言った――

――哀れなるかな汝は、哀れなるかな汝は、さらに哀れなるかな汝は――

――アッラーは誰にとっても庇護である――私は途方にくれて答えた。

それから私たちは互いを見つめ、私は口にしたすべてのことによって千々に引き裂かれ、自分を追いつめながら弟のことをすっかり忘れていたことに気づき、彼は、こっそり背後を歩き回る嫌らしい猫のピンとはねあがった尻尾を眺めていた。帰らなくては。いっそのこと来なければよかった、何も知ることはできず、助けになることも何一つできず、余計なことまで言ってしまった。罪人についての神の言葉を、裁く立場の者に結びつければ、コーランさえもが危険なものとなるのだ。口に出してしまったことに後悔することは何百回とあれども、言いそびれたことに後悔することは滅多にない、その知恵を、私は必要がない時には持っていた。聞いているだけのほうがよかった、そして一番大事なことだけを言えばよかった。完全にそれを失念してしまった、間違いなく大事なことなのに。昨夜は確かにそうだった、この男に関わることだし、私にも関わることだ。妻は、夫には隠していると言ったではないか。私は思い出した。そのために友を裏切ったのだ。

それから私は手短に、唾棄すべき恥ずかしさを振り払うように、相続権を放棄するようハサンを説得しましたと告げた。それだけだ。自分自身もこの訪問も弟も、どんな関係にも結びつけなかった。だが彼は結びつけるだろう、そうしなければならないし、コーランで答えることはできないだろう。急な話題の転換には悪意に満ちた喜びが、それに彼本人の物欲で彼を巻き込んでやろうという意地悪い思いがあった。

だが私は間違っていた。こちらの意図が分かったという様子はまったく見せず、驚きさえ示さない。顔には憤りも喜びもなく、こんな場合にさえも聖なる書物の中に答えを見いだしたのだった――

――弱者とは探し求める者、弱さとは弱者に求められるもの。

彼の言ったことはあらゆることを意味するようで、何も意味しないようでもあった。会話の遮断、秘かな怒り、あるいは罵りか。

無駄だ、私より強い。死人のようだが死人ではない、彼の中では原理がすべてを席捲している。

彼の目が膝の上で、手の下で、猫の目で、光を放ち、私はその目を見ることができない。氷るような輝く燐の目は、私を焼き焦がしてしまうだろう。

必要もない自分の大胆さと彼のびくともしない拒絶に怖じけづき、私は目を伏せて黙り込んだ。

――またいらっしゃい――彼は愛想良く言った――あまり会う機会がないのだから。

7

嘆くなかれ、あなた方に約束された天国に喜びなさい

木偶《でく》と化した足を引きずり、夜の闇に出た。凍るような悪寒が血管を駆けめぐる。疲労、後悔、憤り、恐怖、狂おしいもの、絶望的なもの、それらすべてが私の中で一つになり、息も詰まるような混沌に変わる。彼は慇懃に廊下まで私を見送った。ろうそくが二人の使用人の手の中でゆらめき（どうして私が退出すると分かったのだろう?）、そのちらつく光は細長い闇の中で私の目をくらましそうだった。またいつでも好きな時に来なさい、私にそう声をかけた。もしかしたら私が戻るのをまだ待っているかもしれない、戻って私は何も悪意はなかったと言いたかった。苦しかったのです、動揺していて、不安だった、私が言ったことは全部忘れて下さい、そう言いたかった。あるいは戻って、彼を殺すべきだったか。首根っこを押さえて絞め殺す。だがそれでもあの笑みは青白い唇から消えず、目の黄色い燐の光を消すこともできなかったに違いない。

汗ばんだ両手の一方を他方に押しつけて重ねる。まるで掌に彼の皮膚の湿り気がくっついているみたいだ、この空想の感触を吹き飛ばしてしまおうと、自分の目の前に両手を広げ、逃れようとしてみた。

長い間、川岸に沿って歩いた。通行人に出会うことはほとんどない、ふつうの人間は早々と家に引きこもり、夜に出歩くのは街の夜回りか酔っぱらい、不幸せな者ばかりだ。

すべてが私をテキヤへ引き戻そうとしていた、重い扉を閉ざして一人になれと。その願望は強烈で、まるで逃走への衝動のようだった。だが私はその弱さを自分に許さず、それをはね除け、自らを強いた、なぜならこんなふうに望みにまかせて退くことがこれほど危険な時は今をおいてないのだから。私は卑小になり、価値を失い、自尊心を持つ権利を失ってしまうだろうし、何事かをなそうという心構えを持つことができなくなり、頭を垂れて打たれるのをじっと待ち、惨めに

なり、無に等しき者になるだろう。あきらめてはならない。私はもう挑戦を始めたのだ、しっかり足を踏ん張らなくては。もし今引き下がるようなことをすれば、それは自分自身にとどめを刺すことになるだろう。

静かな岸辺を歩きながら、自然とその力強い生命力が人を安らぎを求めた。自然とその力強い生命力が人をなだめるのはもしかしたら、人に対して自然が無関心だからなのかもしれない。だが川も今は助けにはならなかった。私の心のざわめきのほうが、大きかった。

あの反乱者イシャークに出会うことも、もう期待していなかった。モスクにいて彼の言葉を聞きたいとぼんやり思った時よりはるかに、私の心は熟していた。彼の考えも助言も今日の私にはどうでもよかった。彼には彼なりの狙いがあり、彼にとって敗北は雨や雲と同じようなものなのだろう。だが私は何かはっきりした敗北について考えているのではない。明らかに私に関するすべてが今や危機に瀕しているのだ。すべて——それは定め難いものでありながら、同時にこの上なく現実的なものだった。喪失、迷走、他に進むべき道とてない人生の道を踏み外すこと、虚無と、誰の身の回りにも現れうる音のない空間、それらが生み出す言いようのない恐怖だ。

どこか遠くの見知らぬ誰かが、私の奇妙な覚え書きを読むことがあるかもしれない、だがここにあるすべてを理解することはできないのではないかと思う。なぜなら確かに、修道師特有の、自分自身についての、そして自分のすべてが仲間たち次第で動く世界についての考え方というものがある、そんな気がするからだ。孤立した時、私たち修道師ほど無防備で意味のない存在となってしまう者はいない、そしてついには自分自身の中で滅んでしまい、しかも実際に我が身に起きるまでは、こんなことを予想することさえ難しいのだ。

川が湾曲するところに掛かった木の橋のたもとで、夜警に呼び止められた。木の影に隠れるように立って、あいつらが行っちまうまであんたも身を隠しなさいよと囁く。何人かの若者が、道端の灯火めがけて石を投げていた。

ガラスが飛び散り、黄色い灯火が消えると、彼らは慌てる様子もなく立ち去った。

夜警の男は彼らの後ろ姿をじっと見送り、あいつらは毎晩何かしら壊すのが癖になっているんですよと説明した。だが俺は隠れるんだ、おとなしく頭を引っ込めてね。明日になって金を払うのは町内のみなさんだ、俺が自腹を切る道理はありませんから。なぜ届け出ないのかと言うんですか、連中が誰なのか知らないのに、どうやって？　夜で真っ暗、しかも離れている、間違うことだってあるでしょう。もしおまえの立場だったら彼らを手ぬるく扱いはしないだろう、私がそう言うと、夜警は言った、俺もあんたの立場だったらそう言ったでしょうよ。こんな調子で何も見ないし聞こえない。こっちは一息吹きかけられたらどこかへ吹き飛んじまう子猫同然なんだから、他にどうしようがあるもんか。どこの家の者かは知らないが、どいつも飲み食いし放題、上等のお召し物を着て、凍えるだの縮こまるだのなんぞはおよそ縁がない。朝まで遊びほうけて女を物色、つまりは、あんたのご身分の前で失礼だが、悪業修行をしてるわけで。俺は一晩中連中から隠れて、鉢合わせしないようにしてるんですよ。もし逃げそびれたら、ちょっと他所に行ってもらえないかねと言う。すると奴らはいやだと言う。そんなこと言わずにとまた言えば、このおいぼれの阿呆が、とくる。ああそのとおり、そう俺は答えるね、日を追って増々そうなってるよってね。川にぶち込んでやろうかと彼らが言うから、いやだと答える。こんなふうに話をしながらどうやって追い払おうかと考えるんですよ。この仕事じゃあ、あらゆることを目にするし、小耳に挟むね。夜は隠し事のために作られたものだ、だからこっちは明け方まで歩き回りながら、知りたくもなきゃ関係もないことを知るはめになる。そういうことは多くの人に関係あることかもしれないが、ただ俺はしゃべるのは好きじゃなくてね。とくに報酬なしでは、時間を無駄にしてどうなるって？　役にも立たないことを知っていたって、そりゃ誰かしらの役には立つかもしれないが、こっちには腹の足しにも酒代にもなりゃしないでしょ。俺は自分に関係ないことを知ってるが、本人に関係あることを知らない奴もいる。なんと奇妙なことですかね。俺に関係があるのは、ただ知ってることが見返りをくれる場合だけだ、それを役に立つ知らせだと思う誰かさんに伝える時だけでね。それも愛情と友情のためだ、もちろん子供のところに手ぶらで帰らないですむ分くらいのだけど。でも友情のためとは言ったものの、実際どれほどのものかといえば、そんなものありはしないのさ。夜じゃそんなもの見えないし、昼間はこっちが眠ってるから分からない。だが夜警は自分が知ったことで幸せになれたわけでもなかった。とうとう妻にまで、何か自分に悪事を企みはしないかと警戒して目をつけ始めたのだ。それで今じゃ必要とあらば家内は自分の目玉を――と大げさに言う――刳《く》り貫くことさえ厭わないわけですよ――つまり自分というのは夜警の目玉のことだろう、とんだ勘違いだと私は思うが、夜警はまあ一例を挙げればと言わんばかりに、私に打ち明け話をした。

　私は、夜警のずる賢く何かに取り憑かれたようなつぶやきを聞いていた。他人の秘密を売り物にするこそ泥の話などに興味はないのだが、足早に立ち去るかわりに、ずっとそこに立って自分と彼のために時間を潰していた。夜警はしゃべりたがっていたし、私は何でもいいから聞きたかった。この男が考えを隠したかと思えば露見させ、ずる賢さに徹することもできない様子を、おもしろいとさえ思い始めた。だがそれから彼は奇妙で気まぐれなそぶりを見せた。もういい歳なのだろう、五十にはなっている、その程度の年齢にもなると退屈なのか、それとも一人になるのが怖いのか、一緒に通りを見回って行きませんかと誘う。確かに私は深夜のカサバを見たことがない。人は生きている間に何でも見ておくことですよ、とくに夜明け前はいい、パン屋でソムーン[23]が湯気をたてて焼き上がる頃はね。もしその気なら、ハサンの区画まで行くこともできるだろう、ハサンは芸人たちを呼んで一騒ぎやっているだろうから、どこかの隅に立って聞いたところで罪にはならない。あれには誰の心だって晴々とした気分になる、修道師も例外ではないだろう。だが私は誘いに乗らず、夜警は残念がった。別にいいけどね――夜警は言った――好きにすればいい、あんたの勝手だ。でもその気がないのは残念だな。私を誘うとは驚いた、まるで下手な冗談か、子供の気まぐれのようだった。今度は別の誰かを待つのだろう。

――まあいいや、行きましょう――彼は私を送るようについて来た。

　何かを恐れているのだろうか？

　夜警が軒のついた門の下で足を止め、するとその姿はもう影になって見えなくなった。

　奇妙な連中だ、私は人気のない街路を歩きながら思った。

　闇になるとすべては豹変する。罪を犯すための定められた時などありはしないが、自然が定めるならそれは夜だろう（聞き分けのいい小さな子供と鈍感な大人は眠っている時間だ、それに昼の間に悪さをしでかす連中も）。そして、何一つ見えない間だ。

つまりはそういうことだ。罪は暗黒の中に押し込められ、いっそう強大なものになったのだ。

ひっそりした町並みを通っていく。聞こえるのは遠いズルナの音色だけだ、時折不安そうな人影が刻印を押された魂のように通り過ぎ、街角で犬が吠え、月光が鉛のように光っている。今、私がたとえ死の前の叫び声を挙げたとしても、ただ一つの扉も開かないだろう。過ぎ去っていく時間の中でとどまるのは容易ではなく、私の心の中のあらゆるものが過ぎ去ったことへ、そしてこれから起こることへと向かおうとしていたが、私はといえばこの夜の境界線をどうしても踏み越えることができなかった。ただ山の上から悲しい裾野を一望するように、それを遠くから感じるだけだ、私はその外にいながら中にあり、隔てられながら包囲されている。この私の世界の中では、すべてが些細なことのようだ、今まさに起こっているあまたの誕生、あまたの死、あまたの愛、あまたの悪。この私の世界の中でだ、他の世界などないのだから。周りにあるのは影と空虚な月光だ。私たちの周りにあるのは静かにしたたる時の滴、私の心には、どうしようもない冷ややかさと生気のない静けさ。不信心者のように、私には光明がなかった。

私が罰を受けている得体の知れない罪は、いったい何なのか、わが神よ？

どうかわが祈りを聞き入れ給え。

今宵姿なきイシャークに、救いと安らぎを。

今宵互いを求めるアフメド・ヌルディンと弟ハルンに、救いと安らぎを。

この空と地の間の巨大な沈黙の中でさまよえるすべての者たちに、救いと安らぎを。

夜警と一緒にいるべきだった、そうすれば私はたった一人自分自身の弱さとともに取り残されることとなく、抵抗するか妥協することができただろう。

空しく、悲しいまでに心は虚ろだった。それでも、またテキヤの近くに来ると、私は嬉しくなった。もう空しくもないし、虚ろでもない。たとえ理由が何であ

23　小型の丸いパン。

れ、嬉しいとか残念だとか感じられるのは結構なことだからだ。そしてこんなごく些細な喜びがあることに気づくやいなや（私はまるで、今日はどんな天気になるかと空や雲や風を見上げる農夫のように、自分の心の中とそこで起こるあらゆる出来事に目をこらしていたのだ）、雲の間に細く見える晴れ間のために、さっきより自分がしっかりしていると感じた。こうしたものは目に見えない時にも、本当にあるのかどうか疑わしく思われる時にも、確かに存在するのだ。

身内のように私を包み込むいつもの狭い通りに足を踏み入れると、テキヤの壁の影から男が出て来た。水から浮かび上がったか、体をどこか別のところに置き忘れて来たかのように、月明かりに現れたのは頭だけだ。こちらの驚きを予想していたに違いない、努めて愛想良くしながら私に挨拶する。

――ずいぶん遅かったね、ずっと待ってたんだよ。

私は黙っていた。何を言ったら、あるいは尋ねたらいいのか、分からなかった。男の顔には見覚えがある気がしたが、かといってどこかで会ったという記憶もない。何らかの個性か表情、あるいは特徴らしきものが見えると、きっと特別なことがあって知っているはずの顔だという気がする、いつだったか、誰のものだったか。だがさして重要でもないために忘れて思い出すこともないものだ。

私は月明かりの下で死んだように静まりかえっているテキヤのほうに目を向け、それから向き直る間に、もうどんな顔だったか忘れていた。改めて振り返って顔を思い出そうと努めたが、無駄だった。見たとたんにそれは記憶から消えてしまい、目の前にいたのはびっくりするほど誰でもない男だった。

私が思い出そうとしている様子に気がついて、男は急いで言った――

――友達に遣わされて来たんだ。

――友達とは、誰のことだ？

――友達だ。今晩はもうあんたは来ないいんじゃないかとさえ思ったよ、テキヤでは誰もたいしたことは知らなかったし。ずいぶん長い間、どこかで時間を潰してたんだな。

――通りを歩き回っていたんだ。

――一人で？

――一人だった、たった今までは。それで満足だった。

男は、礼儀正しく愛想の良い満面の笑みを見せた。

――もちろんそうだろうとも！

男の顔は平たく、二つの掌を鼻でくっつけたように幅広で、大きな口は笑っているために横に引っ張られ、活気のある目が私を注視している。まるでここで出会えたのが実に嬉しい、私の言うこともなすことも、何でも嬉しくてたまらないとでもいうかのようだった。もし夜でなく、もし二人きりでなかったなら、彼の顔つきは愉快そうとさえ言えたかもしれない。こんな男は恐ろしくはない、何の恐怖も感じない、暴力を振るわれるかもしれないという恐れも。ただ驚いただけだし、身辺が狭苦しくなった感じがした。私はしびれを切らした。

――分かった、何が用件なのか言ってくれないか。でなければ通してくれ。

――通りをさんざんぶらついて時間潰しをしておいて、今更お急ぎか！

私は男の脇を通り抜けようとしたが、男は立ちふさがった。

――まあ待った、用件はこうだ。

男は苛立った様子を見せた、うまい言葉を見つけようとするか、あるいは私の行く手を遮ったことにばつの悪さを感じているかのようだ、とはいってもためらいもせずに遮ったのだが。

――俺の仕事を面倒にしてくれるんだな。さて、どこから始めたものか。

――長いこと待ったのだから、何か考え出す時間はあっただろう。

男は楽しそうに笑った。

――あんたの言う通りだ。なかなか手強いな。つまりだよ、でもまずテキヤに入るのが一番いいかもしれない。

――ならばそうしよう。

――まあどっちでもいい。ここでも構わないよ。伝言は短いんだ。誰からだと思う？

――私に伝言をよこす者などいない、私の友人たちは直接言って来る。冗談を吹きかけているつもりなのか、でなければ怒らせようとしているのか。

――とんでもない！　まったく学のある連中っていうのは滑稽だな。俺が冗談を言ってどうなる？　まともな人間同士のように話し合えないもんかね！　まあいい。友達からね、もう少し自分の行動に気をつけるように、と言いつかったんだ。

——どうも勘違いしているようだな、誰と話しているのか分かっていないのだろう。

——勘違いなんかしていないし、誰と話しているかも分かってる。気をつけることだね。あんたは少々騒ぎ過ぎなんだ、危険な目に遭うかもしれない。あんたのためだと思うよ。誰もあんたを追い回していないのに、自分で罪状札を首にぶらさげてどうする？ 不幸に無縁の人間が、不幸を背負い込んでどうなる！ そうじゃないか？

つまり、脅しだ。当局の手先であるこの男の口に押し込まれた、わざと卑下したような脅迫、しかも当人は自分なりの計算をして、忠告を差し挟みながら私を弄んでいる。こいつは面白い、彼にしてみれば私はそんなものなのだろう——罠にかかった珍獣みたいだ、ちょっと気に入ったといってもいい、ちょっとしたお楽しみをもたらしてくれるかもしれない。

——分かった——私は憤りを抑えながら言った、男の前で怒りを面に現したくはなかった——ならば友人たちに伝えてほしい……

——あんたの友人たちでもあるんだよ。

——伝言に感謝すると伝えてくれ、だが直接言ってくれてもよかったはずだ、とも。私は、わが行為のすべてに対して、神と自分の良心の前で答えるつもりだ。覚えたか？

——もちろんだ！ だが、誰か他の者の前で答えることだってあるだろうと思うよ。神様の前なら簡単だ、お赦し下さるだろうからな。自分の良心の前ならもっと楽だ、数限りない言い訳ができる。だが、あそこの砦の中で枷《かせ》をはめられていたら、ずっと大変だよ。そして自分に罪ありと知っている日には、なおさらだな。

——私は罪など犯していない。

——だが今となっては犯してないってことはない。誰が犯してないって？ 本当のことを言うんだな。ほら、ハサン、あの家畜商人だ、あいつはテキヤに来る、そうだな？ そしてあんたたちはありとあらゆる話をする、そうだな？ それで……

——恥知らずめ！

——俺には恥なんかないよ、エフェンディ。だったら、テキヤの中庭に逃亡者が隠れなかったか？ そうだ、隠れた。逃げたか？ そうだ、逃げた。だったら誰が逃亡を助けたんだ？

——私は警備兵を呼んだぞ。

——後になってからだよ、警備兵を呼んだのは。他の罪状についてはもう言わないが、それでもあんたは、罪など犯していないとおっしゃる！　ならば聞くが、誰かあんたを尋問したかい？　誰もしていないよな。だったら悪業には近づかないことだ。そうしないと言うんなら、それはあんたの勝手だが。そうだろう？　俺の役目は伝えることなんだから。

——それで全部か？

——これ以上どうしたいんだ？　物分かりのいい者にはこれだけでも十分すぎるほどだろう。だが必要とあらば、もっと見つけられるよ。最初はみんな聞くんだ

——それで全部か、とね。後になってからはもう聞かない。勇者ってのは好きだが、そういうのは一体どこにいるんだか。何年かに一人、多少もったいをつけてるのがいる程度、あれだけの中にただ一人だよ。世の中なんてそんなものだ。ま、そういうことだ。知らなかったなんて言わないでほしいね、確かに伝えたんだから。

男は出会った時と同じように興味深そうに私を見たが、今は自分の仕事を終え、成果はどんなものか、私に恐怖を焼き付けたかを見たがっていた。

彼は私を苛立たせはしたが、恐怖を呼び覚ましはしなかった。粗野な振る舞いと侮辱のせいで、怒りが恐怖を上回っていた。私が正当な権利を持って行おうとしていることを止めさせようとする連中がいる——瞬時にひらめいたその思いに挑発され、止めるものかという反抗心さえ頭をもたげた。つまり連中も確信がないということだ、そして恐れてもいる。もしそうでなければ、なぜ警告する必要があるだろう？　私が何をしようと何を話そうと、そんなことにはおかまいなしに、やりたいようにするはずだ。そう考えると、私はここで、この場所で、修道師という身分において、何かを具現しているのだという、ずっと以前から心に抱いて来た思い、誰の目にも映らない意味のない存在としてこの世をただ通り過ぎて来たわけではないのだという思いを、確かなものとして感じた。連中もそれほど愚かではないだろう、私を襲えば彼らの不利益になることは知っているはずだ。それに、もっとも誠実な者、もっとも忠実な者さえ、彼らが一切尊重していないことを暴露してしまうに違いないから、そんなことはしないだろうし、すべき理由もないはずだ。

テキヤに向かって歩くうちに、連中があの男をよこ

したことに感謝したい気持ちがだんだんと大きくなった――むこうも恐れている、それを暴露したのだ、そして侮辱することで私の決心をかえって刺激した。だが対抗措置をとる時間を連中に与えてはならないことも分かっていた。機先を制して、万事決定することができる人物のもとに行かなくてはならない。夜でなければ今すぐにも行くところだ。私は待たない。空しい嘆きや無力な希望に身をまかせず、自分にできることをするのだというこの決断力は、晴れやかな気分を味わわせてくれた。意思をなくした夢遊病者のように、廃人さながらに、街路をさまよい歩くことは許されない。考えるのではなく、行動するのだ。

だがテキヤの重たい樫の門を閉じて閂《かんぬき》をおろし、中庭の安心に身を置くと、あらゆる予測に反して――そしてまた、いつもここは私の守りの砦になってくれるのだから、あらゆる理屈に合わないことに――私は苦しい不安にとらわれた。ふいに、ほんのわずかの間に、開けた扉を閉めて門をかけ、自分の木製の寝台に間違いなく帰り着いたのを確かめるのと同時に、私の大胆さを支えていた考えは消え失せてしまったようだった。それは消え失せ、野鳥のように夜のどこかに飛び去ってしまい、恐怖にも似た不穏な感覚が現れた。なぜ後から現れたのか、その理由をあえて説明しようとも思わなかったし、もしかしたら理由そのものを恐れていて、それらを明らかにしないままに闇の中に置き去りにしたのかもしれない。だが、理由があることには気がついていた。思いが溢れ出し、熱のように私を襲う。きっと発作に襲われる時とはこんななのだろう、深く轟く雷鳴のように私に迫り、私はとらわれてしまったようだった。

人の思いというものは、恐怖か渇望の気まぐれな風があおったりなだめたりする不確かな波だ。だがそのことを私はこの時も、その後も長いこと、思い出しもしなかった。

ただ予感は不幸の先触れなのだということは分かった、いや再び分かったというべきだろう、忘れていたのだから。

だがその時も、降参は許されないということははっきりしていた。大水が押し寄せて来る音がもう聞こえている、それに対して私は明日の朝早く、土嚢を積み上げて抗するつもりでいた。

降参はしない。

人がなすべきことが私にできないならば、手よ、干涸びてしまうがいい、口よ、しゃべれなくなるがいい、心よ、虚無なままであるがいい。

　そして神よ、決断をお下しになるがいい。


　私は朝の聖なる勤めをすべて、もしかしたら普段より活気に満ちて、執り行った。いつもの動きと言葉の中に興奮を潜ませ、昨夜の不安を思い出しながら待ち受けている仕事の重大さに思いをはせ、決戦を前にしたかのように、進むべきかどうかを一瞬たりとも迷うことはなかった。戦いでは負傷するかもしれない、死ぬかもしれない、だからこそ祈りは他のどんな場合よりも熱くなる。とはいえ後戻りはありえず、だから夕べ自分のためらいを埋め合わせようとしたあらゆる呪《のろ》いや誓いの言葉は、要らぬものだったのだ。思い出した、本当に何もかもが、戦闘を前にした昔の時と同じだった。昨日の夜、帰った後で水浴びをしたのは、水が心をなだめてくれるような気がしたからだ、そして今朝もまた水浴びをした。着ている肌着は清潔だった、雪のように白い真新しいのを身につけた。かつてと同じだ。ただあの戦いへと進んでいく私は、石よりも強固な隊列の中にあって仲間たちと一緒だった、抜き放った剣を素手に構え、歓喜に目を輝かせ。今の私は一人きりだ、おお、わが遠き時よ。足にまつわりつく黒い長衣を身につけて、空の両手をだらりと垂らし、恐れおののく心で、私は進んで行く。

　だが進んで行く。行かなくてはならない。

　私はハサンのところに立ち寄った。気がせいていたために時間に余裕がなかったが、それでも寄り道した。ハサンに会わずに出かけることは、まるで何かこの上なく大事なことをやり過ごしてしまうかのようで、できない気がしたのだ。とはいえ、なぜそうする必要があるのかは分からない――彼は助けにならないし、助言をくれるわけでもない。もしかしたら彼が最も近しい人間だったからかもしれない、とはいえその彼でさえ、決して親しいというわけではなかった。彼の陽気さが幸運をもたらしてくれるかもしれない、そんな占いか、魔除けのようなものだったのかもしれない。

　ハサンは家にはいなかった。眠っているのだろうと思い、長いこと扉の呼び輪を叩いた挙げ句にあきらめかけた頃になって、またあの小柄な女が扉を開けた。また顔を隠し、髪を直しながら、妙に興奮した様子でいる。そして慌てたように、つかえながら言った——旦那様はいません、夕べ出かけたまま戻ってないいんです。夫が探しに行って今あたしたち待っているところなんです、二人を。家に閉じこもり、興奮し、他人の不幸で転がり込んだ幸せに満悦している二人が、外にいる二人を待っているわけだ。

私はハーフィズ＝ムハメドにも自分がどこに行くつもりかを話したが、それは彼がどう思うか聞きたかったからだ。何と言われようと私の決意は変わらなかっただろうが、それでも鼓舞するものが欲しかった。彼はまるで私のほうが病人であるかのように、じっと耳を傾けていた。行くべきだ、そう言った。もっと早くにそうすればよかったのに。われらの義務は見知らぬ他人であっても助けること、実の兄弟ならばなおさらだ。ためらうことはない、あなたは悪いことをするわけではないんだ。ハーフィズ＝ムハメドは正直に、興奮して言ったが、それは大した鼓舞にもならなかった、予想した通りだったからだ。そして彼も、私が予想していたということを知っていた。善良な人間ならそう言うだろう、それは考えではなく、中身のない同情なのだ。

ハサンはいない。おまえが探す相手は、いつもいない。

パン屋の脇を通りながらソムーンの匂いを吸い込み、今朝から何も食べていなかったことを思い出す。夜警は昨夜、ソムーンの話をしていた。あの男も見つけなければならない、今日中にだ。何か私に言いたがっていたのに、どうして気がつかなかったのだろう？　脅迫で私を待ち受けていた例の男のことだけではない、何か尋ねろとばかりに私を無理矢理にでも引き止めようとしていた。それなのに愚かな私には、何も見えていなかったのだ。

それから私は、思いを判事の妻に向けようと努めた。あの物音のない家をまた訪ねなければ。それにハサン、彼は夕べいったい何をしてどこへ行ったのだろう。父さんにも、万事が解決したらすぐに知らせよう。夕べのこともある、長く眠れない夜だった。他にも細かいことがあるな、誰もテキヤの庭の薔薇を剪定しないから、あれは刺だらけになってしまうだろう。それからムスタファの子供たち、しじゅうテキヤの前に居座るようになった、ムスタファの妻がうるさいとばかりに追い出すからだ。ムスタファ自身は、ぶつぶつ言いながらも子供らに食べ物を持っていく。みんなに笑われるだろう、あの子たちはもう修道師の子供と呼ばれている。だが私にはとても、ムスタファにやめろと言う勇気はない。その他にもあれこれ、とにかく宗務局長《ムフティー》との話し合いについて考えるのでなければ、何でもいい。何を言うべきか分からなかったからではない、その後にはもう何もないからだ。判決が言い渡されるまでは希望があるが、その後にはもう、判決しかない。それが良きものなら希望も必要ないが、もし悪しきものなら、考えることさえ意味がなくなる。

　宗務局長の館は山中にぽつりと、高い壁で囲まれた庭園の中にあった。中に入ったことはなく、今もそうはならないだろうという気がした。

　門の前にいる警備の者が、宗務局長は不在だと言う。カサバからお出かけになった。

――いつ戻られる？

――知らないね。

――どこへ行かれたのか？

――知らないね。

――誰に聞けば分かる？

――知らないね。

　このとおり、あの恐怖心はまったく無駄だったわけだ。希望は延命を受けたが、どんどん弱まって、じきに私には必要でさえなくなるかもしれない。

　どうしたらいいのだろう。ここから離れてしまえば宗務局長をつかまえることは難しくなるだろうし、もしうまくつかまえられたとしても手遅れだろう。いったいどこへ行ったのだろう？　いくつもある自宅のいずれかへ？　所領の一つへ？　ウゴスコか、それともウグリェシツェか？　ゴールか？　ティホヴィツェか？　平野か？　湖か？　それとも川の中へか？　宗務局長は熱さ寒さ、霧、湿気、人間ども、あらゆるものから始終逃げ出していた。

　いったいどこにいるのだ？　それはここでしか聞くことはできない。

――どうしたものか、困ったな――私は門番に訴えた――宗務局長から呼ばれたんだ。大事な話があって、お目にかかる必要がある。

　門番は肩をすくめ、自分が知っているただ一つの言葉を繰り返すのみだ。だが私はどうしても、ここを去るわけにはいかなかった。

――誰かこの家の者が、知っているはずだ。

その時扉が開き、痩せた男が現れた。顔にある無数の傷跡、それに服のあちこちから察するに、もとは軍人だ、きっと何もかもを捨ててしまおうと思いながらずっとあれを着ているのだろう。私を厳しい目つきで見る。理由を明らかにするまで、私はこの男にとって罪人同然なのだ。

門番に言ったことを、この男にも言った。

男の疑わしげな表情は、私の言葉の真実性を認めていないようだった。その不信感に私は侮辱された気がしたが、本当かどうかを確かめないでくれと願う気持ちのほうが強かった。私は嘘をつくという策に出たのだが、もし宗務局長が知ったら、そしてきっと知るだろうし、そうなれば私は、正義どころか赦しを求めなければならない。

——いや、何でもないんだ——私は後退しながら言った。

その時、厳しい軍人の顔が変わるのに気づいた。表情が和らぎ、それから破顔一笑した。どういうことだ？

同時に私もまた、彼が誰なのか分かった。昔一緒に戦ったことがある、ただ私より前から、そして私の去った後まで、軍にいた男だ。

私たちはどちらも喜んだ。

——すっかり変わったな——愉快そうに彼は言った——修道師の衣服をまとっているその姿をおまえだと気づく奴がいるか？ といってもこのとおり、俺には分かったぞ！

——君は同じだな。いくらか老けて痩せた、でも同じだ。

——まったく同じというわけでもないさ。二十年が過ぎたんだ。入れよ。

私たちの背後で扉が閉まると、彼はやや落ち着きをなくしたようだった。

——宗務局長に呼ばれたって？

——話すことがあるんだ。どこにお出かけか、門番は言いたくないようだったが。

川砂利のような小石を敷き詰め、柔らかい緑の葉を茂らせたツゲとムラサキに縁取られた白く平坦できれいな道が、庭園を通り抜けていた。庭には誰かが手際よく投げ込んだかのように果樹や白樺、ケード、野バラの茂みが生え、ある場合にはただ一本の木が何もない草地に立ち、また別の場合には草木が身を寄せ合って茂り、庭は自然そのものの模倣、あるいは模倣そのものの自然を形作っている。美しい広々とした空間の草花は奇跡のような効果を及ぼしているが、そう見えるのは何よりも、これらすべてが作られたのは、ただ一つの足が光り輝く草を踏みつけるため、ただ一つの眼差しが木々の頂に憩うためなのだと思うからかもしれなかった。実際のところ、この美しさは行き過ぎだ。

軍人は声をひそめた。私も。壁に囲まれた静かな空間の中で、野性味を奪われ新鮮さだけが残され、清められ、磨き上げられ、手を入れられ、嵐でさえも勢いをへし折られてしまいそうな森の中で、私たちはほとんど囁き声で話した。

軍人が、木々の間に隠れている白亜の館のほうを覗き見る。私も。目に、窓ガラスにあたる陽光と枝の軽い揺らめきからくる輝きや緑色をしたもの、鋭いものやぼんやりしたものが入れ替わって映る。

軍人の名はカラ゠ザイム。今は、かつてのカラ゠ザイムの陰影、かつての恐れ知らずの若者の成れの果てだ。その若者は抜き身の剣で抜き身の剣に向かい、ついにはあばら骨を胸から背中まで、騎馬兵に貫かれてしまったのだった。あの時より前にもう、突かれ、斬られ、切り刻まれ、削がれ、左耳の半分と左手の指三本を失い、顔には、新しい皮膚が生まれてこない無数の赤い溝が残っていたが、その他の傷跡は衣服で隠し、いつもやすやすと回復しては戦闘へと戻った。血気盛んで、若い肉に刻まれた傷は瞬く間に癒えた。だが敵の騎馬兵の剣がとうとう彼の体に突き刺さり、そこに陽光が射し込まんばかりになった時、剣の切っ先と刃《やいば》が、本来通るはずではない体の中を、肺を貫いて通り抜けていった時、カラ゠ザイムは倒れ、死の際に至った。兵士たちは彼を脇にのけて置き去りにし、駆けつけた軍医は彼を安全な場所に運ぶと、祈りの時が来たことを教えようというかのように、その冷たい手に触れただけで、慌ただしく軍の後を追って行った。夜になり、寒さのせいで、死体に囲まれて目を覚ましたカラ゠ザイムは、それらと同じように無力で静かだった。一命はとりとめたが、もはや戦うことはできなかった。力も、素早い身のこなしも、喜びも失った。そして今や庭園の、あるいは館の番人、でなければ施しを受ける物乞いなのだ。

——うまくやってるよ——彼は私を上機嫌で見る。こちらも皺の刻まれた彼の顔を何気なく見るように努めた——仕事は大したものじゃないし、宗務局長は俺を信用してる。警備兵たちの総括役なんだ、連中を教え込んだり監督したり、まあそんなところさ。

――別の生き方もできたかもしれないだろう。要塞の司令官か郡長官《カイマカム》の補佐官、でなければ領地持ちになれるように、いくらかの封土《ティマール》を下賜されてもよかったはずだ、そういう者は他にもいるだろう。

――何でだ？――苛立ったように彼が聞き返す――そんな話もあったが、断った。これで満足なんだ、この仕事は誰にでもできるものじゃない。

怯えたように彼が館の方を見る、その様子に私は侮辱された感じがして、心が痛んだ。かつての勇士カラ＝ザイムが。私もあっちを見る時は同じようにしなくてはいけないのか？　昔は何一つ恐れなかった男が、何を恐れているのだろう？

――君は勇士だったよ！　なんと立派な勇士だったことか。

言ってすぐに後悔した。どうして昔のことを蘇らせようとするのだ？　まどろんでいる彼をわざわざ起すつもりか？　彼は忘れてはいないだろう、それはできないはずだ、だがもう心静かになり、諦めをつけ、もしかしたら嘆きの気持ちも失せてしまったかもしれない。血が止まった傷口を、また痛めつける必要はない。おお、私は自分について話してもいたのだった。もう手遅れだ、余計なことを言ってしまった。

彼は衝撃を受けたように、私を見た。おそらくもう長い間、誰も昔の彼のことを話題にしていないのだろう、あるいは自分から話題にしたか――人の評判だと言いながら、みんなにもっと違う男を思い出してもらおうと？　つまりは記憶も死んでしまったというわけか？　彼は、誰の思い出の中にもいないのか？　もしかしたら、もう本人も話すつもりもないのかもしれない、話してどうする？　あるいは、過去が遠くなればなるほど、いっそう希望を失って、余計にしゃべるのかもしれない、誰かが思い出してくれるだろうなどと期待もせずに。他の者たちの中ではもう死んだものが、彼の中では相変わらず生きているのだ。

さあ、一人の修道師がかつての彼について話し始めた。しかもその言葉ときたら！　なんと偉大な勇士だったことか、だと！　誰かがまさに、私の使ったこの言葉で言ってくれることを彼は夢に見たかもしれない。大いなる神よ、なんと立派な勇士だったことか！　この言葉は彼の心を直撃したに違いない、熱風のように血を駆け抜け、耳を聾したに違いない。さもなければ夢の中で聞いたと思ったかもしれない、誰も言ってくれないから、ただ願望がそれを聞いたのだと。だが違う！　この老いぼれた修道師が言ったのだ。思い出し、そして言ったのだ。

彼は一瞬、癲癇患者のようにぼんやりした目で私を見た。彼が気絶して石の上にばったりと朽ち木のように倒れるか、あるいは私を抱きしめ弱々しい足で踏張るか、笑い出すか泣き出すかして、それから息絶えてしまうか、私にはどうなるか分からなかった。勇士カラ＝ザイムを私はそれほどよく知らなかった。覚えているのは一人の英雄だ、彼がなぜ今もそうでないことがあろう？　ただ彼本人を裏切って、その声が震え、穴をあけられた肺が、興奮のせいで低くゼイゼイと音をたてている。

――覚えているのか？　本当に覚えているのか？

――覚えているとも。あの頃を思い出すと、いつも君の姿が目に浮かぶよ。

――どんな姿だ？

囁く声は低く、時の闇の底から呼びかけている。

――光の中にいるんだ、カラ＝ザイム。広い野原に。一人きりだ。振り向きもせず、他の者を待つこともなく、君は静かに進んでいる。全身白ずくめで。腕は肘までむき出しだ。手には剣を掲げていて、光はもしたら剣の刃にあたる太陽のせいかもしれない。君はまるで、止めることのできない風のようだ。どこへでも射し込んでいく陽光が注ぐ空気のようだ。誰もが立ち止まり、君を見ている、そこには他に誰もいない。君だけなんだ。

――そんなふうに俺は進んでなかったぞ。

――私はそう覚えているんだ。他のことは消えてしまったのかもしれない、そしてこれだけが残った。

――麗しきことだな。実際よりはるかに。でも、そうか。光の中、そう言うのか。野原にいると。

彼は陶酔したように囁き、それから私に目を向けて、私の言葉の中に自分の姿を探し、私の口元に自分のはるかな栄光を見いだそうとした。

私が彼の勇敢さを讃えて歌う様子を思い浮かべているようだったが、私のほうは彼が哀れだった。

もうこれ以上、続けられない。

――会えてよかったよ――私は別れを告げるつもりで言った。

——待て。

そうあっさり帰すことはできなかったのだろう。私は、彼が長い間渇望していた者、かつての彼を知る者だ、昔の思い出は消え失せはしないという証人であり、彼の心中にあるものが単なる幻影ではないという証拠であり、私の記憶は他の者の忘却の埋め合わせ、待ったことへの報償なのだった。

同じ言葉に別々の気持ち。彼のも私のも、根は同じだが、彼にとっての幸せは私にとっての悲嘆だった。だがどうでもいい、どちらにとっても幾歳月という昔のこと、いやそれ以上か。これについてあれこれ嘆いても、意味はない。

——もう行かなければ。

——待てよ。宗務局長はここにいるんだ、館に。大事なことなら入れよ。俺が通したと言えばいい。いや、だめだな、呼ばれて参りましたと言え。

——呼ばれたわけではない。自分から来たんだ。

——分かってるよ。ただ言えばいいんだ、来るように伝言をいただきました、と。宗務局長は仕事が山ほどあるから覚えてないさ。もし俺のことを聞かれたら、そしてもしよければ、知ってることを話してくれよ、昔のことなんかを。

宗務局長は不在だと思って私は落胆したが、安堵も感じていた。先延ばしにできたことで、気が楽になったほどだった。けれども今、事態は急展開し、願いが実現することになった。私は動揺していて、心の準備ができていない。カラ＝ザイムが、俺のことを口にしてほしいと頼んだことは意外ではなかったが、俺の助けを頼りにしていいという申し出を、たちどころに撤回したのは嘆かわしかった。頭の中で自分の姿に酔いしれ、勇士の戦場の光の中にいるつもりで、私の保護者役を買って出たのだろう。しかしそれはもう過ぎし昔の話だと思い出したとたんに、手を引いた。ぱっと燃え上がり、そして瞬く間に燃え尽きたのだ。溝が深く掘られた顔には、かつてあったことのせいでまだ幸福感が瞬いていたが、今あることのために不安もちらついていた。彼の中ではいつも二つの時が、あらゆる点で違っていながら、一方を他方から分け隔ててしまうことのできない二つの時が、ぶつかり合って来たのだろうか？

彼が館の入口のところで誰かとひそひそと話している間、私はそわそわしながら、彼の哀れな力添えを得そこねたのを残念に思いつつ、自分が彼と同じくらい不確かなのだと考えた。私たちは、自分自身をあまり信頼することができず、嘆かわしい気持ちで互いの助けを待ちながら、二つの無力を合わせて一つの弱々しい希望にしようとしていたのだった。彼は希望を抱き続けていたが、それは私の打ち砕かれた希望と同じくらいの値打ちしかなかった。

男が館から出て来て、身振りか抑えた声でカラ＝ザイムに何か告げ、彼は私を手振りで呼んだ——手を貸してやったぞ、来いよ！ そして何も言わずに入口の方を指し、中に入れ、うまく行くかもしれないぞと示した。だが私はそのすべてをまるで傍観者のように、ぼんやりと見ていた。館の前の貧弱なレモンの木や、さらに貧弱な、この土地の厳しい冬をかろうじて生き延びた病人が春の日射しの中でまどろんでいるかのようなヤシの木が、うすぼんやりと見えた。どうやって通り抜けていったのかも、どれほどの人の目が私に注目していたかも、まったく記憶になく、最初に口に出すべき言葉のことだけをずっと考えていた。最初の言葉！ これは武器、あるいは楯のようなものだ。すべてはその言葉にかかっているが、それは何かを説明するからではない、もし適切なものでなければ、私は完全に勇気を失ってしまうかもしれないからだ。私を笑い者にし、私に対する裁きとなるかもしれない。信じられないほど多くの言葉を自分の中であれこれ試すが、実に奇妙なことに、そのどれもが、まっさきに思い浮かんだもののように感じられた。まるで脳の錯乱か、何もかもをひっくり返して後にただ混乱と無意味さだけを残す地震のようだ。通路は、私の意識の中では真っ暗で、どこをどう通ったかも分からない、そこを行く間、頭の中で聖なる誓いから罵り言葉まで、あらゆるものを思い浮かべていた。この最初の面談、最初の出会いの時に現れようとしていたすべてのものをここに書き留めることはできない。あれは説明のしようのない荒々しい狂気だ、それほどにとらえようのないものを、私の脳みそは、あらゆる理性的なものに向かって憤り毒づきながら考え出していた。まるで魔物を心の中に招き入れてしまい、そいつが、不遜で忌まわしい言葉を口にしろと、滑稽で不遜な振る舞いに出ろと囁きかけるようなのだ。私はすっかり動揺してしまった。何よりも気持ちを集中させなければならないこの時に、いったいどういうわけだ？ だが魔物は人が望まぬ時に、最悪の場合にやって来るものだ。なにしろ、私のようにまじめでもの静かな男が宗務局長の前に出て、あなたはアンティオキアのヤギ親父だと呼ばわってやろうと思うことがあろうなどとは――そして実際にそう思ったのだから――まさに悪魔が罪深い目配せをしたからに違いない。私をほっといてくれ、神の排泄物め！ 私は脅しつけるつもりで、いっそう悪魔を刺激していた。

館の前のヤシやレモン、木の墓場に並ぶそれら南国の植物も、私を不安にした。宗務局長はアンティオキアの出身で、この土地の言葉を知らない、それは知っていたが、アンティオキアがどこにあり、そこでどんな言葉が話されているのかなどといったことは、まったく頭に思い浮かばなかった。

幸い、最初の言葉は必要なく、何かを言う必要も、何かをすることもなかった。

案内された部屋で、宗務局長は私がこれまでに見たことのない男とチェスをしていた。どうやら、チェスは終わったか中断されたところだったようだ。はじめ私には何が起きたのか分からなかったし、私には関係のないことだったが、ひどく太った見知らぬ男が、疲れたような辛抱強い卑屈な笑みで、宗務局長の言うことにいちいち相づちを打ち、そうして幾度も顔を私のほうに向けて、宗務局長の注意を自分から反らそうとした。宗務局長が私に気づきさえしたなら、この男は、私の望みはなんでも叶うようにと願ってくれたに違いない。

だが宗務局長は、いつまでたっても誰かが部屋に入って来たことに気づかないようだったし（だが館の者に尋ねられた時には、私を通すようにと言ったはずだ）、私の挨拶に返事もしなかった。

宗務局長は、冬じゅう暖房をたっぷりときかせた室内にこもり、厳しい寒さに震え、軒という軒に六〇センチはあるつららがずらりと並ぶさまをずっとしたように、ぐったりと嫌そうに、生き長らえて春を迎えられるかどうかという庭園の南国の草木がそうするのとおなじように、眺めていたのだ。今は窓に背を向け、羊の皮の長衣をまとい、日だまりの中で蹲《うずくま》るようにしている。不機嫌そうだ。

二人とも肥え太っていて、違いはただ脂肪のつき方にあるだけだ。色がなく皺だらけで、部屋の空気にすっかり干涸びたようになっているところはさながら、どちらもこの黒檀の机と象牙のチェスの前に秋からずっと座ったままのようだった。

宗務局長は最初のうち腹立たしげだったが、それからどんどん気力をなくし、ますます気のない調子で不平をもらし、相手の男はそれにいちいち同意していた。宗務局長が何か尋ねたり、断定したり返答したりする様子はいかにも変だった。言っていることの意味が、私にはさっぱり分からない。

——どうもおかしい。

——そのようですな。

——おまえには何も見えんだろう。

——どうもおかしいようです。

——ずっと私は優勢だった。

——存じております。

——何が分かる？

——どうやら、どこかで下がり方を間違えたようで。

——それなら、どうして私が負けるんだ？

——まったくもって、わけの分からないことで。

——たしかに下がり方を間違えたな。

——たしかにどこかで下がり方を間違えました。

——おまえのこのナイトは、どこから出て来たんだ？

——ああ、それが誤りで。そこへ指すことはできないはずでございました。

——ならば、と、王手《シャフ》！

——そのとおり。さて導師が来ておりますが。

——なぜ気をつけないんだ？ 私はすべてを見ることはできんのだよ。

——ふつうはこんなことにはなりませんので。

——ナイトがここにいれば、取る。そうだな？ そうだ、取るぞ。取る、これを。

——これで詰《マト》みでございますな。

——どこの導師だと？

相手の男が私を指し示すと、ありがたいことに宗務局長がこちらを向いた。顔はくすんだ黄色で、たるんでいて、目の下にはくっきりと隈ができている。座ったまま宗務局長は、私に尋ねた。

——チェスはやるか？

——うまくはありません。

——で、何の用だ？

——来るようにということだったでしょう。あなたと話がしたいとお願いしましたので。

——私が言ったと？ そうか、そうだったか。でも誰にだったかな？　外はどんなだ？

――天気で、暖かです。

――この冬の間もそう話していた、寒くはありませんとな。ここの冬はいつもこんな具合に寒いのか？

――ほとんどいつもです。

――ひどい所だ。

――慣れるものです。

――うんざりする国だ。チェスはやるか？

太った男が小声で口を挟んだ。

――やらないと、今申しました。

――ならば何の用だ？

――何か請いたいことがあると。

――その男は、何者だ？

私は名乗ってから、困っているのですと言った。正義を求めております、宗務局長殿から得られなければ、他の誰からも得られないでしょう。

宗務局長は、うんざりした様子を隠しもせず、絶望的だとばかりに、目の前の男に目を向けた。

私は何かしくじったのだろうか？

宗務局長は立ち上がり、逃げ道はないかと探すかのように左右に顔を向け、それから陽光が長方形に射し込む場所を慎重に選んで踏みながら、部屋の中を歩き回り始めた。やがて立ち止まり、私を陰鬱そうに見ながら、考え込むように言った。

――そのことについては、帝都の師《ムッラー》と話をしたことがある。あの男と話すのは好きだ、たまにはということだが。だが頭が良いからではない、頭の良い人間というのはひどく退屈なことがあるからな。そうではなく、あの師はこちらが予想もしなかったことを言うことがあるからだ。聞く者をびっくりさせ、目を覚ませてくれる――マリクよ、分かるか、もちろん分からんだろうな――だから話に耳を傾けてみよう、答えてもみようという気になるんだ。こう言いおったぞ、人知とはわずかなもの、ゆえに賢い者は自分の知識で生きることはしない。だが私は何か別のことを言うつもりだったな……何を話していたのだったかな……

――帝都の師のことを――マリクが言った。

――いや、正義のことだ。正義。ある時、こう言いおった――我らはそれが何であるかを知っているつもりだが、これほど定かでないものもない。法でもあれば復讐でもある、無知とも不正ともなりうる、立場次第なのだ、となる。そこで私は答えた……――

それから黙り、急にふさぎ込んだようになってまた歩き始める。宗務局長の中には彼を突き動かし言葉と体を蘇らせるバネのようなものがあり、その原動力が止まってしまうと彼もまた死んだようになって、鬱の世界に陥ってしまうかのようだった。

座れとも言わず、私が何を言いたがっているかに関心も示さず、もう私には、話すかさもなければ退出するかしか残されていなかった。これでは私もマリクになってしまう。宗務局長の影の二番手、こんなものは、一番手にも負けず劣らず、無用なものだ。

——お願いがあって来ました。

——疲れておるのだ。

——もしかしたら、興味をお持ちになるかと。

——本当か？

——お聞き下さい。あなたは正義について話された。正義とは健やかさのようなもので、それがない時に思いを馳せるし、まことと定まらないものではあります。しかしその最たる望みは、不正を正すことでしょう、不正の方はきわめてはっきりしておりますから。不正に差はないのだが、人は自分が被害者になった時、これこそが最大のものだと思います。そしてもし人がそう思うのならば、その通りなのです、なぜなら誰も他人の頭で考えることはできないのですから。

宗務局長のバネがまたはじけた。驚いたように私を見る、見開かれた目が賞賛を浮かべて私の上に止まり、それは特別にというほどではないにしても、十分に私を勇気づけるものだった。宗務局長の注意をうまく引いたぞ。これは私の狙いでもあった、宗務局長自身が、帝都の師についての断片的な話でもって私に教えてくれたのだ。だがそれからすぐに私は、一般的な話をしながら言葉を弄ぶほうが、個人的なことについて話すよりずっと楽なのだと思い知ることになった。個人的なことは、誰のものでもいいわけではない、私たちに関することだからだ。

——おもしろいな——宗務局長は期待するように言い、マリクが尊敬するように私を見る。——おもしろい。だが、多くの人間が同じ考えを持つことはないのか？　もしそうだとしたら、その時は他人の頭で考えているのか？

——二つの真の人間の考えがまったく同じということはありません、二人の人間の手が同じでないように。

——真の人間の考えとは何だ？

——ふつう他人に語らない考えです。
——うまい。正確ではないかもしれないが、うまく言ったな。で、続きは？
——私は自分の不幸についてお話ししたいのです。それは最も大きなものであるように見える、なぜかといえば、今言ったように私のものだからです。他人のものであればよかったと思うし、今急いで言おうとしているほどには急いで知りたいとは思わなかったでしょう。

私は一般的な談議から始めて、私を苦しめているものへと進みたかった。宗務局長のバネが弾んでいて、目が生気を帯びているうちだ。やがて宗務局長の鬱が戻ってくれれば、私の言葉はその周りを空しく飛び回るだけだろう。

いよいよはっきり分かってきた、宗務局長は鬱と退屈に苦しめられている。それは彼の全身に覆い布のように被さり、霧のように落ちかかり、粘土質の土壌のようにすっぽり包み、空気のように取り囲み、血液にも呼吸にも脳みそにも入り込み、彼の中から、そしてその周囲のすべてから、あたりの物から、空間から、空から広がり、毒を含んだ煙のように拡散されている。私もまた鬱に落ち込んでしまうか、でなければ戦うしかなかった。

誇張しているのではない、私は何としてでも彼の中のどんよりとした霧を追い払うつもりだった。修道師の長衣の裾を持ち上げてへそ踊りをしたっていい、まともな人間なら考えつくこともできないような、どんなことでもするつもりだ。宗務局長の注意を引きつけられれば、萎えてしまうより前に黄色い意思のない手に働きかけ、その手が決定的な三語を書いてくれるかもしれない——囚人、ハルン、放免。何を書いたかも分からず、思い出すこともないままに。何でもするつもりだった、そうだ、どんな愚かな真似でも、恥ずかしいことでも、後になって恥じ入ることもないだろうし、それどころか生きた人間、自分の弟のために死人のようなこの無関心さに打ち勝ったことを誇らしくさえ思うだろう。だが私は筋書きを変える気にはなれなかった。彼が一瞬、空中の曲芸師の姿にはっと目を覚ますのを私は見たのだ、これはいわばハシッシのようなもの、だから彼が倒れ込んで身動きしなくなる前に、もっと、もっと与えなければならない。

これは私が聞いたことのあるどんな戦いよりも奇妙

な、死の無感覚に対する戦い、自由な意思を奪い生を嫌悪することに対する戦いだった。この戦いが辛く苦しいのは何よりも、不自然な手段によって、思考を逆転させたり、結びつかない感情を不細工に組み合わせたり、言葉を無理やり使うことによって進めなければならないことだった。だが私は相変わらず、こちらが余興をやめて本来の目的に踏み込んだとたんに、宗務局長の注意が消え失せてしまうことを恐れてもいた。この目的のために私はあらゆることをして来たのだ。だから、近づきつつ、目的を隠しつつ、私は真の意図の上空を渡っていなければならなかった、私の意図を察したとたんに、宗務局長の感覚がひとりでに閉ざされてしまうかもしれないからだ。

幸い宗務局長は心を閉ざすことも、読み通せなくなることもなかった――何もかもが表に現れ、気に入ったとか反吐《へど》が出そうだとかいった感情がはっきり表情に見て取れる。だから私は、そういった道しるべがあることを――そんなものさえないこともありえたのだから――思って自分のすっかり怖じ気づいた考えを、その表情に現れる影と明るさに合わせて加減した。

彼の表情がすべてを物語っている――驚かせてくれ、起こしてくれ、沸き立たせてくれ。そして私は驚かせ、目覚めさせ、沸き立たせ、失敗するかもしれないという恐怖感の縁で、死の瀬戸際にいる男の命のための絶望的な戦いに挑んだ。すべての希望は宗務局長にかかっている。私は自分の心を裏返して隅から隅まで突き回し、悪魔の糞のかけらをほじくり出し、死人をもう一人増やさないために死人と戦った。彼がたるんだ顔に何某《なにがし》かの興味と生気を見せてため息をつきながら座った時には、私の希望もまた翼を得たようだった。

――私には弟がいます――これで十分かどうかも分からない、私の話し方はとりとめのない調子だった――慌てずに申せば、弟がいた、とも言えましょう。けれど「いる」と「いた」は「いる」と「いない」と言うのと同じことで、誰かの悪意かそれとも善意の刃《やいば》が一瞬にして決めることかもしれません。弟は、私が望んだから弟だというわけではない、それはもし私が望んだのなら私が弟を作ったはずだからですが、しかしその場合は私の弟ではないからです。父が彼を望んだかどうかはさておき、とにかく母と一つになり、不透明な液の一滴が子宮に落ち、そして二人の歓喜から、私には何ということのないものから、息子、そして兄弟と呼ばれる絆と義務が生まれました。弟は待ち望んだ慰め、でなければありきたりの不幸の種、神は私たちがどう思おうと関係なく私たちと弟を結びつけ、弟からもたらされるはずの満足を私たちから奪い、その不運と不幸で私たちを押さえつけました。宗務局長の明晰さならお分かりのように、不幸は満足よりも頻繁に起こるもの、だからこうも言えるでしょう、弟は神が下された不幸であり、ゆえに弟を、あらゆることにおいて、神の御意向として、定めとして受け入れるのだと。ですからこの不幸を神に感謝するわけですが、もしそれがあなたの弟であれば、私は今あなたが私の話を聞いてくれるようにあなたの話を聞いて、神に我が身の幸せを感謝するでしょう、というのもその場合は私には他人事だからです。けれどもこれはあなたの弟ではなく私の弟の話であり、私はあなたではなく、神は私を一介の修道師となるべく定められた。だから私たちはそれぞれのものであるべきで、私は祈り、あなたは決定を下す、あるいはこう言った方がよければ、私はしゃべり、あなたは聞くわけです。そちらのほうが辛い立場だということは分かっています、あなたには義務ではないが、私には義務だからです。

彼の目を覚まさせ、活気を取り戻させた。こちらに目を向け耳を傾けて、理解し受け入れようとしている！　へそ踊りなど必要なかった、言葉だけで十分だった。言葉を風のように宙に舞わせ、猿のようにくるくると回し、春の陽光と室内の影の間をやみくもに走らせればいい、そうすればこのとおり、宗務局長は座卓についてじっとしたまま、耳を傾け待ち構えている。

——それで？——尋ねる様子は、かなり生気に満ちている。

宗務局長の一番目の影もまた、私に見入っている。驚いて、もしかしたら学んでいるのかもしれない。私にはよく見えないが、どうでもいい、私は宗務局長の顔をじっと見た。望みはあるぞ、弟よ、ハルンよ！

——つまり、弟がいるのです、あるいは半ばいる、と言いますか。名前を口にすることはできますが、砦に捕われています。命の半分はここに、残り半分はむこうにある。もしこちらの半分を失えば、あちらの半分も消えるかもしれません。

——どの半分だ？

——今お話しながら、まだ私が握っている半分です。

――どこの砦だ？

――町の上にある砦です。

――まあどこでもいい、先を続けろ。

――砦に捕われるのは悪人ども、泥棒、犯罪者、山賊、帝国の敵などです。時によりけりですが。だが一番多いのが愚か者どもだ。なぜなら罪がないと思っているからですが、そんなことは誰にも分かりはしない。いつも曲がりくねったドリナ川の流れを直そうとするが、それは彼らの仕事でも、彼らに命じる者のするべきことでもない。彼らがいかにおのれの愚かさに鼻高々なことか、だから連中を捕えるのは容易なことで、だからいつも愚か者が一番多いのです。ここから導き出せるのは、自由の身でいられるのは頭のいい者だけということでしょう。だがそうではない、隠すことを知っている馬鹿どもも残ります。たとえ賢い者でも、暴露してしまえばそのままではいられません。さらに好き勝手にしている権利を持つ者も、自由でいられます。さて私の弟は、何というほどの者でもなく、幸せな男で、人に恐れられるほど賢くはなく、何ができるか端《はな》から分からないほどに愚かではなく、山賊になるには臆病で、悪に染まるにはあまりにも無邪気、誰かの敵になるには怠け者です。一言で言うならば、すべてお見通しの神により、人が挨拶はするが敬うことはなく、価値は認めるがそれを示せと求めたりはしないような男と定められた者というわけです。

――なぜ捕えられた？

――父の教えに従わなかったからです。

――面白い。

――父は平凡な男で、自分にできる限りの仕事をし、与えねばならないだけのものを与え、関心事はといえば雨と雲、太陽、蝶の蛹、ジャガイモの芽、麦の条、トウモロコシにつくクロボキン、そして家庭の平穏のみです。木の匙かリンデンの木椀かはたまた鋤の取っ手のようにどこにも継ぎ目のない、ごく単純な男で、父親がいつも言い聞かせはするが子供はぜったいに聞こうとはしない説教をするという、親の無駄な性癖を改めようとしたことはついぞありませんでした。父は弟に、家を出るな、土地が空っぽになってしまう、町は窮屈だぞ、狭い場所に頭数は多い、可能性はわずかだが望む者は大勢いる、少しでも大きなパンの一切れのためにお互いの首を絞め合うことになるぞ、そう言いました。弟は聞きませんでした。すると父はこう言いました——いいか、俺たちの国では、誰も自分が分相応なところにいるとは考えない、これが不幸なんだ。必要とあらば誰でも誰かの敵になるということもな。世間は上手くやれない者を馬鹿にするが、自分たち以上に上手くやる者は憎むもんだ。そしてまたこうも言いました——平穏を願うなら軽蔑に慣れろ、でなければ、もし戦う気なら憎まれることに慣れろ、だが敵を倒せることが確かでないなら一戦を交えることはするな。自分が強いという証を見せなくてもいいほどに強くないのなら、他人の不正に指さすな。その言葉にも弟は従いませんでした。そして今や父には、こう言って喜ぶだけの立派な理由があるのです——かくして父に従わない息子どもは去っていく、と。

話しながら私は、宗務局長の目からぼんやりした光が消え、重く疲れた目になっていき、顔に何か途方に暮れたようなものが浮かぶのに気づき、総毛立つ思いがした。ほとんど口を開かずに、宗務局長が尋ねた——

——誰が従わなかったと?

おお、大いなる神よ！　歩み続けながら、私はどんどん遠ざかってしまう。目標に近づいたとたんに、この男は怖じ気づいてしまう。作り上げたものを利用したいと思ったとたんに、何もかもをぶち壊してしまう。私のすることにきりがないではないか！

私はむやみと焦った。まだ宗務局長にはいくばくかの命の火花が残っている、でなければこんな問いかけはしてこないだろう。私は興味を引かなくなったのだ、講釈はうんざりということか。私はいつの間にか、演技しているのではなく、本気で責めていた。怒りに我を忘れ、すっかり真剣味を帯びてしまった。目眩《めま》いがしそうだ。お願いだ、もう少し待ってくれ、あとほんの一時、消えずにいてくれ。

太陽の残照がついに失せ、私はその後に続く虚無の中にあり、目の前には死者の長い夜がある。だが私は一声叫ぶことも許されなかった。

私は自信をなくした。言葉の中にあった軽々としたものは消え、言葉はもう飛び立つことも羽ばたくこともなく、アシナシトカゲのように地を這っていくに違いないという気がする。

人の言葉を、もう一握りだけ。神よ。下さらないのか、私は一つの命のために戦っているのだ——絶望的な気持ちで祈ったが、祈りは助けにはならない。完全な敗北だ、彼の表情にそれが見えた。

弟ハルンよ、おまえはどこに消えてしまうのだろう？　それからさらに話したことは何もかも、不必要で無駄なものだった。私は意図を明らかにせざるを得なかった。

宗務局長はますますうんざりし、いよいよ死のような無気力の中へと落ちていく。世界も彼とともに死んでしまうのかもしれない。

マリクは胸に頭を埋めるようにして、居眠りしている。

――疲れたな――そう言う宗務局長も、ほとんど私と同じくらい恐怖に陥っていたようだ――疲れた。もう帰れ。

――まだ話があります。

――帰れ。

――弟を放免するよう、お命じ下さい。

――誰を放免するだと？

――私の弟です。

――明日来ればいい。でなければマリクに話すかだな。明日だ。

マリクはぎょっとしたように目を覚ました。

――どうしたんですか？

――やれやれ、なんと退屈なことか。

――チェスをいたしますか？

――どうもしてはおらん。

宗務局長は唐突に、問いかけを飛び越して答え、それは何かしらの言葉を覚えておいて後になって答えを思いつくというやり方なので、まるで意味不明に見えるのだった。

それから私たちを見もせずに、ぐったりしたまま出て行った、もしかしたら私たちがいることも忘れたのかもしれない。さもなければ、逃げ出したか。

私は彼の倦怠感を打ち破れず、逆に私たち二人ともが支配されてしまった、私は退出するのが待ちきれない思いだった。こんなことになると分かっていたなら、試みようなどとは考えもしなかっただろう。

マリクは死刑執行人のような目つきで私を見た。そして重い体を跳ね上げるようにして立ち上がると、急いで宗務局長の後に続いて出て行こうとした。

――明日来るようにと、宗務局長が。

――知らんね。まったく、あんたのせいでこっちは破滅だ。

終わりだ。それとも宗務局長の両耳を捕まえてやるか。あの黄色い額を、拳に握った指の節で叩いてやればよかったかもしれない。だが私はあいかわらずアンティオキアがどこにあり私たちはどんな言葉で話していたか分からぬままだ。ずっと頭の中で穴を穿《うが》っていたような、床と天井の明かりの間に宙づりになって、肩で天井板を破ろうとしているような気分で、どうしたらいいかも分からずに、宗務局長の鬱と、それを征服してやろうという自分の願望のゆえに憤っていた。確かに私は妙な言葉を使ったが、結局無駄だった。明日も無駄かもしれない、今日の失敗がもうこちらの勇気を挫いてしまった。だが来なければならない。よろめきながら来るだろう。けれどアンティオキアがどこにあるかだけでなく——何といまいましい名前だ！——同じ母から生まれた者の名前さえも分からなくなっているだろう。私たちはきっと二人とも苦しむ、まるで最初の夜がみじめに失敗し二度目の夜を迎える夫婦のように。ただすべてはあっという間に終わるに違いない、どちらももう多くを期待してはいないのだ。

もう私には、どこといって急ぐあてもなかった。勇敢な時間は長くは続かず、その間に黄色いでっぷりした手は書いてはくれなかった——囚人、ハルン、放免。そのせいで、罪人ハルンはいっそう深い闇に落ちてしまったのだろうか？

外に出た。連れ出され、押しやられると、館の前で忘れられた男、カラ＝ザイムが待っていた。世間は二十年間彼を思い出さず、私はただの一時間で彼を忘れてしまった。彼だけが忘れずにいる、そういうことだ。

——長くかかったな——好奇心を隠さずに、私を見る。

——いつも、手合わせの時間はもっと短いというわけか？

——いつも、もっと早く出て来るよ。それにたいていは興奮している。

——私は興奮しているか？

——とは言わないな。

そう言うカラ＝ザイムの目は澄み切ってはいない、だが本人の言う通りにしておこう。

——すっかり話したよ。

——俺のことは？

——明日また来るようにと言われた。

——そうか。つまり、明日だな。

そしてまた私たちは美しい、川砂利のような石の小道を通って行った。また明日も通るだろう。

ザイムと話をしたり、彼の言うことを聞くだけの気力はないと思ったが、それでも耳は働き、答えていた。とはいえ私の中ではすべてがごちゃごちゃになり、まだ頭の中はひっくり返ったままで、ようやくほんの少しずつまともになりかけているところだ。はっきり我に返る頃には、すべてがもっと奇異に思えることだろう。まるで泥酔か悪夢のように見えるだろう。きっと、呪《のろ》いをかけられたのだ、すべては現実ではなかったのだと思うだろう。

ザイムは私の心中で何が起きているかも知らず、うまくいったと思っている。

——よかった——彼は言った——明日呼ばれているんだな。ふつうは呼ばれない。おまえは気に入られたわけだ、つまりお気に召したってことだ。

あまり賢くはないな、言葉を使うことも知らない、わが友ザイムよ。たしかにお気に召してもらったよ、まことに、あちらは息も絶え絶えに姿を消したのだから。そして明日私たちはまたこの苦行を続けるのだろう。

ザイムは興奮した様子で私を見ながら、言葉を探した。

——さてそうなら、頼みたいことがあるんだ。

これを聞いた私の顔が曇るのに、彼は気づいただろうか？　その気もなしに、私は励ますように、思い出しながら言った——

——どうしたんだ、カラ＝ザイム。何でも言ってくれ。何か悩んでいるようだな。

こんなふうに、あの男も私に言うべきだったのだ、ついさっき。

——いや悩んでいるわけじゃない。ただここでは誰も俺が何者か知らないんだ。俺はこんな喘息患者みたいな男で、ずっと昔からそうだったと思われている。宗務局長じゃなくて、他の連中のことだ。

——何かあったのか？

——何もないさ。ただ俺はもう勤めができないと言われている。

——免職される、というのか？

——つまり、免職ということだ。だから、俺が残れるようにおまえから宗務局長に言ってくれたら、と思うわけだ。俺はもう戦場では役に立たんが、門番ならできるし、他の連中よりもうまくやれる。年報は一〇〇グロシ[24]なんだ。

——宗務局長は一万二〇〇〇グロシだぞ。

——あちらは別格さ。それに、言っとくが、もし一〇〇が多いというならもっと少なくてもいい、八〇でも。七〇でもいいさ。つまり、年に七〇グロシ、多いとは言わんだろう? つまり、俺の望みはそういうことさ。

確かに、ふつうなら年に七〇グロシは多くはない。つまり、七〇グロシで君は肥え太ることはない。あの時死に損なうという大失敗をしでかした、わが友ザイム。だが申し訳ない、君を憐れむ余裕はないんだ、長い時間堕天使と格闘して全身がばらばらになってしまい、骨の一本も本来の場所に収まっていない。

——戦いでは役に立たないにしても——私は何も考えずに言った——銃を持つことならできるだろう、刀剣《ヤタガン》を持つことなら。もし一人の罪なき男を助けるとして、いくらなら君は動く?

彼はぎょっとしたようだった。

——何だ、俺を試しているのか、それとも本当にありそうな話をしているのか。

——答えてくれ。

——難しいな。俺が真のカラ=ザイムだったら、金なんか受け取らない。だが今は、まあ現実は正直だからな……一〇〇グロシ、そんなとこか?

——二〇〇なら。

——二〇〇グロシだって! なんてこった! 二〇〇あったら三年暮らせる。それに罪もない男だと? どこにいるんだ?

——砦の中だ。

——つまり、二〇〇グロシ。罪なき男、砦の中か。いや、やめておこう。

——二十年前なら引き受けたか? 砦の中でも? 罪もない男だから、咎なくして捕われているというだけで?

——だろうな。

——でも今はそうしないと?

——今はしない。

——ならば、忘れてくれ。

——まじめな話なのか、それとも冗談か?

——冗談だよ。どれほど君が変わったかと思ってな。

——そりゃ、変わったさ。もし免職されたら、ちょっと訪ねてもいいか?

——もし君が免職されたら、仕事を見つけてやろう。

——そいつはありがたい、覚えておこう。だが明日また、宗務局長に話してくれよ。

彼はこの白い舗道の上に、門から館までの間に、何としてもとどまりたいのだ。宗務局長という職責の威光はこの名もなき男にまで及んでいる。おそらく彼にとっては、パン焼き工房の発酵所や庭園の薪置き場に身を置くよりは、ここにいたほうがはるかにたやすくあの戦場の猛者に戻れるのだろう。そしてそれは彼にとって、この世界の中で何にもまして重要なことだったのだ。

同じ日の、いくらも時を経ていない夕刻、一日の一番辛い時、私が死の門《カピヤ》に向かっていた時、彼がまた、まるで霧の中から現れたように、天から転げ落ちて来たように、私の歩く路上に顔を出した。私たち二人が、二人の顔が、二人の感情が出会ったところで何の意味もないというのに。だが私の気分はさておき、彼の気分は喜びに溢れていた。肺から出るゼイゼイという息が、勝ち誇っている。

——いられるんだ——そう有頂天で言う——俺を免職にはしない。つまり、残れるわけだ。おまえと何を話したかと聞かれたから、話してやったのさ。そしたらマリクのところに連れて行かれた。それで同じ話をしたんだ。例の、光と戦場の話や、おまえが二〇〇グロシ出そうと言ったことなんかをさ、もし俺が免職されたら、と。マリクは笑って、いい男だな、そう言ったよ、つまりおまえのことをだ。だから俺も、そうです、いい男ですと言ってやった。つまり、明日は何も言う必要はないってことだ。

——それはよかった。

結局私が彼を助けたことになったが、それを彼は知る由もない。

過去は、消え行く日と一緒に抹殺してしまうべきなのだろう。痛みをもたらさないように、かき消してしまうことだ。ひたすら続いていく一日を耐えるほうがましだ、そうすればその一日は、もう存在しない先立つ日々と比較されることもない。幻想と人生とはかくも混ざり合うもの、純粋な思い出も、純粋な人生もありはしない。絶えず争い、互いの息の根を止めようとするものなのだ。

24　通貨単位。ピアストル（Piastre）のボスニア式の言い方。

8

わが神よ
私にはあなたとわが兄弟の他に誰もいないのです

その後、私はハサンに会おうとした、何度も、だが無駄だった。彼の使用人、あの年長の男もハサンを探していたが、ようやく仲間たちと一緒に拘置所にいると分かった。みんなして昨日の真夜中近くに家を出ていって、基督教徒街《フレンク゠マハラ》でどっかの若造らをぶちのめしたんですよ、ひどい目にあわせたようで、無傷のままだったのは一人だけだった、悪いのは若造どもなんだ、先に手を出したんだから、なのに奴らは傷に濡れ布巾を巻いてもらっていて、うちの旦那たちのほうが留置場だ。どんちゃん騒ぎの終いはいつもこんな有様だ、悪いことをしてなくてもぶち込まれ、金を出せば無罪放免、当人たちは自分が悪かったのかどうかなんて覚えちゃいない。ま、たいがいは悪いんだけどね。旦那たちもそろそろ釈放してもらえる頃だが、相当吹っかけられるでしょうよ、何たって怪我はひどいし、若造どもは良家の出だから。だがハサンの旦那はそんなに出しやしないさ、もっとぶちのめしてやらなかったのが残念だとわめいてるんだ、ここを出たらやってやる、奴らみたいな犬畜生の恥知らずは他にいないって。それでもあいつが、つまりうちの若いのが、金を持っていくことになってるんです。ハサンには金の問題じゃなく意地の問題なんだが、牢屋にいたんじゃあ意地も何もないでしょう？　旦那たちは監獄とか地下牢にいるわけじゃなく、まああれはふつうの部屋みたいな所なんだが、それだって外にはお天道様、なのにあっちは暗い。必要もないのに一時間だってあそこにいるのは辛いよ、ましてそれ以上となればね。

会いたがっていらっしゃるって、旦那に伝えておきますよ。体を洗って着替えたらすぐ行くようにって。なにせ、お召し物を泥だらけのシラミまみれにするのは毎度のこと、庭で服を脱いで家の中に汚らしい衣を持ち込まないようにしなきゃならないんで、もし大事な用件があるんならテキヤにいて下さい、阿呆みたいにお互いを探し回らないように。でもハサンの旦那はちょっと寝たほうがいいかもしれないな、昨日の朝から一睡もしてないいんだから。もっともぶっ続けで三日眠らなくても平気だし、三日寝続けることもできるし、ただ何か食べるために起してやるとひたすら食ってまたごろり、子牛と同じだね、おっとこいつは失礼。まったく旦那は生まれる前からあんなだったんだろう。

理由もなしにハサンに会いたかったわけではなかったが、慰めや励ましを求めていたのではなかった。どうしてあんなことを思いついたのか、それも実は自分の考えではなくハサンの考えだったのだが、自分のものなのだと納得し、そして実行に移そうとハサンを説得するつもりだった。カラ＝ザイムには話したものの、彼が協力しないのを見てひっこめた。だがそれより前に、宗務局長《ムフティー》の顔が曇り、私のなすこと話すことのすべてが無駄なのだと気づいた時に、思いついたのだと思う。ハルンを奪い返さなければ、逃げられるように番人に賄賂を握らせ、誰もハルンに出会うことのないどこかよその土地に行かせる。それだけが砦の地下牢から逃れるすべだ、私の恥ずべきお芝居など、弟の助けになりはしない。ハサンと、そしてイシャークと一緒なら何でもできるだろう。イシャークと一緒なら。ハサンはもしかしたらイシャークがどこに隠れたか知ってるかもしれない、イシャークは協力してくれるだろう、間違いない。イシャークはカラ＝ザイムとは違い、記憶に苦しめられてはいない。昔の思い出に邪魔立てされたりはしない。

あの反逆者に思いを馳せると、気持ちが鼓舞された。始めなければ、何かをしなければ、拒みがたいそんな要求に私はとらわれ、健全とさえいえる心の不穏と興奮を感じる——何でもできるぞ、何でも手を伸ばせば届く、あきらめることだけは許されない。決心するまでが大変なのだ、障害は越えられないように見え、困難は克服しがたく見える。だが優柔不断を退け、臆病風に打ち勝てば、目の前には思いもしなかった道がいくつも開け、世界はもう偏狭でもなく脅威に満ちているわけでもない。私は大胆な計画を考え出し、本当の勇敢さを得るための可能性が一つだけではないことを発見し、どんな慎重さもかなわぬ狡猾な策を練り上げ、しかしまた興奮し突き動かされればそれだけますます、心の底で、脳の中の到達しがたい襞《ひだ》の奥で、すべては単なる空想に過ぎないという確信を強めていた。いや、意識してそう考えたわけではない。偽善者のように心の中で二つの相反する願望を弄んでいたわけではない。私の思いは二つに分けることなどできない。本心から弟を助けるための最良の策を見つけようとしていた。そして本気であればあるほど、強ければ強いほど、そう、私の中のどこかで、この計画は成功しないという確信がつのった。確信は、さながら暗がりから聞こえる囁き声のよう、わざわざ口にすることも考えることもないがそこに間違いなくある自明の理のようだった。イシャークさえ呼び寄せようとしたが、それは、彼が手の届かない存在だからだ。私は魂の力の及ぶかぎりでイシャークを求めた、偽りではない、そしてそんなことができたのも、私の願いが実現されるはずのないものだったからだ。意図せずとも私を守ってくれる命の秘められた本能は、私が高潔な思いを抱くことを制することなく許してくれた。おそらく分かっていたのだろう——高潔な心だけなら危険はない、現実の行動になることはないのだ。それでもこの思いは、宗務局長のところでいやというほどかかされた恥に意趣返しするのを助けてくれた。

奇妙な話だ、いやそれどころかとても信じられない、そう思う人がいるとすれば、ただこう言っておこう——真実とは時にひどく奇妙なものなのだ。そして私たちは真実などないと自分に言い聞かせる、恥じているからだ、ちょうど癩病をわずらった子を恥じるように、もちろん恥じるから生気がなくなるとか真実性に劣るというわけではないのだが。ふつう私たちは自分の考えを美化し、心の中を這うヘビを隠す。だが隠したらそれはないことになるだろうか? 私は何も美化せず隠しもせず、神の前でそうするように話すだけだ。そして——さらに言うなら——私は悪人でも奇人でもなく、ごくふつうの、もしかしたら自分が願っていたよりずっと当たり前の、大多数の人々と同じ人間なのだ。

親切な読者ならこう言うだろう、おまえはだらだらしゃべりすぎる、講釈を垂れすぎると。ならばすぐさま答えよう、分かっている。自分の貧弱な考えを大げさに広げてみせ、もう一滴も注ぐことのできない空っぽの土器を逆さに振るような真似をしている。だがそれは意図してのこと、すべてが終わった数ヶ月後の今でさえ震えがくるようなことを打ち明けるのを先延ばしにしているわけだ。ただ、遠回りは助けにはならない。避けることもできないし、中断するつもりもない。

これも言っておく必要があるだろう。私は昨夜の夜警の家を訪ねていて、夜警はずっと起きていて、街《チャルシヤ》からはもう戻っていたが、険悪な仏頂面で私を出迎えた。まるで今起きたばかりという様子だった。昨夜の饒舌さも、私に味方しようという様子も跡形もなく、遠慮も愛想のよさも見られない。なるべく早く私を厄介払いしたがっている。昨晩何を言うつもりだったのかと訊ねると、怒り出した。

――あたしは洗いざらい話しましたよ。何を隠すことがあるんで？

これほどまで思い違いをするなどということがあるだろうか？　私はずっとあの会話のことを、言葉だけではなくその意味を考えていた。私について何か知っている、それは間違いないだろう、私がそう言うと、ありとあらゆるものに誓って、あんたは誤解してると言う。夜は夜、昼は昼だ。あたしがあれやこれやとしゃべりながら何を考えているかなんて誰が知ったことか、そしてそのあれやこれやを聞きながらあんたが何を考えていたかも、誰が知るものか。ところがあんたは、あたしが夢にも思わなかったようなことを自分の頭に叩き込んだわけだ。あたしが何を知ってるって言うんですか？　それに人間が何を知ることができるって？――夜警は涙まじりの声をあげた――一晩中歩き回って、水運びの馬みたいにくたくたなんだ、そしてこの慎ましい片隅に、ぼろぼろの毛布の下に、すっぽり潜り込むのを待ちきれない思いでいるんですよ。自分の他に四人の口を養ってる、この穢れた世の中に、これだけでうんざりだ、うんざり過ぎるよ、人のことに煩わされなくてもこのとおり。それから怒るのを止め、思いがけず穏やかになり、愛想よくさえなった。他ならぬあんただ、ぜひ力にはなりたいとは思いますよ。きっと何かの不幸に見舞われたんだろうね、でなければあたしが知らないことを聞きにあんたがここへ来ることもなかっただろう。でもあたしだってあんたが何を聞きたいんだか分からない。それにどうやら、あんたご自身もご存じないようだ。

昨夜私は彼の言葉の中に、実際にはない何かを聞いたのだろうか。あるいは彼がどうかしてしまったのか？

何も得るものもないままに、私は立ち去った。確かに彼の言った通りだ、何を知らねばならないのかも分かっていなかった。

アスル[25]が終わり、疲れ、ぐったりして、次から次へと障壁が現れるたびにますます困難になっていく弟の解放について思い悩み、すでに頭の中では助けようという考えを放棄していた。あの、見せかけだけとはいえ希望であったものも失い、あとは明日の宗務局長のところでの苦しみの再現に望みをかけるしかない。力なく、挫折し、一日中頭の中で思い描いていた苦労のために疲れきっていた。だがもし本気で苦しんでいたら、あるいはまだ苦しみを予想していたら、これほど疲れを感じることはなかったのかもしれない。

ムスタファの子供たちが、テキヤの中庭に入り込んでくる。最初はテキヤの前の石板の上で石蹴り遊びをしていたが、それから昼食を取り、子犬のように走り回り始めた。バラを飛び越え、雪見木をへし折り、林檎の木の枝を引き抜き、叫んだり笑ったりきゃっと悲鳴をあげたり泣いたりする。これでは子供たちをテキヤに残して私たちがいずれへなりと引っ越さねばならないはめになるのではないか。何度か子供たちを叱りつけた後、ムスタファが家から出て来たので彼に声をかけて言った。迷惑だ、騒がしすぎる。

——晩飯を待っているんですよ——私の言葉が聞こえずに、彼は言った。私はさらに声を張り上げた。

——迷惑だ。子供たちに出て行くように言ってくれ。

——二人はあたしので、三人は家内の、前の結婚の子供なんですよ。

私は手振りで示した——追い払ってくれ、気が変になりそうだ！

ムスタファに通じたようだった、ぶつぶつ言いながら怒って立ち去った——子供まで迷惑だって！

騒ぎが静まると、私は被害のさまを見ながら、もっとひどければよかったのにと思った、怒りを感じ、何日も頭から離れない思いから解放されたかったのだ。それから、沈みかけた太陽の光にまだきらめいている水辺の葡萄の木の下に腰をおろした。

安らぎを感じたいという強い願望からか、子供のきゃあきゃあいう声の後の癒すような静けさのせいか、それともほとんど聞こえないほどのざわめきを立てる小川の単調な流れのせいか、私の中にあった緊張感が弛み始めた。空腹さえ感じる。最後に食事をしたのがいつだったかも思い出せない。何か食べた方がいいのだろう、力が出て、違った方向に目を向けられるだろうから。だが今はその時ではない、私は明るい気分になって思った。ムスタファは怒っているな、私が子供たちを追い出したからだ。あんなことをする必要はなかったかもしれない。でも私は落ち着き、静けさが心地よい。とはいってもやはり気の毒でもあった。それほどというわけでもないが。これはいいことだ、それに気の毒に思うというのもいいことだ。私はふつうの考え方、ふつうの生活に戻りつつある。そこでは人は、善と悪とが互いに妨げにならない適度に混ざっている存在であり、人生はかなり退屈に見えるものだ。もしかしたら、時間が長く感じられないのは悲惨なことなのかもしれない。戦争では退屈している暇はない、不幸な時や、悩んでいる時にも。辛い時に、退屈してはいられないのだ。

こんなふうにして私は、引きつけをおこすこともなければ自己破綻することもなく、ただものごとの表面を滑り、実際には何も解決しない安易な解決策を見つけるばかりの浅薄な思考へと、居心地よくおさまった。それは沈思ではなく、夢心地の物思い、ごろりと寝転がる時のような、脳の心地よい怠惰だったが、この時にはこれほど役に立つものはなかった。いや、私は人生で最大の苦悩となっているものを忘れたわけではない。それは、臓器の中に石のようにあり、血の長い道を毒のように流れ、あるいはまた脳の襞の奥に腫瘍のようにうずくまっていた。だがこの時それは静まっていて、重い病の寛解の時期が来たように、まるでそんなものはないかのように感じられた。この束の間の重荷からの解放、苦悩からの一時的な解放のおかげで、そしてそれがまさに短く瞬時のものであったがために、心の中でもそうだと知っていながら、自分の周りにあるものを愛おしく美しいと思って見ることができたのだ。自然の調和の中に自分がいることを、私はほとんど幸福のように感じていた。

どこかに出かけていたハーフィズ＝ムハメドが戻って来て、私に挨拶すると自分の部屋に入っていった。いい男だ、私は相変わらずこのうわべだけの調和と単純化された考え方の幸福に酔いしれたまま思った、彼

25　イスラーム教で午後の礼拝。昼の祈りと日没までの間に行うもの。

は人生から不当な仕打ちを受けていると思っているようだが、それは偏見というものだ。人生は人生、誰の人生も同じだ、誰もが喜びを求めるが、不幸は勝手にやって来る。他の者にとって喜びが愛なら、彼の喜びは本だし、他の者の不幸が困窮か追放なら、彼の不幸は病いだった。私たちは一方の岸から向こう岸へ、人生の通り道という細い綱を伝って渡っていく、そして終わりがあることは誰にも分かっている。何も違いはない。

私はモスタルのフセイン師の詩を思い出し、前には感じなかった満ち足りた気持ちでゆっくり吟唱した。それは響きも暗い響きもない静かな囁きのように、それは響いた――

頭も足もむき出しの曲芸師シャヒン
綱の上に立ち上がる、そこを恐れず渡るのは
ただそよ風だけという
シャヒンはハヤブサ、危険に臆することもなく
神の名を唱えて、二つの岸の間を渡り行く
ハヤブサの子たち、弟子たちも
裂け目を越えて行く
太陽の光輝く水を越え
かれらの姿はさながら真珠が
細い糸に連なるよう
深い裂け目を足下に
遠い空を頭の上に
だがかれらがいるのは危うい軽業師の綱の上
危険な命の道の上

辛い人生の路上にいる、孤独なしかし勇敢な男の姿は、この時の私の運命に対する思いにぴったりだった。こんな気分でなければ、苦難に満ちた一歩を踏み出すことへの絶望感と与えられた命運は、恐ろしいだけに思えたかもしれないが、この時の私には、それがもっともな対処のしかた、いや誇りなのだとさえ思えた。あの立派なフセイン師が本当は何を意図していたのかは分からないが、彼が自分自身のことも他の人々のことも密かにあざ笑っていたのではないかという気がする。

ハーフィズ＝ムハメドがテキヤから出てきて、川辺の柵の近くで立ち止まった。顔は青ざめ、動揺している。私のほうを見さえしない。病気なのか？

――今日はどうですか？

――私が？　さあね、ひどいもんだ。

私のことが好きではないのだな、そんな感じがする。だが私は彼が嫌いではない。この男も、本人の知っているやり方で、二つの岸の間に渡された綱の上を渡ろうとしているのだ、そして時には、善良であろうとさえしていた。

まだ上機嫌のままの私は笑い、何でも理解してやろう、感謝の心を持とうと思いながら尋ねた――

――正直なところを言って下さい、判事の妻《カーディー》が何を話したがっているか知っていて、それで私を行かせたのでしょう？

――判事の妻とは？

――街で判事は一人、その妻も一人だ。ハサンの姉さんですよ。

すると彼はほとんど吐き気を催すといわんばかりに怒った。こんな彼の姿を見るのは珍しい。

――あの人たちのことを一緒に話題にしないでほしいね、頼むから。

――つまり知っていたわけだ。そして関わりたくなかった、そういうことですか。

――神を知る身ならば、あの屑どものことは忘れなさい。あんたを助けたかった、だから自分では行かなかった。だがあの連中のことは、今は口に出さないでほしい。

――なぜ？

――何も聞いていないと？

――いや、何も。

――ならば、言わなければならないのか。

押し殺したような声、私の顔を見なければという強いられた苦しみ、絶えず懐中深くに突っ込んだりまた外に出したりするせわしない手の動き、ついぞ見たことがないためにまるで別人のように見える仕草、そして私を襲った恐怖感、そうしたものから分かった、今彼が私に言おうとしているのは重大なことなのだ。

まるで大慌てで大水に身を投げて溺れてしまおうとするかのように、私は尋ねた――

――弟のことですか？

――そうだ、彼のことだ。

――生きているのですか？

――殺された。三日前だ。

それ以上彼は言うことができず、私も聞けなかった。

見ると彼は泣いていた。口を歪め、恐ろしいまでに醜く見える。そのことに気がつき、彼が泣いているのに驚いたのを、私ははっきり覚えていた。私は泣かなかった。辛くさえなかった。彼の言葉は目もくらむような閃光だったが、その後に続いたのは静けさだった。

水は穏やかに音をたてて流れている。

枝の小鳥のさえずりが聞こえる。

つまり、終わったのだ。そう思った。

気が軽くなる感じがした――終わったぞ。

――そういうことか――私は言った――つまり、そういうことか。水面に金色の陽光がきらめく川が、下に見える。

――落ち着いて――ハーフィズ＝ムハメドは恐ろしそうに、私が発狂したかとでも思ったように言う――落ち着いて。彼のために、神に祈ろうではないか。

――そうだ、それだけが私たちにできることだ。

痛みさえ感じなかった。何かが私の中でふいにもぎ取られ、もうそこにない。それだけだ。ないのはひどく奇妙だ、信じがたく、どうにもありえないはずのことだった。だがそれがあった時のほうが、痛みははるかに大きかった。

ムスタファもやって来た。私を襲った不幸のことをハーフィズ＝ムハメドから聞いたに違いない。皿に何か入れて持って来る、気遣わしげで、ふだん以上に足を引きずっていた。

――何か食べないと――世話を焼くように言った。大声を出さないようにしている。

――昨日から一口も食べておらんでしょう。

そう言って薬のように、心配している証拠のように、私の前に置いた。私は何だか分からぬままに食べ、二人はずっと私を見ていた。一人が横に、一人が前に立つ。悲嘆に対するおぼつかない護衛のようだ。

そして最初の一口と次の一口の間に、もぎとられた部分が痛み出した。

食べるのを止め、恐怖に襲われて、私はのろのろと立ち上がった。

――どこへ行くんですか？――ハーフィズ＝ムハメドが言う。

――分からない。どこへ行きたいのか、分からない。

――どこへも行ってはいけない。今はだめだ。私と一緒にいなさい。

――じっとしてはいられない。

――部屋に行きなさい、できることなら泣くことだ。――泣くことなどできない。

何が起きたのか、だんだん分かってきた。静かな水が次第に増すように、痛みが私を飲み込み始める。水はまだ踝《くるぶし》までしか来ていないが、私はもう、明日の絶望を前にした恐怖のことを、動揺した心で考えていた。

それからいきなり激しい怒りに襲われた。弟という罪人が目の前に立っているかのようだ。こうなって当たり前だ、心の中で涙にまみれた怒りがシューシューとヘビのように囁く。おまえは何を求めたんだ？　何を望んだんだ？　私たちみんなを不幸にしたのだぞ、愚か者め。なぜだ？

そして過ぎ去った。ほんのわずかな間のことだったが、それは私を動かした。

山の上のジプシー地区から押し殺したように、短い間隔を置いて太鼓が鳴り、途絶えることのない、息継ぎもないズルナの音が、今朝から、昨夜から、はるか昔から響き渡り、恐ろしげなゲオルギオスの日の狂乱が誇らしげに、あるいは抵抗のように、カサバに襲いかかる。それを聞きながら私は身を震わせる。どこかで大きな銅鑼《どら》が警報を鳴らし、ここにいない者たち、地下にいる、あるいは地上にいる、すべての死せる兄弟たちを呼び集めている。誰か生き残った者が、呼び集めているのだ。

呼び集めても無駄なのに。

私の中にはまだ何の考えも涙もなく、進む方向もない。行くべき先などないのだが、私は行く。どこかに死んだハルンの跡が残っているだろう。

小さな石橋の下を私の川が流れる、ここを渡った先は死の地だ。目で見やる他にここを越えたことはない。ここで街《チャルシヤ》が、カサバが、生が終わり、砦に向かう短い道が始まる。

弟はここから出て行き、帰って来なかった。

あの時から幾度も頭の中で、この石橋から、砦の灰色を帯びた壁に埋め込まれた重い樫の門までを歩いた。空想の中でそこを訪ねる時の歩みは夢遊病者のようで、道はいつも人気なく、砦に向かう私が難なく通れるように開かれていたが、想像の中でさえもその道は、苦しみに満ちていた。砦の門はすべての見知らぬものがそこへと通じる目的地、宿命が表すもの、死者の凱旋門だった。頭の中で、夢の中で、恐怖の中で、私はその姿を目にし、陰鬱な呼び声と、満たされることのない餓えを感じた。私は向きを変えて逃げ出し、門は私のうなじを目で追い、呼び寄せ、待ち受ける。日食のように、あるいは地割れ《ボノール》のように、でなければ最終決定のように。あの背後には秘密がある、でなければ何もない。あそこで審問が始まり、そして終わる。生者にとっては始まり、死者にはとっては終わるものだ。

今初めて、夜ごとの長い苦しみの道を、本当に対峙するとは思えずにいた道を、現実に歩いている。道は想像したとおり、また願っていたとおり、人気がなかったが、それも今はどうでもいい、いやむしろこんなふうに墓場のように人っ子一人いないのでなければよかったのにとさえ思った。道は私を陰気に、不機嫌に、意地悪そうに見る。ついに来たなとでも言っているようだ。無に通じる道は心の不安をかき立て、〝どうでもいい〟という名の哀れな勇気さえも殺してしまう。動揺と心の震えを少しでも抑えたい、そう思って目を向けないようにしたかったが、すべては見えてしまう、人気のない通りの敵意も、秘密を隠した門も、そして門の小さな覗き窓の上に身を隠した警備兵の目も。あんな目は私の想像の中にはなかった、行かなければならない時にあったのはただ門と、そこに至る道、向こう岸へ渡る綱だけだった。

——何の用だ？

警備兵が尋ねる。

——こんなふうに一人きりでここへ来た者があるか？

——あんたが来た。砦の中に誰か会いたいのがいるのか？

——弟がいる。捕われているんだ。

——それで？

——面会はできるのか？

——会えるよ、あんたも捕まったらな。

——差し入れはできるのか？

——できる。俺が渡してやろう。

私は狂ったように時を逆戻りさせ、殺された者を生き返らせた。まだ殺されてはいない、弟が捕われたことをつい今しがた知って、どうしているか尋ねるためにやって来たところだ。じつに人間らしく、兄弟らしい態度ではないか、恐怖も恥もない、まだ望みはある。もうすぐだぞ、私からの差し入れが届き、弟はひとりぼっちでも置き去りにされたわけでもなく、門の前に血を分けた者がいるのだと知るだろう。城も番兵も人の目も、兄が来ることを止めはしなかった。兄は来た、私は来たぞ。弟は十五歳も年下で、いつも私が世話を焼いてやった、カサバに連れて来たのも私なんだ、どうして辛苦のただ中にある時に見捨てることができるだろう、惨めになった心も私が尋ねて来たと知れば晴れるだろう。私の他に血を分けた者はいないのだ、私までが欺くことがあるものか。なぜ、何のために？ 人々よ、私が悪いのだと言えばいい、人々よ、怒るがいい、首を振るがいい、私にはどうでもいいことだ、私はここにいる。これ以上近いものはない結びつきを否定しはしない。この愛情のためなら、人々よ、望みとあらば私を磔《はりつけ》にするがいい。私は来たぞ。弟よ、おまえは一人ではない。

だが遅かった。すべてが起きてしまい、しかも何も起こらなかった後となっては、私にできることは鎮魂の祈りを捧げることだけだ。願わくは弟に届くように——それも彼が必要とするならばだが。

許してくれ、弟よ、罪深い私の愛は、遅すぎた。愛は、求める時にはいつでもあるのだと思っていたが、今ようやく、誰にとっても、私にとっても助けにならない時になって、目覚めようとしているのだった。しかもいったいこれが愛情なのか、意味のない回想なのかも、もう私には分からない。おまえには、私とわが家の墓の他には何もなかった、だが今やおまえもそして私も、何も持っていない。私がおまえを失う前におまえは私を失った、いやそうではないかもしれないな。おまえは、兄さんが鉄枠の門扉の前に立っている、そう考えてくれたかもしれない。おまえも兄のためならおそらく同じようにしただろう。そして私が助けに来ると最後の瞬間まで思っていたか、そこまで私を信頼してくれていたのならよかったのだが。そして私たちのもとを去る間際になって、究極の孤独に対する恐怖に囚われることがなかったのなら。だがもしおまえが何もかもを知っていたとしたら、私は神の助けを請うのみだ。

——何をぶつぶつ言ってるんだ？

門の向こうから男が尋ねる。

——死者のための祈りを唱えているんだ。

——生者のための祈りを唱えてくれよ、生きてるほうが辛いんだ。

——君はいろいろ見て来たんだろう、君の言うことは信じるよ。

——あんたが俺を信じようが信じまいが、俺の知ったことか。

——どれほどの人間がこの門を入っていった？

——出てったのよりは多いな、それでも数えられるほどだが。

——で、その数えられるほどの者たちはどこにいる？

——上さ、墓場だ。

——ふざけないでくれ、友よ。

——ふざけてるのは奴らのほうだ。それにあんただ。さあ、失せろ。

——君のような立場だと、粗暴でなければいけないのか？

——あんたのような立場だと、阿呆でなきゃいけないのか？　この門の境目を手の幅ほども越えてみな、そうすりゃ口の利き方も変わるさ。

　手の幅、たったそれだけか。それですべては変わってしまうのか。

　ならばみんなを連れて来て、その手の幅を見せてやらなくては、そして憎しみを抱かせてやるのだ。いや違う、隠さなくてはいけないだろう、人々を連れて来てはいけない。みんな、来るなら連行されてだ、そうすれば、誰も自分の考えを隠したり、口に出すあらゆる言葉を忌まわしきものにしたりはしないだろう。

　目を伏せて戻りながら、草で覆われていないでこの敷石の上に、弟の足跡を、弟が砦の壁の外で最後に立った場所を、探した。この世に弟の痕跡はもうない。残されたのはただ私の中にあるものだけだった。

　門の隙間《カピヤ》が、石の目のように私の項《うなじ》に突き刺さるのを感じる。私に風穴を空けるだろう、あの貪欲な門は。私は何も分からぬまま、死との境界上に、運命の扉の入り口にいたのだった。中に入った者のみが知ることができるが、彼らはそれを話すことはできない。

　ここが死に至るただ一つの門となり、私たちは順番に、どこまでも続く群をなして中に通される、そしてここで、機会と裁きの時を待つ、みんながそう気がつくだろう。

　だがこの気違いじみた考えも、私を襲った名状しがたい恐怖感から身を守るためのもの、みんなに共通の苦しみの中で自分だけの苦しみから目をそむけようという試みにすぎなかった。私は、殺された男の最後の痕跡を見つけようと歩き始めた、これは彼の葬儀、本人も誰もいない葬送の列、私ただ一人、そうしようとも意図せず、死者を追悼するためになぜここに来る必要があったのかも分からぬままだ。もしかしたらここがこの世でもっとも悲しい場所だから、ここでこそ死者への追悼が必要だったからかもしれない。あるいはもしかしたら、ここがこの世でもっとも忌まわしい場所で、かつて自分であったものへの追悼が、ここでは恐ろしい啓示となるからか。私は啓示を求めなかったが、それは現れてしまい、必要もないのに、どうしようもなかった。

街《チャルシヤ》の入口に十人ほどの男たちがいる、まるで私があの世から帰って来たのを出迎えるかのようだ。じっと動かずこちらを見ている目は、静かだが、私から離れず、私を圧迫していた。その多くが私の額に注がれている。ここが彼らの巣だというのか、私はよろめきそうだ。なぜ彼らは来たのだろう、どうして道を塞いでいるのだろう、何を待ち受けているのか、私はどうしたらいいのか。私には分からない。

砦へと続く道から、夜から這い出すように出て来た時（また私は陰気な銅鑼《どら》が響くのを聞いた、あそこでは聞こえなかったのに）、待ち構えている者たちの中に、太陽に守られ、無にしか通じていないこの道と橋で隔てられて、逃亡者イシャークの姿が見えた。片足には履物を履き、もう一方は裸足で、顔は他の者たちと同じように硬い。みんな同じ顔で、誰のものか区別がつかず、イシャークの複製のようだ、沢山の目にただ一つの問いかけ。イシャークがいるから、この境界線の上にどうして彼らが立っていて何を知りたがっているのか、私には見当がつくような気がする。当ててやろう、まったく不確かではあるが、私は予感している。彼がいるから、石畳から目を上げてはいけない。もしかしたら彼らが道を開けるかもしれない、私たちはどうにかしてお互いの脇を通り過ぎるかもしれない。物思いにふけっていて彼らが何かを待っていることに気づかないふりをしよう、嘘だと彼らに分かったところでどうだというのだ。私が彼らの視線を避けていることをどう思われようと、どうでもいい。それでも、イシャークが彼らの中にいなければいいのにと思った。彼が連れて来なければ、彼らもここまで来はしなかっただろう。

そして壁のように並ぶ足が前を遮るまでになった時、イシャークの顔に目を向けた。何をしようというのか、私は知る必要があった。避けることはできなかい。だが彼はいない。どこにいたかは分かっている、左から三番目だ。だが、今その場所から私を見ているのは痩せた若者だ、私が前で立ち止まっても驚く様子も見せない。彼らの目は執拗に広く見開かれ、待っている。どこにいるんだ？ この若者の右にも左にも、列の端まで見てもいない、数えなくとも全部で九人なのは分かっていた。謁見でもするように私は彼らの顔を順に見渡し、閉ざされた口と緊張に引っ張られた眉を視線で追い、彼らが何かしようとしていたのを忘れて、イシャークを探す。なぜ彼が必要なのか、何を言うつもりなのか、自分でも分からなかったが、彼がいないのは残念だった。だが見たのだ、遠くからではあるが、目を伏せて二十歩、こちらの別世界で太陽が彼らを照らし金色に染め、彼らは松明のように明るく燃え、私の視線を跳ね返していた。だがそんなことはどうでもいい、もし彼を見分けることができたなら、魂をくれてやってもよかった。この連中には、たとえ何を言うべきか分かっていたとしても、何も言う必要はなかった。

　私は通り抜け、彼らは道を開いて私を通す。ほんの数秒の間は静かだった。私は一人で進み、それから舗道を踏みしだく足音がした。私の後に続いて来る。歩を早め、間を空けようとしたが、彼らも急いでついて来る、距離など問題にしていない。人数がどんどん増えているようだ。

　春の闇が落ちかかり、通りは青みがかって不穏に静かだった。

　礼拝時刻の告知役の声は聞こえず、礼拝の時刻なのかも分からなかったが、モスクは開いていて、高い燭台に立てられたろうそくが一本灯っていた。中に入り、聖龕《ミフラーブ》の自分の場所に座る。振り向かずとも、人々が入って来て、何も言わずざわめきも立てずに、私の背後に並んで座るのが聞こえた。これほど人々が静かだったことはない。祈りの間も静かで、荘厳だった、そんな気がした。自分の背後のこの真剣味をおびたつぶやきが、私の心を興奮させる。

　儀式がまだ続いている間、私はこれが奇妙な、これまでのどんなものとも違う、熱く危険なもので、何かを準備するものだと感じていた。いつものように終わることもない、そう分かっていた。「そのとおり《アミン》」は終わりではなく、始まりだ。押し殺したような、濃密なものが聞こえる。待っているのだ。だが、何を待っているのだ？　何が起こるというのだ？

礼拝が終わっても誰もしゃべらず動かず、出て行こうともしない。どういうことか分かった、分からなければよかったことだが。人々はこの不幸を知った私を見たかったのだ、まさにこの瞬間、私がどのような人間であるかを示してほしかったのだ。

自分でも自分がどのような者であるか分からなかったし、彼らにどんな返事を与えるつもりなのかも分からなかった。

すべては私次第だ。

立ち上がって出て行き、自分からも彼らからも逃れる、これも答えとなるだろう。

彼らに出て行きなさいと言うこともできただろう、そして空っぽのモスクの静寂の中に一人残る。これも答えとなるだろう。

だがそれでは、何もかもが私の中に残されるだけだ。何一つ、誰の心にも入り込まない。まだ砦の門の前にいた時、私は明日という日にやって来るはずの痛みと後悔を恐れていた。炎が私を焦がし、悲しみが息を詰まらせ、口に出されなかった怒りと嘆きが永遠に私から言葉を奪ってしまうかもしれない。だから言わなければならない。これらの待っている人々のためにも。私は人間だ、少なくとも今は。そして弟のために、弁護されなかった彼のために。これが悲しい兄の祈りとなるがいい、今日すでに二度目の祈りだが、人々が聞くのは初めてなのだ。

私は恐れただろうか？　いや、そうではない。自分がしなければならないことをうまく成し遂げられるかどうかを恐れる以外、何も怖くはなかった。あらゆることに対する心構えを感じる。行動を起こすことが不可避だと思うと、平静な心構えさえ感じた、そして復讐よりも正義よりも強く、その心構えと深く調和したものを感じた。私はこれ以上、自分に逆らうことはできなかった。

立ち上がり、ろうそくの一本からまた一本へと火を移しながら、残さず灯した。みんなに私を見てほしかったし、私もみんなを見たかった。互いを記憶に残すために。

私はゆっくり振り向いた。誰も出て行こうとしない、誰一人として。膝をつき、炎が鑞のむせるような匂いを放ちながら私の静かな動きと聖龕の壁に沿って燃えるのに興奮して、私を見ている。

――アデム[26]の子らよ！

こんな呼びかけをしたのは、初めてだ。

　わずか一瞬の前でさえ、自分が何を話すつもりか分かっていなかった。すべては自然に始まった。悲しみと興奮が、声と言葉を見い出していた。

――アデムの子らよ！　私は教えを説くつもりはない、そうしたいと思ってもできないだろう。だがもし、これほど辛い時をわが人生に覚えていないという今この時に、自分の話をしなければ、あなた方は間違いなく私に愛想をつかすだろう。私が言おうとすることほど重要なものはないが、何かに達しようと望んでいるわけでもない。ただあなた方の目の中に共感を見ることの他には。かつてないほどに今あなた方は私の兄弟だが、私はあえてそう呼びかけず、アデムの子らよと呼びかけた。私たちに共通のものに則ったからだ。私たちは人間であり、同じように考える、とくに辛苦のただ中にある時は。あなた方は待ち、ともに残ってくれた。罪なき者の死を悲しみ、悪業のゆえに怒る目と目を合わせ、互いを見つめ合おうとしてくれた。この悪業はあなた方にも関わることだ、なぜなら罪なき者を殺すことは、すべての人間を滅ぼすかのごときことだから、それをあなた方は知っているのだから。私たちの仲間は、数えられないほど殺された、私の殺された兄弟たちよ。だが自分にもっとも親しい者にそれが降りかかった時、私たちは恐怖にすくむ。

――彼らを憎むべきだったのかもしれない、だがそれはできない。私には、一つは愛のため、もう一つは憎しみのため、というような二つの心はない。今の私の心はただ悲嘆だけを知っている。わが祈り、わが従順、人生、死、すべてはこの世界の創造主である神のもの。だが私の悲しみは、私のものだ。

――生まれの結びつきを大事にせよ、そうアッラーは命じられた。

――私はこれを守らなかった、わが母の息子よ。私は、おのれから、そしておまえから不幸を取り除くだけの力を持たなかった。

――ムーサーは言った、わが神よ、私に救いの者を送り給え、わが身内の者、弟ハルンを。そして彼によって私の力を強め給え。彼を私の仕事の片腕にし給え。

――だが弟ハルンはもうおらず、私はただこう言うことができるだけだ、わが神よ、私の力を強め給え、死した弟によって。

――死した者、神の定めるところに従って埋葬されることなく、見られることもなく、戻り道のない大いなる旅を前に自らの身内から接吻を受けることもなかった、すべての者によって。

――私はカビルのようだ。カビル、死した弟を葬るやり方を教わるために地の墓掘人である大ガラスを神から遣わされたカビル。彼は言った――おお哀れな私よ、私はカラスにもできること、死した弟を埋葬することもできないのか。

私、不幸なカビル、黒色のカラスより不幸な者。

私は弟を生きて救えず、死した後も会えなかった。今はもうおのれと、おお神よ、あなたと、そして自分の悲嘆以外には何もない。兄弟と人間の嘆きで絶望しないだけの力を与え給え、そして憎しみで我が身を毒すことがないように。ヌフの言葉を繰り返そう、私と彼らを分たれよ、そして我らを裁かれよ。

私たちが地上にいるのはただの一日、あるいはそれ以下だ。赦す力を与え給え、なぜなら赦すのはもっとも偉大な者だからだ。だが私は忘れられない、それは分かっている。


兄弟たちよ、私の言葉にうんざりしないでほしい、あなた方に痛ましく重苦しい思いをさせたとしても、嫌にならないでほしい。これが私の弱さを暴露したものだとしてもだ。あなた方の前でこの弱さを恥ずかしいとは思わない、恥じるとしたら、弱さがないことだ。

さあ、行きなさい。そして私をこの不幸と一緒に残してほしい。心はもう軽くなった、不幸をあなたたちと分かち合ったのだから。


たった一人、この世界に、ろうそくの強い光の中、もっとも黒い闇の中に、たった一人となり、心の内では何一つ楽にはならず、私は残り（人々はただ私の言葉だけを持ち去り、嘆きは手つかずのままに残り、それは、きっと小さくなるだろうという裏切られた希望のためにますます暗澹たるものになった）、額を床にうちつけ、無駄なことと知りながら、悲嘆にくれて、牡牛の章《スーラ》の言葉を唱えた――

26　ユダヤ教およびキリスト教のアダムのこと。

おお神よ、あなたの赦しを我らは請う
偉大なる我らが神よ、私たちが忘れようと誤ろうと、罰することなかれ
偉大なる我らが神よ　課すことなかれ
我らに、身に余る重荷を
偉大なる我らが神よ　負わせることなかれ
我らが耐え忍び成し遂げることのできないことを
赦し給え　慈悲と力を我らに与え給え

お赦し下さったかもしれない、慈悲は下されたかもしれない。だが力は与えられなかった。

こんな弱さをこれまでに感じたことはなく、私は寄る辺のない子供のように泣き出した。知っていたことも考えたことも、いかなる意味も持たず、この壁の外で夜は黒く脅かし、この世界は恐ろしく、私は小さく弱かった。こんなふうに膝をつき、涙にくれてもう息もしないのが一番いいのだろう。真の信者ならば弱さや悲しみは禁物だ、それは分かっていたが、分かっていても無駄だった。私は弱く悲しく、真《まこと》の信者なのかそれともこの世界の音もない孤独の中で迷子になった男なのかを考えることもできない。

やがて空ろな静寂が訪れた。まだ心のどこかで響いていた轟音が次第に遠のき、まだ聞こえていた叫び声が弱まった。嵐が吹き起こり、自然と静まった。涙のせいだ、きっと。

疲れた、私は起き上がったばかりの病人のようだった。

ろうそくを、一本一本の命を奪うように、灯した時の厳《おごそ》かな気持ちもなく、消す。嘆きが私を打ちのめし、私は一人ぼっちだった。

この闇の中に長くとどまることだろう、きっと。一人きりで。

だが最後の一本の命を絶っても、影はなくならなかった。影は、壁の薄暗がりの上に重く揺らめいていた。私は振り向いた。

扉の脇に置き忘れたもののように、命を灯したろうそくを手に持って、ハサンが立っていた。

黙って私を待っていたのだった。

9

私に反対してできることは何でもするがいい、
　私に息継ぎの余裕を与えないでくれ

巻軸を握っている手がまだ震えている。まるでこうして書いていることが、今まさに起きているかのよう、私の人生が変わった瞬間からすでにひと月たったというのが現実ではないかのようだ。何が身の上に降りかかったのか、自分のあるいは他人のいったいどのような炎に我が身を焼かれたのか、嵐に見舞われた時に何を考え感じたのか、自分でも正しく知ることはないだろう。遠く離れたここからでは、まるで熱病にうなされている時のように、多くのことが見分けのつかない霧の中に残されたままだ。けれども私自身と身辺に起きたことをすべて、順序立てて記していこう。心の中で起きたことをできる限り、自分で知り得る限り、告白しよう。

モスクで私が話をした翌日の夕刻、私の攻撃に対する反撃が来た。

私は何も予感せず、何も待ち受けていなかった。それでも、身辺に汚れた糸が張り巡らされるだろうとは思っていた。

その日の昼頃、ハサンがテキヤに立ち寄った。昨夜から私を見る目つきが変わったようだ。敬意をこめて、いくらかは信じがたい様子で、私の抗議の弁を思いがけなかったと驚いているかのように、私を見る。抗議してしまった今、私は心の中に不平と屈辱感を抱えたまま、抗議の理由をあれこれ探していた。弟なんだ、助けることができなかったとしても、彼のために嘆くことはできるだろう。私がもっと前に、手遅れにならないうちに何かしなかったのをハサンが非難するのではないかと恐れたが、ハサンは何も言わなかった。忘れてしまったというわけか。ならば忘れてくれたことをありがたく思う。私は、自分自身よりも彼の心中に目を向けた。彼がどう考えるかはとりわけ重要だった、何しろ彼はすべてを知っていたのだ、私を手厳しく蔑むこともできたはずだった。

彼の驚いたような眼差しは、また別の理由からも嬉しかった。おそらくあの時ほど私は、私たちの気分も決断も、周りの人々次第なのだと感じたことはなかっただろう。もしハサンとハーフィズ＝ムハメドが呆れ果てて、私の話を考えなしのものだと判断したなら、私もまたひどく動揺しただろう。だが彼らは私の言葉に同意を示し、そのことが私から疑いという重荷を取り除き、私はなすべきことを、良いことをしたのだと思えたのだ。理に適わぬことかもしれないが、必要なことだった。ハサンは驚いていた、私のことを臆病者だと思っていたのだろう。だがこの通り、違うぞ。

こんな誇らしげな気持ちは素晴らしいものだ、後悔から身を守ってくれる。

モスクで話したことは嘆き、衝撃、押し殺した泣き声、あるいは押し殺した遠吠えだったかもしれない。だがすべては私のものだった。悲しい報い、悲しい防衛。私が言葉にしたとたん、それは何か別のものになった。何から始まったにせよ、何であったにせよ、それはすべての人々が共に担う重荷となり、裁きとなった。そして私の言葉のゆえに、もはや私だけのものでなくなったために、いっそう私を拘束した。そうハサンも言っていた（ハーフィズ＝ムハメドに話しているのを私は家の中で聞いていた）――あれほどの心からの嘆きも、あれほどの厳しい非難も、久しく聞いたことがなかったな。他の者たちと同じように、ごく当たり前の言葉の心を揺さぶる単純さと、泣きながら語る男の嘆きに、釘付けにされている。俺たちはみんな罪があり、みんな惨めなんだ、そう話していた。

今になって、起きたすべてのことを、語ったすべてのことを忘れるべきだなどということがあるだろうか？　言葉は束縛するものだ。それは行為であり、他の者たちに対して、そして私自身に対して、義務を課すものだ。

庭に出ると、彼らはもう別の話をしていた。彼らがいつまでも私のことを考えていなかったのは残念だが、まあいい。いないところで語られたことのほうが、目の前で語られることよりも価値があるはずだ。

――ハサンの父さんの話をしていたところなんだ――ハーフィズ＝ムハメドは、私が近づくと言った。

まるで他の話題は持ち出してくれるなとでもいうかのようだ。だが私は、苦しみは人それぞれにあるものだと寛大な気持ちで思った。そして神の思し召しどおり、実際にそうなのだ。

ハサンはいつもと同じ調子でしゃべっていた、陽気に、人をからかうように。すべてにおいて彼は、考え方も感じ方も、自分自身にも他人に対しても、軽く表面的だった（昨夜はずっと一緒にいて悲しんでくれたのに、私はそれをすっかり忘れてしまっていた）。親父は変人なんですよ——ハサンはそう話す——わざわざ言う必要があるならの話ですけどね、誰でも変人なんだから。そうでないのは色も形もない人間どもだけだが、それっていうのもやはり変なんだな、何しろ何も持っていないんだから、つまり自分のものと言えるものが何もないのが特徴なんだから。それに俺たちもそれぞれみんな例外だ、というのも、俺たちは自分にすっかり慣れきって、自分と違っているものは何でも変に見える、つまり自分たちのものでないものはすべて変なんだ。親父が変だっていうのは、俺のことを変だと思っているからなんだが、俺もやっぱり同じで、なんて調子で、果てしなく変だ変だってことになる。ひょっとしたらこれこそが本当に変だと思うべきことなのかもしれませんね。俺たちの違いはといえば、親父は息子——つまり俺ハサンが自分で自分を不幸にしたと見ているが、俺のほうは、人間というのはいろんなやり方で不幸せになるもんだと信じているってところにあるんですよ。そしてもし自分を辱めるのではなく、満足のいくことをするのであれば、まず不幸になることはないとね。だから結局のところ、親父は息子が満足しているから不幸せになったわけで、反対に息子が本当に不幸になれば、それを自分と家族の幸せと思うことでしょうよ。

——こっちに着いてから会ったのかね？ ハーフィズ＝ムハメドが笑いながら尋ねた。

——努力はしましたよ。人間がどれほどの違ったやり方で惨めになれるものか、数え上げてやりたくてね。それに俺の人生が誰の迷惑になるのかも聞いてみたかった。俺は、みすぼらしい履き潰しの革靴が気に入ってるんですよ。水が入って来るかもしれないし、滑稽に見えるかもしれないが、靴擦れはできないし、道の真ん中で脱いでしまいたいなんて思わない、履いてることさえ気づかないほどだ。どうして人生が靴擦れになって、悪夢のように俺を苦しめなきゃいけないいんです？

——お父さんにそう言うつもりだったのか？　だが会いたがってなかったんじゃないのか。

——会えないのに、どうして言えるんです？　最初は会いたかった、まずそれが最初ですからね、でも親父のところではまず俺に会いたくないというのが最初なんだ。だから会うのも言うのも、どちらの願いも少しも目減りさせずに戻って来たわけです。

——お父さんに言われたのか？

——他人の口に言葉だけ押し込んで伝えて来ましたよ。その口がじつに親父の匂いをぷんぷんさせて俺の心を魅了したもんだから、俺は是非にでもその使いの娘に接吻したいと思ったほどです。まったく若くて無邪気で、一体何を伝えて来たんだかも分かっていなかったな。

——もう一度行くべきだな。

——あの娘のために？

——まあ、それはどうでもいいが——ハーフィズ＝ムハメドは笑った——ともかく行きなさい。

——何度行く必要があるんですか？　息子は何度、無駄足を運ばなきゃいけないんです？

——あと一回だ。


ハサンは彼を疑わしげに見て、言った。

——親父のところに行ったんですか？

——ああ。

——そうか、そうなんだ。だがなぜです？　二つの石頭を一緒にして、中身のない和解に放り込めというんですか？

——どこへでも放り込むよ。ハサンは今日来ますと、そう言っておいた。お父さんと話をしなさい、父親なんてすぐに心を動かすもんだ。

——そうでしょうとも、特に俺のは。

不愉快な気分で、私は宗務局長との会話を思い出した。この会話にどこか似ていた、だか私は無理に話をしなければならなかったのだ。それに対してこれはいったい何だ？

ハサンが父親と和解するかもしれない、私はやるせない思いだった。妬みが心を刺した——私のことなど忘れてしまうのだろう。

私は沐浴《アブデスト》を行って、モスクに出かけた。

曇った黄昏時だった、よく覚えている。農民のように空を見上げた。私の中に残された、古い、自分のものではない、私には必要もない習慣のせいだ。私は天候の変化を何日も前から匂いで感じることができたはずだった。なのにあの時は雲に惑わされ、不意をつかれてしまった。自分のことにかかりきりだったのだ。だが私は望んでもいた、あの雲も、嵐も。こちらに進んでいることに気がつかなかったのは、そのせいかもしれない。まったく不合理にも、父さんが雨の中をカサバに出向いて来るようなことがなければいいが、などと思っていた。

日は弱まったが、空はまだ西のほうが赤い。覚えている、あの空の赤み、あれを背に四人の騎馬兵が通りの入口に並んでいた。美しかった、赤い絹に刺繍されたよう、輝く空に縫い付けられたようだ。四人の孤独な戦士が、戦闘を前に、ほとんど目にはとまらない動きで馬をなだめながら広い野原に立っているようだった。

彼らのほうに歩き出すと、馬が跳ね上がる。私には見えなかったが、一蹴り入れられたのだろう、それから均衡をとりながら走り出し、狭い通りの一方の壁から反対側の壁までを塞いだ。

私に向かって来る！

私は臆病者ではないし、かつてそうだったこともない。今となっては私自身がいったい何者なのかも分からないが、しかしあの時は勇敢さも臆病風も、どちらも役には立たなかっただろう。振り返った。門は遠い、十歩もあってとてもたどり着けない。騎馬兵たちに向かって手を上げて振った。止まってくれ、踏み殺すつもりか！　だが彼らは馬具を鞭でしきりに打って馬を駆る、どんどん近づいて来る、これまでに耳にした中でもっとも恐ろしい響きを上げて大地が轟き、四つの頭は一言も発することなく、宙を舞うように、血に飢えたように、考えられないような早さで走って来る。私は逃げようとした、あるいはそう思っただけか。だが足に力が入らぬまま、馬の荒い息がうなじに迫り、背骨を抜けて痛みが走る。打たれた、かろうじて引き裂かれずに済んだ。だが倒れて踏み殺されるだろう、私は壁にぴったり張りついて平たくなり、ずっと震えながら立っていた。かっと開かれた四つの馬の口が、目のすぐ上にある。大きく赤く、血と泡でいっぱいだ。そして頭上で振り回される四組の足、四つの残忍な異形の顔に四つの開かれた口、赤く血にまみれたそれらは馬のものと変わらず、四本の牛の筋で作られた鞭が四匹の蛇となって私の顔、首、指を這い回って威嚇するのだろう。私は痛みを感じなかった、血も見なかった。恐怖に縛られた私の目は、無数の足と無数の頭を持った巨大な化け物を見つめていた。やめろ！　心の中で恐怖より恐ろしいもの、死より重い何かが声もなく叫ぶ。神のことさえ思い出さなかった、名前さえ。ただ赤く血まみれの、言いようのない戦慄だけがあった。

それから彼らは去ったが、私はまだその姿を目の前に見ていた。彼らは血に染まった空の縁に、そして私の瞼の裏に嵌め込まれ、私はまるで太陽を見ているようだった。

できない、動くことができない。敷石の上に倒れてしまうのではないかという気がして、どうやって立っていたらいいのかも分からない、足がないような感じだった。

その時ムラ＝ユースフがどこからか、右か左かも分からない側から近づいて来た。何かに怖じ気づいているようだ。

——怪我をしましたか？

——いや。

——でも、そうですよ。

——どうでもいい。

ふっくらとした健康そうな顔は青ざめ、目には怯えと悲しみが見えた。私のせいで辛い思いをしているのだろうか？

現れてくれてよかった、彼の前でなら私は勇気を見せられるだろう。なぜかは分からないが、そうでなければならない。他の者の前でなら恐怖を見せることはできたかもしれないが、彼の前でそれをしてはならない。

——テキヤに入りましょう——静かに彼が言い、私は意味もなくまだ壁を背に立っていることを思い出した。

——モスクへ行く時間に遅れる。

——こんな状態でモスクへは無理ですよ。私が代わりましょうか。

——血が出ているか？

——ええ。

私はテキヤに向かって歩き出した。

助けるつもりなのだろう、彼は私の腕を取った。

——いや、私は彼の手を振り払った——モスクへ行きなさい、みんなが待っている。

彼は恥じたように立ち止まり、暗い表情で私を見た。

——今日明日は、テキヤから出ないで下さい。

——何もかも見たのだな？

——見ました。

——なぜ私はやられたのだ？

——分かりません。

——訴状を書いてやる。

——おやめなさい、導師アフメド。

——やめることはできない。自分に恥ずかしいと思うだろう。

——おやめなさい、忘れることです。

私の目を見ずに請う、まるで何か知っているかのようだ。

——どうしてそんなことを言う？

黙って視線を伏せている。何か恐れているのなら、何を言えばいいのか分からないのだろうし、何か知っているのなら、言いたくないのだろう。あるいは自分には関係のないことだと気がついて、何か言ってしまったことに後悔しているのだろう。神よ、私たちは彼にいったい何をしたのか？

この男ゆえに私は恐怖と弱さを隠したのだ、血を流したままでモスクに行こうと思った、訴状を書いてやると言った。奇妙な縁で結ばれたこの若者の前で、私はまっすぐに立っていたかった。彼は私に同情した、初めてのことだ。彼に憎まれていると思っていた。

——行きなさい——彼の頬にすぐに赤みが戻るのを見ながら、私は言った。——行きなさい、今すぐ。

信じがたい出来事のために生じた恐怖感のせいで正気を失う、そのほうが当たり前だったのだろうが、不思議なことに私は挫けもせず、最初の瞬間を切り抜け、すべてをどこか脇へ、深い所へ押しやり、つまり取り敢えずは踏み潰したのだった。恐ろしい——心の中で率直な思いが言うが、その声は何も呼び覚ましはしなかった。私は恐怖を隠しおおせたことに誇りを感じていたし、勇気という美しい感覚にまだとらわれていて、その感覚は格別に確かというわけではないにしても、すべてを後回しにするには十分なものだった。

ムスタファとハーフィズ＝ムハメドが、動揺し怯えきった様子で私の服を脱がせ、身体を洗ってくれる。その間中、私は手足の震えを押さえようと努めていた。試みは無駄だったとはいえ、自分を恥じることなく、恐怖も感じないでいるだけの力はあった。まるで消えかかった火がまた燃え上がろうと何度か炎を上げるように、あの恐ろしい地響きと恐怖の戦慄がふいに蘇ったが、私は何もかもを以前のままの、まだ痛みのない状態へと戻すことができた。終わったのだ。自分に言い聞かせる――私を必要以上に動揺させるようなことは何も起きなかった、これ以上悪くなることがなければいい。これで終わりになればいい。そしてムスタファとハーフィズ＝ムハメドの脈絡のない会話に耳を傾ける。ムスタファは何も理解できないから、何が起きたんですかと詮索し、ハーフィズ＝ムハメドは怯えたため息をつきながら、そのため息を時々ぎこちない勇気づけの言葉に変え、あるいは怒ってムスタファを小突いたり、あいつらという、はっきりしない見知らぬ誰かに向かって脅し文句を吐いたりしている。つかえながら嘆く彼の言葉が、侮辱されたのかもしれないという不確かな私の思いの裏付けとなり、ムラ＝ユースフがモスクから帰って何も言わずに扉の脇に立った時には、何かをしなければならないという私の願望は、いっそう確かなものになった。私はその気持ちを逃さず、何もしたくないというもう一つの願望に怖じ気づきながらも、すぐさま決心した。知事に訴状を書き、ユースフに清書するよう言いつけたのだ。

横になっても、眠りはやって来なかった。訴状のことが苦痛になっていた、まだ手元にあり、送ろうか破いてしまおうかと私は迷っていた。もし捨ててしまえばこれですべては終わる。だがそうすれば、隠されたものが何もかも蘇り、鎮火した炎がまた燃え上がるかもしれない。ふたたび心臓が止まりそうな轟音が聞こえることだろう。訴状を送れば、自分を守ることができる、訴えに出るという確信を保つことができる。その自信が、私には必要だった。

ほんの一瞬たりとも眠れずにいたと思っていたが、慎重というにはほど遠い足音と明るいろうそくの光で、私は目を覚ました。私を見下ろすようにして、平たい顔をした男が立っている、代官の脅しを伝えて来た男のものだ。もう一人、見知らぬ男がろうそくを掲げていた。

――何の用だ――眠りからいきなり覚まされ、彼らの大胆さに動揺し、恐怖にかられて尋ねた。

返事を急がす、嘲笑うように、興味深げに、あの顔が私を見ている。あの夜にもそうしたように、そしてまるで彼と私が何かの冗談を分け合っていて、それが二人を近づけ、何も言わずとも笑いたくなるような機会を与えてくれるとでもいうかのように、抜け目のない親しさを浮かべている。もう一人の男は、寝台にいる私を、ハレムの女奴隷のようにろうそくで照らしていた。

――俺の言うことを聞かないからだよ――男が楽しそうに言った。――警告しただろう。

ろうそくを持ち上げて部屋を見回し、本を手にして覗き込む。ぞんざいに投げ捨てるのだろうと思ったが、彼はすべてを注意深くもとの場所に戻した。

――何の用だ――動顛した私は尋ね、答えをじっと待った――誰が通した？　テキヤに入り込もうなどと、よくも考えついたものだ。

私の声は小さく、ひどく不安定だった。

男は驚いたように私を見たが、何も答えない。

訴状を見つけ、読むと頭を振った。

――こんなものどうするんだ？――驚いて尋ねる。私は答えた――

――関係ないだろう。

男は訴状を懐中に入れた。

私はまた抵抗を示し、宗務局長に訴えるぞと言った。

すると男は憐れむように私を見て手を振り、これだから単純な奴は付き合い切れないと言わんばかりの様子を見せる。

――関係ないだろう――男はおうむ返しに言った――さあ、着替えてもらおうか。

私は聞き間違えたのかと思った。

――着替えろと言ったのか？

――言ったよ。もしその気があればそうしてもいいってことだが。さっさとしてくれ、俺にもあんたにもまずいことにしないでもらいたいんでね。

――分かった、行こう。だが誰かがこの代価を払うことになるぞ。

――それはこの上なく結構なことだ。いつも誰かが払うもんだしな。

――どこへ連れて行くつもりだ？

――さあ、どこに連れて行くかな。

――他の修道師たちには何と言ったらいいのだ？　いつ帰ると？

――何も言うことはないさ。すぐに戻って来るよ。でなけりゃ二度と戻って来ない。

下手な冗談ではなかった。現実に起こるかもしれないことを包み隠さず表した言葉だ。

ハーフィズ＝ムハメドが取り乱した様子で部屋に入って来た。身に付けているものは全て白だ、靴下、衣、そして顔。墓から起き上がり、口が利けない死者のようだ。これは悪い予兆かもしれない。私は彼から何かを期待したが、同時にこの男は何ひとつ理解しないのだということも知っていた。

——私を呼びに来たのだ、連れて行くそうだ——じっと私を待っている男たちを指し示して、私は言った。

——すぐに戻る、願わくは。

——この人たちは誰だ？　何者だ？

——さあ——男が私を促した——俺たちが何者だって？　世の中にこんな阿呆どもはいないいな！　あんたも連れてったら、俺たちが何者だか分かるだろうよ。

——連れて行ってくれ！——思いがけず死者が叫び声を上げる、興奮しているのだ——みんな連れて行ってくれ！　その人と同じく、我々はみんな、罪ある者だ。

——愚か者め——官吏は分別ありげな口調で断言した——列に割り込むんじゃない。あんたの順番も来るかもしれないよ。

——無理強いなど誰が……

致命的になるかもしれないことを言い切らないうちに、咳の発作が、これほど有効に働いたことはないほどに、彼の言葉を遮った。全身の血が喉に押し寄せたとでもいうように、彼は身を引き裂かれるように咳き込む。興奮したからだ、私は気の毒とも感じずに思った、彼はここに残れるのだから。身をよじって痙攣する彼を見ながら、夜の中への望まぬ出立を前に身をすくませ、私は立っていた。

だがそれを表に見せたくはなかった。

彼に手を貸そうと近寄る。官吏が私を止めた。

——哀れな奴だ——叱責か、あるいは軽蔑のように静かに言う。そして行こうと手振りで示した。

扉の前にもう一人、待っている男がいた。

彼らは私の前と両脇についた。枷《かせ》をはめられ喉を締め付けられて、私は歩を運んだ。

月も晴れ間もない闇だ。視界もなく、命のかけらもない夜、空近く山から聞こえる遠吠えに答えて、家々の壁の中から犬どもが吠えるばかり、真夜中を過ぎて霊たちがあたりをさすらい、自由の身の人々は暗闇の中で楽しい夢を見ながら眠り、そして家々も、カサバも、この世のすべてが暗闇の中にある。これは報いの時刻、悪しき行為の時、人の声はない、人の顔もない、私の影を護送する影を除けば。何もない、ただ私の動揺した熱気だけが、この闇の虚空の中で生きていた。

　時折どこかで用心深く灯火がちらつく。病人がいるのか、あるいは私の恐怖が呼び起こす嵐のせいで、意地悪いカサコソという物音のせいで、目を覚ませた子供のためか。そこにいる平穏な人々を思ってぞっとし、暗闇を通って見知らぬ運命へと踏み込んで行く自分を見ないようにと、その思いを押しのけた。そうだ、私はどこかへ踏み込んで行く、必要もないのに、いやどこにも行く先はない。踏み込んで行く、そう思いながら私は現実感を失い、まるでこの世にいるのではないかのよう、目を覚ましているのではないかのようだった。闇のせいか、あるいは輪郭のない影のせいか。自分がここにいること、これが本当に自分であることが信じられないためか。これはどこかの別人、よく知っている男だが、見ればどうやらひどく驚き、怯えているらしい。でなければ私はどこかを彷徨っていたのだろうか、ここがどこかも分からない。私は人生のどこかにいた、かつて、自分に定められた道をいくつも通った。だがここに来たことはない、出ていくこともできない、でもきっと今すぐに、誰かが明かりを灯して安全な隠れ家へと導いてくれるだろう。だが誰も明かりを灯してはくれない、私が願った声で方角を示してくれる者などおらず、夜は続き、見知らぬ地も、信じられない思いも続いた。すべては悪夢だ、やがて私は目覚めて、ほっと息をつくのだろう。

　なぜ人は死へと連行される時、叫ばないのだろう？　なぜ大声で呼ばわり助けを求めない？　なぜ逃げない？　叫ぶ相手がいないから、訴える相手がいないからか。誰もが眠っていて家々は固く閉ざされ、逃げる先もないからか。自分のために言っているのではない、私は死を宣告されたわけではないのだ、釈放されて間もなく帰れるだろう。私はこの恐ろしい見知らぬ道ではなく、よく知った道を通って、一人で戻り道をたどり、犬どもがあてもなく死と虚無に向かって吠えるのを聞くこともないだろう、あの吠え声が聞こえないように、扉を閉ざし蠟《ろう》で耳栓をしよう。連行された者たちはみんなあれを聞いたのだろうか？　あの吠え声が最後の見送りだったのか？　なぜ叫ばなかった？　なぜ逃げなかった？　何が待ち受けているかを知っていたなら、私なら叫んだだろう、逃げただろう。

そうすれば窓という窓が開け放たれ、扉が残らず開かれただろう。

いや、開かれる扉などただ一つもありはしない。だから誰も逃げなかった、知っていたのだ。あるいは希望を持っていたのか。希望、これは死へと呼び込む手先、憎悪よりも危険な殺し屋だ。幻惑し、誘き寄せるすべを知っていて、なだめ、麻痺させ、人が望む通りのことを囁きながら刃のもとへと導く。逃げおおせたのはイシャークだけだ。あの夜、今私が連行されるように連行された、いや、もっと多かったはずだ、彼は別格だから、あの連中にとって彼は重要だったのだから。私は誰にとっても重要ではない。彼は犬の吠え声など聞かなかったに違いない、夢を見ているのだとか、そのうち目が覚めるだろうなどとは考えていなかっただろう。どこに連れて行かれるか知っていて、生き長らえるという望みなど持ってはいなかった。他の者たちのように思い誤ることはなかった。すぐさま逃げようと決意した、それが真っ先に浮かんだ唯一の考えだ。それはあまりにも強く、自ずから大声をあげてしまいそうで、だからそうならないように、逆らわずに進みながら、絶えず闇を窺《うかが》った。裏切り者の月明かりが敵意もあらわに照っているが、彼は物陰を、身を隠せそうな場所に目をとめてその一番濃いところを探し、そして警戒が緩んで次の機会は二度とないと思った瞬間に、決意した。一瞬、ほんの一瞬だけ、私は彼になる。飛び出して逃げる直前だ、彼らは私の後ろにも脇にもいて、私は友人か兄弟のように、いやそれ以上にしっかりと彼らに繋がれている。だが今この結び目は断たれ、私たちの間は力まかせに痛々しく引き裂かれる。私がいなければ彼らは無に等しい、この切断は彼らにとっても苦痛となるだろう、そして瞬く間もないようなごくわずかな時間と時間の中で、すべてに決着がつけられる。誰も気づきさえしない、分かるのはただ一瞬の跳躍、そしてもう一度。さらにもう一度。だがどんな闇もあまりに見通しが良く、どんな跳躍も短すぎ、どんな隠れ場所もあまりにもあけ広げだ。無駄だ。どこに逃げられるというのだ?

試そうともせず、想像しただけで、私はぐったりした。決断しなかったから、決断する必要もなかったから。これはイシャークのことではなく、私のことだ、現実以下の、いや現実以上のことだ——起こり得ないことが、どういうわけか起ころうとしている。

一つの暗闇から、形も場所もない別の暗闇へと私は連行され、何も見えず、自分自身のことにすっかり気を取られ、本来なら見分けることができたはずのものさえも見失ってしまうほどに考えにふけっていた。暗闇が入れ替わった、それが分かったのも、歩いていたからだ。それに時間が経ったからだが、それとても、過ぎて初めてそうと分かったのだった。

彼らはどこかで誰かと会い、何かを囁き交わし、誰かがまた私に枷をはめ、私は失ってはならない貴重品となった。誰と一緒にいるのかも分からなくなったが、もうどうでもいい。誰もが同じ、誰もが影、いずれも私ゆえにこの夜の闇の仕事に就いている者たちだ。彼らの代わりはいくらでもいるが、私の代わりになれる者はいない。

低い扉の入口に額をぶつけて、到着したことが分かった。私には到着、だが彼らはここから帰り、交替に壁が残るのだろう。

――明かりをくれ！――中に入り、鉄枠にはまった扉に向かって叫ぶ。これほどの闇がこの世のどこかにあろうとは、信じられなかった。

これは外の世界の習慣の最後の名残り、最後の言葉だ。聞く者などいない、あるいは誰も聞こうとはしない、でなければ理解できないか。まるで意味不明のうわごとのようだった。

足音がどこかを遠ざかっていく、回廊だろうか。そしてここはたぶん、牢獄だろう。そしてこれはたぶん私だろう。それとも違うのか？ いや、そうだ、生憎だが。眠りのような霧の中でも考えは消えず、他人を見るように自分を遠くから眺めるようなこともなかった。意識ははっきり覚め、不快なまでに明らかで、思い違いはあり得なかった。

長い間私は扉と、そして鼻をつくような錆びた鉄の匂いから体を離さなかった、ここが私に定められた闇の中で最初に立った場所、一瞬にして旧知のものとなり、それゆえに危険も少ない場所だ。それから周囲を、何も見えないままに探り始め、指でさわるとそこら中にでこぼこした壁のじっとりした湿り気が感じられ、まるで井戸の底にいるようだった。足元の地面も湿っぽい、両足にそれを感じる。気味の悪いものが足にへばりつく。何も見つからないまま、まもなく扉と鉄の鼻につく匂いの所にまた戻った。それでも湿気の匂いよりはましに思えた。

仕切られた虚空、壁で囲まれた虚無。ここでは見るものとて大してないだろう。以前に持っていた知識が役に立つかどうかも分からない。目も、手も、足も、経験も、理性も、何の役にも立たない、きっとハーフィズ＝ムハメドの言う生命の原初的状態に、難なく戻ってしまうだろう。

わずか二歩分の湿気、そして完全な暗闇、あれほどの人生の苦労の代価がこれなのか。

新居は狭かったが、その気になれば身を伸ばして横たわれるだけの広さはある。この墓を一回りし、壁際に石があることに気づいた。だが座ろうという気になれず、脇に立った。まだ決心することはできた。あたかも扉が開き、さあ出ろ、誰かがそう言って外に出してくれるのを待っているかのようだ。もしかしたら、誰もが同じように湿気と泥の中に放り込まれ、何かを期待して待ち、やがて希望を失って待つことをあきらめたのかもしれない。長くはかからない。ほどなく私も腰を下ろした、石の上、ここは中途の場所だ。壁に寄りかからないように努めるが、すぐに寄りかかってしまう。湿気が体の中に入り込むのが感じられる。静かに水に浸されていくのかもしれない、他に何もない、することもない。

怪我をした箇所がもっと前から痛んでいたのかどうか、私には分からない、気づいていなかった。あるいはもっと決定的なものを前にして、痛みは身を潜めていたのかもしれない。それが今、現れた。ちょうど痛み出す頃になったのか、でなければ体が忘れないでくれと騒ぎ出したのか。無意識に私はこの思いがけない助けにしがみつき、指で傷を擦り、痛みを散らして一カ所に集まらないようにし、血が流れ出ないよう傷口を押さえた。手に血の粘り気を感じる。昨夜テキヤでは、カモミールの煮汁に綿の布を浸して傷口を洗ってもらったが、今は壁からついた汚らしいものを自分の体に押しつけている。だがそんなことはどうでもいい、この先どうなるかなど考えない、今どうかだけを考える。痛みはひどく、闇の中でひりつくが、この痛みによって私はここに存在する、肉体が私を現実の生に呼び戻してくれる。これは必要な痛みだった、生きた私の一部、理解できるもの、地上にあるものとよく似ている。そして闇に抵抗し、何らかの答えを空しく追求することに対する防壁、弟を思い出さないようにするための防壁となるものだ。弟が私の墓場の黒い石壁の上に現れて、私には答えようのない問いかけをしてきそうだった。

　傷に手をあてたまま眠った。湿った壁にもたれ、石に腰掛けたまま、まるで傷が消えてしまわないように守るかのように、そして気がつくとそれはまた手の下に、巣のように熱を持ってあった。生きていたな、痛むぞ——よく眠ったか？——傷に尋ねたかった、私は一人ではない。

　頭上の円蓋にわずかに隙間があるのに気づいて、嬉しくなった。朝になって分かったのだ。そして日の光こそが願いであり予兆であったとはいえ、暗闇はもうそれほどに完全なものではなくなった。夜は続いてはいたが、外の世界に、そしてそれとともに私の中に、夜明けが近づいた。頭上の暗褐色の小さな染みのような穴を見つめ、子供の頃に見た、広大な山々に映えるこの上なく美しい紫色の夜明けを見るような気分になり、勇気づけられる。夜明け、光、昼間。たとえその前触れだけだとしても、あるのだ、何もかもがなくなったわけではない。だが視線をわずかでもそむけると、目は見えなくなり、足元はまた何も見通せない暗闇だった。

　慣れてきて初めて、これが永遠の夜であり、そんな中でも目は必要なのだということに気がついた。あたりを見回したが、ただ指がすでに見たことを目で確かめただけだった。

　扉の上で、四角い覗き穴が小さな軋み音をたてて開く。だが明かりも空気も入っては来ない。誰か、向こう側のもう一つの闇から覗き込んでいる。覗き窓に近づき、わずかな距離を隔てて相手と見つめ合った。髭だらけで何の特徴もない顔がある。目も、口も、何もない。

——何の用だ？——私は尋ねながら、返事ができないのかもしれないと危ぶんだ——君は誰だ？

——ジェマル。

——私はどこに連れて来られたんだ？　ここはどこだ？

——食い物は一度だけ配る、一日一度だけ。朝だ。

　声はくぐもり、暗い。

——誰か私のことを尋ねに来たか？

——食い物が欲しいかい？

　何もかもが汚らしくぐちゃっとして腐っているような感じで、食べ物のことを考えただけでも胸苦しくなった。

——私は何も食べない。

——みんなそうだ。最初の日は。それから欲しがる。後で呼ぶなよ。

——誰か尋ねに来たか？

——いや。誰も。

——きっと友人が尋ねに来るだろう。そうしたら教えてくれ。

——あんたは何者だ？　名は何だ？

——修道師、テキヤの導師だ。アフメド・ヌルディンという。

　小窓が閉じられ、それからまた開いた。

——祈りの文句を知ってるかい？　でなけりゃ書いたもの。骨痛に効くやつ。

——知らないな。

——がっかりだな。まったく参るよ。

——湿気がひどい所だ、誰でも病気になるだろう。

——あんたたちのほうがましだ。釈放されるだろ。でなきゃ殺される。俺はずっとここだ、このざまだ。

——板か何かないか、ぼろ布か。横にもなれない。

——慣れるよ。ないね。


　修道師アフメド・ヌルディン、信仰の光、テキヤの導師。彼のことなど忘れていた。一晩中、私には職業も名もなかった。この男の前で思い出し、呼び覚ましたのだ。アフメド・ヌルディン、説教師にして教師、テキヤの屋根、そして礎石、カサバの名誉、この世の主である男が、今は泥の中に横たわらずに済むようにと、板かぼろ布をコウモリのような男ジェマルに請う。そして息の根を止められ、生きて横たわることのない泥の中に、死んで放り出される時を待っていた。

　名などなく、しかし傷と痛みと忘却があり、傷と朝の希望がある、そのほうがましだった。だが夜明けのない死の朝は、アフメド・ヌルディンを目覚めさえ、希望を消し去り、傷と肉体の痛みを無へと押しやった。傷は、自分を滅ぼそうと私自身の内から沸き上がったいっそう重く危険な脅威の前に、またしても意味のないものになってしまった。

　正気を失わないように、それだけを心がけなければならない。それ以外は一切どうでもよかった。ひとたび起こり始めたら、制止することはできないだろう、私の中のすべては焼きつくされて破壊され、後には死より恐ろしい虚無だけが残ることだろう。それが蠢き、進んで来るのを感じる。私の思考がしがみつけるものはどこにもない。愕然として振り返り、あたりを探す。あったはずのもの、朝まで、ほんの少し前まで、どこだったか、探す。だが無駄だ、どこにも支えはない。泥の中に身を横たえた。もうどうでもいい、無駄だ、導師ヌルディンよ。

だが波の高まりは止まった。それ以上大きくならない。驚いて私は待つ――静けさのみだ。

ゆっくりと立ち上がる。壁に手をついて体を支え、ぬるぬるした窪みに掌を当て、立っていたいと願った。まだ望みはある、きっと探してくれるだろう、来てくれるだろう、日は始まったばかりだ。一瞬の弱気で殺されなどしない。弱気が起こったのを恥ずかしいとは思わない。結構なことだ。

そして待った、長い時間が経つ間、望みの火を絶やさず、痛みと焼けるような傷を慰めとして、足音に耳を澄ませ、扉が開いて声が聞こえるのをただ待ち望み、やがて目が不要になったことで夜が来たことを知り、疲れ切って、ひどい匂いのする汚泥の中で眠り、そしてまた目を覚ます。石の上に座ろうという気も起こらない、それからジェマルのよこす朝の食べ物を食べ、また待つ。そうして日が過ぎ、陰気な夜明けが次から次へと訪れ、私はもう、待っているのかどうかも分からなくなった。

その時、弱り果て、待ちくたびれた夢うつつの中で、骨を啜る湿気に弱り、体を焦がし墓から引きずり出されるような熱に浮かされながら、私は罰を受けた者となって、弟ハルンと話をした。

さあ、これで同じだ、ハルン。身動きもせず黙ったままのハルンに話しかける。彼の目だけが見えるが、それは遠く険しく、闇の中を彷徨っている。私はその目を追い、自分の前に引き寄せたり、あるいはそれに合わせて動いた。さあ、これで同じだ、不幸な二人というわけだ。もし私が悪かったとしても、今はもう罪はなしだ、おまえが一人ぼっちだったのは知っている、誰かが呼びに来るのを待ちながら扉によりかかって立ち、声と足音と話に耳を傾け、いつも、今度こそ自分のことだと思ったのだろう。孤独になったな、私もおまえも。誰も来なかった。誰も私のことを尋ねに来てはくれず、誰も思い出さなかったよ、私の道は空っぽのまま、跡も思い出も残らない。せめてそれを我が目で見ることがなければと思う。おまえは私を待ち、私はハサンを待ったが、二人とも待ちおおせなかった。待ちおおせた者はいないんだ、誰でも最後には一人になる。私たちは同じだ、不幸者、人間なのだ、弟ハルンよ。

すべての始まりであり終わりである時に誓って言おう、人は誰も、失うものなのだ。

——誰か来たか？——ジェマルにお決まりのように尋ねたが、もう何も期待はしていなかった。

——いや。誰も。

希望を持ちたかった、期待することなしに生きるなどできない、だが力がなかった。見張り番が立つ扉のそばから離れ、どことも構わずに腰を下ろした。静かに、うちひしがれ、ますます音をひそめて。生の感覚を失うと、現《うつつ》と夢の境目がなくなり、夢に見ていたことが本当に起きた。私は若い頃に、そして子供時代に歩いた道を自由に歩き回っている。ただこのカサバの通りは通らなかった、ここは眠ったままでも牢獄へ連れて行かれるかもしれない所だから。そして昔出会った人々と一緒に生きている。目覚めのないことが素晴らしかった、目覚めなど私にはなかった。ジェマルは夢だ。この闇も、湿った四方の壁も夢だ、だから我に返ってもそれほど苦しまなかった。苦しむためにも力がいるのだ。

人が死んでいくとはどんなものか、はっきりと分かった。大変なことではないということも。楽でもない。何でもない。ただ生きる力がだんだんと弱まり、食べることも考えることも、感じることも、理解することも、乏しくなる。豊かな命の連脈が萎れていき、あやふやな意識の細い糸が残るが、それもますます貧弱に、そして無意味になる。そして何も起きなくなる。何もなくなる、無になる。何も。だがどうでもいいことだ。

続くはずの時間が持ちこたえられずに断ち切られ、無時間となる、その無時間の萎えの中にあった時、ふいにジェマルが扉の覗き窓の向こうから何か言った。すぐには何だか分からなかったが、重要なものだということは分かった。はっと目を覚まし、そして理解した。あんたの友達から差し入れだ、そう言ったのだ。

——友達とは誰だ？

——知らん。二人だ。受け取れ。

分かっていた、尋ねるまでもない。来てくれると分かっていた。ずっと前から分かっていた。待つのは長かったが、分かっていた。

扉を指で引っ掻くようにして、立ち上がろうとした。たまたまそこに腰を下ろしていたわけではなかったはずだ。

――二人?

――二人だ。警備兵に渡したんだ。

――何か言ったか?

――知らん。

――誰なのか聞いてほしいと伝えてくれないか。

私はよく知った名前を聞きたかった。ハサンとハルン。違う。ハサンとイシャークだ。

食べ物を受け取る。ナツメヤシとサクランボ、ここに入れられた時はまだ青い実だった。赤みを帯びた花が咲き、私は無色のその血を体に流し込み、来る春ごとに痛みもなく花開きたいと思ったのだった。あの頃のように、かつて、はるか昔にもそうだった、人生がまだ素晴らしいものだった頃だ。あの頃は辛いと思ったかもしれないが、今いるここから考えると、また戻ってほしいと思うほどだ。

包みを落としてしまわないかと怯える。この手はわななき、喜んだ。手は狂わんばかり、だが力はなく、死んではいないというこの証拠の包みをしっかりと胸に押し付けた。来てくれることは分かっていた、分かっていたとも! 頭を下げ、初夏の新鮮な吐息を吸い込む。渇望し、貪欲に、もっと、もっとだ。すぐに澱んだ空気が、サクランボの透明で赤い香りの中に入り込むだろう。赤ん坊のような柔らかい表皮を、固くなった指で撫でる。すぐに、一刻もすれば、萎び老いてしまうだろう。どうでもいい、どうでもいいことだ。これは合図、外の世界からの伝言だ。私は一人ぼっちではない、望みはある。まもなく終焉が来ると思っていた時には流れなかった涙が、今ひっきりなしに、生き返った涙腺から溢れ出る。きっと、顔についた泥の上に跡ができているだろう。流れるがいい、私は死者の中から起き上がった。忘れられてはいなかったという、ごく些細な印で十分だった。失われた力が戻った。体は弱っていたが、それは重要ではない、私の中で温かいものがこみあげ、私は死のことをもう考えてはいなかった。すべては、どうでもいいことではなかった。最後の瞬間になって、ついに到来したのだ、足を滑らせた斜面で私を抑え、死に向かうことをとどめるべく。本当に、始まったのだ（この時に限らず私は確信していた、魂は肉体を保ち支えることができるが、肉体にはそれができない――魂は崩れ落ち、ひとりでにどこかに消してしまうのだ)。

私はまた待った。

覚えていてくれたぞ、ハルンよ。

そしてハサンのことを思う。イシャークのことも。

反乱を起こし、救い出してくれるだろう。

秘密の抜け穴を通って、この身を奪いに来る。

空気に、鳥に、あるいは精霊に姿を変え、目に見えないものとなって来るだろう。

奇跡が起きねばならないだろう、だが彼らは来る。

この古い壁が地震で崩れ、彼らは待って、瓦礫の中から私を引き出すだろう。

真っ先にこの扉を開くのはハサンとイシャークだ、誰が来ようとも、何が起ころうとも。常識的な考えは何一つもう私の頭の中にない。すべては常軌を逸した、通常の流れからはずれたものだった。自分が解放されるというざわめきが、歓喜の叫びのように耳に聞こえる。そして地響きが聞こえて来るのを待ち受ける、まるで、頭の中で予兆のように現れるたびに恐怖の思いで押し潰してきた何かを奪い返す、その時を待つように。このような期待が、どうということもない結末を迎えることなどありはしない。もしかしたら、今閉じ込められている墓のせいか、私を憤らせる迫り来る死のせいか、どんな言葉にも懇願にも開かれることのない深い回廊と強固な扉のせいか。あるいはもしかしたらわが身に起こり、そしてもっと重い別の恐怖によってかき消されたかもしれない、恐ろしいことのせいかもしれなかった。私は審判の日を、それが必ず訪れることを確信しながら待っている。彼ら二人がそうと宣告したのだ。

翌日、私はまた差し入れを受け取った。時がまた繋がり、来たのはまた二人、名は名乗らないが、誰かは分かっている。そして地震が起こるのを待った。

――地震が起きたらどうなる？　あるいは火事か反乱が起きたら？――私はジェマルに尋ね、彼が理解しない様子なのに驚いた。あるいは理解したのか。彼もまた私に尋ねた。

――あんたは修道師だろ。こいつは知ってるかい、『大いなる出来事はいつ訪れるのか？』

――私たちは同じことを考えているわけか？

――来いよ。こっちだ。話してくれ。

――いやだ。

――何だよ。あんたは善人じゃないな。

――それが君にどうだというのだ？

――好きなんだ。聞くのが。

――どうして知っている？

――四人に教わった。あんたの前にいた。いい人だった。

――それはコーランの一節だ。出来事《アル＝ヴァキア》の章《スーラ》にある。

――かもな。

「あの事がいよいよ出来《しゅつらい》して……」

――声が大きい。こっちへ来てくれ。

――「あの事がいよいよ出来して……人々はあるいは失墜しあるいは高められる時になる。大地が激しく揺れる時あなた方は三種に分けられるだろう」

灰色みをおびた暗闇の中で、鋭い鉄の枠の縁に顎髭をこすりつけ、私は目の前にある四角い覗き穴から見える、特徴のない顔をじっと見た。驚愕したように私の言葉に聞き入る表情は熱心だが、何に対する熱意なのか、私には分からなかった。

――違うな。

――もしかしたら、蜘蛛の章か？

――さて。どっちでもいい。三種というのは何だ？

――「一つは幸福な仲間たちで、いずれも幸福に満ちている。彼らは先導者であり人々の前に立つ。アッラーに近づいた者たちであり、天の至福の庭に暮らしている。これは原初の者たちの群だ、そこに後に加わる者は数少ない。黄金で縫い取られた王座にあり互いに心地よく抱き合っている。彼らに仕えるのは年を経ることのない子供らであり、彼らの周りを水差しや柄杓や杯を傾けて回り同じ一つの泉から溢れ出る清らかな飲み物でそれらを満たす。この飲み物は頭痛をもたらさず体を弱らせもしない。そして彼らの気に入りの果物と望みの鳥の肉を取って差し出す。彼らの周りをまた貝殻の中にしまわれている真珠のように美しい大きな目をした美女たちが巡る。これは彼らの功績への褒美なのだ。彼らは空虚な言葉も罪人の話も聞くことはない。ただ『平安あれ、平安あれ』という声だけを耳にする」

「そして右側の仲間たちも幸福の仲間だ。刺のないロトスの実の生る木の下、たわわな房となって垂れ下がるバナナの下で、澄明な流れの水の傍らに広く伸びる涼しい陰の中で、なくなることも禁じられることもない豊かな果物に囲まれて、高い寝台の上で彼らは憩う」

——いいな。その連中も。

魅せられたようにささやく声は、妬みに満ちている。

——「不幸が襲った者たちのなんと辛いことか！　彼らの居場所は灼熱の炎の中、心地よくも素晴らしくもない、暗く真っ黒な煙霧の中で煮えたぎる湯の中である。あなた方はザックームの苦い実を食し、渇した駱駝さながらに煮えたぎる湯を飲むだろう。あなた方の間では死が君臨するよう我らが定めたのだ、そして我らの力は大いなるものであるから、そのようになるだろう」

——何でだ？　そいつらは悪いのか？

——それは神のみぞ知るだ、ジェマルよ。

——まだあるのか？

——不幸な者たちは選ばれし者たちにこう言う——「少しばかりあなた方の明かりを取るまで待って下さい！」彼らにこう答えが返される——「戻りなさい、そして自らの明かりを探すのだ」——それから彼らの間に壁が築かれ、内側は慈悲の、外は苦悶の世界となる。外の者たちは叫ぶ——「我らはあなた方とともにいたのではなかったか？」

——おお、慈悲深き神よ！　またた。明かりもない。

ジェマルはそれからしばらく黙っていた。頭が混乱し、苦しんでいるのだ。息づかいも重い。

——それで？　俺はどっちに入るんだ？

——私には分からない。

——右側か？

——そうかもしれない。

——「あなた方を待っているのは天国の園、そこには川が幾筋も流れる」、そう言ったよ。あんたの前にいた人だ。それにお天道さまの話もした。俺はどっちに入るんだ？　それは褒美なんだろう？　俺にはあるんだろうか？　褒美？　十五年もこうしてるんだ。ここで。だがあっちにはお天道さまがある。川も。果物も。褒美なんだ。

——その男はどうなったのだ？

——死んだ。いい人だったよ。もの静かで。俺に話をしてくれた。そういうことさ。おまえもそうなるだろうと、そう言ってた。あっちにいけると。善人はみんなそうなんだと。いいな。俺は言った。お天道さまもあるし。水もあるし。澄んだ水だ。骨痛のこともあるし。俺のだよ。

——どんなふうに死んだのだ？

——ひどかったよ。魂は嫌がった。出て行きたがらずに。もがいてた。俺もそこにいたんだ。そういうことさ。手を貸してやった。

——何に手を貸した？

——首を絞められてたんだ。

——その男を絞め殺すのを手伝ったのか？

——もがいてたんだ。

——気の毒だとは思わなかったのか？

——気の毒だ。お天道さまのこともあるし。そう言ってたよ。

——名は何といった？　ハルンではないか？

——知らん。

——いったい何を犯したのだ？

——知らん。

——あっちへ行ってくれ、ジェマル。

——もしかして、俺も行けるんだろうか？　あっち側に。壁の。

——間違いないよ、ジェマル。

　別の房に移りたくないか、ここみたいに暗くも湿っぽくもないところだ、そう私に尋ねた。

——どうでもいい、ジェマル。

——話してくれるかい？　また？　「大いなる出来事が起き」だけでいい。まずは。それにここじゃ暗い。ひどい所だ。十五年だよ。こんなのないよ。あっちもだが。

——行ってくれ、ジェマル。

　ジェマルの文が、引きちぎられたいくつもの断片となって、私の周囲を長い間旋回していた。それらは痙攣を起こして歪み、とうてい一つにまとまるとは思えなかったが、行き先を失ってさまようそれらの断片は、不思議にも一緒になってそこにとどまり、人間の切望を表してさえいた。

　私の頭はまた混乱した。

　その後、同じ日か、もっと後か、あるいはそんな時など一切なかったのかもしれない、独房の扉が開き、私は絞め殺されるという恐怖と、釈放されるのだという希望という二つの相反する思いに襲われた。興奮した二匹の生き物が、押し合いながら膨れ上がっていくようだ。あるいはこの二つの感情の間隔があまりにも狭く、それらを時間的に分けることがほとんどできなかったのかもしれない。だが私は最初の考えをすぐに捨てた、おそらく開けたのが一人だからだろう。そしてすぐに喜びが訪れた——釈放だ！　もしかしたらどちらもあり得たのかもしれない、理由など必要なかった。罪なくして殺されることがあるなら、弁明なしの釈放もまたあるだろう。

だがどちらも起こらなかった。別の牢に移されただけだった。

喜びもなく、私は従った。

他人の墓に入ったわけだが、それは今や私のものでもあった。扉の横に立ち、慣れようと思った。

——しぃ!

驚いたことに誰かの警告が薄暗がりから聞こえ、その時、銃眼からハトが羽ばたいた。飛び立ったので、ハトがいたことが分かったのだ。

——もう好きなだけわめいていいぞ——ハトを脅さないように私を制した者が言った。

——知らなかった。また来るだろうか?

——頭が狂ってるわけじゃあない。たまたま迷い込んだだけだ。

——気の毒なことをした。ハトが好きなのか?

——いや。だがここでなら、コウモリだって好きになるさ。

——私のところにはコウモリもいなかった、湿気のせいかもしれない。

——ここにだっていない。あいつらは人間に我慢ならないんだ。たまたまここに飛び込んで来たのを捕まえたことがあったよ、胴衣《フェルメン》に紐帯で結びつけてやろうかと思ったんだが、嫌な気分になった。まあ座れ、どこでも好きな所を選べばいい、どこでも同じだ。

——分かっている。

——どれくらい閉じ込められてる?

——もう長い。

——忘れられたんじゃないか?

——忘れられた?

——そうだ、忘れられたのさ。ここにいた男が話してた。クライナのどこかで捕えられて、何日も何週間もあちこちの牢から牢へと移され、とうとうここに連れてこられた。だがここで忘れられちまった。何ヶ月も過ぎ、そいつはここでじっと苦しみながら待っていたが、誰も呼びにも来なければ、消息を尋ねにも来なかった、そいつのことなんか頭から放り出してしまったんだな、で一巻の終わりだ。あんたがそんな日に遭わなきゃいいが。

——友人たちが来てくれた。私がどこにいるか、どうにかして知ったんだ。

——それならなおのこと、まずいな。その男のことも、身内が知ってやって来たんだが、そいつは会いに来ないでくれとことづけを頼んだんだ。こうしていりゃせめて生きていられるが、思い出されたらまずいことになるから。そして本当に、ある晩連れて行かれた。追放の刑になったんだろう、おそらくな。


声は嘲りを含み、私をわざと怖がらせているかのようだったが、話は信じがたいものではなかった。

——なぜそんなことを話すのだ？——私はそのやり方と狙いに面食らいながら尋ねた。ここでは誰もが死ぬほど悲しみにくれていて、せめて互いを侮辱しないようにしようという思いでみんな一致していると思っていた。


男はにやりとした。本当ににやりとしたのだ。あまりにも予想外だったために、こいつは頭がおかしいのだと思ったほどだ。ごくふつうに、楽しげに、まるで自分の家にいる時のように笑った。だから余計にそう思ったのかもしれない。

——なぜこんなことを話すかって？ ここじゃ賢いとは、ひたすら我慢することなんだ。そしてあらゆることに心構えをしておくことだ。そういう所なんだよ。もし期待以上にましなことが起これば、ありがたいことに、あんたは勝者だ。

——そこまで暗い見方ができるのか？

——暗い見方をしなけりゃ、いっそう暗くなる。あんた次第なんてことは何一つない。勇敢だろうが臆病だろうが、罵ろうが泣きわめこうが、何の役にも立ちはしない。だったらじっと座って運命を待つまでさ。あんたがここにいるってことがもう悪しき運命なんだ。おれはこう考えるね——もしあんたが無実なら、あいつらが間違ってる、あんたに罪があるなら、あんたが間違っている。あんたが過ちを犯してないなら不幸に見舞われたわけだ、まるで深い渦の中に落ちたようなもんだな。もしあんたが過ちを犯したんなら、とうとう捕まったってことだ。それ以上のものじゃない。

——何もかも、ずいぶん簡単なんだな。

——いや、それほど簡単でもないね。まず慣れることだ、そうすれば簡単になる。いいか、俺は自分に罪はないと思ってる、あんたが自分をそう思っているのと同じようにな。だがこれが間違いなんだ、だいたい生涯のうちにただの一度も罪を犯さず、その償いをしないでも済むなんてことがあるはずないんだから。だがまあどうもいいや、とにかくやがて罰は終わり、あんたはもう有罪じゃなく、釈放されるはずだと思うだろう。だがどうやって釈放する? さあ、連中の身になって考えてみな。もしあんたが無実なら、奴らが間違ったことになる、罪なき者を捕えたってことだろ。もし俺を釈放すれば、自分らの罪を認めることになるが、それは容易なことでもないし、何かの役に立つわけでもない。頭の働く者なら誰だって、連中が自分で自分に反することをするなんて期待はしないだろう。要求しても実現されないし、笑止千万なだけだ。そんなら俺は有罪でなけりゃならない。いっぽうもし俺に罪があるなら、どうして釈放される? 分かるか? あんまり厳しい見方をするものじゃない。誰だって自分の立場ってものがあるんだ。俺たちだって、自分がそうする場合にはこれで結構と思うが、連中がする場合には厄介ごとだと考える。こいつが矛盾だってことは、認めるだろう?

——もしみんなに忘れられてしまったら、それは誰の罪だ?

この可能性は私を苛《さいな》んだ——おまえは忘れられた、闇がおまえを包むが、誰もおまえが存在することさえ知らず、おまえは死んだか、でなければこの世のどこかをさまよっている。行きたい所に行き、いい思いをしていると思われているかもしれない、妬まれてさえいるかもしれない。だがおまえは空しく待ち続けている、罪はないのにずっと続き、罰はないのに執行される、宣告される罰よりずっと恐ろしいものだ。

——誰の罪だって? 忘却という奴のだな。それは人間のものだ、よくあることだよ。そしてよく考えてみれば、誰もあんたに悪いことさえしていない、つまりはあんたの運命なんだ。でなければあんた自身に罪がある、なぜなら罪がないからだ。もし罪があるなら、あんたは忘れられないだろう。忘れられるってことは、あんたの無実が認められたってことでもあるわけだ。

こいつは冗談を言っている、ようやく私は気がついた! こんなふうに冗談を言うとは、何という男だろう! この男は私を苦しめるだろう、これなら一人でいたままのほうがましだ。

——嫌な冗談だな、友よ——私は非難をこめて言った。

——嫌なものなら冗談ではないさ。冗談が嫌なものであったことなんかない。

その瞬間、彼が何者なのかに気づいた。一瞬息が止まり、私は叫び声をあげた。あるいは叫んだと思ったのか。ここで出会うとは。そのはずだった、会わねばならなかった。いや、ここで会おうとは思いもしなかった。

イシャーク！

イシャーク、しばしば思いをはせた、彼は何よりもやすやすと浮かぶ思い出、知り得ることも実現されることもないもう一人の私がもつ不確かな願望、私の中にある闇の遠い光、人への信頼、秘密を解くために必要な鍵、よく知ったものの外にある可能性を予感させ、不可能を肯定するもの。実現されることも捨て去られることもない夢。イシャーク、もはや必要なくなったために私たちが忘れてしまった大胆さへの驚嘆そのものだ。

子供の物語にだけ出て来る英雄たちの一人、純粋な空想が生み出し、成熟した弱さが覚えている英雄は、捕えられてしまったのだ。

それに彼もまたおとぎ話を信じていた、決して捕まらないと言っていたはずだ。

——イシャーク！——行方不明の者に呼びかけるように、私は叫んだ。

——誰を呼んでいるんだ？——男は驚いたように尋ねる。

——君だ、イシャークを呼んでいる。

——俺はイシャークじゃない。

——どうでもいい。私は君をそう呼ぶことにしたのだ。どうして彼らに捕えられるようなことになった？

——人間は、いずれは捕えられるようにできてるのさ。

——以前には、そんなふうには考えていなかったろう。

——以前には、牢に入れられてなかったからな。かつてと今、二人の別の人間だ。

——まさか譲歩するわけではないだろうな、イシャーク。

——譲歩なんかしない。逮捕されただけだ。俺の力の及ばぬところさ。自分の望むところじゃないが、よくあることだ。俺は連中を助けてやったんだ、俺はこうして存在するんだから。もし存在しなければ、連中は逮捕も何もできなかったろう。

——それだけが理由で存在するのか？

——理由であり、条件だ。これは好機なんだよ、いつだって、あんたにとっても連中にとっても。好機が見過ごされるなんてことはほとんどない、ここにいようが上の世界にいようが、関係ないね。ただ分からないのは、いつまでこの罪科が続くかってことだ、あの世まで続くものだと思うか？

――もし悪いことをしていないのなら、君は無罪なはずだ。神は、なされた不正を正される。

――答えが早すぎるな。よく考えろ。権力は神に由来するものか？　もしそうでないなら、権力に俺たちを裁くどんな権利があるっていうんだ？　だがもしそうなら、どうして過ちを犯すことがありうる？　もしそうでないなら、俺たちはそいつを倒してしまうだろう。もしそうなら、服従するだろう。もし神に与えられたものでないなら、俺たちを不正に耐えるよう強いるのはいったい何だ？　神によるものだとしたら、それは不正なのか、それとももっと高邁な目的のための罰なのか。もしそうでないのなら、俺やあんたに、そして俺たちみんなに暴力が振るわれたことになるが、ならばそれにじっと耐えることによって、俺たちにはやっぱり罪があるってことになる。さあ、答えてみな。権力は神から与えられるものだが、しかし悪しき人間どもが時としてそれを実行するのだ、なんて修道師然とした答え方はするなよ。そして神は横暴な者どもを地獄の炎で炙り殺すだろう、なんてことも言わないでくれ、俺たちは今知っている以上のことは何も知りようがないんだからな。コーランにはこうもある――「神とその使徒とあなた方の仕事を支配する者たちに従いなさい」、これは神の決定だ、神にとっては俺よりあんたより、目的のほうが重要なんだ。ならば連中は横暴な者なのか？　それとも俺たちが横暴なのか？　そして俺たちが地獄の炎に焼かれるのか？　それは暴力かて防衛がなせる業《わざ》なのか？　人の営為を動かすとは、つまり支配すること、支配は力、力は正義のための不正だ。だが力の不在はもっと悪い――無秩序、すべてにおける不正、暴力、恐怖。さて、答えてみな。

私は黙ったままだった。

――答えられないのか？　こいつは意外だな、あんたたち修道師は、何一つ説明はできないが、何にでも答えることはできるはずだろうが。

――君はあらかじめ私と意見が合わないように用意しているじゃないか、私が何を言ってもだ。異なる考えを持つ二人が理解し合うのは難しい。

――異なる考えを持つ二人が理解し合うのはやさしい

さ。

そしてまた笑い始めた。侮るような笑いではない、私にも彼自身にも関わることだと言っているようだったが、私にとってそれは、確信がもてない会話を打ち切る理由になった。以前にははっきりしていると思っていた問いかけが私を動揺させる、こんなことは初めてだ。彼の理屈はいきあたりばったりで表面的で、ふざけたものにさえ見えたが、それでも答えるのは難しかった。答えがなかったからではなく、何を答えても不十分なものにされてしまったからだ。やせた土地を私に残し、ここにあんたの種を蒔けるぞと言わんばかりだ。あらかじめ私に言えそうなことを全部ぶち壊して、私に箍《たが》をはめ、空洞の上に引きずってすっぽりと取り囲み、考えつきそうなあらゆることを嘲笑で骨抜きにした。自分流の考え方を私に押しつけることで優位に立ち、ありとあらゆる可能性を慎重に考慮してみろと命じたも同然だった。

——あんたは正直な人だ——見せかけばかりの賞賛をこめて彼は言った——正直で賢明だな。空虚な言葉では答えようとはしないが、正しい言葉も知らない。俺はあんたの口に答えを押し込んでやっていたんだが。——粉砕するためだろう。嘲笑っていたではないか。

——あんたと話がしたかったんだ、何の狙いもなしに。だが悲しいかな、あんたはよく考えようなどとは思いもしない。びくついて、自分の考えがどこに行き着くか分かってない。頭の中では何もかもが混濁し、あんたは目を閉じて昔の道にしがみついてる。あんたは俺の知らない、また俺には関わりのないことのせいでここに連れて来られたが、人間の罪についての俺の説を受け入れようとはしない。冗談だと思ってるんだろう。まあ冗談かもしれないが、そこからこの上なく都合のいい形而上学的思考を作り上げることだってできるだろう、そいつは他の考えに少しもひけをとるものじゃあない。もし立派な活用法があるんなら、起こることすべてに俺たちが妥協するのを助けてくれるだろう。あんたは自分には罪がないと思っているから腹を立ててる、残念なことだ。もし釈放されなければあんたはまもなく苦しみのせいで死んじまうだろう、そうなれば万事よしだ。だがもし釈放されたらどうなる? これは俺の知ってるうちでもっとも変てこりんな不幸だ。外の世界はあんたのものでもあるが、彼らのものでもある、そして彼らはあんたを排除した。ハイドゥークにでもなるか？ 連中を憎むか？ それとも忘れるか？ こんなことを尋ねるのは、俺にもどっちのほうが大変だか分からないからだ。どれもありだろうが、解決は見えないね。ハイドゥークの仲間に入るなら、暴力を振るうことになり、そうなったら彼らに腹を立てる理由もない。もし憎むなら、彼らにそしてあんた自身に背く何事かをしない限り、その悪しき意思であんたは毒されてしまうだろう、なぜならこの場合あんたは彼らと同類なんだから。そしてそうなればやっぱりあんたは逮捕されるだろうし、そいつは自殺行為だ。もし忘れるんなら、あんたは何らかの代償を見つけることができるかもしれない、自分は気高いんだと考えてな。だが連中はあんたを臆病者の偽善者だと思い、あんたを信用しないだろう。つまりどのみちあんたは排除される、だがあんたにとってそれは受け入れがたいことだ。すると可能な解決はただ一つ、何も起きなかったことにすることだ。

――それが私の考えだ！――私は叫んだ。

――ならなおのこと悪いな。それだけは不可能だからね。

イシャーク！ 別人、別の人間、だがあの時と同じ男だ。何もかもが違っていながら同じだった。もはや答えるのではなく、尋ねる側にいるイシャーク、謎をかけるために尋ね、謎をかけて笑いものにするイシャーク。捕まらない男。さあ行け、いつか私に言ったように、それが可笑しくもなんともないことであるかのように、言うかもしれない。だが私には、行くことなどできないのだ。彼はできるだろう。その気になれば出て行くだろう、奇跡が起きて、彼はいなくなり、無益な捜索がなされるだろうが、どんな壁も番人も彼を阻むことはできない。捕まらない男。彼の考えと同じだ。いはしないのだ。彼に対して何かできる者など、答えもせず、たとえ答えを知っていたとしても言わずに去ってしまうのだろう。私は打ち砕かれ、残される、いつまでも。私の知っていることのすべてが私を混乱させ、後になって何を答えるべきか分かるのだ。無駄だ。私は答えなかったのだから。答えられなかった、あの瞬間私は自分より彼のほうを信じていた。無駄だったのは、彼がいなければ自分自身も信じられなかったから、彼の話すことを聞いてしまったら、私の考えが何もかも打ち砕かれるのではないかと恐れていたからだ。だから私は黙っていた。自分の考えを守れるのは、ただ彼の前でそれを擁護し得た時だけだったかもしれない。私にはそうするだけの勇気がなかった。彼の考え方は私とは違う。彼の思考は予期せぬ道をたどり、束縛されず、大胆で、私が重んじるものをものともしない。彼はどんなことにも好きなように目を向けるが、私は多くのことの前で足をすくませる。彼は壊すばかりで建てることをせず、ないものについては語るが、あるものについては何も言わない。だが彼の否定は説得力がある。自分にいかなる限界も目標も定めず、何にも執着せず、何も守ろうとしない。守ることは攻めることより難しいのだ、実現されたことは絶えずすり減り、絶えず思惑からそれていくのだから。

私は自分自身を守ろうと試みて、言った——

——人生はいつも下に沈もうとする。それを許さない努力が必要なのだ。

——人間の考えが下に引っ張るんだ、自分自身に反するようになるからさ。すると新しい考えが作られる、反対向きの。そいつは結構なものだ、実現されないうちはな。結構なのは、あるものじゃなくて、望まれるものなんだ。人間がすばらしい考えに気づいたら、そいつが汚れまみれにならないように、ガラスで覆ってしまうことだ。

——ならば私たちには、この世を整えるためのどんな可能性もないというわけか？　何もかもがただの思い違い、終わりのない試みでしかないのか？

彼は答えなかった。彼の語った考えは奇妙だった、最初のうちはそうだった。だが後になってはもうどうでもよくなった。

——これも世界だ。おれたちは地下にいる。こいつを整えるということは、いっそう悪くすることだ。

ここから戯言が始まった。無意味だとは分かっていたつもりだったが、逃れられなかった。この無意味さの中で、苦労も目的もなく漂っていく、そこには拒みがたい甘美なものがあった。何の責任も負わずに本流を下っていく木の葉のようだ。痙攣を起こすことのない、重荷から解放された思い。目的のない、気まぐれですばらしい戯れ。恐怖のない浮遊、後悔することのない熱狂。呼吸か血流のように、心地よく避けがたい必然。

——誰にとっていっそう悪いのだ？——私はどうでもよくなって尋ねた。

——俺たちにとってだ。連中にとってだ。俺たちは互いを閉じ込める。慣れてしまうさ。モグラか、コウモリか、サソリになってしまうだろう。

――私たちは出て行くこともない。静寂が好きになるだろう、暗闇も。

――出て行くこともない。ここに永遠にとどまるのさ。永遠なしにはいられない。

――私たちはお互いを忘れないだろう。

――俺たちは敵対者たちを上の世界に閉じ込める、地上に追放するんだ。それから忘れるのさ。

――「彼らは地獄から引き上げられ、生命の川に投げ込まれるだろう」

――彼らは向こうの世界で不幸になる。そして叫ぶだろう――「我らにいくらかの暗闇を下さい、私たちはあなた方とともにあったではないか」！――

――だが我らは彼らに言うだろう――「自分で暗闇を探すがいい。自分で作りなさい」

――不幸であるとはどんなことか！　彼らは叫ぶだろう――「解放して下さい！　下に行かせて下さい」。だが我らは彼らに言う――「あなた方が悪いのだ。我らを信じなかったではないか」

――あなた方が悪いのだ。上の世界にいなさい。

――俺は時々地上に出て行くことだろう。

――君はいつも反抗的だったからな。

――あんたはモグラの修道師になる。俺たちがすべてを見てしまわないように、俺たちがこの闇の王国から遠ざかってしまわないように、あんたは見張り役になるんだ。

――我らは我らの世界を守るだろう。

――俺はモグラにはならない。

――我らには鉤爪が生えるだろう。毛も生え、鼻が伸びるだろう。

――俺はモグラにはならない。もう行け。

私はでこぼこの湿った壁に額を押しつけたまま、身を離す力もなく座り込んでいた。

誰かが頭の上に立っていた。

私が立ち上がるのに手を貸す。

――釈放だ。友だちが待ってる。

遠い、血の気の失せた思いで、喜ぶべきなのだと気がついたが、そうしようともしなかったし、必要があるとも思えなかった。

――イシャークはどこだ？――ジェマルに尋ねる――

ここにいた男だ。

――心配するな。他人のことは。

――今いたんだ、ついさっきは。

廊下に見知らぬ男が一人待っていた。三人して連れて来たのに。今や私は重要人物ではなかった。

――さあ――ジェマルが言った。

私たちは黙って暗闇の中を通り抜け、私はあちこちの壁にぶつかり、男が私を支えた。私たちは進む。私は走る。ずいぶん留守にしたが、今戻ろうとしている。そして考えた――誰が待っているのだろう？ だがそれはどうでもよかった。イシャークは逃げたのだろうか？ どうでもいいことだ。私たちは永遠の暗闇から、闇が薄れる場所によろめき出た。夜だということが分かった、通り過ぎていく夜だ。永遠でないものは何でも素晴らしく見える。夜、夏の雨、手を伸ばして地下の泥を荒い落とし熱を冷ましたかったが、手は力なく、必要もなく、だらりと下がっているだけだった。

第二部

10

おのれの魂を穢す者は不幸になるだろう

一人の子供が心に抱く恐怖をこう語った、昔のことだ。それは詩に似ていた――

屋根裏に
頭をぶつける梁《はり》があるんだ
鎧戸を叩く風があるんだ
隅から覗くネズミがいるんだよ。

少年は六歳、陽気な青い目で賛美するように兵士たちを見つめていた。この私、若い修道師兵士をもだ。私たちは仲間、友人だった。あの子が人生であれほど愛した者が他にいたかどうか。私は彼をいつも喜んで迎えたし、年長ぶった振る舞いもしなかった。

夏だった、雨と熱気が交互にやってきた。私たちはサヴァ川から歩いて一時間ほどの、蚊の大軍とカエルの鳴き声でいっぱいの平原に幕営を張り、少年は、そこに沿うように建っているかつて宿屋だった家に、母親とほとんど目の見えなくなった祖母といっしょに住んでいた。

春から私たちはもう三ヶ月もそこにとどまり、時折、川の向こう岸に陣取る敵を攻撃した。最初のうち私たちは多くの味方を失ったが、この軍勢ではどうしようもなかったと思って心を慰め、その間にも別の部隊はこの広大な帝国のどことも知れぬあちこちの戦場で戦っていて、私たちはお互いの行く手を阻む障壁のように、平原にじっとしていた。

重苦しく、時間を持て余すほどになった。夜は蒸し暑く、平原は海のように月明かりの下で静かに息をし、視界には入らない沼にいる無数のカエルが、染み入るような声で私たちを周りの世界から切り離し、恐ろしいような響きで溺れさせ、ようやく霧がかった夜明けになってそれが静まると、代わって白と灰色の水蒸気が、この世の始まりの時のように私たちに向かって伸びて来た。何よりも辛かったのは、この入れ替わりが間違いなく起こり、何か別の変化に入れ替わることがないということだった。

朝の霧は薔薇色で、一日のうちでいちばん心地いい時間になった。湿っぽい暑さもなければ蚊もいない、ほとんど眠らぬままの夜の苦しみもない。私たちは、井戸の底に落ちるように眠りに落ちた。

雨が降ればいっそうひどく、視界は閉ざされ、私たちは幕営にぎゅうぎゅう詰めにされ、まるで冬が始まったばかりとでもいうような寒さに悩まされ、口を閉ざし、あるいは何でもいいからしゃべるなり歌うなりし、そんな時は誰もがオオカミのように不機嫌で危険だった。幕営の天幕は雨でずぶぬれになり、灰色の雨の滴を私たちの上にぽたぽたと垂らし、水は寝床に溢れ、地面は歩くことのできない沼地と化し、私たちはいつもながら、おのれの不幸に囚われた身となった。

兵士たちは酒を飲み、毛布の下に隠れてさいころ賭博に興じ、喧嘩をして殴り合い、それはまさしく最低の姿だったが、私は傍目には静かに日々を過ごし、辛い思いをしていることなどいっさい表に出さず、雨でずぶぬれになっても、天幕の中が狂気の巣窟か野獣の檻と化しても、動じることなく、どんなに醜く辛いことも何も言わずに耐えようと努めた。まだ若かった私は、これは犠牲の一部なのだと思っていたが、それでも醜く辛いものだということは分かっていた。百姓の神学生《ソフタ》――こんな罵りの、汚い言葉を聞くたびに身震いしたが、やがて分かった、兵士たちがそうやって口にしながら、この言葉の中に何かねじ曲がったものがあるということなどには気づいてもいないのだ。それでも彼らがわざと罵ったり、恥ずべきことをそうと知りながらおもしろがって口に出したりする時には、本当に堪え難くなった。平然と悪意を示しながら、不遜な快楽を感じながらそうするのだ、そして言葉を止め、挑発するように、この二つの言葉の不自然な組み合わせがどんな反応を引き起こすかと聞き耳を立てる。すると私は本当に苦しく、泣き出しそうになった。

人生について、そして人間について、その時まで知らなかったさまざまなことを耳にした。いくらかは好奇心もあり、またいくらかは恐怖を感じながら、それらを受け入れ、無邪気さを失い、そのことを絶えず嘆きながら、経験を積んでいった。

苦しい思いが続いている間は、兵士たちと一緒にいることにしていた。そして自分に妥協するか、感覚が麻痺するか、あるいは頭がぼんやりして、これらのすべては人生という、決していつも素晴らしいわけではない必然なのだと受け止められるようになって初めて、彼らから遠ざかった。めったに彼らに道理を説こうとはしなかった。私は何度か彼らに手ひどく嘲笑され（というのも神学生という身分を除けば、私も彼らと同じであり、身を守ってくれるような階位などなかったからだ）、自分自身と彼らのために、彼らのすることには関わらないようにして、祈りに専念した。祈ることは、行軍や見張りと同じような、兵士としての義務でもあった。あの頃はよく、奇妙な、気力を砕くような思いに襲われたものだった――精神的に他の者よりも先んじている者は、地位と、そしてその地位が他人にもたらす恐怖心によって守られない限り、苦しい立場におかれるだろう。彼は孤高の人となる、彼の尺度は異なるもので、誰の役にも立たず、彼は除け者にされるのだ。

　こんなふうにして、たいてい私は一人で、本か、さもなければ自分の考えを相手にし、親しくなりたいと思えるようなただ一人の人間にも出会えずにいた。彼らを一つのまとまりとして、異様で容赦なく力強く、興味深くさえある群れとして見ていた。一人一人は考えられないほどに無意味だった。群れとして見た時には、彼らを嫌だとは思わなかったし、それどころか粗野で力のある、百の頭を持ったその生き物にいくらか好意をも感じたが、それでも一人一人には我慢ならなかった。私の愛情――あるいはそれよりもう少し控えめな感情は、一人を相手にするものではなく、全員に向けられていた。それで十分だった。

　平原の中、膝まで伸びた野生のレンゲソウに囲まれて、朽ちた切り株があった。ある時私はそこに一人腰掛け、焼けつくような太陽の下でコオロギがたてる耳を聾《ろう》さんばかりの羽音に浸っていた（この平原ではいつも何かが羽音を立てたり、笛を吹いたり、歌っていたりした）。宿場の若い女について兵士たちから聞いた話のせいで、落ちつかない気分だった。その時、ほとんど喉元まで草に埋もれて少年が立っているのに気づいた。私を信じきった様子で合図している。私たちは、すでに知り合いだった。

　気づかないでくれたらよかったのに、そう思った。少年の母親について耳にしたことが私の目に映っていて、それを読み取られてしまうのではないかと恐れでもしたのだったか。

兵士たちの話は、信じられないようなものではなかった。この辺りではただ一人の若い女だったたし、一番近い村でも平原のはるか彼方の端にあり、そこへさえ兵士たちは出かけて行ったのだ。とくに夜は、たいてい女が目的だということは知っていた。兵士ほど恥知らずの者はいない。いつ死ぬとも限らないと知っているからだ。死について考えようなどとはせず、何も考えようとはせず、ただ後に荒廃した土地だけを残していく。女たちも、兵士らには優しかった。昔から兵士につきものの悲哀のせいだ、そして彼らが遠い行軍に自分たちの恥を持ち去っていくからだ。兵士たちが通り過ぎた後には草は生えず、代わりに子供が生まれる。だが少年の母親のことを思うと、こんな事実を受け入れるのは私には辛かった。いや、どんな女であってもだ、一人の、特定の女のことではない——私はこんなふうに一般化しながら、世界というものを失っていったのだった。

彼女は小柄で、ひ弱そうに見え、まだ若かった。男の注意を一目で引くわけではなかったが、しっかりした眼差しと物静かな動き、自信のある態度に気づけば、男もそのまま素通りするはずがなかった。そしてただぼんやり見ていたわけではない目をはっきりと見開けば、どこか人を嘲笑うような、意志の強そうな美しい口と、健康でしなやかな肉体だけが持つことのできる調和のとれた身のこなしに気がつく。彼女は人生のさまざまな不運の中で勇敢に戦っていた。未亡人になり、宿屋と家の周りの所有地を何とか守ろうと心に決めたが、荘園は戦争でだんだんと荒廃し、墓場か荒れ地かと見まごうばかりになった。それでも出て行かず、持っているものを守り、不運を利得に転じようとし始めた。兵士たちに食べ物や飲み物を売り、宿屋でさいころ賭博をさせて兵士たちのはした金を巻き上げ、そして彼らが欲しがるものを提供した。なるべく息子を家と兵士から遠ざけようとしていたが、いつもそうできるわけではなかった。私はそのことで彼女と話をしたことがあった。「子供のためにやってるの」、母親は静かにそう言った。「文無しから始めるとなると、あの子の人生は大変だもの」。

こうして私は、彼女が兵士らを相手に暮らしをたてていると知ったのだ。そうしなければならなかったのか、自分を守れなかったのか、あるいは一度言いなりになったら後は強要されて、そのまま慣れてしまったのか、私には分からなかったし、誰かに尋ねてみようとも思わなかった。だが聞いた言葉は私を苦しめた――子供のために。子供は知っているのか、それともいずれ分かることなのか？　しかも彼のためなのだ。話を聞く前は彼女の勇気を賞賛していたが、後では若い男なら誰もが考えるようなことを考えた、もちろんそんな考えを恥ずかしいとは思ったが。だが自由に流れる水がここにあり、差し出される食べ物が手の届く所にある。自分を恥じる気持ち以外に妨げるものはなく、恥などは大した障害にならないことは分かっていた。だからこそよけいに、子供との関係にしがみついたのだ。自分自身と少年を守るために。

私は少年が導くままに子供の道を行き、子供の言葉で会話し、子供のやり方で考えようとし、うまくいっていた時には幸せだった。とても豊かになった気分がした。私たちはアヤメの茎で笛を作り、口から吹き出した空気が青々とした吹口にぶつかって切れる時に生まれる、鋭く鳴り響く笛の音に酔いしれた。ニワトコの木の枝を慎重に切り分けて水気のある随を引き抜き、空洞の中に無数の声が隠されている筒を作った。

お母さんにあげようと、湿地に咲く青や黄色の花で輪飾りも作ったが、後になって私は、ハコヤナギの枝に飾ろうと少年を説き伏せた。よこしまな考えを持ちたくなかったからだ。

――枝に花が咲くかなあ？――少年は尋ねた。

――かもしれないな――灰色の木が花で生き返ることをいくらか真剣に思いながら、私は言った。

――お日さまはどこ？――不意に少年が尋ねた。

――雲の陰だよ。

――いつもあそこにいるの？　曇ってる時も？

――いつもだ。

――ハコヤナギのてっぺんに上《のぼ》ったら、お日さまが見えるかな？

――無理だよ。

――光塔《ミナレット》の上だったら？

――無理だ。光塔の上に雲があるんだ。

――雲に穴をあけたら？

本当に、どうして誰も雲に穴をあけようとしないのだろう、太陽がこれほど好きな少年のために。

雨の日は少年と一緒に、大きな家の中にいくつもある部屋の一つで過ごした。屋根裏にも連れて行かれ、そこで私は本当に梁で頭を打ち、少年は大きな――この家のように大きな船が平原の川を流れていく話や、蒸し暑い夜に少年が眠っている寝床の上を羽ばたいて飛ぶお気に入りの鳩の話、もう目はまったく見えないけれどどこの世のあらゆる物語を知っている祖母のことなどを聞かせてくれた。

――金の鳥の話も？

――金の鳥の話もだよ。

――金の鳥っていうのは、いったい何だい？

――知らないの？――私の幼い先生はびっくりしてそう言った――金でできた鳥だよ。見つけるのは難しいんだ。

けれど次第に少年の家に入ることはなくなった。私の思いは純潔ではなく、子供の言葉で話をするのは難しかった。そして中に入るとぎこちなくなった。私たちが台所に座っていると、母親が出入りし、その度に私たち二人に、まるで二人の子供にするように、笑いかけた。私は目を伏せた。食べ物も飲み物も欲しくなかった。彼女が差し出すものを拒んだ、他の者たちとは違う、そうありたいと思っていた。本当は違ってなどいなかったからだ。

――家にいなよ――少年は私に勧めた――どうして雨なのに帰るの？

私が赤くなるのを見て、母親がにっこり笑った。

ある夜、ちょうど夜の明ける頃に、敵が攻撃して私たちを天幕から追い出した。不意をつかれた私たちはわずかの抵抗をしただけで、かろうじて銃と必要最低限の物だけをかき集め、下着姿のまま両手にみすぼらしい兵士の持ち物を抱えて平野をひた走り、日が昇って誰も私たちの背後にいなくなったと分かって初めて、立ち止まった。

敵は私たちがいた場所を占拠した、あの宿屋も。壕を掘りめぐらし、不敵にもこちらを迎え撃つ構えだった。

私たちが敵を川岸まで押し戻したのは、ようやく七日たってからだった。そして再び宿場の脇の陣地を確保した。

その時、宿屋の建物から味方の兵士が二人出てきた。敵の急襲があった時にちょうど宿屋にいたのか、でなければ逃げ込んだのか、とにかくそこに隠れ、敵が家の周りを歩き回っている一週間、苦渋の時を過ごしていたのだった。女が二人に食べ物を与えていた。

　私たちは彼女に感謝したが、それも二人が、あの女は敵の兵士どもも相手にもうまくやってたと打ち明けるまでのことだった。

　みんな黙り込んだ。

　私は上官たちに、子供と盲目の祖母を荷車に乗せて、どこか近くの村に移してやって下さいと願い出た。

――お母さんは？――少年が尋ねた。

――後から来るよ。

　荷車が広い平原の上の小さな点になるやいなや、彼女は銃殺された。

　きっと少年は母親に何が起きたかを知り、屋根裏部屋の歌はいっそう苦しいものになったに違いない。

　少年とその恐怖を思い出しながら、私は部屋の中にじっとして、頭の中で昔へと、自分の子供時代へと戻っていた。

　私の家にも屋根裏部屋があった。私は古くなって放り出された鞍に背を丸めて腰掛け、不要となった物の世界にたった一人きりでいた。それらはかつての形を失い、一日の時間と私の気分次第で、そしてまた強くなったり弱くなったりしてそれらの輪郭を変えて見せる光によって、あるいはまた私の中の悲しみや喜びに合わせて、形を変えては新しい姿を得た。私は疾駆した。何か起きはしないか。屋根裏部屋にある品々と同じように、現実離れして気まぐれに交錯するぼんやりした子供の空想から、何か生まれはしないか、そんな願いに向かって。

　あの屋根裏が私を作り上げたのだ、数知れないその他の場所や偶然の出来事、出会い、そしてさまざまな人々が私を作ったのと同じように。幾多の変化の中で私は成長し、以前にあった自分はいつも新しい変化とともにいなくなり、過ぎた時間の霧の中で意味もないものとして消え失せたと思っていた。だがかつてあったものの跡はいつも新たに、また思いもかけない時に、生き返り、掘り返され、自分自身の堆積する層となり、古く無様なもののはずなのにいとおしく美しいものとなって、私の前に現れた。それらの失われそして新たに見出された私の部分は、単なる思い出ではなく、時が美化し、どこか手の届かない遠い彼方から引き戻して、私に結びつけるものだった。こんなふうにして、かつての私の一部は現在の人格となり、また別の部分は思い出となって、二重に存在していた。今として、そして始まりとして。

あの屋根裏部屋、孤独を求めて自分という人間と知り合った場所。故郷を生みの母以上に愛していた私だが、あそこにある果てしなく広がる野原からさえ逃げたいと思った時に避難先となった所。あそこでよく、祖母が語ってくれた金の鳥のことを考えた。金の鳥というのが何なのかは分からなかったが、板屋根を伝って雨が流れ落ち、開け放たれた小窓が風にばたばたと揺れ、四隅からいくつもの小さな目がこちらを窺っているような時には、せせらぎの流れにも似た祖母の声で語られた物語の主人公となって、自分の金の鳥を探し求めるさまをあれこれ空想した。そしてこんなふうに不思議な、説明のつかないやり方で、幸せは本物になるのだと、そう思ったものだった。

やがて私は物語を忘れた。子供時代の夢想は、人生が雲散霧消させた。あんなものは、何にも妨げられない熱い空想の中で、思うままに願うことができる時にのみ可能なもの、未経験の中で生まれたものだったはずだ。だがそれは人生で最も苦しい時にまた、今度は嘲笑となって現れた。

むかしあるところに一人の少年がおりました、川辺に立つ父の家に住み、金の鳥を夢見ておりましたが、それは人生について何も知らなかったからでした。

むかしあるところにもう一人の少年がおりました、平原にある宿屋に住み、金の鳥のことを思っておりました。少年の母親は殺されましたが、それは罪を犯したからでした。そして彼は、世間に放り出されました。

私は四人兄弟だった。四人とも幸せの金の鳥を探した。一人は戦死し、もう一人は結核で死に、残りの一人は砦で殺された。私はもう、自分の金の鳥を探しはしない。

人の夢に現れる金の鳥は、どこにいるのだろう？　たどり着くまでに、どれほどの海と険しい山々があるのだろう？　子供じみた不合理さへの深い憧憬は、手布巾や、何の役にも立たない書物の表紙に刺繍された悲しい印となって確かに現れるだけなのだろうか？

私は、格別気が進んだというわけでもなく、心からの求めも感じないままに、自ら強いてアル＝ファラジを読もうとした。自分の考えばかりでなく他人のそれにも耳を傾けたかったのだ。

本を目当てもなしに開くと、マケドニアのアレキサンダーの物語に行き当たった。帝王は――と物語にはあった――贈り物にすばらしいガラスの器の数々を得た。王はいたくお気に召したが、それでも残らず打ち砕いてしまった。なぜ？ 素晴らしくはないのでございましょうか？――人々にそう尋ねられ――まさに、だからだ――王は答えた――あまりにも素晴らしいがゆえに、これらを失うのは堪え難い。だが時とともに一つまた一つと壊れてしまうだろう、そして私はいっそう嘆くことになるだろう。

物語は単純素朴だが、それでも私は愕然とした。ここにある思想は苦々しいものだ――人は愛着を持ちうるものはすべて拒まねばならない、喪失と落胆は避けがたいものだからだ。愛は拒まねばならない、失うことがないように。愛は自分で打ち壊してしまわねばならない、誰かに打ち砕かれないように。あらゆる結びつきを拒まねばならない、嘆きを招かないように。

こんな考え方は、過酷なまでに希望のないものだ。自分が愛するものすべてを打ち壊すことなどできはせず、いつも誰かに打ち壊される可能性は残されているのだから。

苦々しい書物が英知に富んでいるとみなされるのは、どうしてだろう？

何人《なんぴと》の英知も、私の助けにはならなかった。あらゆることのふりだしに戻ったほうがましだ。それなら何の苦もなく、無理強いもなしにできる。私は何も求めない、ものごとはおのずから求められ、見出されるはずだ。

幾日も雨が降り続き、意地悪く古いテキヤの屋根瓦の上を跳ね回り、視界は暗くぼんやりとして、頭上の屋根裏では目に見えない足が歩き回る。あそこにあるのは頭にぶつかる一本の梁、小窓を叩く一陣の風、片隅から覗く一匹のネズミ。そして闇の向こうから悲しげな目で見つめる一つの幼い日。

束の間、あの遠い日の孤独な少年になって考え、彼と同じように感じ、怯えてみる。すべては美しい秘密だ。あらゆるものには未来か、あるいは果てしない持続しかないようで、至るところに強い輝きか深い喜び、でなければ深い悲しみがある。それは実際の出来事というよりは気分のようなもので、ある時にはそよ風か静かな夕暮れのように、ぼんやりした光のちらつきか、あるいは陶酔のように、ひとりでにやって来る。そうでなければ、ちぎれた光景が、闇の中に瞬間的にひらめく顔が、陽のあたる朝の笑顔が、静かな川面に浮かぶ月光の反射が、渦の中の節くれだった木が現れる。私は自分の心に、かつての人生へのこのような祝辞があるなどとは思いもかけず、どうしてこれほど長い間残っていたのかも分からずにいる。それらはかつては大切なものであり、それゆえに記憶の中に深くしみ込んで、古いおもちゃのようにしまい込まれていたのだろうか？　時間の中に埋没したかつての自分を私は忘れていたが、今はそれらの打ち壊された破片や切り屑が、次々に浮かび上がってくる。

どれも私だ。細かく砕かれた私、この全身は破片か、何かの反射か閃光の寄せ集めでできている。偶然の、はっきり定めることのできない理由の、かつて存在しながらどこかに追いやられた思いの寄せ集め、そしてこの残骸の中にいる私が何者なのか、私にはもう分からなくなっていた。

私は月夜の狂人の様相を呈し始めた。

夜は起きたまま動かずにいた。闇を退けようと灯したろうそくが、部屋の両端で燃える。自分を取り囲む夜と同じように、夜の中の世界と同じように、私はじっと息を潜め、暗闇から私を隔てている窓の黒いガラスを、あるいはあらゆるものから私を隔てている灰色の壁を、目をそらそうなどとはつゆも思わずに、まるで目を離したほんの一瞬のうちに壁がなくなってしまうとでもいうかのように、じっと見つめていた。自分の視界に部屋全体が入るように、座っている一角から立ち上がろうとも動こうともせず、雨の跳ねる音や、木の樋が押し殺したようにコトコト鳴る音、ハトが足でひっかき眠りを誘うような啼き声で呼びかける音を聞く。するとそれらの低く単調な音のすべては、明けない夜と生のない昼の一部となるのだった。

もう理由も、完全なものも、切れ目のない流れも、探し求めてはいなかった。

はっきり定め、鎖のように繋ぎ合わせ、意味をもたせて境界線を引こうとあらゆる努力をし、その挙げ句に、長く暗い夜と絶えずかさを増す水だけが残った。

そして苦難の標識として、あの平原の少年が残った。

ずっと後になって少年を見つけ、神学校に、そしてテキヤに呼び寄せた。私たちは互いに相手が誰だか分からず、そこまで二人の心はすっかり変わってしまっていた。

　少年の祖母はすでに亡くなり、この世に一人ぼっちだった。置き去りにされた村で家畜を追って暮らす孤児。母親は少年の記憶の中で、疑わしい功労を残して戦争の犠牲と散り、少年の心には黒い重荷が残された。

　彼は、山に植え替えられた湿地の花に似ていた。子供に羽をむしられたバッタに似ていた。大人が無造作に追い払った平原の少年に似ていた。すべてはあの少年のものだった、顔、体、声、それでもあの少年ではなかった。

　私の前にある石に彼が腰掛けた時のことを忘れはしないだろう、意気消沈し、黙ったまま、心は遠く、かつて内から溢れ出ていた鳥のような喜びの跡も、悲しみの跡さえも、何もなく、打ちひしがれていた。一緒に暮らすんだよ、君の面倒を見てあげよう、学校へ行くんだ、私はそう言いながら、本当は大声で叫びたかった――笑ってくれ、蝶を追いかけてくれ、寝ている間に羽ばたいて回るハトの話をしてくれ。だが少年はもう何も話そうとはしなかった。

　今、雨が降り、私が目の前に広がる虚無の中で、溺れる者のように子供時代と本と幻影にしがみついている間に、彼がそっと私の部屋に入ってきた。あたりの静けさがどこか違うという気がしてふと見ると彼が扉の前にいる、そんなことは時々あった。

　壁際に立っているが、何も言わない。

――座ったらどうだ、ムラ＝ユースフ。

――このままでも同じことです。

――どうしたのだ？

――何か書き写すものがあるかと思ったんです。

――何もない。

　彼はしばらくじっとしていたが、私たちは何を話したらいいか分からず、彼も私も気まずく感じ、それから彼は何も言わずに出て行った。

　何が私たちの仲を邪魔したのか、どのような結びつきがまだ二人をつなぎ止め、どんな苦しみが分け隔てたのか。それをどう言ったらいいのか、とうてい分からない。かつて私は彼を愛し、彼も私を慕っていた。けれども今は互いを生気なく見ている。私たちを結びつけていたのは、不幸が起こる前の平原、そして太陽の光のように頭上に輝いていた喜びだった。だが私たちはまた、喜びは長続きはしないのだということを絶えずお互いに思い出させてもいたのだった。

　彼は自分の子供時代のことを一度も話そうとしなかった、平原のことも宿屋のことも、けれど彼が私を見る目の中には、いつも母親の死の記憶があるように見えた。あたかも私が、彼にとってもっとも辛い思い出と分ちがたく結びついているというように。それがどんなものだったかも忘れていたのかもしれず、そのせいで私を犯人扱いでもするかのように見ていたのかもしれない、私もまた他の者たちと同じだったのだから。私は説明しようとしたことがあった。だが彼は遮った。怯えていた。

――知ってます。

　禁じられた領域に誰一人足を踏み入れさせようとせず、自分の中に作り出した暗い秩序をかき乱すことを許さなかった。そうして私たちは、表には出さない怒りを互いに感じながら、次第に離れていった。彼の怒りは疑いと辛苦と不幸のゆえ、私のそれは彼の恩知らずゆえのものだった。

　ハサンは父親と仲直りし、その話を冗談めかして、お目付役と姑と甘やかされた子供の三役をやって見せたんだと話したが、顔には喜びがはじけていた。父親と話し合って、二人の財産の一部をワクフ[27]に寄進することにした。魂のため、記念のため、貧者と宿無しのためだと言い、一日中走り回り、取り決めや法廷の証書の仕事を片付け、管財人を探し、正直で賢くて器用なのをね、まあそんなのがいればだが――笑いながらそう話した。父親と仲直りしたことと、義兄であるアイニ＝エフェンディが相当の財産を手に入れ損ねたこと、そのどちらにより大きな喜びを感じていたのか、私には判断しかねた。

――あの男の心臓が張り裂けなかったら――ハサンは言った――石でできてるってことだな。

　父への贈り物にしようと、ハサンはムラ＝ユースフが書いたコーランを買った。ユースフは代金を受け取りたがらなかったが、ハサンの言い分は論破できるものではなかった。

――二年間の仕事は、あっさり人に贈るものじゃない。

――でも金なんて、必要ありません。

――誰か、必要ある者にやればいいさ。

そしてコーランを見て、驚嘆した――こいつは芸術家だな、アフメド導師よ。なのに君は彼を隠して誰にも言わない、誰かに取られやしないかと思っているんだな。名高きムバラドを思い出させるね、もしかしたら越えているかもしれない、情熱という点でも率直さという点でも。ムバラドのことは聞いたことがあるかい、ムラ＝ユースフ？

――いいえ。

――君のような才能によって、富と名声を得たんだ。だがこのカサバじゃ君のことは誰も知らない。テキヤを訪ねて来る者さえもだ。才能ある者たちはここから帝都やミシルに出ていき、他所の者たちが噂だけを運んでくる。俺たちには分からないことだし、関係もない、でなけりゃ自分たちのことを信じていない。

――ここの名誉などちっぽけなものだ。どんな理由にせよ、同じことだ。

私は彼の非難に反発して言った――私は帝都にやりたいと思ったのだが、本人が同意しないんだ。

若者は動揺をあらわにした。初めて言われた時と同じだったが、ただあの時ほどの恐怖はないようだ。

――自分のためにしているんです――静かに言った

――それに、帝都に出ていっても、得になるとも思いません。

ハサンは笑った。

――本気で言ってるなら、俺は君の前で敬意を表して起立しなけりゃならないな。

そして、賛辞に動揺したまま立ち去っていく青年の後ろ姿を目で追った。

――まだ、恥じらいや感じやすさを持ち合わせたのがいるんだな、友よ、驚くべきことじゃないか？

――そういう者はいつだっているだろう。

――ありがたいことにな。それがどんなことか分かっていない者が、俺たちの中には多すぎる。ああいうのは大切にしなきゃ、種を残すために。彼のことを気にしてるようだな？――ふいに付け加えた。

――ものを言わないんだ、心を閉ざしている。

――恥じらいがあってものを言わず、心を閉ざしてるのか。彼にアッラーのお助けがありますように。

――どうしてだ？

27　イスラーム社会における寄進財産。

――君たち修道師の仕事は奇妙なものだろう、言葉を売り、それを世間の者が買う、恐怖心からか、そういう習慣になっているからか。だがあの男は言葉を売りたいと思っていないか、そのすべを知らないかだ。沈黙を売ることも知らない、才能も。成功なんか目じゃあない。だったら何が目なんだ？

だめだ。ハサンの注意がいったん誰かの上に止まったら、もうやめさせることはできない。ほとんどの場合理由などない、あるいはただ彼にとって重要な理由があるだけだ。

――何でそんなに詮索するんだ？

――詮索してるわけじゃない。話してるんじゃないか。

――君には、不幸な人間を嗅ぎ分ける不思議な能力があるな。

――彼は不幸なのか？

私は知っていることを全部話した、いや、ほとんど全部というべきか。平原のこと、子供のこと、母親のこと。話しているうちに、若者が犠牲者なのだということがはっきりしてきた。私と同じだ。そしてどちらの苦しみがより大きいのか、私には分からない。彼の不幸は人生の始まりにやって来たが、私のは終わりになって到来した。言いはしなかったが、自分でも、我が身の不幸を嘆き過ぎだとは感じていた。話は私自身についてのことでもあり、そうして私は自分の分身を作り出していたのだった。

ハサンはあらぬ方を見たまま、話を遮ることもなく聞いていた。興奮しているようだが、ことの本質を見抜くには十分に醒めていた。

――今になってあの若者のことを理解したようだな。助けが必要だったんだ。

――彼は誰の助けも求めてはいない。誰も近寄せないし、誰も信用していないんだ。

――愛は信じていただろう。子供だったんだ。

――私は彼を愛していた、ここへ連れて来たのも私だ。

――君を責めているんじゃない。俺たちはみんな、そんなものだ。愛を隠し、殺してしまう。残念だな、君のためにも、彼のためにも。

ハサンが何を考えているのかは分かる――彼が弟の代わりになれないか、だろう。だが弟の代わりになれる者は、いない。

私がユースフを助けなかっただと。だったら誰が私を助けてくれたというのだ！

私は自分のことを話していたが、ハサンは若者の名前だけを聞いていた。ユースフの話をすることで、私は自分自身を封じ込めた。つまりユースフがまだ若いからというわけか？　それとも私が誇り高く強いからか？　強い者のことは、誰も憐れまない。

——で今は？　今はどうなんだ？　二人ともだんまりを決め込んでいるのか？

——不幸な者は過分に感じやすいものだ。私たちは互いに傷つけ合ってしまうかもしれない。

平原での思い出は好きだが、あの冷たいよそよそしさと暗い沈黙は嫌いなんだ、あれは希望を打ち砕くよ

——そんな説明しがたいことを話しても、意味はない。だから複雑な関係を単純なものにして、部分的な真実を話した——私たちはいくらかよそよそしくなったが、それでも私たちの間の結びつきはまだ強い。人間というものは助けた者からそう簡単には別れられないし、自分についての美しい記憶を守ろうとするものだろう。ユースフと私は身内同然の関係なんだ、だから互いへの不理解も身内の間のもの、いつだって愛情にごく近いものなんだ。

——身内の憎悪というのもあるぞ——ハサンは笑いながら言った。

意外ではなかった。もう大分前から、ハサンは真面目になっていた。

私は冗談で返した——その域には至っていないよ。

それから、二人は頻繁に会うようになった。ハサンがテキヤを訪れるか、若者がハサンの家に呼ばれた。二人してハサンの仕事に奔走し、証文を書いたり勘定をまとめたりして、夕暮れ時には川辺を散歩した。ムラ＝ユースフははっきり分かるほどに変わった——そうだ、変わった。ハサンの闊達な雰囲気に、霧の渦に巻かれるように包まれていた。あいかわらず従順そうな、人との間に隔たりを作る戸惑ったような表情をしていたが、もう希望を持たない重苦しさはなく、もちろんゆっくりとだが、そしてまだ陰に覆われていたとはいえ、あの遠い日の少年が戻って来たようだった。

ハサンが来ないとそわそわし、姿を現すと嬉しさをいっぱいにして彼に目を向け、彼の陽気さと親しげな言葉に喜び、私とハサンが言葉を交わし始めても、以

前のように立ち去ろうとはせず、私たちと一緒にその場にとどまり、新しい友情が権利を与えてくれたといわんばかりに、本来なら払わなければならない敬意をすっかり忘れてしまったようだった。ハサンもまたこの寡黙な好意に、若者が喜びで彼を迎えることに、しごく満足していた。

だが、それから事態は一変した。あまりにも急で、唐突だった。ハサンはテキヤに来なくなり、若者を呼ぶこともなくなった。二人はもう会っていなかった。

不思議に思って、私は尋ねた——

——ハサンはどうしたのだ？

——知りません——動揺して若者は言う。

——いつから来ない？

——もう五日になります。

彼は悄然としていた。眼差しはふたたびおぼつかなくなり、晴れやかになり始めていた顔に、深い陰が広がっている。

——なぜハサンの所に行かないのだ？

頭を振り、そして苦しげに答えた。

——行きました、でも会わせてくれませんでした。

私もまた、ハサンになかなか会えなかった。

あの小柄な女、誰に対してもぼんやりとした視線を向けながら自分だけの思い出か期待にこっそり微笑みかけている女が、着飾っていい香りをさせ、髪に花をさした姿で現れ（夫はきっと自分のためだと思っていて、それで幸せなのだろう）、おっかなびっくりといった様子で私を通した。ちょうど扉が開いていたと言って下さいね、あなたを通したというよりは、扉を閉めるのを忘れたと言うほうが、言い訳しやすいんです、そう私に懇願する。あの人たちったら、三日三晩どこにも出かけていないんです——咎める気配もなく、そう言った。彼女にとっては、何もかもが楽しいようだ。

彼は広い露台に、仲間たちと一緒にいた。さいころ賭博に興じている。

部屋は乱雑に散らかり、下ろしたままの分厚い窓掛けのせいで、薄暗い部屋に霧のように煙草の煙がこもり、朝なのにまだろうそくは灯ったまま、誰もが青ざめ、苦しそうな顔をしていた。あたりには皿と杯、山と積まれた金《かね》が散乱している。

ハサンの表情は険しく、苛立ち、ほとんど険悪といっていいほどだった。

驚いたように、私を見る。愛想良くというにはほど遠い。私は来たことを後悔した。

——話がしたかったのだが。

——今は忙しいんだ。

象牙のさいころを手に握り、絨毯に投げる。賭けで忙しいというわけか。

——よければ座れよ。

——時間がない。

——何を話したくて来たんだ?

——それほど大切なことじゃない。またにしよう。

侮辱された気分で、私は部屋を出た。驚いてもいた。あの男は誰だ? 空っぽのおしゃべりか? 四月の太陽か? 悪党どもの言いなりになる弱虫か?

私も険悪な気分だった。いつも変わりなく善良な人間など、いるはずがない、そんな思いに心が重く塞がれた。ハサンは耳あたりのいい言葉を並べ立て、片端から忘れてしまうのだ。

長い廊下の端まで行きついた時、ハサンが部屋から出てきた。

だらしのない、身なりに構わないハサンを見るのはこれが初めてだ。彼ではないかのようだ。目は朗らかでも明るくもなく、混濁し腫れぼったく、酒と長い不眠のせいで疲れきっている。光の中で、不快そうに瞬きした。

私たちは笑顔もなく、互いの顔を見た。

——すまない——陰気くさくハサンは言った——まずい時に来たな。

——そのようだ。

——俺のことを何もかも知っとくのも悪くない。

——何日も来なかっただろう。どうしたのかと思った。

——忙しかったんだよ、目下やってることの他にも。

——ユースフのこともあって来た。何かあったのか? 君に会いにここへ来たのに、家に入れてやらなかったとか。

——俺だって、いつでも人と話をしたい気分でいるわけではないんでね。

——君とはうまく合っていた。慕い始めていたんだ。

——慕うとは言い過ぎだな。うまく合うなんて、何もないのと同じだ。俺はどっちにも責任はない。

——君は彼に手を差し伸べ孤独から引っ張り上げ、そして見放した。なぜだ？

——俺は、生涯かけて誰かと結びつくなんてことはできないんだ。これは俺の不幸でもあるな。やろうとはしてみたが、うまくいかないんだ。そこに何か驚くべきことでもあるか？

——どうしてなのか、理由が知りたい。

——俺のせいだ。

——ならばいい。失礼した。

——君は彼を愛していたと言ったな。それは確かか？

——分からない。

——では確かではないわけだ。あいつを受け入れるつもりがないのに、なぜ連れて来たんだ？

——受け入れたさ。

——君はただ義務を果たしただけだ、彼の感謝を期待して。だが彼はますます離れ、憎しみの中にこもった。

——憎しみ？ 誰に対しての？

——あらゆる人間に対してのだ。もしかしたら君に対してでも、かもな。

——なぜ私を憎む？——私はその可能性にぞっとしながら尋ねた、もっともそのことは以前にも考えたことがあったのだが。

——彼を友にすべきだったんだ、でなけりゃ追い払うか。これじゃあ君たちは、互いの尻尾を呑み込んでしまって互いに身を引き離すことのできない二匹の蛇みたいなもんだ。

——私にできなかったことを、君がしてくれたらと願っていたのだ。

——俺だって、誰か他人がしてくれたらと思うね。人間なんてみんなそうさ。だから俺たちは何もしない。さあ、これで十分かな？ みんなが待ってるんだ。

彼はラキアと煙草の匂いがし、反抗的で荒々しく、けんか腰で、不愉快だった。

——ユースフが君にそう言ったのか？

彼は背を向けると、何も言わずに歩み去った。

こんな彼に会ったのは、幸いだった。

ハサンは首尾一貫していない。自分が何を欲しているのか分かっていないか、でなければ分かってはいてもどうしようもないのだ。善良だが、忍耐心がない。心がけてはみるんだがうまくいかないと本人は言う、その望みのない心がけの中に、自分では渡ることのない橋を作ろうとする試みの営為に、おそらく彼の不幸はあるのだろう。消えもしないが実現されることもない願望が災いするのだ。夢中になって探し求め、そして空手のまま実を得ることもなく身を引く。あたかも、思いは彼を引きよせるが、人には撥ね付けられるかのようだ。なんとも奇妙な損失、苦悩、しかもそれは、あきらめてしまうからではなく、いつもまた新たに試みようとするからなのだ。つまり何もかも彼の問題であり、他の誰かのせいではないわけだ。

それでもやはり、彼本人以外のところに原因を見つけたいと思った。

ユースフを追い払った彼が悪い。それでも、不合理だと思いながらも、なぜだろうと自問した。こうすることで、他人に私自身の罪をかぶせているとは考えもせずに。

ハサンの熱意をあっさり冷ましてしまったのは何だったのか、それが知りたかった。ユースフは何をしたのだろう？　ハサンに話してもらいたかったが、彼は自らに非難の矛先を向けただけだ。自分のせいだという彼の説明は頭に入れたが、それでもまだ私は心の中で問いかけていた——ユースフはいったい何をしたのだ？

自分に問いかけ、ハサンにも問いかけた、自分自身のために。暗闇と同じようにこの謎は私を苦しめ、私は取り憑かれたように、それを他のあらゆることとども、我が身の不幸に結びつけようとした。不幸はすでに糧となり空気となり、命の髄となり核となって私に取りついていた。解明しなければならない、すべてはそこにかかっている。そして熱に浮かされたように苛《さいな》まれ、人という人、あらゆる出来事、私と弟に関係するあらゆる言葉を片端からひっくり返した。およそ人の間に起こった出来事で、完全に謎のままで済まされることなど、あろうはずはない。

二人の関係が途切れた、そのことが私を否応なしに過去へと遡らせた。

あらゆることを、幾度となく記憶の中で繰り返してみた。もう分かっていたことではあったが、それでも私は心の底に残っていたものをまたひっくり返し、思いもかけなかった関連性と、ぼんやりした解決の糸口が現れるまで、苦しみながらかき回し続けた。理性が働いている時には、こんな消耗するだけの模索を続けても何の意義もありはしない、何気ない身振りや人の言葉の隠された意味を探し求めたところで、何かがもたらされるわけではないという気がした。それでもやめることはできず、自分が求め続けるにまかせた、運命に身をまかせるように。すべてを組み立てたなら、何を発見したのかが分かるだろう。これはさいころ賭博のようなものだ、あてなどないが、熱狂的にさせる。確かな成果を期待してはいなかったが、予測できないことには魅力があった。私はたまたま見つけた金の粒にそそのかされ、金鉱を見つけろと追い立てられていたのだった。

もしかしたらあれは、私を捕えかねない恐怖からわが身を守る術だったのかもしれない。恐怖は遠いものではなく、すぐ近くにあって、火の燃える鉄輪のようにちろちろと炎の舌を出していた。私は何かをしているという幻想で身を守ろうとし、何かで防衛し、まったく無力ではないと思い込もうとしていた。出会った人々を心に蘇らせ、すでに知っている言葉を何とかもう一度言わせようとするのは、容易なことではなかった。だがその幽霊のごとき彷徨の中、ざわめきや囁き、混沌の中、時として馬鹿げた結び付きと見えたものの中で、私は謎を解かねばというただその思いに執着し続けた。ちょうど船乗りが、嵐の大波にさらわれないように船尾にしがみつくのに似ていた。

だが結び目をすべて解き、自ら決断を下す時が来たら、私は、自分がたまたま濁流の中に放り込まれたのか、それともそこには理由があり罪を負うべき者がいたのかを知ることになるだろう。

雨の小やみないざわめき、鳩のクウクウいう声、曇った日の灰色か、あるいは暗い夜の闇、そうしたものによって周囲から切り離された世界の中で、私の部屋には証人が溢れ返り、彼らは始めのうちはぎこちなく怯え、呼び出した私もまた怯えていたが、私は次第に手際よく彼らを順に並べ、取り調べをするように一人一人を選り分けていった。彼らを、重要な者と重要でない者に分けた。重要でない者とは、私に対して罪ある者だ、もう罪ありとはっきりしていたからだ。重要な者とは、すべてを言わなかった者たちだった。

彼らの影、彼らの言葉とのやり取りを通して、こうだったのかもしれないというものを復元し、疑いと憶測の確証を得なければと感じた。だがそれは、いつも同じ姿をした影と言葉だけを相手にしていてはできない。秘密を解き明かすため、生きた人間たちと会うために、私は動き始めた。

一定の時が過ぎてすべてが忘れ去られる、それまで待った。幸い人は、自分に関係のないことはすぐに忘れる。私はみんなに信じ込ませようとした——もう忘れた、嘆きはもう過ぎ去った、恐ろしかったが今はただ祈るだけだと。人はどうなりと好きなように思えばいい。

それからムラ＝ユースフを呼んだ。彼のことも私は孤独な夜の取り調べに呼び出し、以前に話したことや行ったことを再現させていた。彼との会話は重要なものとなる、だから私は興奮していた。それから告白した——神の前で、また人の前で、私は過ちを犯したよ。不幸に見舞われ、無分別にも、天職としている身分にふさわしくない行いをした。悲しみと愛に目を眩まされたのだ、これが唯一の申し開きだ。神は思し召しによって弟を、あるいは私を、あるいは二人を、私たちには分からない罪ゆえに罰したのだ、なのに私はそのことを忘れていたんだ。人の手によって、だが神の御心でそうされたのに。

彼はふだん守っている慎重さも見せず、じっと耳を傾けていた。私の押さえた話し方と低い声のせいか、それとも自分の身に起きた不幸の思い出が痛み出したのか、臆するところなく、まっすぐに私を見ている。それでも落ち着かず、苛立ってさえいる様子だ。

——どんな罪です？——突き放すように尋ねる。

——それは裁きの日に知ることになるだろう。

——裁きの日ははるか先です。それまでどうするんですか？

——待つのだ。

——神が私たちを罰するために遣わす人の手というものは、罪あるものなんですか？

私は不意をつかれた。この若者がこんなふうに激しく話し、憤って尋ねたことはなかった。私の告白を遮り、自分の話を始めた。母さんを殺した兵士たちのことを考えているんです、あれは母さんのわけの分からない罪のせいだ、そして何も悪いことをしてない僕のせいだったんでしょう。ユースフはこちらが望んでいたことを、自分から進めてくれた。

——私には分からない、息子よ——私は静かに言った——私に分かるのはただ、誰もが神の前で自らのなしたことすべてに答えねばならないということだけだ。そしてすべての人が罪あるわけではなく、罪ある者だけが罪あるのだということだけだ。

——悪をなした者たちではなく、悪をなされた者のことを思って聞いたんです。

——自分のことを思ってだろう。君には悪がなされた。だから私には答えることができないのだ。もしあの連中に罪がないと言えば君を怒らせるだろうし、正しくもない。だが彼らが悪かったと言えば、君を憎しみの中に残したままとなるだろう。

——どんな憎しみですか？　誰を私は憎むんです？

——分からない。私かもな。

彼は窓のそばに座って、自分の握りしめた指をじっと見つめている。背後には灰色の日と曇った空があり、それは彼に似ていた。ハサンの言った言葉を私が口にすると、急に向きを変え、苛立ったように、驚いたように、厳しく、本当に憎しみをこめて私を見た。それからまた目を背け、ほとんど囁くように言う——

——あなたを憎むなんてこと、ありません。

——神よ、感謝します——彼をなだめようと急いで私は言った、彼がこの前のように出て行ってしまうのではないかと思ったのだ——神よ、感謝します。私は君の信頼を取り戻したいと願っている、もし消え失せてしまったのなら。もしまだあるのなら、さらに大きな信頼を得たい。新たな親交は大切だ、それは愛情であり、愛情は私たちの間にいつも必要なものだから。だが古い友情は愛以上のもの、私たち自身の一部だ。君と私は二股の木のように一緒に生えたのだ、もし引き離されたなら、どちらも傷つくだろう。私たちの脈は絡み合っている、枝のように。だがそれでも私たちは、それぞれの人生を生きながら、同じ思い出の株に生える以上のものとなることができたはずだ。私たちはそれぞれが個になることができたはずだ。今、私は逸してしまったすべてのことを残念に思っている。なぜ黙っていたのだろう？　二人ともあの出来事のことが頭にあるのは分かっていたはずだ、忘れることなどできはしないのだから。私は君に対してではなく、私自身に向かって非難しているんだ、私のほうが年上で経験も積んでいたのだから。ただ、君に対する愛情はいつも変わらない、それがはっきりしていたことだけは弁明させてもらうよ。君のよそよそしさが私を遠ざけたんだ。君は自分の不幸を、嫉妬深い者がそうするように、自分だけのためにしまい込んでいた、まるで死んだ小猿をいつまでも胸に抱いている母猿のように。死者は葬らねばならないのだ、自分自身のために。その手助けは私だけができることだったんだ。なぜお母さんのことを、一度も尋ねようとはしなかった？　お母さんのことを何もかも知っていたのは私だけなのに。縮こまるな、心を閉ざさないでくれ。苦しい思いをさせるようなことは決して言わないから。君のこともお母さんのことも、私は愛していたよ。

——母さんを、愛してたんですか？

彼の声は暗く、かすれて、危険だった。

——大丈夫だよ。姉のように愛していたんだ。

——なんで姉なんです？　娼婦だったのに。

私は彼の表情にぎょっとした、それまで見たこともない、厳しく容赦のない、何があろうと驚かないといった表情だった。もちろん彼が荒んだ気分でいて、母親についてのこの初めての会話によって引き起こされた悲しみのために苦しんでいるのは分かっていたが。彼が心の傷をさらに広げてみせる荒々しさにも驚いた。これほどまでに苦しんでいたのか？

彼をなだめながら、私は言った——

——辛いから厳しいんだな。お母さんはいい人だったよ。犠牲者であって、罪人ではなかった。

——だったらどうして殺されたんですか？

——みんなが愚かだったからだ。

黙ったまま床を見つめている。どれほど辛いことか、想像することはできた、とはいっても、ぞっとしながら彼の苦しみの凄まじさを推し量るだけだったが。だが彼は、それから敵意のある眼差しで、私がこれ以上は弁明できないだろうという最後の望みをかけて、こちらを見ながら尋ねた。

——それで、あなたは何をしてくれたんです？

——頼んだが無駄だった。それで君が見ないでいいように、別の村へ送った。その後、こっそり一人きりで泣いたよ。人間に吐き気を催して、けれど彼らを哀れにも思って、なぜならみんな一日中、互いに目をそらしていたからだ、恥ずかしかったのさ。

——一日っていうのは、大して長い間じゃない。いったい誰が……どうやって殺したんですか？

——知らない。見ていられなかった。聞いてみようとも思わなかった。

——その後、母さんについてどんな噂をしたんですか？

——何も。人は、耐えられないことはさっさと忘れてしまうものだ。

——あなたは？

——部隊を出た、あの後、間もなくだ。自分が恥ずかしかったよ、彼らのせいで。そして君とお母さんのことを悲しんだ、ずっと。君のことは特に。私たちは友だちだった、あれほどの友だちがいたことは、私にはなかった。

彼は目を閉じた。気絶寸前のように身体がゆらゆらと揺れ始める。

——行ってもいいですか？——私を見ずに低い声で言った。

——具合が悪いのか？

——具合が悪いんじゃありません。

私は彼の額に手を当てた。そのごく当たり前の動きをやりとげるのも大変だった、手の平を当てるより先に、彼の額が燃えるように熱いのを感じてほとんどやめようかとしたほどだ。熱した彼の肌に手を触れると、彼は顔を背けないようにとやっとのことで自分の体を支え、まるでナイフを待ち受けるかのように、不自然に身を固めた。

——行きなさい——私は言った——こんな話をしてすっかり疲れてしまった、君も私も。私たちは、お互いがいることに慣れないといけないな。

若者はすすり泣きながら出て行った。

私はユースフに蜜を買ってやるようムスタファに言いつけ、散歩に出してやり、コーランの書き写しをまた始めなさいと言い聞かせ、金と赤の絵の具を注文しようと提案したが、彼はそれを拒み、ますます不可解なそぶりを見せ、以前にもまして心を閉ざすようになった。あたかも私の配慮が、正真正銘の苦痛になったかのようだった。

——甘やかしているな。ハーフィズ＝ムハメドが、非難がましく言ったが、満足しているのは明らかに見て取れた。自分は誰とも深い結びつきをもとうとは決してしなかったが、他人の善意は彼を興奮させた。善意は彼にとって、日の出のようなものだ、見るだけなら最高なのだ。

——すっかり弱ってしまったようです——弁解しながら私は言った——何かあるな。

——まったく弱ってしまったな。恋でもしてるのか。

——恋してるですって？

——どうして驚くことがある？　まだ若いんだよ。妻をもらって、テキヤから出て行くのが一番いい。

——誰を妻にもらうんです？　恋している相手ですか？

——いや、それはない！　だがカサバじゃ娘は足りないとでも？

——どうも何か知っているようですね。なぜ私に当てさせようとするんです？

——まあ、そう沢山知ってるわけじゃないが。

——知っていることを聞かせてほしいですね。

——話すのは褒められたことじゃないかもな。ただ自分で思っているだけかもしれないんだから。

私は強いなかった、ハーフィズ＝ムハメドはいつも混乱しているし、それでも話すだろうと分かっていたからだ。彼の見せかけのためらいは滑稽だった。言い出したのも、何もかも話すつもりでのことだったのだ。何を実際に見て、何が世慣れぬ本人の空想したことなのか、分かったものではない。彼の話に多くを期待してはいなかった。

けれども話を聞き終えると、奇妙な気がした。ハサンの父上のところに行ったら——彼は話した——判事の家の門《カピヤ》のすぐそばでムラ＝ユースフを見かけたんだよ。決心がつかないような様子で突っ立って窓を見てたんだが、そのうち門のほうに歩き始め、また立ち止まって、ゆっくり向きを変えて家から離れてきた。何かしたかったんだ、何かを待っていたんだな、誰かを探すか。だが顔を合わせた時には、ハーフィズ・ムハメドは何も尋ねなかったし、若者は散歩していてたまたまここに来たんですと言ったのだという。そう、まさにそう言ったんだよ、それで怪しいと思って心配になってね。なにしろ、たまたまでも散歩中でもなかったんだから。ふと頭をかすめたことがあってね、そんなことでなければいいんだが。それからずっと黙っていたんだ、今の今まで。

——何が頭をかすめたんです？——私は神経を昂《たかぶ》らせながら尋ねた、唐突に、秘密の解明の前に連れて来られたからだ。

——口にするのも恥ずかしいことだ。だがね、妙な様子だったんだよ。それからあいつは言い訳しようとした、つまり、悪いことをしてると思ってたんだ。私は恋をしてるんだと考えたね。

——誰に恋していると？　ハサンの姉さんにですか？

——そのとおり、誰だってそう思っただろう。もし間違ってたら、この罪深い考えのために神の咎めを受けたっていい。

――そうなのかもしれない――私は暗い気分で言った――人間同士の間には、どんなことでも起こりうる。――彼と話をしないといけない。あれではただ自分を苦しめるだけだ。

――そう思いますか？

ハーフィズ＝ムハメドは奇妙な目つきで私を見た。私の問いかけが理解できず、これが意地悪いものであることも理解していない。あの若者が気の毒だ、あんな望みのない恋は彼を錆のようにぼろぼろにしてしまうだろう――彼は言う――それに彼にも我々にも恥ずかしいことだ。世間に対しても恥だ、あの人にも。人妻で立派なご婦人なんだから。だからハーフィズ＝ムハメドは、神に祈るのだと言う――あの若者をこの道から遠ざけて下さるように、だがもしこっちが誤解してひどい考え方をしたのだったら、わが罪を許して下さるように。

洗いざらい話してしまうとハーフィズ＝ムハメドは沈み込んでしまった、後悔したのだ。だがもし黙っていたら、気が変になっていただろう。

ありもしない罪にさえ恐れおののくこの男の話がすべて真実だったとしたら、いかに素晴らしいことか！　だがもしかしたら、本当に罪はあるのかもしれない。なぜそうでないと思えるのだ？

忌まわしいこの考えに私は興奮した。一瞬のうちにそれは私の中で広がり、羽ばたいた。そこに隠された、ある重大な可能性に気づいたのだ。彼女の美しい両手が互いを求めて握り合わされ、無意識のうちに愛撫し合う様子を思い出す。それに、あの冷たい目から放たれ、深い水のように尽きることのない力の強さ、何かに対して仕返しをしているような静かな大胆さも。もうすべては起きていたのだということも、ハサンを裏切るように彼女が私に頼んだ時にはもうハルンは殺されていたことも、思い出した。もちろん彼女は弟のことを知らなかったのだろうし、名前を聞いたこともなかったかもしれない、だがそんなことには思い至らなかった。私の記憶の中では、残酷な女だった。夫の判事と同じ、彼らは二匹の血に飢えたサソリであり、私の心は二人に対してどのような良きことも願うことはできなかった。それから、憎しみが心の中で嬉しそうなさえずりをたてた。幸いなるかな！　一瞬の気の迷いから、彼女がムラ＝ユースフの若さに服従し、判事が罪に対する太古からの裁きによって恥辱にまみれる姿が、目に浮かんだ。

だがすぐにその考えを私は打ち消した、これは忌まわしい考え、些末な復讐を望む心であり、私自身を貶めるものだ。けれどそれはもっと重要なことを教えてもくれた――これは私の弱さの証、彼らを前にして感じる恐怖なのだ、そして恐怖と弱さは、卑しい本性を生み出すものだ。頭の中で私は戦いを他の者にまかせ、束の間にもせよ、隠れた隅から彼らの敗北を楽しんでいた。だがいったいどのような敗北だと？ 私が失ったものに対するどのような埋め合わせだというのだろう？

私は恥ずかしく、また恐ろしくなった。いや、言ったはずだ、固く決意したのだから、そんなふうにはならない。自ら決意したことは必ず成し遂げる、自分一人で。許すにせよ、和解するにせよ。これが正しいやり方なのだ。

私はもう一度ムラ＝ユースフを呼んだ。ハーフィズ＝ムハメドと話をした後だった。彼を待つ間、ハサンがくれたアブル＝ファラジの本を見つめていた。なめし革で綴じられ、表紙に四羽の金の鳥が舞う本だ。

――これを見せたかな、ハサンがくれたんだ。

――すごくきれいだ！

彼は一瞬のうちに表情を変え、指でなめし革と金の鳥の広げた翼に触れ、みごとな頭文字と贅沢な文字に見入る。本の美しさが彼を興奮させ、部屋に入って来た時のそわそわした様子を吹き消していた。

もし彼に予期させ、怖じ気づかせ、私たちの会話がどんなものになるかを想像させ、山のようにある自分の罪を、熱に浮かされたかのごとくに掘り返すように仕向けたなら、私はかなり優位な立場に立てたことだろう、誰にでも身に覚えのある罪はいやというほどあるのだから。だが戦って得られるものが彼の恐怖心であるような勝利は、欲しくなかった。信頼のほうが望ましかった。

――あえてこの前の話をまたしようと思うんだ、君は相変わらず落ち着かないようだから。こういうのは最悪の状態だ、身にしみて分かるよ。決心がつかず苦しみに縛りつけられたままなんていうのは。それに、場合によってはその苦しみがどのようなものかをはっきり定めることさえできず、風が一吹きするたびに揺さぶられ、膝から崩れ落ちそうになるなんて。力になりたいんだ、できる限り、そして君が受け入れてくれる限り。君のためにばかりでなく、自分自身のためにもこうしているんだ。もしかしたら君には悪いことをしたのかもしれない、私に固く結びつけてしまったからね。安心感を取り戻してあげたいと思って。私の弟は死んだ、だから代わりになってもらいたい。いったい何があったのか、私に話してくれなくてもいい、誰でも自分の思いを秘めておく権利はある、どのようなものであってもね。それに、話すことがいつも楽であるとは限らない、私たちはしばしば風見鶏のように向きを変え、不確かさに迷って自分の立場を決めることさえできないものだ。絶望と平穏を願う気持ちの間でぐるぐる回り、いったいどちらが私たちのものなのかも分からなくなる。どこかで止まって別の方角に向きを変える、それはしなければならないことだが、実行するのは難しい。どんな決断であれ、良心を攪乱するものでなければ、それは優柔不断がもたらす喪失感よりはましだ。だが決断を急ぐ必要もない、然るべき時が来てそれが生まれるのに手を貸すだけでいい。決断の苦しみは友によって和らげられることもある。友は和らげるだけで取り除くことはできないが、それでも必要なものだ、子を生む時の産婆のように。私は、自分の経験から知っているんだ。これ以上ないくらい辛かった時、もはや自死する以外に出口はないと思った時、神がハサンを送り届けてくれたんだ、私を勇気づけ、立ち上がらせるために。彼の心遣いと善良な心、それにもしこう言ってよければ愛が、私自身への、そして生きることへの信頼を取り戻してくれた。心遣いの証は、もしかしたら他人には些細なものに見えるかもしれないが、私には値を付けられないほど価値あるものだったよ。気違いじみた私の堂々巡りは止み、恐怖心は静まり、閉じ込められていた氷の中で、人の善意の暖かい風を感じたのだ、ムラ＝ユースフ、どうか許してほしい、この大切な思い出のせいで私が興奮しているのを。だが彼ほど大きな慈愛を私に差し出してくれた人はいない。私はひとりぼっちだった、みんなから見放され、不正が完璧に行われるのだという不幸の空しい静けさの中に置き去りにされ、信じて来たことすべてを疑う瀬戸際にいた。何もかもが粉々に砕け、壊れてしまったからだ。だが、いやそれだからこそ、善良な人間がいると知るだけで十分だった。他の人々との協調を取り戻すのに、彼さえいてくれればよかった。もしかしたら、私たちの間ではごく当たり前であるはずの彼の行為が、私にとってこれほどの意味を持ち、私がこれほどにありがたいと思うのは、奇妙に見えるかもしれない。だがああいった行為は少しも当たり前のことではなく、彼を他の者たちから区別するものだ。けれども私にはさらに罪があり、彼の助けはさらに重要なものになったんだ。

ムラ＝ユースフが頭を上げた。

そう、罪があった。私は彼に忌まわしい仕打ちをした。きわめて忌まわしい。どのようなものか、なぜか、そんなことはどうでもいい、理由を見つけることはできたかもしれない、弁明も、だがそれは重要ではない。彼の友情が必要だったんだ、空気のように、でも私は逃れようとした、彼の前で嘘を隠すことはできなかったからだ。私を許してほしいと思ったが、彼はそれ以上のことをしてくれた、もっと大きな愛を私にくれたのだ。

——あなたはハサンに何か悪いことをしたんですか？

ムラ＝ユースフがやっとの思いで尋ねた。

——彼を裏切った。

——それで、もし彼があなたを軽蔑したら？ 拒絶したら？ あなたの裏切りを人に話して回ったら？

それでも彼を尊敬しただろう。本当の高潔さは値段をつけて取引するものではない、そのことも教えてくれたんだよ。私を二重に助け、二倍豊かにしてくれた。私はハサンに言ったんだ、君のような人は真の恩恵だ、神自らが遣わされる賜物だとね。そして心底からそう思っている。彼は何か不思議な感覚で誰か助けの必要な人間を嗅ぎ分けて、薬のように助けを差し伸べるんだ。人間だから、魔術師といったところか。そして助けた者には兄弟よりも誠実に接し、決して見放しはしない。彼の愛情が最高なのは、受ける者がそれに値するかどうかなど問題ではないという点だ。もしそうなら私は愛を得られなかっただろう、あるいはとうに失っていただろう。彼は愛を自分で守り、人に贈り、自分で必要と感じていること以外に理由を求めず、自分の満足と他人の幸福以外のどのような代償も求めない。人は与えることによって得るのだという教えを、彼から授かったよ。私はもう死にかけた人間ではない、彼の愛が私を癒し、私自身が他人の支えになるだけの力を与え、愛を可能にしてくれた。だから君にも、ムラ＝ユースフ、与えたいんだ、もしそれが助けになるなら。

私は静かに温かく、笑いを浮かべた。苦心して、だったかもしれないが、そこに言いたいことのすべて、大切だと思うことのすべてをこめた。ただハサンなら自分の友情をこんなふうに説明しはしないだろうと思うと、いくらか落ち着かなかった。だが誰にも自分なりの流儀はあるし、私に与えられた課題のほうが難しかったのだ。

ムラ＝ユースフは最初の会話の時よりもさらに内にこもり、口を開きたがらなかった。だがあの時と同じくらい動揺していた。膝をついて私の前に座り、身をかがめ、熱に浮かされたように、腹に当てている手の指の痙攣を緩めようと絶えず試みながら、熱っぽい目を閉じたり開けたりして、苦悶しながら私を見ている。私の抑制をきかせた言葉が彼の中に嵐のごとく穴をあけた、それを隠すこともできぬままだ。一瞬、彼が大声で泣き出すのではないかと見え、私は彼も自分も苦しめずに済むように、もう放してやろうかと思った。だが、始めたことは終わらせなければならない、そう自らを叱咤した。私たちの上に、運命が下ろうとしているのだ。

ハサンの友情、そして私たちの間のすべての始まりとなったこの贈り物のおかげで、私は考え、決断することができたんだ、あれは救いをもたらす行為だった――私は続けた――家にあったもの、母のものでたった一つ残ったのが、四隅に金の鳥を縫い取った手布巾だった、今も長櫃《ながびつ》の中にある。ハサンはそれを本の表紙に移し、私の心を子供のように、あるいは阿呆者のほうに、和ませてくれた。あの時私は一番大切なことを理解したのだ。覚えているかな、君にも尋ねたね、昔のことだ。幸福を意味する金の鳥のことを。そして今私は理解した、あれは友情、他者への愛なのだと。他のすべては偽りかもしれないが、これだけは違う。他のすべてはどこかになくなり、私たちを空っぽのままに置き去りにするかもしれないが、友情はそうではない、なぜなら私たち次第だからだ。

私の友になってくれ、などと君に言うことはできない。だが君の友になってあげようと、そう言うことはできる。君ほど近しい者はいないのだ、ユースフ。持つことのなかった息子の代わりになってくれないか。亡くした弟の代わりになってくれないか。私も君の望むすべて、君にないあらゆるものになってあげるよ。私たちは今や同じだ、悪意ある者たちに不幸にされた。どうしてお互いを守り、慰めになれないことがあるだろう？ 私のほうが楽かもしれない、私の心にはいつもあの平原の少年がいるからだ、私の不幸が他のどんなことより重大な問題だった時でさえも。君にとっても、ひどく大変なことではないと願いたい。私は辛抱強く待つよ、君が私に対して感じていた友情、あったのはよく分かっている、あの友情が戻って来るのを待つことにする。

彼は身を二つに折ったではないか？ 慟哭をもらしたではないか？ 乾いた唇の端で叫びを止めたではないか？

だが無駄だ、私たちに救いはない。裁きを受けぬ友よ。

だから君に――（私は容赦なく続けた）――こう言おう、もし君のことなど気にかけていなければこんなことは言わないだろう。あるいは、別の意図があれば、私たちの身分の名誉を守るためにそうするなら、もっと違った言い方をしただろう。さあ、これは君と私だけの内密の話ということにしよう。私にしてみれば口にしがたく、君にとっては聞くのも辛いことだが、もし言わなければもっと悪いことになる。

はい――彼は怯え、息も絶え絶えで、聞かされたことに平手打ちをくらったように、動揺しながらも知りたくてたまらないという様子だったが、これで全部なのかどうかは分かっていないようだった。彼の緊張は、絶えず何かを、一番大事なことを、この会話の最終的な目的を、じっと待っていると告げている。私は何も明らかにせずに彼にその最終判断を委ね、彼自身が打ち明けるように仕向けた。

私は言った――

君がどこへ出かけ、何をしているのかを詮索しようというのではないんだ。たまたま知ってしまったのだ、そして知ったことを残念に思っているよ、もし私が恐れていることが本当なら（彼の目玉は飛び出さんばかりになり、私がヘビか何かであるかのように見た、魅入られたように、私の言葉を促し、そして怖がっている）判事の家の前で何を探していたんだ？ どうして青ざめる？ なぜ震えている？ それほどに君を動揺させるのなら、話をやめたほうがいいのかもしれないな。だがどうも、事はそう無垢な話ではなさそうだから、続けなければならないのだ。君のことはよく知っている、何が起きたのかは分かる、あるいは想像できると言おうか。忌まわしいことではあるが、それほどに動揺しているところからすれば、君の良心がまだ生きていて、君を責めているという証だ。

若者は頭をますます垂れ、恐怖の重荷の前に屈し、打ち砕かれ、脊椎が粉々に砕けてしまったかのようだった。

彼は弱々しく、たまたまあそこに行ったんですと繰り返したが、私は手を振ってそれについての会話も拒否した。

彼は息もつかずに待っていた。私もやっとのことで息をしながら、待っていた。最後の瞬間まで、ただ一つのこと、それを認めさせるためなら彼を火で炙りさえしただろう重要なことを口に出せるかどうか、自分でも分からなかった。それは私の中で狂気のように、血を流しながら叫んでいたが、私は非難の言葉を口の中に封じ込めて嚙み殺し、外に発してしまわないように抗った。もし完全な恐怖が彼を支配し、すべてを拒否するように追いやったなら、私は疑惑の中に取り残されてしまう。

こうして彼を無理矢理引きずり、神経が千切れそうになる瀬戸際まで緊張させ、追いつめながら、私は、あたかも彼が歯をむき出し、吠え始め、私の心中に何が隠されているかを見るために私を引き裂こうとするのを待ち受けているような気分でいた。

私の疑いは確信に至ったが、まだ証拠がない。

ここから急に手を緩め、何もかもを笑い話のようにしてやるのだ。もしあの顔に安堵の表情が見えたら、私は正しい方向に進んでいるということだ。彼は、有罪だ。

心の騒ぐ声を抑え、血のざわめきを押し殺し、私はハーフィズ＝ムハメドの無邪気な推測を繰り返してみせた――もしかして、ハサンの姉さんに思いを寄せているのではないか？　もしそうなら哀れなことだ、もしそうなら、愛に飢えた君の心は、罪深く望みのない渇望のために真っ黒になり、干涸びてしまうことだろう。そのせいで君は打ちのめされ、人から遠ざかってしまうことだろう、もしかしたら私からも。どうか悪く思わないでくれ、私は、もう自分の助言で救ってやることのできない弟に話すように、君に話しているのだ。なぜ泣いているのかと聞くか。いずれ分かるはずだ、私はそう願っているよ、今すぐに、でなければ後になって、人生の大部分がすでに過去のものとなり、失ってしまったもののことだけを考えなければならず、まだ残っている友の愛情をしっかり守るために戦わなければならない時が来たら。

本当に私は泣いていた。悲しみと憤怒の涙で、この動揺した若者と同じくらい動揺していた。後はこのぞっとするような会話を、抱擁で終わらせればいいだけだったが、そこまで自分を偽って装うことはできなかった。もし彼のほうからそうして来たら、絞め殺していたかもしれない。私には、すべて分かっていたからだ。

全部分かっていた。さまざまな仄めかしや兆しが何千という刃となってみっしりと生い茂り、その中の一つが死をもたらす凶器だった、そんな密林のような中から抜け出した時、そして彼もまたそれを待ち受けていたのだが、彼を血がにじむまで縛り上げていた縄の無数の結び目を解いて自由な空間へ導いてやった時、優しい忠告で本能的な恐怖心から解放してやった時、彼の頭上には、脅威から自由になったような晴天がふいに広がったのだ。苦しみに歪んだ表情に、むき出しの驚きが、助命されたという狂気の沙汰のような喜びが、さっと閃く。

馬鹿者め、憎悪をこめて私は彼を見た。罠をよけて逃れたと思っているな。

ところが思いがけないことが起きた。予想だにしなかったことだ。解放の喜びはほんの一瞬彼の顔に輝いたが、束の間とどまっただけでその力と新鮮さを失った。ほとんど同時に何か別の思いに飲み込まれたように、顔が生気を失い、救いようのない嘆きに沈む。

どういうことだ? 歓喜したことに恥ずかしくなったのか? 不意の喜びに圧倒されたのか? 子供っぽい無邪気さで、私を憐れに思ったのか? あるいは私の言葉を否定することがどれほど危険なことであるかに気づいたのか?

彼はゆっくり、不可解なまでにゆっくりした動きで身を屈め、床に額をつけた。祈るように、倒れるように、やっとのことで手をついて体を支えるが、とても支えることなどできないかに見えた。やがて眠ったままのように立ち上がる。そして眠ったままのように、茫然と出て行った。

私が取ったのは、彼に対しても自分自身に対しても、容赦ないやり方だった。だが他に道はなかった。知りたかったのだ。ハサンは違う種類の者たちと別の世界でつきあっていて、彼の前ではどんなことでも簡単に明らかにされる。だが私には誰も話してくれず、自分自身とユースフの魂を逆さまにして揺さぶらなければ、真実には到達できなかった。その道は長く、やっと少しずつ、一かけらまた一かけらと、事の次第を知ったのだ。ごく当たり前の人間が二人、街角でちょっと出会ったおりに囁き交わすようなことを知るのに、長い時間がかかった。そしてようやく分かったことに私は愕然とした——いかに私は人々から隔たり、孤独だったのだろう。だがその考えをひとまず脇に押しやった。これについては後で考えよう、すべてが終わってから、ゆっくりと。

雨がやみ、暖かい太陽の時となり、その中間はないかのようだった。私は外に出て、川辺を長い間歩き、息づく草の下で土が蒸気を放つさまを眺め、広々とした晴れ渡る空に目を留めた。あの平原の上にも、私の故郷の上にも、同じ空があった。出て行ってしまいたいという願望などに、引かれはしない。恐怖も、闇の中で低い音をたてる水の脅威も消え、無気力もなくなった。私はここにいるぞ！　誰かに意地悪い喜びをこめて呼びかける、私が生きていることがすでに相手にとっては脅威なのだ。進まなければ。はっきりした、役に立つことをしなければ。その必要を感じていた。

私には目的があった。

私は穏やかに、静かに、忍耐を身にまとって人々の中に踏み込んだ。ありがたいと思いながら人々が差し出しうるものをすべて、土塊も、悪口も、情報も、受け取った。

あてもなしに進んだわけではなかった。方向を変えた時でさえ、道に迷った時でさえ、いつも自分が探し求める道に戻ってきた。道しるべは自分自身の根気、誰かの言葉、あてこすり、私の不幸を喜び、私の変わりように驚く人々だ。そして私は秘密を探る道をいっそう足取りも確かに歩み続け、その落ち穂拾いの中で、他人の言葉と憎しみと孤独の施しによって、次第に豊かに、そして次第に貧しくなっていった。

夜警と話をした、それにカラ＝ザイム、警備兵たち、神学生《ソフタ》、修道師、傷を負った者たち、不満や疑いを抱いている者たち、一人一人はわずかしか知らないが集めればすべてを知っている人々と話をした。そして復讐も正義も求めず、世俗の世界との断たれた絆を打ち立て、すべてを失った後に残る神への愛情に慰めを見いだそうとしている穏やかな人間の顔を見せ続けた。疑わしげに見る者、容赦ない者、無遠慮な者は多くいたが、私は泥の固まりを投げつけられた時でさえ方向を見失わず、頭を垂れて真実の一かけらでも手に入れようと努めた。声のわずかな端に、罵り言葉の中に、秘かな快哉と見せかけかあるいは真の同情の中に、さもなければ悪意よりももっと私を驚かせた高潔さの中にさえも。そして私は何もかもを、頭の中にしまい込んだ。

その苦難の道を通り過ぎた時、私は知らなければよかったことを知るに至ったのだ。私の世間知らずな思いは、恥ずかしさのあまり息絶えた。

こうして私は最後の学びの修行を終えて、終着点に至った。期待したことが起こるはずだった。だがもう起こるべきことは何もなく、私も何も期待してはいなかった。完全に打ちのめされた——それが結末だ。そして人々の間には、一人のおかしな修道師についてのちょっとした噂話が残された。修道師は人々の、そして自分の人生について淡々と語り、愛と赦しを持てと説いていた、自分自身がそうしたようにと。修道師は神と信仰と、この世よりも素晴らしいあの世というものによって、自分自身も彼らも慰めようとしたのだ。

シナンの導師アブドゥラーフ＝エフェンディ（彼の元にも行ったのだ、私たちは互いを疑っていた。二人とも誤解していたわけだが、実にいわれのない疑いのために彼は私に、私も彼に、ずいぶんとひどいことをしたものだ）のところから戻ると、ムラ＝ユースフが庭の川のほとりにいるのが見えた。私が門《カピヤ》を開けると、びくっと身体を震わせて中に入ってしまった。動揺したようで、私を見た目は病的に熱を帯びていた。

私がどこに出かけ、何を探していたのか、知っているのだ。

私たちは挨拶を交わさなかった。部屋に入ると、暗くて寒かった。私はしかるべき時が来たら、ここは広く明るい法廷になるだろうと想像していた。だが今はもう、かつてあった部屋でさえなく、空しさで私を拒絶した。私が秘密を追跡している間、すっかり忘れていたためだ。部屋は私との親和感を失ってしまい、そして私は、他の場所では何も見出せなかった。

窓辺に立ち、陽光のまぶしい昼の光景をぼんやり眺める。そんなことしかできなかった、そんなことをしても意味がないことは分かっていたが。

扉が開いた。彼が入ってくる。私は何も言わなかった。彼もだ。扉のすぐ近くから、重い息づかいが聞こえる。

重苦しい沈黙は長く続いた。ずっと私の背後に、私の暗い思いそのもののように、彼は立っている。こんなふうに、こちらが呼ばずとも来ることは分かっていた。ずっと前からこれを待っていたのだ。だが今は出て行ってほしかった。けれども彼は出て行こうとしない。

彼が先に話し始めた。声は低く、はっきりしている。

——あなたがどこに行ってたのか、知ってます。何を探していたのかも。

——それなら?

——捜索は無駄じゃなかったでしょう。裁いて下さい、でなければ赦してください。もしできるのなら。

——出て行ってくれ、ムラ＝ユースフ。

——私を憎んでいるんですか?

——出て行け。

——憎んでもらったほうがまだ楽です。

——分かっている。そうすれば、君も憎しみを抱く権利があると思えるからだろう。

——何も言わないことで罰するなんて、そんなの嫌だ。唾を吐きかけるか、でなければ赦して下さい。苦しいんです。

——どちらもできない。

——どうして友情の話をしたんですか? あの時、もう全部分かっていたんでしょう?

——たまたまか、でなければ恐怖のせいでやったのだと思っていた。

——こんなふうに突き放さないで下さい。

これは身を低くした懇願ではなく、要求だった。絶望の不敵さに似ていた。そして黙り込んだ。私の冷淡さに勇気を砕かれたのか。それから扉のほうに向かって歩きだし、そこで立ち止まって振り返った。気丈、いや上機嫌と言ってもいいように見えた。

――友情の話をしてどれほど私を苦しめたか、分かってくれてたらいいですけど。本当のことじゃないとは知ってたけど、そうならいいなと思いました。奇跡が起こればいいと思った、でも奇跡なんてないんだ。今は気が楽です。

――出て行きなさい、ユースフ。

――手に接吻させてくれますか?

――頼むから、行ってくれ。一人になりたいのだ。

――分かりました。

私は窓辺に近寄った。何に目を向けたらいいのか分からぬままに、日没をじっと見つめる。彼が出て行くのも、扉が閉まるのも聞こえなかった。彼はもとどおり、もの静かで控えめな態度になり、このような結末を迎えてよかったと思っているようだった。私はネズミを罠から逃がしてやったわけだが、寛大な気分も軽蔑も感じなかった。

私の視線はカサバの上の丘陵に、そして日暮れ前の太陽が輝く家々の窓にさまよった。

そういうことだ。さて、これからどうする? 何もない。黄昏、夜、夜明け、昼、黄昏、夜。何もない。

こんな考えはあまり賢明ではないと分かっていたが、どうでもよかった。自分自身を、他人を見るように、冷笑的に見ていた。捜索が続いていたほうがよかった、中断なしに、そうしていればまだ目的があったはずだ。

その時、部屋にハーフィズ゠ムハメドが入って来た、正しくは飛び込んで来たと言ったほうがいい。興奮し、怯えている。ほとんど正気を失わんばかりだ。興奮すると必ず起こる咳の発作にきっと襲われるに違いない、そう私は思った。そうなれば恐怖に満ちた表情が伝えるものを、こちらが解き明かさねばならない。だが幸いにも咳は後ろに退いてくれ、どうにかこうにか彼は口を利くことができた。ムラ゠ユースフが。首を吊った、部屋で。ムスタファが綱から外してやった。

私たちは下へ降りた。

彼は寝台に横になっていた。赤黒い顔、閉じた目、ぜいぜいと息をしている。

ムスタファが横に膝をついて、匙と左手の太い指で口をこじあけながら水を飲ませている。そして私たちに出て行くようにと頭を振って合図した。私たちはそのとおりに、庭に出た。

——可哀想に。——ハーフィズ＝ムハメドはため息をついた。

——だが命はとりとめた。

——ありがたいことだ、神様の思し召しだ。だがなぜあんなことをしたんだ？　恋のせいだろうか？

——恋のせいではありませんよ。

——あんたの部屋から出て来てすぐだった。何の話をしたんだ？

——弟を、ハルンを裏切った犯人なんです。仲良しだったのに、裏切った。自分で認めましたよ。

——どうして裏切ったんだ？

——判事の密偵だったんです。

——何ということだ、神よ！

心清らかなこの老人は、自らの清廉さを未経験という餌で養っている。彼だったら、このような穢れたことで経験豊かになるくらいなら、私に顔をひっぱたかれたほうがまだましだと思っただろう。

長椅子に座り、力なく肘掛けにつかまりながら、ハーフィズ＝ムハメドは低く泣き始めた。

もしかしたら、こうするのが一番いいのかもしれない。もしかしたら、できることの中で最も賢明なことい。なのかもしれない。

11

広き大地は彼らにとって狭くなり
心には孤独と憂いが残された

私の不安は広がり、後戻りして過去へと伸びていく。もうずっと前から私は周りを取り囲まれ、人々の目が私の踏み出す歩みの一歩一歩を窺い、その一つを踏み誤るのを待ち構えているように感じていた。その一方で私は何も知らず、夢でも見ていたのか、自分のものはすべて、自分自身とわが良心だけに関わることだと信じていた。だが私の心の息子が、誰か他人の命を受けて私を見張っていて、その間、私はといえば自由から隔てられ、しかも自由を享受しているのだという空しい信念を抱いたままだった。何年もの間、私は囚人だったわけだ。誰の、どれだけの人の前でかは分からない。そして貶められ、後ろへと押しやられた。不幸が起きる前には自分のものとして想像することのできた、自由な空間をも失った、奪われてしまったのだ。思い出の中に戻ったところで、何にもならない。不幸は、私が気づくよりずっと前に始まっていたのだ。およそ私のことに注意を払わなかった者がいただろうか。私の言葉に聞き耳をたてなかった者がいただろうか。どれほどの雇われた、あるいは自ら進んでそうした見張りたちが私の後を付け回し、私の行動を記憶し、私を私自身に対する反証人に仕立てただろうか。その数は恐ろしいほどになった。私は恐怖心も懐疑心も抱かずに人生を歩んでいた。大地の裂け目の縁を歩いて行く愚者のようなものだ。だが今の私には、平坦な道も裂け目に見える。

カサバは、人の息づかいと歩みを追う巨大な目と耳と化した。私は人と出会うと、自然さと確信を失った。笑顔を浮かべれば自分がおべっかを使っているように思え、どうでもいいようなことについて話をすれば隠し事をしているようで、神とその正義について語れば、愚か者であるかのような気がした。

私はわが友、ムラ＝ユースフをどうしたらいいのか分からなかった。友――苦々しい思いでこう言う。だがもし本当の友だったなら、なおのことひどかっただろう。彼に関してはこのとおり、何一つ失ってはいない。見ろ、おまえの友が何をしてくれたことか！ こう言って嘆くくらいなら、自分の傷を舐めていたほうがましだ。だがそうしたいとは思わなかった。もしそうすれば、彼一人の罪のみを咎め、何もかもを彼と私の間の問題に帰着させてしまっただろう。友の裏切りに傷ついた私は、他の者たちのことを忘れてしまっただろう。だからこうして、彼を他の罪ある者たちの群れの中に押し込むことで、私は罪と自分の被害をより大きくしたのだ。無意識に、その広がりが私の痛みと満足に見合うまでに拡大していくものであればいいという、はっきりしない願いを持ってそうしていた。今言ってみた――痛みと。だが感じることはない。満足、そう言ってみても、実現してもいない。人々は私に対して大きな借りを作ったが、私は彼らに何も求めはしない。

ムラ＝ユースフは私と出会うと暗い目に恐怖を浮かべ、私は彼に疲れた笑いを向けた。だが私の心は真っ黒だった。ときたま、もちろんほんのときたまだが、彼が眠っている間に、あるいは座って物思いに耽っている時に、絞め殺してしまいたいと思うことがあった。ときたま、彼を遠ざけてしまいたい、他のテキヤへ、よその町へやってしまえたらと思うこともあった。だが何もしなかった。

ハサンとハーフィズ＝ムハメドは私の寛大さ、私が彼を赦したことに感嘆し、そして彼らの見当違いの賞賛は、奇妙なことに、私をいい気分にした。実際、私は忘れもしなければ、赦してもいなかったのだから。

このことで私はハサンを取り戻し、彼の友情に由来する説明しがたい満足感と、内心の充足感も取り戻した。彼の友情には理由などなく、意味さえ大してなかったが、それでも私は贈り物として受け入れ、いつまでも途絶えることなく続いてくれるようにと願った。

――頭のいいやり方だったな、そっとしておいてやったのは――善というよりは利益について話すように、彼は言った。彼の賞賛は時に非難のようにも聞こえる。――彼を追い払ったとしても、また別のがやって来るからな。彼は大して危険じゃない、どんな男か君には分かっているんだから。

――もう誰も私にとっては危険ではない。彼のことはそっとしておいてやるつもりだ、自分の好きなように生きればいい。彼を憎むこともできない。哀れにさえ思っているよ。

——俺もだ。人は自分の不幸と他人の不幸のみで生きる、なんてのは理解できないよ。自分の不幸を思いながら他人の不幸のお膳立てをするなんて。彼はきっと地獄がどんなふうか、知ってるに違いない。

——真相を知った時に、なぜ私に話してくれなかったんだ？

——何も防げなかっただろうからさ。もう起きてしまっていたんだ。だから君が自分で探して、君自身の考えに慣れるのにまかせた。もしいきなり聞かされたら、何をしたか分かったものではなかっただろう。

——犯人を見つけたらどうにかしてやろうと考えていた。だが実際には何もできはしない。

——実に多くのことを君は成し遂げている——ハサンは真面目に言った。

——何もしていないよ。時が過ぎるのにまかせ、支えを失い、自分がしていることにももう喜びを感じない。

——そんなふうに考えるのはよくないな。何か始めればいい、自分を解き放つんだ。

——どうやって？

——旅に出るのさ。土地を変えるんだ、人も、空も。故郷のヨホヴァツ[28]でも。刈り入れの時期だ。手袋をはめて刈り入れの農夫たちの中に混じって汗を流せ、体を疲れさせろ。

——今、私の家は悲嘆にくれているよ。

——ならば俺と一緒に行こう。旅に出る支度をしているんだ、サヴァ川まで行く。宿場に泊まって羽虫にまみれるか、ブナの木の下で眠るか。ボスニアの半分を走破して、オーストリアに入ってもいい、もし君が望むならな。

私は笑った。

——誰もが君と同じように、旅で心を満たされると考えているようだな。まるで薬だ。

私の言葉が本質をついたように、彼の神経が沸き立った。

——誰でも、時には旅に出よと言われるべきだ——興奮して言う——いやもっとだな、必要以上に同じ所に

28　ボスニア北東部の村。

留まっていてはいけないんだ。人間は木じゃない、縛り付けられることは不幸なんだよ、勇気は奪われ、安心感は目減りする。一カ所に縛り付けられると、人間はどんな条件でも受け入れるようになる、自分の意に添わないものさえね。そして先行きが不確かなために、自分自身を恐れるようになる。変化は、放棄すること、でなければ自分が心血を注ぎ込んだものを失うことに見えてくるんだ。誰か他の者が自分の得た場所を占拠し、自分は最初からまた始めなけりゃならない、とね。身を埋めることは、老いぼれの正真正銘の始まりだな。人間は、何かを始めることを恐れないうちはまだ若い。一カ所に留まると、人は苦悶するか、攻撃するかだ。だが出かければ、人は自由を守り、いつだって居場所と押しつけられた条件を変えられるんだ。どこに、どうやって行くかって? 笑うなよ、俺だって行くあてがあるわけじゃない。でも時にはできるだろう、自由の幻想を作り出してさ。「出かけるんだ」とか、「変えるんだ」とか何とか言って。そしてまた戻るんだ、心をなごませ、まやかしにすっかり癒されてね。

ハサンの言葉がいつ嘲笑に変わるかは、およそ予測がつかない。はっきり断定するのを恐れているのか。定まった、しっかりした判断というものをおよそ信じていないのか?

――だから君はしじゅう出かけるのか? 自由の幻想を持ち続けるために? つまりそれは自由などないということか?

――ある、そしてない。俺は輪を描いて動いてるんだ、出かけては戻る。自由だが、やはり縛られている。

――ならば、私は出かけるか止まるかしなくてはならないのか? どちらでも同じことのように思えるが。もし縛られているなら、自由ではない。戻ることが目標なら、出かけることに何の意味がある?

――そこにこそすべてがあるのさ、戻るということに。この地上のある一点から憧れを抱き、出発して、また帰り着くんだ。縛り付けられたその一点がなければ、そこも、そして他のどんな世界も、好きにはなれないだろうし、出発すべき場所すらないだろう、だってどこにも居場所がないわけなんだから。だがもしその一点しかないとしたら、やはりどこにもいないことになる、なぜならそこに憧れも抱かなければ愛着も持つことはないんだから。それはよくない。考えて、憧れて、愛情をもたなきゃ。そうなったら旅立ちの準備にかかれ。テキヤをハーフィズ＝ムハメドに委ねて、君は彼らから、彼らは君から解放され、君はおとなしい馬に乗る覚悟をする。そうして尻を傷だらけにして、別の王国の門《カピヤ》に行き着くんだ。

――あまり名誉なことじゃないな。

――傷は傷だよ、修道師どの。

――座り心地が悪そうだ。

――他の場所とそう変わりないさ。逆立ちして馬に乗るわけにはいかないだろう、変だと思われるかもしれないからな。反乱のように見えるかもしれない。さて、話は通じたかな？

――ああ、通じた。私はどこにも行かない。

――いやはや《アマーン》！　まるで自分がどこにいるのかまったく分かってない頭のおかしな娘と同じだな。まあつまり、どうやらこの髭面の風来娘は、心を決めないままでいようと心に決めたようだ。だがもし気が変わって、悪魔を相手にするようにたった一つの考えと取っ組み合いをするのにうんざりしたら、会いに来てくれ。どこに来れば俺に会えるかは知ってるだろう。

私はカサバからどこにも出て行きたくなかった。一度だけ、もうずいぶん前だ、出て行きたいと、まだ見たことのない道をさすらいたいと思った。だがあれは空虚な夢想、解放を求める弱々しい願望、あり得ないことへの思いだ。今はもうそれは現れない。私を襲った不幸が、私をここに捕えて離さなかった。不幸が私を、針で刺されたようにここに打ち付けてしまったのだ。私にはわずかばかりの思考と動き、幾ばくかの道が残されただけだ。庭の日向にじっと座るか、部屋で本に向かうか、でなければ川縁を散歩するか、そうしようと望んだわけでも楽しいわけでもなく、ただ習慣からそうするのだと分かってはいる、それでも日向のぬくもりの中で、書物を読む中で、あるいは川の水の光の反射の中で、心地のよさをはっきり感じることがだんだん多くなっていた。何もかもが当たり前で、素晴らしく、安らかになり始めた。けれどそんな中でも時折、はっきり分かる理由もなく、それをかき立てる考えもなしに、苦しく秘められた痛みのように、痙攣のように、燃えるような一撃が私を貫くのだ。これは一体何だ？　まったく意外に思うふりをして、私は自問する。望んでもいない心の反乱を認めるのが怖くて、それを千々に引きちぎったが、それらは手を伸ばせば、いや考えれば、すぐ届くところにあった。

何かを、私は期待していた。

私の心ははっきり定まらず、移ろいやすかった。まるで健やかでも病んでもいない人間のよう、時折現れる病の症状が、絶え間なく続く痛みよりもかえって激しく体を襲う、そんな人間のようだった。

この苦境から私を引きずり出したのは、憎悪だった。それはある日、ある一瞬のうちに炎と燃え上がり、私を生き返らせ、安定させせた。燃え上がり——そう言ったのは、それまで燃えかすの下でくすぶっていたからだ。そして舌なめずりし、憤怒の力で心臓を熱し、焦がした。私の中にあったのだ、ずっと前からあったに違いない、火花のように、ヘビのように、今まさに増殖しようとする腫瘍のように、私はそれを内に抱いていた。この時までどうやって隠れていたのか、なぜおとなしく黙っていたのか、なぜ他のもっと前のいつかよりふさわしいとも思えない今になって現れたのだろう。だが、あらゆる感情と同じように、それは静寂の中で熟し、待つことによって、時をかけて育ち、強く激しくなって生まれたのだ。

我ながら驚いたことに、これが思いがけず現れたのだと考えるのは心地よかった、本当はもう以前から感じていたのに認めないふりをしていたのだったが。大きくなることを恐れていたのだ。だが今、憎しみによって強くなった私は、楯のように、武器のように、火のようにそれを自分の前に掲げ、愛に酔いしれるように酔いしれている。どのようなものであるかは分かっていると思っていたが、実際にその時まで憎しみだと思っていたのは、空ろなその影に過ぎなかった。今私を捕えているもの、それは暗黒の、そして恐ろしい力だった。

すべてを明らかにしよう、ゆっくり、急がずに、どのようにしてあれが起こったか。実際に起こったのだ、地震さながらだった。

12

殺されて神への道を行く者たちを
　死者とみなすことなかれ

私たち——ハサンと私は、金細工師のハジ＝シナヌーディン・ユースフのところに行く途中だった。ハサンは自分が出かける先々に私を連れ回し、その頃にはもう、私たちは友であり、彼と一緒にいるのは楽しい、そう私は感じていた。それはすでに保護を求めてのものではなく、他に何か利益があるわけでもない、人間らしい親近感を求める感情だった。

金工街《クユンジルク》で私たちは、アリ＝ホジャにばったり出会った。着古しのぼろ服に履き潰した突っかけ靴、みっともない革の丸い帽子を身につけている。この男とは会いたくなかった、普段から不愉快で、見せかけの狂気を盾にして思っていることを口にする。そのやり方は粗野だった。

——あんたのためにならん話をするのはどうだい？

ハサンに尋ね、私のほうは見もしない。

——いいだろう。で、何について話をするんだ？

——何についてでもない。

——ということは、世の中の連中についてだな。

——あんたは何だってご存知だろう。なんとなれば、あんたには何一つ関係ないんだから。今朝俺は、あんたの姉さんをもらいたいと申し込んだよ。

——誰に申し込んだんだ？

——お父上だ、判事《カーディー》だ。

——判事は父親じゃないよ。

——ならば叔母さんだ。

——よし、それなら叔母さんとやらに何を言ったんだ？

——俺にあの人を下さいとな。あの若さと美貌が空しく朽ちるのは惜しい。こんなふうにあんたのそばにいたらこのまま結婚せずに終わっちまう、輿入れの支度金も一緒にもらい受けてあげますよ、どっちみちみんな他人様のものだ。俺があんたの地獄《ジェヘンネム》の炎を代わりに受けてやる、せめて千年くらいは、そうすりゃあんたは楽になるだろうから。そう言ったら、やめておきなさいときたね。自分の道を行きなさいとさ。だから俺は自分の道を行きますよ、とそう言ってやった。でもどうしてあの人にも自分の道を行かせないんです？　そんなに憎いんですかね？　あんたがこの世で憎んでないのはただあの人だけだと思ってたんだが、とね。ところであんたは、どこへ出かけるところだったんだ？

——ハジ＝シナヌーディン・ユースフのところだ、金細工師の。

——だったら行け。俺は一緒に行かない。どんな奴だか知らんからな。

——ハジ＝シナヌーディンがどんな男か知らないのか？

——知らないね。囚人どものことばかり考えてる奴だろ。金曜日ごとに囚人に食い物を差し入れに行ってる、奴らのせいで貧乏になるだろうよ、何でもくれちまうんだから。

——それは忌まわしいことかな？

——囚人がいなくなったら、どうするんだ？　奴にとっては囚人は美酒みたいなもんだ。他の者にとっての狩りや酒なんかと同じだ。けれども、美酒ってのは人間の不幸と結びつけなけりゃいかんのかな？　ひょっとしたらそうなのかもしれんな。考えたこともなかったな。

——善の行為に慣れるのは、悪いことかな？

——善の行為が習慣にならなきゃいかんとでもいうのか？　善は愛のようにふいに起こるもんだ。もし起こったら、隠さなきゃならん、それが俺たちのものであるためにな。あんたがしてるように。

——俺が何をしてるって？

——ハジ＝シナヌーディンのところに囚人のための施しを届けてる、でもそのことを隠してる。あんたは善を起こした、そしてあんたは愛をひけらかすのを恥じてる。だからあんたは一人で出かけるわけだ。

——一人じゃないぞ。ヌルディン導師を知らないわけじゃないだろう？

——ヌルディン導師を知らないわけはないだろう！　どこにいるんだ？

——ここだ、俺と一緒にいるじゃないか。

——あんたと？　見えないな。どうして何もしゃべらないんだ？　せめて声くらい聞かせてほしいね。

——私を見ようとしないんだな、なぜかは分からないが。私に腹を立てているのか？

——ほら見ろ、いないじゃないか——ハサンの横にいるアリ＝ホジャは、私を探すふりをした——影も形もない。ヌルディン導師は、いないよ。

そして挨拶もせずに去っていった。

ハサンは落ち着かなげに笑った、きっと私のせいだ。

——頑固だな。

——頑固だし、悪意むき出しだ。

——変な男だ。

——どうして私が見えないと言い張ったのだろう？

——なかなか賢明なしゃべり方だ。あの男には、ちょっとした狂気が必要なんだよ、本心を明かすためには。いや、あれは狂気ではない。何かの考えが、狙いがあった。ヌルディン導師はいない、そう言った。もしかしたら、私がかつての私ではないからか？　もしかしたら攻撃に応酬しなかったからか？　いや、人間がなすべきことを何もしなかったからか。そういうことだ、つまり私はいない。

——あの男のことをどう思う？——私はハサンに尋ねた。アリ＝ホジャが私を見ようとしなかったことにひどく心が痛んだが、そのことをハサンには明かさずに済ませたかった。しかし彼のことをいつまでも気にしていることで、心の内を暴露してしまうとは思いもしなかった。幸いハサンは私の気持ちを埋め合わせようとしてくれたが、それも慌ててだった。饒舌に言葉を発し、まじめくさってしゃべることで、そうと分かるのだ。

——さあ。公平な男だ、正直だし。ただ程度を知らない。それがご本人がいう「美酒」になったんだな。悪癖にも。正義を擁護する代わりに、攻撃の手だてにしている、正義が目標じゃなくて武器になってる。自分が、押し黙った者たちの口になっていることに気づいていないのかもしれないが、それでも人が誰も言えずにいる言葉の運び役をして、誰にもできないことをしているという満足感を得ている。誰もがあの男の存在を認めるが、それは彼が、しゃべりたいという自分たちの歪んだ欲求そのものだからだ。だから自分たちでその欲求を満たすことができれば、彼などいなくてもいいわけだ。彼には根っこがあるから存在することはごく自然だし、必然でもあるし、一人きりだから責任を負う必要もなく、ことを大げさに言う。だから粗野だし、程度もわきまえない。町の良心になったんだと自分に信じ込ませ、貧しさと引き換えに満足感を手に入れている。だが、ああいう満足感が風のように新鮮さをもたらすこともあるんだろうが、率直さにも公平さにも大して役立つとは思えないね。あの男にすれば、率直とか公平さなんてものは、倒錯みたいなものなんだ。復讐や、残酷な充足感も同然で、人が尊重したいと思うような高貴な要求などには似ても似つかない。自分で自分を敵に回し、もしかしたら本心では望んでいるかもしれないあらゆるものに反対する存在になってしまったんだ。彼は警告ではあるかもしれないが、道しるべにはならない。もし俺たちみんながあの男のように振る舞い、考えるようになってみろ、俺たちが他人の欠点について露骨に口汚く言うようになってみろ、自分たちの気に入らない相手にいちいち目を剝いてみろ、俺たちがいいと考えるように他人に生きろと要求してみろ、この世は今よりもひどい瘋狂院になるぞ。高貴さの名に隠れた残酷さは恐ろしい。俺たちの手足を縛り、偽善で俺たちを殺すだろう。権力に安住する残酷さの方がましだ、少なくともそいつを憎むことができるからな。そうして俺たちはせめて希望を取っておいて、守ることができる。

ハサンの言っていることが正しいかどうか、そんなことは考えもしなかった、本心なのかどうかも。とにかく彼が私の味方で、不当な攻撃から守ってくれているのは確かだ。何が私を苦しめているかを感じ取ってくれる。どれほどの嘲笑の言葉も、辛辣な、あるいは完全な否定の言葉も、他のどんなことも、この雄弁さほど私を慰めてはくれなかっただろう、それほどに彼の言葉は私の耳に心地よく響いた。これは私にとっては些末なことではなく、それゆえに説得力を持って作用し、だがまた私には、さらに言葉を付け加えて自己弁護する権利が残されていた——悪辣な道化役者め!——腹を立てて私は思った——町の荒んだ野良犬め！　全世界の上に立って、誰彼構わず唾を吐きかけるのか、犯罪者にも正しき者にも、罪人にも犠牲者にも。私を裁けるほど、私についてどれほどのことを知っているものか！

だが腹立ちは長くは続かず、苦しいものでもなかった。アリ＝ホジャのことはすぐに忘れ、心にはハサンの言葉の心地よい暖かさが残った。何を言ったかはもう頭になかったが、素晴らしいものであり、私が満足したのは確かなのだ。私にこうしてまた手を差し伸べ、擁護してくれた。頭のおかしいホジャの愚かな発作より、これははるかに重要だ。

ハサンはハジ＝シナヌーディン・ユースフに、ホジャと会って話したことを語って聞かせ、その間、私は、なんと善良で注意深い男だろう、彼に出会えて本当に幸せだったと考えていた。二人は笑っている。ハジ＝シナヌーディンは低く、もっぱら楽しげな目と薄い唇の端で笑い、ハサンは大声で、螺鈿で細工したような歯を見せ、その会話は賢ぶったものでも真面目くさったものでもなく、ほとんど何の気兼ねもなく、二人はまるで子供か、お互いを面白がっている友人といったところだった。

ハサンはホジャの言葉をわざと歪めて、大袈裟に話した。アリ＝ホジャがどうしてここに来たがらなかったかというと——ハサンは言う——ハジ＝シナヌーディン、あなたが怖いからだそうですよ。囚人たちの世話を焼くのがあなたの満足なんだ、まるで狩りかさいころ賭博か恋みたいなものだと。囚人のいない世の中などはハジ＝シナヌーディンにとっちゃ悲嘆そのもので、もしそうなったらどうやってあの気高き心の捌け口を見つけるんだ、ハジは囚人なしにはいられない、だからもし囚人がいなくなったら、不幸になり途方にくれちまうに違いない。その筋に出かけて行って、どうかあたしを破滅させないで下さい、誰かをぶち込んで下さいと懇願するだろう。囚人がいなかったらこの俺はいったい何だ、とね。もしいなかったら自分の友を差し出すだろうな、面倒を見てやれる連中がいるように。そうして愛を最高のやり方で示すんだと、こう言うんですよ。

——おまえさんだって、その満足とやらを実行しているじゃないか——老人はハサンの冗談に合わせた。他人が自分についてどんなことを話したかも、いっこう気にかけない様子だ。そしてすぐにハサンにそっくりそのまま返したのだった。

——それでおまえさんのことは、どう言ったんだ？　いいことも悪いこともできやせんと？　あの男は本気でそう思っていたんじゃないかね、そんな気がするが？

——何の利益にもならない悪者で、良い男なのは無責任な時だけ。堕天使か穢れた乙女か、はたまた正直な盗人ってところだな。

――堕落していながら心延え高く、穏やかながら激しやすい、理性はあるが、石頭だ。誰でもあって、誰でもない。

――俺をあんまり認めてないようですね。

――ああ――老人は嬉しそうに言う――認めてないよ。

　老人の目は言っていた――認めるなんてことじゃない、好きなんだよ。

　清潔な工房の中は、静かで心地よかった。掃き清めてまだ湿っている床から新鮮な匂いが立ちのぼり、開け放った扉口の石の縁を通って夏の日の穏やかな暖気が流れ込み、金工の槌を打つ細かいコツコツという音が、子供の遊びか眠りの中のように聞こえてくる。私の目の前には、丸天井に覆われた石造りの店の半闇があり、それは街角の生い茂った木の影で青みがかって、深い水の静かな反映のようだった。ゆったりとした心地よさ、安心感を感じる。アリ＝ホジャの話をしている間は、ハサンは私のことを話題にしないだろう。そう分かっていた私は、裏切りも軽率な言葉も恐れる必要がなかった。二人のおかげで、平穏が花粉のように、夏の露のように、私の上に揺りかかるようだ。彼らは二本の陰濃い木、二つの透明な泉だった。思い違いなのか、それとも記憶が匂いに変わったのか、私には本当に、新鮮さと懐かしい匂いが二人から漂って来る感じがした。どんな匂いとは言えない、松の、森に生える草の、夏の微風の、あるいはバイラム祭の朝の匂い、どこか懐かしく、純粋なものの匂いだった。

　もう長い間、この二人が与えてくれたような静かな心の安らぎを、私は味わっていなかった。

　月光のような二人の澄んだ明るさ、急に大声を出したり大袈裟な言葉を使ったりしない友情、互いに相手をよく知っている二人が感じている満足感、そうしたものが私までも、格別に賢いとも思えない笑いに誘った。私の中で眠っていたか、あるいはあってほしいと思っていた善良さを、ごく自然に、ちょうどこちらが眺めているうちにふいに子供を起こしてしまうように、目覚めさせた。私は透明になり、軽くなり、長いこと私を押さえつけていた忌々しい重荷も、跡形もなくなった。

――さあ、おまえさんの身を固めようじゃないか。落ち着くように――老人は優しく、だが頑固に言う。この話は初めてではないに違いない――さあ、悪党さんよ。

――まだ早いですよ、ハジ。五十はまだ先だ。俺を待ってる旅がいくらでもあるんですよ。

――まだ足らんのかね、この放浪者が！　息子どもっていうのは、俺たちが元気なうちはくっついていて、父親がいてほしいと思う頃になって出て行くんだから。

――息子には自分の道を行かせることです。

――そうしてるよ、放浪者よ。俺は嘆くことも許されんのかね？

　そこで私は笑うのをやめた。ハジの息子が帝都にいることを思い出した。もしかしたらそのせいで、もう何年も息子に会っていない寂しさを紛らわすために、囚人たちの面倒を見始めたのかもしれない。もしかしたら、そのためにハサンと親しくしているのかもしれない。息子のことを思い出すのだろう。

――こういうことだ――ハサンは私のほうに向き直り、ふざけて老人を非難しながら言った――息子は学校を出た、ここの工房で人さまの金《きん》に細工する代わりにね。そして饐《す》えたカサバではなく帝都に居を構え、父親に敬意を目いっぱい込めた手紙をよこし、博打や売女に無駄金を使うなんてこともしない、そう言ってこの旦那は嘆くんだ。ヌルディン導師よ、この人に、魂を汚すようなまねをするなと言ってやってくれよ。

　私の感動は一瞬のうちに消えた。ハジ＝シナヌーディンの答え、いや答えたかもしれないことは、こんなものだっただろう――他所様の世界での幸せなんかは怪しいもので、何より大事なのは、相手のためなら自分の血さえも分け与える者同士の愛情とぬくもりなんだよ――そんな話であれば、私は父と弟のことを思い出してもよさそうなはずだった。だった、がそうではない。ハサンが話の中で初めて、必要もないのに、ただ私を置き去りにしないようにという気遣いから、私に話しかけた。そしてその事実が私に、自分はここでは余計なのだ、彼らは二人だけでお互いに十分なのだということを思い出させたのだ。

　ほんの少し前は、ハサンならアリ＝ホジャが私にとった不公平な態度のことは話題にしないだろう、私を守ってくれるだろうと思っていた。だが今思っているのは、彼らの会話の中に私の居場所はないということだ。遅まきの心遣いが一気に私の目を醒まし、私は気分をすっかり台無しにされてしまった。

満ち足りた思い、持ち続けたかった美しい思いを払いのけるのは辛いが、疑念が湧き上がるのを押さえることができなかった。アリ＝ホジャが自分自身についての、そしてハジ＝シナヌーディンについて話したことを、ハサンは繰り返した、実際にホジャが言ったよりもひどい言い方をして。私のことはずっと黙っていた。あれは本当に配慮のゆえだけだったのか？

どうして言わなかったのだろう？ もし本当にあれが狂気だと思っていたのなら、何から私を守ろうと考えたのだ？ 狂気だとは思っていなかった、だからずっと黙っていたのだ。どうしてアリ＝ホジャが私を見ようとしなかったのか、分かっていたわけだ。アリ＝ホジャにとってもカサバにとっても、私はもう存在しない。陰も形もない、あの男はそう言った。彼はいない、ヌルディン導師はいない。人間としてのあの男の価値は死んだのだ。残っているのは、かつて人間だったものの抜け殻だけだ。

もし本当にこう思っていないのなら、どうして他のことどもと同じように冗談にしてしまわないのだ？

でなければ、私の感じやすさを守ってやろうというのか。もしそうならば私にはまだ得るところがあるわけだ、痛みを伴うとしても。心を締め付ける箍《たが》から逃れるために、二人が話すことに耳を傾けないようにする。ふいに、通りを一人の男が過ぎて行くのが見えた。その男のせいで、私の考えは一気に方向転換した。アリ＝ホジャの軽蔑のことも、ハサンの説明のつかない沈黙のことも忘れた。店の横を通り過ぎたのはイシャーク、あの脱走者だ！ 何もかもあの男のものだ、歩き方も、確信ありげな身のこなしも、静かな歩み、恐れ知らずの気配もだ！

急に出て行くことを詫びる言葉を発して、私は通りに飛び出した。

だがイシャークはいない。彼を捜して隣の通りに急いだ。どこからこのカサバに現れたのだろう？ 昼日中、身なりを変えもせず、急ぐ様子も見せず、どうしてそんな気になれたのだろう？ 何を探し求めているのだ？

目の前に彼の顔があった、店の暗がりから見えた。光に輝き、はっきりした顔は、あの夜のテキヤの庭で見たものだ、間違いない。私は確信をいっそう強めた、輪郭のあらゆる線に見覚えがあった。たった今、思い返してではあるが、間違いない。彼だ、イシャーク。

なぜあの男が必要なのか、なぜ会うことが重要なのか、考えもせずに彼の後を追った。人間がイタチのように匂いを残さないのは残念だ。願いがどうしようもないほどに強くなった時に、目が壁を通してものを見ることができるようにならないのは残念だ。名前を呼びたかった、だが名前などないのだったな。いったいどうして現れたんだ。イシャークよ、これが良いことなのか悪いことなのか、私には分からないが、必然であることは確かだ。おまえは言ったではないか、いつか行くと。そして来た、今がそのいつかというわけだな。そして何もかもがまた私の中で息を吹き返す、痛み、苦しみ、もとのままだ。もうあれは死んで腐敗物になったと、心の底に沈んでしまい、手は届かないと思っていたよ。だがそうではなかった。イシャーク、どこにいる? おまえは私の心の中にある思いなのか、種なのか、花なのか? あの夜、庭で会った彼をほんの少し前、通りで見たのだ。幽霊ではない。だが追いつけなかった。

がっくりして、工房に戻った。

ハサンは私に目を向けたが、何も尋ねない。

——知り合いがいたような気がしたんだ。

幸い、二人は私の動揺に気づかない。私がイシャークを探している間に、自分たちの用事を済ませ、二人の会話を続けていた。もちろん別の会話を、別の声色で、別の言葉でだ。私にはどうでもいいことだ、二人の友情がうっとおしくなった。子供じみたものに見えた。でなければ美しき嘘か。今起きたこと、私の問題のほうが、ずっと真剣で重要なのだ。

私はふたたび人々を拒絶した。一瞬にして、人に通じる道は茂みに覆われ、私は動揺し、ふさぎ込み、アリ＝ホジャのこと、イシャークのこと、自分のことを考えた。

私には関係ない、だが話題も不明なままに、また二人の会話が耳に入った。

——願い下げですね——ハサンは何かを拒んだ——そんな暇もつもりもありませんよ。

——おまえさんは勇気があると思ってたんだが。

——勇気があるなんて、俺がいつ言いました? 俺を怒らせようとしても無駄ですよ。関わり合いになるのはまっぴらですね。あなたも口出ししないほうがいい。

——血の気が多い、とりつくしまもない、どうしようもない。

老人はそう結んだ。

これはもう愛ではない。

このほうがまだいい――臆した気持ちで私は、無意識のうちに自分が心を閉ざしたことを正当化しながら思った。このほうがまだいい、甘ったるい言葉も、空っぽの笑いも、欺瞞もなしだ。何も求めない間はすべて麗しいが、友を試練にかけるのは危険だ。人は自分にしか忠実になれないのだから。

そんなふうに内心で友を誹《そし》りながら、満足感も意地悪い喜びもなく自分の不安をなだめようとしていると、店の中が翳り、青い影が黒くなった。

振り返ると、石で枠取りされた扉口に代官《ムセリム》が立っている。

――中へ、どうぞ――ハジ＝シナヌーディンは、座ったまま声をかけた。

ハサンがゆっくり静かに立ち上がって、席を空けた。

私は必要もないのに脇に退き、そうすることで自分の動揺に気がついた。ハルンが死んだ後で、代官を間近に見るのはこれが初めてだ。彼と会ったらどんなことになるか私には予想もつかなかったし、この時も分かっていなかった。そわそわしながら私はハサンから、あるいはハジ＝シナヌーディンから、ときには自分の両手から視線を移しては彼を見たが、心は混乱しきって恐怖に襲われていた。彼のせいではなく、自分自身のせいで、何が起こるか分からなかったからだ。傷つけられた感情ゆえに、私は最悪の時に最悪のやり方で、この男に突き進んでいくのだろうか。それとも恐怖心のせいで、彼に従順な笑顔を向けるのだろうか、私が感じたすべてのこと、そのために生涯にわたって自らを軽蔑することになるかもしれないあの一部始終が起きたにもかかわらず？　自制心が失せ、末梢神経が高ぶって血が心臓に重苦しく流れ込むのを感じる。ハサンが差し出した煙草の箱を（私の動揺に気づいたのだろうか？）受け取り、やっとのことで蓋を開けて黄色い薄い葉をつまもうとしたが、震える指で全部膝の上にこぼしてしまった。ハサンが箱を取り上げて煙管に詰めて差し出し、私はそれを吸って怒りの煙を吐き出しながら、一方の手でもう一方を支え――生まれて初めてのことだ――全身が汗びっしょりなのを感じながら、代官が私を見て何か言うのを待ち構えた。

立ったままでいい、そう代官はハジ＝シナヌーディンに言った。たまたま寄っただけだ、ちょうどここを通りかかって、尋ねたいことがあったのを思い出したのでね。

（血の激流が静まり、息が楽になる。こっそり窺うと、代官は前よりもさらに陰気くさく、いっそう醜くなっていたようだった、とは思ったものの、彼が陰気くさく醜いなどと思い浮かんだことがかつてあったかどうか、我ながら定かではなかった）

わが本務ではないのだが、ハジ＝シナヌーディン、君が行軍援助金を払おうとしないという話なのでな。あれは皇帝《スルタン》の名で定められたものだ。支払いを引き延ばしている者もいる。だが君のように、ハジ＝シナヌーディンよ、立派な人間が義務を果たさないとしたら、業突《ごうつ》く張《ば》りや無駄金使いども、この国も信仰もどうでもよくて、戸棚にしまってある自分の銀貨さえ無事ならすべてが滅んでも構わないという連中から何が期待できる？　ハジ＝シナヌーディン、君はたまたまだったのだろう、忘れたかうっかりしていたか。だからできるだけ早く、今すぐ払ってくれるだろうな、誰のためにもならない、余計な騒ぎを起さないためにも。

——たまたまじゃあない——ハジ＝シナヌーディンは、代官が言いたいことを全部言ってしまうのを辛抱強く待ち、恐れも反抗も表さずに、穏やかに答えた。——たまたまじゃあないし、忘れたわけでもない、うっかりしてたわけでもない、そうじゃなくて、よくないことに金は出さんのですよ。ポサヴィナの反乱ね、あれは戦争とは違う。だったらどうして行軍援助金を払う必要があるんですかね？　皇帝の名で、と今あなたが言ったものは、この場合にはあてはまらない。名士たちが送った嘆願書に官府がどう答えるか、待たなけりゃなりませんな。それで、みんなが同じ考えで、人の言いなりになっているわけじゃなく、その上で皇帝の決定が支払えということになったら、支払おうじゃありませんか。

——ハジ＝シナヌーディン＝アガは、つまり、帝意に従うのが一番確かだと申したいわけです、もし今すぐ支払うとしたら、それは自分の勝手な意思によってということで、法を無視して、ということになるでしょう。だが、勝手な意思や法の無視というものは、無秩序と動乱を引き起こすものでして——口出ししながらハサンは、まじめな顔つきで、胸の上に腕組みし、もしあんたが、代官よ、理解できないならぜんぶ懇切丁寧に説明してやろうという構えで、二人の間に横から入り込んだ。

だが代官は冗談など通じる人間ではなく、このわざとらしい無邪気な解釈に動じることもなかった。ハサンの口出しへの苛立ちも、隠された嘲笑に対する腹立ちも、代官の立場なら理由などなしに表して見せることのできる軽蔑さえも示さずに、重くじっと動かない、本妻でさえとうてい親しみがもてるとは言いそうにない目でハサンを一瞥し、そしてハジ＝シナヌーディンに向き直った——

——どうとでもすればいい、君の問題だからな。ただし、払うほうが安くつくこともあると思うが。

——安いかどうかじゃなくて、正しいかどうかが問題なんですよ。

——正しさは、高くつくこともある。

——不正もまた同じでね。

そして二人は一瞬見つめ合った。代官の眼は見えなかったが、その眼差しがどのようなものかは分かる。だが老人のほうは笑いさえ浮かべ、愛想よく、善意に溢れんばかりだった。

代官は向きを変え、工房から立ち去った。

私は一刻も早く外に出たかった。あの男が呼吸した空気のせいで、息が詰まりそうだ。そしてこの二人が罵りながら言葉を放てば、きっと私は正気を奪われてしまうだろう。

だが二人は私の予想を覆してばかりいた。

——で？——代官の後ろ姿を目で追いながら、老人が尋ねた——考え直したかい？

——いや。

——ハサン殿の命令は絶対に撤回されないな、皇帝のと同じだ、今日は何もうまくいかん。

そう言って笑う。ハサンが拒んだのを喜んでいるかのようだ。そして、それじゃすまないがこれで、と言い出した。

——今度はいつ来る？ 仕事というのは、自分のも他人のも、嫌になるよ。友だちから引き離されるからな。

代官のことは一言も言わない。あたかも工房に誰も来なかったか、乞食が施しを求めて入って来たとでもいうようではないか！ 代官が敷居を越えて出たとたんに、二人とも忘れてしまったようだった。

私はびっくりした。何という矜持の高さだろう、街《チャルシヤ》の名士の、主《あるじ》たる者の、軽蔑するありとあらゆるものを完膚なきまでに見下すこの誇りは？ 罵声を浴びせたい、唾を吐きかけたい、雑言を吐きたいという欲求を押し殺すのに、人はどれほどの歳月をくぐり抜けなければならないのだろう？　二人が意図してそうしようとするのも、悪口を抑えようとするのも、目にしなかった。代官をただあっさり、消し去ったのだ。

まるで私まで侮辱されたかのようだった。あの男をこんなふうに素通りすることがあっていいものか？　それ以上の値打ちがある、あいつのことを考えねばならない。忘れることなど、消し去ることなど、あってはならない。

——どうして君たちは代官が出て行った後、一言も話題にしなかったんだ？

表に出てから、私はハサンに尋ねた。

——あの男のことで、何か話題にすることがあるのか？

——脅しただろう、侮辱もした。

——代官は人を不幸にすることはできても、侮辱はできない。あの男のことは、頭に入れとく必要はある、火事や、起こりうる危険のように、ただそれだけさ。

——君はひどい目に遭っていないから、そう言えるんだ。

——かもしれない。君は動顚していたな。恐ろしかったのか？　煙草が指の間からこぼれたじゃないか。

——恐ろしかったわけじゃない。

私はすべてを思い出した、これが何度目か分からないが、以前とはまったく違う思い出し方だった。そうだ、代官が入って来て、私は動揺し、彼がハジ＝シナヌーディンと話をしている間中、頭の中を駆けめぐるさまざまな思いのただ一つもはっきり把握することができず、また止めることもできずにいて、それらの思いは恐怖の叫びをあげ、沸き立ち、絡み合い、思い出や傷心、怒り、痛みで煮えたぎっていた。だがそれから私は、一瞬、彼の冷ややかで見据えるような、軽蔑と反発に満ちた、あの二人に向けるのとはまったく違った目に曝されたのだ。あれだ、あのわずかな瞬間、私たち二人の視線が、二つの鋭い刃物の切っ先のように交わった時、私の心を恐怖が圧倒したのに違いない。それはすでに姿を現していたのだが、いきなり鉄砲水のように私を包み込んでしまった。

以前にも、困難な瞬間を体験したことはあった。自分の中で相反する考えと格闘し、本能の激しさと理性の慎重さをうまく調整しようとしたことはあった。だがこの時ほど、自分の心がかくも相対する願望のせめぎ合いの戦場と化したことはなく、臆病さと恐怖心で押さえつけられていた願望が、これほどの大軍となっていきなり膨れ上がったこともなかった。弟を殺したな。心の中で、牙を剝いた怒りが叫ぶ。私を侮辱し、破滅させたな。だがそこで同時に私は、代官を軽蔑し反抗している二人と一緒にいるのを代官に見られるのはよくないと思った。だから、意に反して、本心では彼に反対しながらも、代官が気づかなければいいと思っていたのだった。

決定的だったのは恐怖心だった。まさにそうだったと思う。それを恥の心が、最も質《たち》の悪い、最も苦々しい恥の心がひねりつぶし、勇気を生み出した。動揺は退き、気違いじみた息づかいも静まり、さまざまな思いはもう燃えさかる火事場の上を飛び回る鳥のように私の中を駆け巡ることはなく、ただ一つの思いだけがあり、訪れた安らぎの静寂の中で、天使たちが歌っていた。悪の天使たちが。勝利の歌を。

これは私の変身の、喜ばしい瞬間だった。

この時以後、私は、内から燃え上がる新しい火にほとんど歓喜したようになって、彼のがっしりした首や、やや前屈みになった肩を、ずんぐりとしたその姿を見つめた。こちらに顔を向けようが、どうでもよかった、私に笑いかけようが、軽蔑の目で見ようが、どうでもいい。こいつは私のものだ、私にはこの男が必要なのだ。私は憎しみによって、この男と分ちがたく結びつけられていた。

おまえが憎い、彼を眺め回しながら熱狂したように囁く。憎い。彼を見ながら思う。憎い。憎い。この一言で十分だ。どれだけ言っても飽き足らなかった。この言葉は甘く若々しく新鮮で、ほとばしり、恋の憧れのように痛んだ。彼だ。私から遠くへは行かせず、見失うことのないように気をつけ、自分自身に話しかける。彼だ。欲している娘のことを考えるようだ。時には解放してやる、あたかも生け捕りにした獣を放して後をつけ、また近づいて目の届く範囲におくようにする。頭の中にあるすべてのばらばらでざわめき立ち散乱していたもの、出口と解決を探していたものが落着きを取り戻し、静まり、力を集め始め、その力は次第に大きくなった。

私の心は、支えを見つけた。

おまえが憎い。夢中になって囁く。通りを歩きながら。憎い。イシャー[29]を行いながら思う。おまえが憎い。ほとんど声に出しながら、テキヤに足を踏み入れる。

朝、目を覚ますと、寝ずの番をしていた憎しみが、脳みその溝の間にとぐろを巻くヘビのように首をもたげて、待ち受けていた。

もう離れ離れにはなれない、憎しみには私が、私には憎しみがある。人生は意味を取り戻した。

初めのうちは、熱病の初期症状のようなやや眠たげな熱が心地よく、その黒く恐ろしい愛で十分満足だった。ほとんど幸せといってもいいようなものだった。

私は以前より心豊かになり、決然とし、気高く、より善良に、より賢明にさえなった。ばらばらだった世界が、本来の居場所に落ち着いた。世界に対する関係をふたたび打ち立て、人生の無意味さゆえの暗黒のような恐怖から解放された私の前には、願っていた秩序が開けたのだ。

退け、子供時代の心痛むような記憶よ。退け、忌まわしい無力よ、無能を恐れる気持ちよ。私はもう毛を刈られて刺草《いらくさ》の刺に引っ掻かれる羊ではない、わが思いは暗がりの中を闇雲に手探りするのではない。心は煮えたぎる釜となり、その中で麻薬のような飲み物が煮立っている。

落ち着いて、堂々と、何も恐れずに私は誰の目もまっすぐに見た。代官に会えるか、でなければせめてそのターバンのてっぺんでも見えそうなところへ出かけて行き、あるいは通りに立って判事《カーディー》を待ち構え、痩せて曲がった腰を見つめながら跡をつけ、心に秘めた欲望を解き放ち、それからゆっくりその場を立ち去った。憎しみがもしも匂いを持っていたら、私の後には血の匂いが残ったことだろう。色を持っていたら、私の踵が踏んだところには黒い跡がついたことだろう。もしも燃えることができたなら、わが全身の穴から炎が吹き出したことだろう。

憎しみがどのようにして生まれたか、いつ強まったかは分かっていた、憎しみにどんな理由も必要なかった。それ自身が理由であり、目標になったからだ。だが私はそれが力と熱気を失わないように、そもそもの始まりを忘れないようにあってほしいと願った。そして同じように憎しみを抱いている人々を忘れないよう

29　イスラーム教の第五礼拝、夜半に行う。

に、彼ら全員のものであってほしいと。憎しみは、全員のものでなければならない。

　私は再びメヴレヴィのテキヤの導師アブドゥラーフ＝エフェンディのもとに赴き、弟の墓を探すのにあなたの助力を得たいと懇願した。あなたのもとに参上したのは——私はへりくだって言った——斟酌してもらえるのかどうか、その決定権を握っている人たちに直接頼むだけの勇気がないからです、もし拒まれたら、すべての門は閉ざされてしまいます。だから仕方なく、巡礼代理人《ベデル》を送り出して、彼らに会える時まで希望をつなぐことにしました。あなたのところにまず来ましたが、それは、あなたの善意は信ずるに足るものだし、名声は尊敬に値するからです。私の評判はもうさしたることはありません、もっともそれが私の罪なのかどうかは、神のみぞ知るところですが。あなたからは大きな恩義を受けることになるでしょう、私は神の定められたところに従って弟を埋葬してやりたい、弟の魂に安らぎを与えてやりたいのですから。

　アブドゥラーフは私の頼みを拒みはしなかったが、見舞われたこの不幸のために私は以前ほどの価値もなく、あまり物を知らない人間だと思われたようだった。


——彼の魂は安らいだでしょう。もはや人間のものではない、悲しみも不安も憎しみもないあの世に行ったのだから。

——ですが私の魂は、まだ人間のものです。

——では、自分のためにするというのですか？

——自分のため、でもあります。

——嘆いているのですか、憎んでいるのですか？　憎しみには用心なさい、自分と人々に対して過ちを犯さないように。嘆きに用心なさい、神の前で過ちを犯さないように。

——嘆くのは人としてある限りです。罪には用心しています、導師アブドゥラーフ。私のものはすべて神の手中にあります、そしてあなたの手中に。

　彼の諭しをじっと聞き、頼りにされているという感情で善意を呼び覚ますことにした。人は頼られていると思うと、気高い気分にもなれるものだ。

　私は、気長に待ってはいられないと主張するほど強くはなかったし、烈火のごとく怒る理由をもつほど弱くもなかった。人々には、おのれをより強く感じさせることで奉仕して来たのだ。私には支えと道しるべがある、どうして些末なことにこだわる必要があるだろう？

導師の力添えを得て、砦に入って墓を見つける許可を得た。ハサンも一緒に来てくれた。配下の男たちを、空の棺と鋤を持たせて連れて来た。

砦の墓地に私たちを案内したのは、警備兵か召使いか、でなければ墓掘り人夫なのか、口数の少ないその男がいったい何者なのか定めるのは難しかった。話をすることにも、人の目を見ることにも、慣れていないようだ。怯えながら好奇心を覗かせ、腹を立てながら恭《うやうや》しい態度を見せ、まるで私たちに手を貸したいのと厄介払いしたいのと、両方の気持ちの間で葛藤しているかのようだった。

――そこだ――と、砦を見下ろす場所にある空き地を頭で示す。新しい盛り土がさながら潰瘍となり、掘り返されたいくつもの墓が傷口となっているその空き地は、木いちごと雑草に覆われていた。

――どこに墓があるか、知っているか？

男は何も言わずに、こっそり私たちを見た。それは、こう言っているようでもあった――

――もちろんさ、俺があの男も埋めたんだからな。そしてまたこんなふうにも――

――どうして俺に分かる？　どれだけあるか見てみろ、墓標も名もないのが。

そして、でたらめに場所を選び、畑の作付けのくぼみのように手早くぞんざいに掘っただけの墓の間へと踏み込んでいった。誰かの墓のところに立ち止まっては束の間、足元の地面を見下ろし、頭を振る――

――ニコラ。ハイドゥーク。

あるいは
――ベチルか。マーシャの孫だ。

誰かの墓のところでは、ただ黙っていた。

――ハルンはどこだ？

――あれだ――

土が盛られた墓の間を、死んだ弟を捜すために私は一人で進んだ。もしかしたら胸騒ぎが、悲しみが、何かの合図を感じるかもしれない。もしかしたらハルンが、血のざわめきか涙か身震いか、でなければ耳にはとまらない声で告げてくれるかもしれない。私たちはいつでも、無力な感覚の囚人となっているわけではないだろう。血の繋がりの秘密が、どうにかして口を開くことができないはずはないだろう？

――ハルン！――声に出さずに叫び、心の中で答えが返って来るのを待った。だが答えはない。合図も、ざわめきも、悲しみさえない。私は粘土にでもなったようで、秘密はどんな声で響くこともなかった。ただ苦々しい空ろさ、私のものではない静けさ、どこか遠くの、生きている者たちが知っているどんなことよりも重大なもの、それらが私をとらえただけだった。

一人で墓に取り囲まれて、私は憎しみを忘れた。人に近づくと、憎しみは戻ってきた。

他の墓と同じような盛り土を囲んで、彼らは立っていた。

――これか？　ハサンが尋ねた――間違いないのか？

――俺にとっては同じことだ。好きなのを持っていけ。でも、これだよ。

――どうして分かる？

――分かるさ。古い墓穴に埋めたんだ。

確かに男たちは二組の人骨を見つけ、一組を集めて棺に納め、埋葬布で覆って坂を下り始めた。

誰を運んでいるのだ？――ぞっとして私は考えた。人殺しか、罪人、あるいは犠牲者かもしれない。誰の骨を掘り返したのだ？　殺された者は数多く、赤の他人の墓に埋められたのはハルンだけではなかったのだ。

緑の埋葬布で覆われた、何者かの骨の入った棺を男たちが担ぎ、私たちは後に続いた。

目を覚ませとでもいうように、ハサンが私の肘に触れる。

――落ち着けよ。

――どうして？

――目つきがおかしい。

――悲しんでいる目か？

――悲しみだったらいいんだが。

――さっき、墓穴のところで、ハルンの墓に行き当ったら何かがこれだと教えてくれるんじゃないかと期待したんだ。無駄だったが。

――君は自分自身に要求しすぎる、嘆くだけで十分なのに。

彼が何を考えているのかはっきり分からないままだったが、尋ねる気にはなれなかった。私の心に何が起きたかを言い当てられるのではないか、そう思ったからだ。私をそのまま嘆きに戻してはくれないだろう。

街の通りを歩いて行くと、人々が次第に集まってきた。背後に歩く数が増えていくのを感じる。踏みしめる足音が重く鈍い音になり、人垣が厚くなる。これほどのものは予期してもいなかった。私はただ自分のためにしたのだ、人々のためにではない。だが私のしたことは、今や私から離れ、彼らのものとなった。振返って彼らを見ることはしないが、群衆が大波のように私を運んで行くのを興奮しながら感じる。その大波とともに私は大きくなり、強く、意義を増し、群衆も私と同じように強くなった。人々は黙ってそこにいることで嘆き、非難し、憎しみを表した。

ハサンが低い声で何か言った。

――何と言ったんだ?

――いや、しゃべるな。墓の前では何もしゃべるな。

私は頭を振った。しゃべらないよ。だがモスクの中では別だった。死の門から戻る私の後にも、人々はついてきた。あの時は私も人々も、何が起こることになるのか、分かっていなかった。だが今は分かっている。人々が私の言葉を待つことも、裁きを待つことも必要ない。機は熟した、そして誰もがそれを知っていた。こうしてよかった。かつて人間だったこの者を、無実の罪を正すために埋葬するのではない、それ以上のことをするのだ――この骨を不正の記憶として蒔こう、そして何でもいい、神が定めるものが生えて来るのにまかせよう。

こうして私の憎しみはいっそう気高いもの、深いものとなった。

モスクの正面で、男たちが緑の埋葬布で覆われた棺を石の祭壇の上に置いた。私は沐浴《アブデスト》を行い、棺の前に立って祈りの言葉を述べ始めた。それから、これまでして来たように自分の勤めに従ってするのではなく、挑発と快哉とともに、こう問いかけた――

――人々よ、ここにいる死者はどんな男だったか?

――善良なる者だ!――あまたの声が、確信に満ちて答える。

――この者がなしたことのすべてを赦すか?

――赦そう。

――神の前で彼のための証人となるか?

――証人となろう。

永遠の旅路を前にした死者のための証言として、これほど正直で挑発的なものはかつてなかっただろう。もし十度問いかけたなら、人々はその都度、声をいっそう高くして答えただろう。憤って、口角に泡を飛ばして叫び出したかもしれないそれからこの古い死者を、その棺を一人また一人と肩に受け継ぎながら担ぎ、死者の善行と反骨の魂に敬意を捧げた。

私たちは死者をテキヤの壁のすぐ近く、通りがカサバに向かって始まる場所に埋めた。私と人々の間にあって、楯となり警告となるように。

イスラム教徒たちはかつて共同墓地に、死後はみな等しく埋葬された。そのことを忘れていたわけではない。だが生きている者たちの間に不平等が生まれ、別々に埋葬されるようになったのだ。だから私もまた弟を、他の者たちと一緒にされないように、別にした。弟が死んだのは反抗したからだ、ならば死者となってなお、戦うがいい。

人々がそれぞれ一握りの土を墓に振りかけて立ち去り、一人残された私は、誰かの永遠の住処でありハルンの遺品である盛り上がった土の脇に膝をついた。

――ハルン！――土の家に、墓守役の盛り土に向かって囁く――ハルン、弟よ、私たちは兄弟以上のものとなったんだ。おまえは今日の私を生み、私は記憶となる、他の者たちとは区別されたおまえの。そしておまえは私の印となるんだ。おまえは朝ごとに夕ごとに、毎日、おまえが生きてこの世にいた間よりもずっとおまえのことを思っている私に会うだろう。人は忘れてしまう、人の記憶とは短いものだから。だが私はおまえのことも彼らのことも忘れはしない。あの世とこの世の人々に誓おう、弟ハルンよ。

外の通りでアリ＝ホジャが待っていた。私と死者の影との対話に遠慮していたのだった。彼と顔を合わせるのは、とくに葬儀の後の動揺した今は避けたかったが、無理だった。幸い彼は、いつもどおり風変わりだったとはいえ、真剣で礼儀正しかった。悔やみの言葉を口にする――失われたもののために、**忍耐せよ**《サブル》！　あんたとみんなに――ホジャは言った。この損失はみんなのものだから、とはいってもこれはまた勝利でもあるがね。つまり死んだ者は生きている者より役に立つこともあるし、俺たちに必要なのはそういう、年も取らない喧嘩もしない、自分の考えも持たなけりゃ黙って兵士になることを承知して裏切ることもない、そんな者たちなんだ、もちろん別の旗印の下に招集されない限りの話だが。

――私が見えるのか？――私は彼に尋ねた――私が誰だか、分かるのか？

——あんたが見えるし、誰だかも分かるさ。ヌルディン導師を知らない者があるか？

私を軽蔑してはいない。私は彼にとって、もはや空気ではないのだ。

私が存在することを認めた今、何を私に期待するつもりなのだろう？

ハサンと金細工師のシナヌーディンが金を出して、墓穴の上に硬い石でできた墓標と、それを囲む立派な鉄柵を作ってくれた。

葬儀の後の最初の金曜日の夜、礼拝から戻る闇の中で見ると、ハルンの墓のかたわらにろうそくが灯っていた。誰かが脇に立っている。

近づいて、ムラ＝ユースフだと分かった。祈りを捧げている。

——君がろうそくをつけたのか？

——いいえ。来た時には燃えていました。

ろうそくを立てて火をつけた手があったのだ、殺された者への慰めと追悼のために。

それ以来、休日の前になるといつも墓石の上にろうそくがともされていた。

私はそのたびに暗闇の中で立ち止まり、最初のうちは感動し、後には誇らしい気持ちで小さな揺らめく光に胸を高鳴らせながら見入った。あれは私のかつての弟だ、弟の清廉な魂が小さな炎となって輝いている。あれは弟の影が見知らぬ人たちを導いて、追悼のために小さな火を灯させたのだ。

弟は死してカサバの愛になった。生きている間は、ほとんど彼のことを知る者とていなかったのに。

私にとっては、血にまみれた記憶になった。生きている間は、ただの弟だったのに。

13

美しい言葉とはさながら美しい木立のよう　その根は
大地に深く挿しその枝は天の下に高く伸びる

死んだ弟への追悼の思いが、ハサンの友情を呼び戻した。もしかしたら彼の言葉や行動の中に、何か隠された意図があったのかもしれない、私が進もうとする道をそれとなく察して、遮ろうと思ったのかもしれない。あるいは実際にはありもしないものを、私の過敏さが見ていただけなのかもしれない。だが何であれ、彼の友情を疑う理由はなかった。

彼もまた私の友情を疑ってはいなかった。私は彼を愛していた、それは彼が必要になったことで分かった。彼が何を言っても、何をしても、非難する気になれなかったことで、彼のすべてがますます重要になったことで、そうと分かるのだった。この世界ではただ愛だけが、説明の必要もなく、理由付けもいらないものなのだろう。だがそれでも私は説明しようと思う。これほどの喜びをわが人生にもたらしてくれた男について、せめてもう一度、話題にしよう。

私は彼との絆を固く結んだ（「結んだ」とはいい言葉だ――嵐の中にあって、船に乗っていて、でなければ岩壁によじ登っていて、そんな時のようではないか）。彼は人の友となるように生まれつき、しかもなおこの私を選んでくれた。彼はいつも、そしてその度ごとに、これほどに一見空っぽで嘲笑的な男がこれだけの友となったということで私を夢中にさせた。

私はずっと、友というのは、本人もまた支えを必要とする人間のことだと思っていた、半人前で、残りの半分の埋め合わせを探し求め、自分に自信がなく、いくぶん意気地がない。愛おしくはあるが、間違いなく退屈な相手だ、妻と同じように古びていくのだから。だが彼は一人前で、いつも新鮮で、いつも別人のようで、賢明で大胆で騒々しく、引き受けたことには常に確信を持っている。私が彼に与えられるものも奪えるものも何一つなく、私が一緒でなくとも一緒でも、彼はいつも彼だったし、彼には私は必要なかった。だが私は、自分が彼より劣っているとも感じなかった。ある時、なぜ友情という贈り物を私にくれたのかと尋ねてみたことがある。友情は選ぶものじゃない——彼は言った——どうしてか分からないが、それは起こるものなんだ、恋みたいなものだな。だが俺は君に何一つ捧げてはいない、全部自分自身に捧げたんだ。不幸の中でも心延えの高さを失わない人たちを、俺は敬うんだ。

私は彼の賛辞をありがたく思い、彼の言うことが嘘偽りでないと信じた。

だが彼の友情が貴重だったのは、私の中でひたすら増長する憎悪のせいでもあった。憎悪はそれだけでももちろん生き続けることができただろうが、このほうがもっとよかった。一方で私は真っ黒、他方でしかし純白だった。これが私だ、二つに分断され、なお完全なのだ。愛と憎しみは互いに混ざり合うことなく、互いを邪魔もせず、相手を殺すこともあり得なかった。どちらも私には不可欠だった。

私はハサンの人生に、友情という権利と彼の善意のおかげで踏み込んだわけだが、もしも彼のすべてを明らかにし、理解したいと願ったとしたら、あるいは恐れたとしたら、とんだ思い違いというものだ。それは、どのようなものであれ彼が私に隠し事をしているからということではなく、彼が、深く影になりその底を容易に見ることができない湧き出る泉のようなものだったからだ。そしてまた、彼がそんな男だからというよりは、人間とはそういうもので、よく知れば知るほどそのすべてを見通すことができないからなのだった。

ハサンは父親を自分の家に移り住まわせ、至れり尽くせりの世話を焼き、いくらか奇妙ではあるが楽しげな、気楽な調子で扱い、老人の病気のことなどさして心配していないかのように、まるで元気な者を相手にするように接し、街の出来事や人の噂、仕事や、婚礼、輿入れ、果ては年ごとにきれいになっていく娘たちの話をした——そう見えるのはひょっとしたら、俺が年ごとに老けていくせいかもしれないが、もしそうなら親父殿があの娘たちの姿を見られないのは惜しいな。その年なら天女のごとくに見えるだろうよ——そう言った。老人は見せかけばかりのしかめ面をしたが、明らかに満足している。父親をうんざりさせていたのは、それまでみんなが彼に病気を煩わせるがままにし、死を覚悟させていたことだったのだ。子供と年寄りの前では、誰もが愚かなことばかり言う――自分が横になっていた暗い大きな家のことを思いながらだろう、老人は腹立たしげに言った――この自分勝手な息子だけが俺を人間扱いした。なにしろこいつは、俺を敬っておらんからな、幸いなことに。

ハサンは笑い、まるで目の前にいるのが友人で健康な男であるかのように、対等の調子で答えた。

――いつから俺があんたを敬っていないと？

――ずっと前からだ。

――俺が帝都を離れてこっちに戻ってからずっとか？　放浪者になり家畜商人になってからか？　そいつは正しくないよ、父さん。俺はちっぽけな男だ、人並みの脳みそとわずかばかりの能力を持っただけの、学校で子供がぜったいに教えられることのない男だ。

――高い地位にいる多くの人たちより、おまえはできがいい。

――そんなのは難しいことじゃない、高い地位にいる連中の多くは阿呆だからね。だが俺が地位についてどうする？　地位が俺につかれてどうする？　今みたいなのが俺はいいんだ。だがこの話は措いておこう、うまくけりがつけられた試しがないんだから。助言をしてもらったほうがよさそうだ。俺は一人の男と関わっているんだが、嫌な奴なんだよ、自惚れ屋の愚か者、不遜にして粗野で、俺を見下している。俺を侮っているんだ、ほとんどそいつの履物に接吻しろとでも言わんばかりで。俺が、おまえは阿呆でけしからんやつだと言わずにいてやるだけでは足りないんだな。それどころか、どれほど賢く誉れ高いかを語らないことに腹を立てている。けれど最悪なのは、自分でもそのことを自覚してることなんだ。さて、俺はどうしたらいい？

――俺に何を尋ねることがある？　そんな奴は、悪魔のところに送ってやれ、それがおまえの仕事だ。

――それならもう悪魔のもとに送ってやったよ、父さん、帝都でね――ハサンはにやにやした――そうしてそいつはここに来て、家畜商人の俺になったんだ。

父と息子は奇妙な、曰く言いがたい、しかし心底優しい愛情で結ばれていて、あたかも二人が頑固さのせいで仲違いしていた時間を埋め合わせようとしているかのようだった。

老人はハサンに、嫁をもらえ（『父さんより先にはとても無理だね』とハサンはふざけて反論した）、家畜商人の仕事と長い旅の暮らしをやめて俺のそばにいてくれと迫った。抜け目なく、俺は重病でいつ死がやって来るかもしれんと、自分の道理を主張した。そうなったら、そばに骨肉を分けた者がいてくれたほうが安心だし、魂も苦しむことなく出ていけるというものだ。ハサンはそれに対して、誰が先に行くかなんて分かるもんか、と言ったが、それでも愛が強いる束縛を受け入れた。もちろん、とくに旅のことがあったから大喜びでというわけではなかったが――秋だ、旅立ちの時だ、俺は家族のように馴染んできたんだ。ツバメは飛び去り、まもなく野鴨が空高く旅路を渡りながら鳴き始めるだろう。そして彼は鉤型をしたその隊列を目で追いながら、さすらいの旅の不思議な喜びに思いを馳せることになるのだろう、一つの愛のために、もう一つの愛から隔てられて。

ハサンの家には大きな変化が起きた。あの頑丈な体をした使用人が、老人の忠実な介助人になったのだ。名はファズリヤだ、黒い目をした美女、若い男と暮らしていた女ゼイナの夫、あの男の大きな手がこの上なく優しく動き、細心の注意を払った世話をするのに向いていることが分かり、ハサンは、父の部屋にいくらかの心付けを置くようにした。ファズリヤがどんな男か知っていたから、父への忠誠心を失わせてはいけないと思ってのことだった。

ハサンは、危険な恋にもきっぱりと終止符を打たせた。不朽の恋というまやかしは、どんな皮肉な想像力の持ち主でも予想できないほどに、あっけなく崩れた。難攻不落の砦を売り渡したのは、恋の永遠たる裏切者である恋人本人だった。

死がそれほど差し迫ったものではないと思えるほどに回復すると、老人は所有地をすべてワクフとして寄進することを撤回したが、それでもワクフは十分大きく、管財所には助手を（裁判所にいる正直で分別のある書記官が、判事の子飼いで得体の知れないハトよりは、管財所が推薦するスズメを使ったほうがましだと納得して認めたのだ。そしてそのことで、誰がハサンにハルンの悲劇の話をしたのかが分かった）配置しておく必要があった。ハサンは例の若い男を部屋に呼び、世間体もよく実入りもいい仕事をやろうと言った。ただし二度とこの家に来ないこと、俺の所に仕事で来る以外にはだ、それに二度とどんな場所でもゼイナと会わず、たまたま出会ったとしても話をしないで通り過ぎるならば、という条件でだ。もし仕事を引き受けて約束を守る気があるなら、この機会を大事にすることだな。だがもし引き受けながら俺を欺くつもりなら、どこへなりと出て行ったほうがいい。

　若い男の抵抗と嘆きをハサンは予想し、男が申し出を蹴ってこのままの状態をさらに続けるつもりだろうかとさえ考え、こんな厳しい選択を恋する男の前に置いたことを後悔した。けれども相手は即座に同意した。才気煥発で、能力のある男だ。ハサンのほうは吐き気を催したが。

　それから話を伝えるために女を呼ぶと、若い男が自分から事情を説明した。残念だけど、もう俺たちは会えないよ。俺は自分の運命に従って行くし、あんたにはもう定まったものがある。悪く思わないでくれ。俺はここでの暮らしを全部、いい思い出として覚えとく。そういうことだ、神のお計らいどおりになったのさ。

　この男には気をつけないといけないな――ハサンは、嫌気を催しながら思った。

　ゼイナは言葉もなく扉の脇に立っている。顔色が青ざめるのが、くすんだ肌の色を通して分かった。下唇を子供のように震わせ、両手をふくよかな腹の脇に力なく下げ、その手はディミヤ[30]の襞《ひだ》の中に隠れている。彼女は若い恋人が部屋から出て行く時もそのままだった。ハサンが近づいて、首に母親のものだった真珠の首輪をかけてやった時もそのままだった――父さんの世話をしてくれるとありがたいな――彼女の嘆きに対してあからさまに代価を支払いたくない、それに夫の前では純潔なままでいさせてやりたい、そう考えてハサンは言った。

　二週間ばかり彼女は家の中を、そして屋敷の庭を、真珠をかけたまま歩き回り、ため息をついて人待ち顔に空と庭の門を見つめていた。やがてため息をつくのをやめ、また笑うようになった。燃え尽きたわけだ、あるいは隠したのか。

　夫のほうが長い間残念がっていた――あいつがいないと寂しいな。それにしても恩知らずだ、俺たちのことを忘れちまった――非難するように、若い男が出て行った後も長いことそう言っていた。

　ハサンは自分自身にも彼らにも満足していない。しかるべく手を打ったのに、別の結果になればよかったと思っているようだった――結び目をほどこうと手を出したが――笑いながらそう言った――それで何を俺は得た？　若い奴の身勝手をそそのかし、女の悩みを解決してやると同時に不幸にし、亭主にはすっかり腹をたてた女房を押し付け、そして俺自身は、何かしてやろうと意図して実行するととたんにみっともないことになるということを、またしても確かめただけだ。忌々しいな。目的を持ってなされる善行ほど本末転倒のものはないし、自分なりの型に合うように何かを望む人間ほど、愚かな奴もいない。

——それなら、本末転倒でも愚かでもないものとは何だ？

——分からない。

　奇妙な男だ。奇妙だが、私には大事な友だった。彼のことがすっかり理解できたわけではないが、彼自身にもそうだったのだろう、だから常に自分を発見しようと努めていた。ただそれを、他の者がするように苦しみながら、苛立ちながらではなく、子供のような開け広げな態度で、軽く嘲笑するような疑いを持ってする。そしてその疑いはたいていの場合、自分自身に向けられているのだった。

　ハサンは話好きで、実に巧みにしゃべる。彼の言葉の根は深く地に張り、枝は空に向かって伸び、それらは私にとって必要となり満悦となった。彼の語る何が私を明るく照らしたのかは分からない、話してくれたことのいくつかはほとんど覚えてさえいないのに、そこからある種の魅惑のような、何か普通ではない、明るく美しいものが残された。それは人生についての物語だったが、人生より美しかった。

　俺は死んでも治らないおしゃべりなんだ、どんなものでもいい、何についてでもいい、言葉に惚れ込んでる（私はある夜、カサバが闇の中で静かに安らいでいる時、彼がしゃべったことを脈絡もなく書き留めていた）。言葉を交わすことは人と人との繋がり、もしかしたらただ一つの繋がりなんだ。俺にこのことを教えてくれたのはある老兵士でね、俺たちは一緒に捕虜になっていたんだ。牢獄に放り込まれ、壁の鉄の輪の一つに一緒に鎖で繋がれて。

——何かしゃべるとするか、それとも黙っているか？

兵士はこう俺に聞いたんだ。

30　ズボン状の衣服で足首のところを絞って着衣するもの。

——どっちがましかな。

——しゃべったほうがましだな。この牢獄で腐るのにはそのほうが楽だ。死ぬのにも楽だ。

——だったら同じだよ。

——同じじゃない。いいか、何かをしてるような気がするじゃないか、それで何かが起きるようにって。おかげでお互いにあんまり憎く思わないだろう。なるようにしかならんだろうが、それはもう俺たちの力の及ぶところじゃない。さて、二人の敵同士の兵士が、ある時森の中で出会った。それで、どうしようもどこへ逃げるもなく、自分らにできることを始めたんだ、それは仕事でもあったわけだが。つまり銃を放り出して剣を抜き、斬り合いを始めた、夏の日の昼前だぞ。剣がぼろぼろになるまで戦って、二人にはナイフしか残っていないというところで一方の兵士がこう言ったんだ——ちょっと一休みする間、待ってくれ。なあ、昼もまわった。俺たちはオオカミじゃあなくて人間だ。まあそっちに座れよ、俺はここに座る。あんたは大した戦士だな、へとへとだよ。

——俺もあんたにへとへとにされた。

——傷は痛むか？

——痛む。

——俺もだ。タバコの葉を当ててみろ、血が止まるぞ。

——コケも効くんだ。

それで二人は腰をおろしてあれやこれや、家族のことや子供のこと、辛い人生なんかについて話し始めた。すると二人は何もかも似ていて、まったく同じことも多かったもんだからお互いに通じ合い、親しみを覚えて、それから立ち上がるとすっかり満足して言ったんだ——ああ、人間らしくよくしゃべったな、傷のことも忘れた。ではまあ、始めたことを終わらせるとするか。そしてナイフを抜いてお互いが息絶えるまでやり合ったんだ。

愉快な男だったよ、あの牢獄の鎖友達は。皮肉たっぷりのあの教訓で俺の気を晴らしてくれた。気を晴らして勇気づけてくれた。もしかして他の誰かだったら、森の中の二人の兵士は仲よく別れたんだとか言ったかもしれないが、それはひどい嘘っぱちだな、たとえ本当にそうなったんだとしても。この話の苦々しい結末が真実味を帯びていたのは、何よりもたぶん、話の結末が実際以上に彼らをよく見せるものになるんじゃないかと俺が思ってたからだろう。だがまた（こんな結論を俺自身も理性的には説明できないんだが）最後が厳しい現実だったために、俺の中に、二人はそれでもとにかく心を通じ合わせただろうという子供じみた考えというか、切実な願望が残ったからでもあるんだ。この二人の兵士でなくても、誰か別の者でもいい、この話の中には、実際にはあり得ないようなことなんかほとんどないんだから。もっともそんなことは、俺の鎖友達の兵士には重要じゃなかった、一人にならないためにしゃべったんだから。ずいぶんいろんな世界を渡り、あらゆることを見て、面白く生き生きと、いわば秘密を打ち明けるように優しく語り、一人で牢獄に繋がれているよりも彼と一緒のほうがずっと大変なんじゃないかという俺の恐れを拭ってくれた。俺は夜中に目を覚まして、彼が息をしているのにじっと聞き耳をたててたものさ。

——眠ってるのかい？——そう俺は尋ねた——寝てないんだったら話をしてくれよ。

——しゃべり尽くしたら、どうする？

——もう一度話してくれ、別の順序で、反対の順番で。

——全部反対にしゃべり尽くしたら？

——そしたらくたばるさ。

——満足してか、あの二人の兵士のように。

——満足してだ、義務を果たした二人の阿呆のように。

——あんたは辛口だな——非難するわけでもなく、彼は言ったよ。

——あんたは違うのか？

——いや、どうして辛口でなきゃいかんのだ？　俺は戦いに出たんだ、つまり怪我して捕えられ殺されることは承知の上だったんだ。一番楽なことが起きたのに、どうして苦い思いをしなきゃいけない？

そして静かな声が水の流れのように音を立て始めると、空っぽの夜が少し埋まった。俺との間に蜘蛛の糸でできた橋を、言葉の橋を架け、彼の言葉は俺たちの頭上で沈んだり浮いたりしながら弧を描いて流れ、彼が川の源泉、俺が河口となった。ある種の秘密が俺たちの間にでき上がり、話という名の不思議きわまる狂気が奇跡をなしたんだ、つまり並んで横たわる二本の死んだ丸太が急に息を吹き返し、どちらもまったく孤独になることもなかった。俺たちは敵の捕虜と交換になって、互いを惜しむこともなく別れ別れになった。あの男はいつだって聞き役を見つけるだろう、彼に必要な限り。そして俺も、聞き役になる人たちに出会うようになった。おしゃべりのせいで人と親しくなったよ。もちろん誰とでもというわけじゃないが。他人の言葉が耳に入らない者もいる、ああいうのは自分にとっても他人にとっても不幸だな。だがとにかく試してみなくては。おそらく君は尋ねるだろう、どうしてなんだと。理由なんかないさ。人が言葉に耳を持たず、空っぽになるなんてことがなるべく起こらないように、だろうな。商いを始めたばかりの頃、ヴィシェグラード[31]に住む女の話を聞いたんだ、騎士《スパヒヤ》の未亡人で、二十歳になる息子の他に家族もなかった。どれほど愛していたか想像できるだろう、息子だよ、一人息子だ、女の命のすべてだった。その若者が戦死すると、母親は気が変になってね、最初は息子の死を信じようとせず、それから部屋にこもり、黒パンと水だけを口にして、床に直《じか》に横になり、毎晩胸の上に重い黒い石を抱いて眠った。死にたいと思ったが、自死するだけの力はなかったんだ。だが皮肉なことに、死はいっこうに訪れてくれなかった。二十年もそうして黒パンと水だけを口にして胸に重い石を抱き、骨と皮ばかりになって、灰色になり黒くなり、ついには殻と化し、扉の梁《はり》でくびれた方がまだましなほどになったが、それでも生き続けた。俺が一番衝撃を受けたのは、彼女が毎夜胸に抱いていたという黒い石だったな。それで苦しみがどれほどのものかを察したんだ。あれが俺を彼女のところに導いたんだ、石がだよ。家は大きくて二階があったが、何一つ動かされておらず、朽ちかけで、家の周りの土地は広く、驚くほどによく手入れされていたが、家には騎士の未亡人に長年仕えて来た年寄りの下女が一人いるだけで、その女ももう疲れきっていた。もうどうしようもありません、そう下女は話したな。土地は広くて、差配人が土地を取り仕切ってますけど、奥様は差配人ときちんと分け前を決めようとしないんですよ。お金を受け取ろうとなさらず、差配人はあたしたち二人が生きてくのにやっとの分をよこして、残りは全部自分のものにしてしまうんです。神様も、奥様の苦しみを短くするために受け入れてやろうとはして下さらないし。俺は未亡人にでまかせを言った——俺に友だちがいて、その男はもう死んだんですが、彼があなたの息子さんの話をしたんです。それで訪ねて来ました、もしかして息子さんのことを俺も知っていたんじゃないかと思ってとね。嘘をついたのは、それが話をさせる唯一の手だてだったからだ。もちろん息子の話だよ。何年も口を開かず、何年もずっと死を待ちながら、痛みに蝕まれ息子のことを考え続けてきて、ようやく息子の話ができるようになったんだ。彼女を一押ししたわけだ。最初に何を言ったか、俺は忘れてしまった、嘘なんてまったくあやふやなもんだな。息子と知り合いだったかのような話をしたんだ。だが俺の言うことが違っているかもしれないなんて心配はいらなかった。息子が死んだ時には、俺はまだ子供だったことにも気づかなかっただろうし、それどころか、息子の方が俺よりずっと若いとさえ思っていたかもしれない、なにしろ母親の中で息子は変わってないんだから。息子さんは美男子で頭がよくて、誰に対しても親切で、立派でした。お母さんには優しくて、何千という人間の中でも秀でていました。俺は彼女の思いを描いてやったんだが、誇張のし過ぎなんてことはありえなかった。どんな賞賛も、母親には弱くて不十分だった。低い声で囁くように彼女は話したが、乾いた唇から出る一語一語は、母親の口づけと愛撫を受け、慈しまれ、愛情で匂い立ち、長い思い出の綿布にくるまれていた。俺は彼女にとって新しい、見知らぬ人間で、息子のことを何もかも話して聞かせ、頑《かたくな》な沈黙を埋め合わせるのに値したわけだ。それに、無意識のうちに、どうしてこれほど嘆いているのかを説明したいと思っていたんだろう。しゃべっている間は息子の完全に生きている姿を見ていたから、彼女は嘆かなかったよ。おそらく完全にそれができたのはこの時が最初だったんだろう、一人でいる時や顔見知りの者たちと一緒では、息子は死んだと分かっているから、その影が見える程度にしか生き返らせることはできなかった。だが今や、彼女は死のことを忘れ、不幸のなかった遠い昔のこと以外は全部心の中にしまい込むことができるわけだ。俺だって、長続きするものじゃないことは分かっていたよ、いずれまた死への思いを探し当てるだろうとね。黒雲が彼女を覆うのが予想できた、あの顔が暗くなってそうと分かるだろうと。だが、それでもいいじゃないか、わずかの間でも解放されるんだから。それから俺はいつもその地を通る際には、旅に出る途中でも、帰る道すがらでも立ち寄った。すると彼女は思い出の中に必ず新しい光景を見つけていて、息子は

31　ボスニア東部の町。

会う度にいっそう若返り小さくなり、いつも変わらず生きていた。彼女は息子を、自分の人生を断ち切った暗い時から引き離して過去へ連れ戻し、復活の瞬間を祝い事のように、バイラム祭のように待ち受け、何日も俺を待っていたんだ。寒い時には、大きな部屋に火を入れて、長いことしなかった食事の支度をして、自分はそれを食べはしないんだが、そしてもし俺が何日か余計に泊まって彼女の祝日を引き延ばしてもいいと決めた時には、虫食いだらけの寝台と黄ばんだ敷布を引っぱり出してきた。暮らしぶりは大して変えようとはせずに、相変わらず黒パンと水だけで生き、床板の上に直に横になって、黒い石を胸に抱いて眠った。だが彼女の目にはもう、死への思いがあるだけじゃなかったよ。俺は彼女を説得して、差配人から土地《メクテブ》の上がりの残りを出させ、村の子供たちのために学校を建てて、食い物と着るものを与えさせた。息子さんだったらきっとそうしたでしょうと言ってね。彼女は学校を作り、ホジャを招き、貧しい村の子供たちが裸足で腹をすかしたまま学校に来るなんてことがないように村人たちを助けてやり、善行を積み、自分の苦しみを楽にしたんだ。

——つまりそうして万事めでたし、みんな幸せになりましたというわけだな、物語のように——私はハサンのおしゃべりを揶揄した。

ハサンのおしゃべりは、私に向けられた教訓であるかのように聞こえた、手本にしろということか、私も子供たちや若者を集めて、幸福な人生に向かわせるのがよいと。ずいぶん無邪気に響いた。普段の彼らしくない。私が知る彼のすべてに反している。それでも彼は、牢獄の老兵のもとでいい勉強を修めたわけだ。

ハサンはさして勝ち誇ったようでもなく、かといって臆する気配もなく、笑った。

——いや、万事めでたしというわけでもないさ。村人たちは子供への施しを大歓迎し、みんなしてそれを飲み代に変え、ついでに自分たちのものにまで手をつけ始めた。女房たちはそれに気づいて、未亡人を呪った。村の男たちの手が、酔って激しやすく殺気立ったものになったからだ。男たちも呪った、子供を牛の世話や野良仕事から遠ざけなくてはならなかったからだ。子供らはたまにしか学校に行かなかったし、教師も最高というわけじゃあなかったから、学ぶといってもほんのわずかで、学んだことは一年か二年で忘れてしまい、だから村中が言ったんだ、なんて学校だ、勉強している間は尻の皮を剝いて、一年経てば、はいそれまでとね。未亡人は二十年間、死ぬのを待って過ごしたが、俺たちが知り合ってから三回目の春先に、凪とみぞれの中に立って俺を待ちながら死んだよ。俺は思ったより長く旅に時間がかかってしまってね。

——ならばつまり、万事悪しということか？

——いや、とんでもない。彼女は息子の友を待ちながら死んだんだ、分かるか？ 喜ばしい言葉で胸をいっぱいにして、愛について語ろうと思っていた、死のことを考えていたんじゃなくて。村人たちは、ラキアも援助もなしのもとどおりになった、未亡人の相続者たちが土地を分けてしまったから。だが村には未亡人の美しい思い出が残されて、他のことは全部忘れ去られた。むかしこの家に一人の風変わりな、だが善良な婦人がおりました、そういう物語が残った。それで得をするものは誰もいない、それは事実だが、でもいいじゃないか。

私の心は、人生のように苦々しく不可思議な、そして人生のように理解しがたいその話にかき乱された。それにまた、人が正気を保っていくためにうまく呼吸を合わせなくてはならない苦しい人生の紆余曲折というものに対するハサンの冷笑的な理解の仕方、いや泰然とした拒絶の仕方にも。

私は、その教訓から生まれるかもしれない苦渋と心地悪さを紛らわすために、笑った。

——何かにしがみつけよ。愛しい神にでもいい、しっかりして支えを見つけるんだ。君はどんな場合にも確信がないんだな。

——そのとおりだ、俺は多くのことに確信がない。これは悪いことかな？

——良いことではないだろう。

——つまり、良いことではないと、そうしよう。だが悪いわけでもない。さて確かであるのは、良いことだ。だったら、確かであることが悪いということも、あるだろうか？

——私には分からないよ。

——君にとって、完全に確かなことはあるかい？

——神がいる、それは確かだ。

——だが神を信じていなくとも、自分は確かだと思っている者はいる。ならばそういう者は、確かでないほうが良いということにならないか？

――そうだ。だったらどうだと？

――いや、別に。

だが私はもう、ずる賢い論理の罠に気づかずに尋ねてしまったことを後悔していた。なんと賢明で危険な考えだろう！　ハサンは茶化しながら、私をこの問いへとうまく導いたのだ。

ハサンは、自分の不確かさをよく理解している。そんな彼でも、私には気にならなかった。彼にすっかり心酔していたから、口論をしながらでも彼の正しさを認めていた。彼が間違っていると思う時でさえ、親愛を感じた。

たった一日でも彼がいないと、その日は空ろで長く感じられた。彼の影の中で、私は静かに充足していった。

ハサンの父親は、いずれ自分の身に起こるであろうことを恐れることなく予期しながらも、再び蘇った愛情に夢中だった。

父親と私の二人にとって、ハサンはこの世で最も必要な人間だった。

だから、また旅に出ると聞いて私はがっかりした。彼の家に行ってみた。丸一昼夜、会っていなかったのだ。ハサンは父の寝台の枕元に座って、父親とタヴラ[32]をしている。

老人は腹を立てて、黒と白の三角形の間にさいころを投げた。

――フー、こいつめ、忌々しい。何ていう出方をするんだ！　ファズリヤ――世話役の男に愚痴を言う。

――さいころが言うことをきかん。

——さいころに息を吹きかけましたか、アガ?

——吹きかけたが、効き目はない。ゼイナはいるか？　あの胸の谷間にちょっと挟んでもらいたいもんだ。

――恥知らずだな、父さん！

――いまさら俺が、どんな恥を知らんと？　そんなに恥知らずなことか？

――いや旦那、とんでもありませんよ。

――父さん、それより修道師殿の袖の中にころがしたほうがいいよ。

――そうかね？　怒らないかね、アフメド＝エフェンディ？　頼むから助けてくれ。

――来てくれてよかった――ハサンが私に笑いかけた。

――昨日から会っていなかったから。

――話はちょっと待ってくれんか――老人が怒って言う――俺が勝つまで。つきが回って来たところだ。

――親父はすっかり元気になったよ。

――俺が憤ってると言いたいわけか？

　本当に父親は勝ち、疲れているようだったが、心から朗らかそうだった。子供のようだ、ハサンに似ていた。

――旅に出る、ドゥブロヴニクに――申し訳なさそうな笑顔を父親に向けながら、私に説明した。

――なぜ行くんだ？

――商売のためさ。友だちが出かけるんだ、だから一緒に行く。

――あのドゥブロヴニク女が行くから、こいつも行くんだ。商いなんて作りごとだよ。

――作りごとじゃない。

――作りごとだ。もし商いのためなら、おまえを引き止められる。だがあの女のためとなったらだめだ、何もかなわない。

――父さんは、何でも勝手に想像するんだ。

――そうかね。だが老いぼれたとしても、すっかり忘れたわけじゃないぞ。ただどうにも頭が受け付けないのは、別のことだが。

――父さんの頭が受け付けないことなんて、あるのか？

　老人はまるでハサンに腹を立てているかのように、私に向かって話しかけた。

――あるさ。頭が受け付けないのはだ、こいつがあの女と亭主と一緒に旅に出るってことだ。さて馬鹿者は誰だ？　うちの息子か、それともあのドゥブロヴニク人か？

――それとも両方か――ハサンは、侮辱されたという気配も見せずに笑った――父さんはどうやら、友情というものを認めないようだな。

――友情？　女どもとか？　三十も過ぎた息子が、一体世の中どんな具合になってるんだか！　女と友だちになれるのは、男色家だけだ。

　居心地の悪い会話にハサンが笑ってばかりいるので、私は割って入った。

32　バックギャモンと同じ遊戯。

——友人というのは、夫の友人ということなのでは?

——あんたは、アフメド＝エフェンディ、気を悪くしてはいかんよ、こういったことはあんたには理解できんだろう。あの家じゃあ亭主は女房の友だちをいつだって迎え入れ、女房は亭主の友だちなんかは決して入れやしない。

——親父殿、喘息の発作が起きるよ。

——おまえにはあいにくだが、今日は喘息なんか起きんよ。お天気だし風も軽い、俺を脅しても無駄だ。こいつに言ったんだよ、女どころじゃないんなら、時間を無駄にするな。あの女がもしおまえじゃ嫌だというのなら別のを見つけろ、もしおまえが惚れていて女の方もおまえを慕っているんなら、奪ってしまえとな。

——父さんには、何もかもが単純しごくなんだ。

——何でもかんでもあの連中と一緒に行くのかね、悪魔にしか分からんことだな。ただ友達とやらがハイドゥークどもに襲われないように、こいつは自分が使ってる男たちに武器を持たせて連れてくのは間違いない。だが、おまえをハイドゥークが襲うことはないっていうのか? 俺たちには何もかもが単純しごくだと! おまえたちややこしい息子どものほうが、ずっと単純だよ、無分別の一言なんだから。

——おお、すばらしき真実を言い当てたな、父さん! 太古の昔から、息子は父親より無分別だったんだ。だから分別なんてものはすっかりなくなっていたはずなんだが、幸いにして息子は父親になると、とたんに分別がつくんだ。

——で、おまえもいつか分別がつくようになるつもりなのか?

——息子に苦労はつきものだよ、父さん。

——つべこべ言うんじゃない、好きにしろ。どのくらいの旅に出るんだ?

——十五日ばかり。

——なんでそんなにかかるんだ、性悪息子よ? 十五日というのが何日くらいなのか、分かってるのか?

——もしかしたら、もっとかな。

——いいとも、行け。おまえにとってどうでもいいなら俺にもどうでもいい。十五日もしたら俺の墓参りに来ることになるかもしれんな。どうでもいい、行け。

——具合が良くなったって言ったじゃないか。

——俺の年になると、良いも悪いも隣り合わせで、昼と夜みたいに代わり番こに出て来るんだ。ろうそくだって、燃え尽きようとしている時のほうがよく燃える。

――俺にずっといてほしいのか？

――ずっといるだと？　まず、嘘をつけ。次に、ずっとここにいてもおまえにはうんざりだろう。手遅れだよ、行きなさい。あまりいつまでもほっつき回るなよ。十五日、俺には長いしおまえには十分だろう。もっと男たちを連れて行け、俺が払ってやる。おまえの身が安全だと思えば、俺も気が楽だ。

――俺が旅に出ている間、アフメド導師がここに来てくれるよ。

――神様がおまえに授けてくださった最高の贈り物だな、この善良で頭のいい御仁は。だが少しおまえから離れて休んでもらうのも悪くなかろう、だから俺たちはこれから十五日間おまえの話を一切しない。

　だがその十五日の間、私たちはハサンの話をして過ごした。

　彼の出立は私たち二人に痛手を与えた。私たちは彼の名前を出すことで心を慰めたが、老人の痛手のほうがずっと大きかった。取り戻した息子、自分を死への思いから遠ざけてくれた息子がいなくなると、日々は嘆きの連続になったからだ。老人の不平不満の小言は、ごつごつして厳しいまでの愛情だったが、同時に忍び寄る影からの逃避でもあった。黒い鳥が頭上で旋回していたのだ。そして今はそれを感じ、恐れている。ならば愛情なしにいたほうが良かったのだろうか？

　私もまた彼の出立を残念に思った。彼がいることにすっかり慣れてしまい、彼は今や必要な存在になっていたからだ。

　私の人生はここで、これまであったものと、これからどうなるか分からないものの分岐点にあった。狩人のように用心深く我慢強く、茂みの陰に隠れて待っていた私だったが、自分もまた誰かに待ち伏せされ、捕えられようとしているのかどうか、それについては分からなかった。だがすぐ近くに友がいてくれれば、運命が送ってよこす音なき足音ゆえの恐怖を和らげてくれるだろう。見ることのできないものの背後にある暗闇と秘密、やがて私の前で明らかにされるであろう秘密を予感することは恐ろしくもあるが、しかしまた、自分が期待することが起こるだろうと思い、自分自身のものよりも強い意志の執行人となるように選ばれたのだと感じることは、秘かな快楽でもある。だがそれでも私はただ武器であるばかりではない。誰か他人の手でも、石でも、木でもない、人間なのだ。自分の魂が、そうと願うよりも弱いのではないか、ちょうど実った種が育ててくれた穂をはじけさせて飛び散るように、はちきれんばかりになった憎しみが私を破裂させてしまわないか、そう私は恐れていた。ハサンと一緒なら、心静かに待つことができる、ハサンと一緒なら静かに機が熟すまで、それが私の上に覆い被さる死の埋葬布ではなく、カサバの緑の旗印となるまで、待つことができる。

　私たちは、自分に関わるただ一人の男の帰りを待ち侘びていた。老人は不安を隠さない。息子を罵り、かつての大旦那の頑固さのうわべは失われていなかったものの、不器用に隠していた息子への優しい思いは、たちまち病人の嘆きの歌に変わった。

――あいつもあのドゥブロヴニク女も、悪魔の餌食にでもなるがいい。女の方が実の父親より大事とは。しかもそれほどの女ならともかく、一ドラム[33]の肉もついてやしない。まあどうでも好きにするがいい、あの抜け目のない目でうちの息子を広い世界中引き回すがいいさ、木偶の坊みたいにな。十五日だと、哀れな息子よ！　雨に打たれるかもしれん、寒さが襲うかも、ハイドゥークが襲って来るかもしれんのに。愚か者には何を言ってもしようがないな。さあここに座って、父さん、この隅っこがあんたの場所だ、チブーク[34]みたいにじっと待っててくれだと。扉が開いて誰かが普段より急いで階段を上がって来たら、気絶してくれよ、恐ろしい光景や嫌な予感でいっぱいの短い夢を見て、鳥肌を立ててくれよだと。今生き延びたとしても、俺の寿命を一年は縮めてくれるだろう。どこへも行かないと約束した、約束はしたが守れやせんのだ。さんざん苦労して生み育て、苦労は増すばかり、神よ、お赦し下さい、俺は何をごたごた言っているんだか。

　ファズリヤは、お仲間を呼んでタヴラでもしたらいかがですかと進言した。それでなけりゃ話をするか。俺は中庭の窓の下に若馬を連れて来たいんですが、そうも言った。よければ俺が泉の水を汲みに山に行きますよ、あれは血を清め強くするから、そう尋ねたが、老人は何もかも拒んで、ただ窓辺の寝椅子に枕を置いてくれと頼み、そうすればまるでハサンが少しでも早く帰って来るか、あるいはそのほうが息子の帰宅を思い描くのが楽だとでもいうように、庭の扉を眺めるばかりだった。

息子がいなかったあれだけの年月を、父はどうやって過ごしたのだろう？　この愛情と、離れ離れになった後の嘆きに驚いて、私は思った。それから、ハサンの奇妙な説明をふいに思い出した。石頭の二人の喧嘩が愛情の証拠なんだよ、愛情のせいでこうなったんだ。もし昔からずっと続いていれば、愛は疲れ果て、禿げちょろになってしまっただろう。だがもし求める気持ちがなければ、色褪せてしまっていただろう。私は、そんな愛というものに最初心を動かされなかった。冷ややかに眺め、嫌悪さえ感じていた。何が望みなのだ、老人よ――心の中で腹を立てながら尋ねた――自分の愛を、世の中に示す必要があるのか？　そんなふうに愛情を示すのが、それほどのことか？　ため息をついて、絞るような泣き声をあげるほうが、じっと黙っているよりずっと楽だ。そしてあなたの愛とは何だ？　老人の弱気、死を前にした恐怖、生を引き伸ばしたいという願い、他人の力にしがみつく身勝手さ、親の血の支配ではないか。いったい何のためだ？　ささやかな強要の喜びのため、他のすべてが遠のいてしまった時、息子の手に力なくすがりつくためか。

だが非難し、軽蔑しながら、私は空しく自分を守ろうとしていたのだ。この愛に打ちのめされ、ふと気がつくと、自分の父のことを考え、身近に感じてみようとしていた。喜んで父の言葉を待つことなど、あり得るだろうか。病身を見守り、自分にとって大切なものすべてを、父のために捨てることなどできるだろうか？　父さん。囁いてみる、想像の世界に浸り、人生のあらゆる苦悩を心の外へ流し出し、同情の心で愛を求める気持ちを焚き付けようとしながら。父さん。父ちゃん。だがそれ以外の言葉を見つけることができない。私たちの間には、優しさなどなかった。私が傷つけられた気がしたのはそのせいでもあったのだろう、他人と結びつくことは、人のまっとうな一面なのだから。もしかしたらそんな渇きを持って、理性より強い人間としての要求を満たすために、ハサンの友情を受け入れたのかもしれなかった。

最初のうち老人は、私にあまり信頼を寄せていない

33　ギリシャのドラクムに当たる。一ドラムは約三キログラム。

34　トルコ式の煙草の道具。

ようだった。何でもいいから話をしようとしたが、要らぬ言葉は老人の息を詰まらせ、かといって嘘をうまくつくこともできないのだ。ハサンが父親にそっくりなのに私は驚いた、ただハサンの方がより巧妙で、繊細で、柔らかだったが。

——あんたは奇妙なお人だ——そう私に言った——あまりしゃべらず、心を隠しておる。

すぐさま私は、これはたぶん生まれつきで、私の身分がさらにそれを強くしたんでしょう、と説明した。だがもし私が奇妙に見えるとしたら、おそらくそれはこの身に起こったことすべての結果なのだった。

——言葉に隠れておられるな。あんたの頭の中に何があるのか、俺には分からんな。つまり、あんたは不幸な目に遭った、喉をかっ切られるみたいな苦しみを味わった。なのに呪《のろ》いの言葉も嘆きも、あんたから聞くことがない。それでも弟の話はする。

——私の身に起きたことは、話題にするにはあまりにも辛いことです。それを話すことができるのは、弟と同じような相手だけです。

——そんな相手を見つけたと？

——はい。

——すまんね、自分のために聞いたわけじゃないんだ。

——分かっています。私たちは二人ともハサンと結ばれています、あなたのほうが血と親子の絆によってずっと強くですが、私も友情という、人が罪の意識なしに感じられるあらゆることの中で一番強いものによって。

必要とあらば、老人をいともたやすくごまかすこともできただろう、息子の名のせいで父親の隙のなさと経験を積んだ慎重さは鈍っていたのだから。だがその必要はなかった、私は本気でそう思っていた。もったいをつけて話したのは老人のためだ、より美しく響かせて、心を隠した人間に対する老人の恐怖心を和らげたかった。

私を息子ゆえに詮索し、息子ゆえに受け入れる。老人の隙のなさと信頼は、同じ根から育っていたのだった。

ハサンの不在が私たち二人の間におとぎ話を作り出した——むかし、王子様がおりました。

だがハサン自身は、不思議なことに、ほとんど自分の失敗について悔いるようでもなく、笑いながら話すのだった。それでも反作用の効果というものがあり、しかも彼はそれを実に敏感に察知するので、失敗はそれほどひどいものでも本当らしくも見えなかった。それどころか彼の陽気な率直さの魔法にかかって、失敗は、自分からは話そうとはせずまた彼にとってさして重要なものでもないといわんばかりの成功物語に変わってしまうことさえあった。

後になって私はおとぎ話と現実を区別しようとしたが、どれほど真相を知っていても、私たちがしばしば自分たちの英雄がいると思い込んでしまう魔法の世界から逃れることは、なかなかできなかった。

おとぎ話でないとなれば、ハサンの中で風変わりなものは何もなかった。信仰の熱意に燃えて学校を卒業し、まだ若くしてアブ＝シナ[35]の自然学と批判的哲学を、どこかの貧しい、東方にはたくさんいる自由思想家の類いの一人のもとで修め——その人物についてハサンはよく情愛と嘲笑をこめて語ったものだったが——やがて人生へと踏み出していった。目の前にいる偉大な人々を手本として彼らに続きたいと思いながら、実際に出会う凡人については何も知らないという、私たちの大部分が背負っていく荷を肩に担いで。そんな厄介事の根源をさっさと投げ捨てる者もあれば、少し遅れてから投げ出す者もあり、しかしいつまでも持ち続ける者もいる。ハサンはといえば、自分自身の、そして故郷に由来するすべてのものに対してあまりにも感じやすく、どこであっても賞賛されるはずの人間の価値というものを信じていたから、みじめなまでに適応しそこねた。未経験な若者の純粋さは、豊かな帝国の都にあって、人々の結びつきや関係がこのうえなく複雑で情け容赦なく、見せかけだけの立派さを持ち、偽善で光り輝き、蜘蛛の糸とそれでできた巣のようにもつれ合うただ中にあって、まるで大海でサメに囲まれたかのように、まさに魔女の回す輪の中に、絡めとられてしまったのだった。旧式のやり方で、誠実さを無邪気に信じながら、帝都のうっそうとした籔を通り抜けようとしたハサンは、もっとも危険な武器を持った腕のたつ山賊の群れに素手で戦いを挑む男も同然だった。悪意を知らない晴れやかさと正直さ、それに学知を身にまとって、ハサンは何も知らぬ者の確かな足取りで、獣の巣窟に踏み込んでいった。だが愚かではな

35　十一世紀始めのペルシャ人学者。

かったから、ほどなく自分が焚き火に足を突っ込んだことを悟ったのだった。彼にできることは、人の言うなりになるか、目をかけられないままでいるか、出て行くかのいずれかのみ、だがあのとおり人並みでない彼は、帝都の容赦なさを拒むかたわらで、生まれ故郷のカサバを思い、その静かな暮らしを自分のいる喧噪の町の暮らしと比べるようになった。誰もが馬鹿にして、あの古くさい辺境の州《ヴィラーイェト》の悪口を言うと――何を言っているんですか？――彼は驚いたようにそう問い正した――ここから歩いて一時間もしない所にだって、想像もつかないような僻地がありますよ。ほら、あなた方のすぐ近く、この、ビザンツ帝国の栄光と帝国全土から集めた富の町からそう遠くない所、そこにご自分の同胞たちが乞食同然に暮らしているじゃないですか。けれど俺たちはといえば、どこの国の者でもない、いつもどこかの境界上にいて、いつも誰かの持参金にされる。だったら俺たちが貧しくたっておかしくはない、そうでしょう？　何世紀も俺たちは、自分たちを探し求め、お互いを知ろうとしてきた。だがもうほとんど自分たちが何者なんだか分からなくなりそうだし、何かを求めているということも忘れてしまいそうだ、他の人たちには、俺たちが彼らの旗下につけるなら名誉なことだと見えるかもしれない、自分らの旗印がないんだから。俺たちを必要な時にはおだてて、用済みになれば放り出す。あそこはこの世界で一番悲しい所ですよ。そして住んでいるのはこの世界で最も不幸せな人間たちだ。自分の顔を失いながら、他人の顔を受け入れることもできず、原郷から断ち切られ、けれどどこかに受け入れられたわけでもない、誰にとっても赤の他人だ、同じ血を引く者にとっても、同胞として俺たちを受け入れようとしない者たちにとっても。俺たちは世界の狭間に生き、民族と民族の境界の上にいて、誰もがいつ殴られるか分からず、誰かがいつも罪ありとされる。歴史の波は俺たちにぶつかって砕けるんだ、まるで断崖絶壁に波が砕けるように。俺たちは強制されるのにうんざりして、不幸から情熱を生み出し、反抗心で気位を高くした。だがあなた方は、怒りで恥知らずになった。だったらどっちが古くさいでしょうか？

彼を嫌う者もいた。あざける者も、避ける者もいて、彼はいっそう孤独になり、故郷への思いをますます強くした。ある日彼は同郷の男を、ボスニア人についてのひどい冗談をしゃべっていたからという理由で殴りつけ、そしてその男と自分自身を嘆かわしく恥ずかしく思いながら外をぶらついている時に、バザールの横でドゥブロヴニクの婦人とその夫が、彼と同じ言葉を話しているのを耳にした。かつて人の言葉がこれほど美しく響いたことはなかった。いかにも身分のよさそうな細身の女性と、恰幅のいいドゥブロヴニク人の二人ほど、人をいとおしいと感じたことはなかった。

もう何か月もハサンは働かずに仕事のあてもなく大都をぶらぶらし、父親は息子が帝都で勤めについていることを誇りに思って、たっぷり仕送りをよこしていた。ドゥブロヴニク人が仕事をしている間、ハサンは妻のほうを帝都の最高の場所に案内し、この上なく美しい唇から発せられるこの上なく美しい言葉に耳を傾け、自分の悩みを忘れ、女も彼を避けようとする気配を見せなかった。優雅なドゥブロヴニクの奥方、『小さな兄弟たち』[36]で教育された彼女がこの若いボスニア人に魅かれた最大の理由は、彼が美男子で洗練され、教養ある男だということではなく、そうしたことのすべてに加えてなお、彼がボスニア人だということだった。あそこの出身者はみんな粗暴で、気違いじみていて、中身は空っぽで臆病者だと彼女は思っていた。それに、頭のいい人間なら大して、またいつでも重きをおくわけではないような妙な男気を保とうとしていて、友でもない者に対して信仰上の忠誠を守るという笑止千万なある種の誇りを持っていると。けれどこの若者は、粗暴でも空っぽでも、無教養でもなかった。どんなドゥブロヴニクの貴族に対しても変わりない態度で接し、楽しい話し相手にも役に立つ随行者にもなり、彼女に心を奪われ（そのことで彼女は彼のあらゆる性格や能力をいっそう評価したのだ）しかもなお実に控えめな態度を示し、そのために彼女は、いぶかしく思いながら家で鏡に写る自分の姿を見つめたほどだった。およそ恋などということを考えたこともない彼女だったが、男に言い寄られるのは珍しくなかった。だから初めはハサンに嫌な予感と不快な思いを抱いたのだが、彼がそんな態度に出ないと分かると驚き、そして改めて彼に関心を寄せたのだった。まだ若く誠実

36 フランシスコ会修道院の通称、ドゥブロヴニクには十四世紀に同会派修道院が作られた。

な男、ハサンは、女にも自分にも何も約束しないですむような軽々しい言葉を知らなかったし、恋に落ちるつもりもなく、ただこの出会いに夢中になることで満足していた。それでも恋のほうは彼を見逃さなかった。まもなく彼は恋に落ち、そしてそれに気づいた彼は、思いを目にさえ表そうとせずに、彼女の前でひた隠しした。けれども彼女はすぐに、彼の目に（その美しさを彼女は賞賛せずにはいられなかった）燃える炎が現れるやいなや気がついて、友情を強めることで、ためらうことなく姉のようにふるまうことで、自分自身を守り始めた。ハサンはますます恋にのめり込み、あるいはその波の高まりに上りつめた。それは驚くようなことでもなく、彼女は美しく（愛に美しさは重要ではないから、これはついでに言うまでのことだが）、優しい愛らしさにあふれ（これこそは愛には重要なことだ）、何よりハサンを苦しめていた不安を追い払い、この世には、忘れようとすればきっと罰を受けることがある、ハサンにそう教えてくれた最初の存在となったのだった。

　ハサンは、ドゥブロヴニク人があるボスニア人と――金細工師のシナヌーディンの息子のことだったが――交渉を進める手助けをし、商人がここへやって来た目的を果たすのに費やす時間を節約してやった。商人の目的は、しかるべき許可を得てボスニアでの商いの独占権を得るというものだった。この件を通じてハサンは商人の友情を得たのだが、それはまた、夫婦の滞在を短くすることでもあった。だからハサンは、信頼を得て恋の罪から許されたように幸せになり、けれど同時に、間もなくやって来る別離によって前よりもいっそうひどい虚無の中に取り残されるかもしれず、そのせいで不幸にもなった。ドゥブロヴニク人が本当にハサンを信頼していたのか、それとも人間をよく知っていた商人が、信頼というものによってハサンを縛りつけたのか、心底妻を信じていたのか、想像力などとは無縁な男だったのか、それとも彼には妻とハサンの関係などどうでもいいことだったのか、いずれだったかは分からないが、彼はこの滑稽な恋愛の中で、さしたる意味も持たなかった。滑稽な――そう私は言う、そして恋愛とも――どちらでもあったからだ。まもなく彼女が去ってしまう、そのことに怖じ気づいたのか、それとも大胆になったのか、ハサンはマリア（それが彼女の名だ――メイレマ[37]）に、愛していますと告げた。

もう分かっていることを聞いただけなのに彼女はさっと青ざめ、それを見たせいだったのか、彼自身の無邪気さのゆえだったのか、ハサンは、賢く経験を積んだ男なら口にしようなどとは微塵も思わないことを言った――ご主人のことを思うと苦しいんです、あの人は友達だし、それにあなたを侮辱することになるのかもしれない、あなたは清らかなご婦人だから。でもあなたにどうしても告げずにはいられなかったんです、あなたが去ってしまったら、俺はどうなってしまうか分からない。それで彼女は結局、夫に対し、また自らの貞節に対し、忠誠を誓う他はなく、ハサンを夫婦の友という危険のない立場に押し戻したのだった。まったくあきれるような話だが、この時になって彼女もハサンに恋したのに違いない、まるでハサンの無邪気さが彼女の厳格さを打ち破ったとでもいうかのように。だが修道院の教えによってしっかり守られたカトリック信仰への忠誠心と、真摯に罪を恐れる気持ちから、彼女はその恋を心の最も秘められた奥底にしまい込み、ハサンにも、わたしに無理にこの思いを認めさせないでと伝え、それでもハサンは、彼女の中に愛があることを知ってこの上ない幸福を感じたのだった。そしてハサンが誰にも話したことのない自分の境遇を打ち明けると、彼女はハサンを誘った――一緒に船に乗りましょう、ボスニアに行くの、ドゥブロヴニクを通って。この帝都に、あなたを引き止めるものはないのでしょう。彼女はこうやって自分とハサンに、自分自身も彼も怖くはないと示したかったのだ。ちょっとした“la route des écoliers《ラ＝ルート＝デゼコリエール》”よ――そう言い、ハサンがフランス語を知らなかったので、つまり子供たちが学校からの帰りに通る、遠回りだけれどもより安心できる道のことよと説明した。彼女はフランス語さえも、身を守る楯にしようとした、ハサンが自分に夢中になっているのはあの不思議な、女のために作られた言葉のせいだと感じたかったのだ。だが彼女は忘れていたのだろうか、たとえどんな得体の知れない言葉を使おうと、ハサンは夢中になったに違いない。それに彼を夢中にさせているということだけでは十分に自分を守れないということも、忘れていたようだった。船の上で二人は、ハサンが願ったほどには会えなかった。夫が

37　メイレマは「マリア」のイスラーム教徒式の名。

荒れる海に耐えられず、旅のほとんどの時間、寝台に臥せって、吐いては悶え苦しんでいたからだ。ハサンがどんな様子かと見に行くと、ひどい悪臭が漂い、船室はそのために何時間も風を入れなければならず、ようやくすっかり洗って空気を入れ替えたとたんにすべてがまた汚され、悪臭に満たされ、その中で哀れな男は黄ばみ、青ざめ、まるで瀕死の床にあるかのようだった。本当に死んでしまうかもしれない、恐れながら、けれど同時に望みを抱きながらハサンは思い、後からその残酷な空想を後悔した。マリアは、犠牲的精神と忍耐という見苦しい考えにとりつかれ、ほとんどの時間を夫と一緒に過ごし、船室をきれいにして風を入れ、夫をなだめて手を握り、夫が吐きながら身を痙攣させている間は頭を支えてやるのだが、それで夫の苦痛が和らげられるわけでもなく、絵にもならないそんな状況は、夫に対する彼女の愛情を深めもしなかった。夫が眠りに落ちてから甲板に上がると、そこではハサンが、波のように揺れる彼女のほっそりした姿が現れるのをじりじりしながら待っていた。だが彼女が現れればすぐにハサンは、妻としての義務感が、あの悪臭を放つ船室に――あそこで彼女は自らの犠牲に感動しながら、清々しい海の風と愛を語る男の優しい声に思いを馳せるのだ――彼女を呼び戻す時がいつ来るかと考え始めた。二人は自分たちの愛のことは語らず、他人の恋の話をしたが、同じことだった。彼女は西洋の恋愛詩について語り、彼は東方のそれを口にしたが、同じことだった。二人に異国の言葉は必要ではなかったが、それも同じこと、まるで自分たちだけの言葉を作り出したかのようだった。二人は船長室の陰か、でなければ甲板に積んだ長持ちや荷箱の陰に入って風から身を守り、詩の陰に入って自分たちから身を守り、そんな時には詩は、たとえ何を歌ったものであれ、まぎれもなく真実を語るものとなった。だが妻としての罪の意識に目覚め、あまりにもこれは素晴らしすぎると感じると、彼女は夫の存在によって、そして犠牲を払うことによって自分自身に罰を与えた。

――マリア――名前で呼んでもいいという、彼にとっては至高の愛にも等しい許しを得た若者は、囁いた――今晩は、上がって来られますか？

――いいえ、大切なお友達、一度にあまりにも多くの詩というのは、よくないわ。胸がつまってしまうかもしれません。風も冷たいし、もしあなたが風邪でもひいたら、わたしは自分が許せないでしょう。

――マリア――若者は苦しそうに呼ぶ――マリア――

――何ですか、大切なお友達？

――それじゃあ、明日まで会えないのですか？

彼が手を取るのを許し、しばらく打ち寄せる大波と高く鳴る彼の脈動の音に耳を傾け、もしかしたら時間を忘れたいと願っていたのかもしれないが、それから我に返って彼女は言うのだ。

――船室にいらっしゃればいいわ。

若者は言われたとおりに二人の船室に下りていったが、そこではただ、饐《す》えた空気と狭苦しい空間に息を詰まらせながら、マリアが献身的に夫の世話をしている様子を眺めただけだった。そのせいでハサンは、自分まで船酔いにかかってしまうのではないかとぞっとした。

ドゥブロヴニクを目の前にした最後の夜、彼女はハサンの手をぎゅっと握り、彼女の手を放すまいと空しく試みた彼に言った、この旅のことはいつまでも忘れないわ。

それはハサンと詩のゆえだったのか、それとも夫と反吐《へど》のせいだったのか。


ドゥブロヴニクで二度、ハサンは商人夫妻の家に客として泊まった、夫妻の叔母やら義理の叔母、従兄弟、叔父、甥、知り合い、友達といった連中に囲まれてだ。そして二度とも、町では彼のオスマン風の身なりにほとんど目も留めないのに、ルコ殿と奥方のマリアのサロンでは珍獣でも見るように彼を眺めるこの見知らぬ人々から、一刻も早く逃げ出したいと思った。彼の訪問はまったく場違いなもののようで、彼も萎縮してしまい、ひどくぎこちなかった。彼を迎えるマリアの態度も冷ややかで、ハサンには彼女がよそよそしく、遠く、作り笑いをした女に見え、彼女の家でまさしく二人の現実がどれほどかけ離れているかをはっきり理解したのだった。ここでは二人は赤の他人同士、その距離は遠くなる一方で、しかもそれはたった今始まったことではないのだった。毎日の暮らし、風習、人と話す態度、ものの感じ方、以前はお互いについて何も知らぬままに考えていたこと、すべてが二人の間に埋めることのできない溝となって横たわっていた。この町の家屋、城壁、教会、空、海の香り、人々、そして他所では決してそんなふうではない本人自身、それらのあらゆるものによって彼女は彼から、もしかしたら彼だけから、しっかり守られていた。そして彼もまた、彼女から守られていたのかもしれない。この美しい町で、彼女と一緒にいながら一人ぼっちで暮らすという思いに背筋が冷たくなり、これまでに感じたことのない憂愁を心に感じ、だからハサンは、プロチェからボスニアに向かう旅の途上でタボラに滞在していた隊商に出会った時、喜んで夫妻に別れを告げた。その喜びはイヴァンプラニナの雪とボスニアの霧を目にした時にも続き、吹きすさぶイグマン山の風を感じながら心も晴れやかに、山々の間に押し潰されるように挟まれた薄暗いカサバに入った彼は、土地の人々と抱擁を交わした。カサバは以前よりも小さく見えたが、家はいっそう大きくなっていた。姉は彼に、お母さんの家が住み手もないまま廃屋になってしまうのはもったいないでしょうと慇懃にもちかけた。父の大きな家に居座るつもりかもしれないと心配したのだ。父親とはすぐに口論になった、おそらく老人が、鼻持ちならない娘婿の判事を見下してやろうと、帝都での息子の名声と成功を吹聴していたことが最大の原因だったのだろう、そして父は今や自分が騙されて恥をかかされたという気分でいた。町の住民たちは、ハサンの帰郷を失敗とみなした。まともに頭の働く者なら帝都からカサバに戻ろうとか、余儀なくされたのでなければ帝都の高い職務を捨てようなどとは思わなかったはずだからだ。ハサンは妻を娶り、それはマリアゆえ、思い出ゆえ、うつろな家の中ゆえ、他人の攻撃ゆえだったが、愚かでおしゃべりで欲深な妻に一年と我慢できずに離別し、妻とその家族には郊外にある土地と金を与え、しかもその金は人から借りたものだと噂された。それからようやく彼は笑い始めた。故郷は夢の楽園ではなく、同郷人たちは天使などではなかった。彼には、人々を正すことも堕落させることもできはしないのだ。人々は彼の陰口を叩き、疑いの眼差しを向け、彼をうんざりさせた。ハサンが一刻も早く妻を厄介払いしたいと思っていることを知った親戚どもは、オオカミのように彼にたかり、人々はうっぷんをはらす絶好の材料として、いつまでも彼のことを噂話にした。帝都で自分の同郷人がいかに高潔であるかを語ったことを思い出して、彼は笑った。本人にとって幸いだったのは、彼が誰に対しても嫌悪感を持たず、自分を嘆きもせず、ただ我が身に起きたことをすべて辛辣な冗談として受け入れたことだった。他の連中はもっとひどい、そう彼は言ったが、それは真実よりも彼のかつての願望のほうを大切にしたかったからに違いない。二、三年もするとまた彼は人々を愛するようになり、馴染み始め、人々にも好かれるようになり、自分なりに、嘲笑いながらも悪意なしに彼らを認め、人生を、そしてそこに実際にあるものを、人生の中の願望よりもはるかに尊重するようになった。――ここの連中は頭がいい――そう彼が、いつも私を驚かせる、例の嘲笑と真剣さが奇妙に入り交じった調子で言ったことがある――東方からは無為徒食を、西方からは快適な生活を受け入れた。急ぐことをしないが、それは人生が勝手に急いでくれるからだ、明日何が起こるかなんてどうでもいい、もう決まったことが起こるだけで、自分たちでどうにかできることなんかほとんどないんだから。みんなが一つに集まるのは不幸のあった時と決まっているから、しじゅう一緒にいるのは好まない。他人を信じることなどほとんどないくせに、美辞麗句には簡単に騙される。英雄には似ても似つかないが、脅し文句で震え上がらせることはまずできない。長い間、どんなことにも注意を払わず、周りで何が起きようとも我関せずといった調子でいるのに、ある時突然何もかもが自分の問題になって、あらゆるものをひっくり返し、転覆させる。それからまたもや居眠りを決め込んで、起こったことをいっさい思い出したがらない。変化を恐れるが、それは大抵ろくでもないことをもたらすからで、たとえ自分たちに良いことをしてくれた男でも、あっさり嫌いになる。妙な連中だ、陰口を叩きながら相手を愛し、頬に接吻しながら憎む。高潔な行い《セヴァープ》を物笑いにしながら、いつまでも語り継ぐ。意地と善行によって生きながら、いつ何を克服したんだかさっぱり分かっていない。意地が悪くて善良で、温和で厳しく、ものぐさだが嵐のように激しく、開放的だが閉鎖的でもある。ここの連中は、こんな全部をひっくるめたものであり、その中間のあらゆるものでもある。だが何よりも俺の仲間だし、俺も彼らの一人だ。川の流れとその一滴みたいなもので、こうして話していることは全部、俺自身のことでもあるんだな。

欠点を数限りなく見つけながらも、彼は人々を愛した。愛しながら、ほとほとうんざりした。隊商を率いて東へ西へと出かけるようになったのも、おそらく自分がかつて就いた職業への軽蔑を示したいというある種の反抗心のゆえ、名士といわれる人たちの非難に腹を立てていたせい、それに何よりも、カサバと同郷人たちから離れて息抜きをし、人々を憎んだり哀れんだりしないため、異国でも悪や不幸を見るためだったのだろう。そして、同じ輪をしじゅう巡るような動きに意味をもたせる地上の一点、それがあるゆえに旅立ちと帰郷がただの流浪にならずに済む一点を中心とした移動生活が、彼にとっては現実の自由となった。あるいは頭に描いただけの自由かもしれないが、最終的にはどうでもいいのだ——縛り付けられるその一点がなければ、どこにも居場所はないだろう。そうなれば、他の場所を好きにもなれないだろうし、どこへ出かけることもないだろう。

　ハサンのその考えは、私にはよく理解できないものだった。それなしではいられないという束縛と、解放への飽くなき思い、自分の居場所を愛したいと思う気持ちと、見知らぬ場所を理解したいと願う気持ち。これは、狭い世界に対する仕方なしの妥協なのか、より広い世界への切望を静めるための糧なのか? それとも自分の物差しがただ一つのものとならないようにするための、尺度の交換なのか? あるいは嘆かわしい、ごく限られた逃避と、さらにいっそう嘆かわしい帰還なのか(理解するのが難しかったのは、私の考えがまったく違っていたからだ。私のはこうだ——真の信仰のある世界とそれなしの世界がある、それ以外の違いはさして重要ではない、そして私が必要とされるところならどこにでも、私の居場所はある)。

　ハサンが帝都から戻って迎えた最初の春、カサバにルコ殿が奥方——つまり例のドゥブロヴニクの婦人を伴ってやって来て、すべてが新たな力と新たな制約とともに再び始まった。

　カサバも、二人の恋にふさわしい場所ではなかった。二人のどちらかがいつも異郷人だった。たとえ加特力教徒区《ラティンルク》とイスラーム教徒のカサバを隔てている壁を打ち壊したとしても、彼ら自身の壁があった。彼女の方はもう友情というごまかしを自らに認めようとはしなかったが、眼差しと優しい言葉以外には、少なくとも見た目には、何一つ自分自身に許そうとはしなかった。ハサンに対する恋の罪深い思いを懺悔で告白したのだろう。そしてハサンのほうは、旅に出て、数ヶ月にわたる長い別離の時間に膨らんだ渇望を抱いてまた戻ってきた。あの不可解な愛が、往来することに意義を与えていたのだろうか? 彼女のせいで束縛の運命というものを感じ、解放という抵抗を試みていたのだろうか?

ハサンについて聞いたこと、知ったこと、考えついたこと、付け加えたこと、混乱した全体像に結びつけたこと、どれもが部分的に真実だった。真の故郷も真の愛も知らず、真の考えもなく、人生の道の不確かさを人の宿命として受け入れ、そのようであることを後悔もしない男についての、いくらかひねくれた物語だ。彼の妥協にはもしかしたら、ある種の心地よい明朗さと勇敢さがあるのかもしれない。だが要するに、失敗だ。

こんな解釈に至ってよかった、そう思った。彼は私より強いわけではない、それが分かったからだ。

だがこの時の私は、彼に魅了されていた。だからむしろ、自分の大いなる友についてのおとぎ話を作り出したいと思った——むかし一人の英雄がおりました——その知識と賢さで帝都のありとあらゆる賢者を色なからしめ、もしも望んだならば帝都かあるいは帝国の宰相《ヴェジール》に仕える師《ムッラー》にもなり得たでしょう。けれど彼は自由を愛し、思いつくままの言葉をあやつって思ったことを話し、誰にもへつらわず、嘘をつかず、知らないことを請け合ったり、知っていることを知らぬふりしたりなど一度たりともせず、帝国のどんな高官をも恐れませんでした。哲人や詩人、隠者、善良な人々を愛しました、それに美しいご婦人方も。そしてその中の一人と共に帝都を去ってドゥブロヴニクへと入り、後からご婦人も彼を追ってカサバにやって来ました。金、地位、権力を軽蔑し、危険などはものともせず、薄暗い細道と人気ない山々の間に危険を求めたのです。その気になれば望むことを何でも成し遂げ、彼の名声は遥か遠くまで響いたことでしょう。

まったくおかしなことだが、わずかばかりを修正し、些末なことを忘れ、原因を脇にどけて本当に起きたことをわずかに縫い直すだけで、敗北は勝利になり、的外れな試みは英雄的行為に化けてしまうのだった。

ただこれは認めておこう、このおとぎ話の創造にハサンは一切関係していない。これは彼のためではなく、私たちのために必要だったのだ。人並み優れた人がいる、私たちはそう信じたいものだ。そして彼はある意味においてそんな男だった、少なくとも自分の身に起きたことのすべてを受け入れたという点で、そうだったはずだ。笑って自分の損失に折り合いをつけ、心のうちに富をなし、人生にあるのは勝ち負けだけではなく、息をすること、見ること、耳を傾けることもあるのだと、言葉や、愛、友情もあり、ほとんどのものごとが自分次第で決まるようなごくありきたりの生き方があるのだと、信じていた。

それならそれで結構、あるのだろう、あるように見えるのだろう。だがそれは、ずいぶんと滑稽なことだが、子供の考えることにそっくりだった。

ハサンが戻る予定の三日前、アリ＝アガはひどく落ち着きをなくし、しゃべることもタヴラに興じることも、食べることも、寝ることとさえもできなくなった。

――ハイドゥークどものことを何か聞いたかね？――始終そう尋ねて、私やファズリヤを宿屋や荷役たちのところにやって調べさせ、私たちがいい知らせを持ち帰っても、信じようとしないか、さもなければ自分の心配に合わせて解釈するのだった。

――しばらく襲撃がなかったんだったら、なおさらよくないな。追われたわけじゃない、自分らで暴れ出したんだ。今頃は街道で待ち伏せしているかもしれん。ファズリヤ！――いきなり男に命令し、ちょうどその時部屋に入って来た娘、あの判事の妻には振り向きもしなかった。老人にはハサンの件のほうがずっと大事だったのだ――銃を持った男を十人ばかり集めて馬を借りて来い、息子を迎えに行け。トレビニェでハサンを待つんだ。

――でも、きっと怒りますよ、アガ。

――怒ったっていい！　言い訳を考えろ。おまえは金をどれだけ使おうが何しようが構わんが、ただあいつを連れずには戻るなよ。ここに金がある。けちけちしないで金は払え、馬を駄目にしてもいい。だが必ず間に合うように行け。

――あなたはどうなさるんで、アガ？

――おまえたちを待つ、それが俺のすることだ。もう何も聞くな、さあ！

――お金は足りるんですか？――娘が尋ねる――私が出しましょうか？

――大丈夫だ。座りなさい。

彼女は木の長椅子の、父親の足元近くに座った。

私はファズリヤの後に続いて部屋を出ようとした。だがまるで娘と二人きりで残されるのはいやだといわんばかりに、老人が私を引き止めた。

——どこへ行かれるかな?

——テキヤへ戻ろうかと。

——テキヤはあんたがいなくても大丈夫だろう。俺のようにこんな具合に病気になってしまえば、自分なしでも万事大丈夫だということが分かるだろうよ。

——何もなしでどうにかなる、なんてことはないでしょう。病気になってしまったらなおさらだわ——彼女はにこりともせずに静かに言い、ハサンのことで父親を咎めた。

——どうして驚くんだね? 俺はもう死んでるから、何もなしでいられるとでも言うのか?

——いいえ、とんでもない。それに驚いてなんかいないわ。

私は落ち着かなかった、彼女のせいだ。あの裏切りの話し合いがまだ頭にあり、私は視線が合わないように目を伏せた。彼女は、私が忘れることのできないあの会話の時と同じように落ち着き払い、美しく、自信ありげだ。いやでも現れる思い出の中にいる彼女と同じように。

私は視線を脇にそらせたが、それでも彼女が見えた。私の中を何か閃光のようなもの、不穏なものがよぎる。彼女は室内の空間をいっぱいに占め、空間の形を変え、すると妙に興奮させるものが現れ、罪が私たちの間で生まれ、二人は不義を働いたかのように秘密を抱いているのだった。

だが彼女はどうして落ち着いていられるのだろう?

——何か欲しいものは?——心配するように父親に尋ねた——ずっと前から俺は一人だ。慣れっこだよ。

——一人で辛くはありません?

——ハサンは旅に出るのを中止できなかったの?

——俺が行かせたんだ。仕事があってね。

父親の嘘に、彼女は笑いを浮かべた。

——よかったわ、お友達と一緒なんでしょう。仲間と一緒のほうが楽ですから。みんなが助けてくれるでしょうし、ハサンもみんなの役に立ちますからね。出かけたことは今日初めて聞いて、それでお父さんの様子を見に来たんです。

——ハサンが旅に出てなくたって、来られただろう。

——少し前まで臥せっていたので。

——病気なのか?

——いいえ。

——なら何で臥せっていたのかね?

——あら、全部言わないといけないの？ つまり、お父さんはお爺さんになるかもしれないんです。

彼女の歯が、螺鈿細工のように笑いの中にきらめいた。表情には興奮も恥じらいも見られない。

老人は肘をついて身を起こし、不意をつかれたように彼女を見た。どうも動揺しているようだ。

——身ごもったのか？

——そうみたい。

——そうなのか、それとも、そうみたいなのか？

——そう、よ。

——おお、その子に幸あらんことを！

彼女は父親に身を寄せて手に接吻した。それからまたもとどおり、老人の足元に座った。

——お父さんのためにも、そうあってほしいと思います。孫ができれば嬉しいでしょう。

老人はじっと娘の顔を見つめていた、信じられないとでもいうようだった。あるいはその知らせにあまりにも興奮したのか。

そして小声で、圧倒されたように言った。

——もちろん喜ぶさ。これ以上に嬉しいことはなかろう。

——で、ハサンは？ 奥さんを迎える気はあるのかしら？

——いや、そうは見えんな。

——残念ね。息子の孫だったら、娘の孫よりずっと可愛いでしょうから。

そう言って、冗談でも言ったかのように笑い声を上げたが、彼女は意味もない言葉は一言も発しないのだ。

——孫が欲しいんだ、娘よ。おまえのだろうがハサンのだろうが、どっちでもいい。だが娘のほうなら、俺の血を引いていることは確かだ。その点は間違いない。孫が生まれるまで命が持たないんじゃないかと思いはじめていたんだ。

——子供が持てないままではありませんようにと、神様にお祈りしたんです。そうしたらありがたいことに、ご加護があって。

もちろんそうだ、祈りは大いに助けてくれたことだろう。

この会話を聞きながら、私は彼女の冷ややかな考え方に愕然とし、美しい顔の穏やかさの下に隠した大胆な心に驚嘆し、男のもののような自信に魅了された。彼女には、ハサンとも父親とも似たところはなく、男たちに彼女と似たところもない。父親の血が受け継がれなかったのか、それとも彼女が血を、男たちの中では育たなかったのか？　空しい人生、愛のない生活、洪水に流されてしまったような娘時代の夢のせいで、復讐していたのだろうか？　期待しながら裏切られ、今のように冷ややかになり、平然と、嘆きも後悔も容赦もなく、全世界に対して代償を求めようとしている。この私をいかに平然と見たことか。私など存在しないかのよう、あの醜い会話を老人の古い家でしたことなどなかったかのようだ。それとも、何もかも忘れてしまえるほどに私を蔑んでいるのか、恥を感じることももうできないのか。私は死んだ弟のことで彼女を許してはいなかったが、彼女をどう扱ったらいいのか自分でも分からず、彼女だけは、わずかばかりの友人の側にも、憎むべき敵の側にも振り分けていなかった。もしかしたらそれは、自分のことしか考えず、他人のことは一切気にかけない彼女の頑《かたくな》な態度のせいだったのかもしれない。自分だけを恃《たの》みに生きる彼女には、他人への思いやりがないということさえ分かっていないのかもしれないのだ。だがやはり、彼女の美しさのせいだったかもしれない。私は女性に弱くはないが、あの美しい顔だちを忘れることはなかなかできなかった。

彼女が出て行くと老人は扉を長いこと見つめていたが、やがて私に目を向けた。

――身ごもったと――物思いにふけるように言う――身ごもった。どう思うかね？

――私には、何も言えませんね。

――何も言えない？　祝福してもらいたいね！　でも今はいい、後でな。あんたはずっと黙ってた、つまり信じていないわけだ。だが待ってくれよ、俺にもはっきりしない。これほど長いこと、俺のご立派な婿殿は身ごもらせることができなかったんだ。あの年じゃあ、そうだろうよ、そんな力はありゃしない。願いと祈りなんぞはこの際さして助けにはならんしな。誰かもっと若いのが、おお神様、お赦しを、屋敷の垣根を越えて入り込んだのでない限りは。そんなのは俺の知ったことじゃない。いや、あの判事の腐った血筋が続かないならそのほうが俺には嬉しいくらいだ。とは言っても、あの子を知る者には信じられんが。あの子は誰にも自分をいいようにさせはしない、気位が高いからな。それに危険も知ってる。相手の男を後で始末してしまったのなら別だがね。誰か殺されたという話も聞かんし。それにどうして言いに来たんだろう？　隠し通すことなどできんのに、子供ができたにせよできなかったにせよ、いずれ分かることだ。きっと俺が喜ぶと思ったんだな。だが俺は喜んだか？

——分かりません。あなたは何も贈り物をしませんでしたね。

——そのとおりだ。俺はあの子に贈り物をやらなかったし、あんたは俺におめでとうと言ってくれなかった。どうも何か変だな。

——あなたはすっかり動揺してしまって、それで忘れたのでしょう。

——確かにひどく驚いたよ。だが心底信じたんだったら、忘れはしなかっただろう。あの子は俺を喜ばせるよりも心配させた。どうも分からん。

——なぜ心配なんです？

——何か望みがあるんだろうが、それが何なのか分からんのだ。

　翌日、午後の礼拝が済んでから老人のところに行くと、普段とは打って変わった元気な様子で、娘が送って来たリンゴやブドウを、嬉しくてたまらないといったように私に勧めた。

——俺に何が食べたいかと聞いて来たよ。俺もあの子に、金貨《ショルヴァン》の首飾りを贈り物にやった。

——それはいいことをなさいました。

——昨日はびっくりしてしまってな。夕べも眠れずに、ずっと考えてたんだ。どうして俺に嘘をつくことがある？　それで何の得になる？　財産のためというなら、あの子の分だって残してやることは知ってるはずだ、俺は来世にまで持って行きやせん。だがひょっとしたらあの悪運の強い判事が、燃え尽きる前のろうそくみたいに最後の力を振り絞って、人生でただ一つのまっとうなことを成し遂げたのかもしれん。それともアッラーが何か別のやり方で、そいつがどんなもんかは考えないことにするが、授けて下さったのか、とにかくあの話は本物だと俺は思うことにした。娘が嘘をつく理由がどうしても思いつけんのだ。

——私もです。

——あんたもかね？　やっぱりそうか。俺は親の愛情で惑わされるかもしれんが、あんたはそういうことはないだろうからな。

　父親は信じた、信じたいと思ったからだ。だが父の幸せがこのようなものである限り、ハサンはまた相当の苦渋を飲まされることになるだろう。

私はアリ＝アガともっと長い時間一緒に過ごすつもりだった。老人は娘の告げた知らせに落ち着きをなくしていたし、私は彼女の話を信じなかったが、そのことを口に出すつもりはなく、ハサンの間もない帰宅のことでも興奮していて、私もまたハサンのことを思う度に心臓が止まりそうだったからだ。だが、ムラ＝ユースフが私をテキヤに連れ戻しに来た——連隊長《ミラライ》のオスマン＝ベグがお待ちです、軍を率いて通りかかって、テキヤに泊まりたいそうです。

老人は、話に気を引かれたようだった。

——あの有名なオスマン＝ベグか？　あんたは知り合いなのかね？

——名を聞いたことがあるだけです。

——もしあんたのところが狭くて、連隊長殿がお望みだったら、俺の名において、うちへ来てもらいたい。ここは広い、ベグにも随行の兵士たちにも十分に場所はある。もし客人として迎えられるのなら、我が家にとって名誉なことだ。

老人は、いつもの習わしである来客好きの態度を見せたのだが、言い方は古めかしく、もったいをつけているようだった。高名な人々に弱く、だからこそ名士になれなかったハサンに腹を立てたのだ。

だがすぐに考えを変えて、老人は言った。

——いや、やっぱりテキヤに泊まってもらったほうがいいかな。ファズリヤはハサンを迎えに行ってしまったし、ゼイナは俺の世話で手一杯だ。きちんともてなしができないかも分からん。

なぜ老人が気を変えたか、私には分かる。ハサンのせいだ。私は彼を落ち着かせた。

——こちらには来ないでしょう。皇帝の配下の人たちがテキヤに来るのは、誰にも気づかれずに集合しようという場合か、でなければ誰も信用していない場合ですから。

——兵を引き連れて、どこへいくつもりなんだ？

——さあ、分かりません。

——ベグには何も言わないでくれ。ことによると俺たちの家に連隊長が泊まるのは、ハサンにはいいことではないかもしれないからな。俺にとってもだ——老人は、息子に自分を合わせるかのように、きっぱりと付け加えた——敷布や食い物や器が要るんだったら、持っていってくれ。

——もし必要になったら、修道師の何人かをこちらに泊めてもらえますか?

——どうとでも好きにすればいい。

表に出た私は、金細工師のユースフ・シナヌーディンと行き会った。彼は毎晩そうしているように、アリ＝アガを訪ねるところだったが、ちょうどその時は十字路に立っていて、まるで何かに聞き耳を立てているようだった。だが私の姿を目にすると、また歩き出す。

——有名な客人がいるようだね——妙にぼんやりした調子で言う。

——今、知らせを受けたところです。

——どんな気分か、客人に尋ねてみなさい。あの男は、帝国の敵と戦って栄誉を手に入れたが、今や同郷人を殺すために出陣しようとしている。ポサヴィナだよ。醜い老いだ。時を得て死すれば幸いかな、だ。

——尋ねるのは私の仕事ではありません、シナヌーディン＝アガ。

——そりゃ知ってる、俺のでもないがね。だが思わずにはいられないんだ。

門の前で立ち止まったハジの様子は、何かに耳を澄ませているかのように見えた。

ハーフィズ＝ムハメドとムラ＝ユースフをアリ＝アガの屋敷に行かせ、私はハーフィズ＝ムハメドの部屋に移って、自分の部屋をオスマン＝ベグに明け渡し、ムラ＝ユースフの部屋には警護の者たちを泊まらせた。

連隊長がかなり老けていて髭も白く、疲れて黙りがちだったのは予想外だったが、思ったような態度の粗さもなかった。厄介をかけてすまない——連隊長はそう言った——だがカサバには知り合いもないし、テキヤに来るのが一番都合いいような気がしたんだ。俺にとってだよ、君らにはもちろん、そうではないだろう。だが君らは旅人や客人には慣れているだろうし、ここに泊まるのは今晩だけだ。明日の朝には出発する。兵士どもと野営してもよかったんだが、もうここ数年は屋根の下の方がよくなった。この町の金細工師のハジ＝ユースフ・シナヌーディンのところを訪ねようかとも思ったんだ、ユースフの息子とはよく知った仲なんでね。だがまあ、何が誰にとって良いことで誰にとって悪いか分からないから、こういうことにしたわけだ。ハジ＝シナヌーディンには息子のことで伝えることがあるんだ。俺がここに向けて出立するさいに、シラダル[38]に就任した。君に伝えてもらうのもいいかもしれないな、喜ぶだろう。

──もちろん喜ぶでしょう──私は、衝撃のようなものを感じながら言った──このカサバの出で、そこまで高い地位に昇った者はありません。

だが連隊長はもう言葉も注意力も使い果たし、疲れて黙ってしまった。笑顔も見せず、一人になりたがっている。

部屋に引き取った私は、窓辺に立った。心は乱れ、すっかり落ち着きをなくしていた。

シラダル──帝国の最高位の一人だ！

なぜこの知らせにこれほど動揺したのか、自分でも分からなかった。以前ならどうでもいいことだっただろう。あるいは、彼の幸運を喜んだかもしれないし、気の毒に思ったかもしれない。だが今はこの知らせに毒されそうだった。素晴らしい。なんとも素晴らしい。敵どもに代価を払わせる機会が来たわけだ。シラダルには、きっと敵が沢山いるに違いない。そして敵のほうは、青ざめて身を震わせながら、一夜にして鉛のように重くなり、多くの死を宿して重くなったシラダルの手が、彼らの上に振り下ろされるのを待っている。信じがたいことだ。夢でも見ているようだ。惑わしではないのか。素晴らしすぎる。おお神よ、なんと想像もつかない幸せだろう、本当に実行できるということは。空っぽの考えだけでは、雲の中の憧れだけでは、人は哀れなものだ。無力は人を駄目にする。シラダルとなったムスタファは、今晩眠ってはいないだろう。私と同じように。彼の中ではすべてが幸せのあまり混乱し、彼はまだその幸せに慣れないままだ。眼下に、帝都が月光を浴びて金の型に入れられたように静まり返っている。シラダルのせいで眠れないのは、他に誰だ？　一人残らず、シラダルの頭には入っている、血を分けた肉親以上にしっかりと。どうしている？──そっと、尋ねるだろう──さて、今日はどんな気分かな？　運命がこの私を出世させたのは、君たちが理由ではない。君たちを罰し、恐れさせるためではない。もっとずっと大事な仕事が待っているのだ、だがまさにその仕事のために、君たちをこのままにしておくわ

38　オスマン帝国の高官の一つ。

けにはいかない。ああ、それに憎しみゆえにだ。そうに違いない。感じずにはいられないはずだ。霧のように、血の中を流れる毒のように、心の内に秘めながら、憎しみを隠さずにはいられなかったはずだ。この夜を、あらゆる悪とかつての無力に対して代価を求める今夜を、復讐のように待っていなかったはずはない。

この夜、私は二重人格のようだった。シラダルとなったユースフ・シナヌーディンの息子の歓喜がいかほどのものか、その大きさがまるで自分のことのように感じられる。だが同時に、私自身の願望はただの空気と光に過ぎず、私をなだめたり苦しめたりしながら、照らし出し燃え上がらせるだけのものだという、もっと重い気持ちもあった。

夜に向かって、吠え声を上げそうだった。なぜ彼なのだ? 満ち足りることは他の誰よりも彼に必要だったのか? 私の願いは、彼のものに劣るというのか? どこの悪魔にこの嘆き悲しむ魂を捧げたら、あれと同じ幸せが私を照らしてくれるのだろう?

だが苦しみは空しいだけだ。運命は嘆きには耳を貸さず、実行者を選ぶ時には、目を閉じてそうするのだから。

夜でなければ金細工師のユースフ・シナヌーディンのところまで、息子の朗報を伝えに行ったことだろう。父親はまだ知らないし、予想もしていないはずだ。知らせは、宝石のように、他人のものを手中にして楽しむために、私の手元に残された。シナヌーディンは、夜でもきっと気にしなかっただろう、たとえ眠っているところを叩き起こされたとしても、感謝しただろう。連隊長を非難したことも忘れて、礼を述べるために駆けつけたことだろう。だが私は出かけなかった。もしかしたら、出かけられなかったかもしれないではないか。警護の者が門のところにいたから、止められたなら、あるいは戻れと言われたなら、嫌な思いをしただろうし、疑われて、危ないことになったかもしれない。かといって連隊長の部屋まで行って、外出の許可をもらう気にもなれなかった。きっと驚くだろう――そんなに重要で急ぐことかね?

本当に、なぜこれがそんなに重要なことなのだろう? 私の心は騒ぎ立った、妬みのせい、憎しみのせい、他人の幸せをともに体験することのせいで。他のどんな理由でもない、それは私には関係ないことだからだ。知らせを本来受けるべき主人にすぐに知らせることをせず、私はテキヤにじっとしていた。

この些細な決断がどれほど決定的なことになるか、私は夢にも思わなかった。

もしハジ＝シナヌーディンのところに出かけて、聞いたことを伝えていたならば、少なくとも彼を喜ばせることができた、あるいは一緒に眠れぬ夜を過ごすことができたかもしれない。いずれにしても私の人生は別の道を辿っていただろう。良い方向か悪い方向かは言わずにおくが、ただまったく別のものであったことは間違いない。

眠りに押し潰されたカサバが、秋の月明かりの下で静まり返り、鳥たちは飛び去り、川床は乾き、生活の火は消え、どこか遠くで、何かが溢れ出るような音を立て始める。人々が今ここで願っていることが、あそこでは起きている。だが私たちの周りには、虚無と暗闇があるだけだ。この長い夜の空しさから這い出すためには、何をすればいいのだ？　神よ、なぜ私を、目を塞がれたままにそっとしておいてはくれなかったのだ？　なぜ何も見えない平穏の闇の中に、安住させてはくれなかった？　なぜこんなふうに力なく、四肢を捕われたまま縛りつけられるのだ？　解放し給え、でなければこの心の中にある要らぬ一筋の光明を、消し去り給え。どのようなやり方でもいい、私を放免し給え。

幸いにして、私は理性を失わなかった。祈りはうわごとに近いものではあったが、弱気はいくらも続かなかった。夜が明ける前に、私の中では夜明けが始まっていた。心の中の闇はゆっくり引いて行き、ある考えが、はっきりしない、不確かで遠いものから、次第に近くはっきりした明らかなものとなって現れ、ついには朝の日の光のように私を照らし出した。考えだと？　いや、神の啓示だ。

心の動揺は、いわれのないものではなかった。理由は私の中にずっとあり、それを自分で理解していなかっただけだ。だが種は芽を吹いた。

急げ、時間よ。私の時が来た。ただ一度の時だ、明日ではもう遅いかもしれないのだから。

明け方早く、通りに馬の蹄のせわしない音が聞こえた。連隊長がすぐ部屋から出てくる、眠らなかったかのようだ。私も部屋から出た。朝のくすんだ明かりの中で、連隊長は老け込んで見えた。垂れさがった瞼で目は塞がれたかのようで、灰色の顔はすっかり疲れきっている。この男にとっては、どんな一夜だったのだろう?

——部屋が煙でいっぱいだ、申し訳ない。ずいぶん煙草を吸ってしまった。眠れなくてな。だが君も同じだったようだな、足音が聞こえていた。

——呼んでもらえたら、話をすることもできたでしょう。

——無駄だったな。

生気もなく、連隊長は言った。話をせずに過ごしたことが無駄だったのか、それとも話をすることが無駄だったのか。私には分からなかった。

連隊長は二人の兵士に担ぎ上げられて馬に乗り、鞍に背を丸めるようにして人気のない通りを駆け下りて行った。

モスクから戻る途中、パン屋の前でムラ＝ユースフを見かけた。カサバの夜警とパン職人の助手を相手に話をしている。彼は急いで私に追いつき、こう説明した——モスクには行きませんでした、アリ＝アガとハーフィズ＝ムハメドと一緒に、朝の祈りを捧げていたので。それからこの人たちが私を引き止めて、昨夜ポサヴィナの者たちが何人か、砦の牢獄から脱走したと話してくれたんです。

兵士が三人、急いで通りを過ぎて行った。代官も昨夜は眠れなかったに違いない、判事もだ。私たちの多くが眠れぬ夜を過ごした。互いに隔たっていながら、私たちは運命が投げた太い網に一緒に絡め取られていた。みんなを飼いならしておいて、運命は今、私に最後の決定を下したのだ。私は待っていた、いつかこの時が来ると分かっていた。彼の姿を目にした時、私の膝は震え、腹がねじれるように痛み、頭の中は真っ赤に燃え上がったが、捕らえたものを逃しはしなかった。

私たちはハルンの墓のところで立ち止まった。灯されたろうそくの蠟《ろう》に埋もれかけた墓石を見ながら、私は弟の魂のためにコーランの一節を唱えた。

ムラ＝ユースフも祈りの言葉をつぶやきながら、手を差し伸べる。

——君がこの墓に祈る姿をよく見かけるが、それは体裁をつくろうためなのか、それとも自分のためなのか?

——体裁じゃありません。

——もしも弟のため、そして君自身のためならば、まだそれほど腐り切っているわけではないのだな。

——忘れることができるなら、どんなことでもします。

——君は大悪を働いた、弟にも私にも。私に対するほうが大きい、私は生きていて、覚えているのだから。そして苦しんでいる。分かるか？

——分かってます。

彼の疲れた声は、喉の奥に消えそうだった。

——私がどれほど眠れぬ夜を過ごして来たか、どんな暗闇に追い込まれたか、分かるか？ 私が思うのは、君と、君の中にある悪をどうやって滅ぼしてやろうかということだ。あるいは我らの法に引き渡してやろうとか、この手で絞め殺してやろうとか、そういうことだ。君は私をそういう思いに駆り立てる。

——あなたは正しいんだと思います、アフメド導師。

——もし何が正しいのか分かっていれば、私はそれをしただろう。だが私には分からない。すべてを神と、そして君にまかせた。それに、もっと大きな罪を犯した者たちがいたことも知っている。君は彼らの手中の玉、愚か者を捕えるための罠だった。憐れに思うよ。だがもしかしたら、君も私たちのことを憐れんでいたのかもしれないな。

——憐れんでいました、アフメド導師、神に誓います、憐れみました。今も憐れんでいます。

——なぜだ？

——命令に従ったことで、初めて、人が処刑されたからです。これが最初でした、私の知る限りでは。

——憐れんでいると言ったが、それは言葉だけか？

——言葉だけじゃありません。あなたが殺しに来るだろうと思ってました。夜ごとあなたの足音に聞き耳をたてて、待ちました、憎しみできっとこの部屋にあなたは来ると。私は自分を守るために手を動かすことさえしなかったでしょう、神かけて誓います、誰かを呼ぼうと口を開くことさえしなかったでしょう。

——もしその時、私のために何かしてくれと頼んでいたら、どう答えた？

——どんなことでもします、と。

——もし今だったら？

——今もです。

——ならば聞こう。どんなことでもするか？ 本当に、私が言うことなら何でもするか？ 答える前によく考えなさい。もしそのつもりがないのなら、黙って自分の道を行くがいい、私は何も非難しない。だがもし、するとと答えたなら、一切何も尋ねてはならないし、誰にも知られてはならない。君と私だけ、そして私を導いて下さる神だけが知ることだ。

——します。

——返事が早すぎる。よく考えもしなかったな。容易なことではないかもしれないのだぞ。

——ずっと前から考えてました。

——もしかしたら、誰かを殺せと言うかもしれない。

心底怯えたように、私を見る。不意をつかれたようだ。同意の言葉はあまりにも性急だった。彼の記憶とこの墓が、従順であれと強いたのだろう。何でもします、そうは言ったものの、そこには彼なりの程度というものがあったはずだ。だがもはや引き下がろうとはしなかった。

——必要なら、それもあるんでしょう。

——今ならまだ取り消すことができる。要求は高いぞ。後になっては、もう戻ることはできない。

——どうでもいいんです。私は同意しました。あなたの良心が認めることなら、私の良心も認めるでしょう。

——よろしい。ならば、おまえが土をかけたこの墓の前で誓え。もし他言するようなことがあれば、アッラーが私に最悪の苦しみをお下しになるように、と。

彼は真剣に、厳《おごそ》かに、祈りを捧げるように、復誦した。

——いいか、ムラ＝ユースフ。今であれ後であれ、もし他言したなら、あるいはもし私の言った通りにしなければ、裏切れば、おまえにもう救いの道はない。私は自分を守らねばならないだろうから。

——あなたが自分を守らなくてはならないなんてことは決して起こりませんよ。私は何をしたらいいんですか？

——判事のところに行け、今すぐに。

——判事のところに行くのはもう嫌だ。いえ、分かりました。行きます。

——ハジ＝ユースフ・シナヌーディンが、ポサヴィナの捕虜たちの逃亡を助けたと言うんだ。

若者の青い目が、恐怖と驚きで大きく見開かれた。誰かを殺せという指示のほうがまだ意外ではないと言わんばかりだ。

——いいか？

——はい。

——もし誰に聞いたか尋ねられたら、宿場にいた見知らぬ連中から偶然聞きましたとか、闇にまぎれて誰かが囁いたんですとか答えればいい。さもなければ名前を挙げても構わない、適当にでっちあげろ。私の名は出すな。それにおまえの名も人の口に上らないようにしろ。誰かの名を出すだけで、あっちには十分なのだ。

――ハジ＝シナヌーディンが、処刑されてしまいます。

――何も尋ねるなと言ったはずだ。処刑されることはない。あの人には何も起こらないように計らえばいい。ハジ＝シナヌーディンは、私の友人だ。

若者の明敏とは言いがたい顔に、極度の混乱が現れていた。聞いたことの中に何らかの意味を見いだそうと、必死に悩んでいるようだ。

――行け。

だが、彼はまだ突っ立っている。

――それから？ その後は？

――何もない。テキヤに戻れ。それ以上は何も必要ない。判事と一緒のところを誰にも見られないように、気をつけるんだ。

盲目になったかのように、彼は去った。自分がもたらすものが何なのか、何の役に立つのか、何も分かっていない。

さあ、あの連中の矢を、放ってやった。誰かに命中するだろう。

葉脈があばら骨のように浮き出た黄色い葉が、木から舞い落ちた。この春に私が触れた木だ。この樹液が体に流れ込み、私は植物のように無感覚になって、秋には枯れ春が来れば花開く、そう願って触れた木だ。だが今、まったく違うことが起きた。春に枯れた私は、秋に花開こうとしていた。

始まったぞ、弟よ、ハルンよ。冀《こいねが》った時が来た。

14

言いなさい、真実が訪れた！

時計を見ながら、間違いなく当てることができた――今頃ムラ＝ユースフは判事《カーディー》の所にいる。今、兵士たちがハジ＝シナヌーディンの店の前に来た。そして今、すべてが片付いた。彼らのすっかり身についた習慣、防衛心、虐殺への渇望、それらを私は勘定に入れており、だから囮《おとり》を仕掛けたのは意味のないことではなかった。身についた慣習は同じ行動を繰り返させ、防衛心は理性を奪い、虐殺への渇望は決断を早まらせる。もし何も彼らがしなければ、私のほうが世界の終末を待つことになるだろう。

だが不可解なことに、街《チャルシャ》は平穏だった。ふだん通りに放たれる話し声や足音、叩いたり打ったりする物音、叫び声、そういったものが街に溢れ、人々は働き、おしゃべりし、いつもどおりのすべてにうんざりしていた。

鳩までもが、光塔《ミナレット》の上をのんびり徘徊している。

私は何も動かさなかったのか。どうした？ どこで誤ったのだろう？

あの連中に期待し過ぎたのか？ 以前のように、私を投獄した時のように、だんまりを決めこむつもりなのか？ 私は勘違いをして、囮を放ったことによって、彼らの理性を目覚めさせてしまったのか？ シナヌーディン老はもう家から連行されたはずなのに、ここの人々はそれを知らないのか、それとも彼らにはどうでもいいことなのか？

だがそれはあり得ない。私の場合なら別だ、私たち修道師の世界では、不幸に見舞われた者は、流れる水へと放り出される。全体としては力ある私たちだが、一人一人ではちっぽけなその一部に過ぎず、放り出されれば私たちは無力なのだ。だがハジ＝シナヌーディンはこの街そのものだ、もし彼の身に何か起これば、誰もが自分もまた脅かされていると考えるだろう。一人の身に迫る危険は、さながら雲のごとく、全員にとっての危険でもあるはずだ。

それとも、私は急ぎすぎたのか? 我慢できずに、でたらめな計算をしたのか?

それとも、あいつらにはシナヌーディンに襲いかかろうという勇気がないのか?

それとも、ムラ=ユースフが裏切ったか?

それとも、全世界が逆さまになったのか。

ゆっくりと私は街の軒下の間を抜けて通路を行きながら、かつてないほどに苦しい思いを抱き、平穏な生活の雑音に耳を傾けた。

少し前まで私は大胆で、確信があり、出来事を支配してその高見にいるような気がしていた。ものごとや人々は小さく見え、私はそれらの上に軽々と漂っていた。そんな経験は生まれて初めてだったが、すべてを超越したようなこの感覚もごく自然なものだった。それが続いている間はほとんど気づきもせず、匂いや力のように、自分の内から漂い出ていた。あるいはまた、さして誇りたいとも思わない権利のように、だったかもしれない。それというのも、この感覚は私の分ちがたい部分、私自身の本性の一部だからだ。だが今はもう不可解な、縁遠いものに思える。人々も、人生も、私の足下にではなく、周囲にひしめいている。どれも閉ざされ、封じ込められ、壁のように、袋小路のように、そこにあった。人生に勝利があるのかどうかは分からない、だが間違いなく、敗北はある。

失意に打ちのめされたこんな状態がどれほど続いたか、はっきり思い出すことはできない。変化が起きた時、すぐ気がついたのだったかどうかも、おかしな気配になった時に、感覚がそれと教えてくれたのだったかどうかも。

まず、静けさを感じた。ふいに私の周りで人声が途絶え、何かを擦るような音、叩く音、打つ音が止み、それから重苦しさがだんだんと広がり始める。何かに驚愕し、喉が締めつけられた時のようだ。ほんの一瞬のことだ。そしてそれがどれほど常ならぬ、また恐ろしいことであったにせよ——まるで巨人の体の中で血の循環が停止したかのようだ——何が起きたのかは分かった。私は安堵の息を吐いた。

間違ってはいなかったぞ、ハルン! じつに大きな労苦と引き換えにではあったが、私は人々がどのようなものかを知り得たのだ。

そしてまた人々の声が聞こえ始めた。ただそれは少し前とは違う、いつもの日とは違う、くぐもって危険をはらんだもので、重い溜め息か押し殺されたうなり声に似ていた。そこには驚き、恐怖、怒りが、嵐の前か、世の終末の直前に到来する鈍い雷鳴が、私が聞きたいと思っていたものが、聞こえた。

また気分は軽くなり、確信が戻った。

私は街の人々の後ろから、その中に混ざって進み、彼らの熱気、彼らの体から発せられる怒りの匂い（それはまだ何とははっきり定められていない驚愕と憤りの匂いだった。戦いの中の人の匂いは、刺すように甘く、血の匂いがするものだ）を感じ、そしてほとんど聞き取れないような、まるで呪文か、異様なつぶやきか、深い水が湧き上がる音か、地響きのような問いかけの声を聞いた。何を言っているかは重要ではない。それは、ヘビが舌を出してしゅうしゅうと音を立てるような物音、混沌とした腹の底から出て来る声であり、そのために人々は何か得体の知れない危険なものと化し、しかも自分たちでもそれを自覚していなかった。

私たちは街の中を、同じ方向に、行く手にあるものに対してまっすぐに顔を向けて、肩をぶつけて押し合いながら、互いの顔を見ず、より弱い者を押しのけて進んだ。それでも数は増し、知らない者同士が群となり、全員の恐怖へ、力へと溶け込んでいく。理性のない憤怒の塊の一部になりたいという、不可解だが強い要求にやっとの思いで抵抗しながら、私は、自分自身のうなり声を聞き、おのれまでも怯えさせる何か危険なもののせいで、目眩《めま》いを感じた。脅かされた同胞とともに突撃しようという、大昔からの欲求に屈しないように、私はさっきの優越感を奮い起こした。

ハジ＝シナヌーディンの店の扉は開いたままで、中には誰もいなかった。

私たちは隣の通りへ、また次の通りへと急ぎ、そして縁飾り《カザージ》職人通りで、そこに集まっていた群衆を前に立ち止まった。私はやっとのことで、前に出た。

立ち止まった人々、そしてすでにいた人々がひしめく中、通りの広く空いた真ん中を、兵士たちがハジ＝シナヌーディンを引き立てて進んでいく。

私は人々を肩でかき分けながら、恐怖で動けなくなった人垣の最前列に出た。もう群衆の一人でいるわけにはいかない。私の出番が来たのだ。

通路の中央に一歩踏み出し、数百とも知れぬ熱を帯びた目が見つめていることを知って興奮しながら、兵士たちの後ろから近づいた。

――止まれ！――私は叫ぶ。

群衆が通りを塞ぐ。

兵士たちが立ち止まり、驚いて私に目を向け、ハジ＝シナヌーディンもまた私を見つめ、その顔つきは穏やかで、友だちに向けるような笑みを浮かべたように見えた。だがそれは、興奮していた私が、彼に鼓舞してもらいたくてそう思っただけかもしれない。確かに興奮していた、ここにいる人々のせいで、兵士たちに取り囲まれたハジのせいで、自分がしていることの重大さゆえに、私が憎む者たちのゆえに、永遠とも思える長い時をかけて待ったことのために。

期待したとおりの静寂だ、それが今熱湯のように私に注がれる中、兵士たちが銃を肩から外して、群衆のほうに向ける。見覚えのない、武器を持っていない五人目の兵士が怒ったように私に尋ねた。

――何の用だ？

私たちは、二人の格闘士のように向き合って立った。

――その人を、どこへ連れて行くつもりだ？

――あんたには関係ない。

――私は導師アフメド＝ヌルディン、神の僕《しもべ》にして、君たちが連行しているその善良な人の友だ。どこへ連れて行くつもりだ？ その人をよく知るここにいる人たちの名において、彼と私を結びつける友情の名において、そして彼本人の名において、尋ねているのだ。その人本人は今自分を弁護できないのだから。もし何かその人のことで讒言《ざんげん》があったのなら、それは嘘だ。私たち全員が証言しよう、彼はカサバでもっとも尊敬されている人だ。もしその人が捕われの身になるのだとしたら、自由の身でいられるような者など誰一人いはしない。

――あんたも子供じゃないだろう――男は陰気くさく言う――だから、忠告も必要ないだろう。だが言っとこうか、余計な口出しはやめたほうがいい。

――帰りなさい、アフメド導師――ハジ＝シナヌーディンが驚くほど屈託なく言った――親切な言葉をありがとうよ。そしてそこにいる皆さんも、お引き取り下さい。これは何かの間違いだ、きっとすぐに分かるだろう。

そう。誰もが思うのだ、間違いだと。だが間違いなどない、ただ私たちが知らないことがあるだけだ。

群れとなった人々が散り始め、兵士たちがハジ＝シナヌーディンを引き連れて去る。彼らの後ろ姿を見ながら、私はそこにずっと立っていた。私もあんなふうに連行された、ハルンもだ。私たちのために心ある言葉をかけようと進み出てくれる者はいなかったが。私は言葉をかけた、そして自分が彼らに勝っていると分かっていた。善良な人を捕えさせたという罪の意識にも、たじろぎはしない。そうでなければ、すべては何の意味もなさなかっただろうし、何の役にも立たなかっただろう。たとえ彼が処刑されても、それは一人の人間の生と死よりもっと大きく重要な目標のために奉仕したことになるのだ。彼のために私はできる限りのことをするつもりだった。あとは神の望むままとなるのみだ。幸いにして、彼がその場で釈放されてしまうような、この上なく無意味な事態は起きなかった。

人々がハジ＝シナヌーディンと兵士たちの後に続き、最後の列が角を曲がった。その時私は、ムラ＝ユースフが人気のない店の前に立っているのを目にした。私は彼を呼ばなかったが、彼のほうから、不安げな目におののきを浮かべ、何かに取り憑かれてでもいるようにやってきた。何を恐れているのだろう？　彼の視線と思いは、ハジ＝シナヌーディンの後を追うのではなく、私の上に留《とど》まり、恐怖のあまり私を避けることさえ思いつかないかのようだった。

——ずっとここにいたのか？

——はい。

——どうしてそんな目で私を見るんだ？　ひどく怯えているな。何があった？

——何も。

やっとのことで笑いを浮かべようと努めているが、まるで痙攣の発作のように見える。そしてまた、隠そうとしてうまくいかない恐怖の表情に覆われて、彼の顔は生気を失い始めた。

私は通りを歩き出し、彼が後に続く。これは私の影だ。

——どうして怯えている？——また私は静かに、振返らずに尋ねた——何か思いがけないことでも起こったのか？

彼は歩みを早めて私と並んだ。私を慕ってではなく、私の言葉を一言も聞き逃すまいとしてだ。

——言われたとおりにしました。約束したとおりに。

——そして今は悪いことだと思っているのか？

——いいえ、思いませんん、まったく思ってません。あなたが命じたことをしたんですから、あなたも見たとおりです。

——それなら、何だ？

私は彼のほうに向き直った、もしかしたらあまりにも急だったのかもしれない、彼のあやふやな声と言い淀むばかりの言葉に違和感を覚え、それが気になり、彼に尋ねたことで自分自身に腹を立てていたからだ。けれども、何か私に言えないようなことが起きたのかと知りたくもあった、何しろ今やどんな過ちも危険なものになり得たのだから。だがこんなふうに突然彼に目を向けると、それが予期せぬ動きであったためか、あるいは声に含んだ脅しのせいだったか、彼は身を震わせ、まるで殴られるのを避けるかのように立ち止まった。もしかしたら恐ろしくて足がすくんだのかもしれない、顔は恐怖の仮面と化している。その時分かった。こいつは私が怖いのだ。筋肉がこわばって動かすことも何かの形にすることもできず、ただぽかんと開いた口、驚いてほんの一瞬だが正体をさらけ出した怯えきった身体、それらで私は確信した。ほんの束の間のこと、一瞬のことだ、それから緊張した血管に、いったん止まった血がまた流れ始め、唇はいつもの形を取り戻し、目の真ん中の青い瞳孔が動きだした。

——私が怖いのか？

——いいえ。どうしてあなたを怖がるんですか。

私は激しい怒りに襲われた。今はどうしてもそれを押さえることはできなかった。

——おまえは人を死に追いやった。そして今は、腸《はらわた》が引きちぎられるような痙攣に襲われているようだが、それは私もまた危険な人間になれることを見たからだ。その恐怖にはうんざりする。これは裏切りに続く道だ、よく覚えておけ。おまえは自分でやると言ったのだ。もう後戻りはできないぞ。私が追い払わない限りはな。

私の中から予期しなかったものが吹き出した。それは長い緊張の時間が過ぎた後の、重荷から解放されたい、怒りを爆発させたいという要求だったのだろう。濁って沈殿したもの、以前だったら理性と慎重さによって動き出すことを許されなかったものが、勢いよく溢れ出した。今この時でさえ、こんな態度をとるのは賢明でも慎重でもないことかもしれないのだ。だがこの時、もうはるか以前に私の中で産声をあげていた言葉で若者を鞭打ち、苛《さいな》んでいる間、私はそれらの言葉が血管から吹き出し、自分でもほとんど予知することのできなかったような甘美な思いで私を満たすのを感じていた。爆発の第一波が弱まり、このあからさまな憎しみと溢れ出た軽蔑が若者の表情にどれほどすさまじい跡を残したかを確かめた瞬間に、私は気づいた――この恐怖心は、利用できるかもしれない。愛よりも強く、こいつを私に縛り付けることができるだろう。

彼の驚愕にも、私は満足感を覚えた。彼の目の前にいるのは、かつてのヌルディン導師とはまったく別の男だ。この若者は、あのもの静かで温厚な、ありもしない世界を信じていた男が自死するのを助けた。今ここにいるのは、苦しみの中で生まれ、ただ見かけだけが以前と同じままの男だった。

彼は、私が復讐していると思っているのだろう。だがそんなことは問題ではない。ただ私に分かっていたのは、この新しいヌルディン導師が、かつていた若い修道師、信仰上の敵を討つために抜き身の剣を歯の間に挟み、川を泳ぎ渡った修道師によく似ているということだった。ただあの修道師は、辛い人生のみが授けてくれる狡知と叡智をまだ持ち合わせていなかったという点で、今ここにいる男とは別人だが。

おまえに永遠なる安らぎがあらんことを、遠い日の、まだ何も知らぬ若者よ。おまえの心には、清らかな炎と、犠牲になりたいという欲求が燃えていた。

そしてまたおまえに永遠なる安らぎがあらんことを、祝福と神の言葉の力を信じていた、誠実にして高潔なるヌルディン導師よ。

私はあなた方、善良にして純真な人々に、思い出の中で、心の中で、ろうそくに火をともそう。

今あなた方の名を担う者が、純真さ以外には何一つあなた方のものを拒まずに、あなた方の仕事を引き継いでいる。

時間はこれまで、延々と続く岸と岸の間をゆったりと揺れ動く海のようだった。だが今は、刻々と移り変わる瞬間というものをひたすら押し流して来る川に似ていた。どの瞬間も、逃すことは許されない、その一つ一つに、可能性が結びついていたからだ。もっと前にこんなことを考えていたら、私は怖じけづき、時の襲いかかるような轟音と止まるところを知らない動きのせいで、頭がおかしくなっていただろう。だが今の私は、時に遅れをとってはならなかった、心の準備をしておかなければならなかった。時間がないのだ、かといって慌ててやりそこねるつもりはない、未来という闇から現れて来る瞬間という瞬間、そしてそれらをやがて胚胎させるための行動を、私は前もって十分に計算していた。それらすべてが、因果関係の連鎖で繋げられたなら、私が待っていたことが起こるはずなのだ。

事の次第を話したらアリ＝アガが何というかは分かっていたが、ともかく真っ先に彼のところを訪ねた。だが私より噂のほうが早足だったらしく、彼はもう話をすっかり聞いており、しかも老人が口に出すのは明日かあるいは今日の午後のことだろうと思っていた言葉まで、私は聞くことになった。ただし私が予想していた以上に乱暴な口調ではあったが。黄ばんで板のようにやせ細ってはいるものの、身体を寝台の上に起こし、脅しや罵りの汚い言葉を吐き散らして老人は言った――俺だったら、あいつらの親の名を指して罵ってやったぞ、あんたもそうすべきだったんだ。まあ、あんたには具合の良いことじゃないだろうがね、身分と立場上な。だがどうでもいい、あんたは人間らしくふるまった。立派だ、まっとうな言いなさった。まっとうな人間のために言うべきことを言いなさった。

そこに立ったまま私は、言葉の大きな塊が老人から湧き出て来るのを待った。老人はますます気を揉んで興奮するだろうし、みんなも腹を立てるだろう。思えば、誰もがあの男のことを心配して動揺し、侮辱された気分でいる。私が連行された時には、誰一人、嘆きも怒ってもくれず、誰一人、まっとうな人間がまっとうな人間のために言うべきことを言ってはくれなかったのに。まっとうでないのはいったいどっちだ、私か、それともこの連中か。それとももしかしたら、まっとうなどということを語る必要さえないのかもしれない、誰でも自分にとって大事なことに対しては、まっとうなのだろう。けれども私は彼らの仲間ではない、私は誰の仲間でもない。すべてを一人でしなくてはならないのだ。たった一人、以前と同じように。だがこれからは、彼らは私の兵士だ。私に義務を課すことはできない。彼らは私の仲間ではないし、私には関係ない連中だ。私が水に放り込んだ男は、彼らの中の一人、彼らは仲間を引っぱり上げるだろう、私のためにしているのだとも知らずに。それに正義のためにだ、なぜなら私は神の側にいる者だから。だから彼らもそうなるはずだ、自分でそうしようとは思わなくとも。

あれが私の勤めでした（自分のしたことを控えめに話しながら、老人にはこう言った）。そしてさらにあれ以上のことをするのが、これからの私の勤めです。正義を守らなければ、正義はなくなってしまいます。権力に楯突くつもりはありませんが、しかし信仰の敵を糾弾しなければ、神の罰が下されるでしょうし、それは信仰の土台を破壊するようなものです。彼らを止めなければ、私たちの恐怖心が彼らを増長させてしまいます。そうなればあの連中は私たちを、そして神の掟を見下して、さらに大いなる悪をなすことでしょう。そんなことを許すことができますか、認めることができますか？

――信仰の敵とやらについてはよく知らんが――アリ＝アガは言った――善良な人間がひどい目に遭わされるのを見逃すことはできんよ。だが俺たちを、どっかの馬の骨や、役にも立たないナントカヴィッチどもにいいようにさせて来た俺たち自身も悪い。あいつらを見下しているうちに、俺たちにはどうでもよくなって、その間に連中は勝手気ままをするようになり、身のほどを忘れてしまったんだ。だがそれはそれでいい、もし連中がもっと頭がよかったら、俺たちは目を覚まさなかっただろう。判事を呼びに誰かをやれ――富の力によって他人を支配する権利を手にした人間の常で、老人は作法も忘れて、私に命令した。

老人がそう言うのではないかと思って、私はあらかじめ答えを用意していた。判事が何をするか分かったものではないからだ。もし判事が拒んだら、それは結構なこと、老人と街全体を憤慨させることになるだろう。だがもしこちらの要求通りに、老人に脅されるか賄賂を掴まされるかしてハジ＝シナヌーディンを釈放するとなったら、すべては始まる前にみじめな失敗で終わることになってしまう。だから私は老人のもくろみに逆らった。そこには、わずかとはいえ私が笑い者になるだけで終わってしまうかもしれない可能性があったからだ。もしそうなったら、私に残されるのは、次の機会をただ望みもなく待つことだけになる。

静かに、私は自分の言い分に確信を持って、老人に尋ねた。

――なぜ判事が必要なのです？　あなたが何を差し出せるにしても、あるいは何かで判事を脅せるにせよ、そういった何よりも、判事には自分の身の安全のほうが大事なはずです。ハジ＝シナヌーディンを釈放するのは、自分を罰するのも同然のことですから。

――どういうことだね？ ただ勾玉を眺めて占いをしながら待ってろとでも言われるのかね？ 祈りでも捧げろとでも？

――帝都に書状を送りましょう、ムスタファ殿に宛てて。ハジ＝シナヌーディンのご子息です、そしてお父さんを助けてもらうのです。

――書状なんかが届く頃には、手遅れになっているよ。その前に救い出さなくては。

――どちらもうまく行くように計りましょう。万が一救い出せなくとも、あの連中の過ちは罰せられなければならない。

老人は不安そうに、友人を失うかもしれないという思いに打ちのめされたかのように、私を見た。

――あの男のような正直者が、悪いことなどできるはずがない。だがそれなら、いったい何があったと考えたらいいんだ？

――私も、弟の時に同じように思いましたよ。けれど弟がどうなったかは、ご存知でしょう。

――それはまた別の話だろう。

――別とはどういうことですか、アリ＝アガ？ ハジ＝シナヌーディンは私の弟のようにちっぽけで名もないわけではない、弟には気にかけてくれる人もいなかった、そう言われるのですか？ そうかもしれません、だが判事も代官もそんなことは知っている。それならなぜ捕縛したのです？ あなたが脅せば釈放してくれるとでも？ そんな無邪気なことではいけない、神をご存知なら。

――あんたはどうしたいんだね。復讐しようというおつもりか？

――悪の道に立ちはだかりたいのです。

――分かった――老人は掠れ声で言った――どっちも、だな。誰が書状を書くのかね？

――もう書いてあります。あなたの印章を押していただいてもいいですよ、そのほうがよければ。そしてできるだけ早く、誰かに届けさせるのです。金も払わなくては。だが私には持ち合わせがありません。

――俺が払おう。書状をよこしてくれ。

――私が持って行きます。

――誰も信じてはいないのかね？ まあそれが正しい

のかも知れん。

馬継ぎ所は不思議な場所だ。私が思い出す馬継ぎ所はいつも、馬と馬糞の強い匂い、いずこからかやって来てまたいずこかに旅立って行くわけの分からぬ人々、旅人の空ろな目に浮かぶぼんやりしたまなざし、そしてまた彼らを先達たちの通った道へと送り出す、さもなければ難民のように、重い荷物のようにあてもなく引き連れていくさまざまな思い、そういったものと結びついていた。

好奇心と疑いをあらわにして、みんながいっせいに私を見る。

――その手紙は大事なものなんですかね？――馬継ぎ所の主人が尋ねた。

――私は知らない。

――アリ＝アガは、いくら出したんです？

私は金を見せた。

――大事なもののようだな。あたしが飛脚に話をつけましょうか？

――誰に託したか、アリ＝アガに伝えなければならないんだ。

――ならばお好きに。

そして飛脚を部屋に連れてきて、主人は姿を消した。飛脚は急いでいるようだった。

――名無しの手紙かい？ それにしちゃ、安いな。

小さな目で厚かましく私を見る男の顔は、風と太陽と雨で荒れている。遠い道を疾走して、自分の涙にも喜びにも関係のない他人の運不運を伝える手紙を運ぶ男の表情には、どこか非情なものがあった。

――払うのは私ではない。私はただ、人の手紙を渡すだけなんだ。

――そんなことはどうでもいいんだよ。今すぐ全部支払ってくれ。戻ったら駄賃をもらう。

――今半分、残りは戻ってからだ。駄賃は、書状を渡す相手がくれるだろう。

――そいつはいつだって怪しいもんだね。いい知らせだったら嬉しくなって駄賃のことなんか忘れちまうし、悪い知らせなら、腹を立ててやっぱり忘れちまうんだ。

――手紙を届ける相手は、高官だ。

――ならばなおのこと駄目だ、そういう連中は、俺たちがお役に立てればそれで十分ありがたく思うとでも考えてるんだ。全部まとめて払ってくれ。

——どうも、私から金を脅し取ろうとしているように見えるのだが。

男は重さを量るように、書状を掌にのせた。

——脅し取ろうとしてる、かもね。こいつをどっか他所に届けたら、どうかな、いくらもらえるかな?

——他所とは?

——そうだな、たとえば代官《ムセリム》のところとか。

私は恐怖に襲われ、衣服の下で汗が流れるのを感じた。人はすべてを見通すことはできず、自分で思っているよりはるかに、運に賭けているものだ。あらかじめ全てを計算に入れて準備したのも無駄だったのか。一人の飛脚の貪欲さが、私を最初の一歩で破滅させるかもしれない。両手がもう震え始め、男の首に摑みかからんとしている。何とか私は自制し、笑顔さえ見せて静かに言った。

——好きなようにすればいい。私は書面に何が書いてあるか知らないし、そんなことで君が得をするかどうか。

——まあ、よく考えてみよう。

——いいか、ひょっとして冗談を言っているつもりなのかもしれないが、君は信用できない。手紙を返してくれ。

——俺が冗談を、てかい? 冗談なものか。危いものかどうか知りたかったのさ、何を届けるのか知っとこうと思ってね。だが分かった、こいつは危い。あんたが自分で言った。

——私が何を言った?

——何もかもさ。俺が代官と口にしたら、真っ青になったじゃないか。何が書いてあるのか、あんたは知ってる。ほら返すよ。もう一人の飛脚は五日後に出発する。そいつにはもっと払わされるはめになるぞ。

私は男の言い値どおりに金を支払い、なんとこいつは自分と私の命をネタにくだらない冗談を言ったものだと考えながらほっとし、シラダルの名を伝えた。

外に出ると私はぐったり疲れ、あの危険な書状を飛脚に持たせたままにしておいてはいけないという恐ろしい思いでほとんどずすり切れそうになった。男がただずる賢いだけなのだと思って、結局手紙を渡してしまったではないか。

あまりにも安易だった、心に抱えた重圧から逃れたかったからだ。だから通りに出ると、また疑惑にとらわれた。自分で自分を訴え、破滅させてしまうようなことをしたのだろうか？　怪しげな飛脚の手に、自分への反証となるものを残してしまったのか？　以前に私は、すべてを自分一人でやりとげると、わけも分からずに言った。だがどうやって一人の人間が何もかもを一人でやりとげることができるだろう？

二度、私は書状を取り上げようと思って戻りかけ、この賭けから手を引こうときっぱり決意することもできないままにまた引き上げようとし、三度目に、恐怖心に耐えきれずに馬継ぎ所の家屋に入った。何もかも中断しよう、私自身を訴えるような手紙は引き裂いてしまおう。だが飛脚はいなかった。街に出かけてしまい、そこに何の用事があるのか誰も知らなかった。

ただ待つことしかできなかった。近くの通りをうろつきながら、そわそわし、びくつきながら、自分に腹を立て、この先もこんなふうに愚かな堂々めぐりをするつもりなのか、それとも逃げ出すつもりなのかも分からず、かくも自分に自信のない私は、怯え上がった子供も同然だった。こんなことをする必要はなかったのだ――自分をそう叱責しながら、どこで間違いを犯したのかも分からずにいる。何も始めないほうがよかったのか？　書状を送るのをやめるか？　何も始めなければ、それはすべてから手を引くことだったし、書状を送らなければ、何もしないでおとなしく黙り込むことになる。だが、それはしたくなかった。ならばどこで間違ったのだろう？　偶然という、前もって計算に入れておくのを忘れたものに動顛してしまい、しかもその偶然が、いざという時に決定的なものになるように見えたからか？　でなければ、実に多くの人にことの成否がかかっているのに、私は誰も信じることができないという、その事実にたじろいだからか？

だがそれから、おそらく疲れ果ててしまったからだろう、待つのを止めることにした。もう私の意思でどうにかなるものではない。私は何も変えることはできない。神が定めるままになるのだろう。とはいえ、それは正しくない。どうでもいいことだとはいえ、やはり正しくない。飛脚のことは考えもしなかった、まったく些末なことなのに、どうしてこんなものが今、私を破滅させることになるのだ？　飛脚のことまで考えに入れておくなど、できるはずがない。

昼前にまたあの飛脚を捜したが、なぜそうしなければならないのか、自分でも分からなかった。だが、あの男がやりたい放題のことをするに十分な時間が過ぎてしまった。飛脚は見つからなかった。もう長旅に出発してしまったのだ。

もし書状が送り届けられたなら、すべてが終わる。私にはもう、逃げ隠れする場はないのだ。

待つだけの力もなかった。どうなるか分からないという二時間で、もうへとへとだ。私はこの悪夢から逃れるために、代官のところに出かけた。一度決意すると、ずっと楽になった。最後は同じなのだ、捕えられるにせよ、降参するにせよ。だがやはりそれはまったく違っている、私は解決に向き合うために自分から歩み出すのだから。勇気と、大胆な気分が戻って来る、自分に決定権を取り戻したからだ。こんなふうに脅威に対面するのは、こせこせして、ごまかしにも似た行為のようでもあったが、すべてはここにあった。おまえは待つのではなく、行動するのだ。おまえは犠牲者ではなく、行為者なのだ。もしかしたら、これが勇気の本質ではないか？　このような重要な秘密を見つけるのに、なんと長い歳月が必要だったことか。

門番に名を告げて、代官に面会を求めた。どこかの修道師が、などと言わずに、私の名と地位を頭に入れてくれ。大事なことなのだ。

面会を許されたら、言うことはたくさんあった。友人のハジ＝シナヌーディンに恩赦を、と請うつもりだった。どうして兵士たちに彼を釈放しろと言ったかを説明し、騒然とした街の気配について警告し、後で責任を取るはめには陥らず、ただ善意を表すだけの言葉を、あれこれ伝えようと思っていた。

まったく平静というわけではなかったが、これが自分にできる最善のことだと考えた——逃げも隠れもせず、自分から進んで、しかも良き意図と純然たる良心にもとづいて話しに来たのだ。あの書状をもう代官が受け取っていたら、すぐに私は捕縛されるだろうし、そうなれば即座に何もかもが明らかになる。たとえそうなったとしても、まだ望みはあった。書状はアリ＝アガからのものだ、私はただ筆記しただけのこと、そう言いに来たことにすればいい。

待っている間、代官が問いただすかもしれないありとあらゆることに思いを巡らせている間に、ふと気がついた——私の前にはこれから、この気分の悪くなるような待ち時間や、半分だけの真実や嘘に満ちた代官との会話ばかりでなく、それ自体は良き行為のためにしなければならないさまざまな醜いことどもが待ち受けている。もしかしたら、些細な罪よりずっと大切な正義のために、かつての空っぽな人生では恥じたかもしれないようなことを、実行せざるを得なくなるかもしれない。

だが、まだ私は止まることができた。もしそれが神の御心であるならば。

神よ。カサバの上に広がる、雪をはらんだ雲が重く垂れ込めた灰色の空を見ながら、心の中で請いながら、私は囁く。神よ、私がしようとすることは、良きことなのか？　もしそうでないのなら、この決意を揺るがせ給え。わが意志を挫き、決断を鈍らせ給え。何かの兆しを与え給え。ポプラの枝を揺らすことで、風のただの一吹きで。この秋の空に、それは奇蹟というほどのことでもあるまい。そうすれば、これを成し遂げることがどれほど強い願いであるとしても、私は止めるだろう。

川岸のポプラは一本たりとも、微動だにしなかった。静かに、音も立てず冷ややかに、曇った空に細い木の先を伸ばしていた。その木々は、ここの空よりも大きく美しい空の下、もっと大きく美しい川岸に並ぶ故郷のポプラを思い出させる。だが思い出に引き戻されている場合ではなく、それは閃光のように、ふいにもれた溜め息のように、ふと現れただけだった。そして消えた。残ったのは灰色の日と、頭上の重い雲、それに私の中の濁った澱《おり》のようなものだけだ。

イシャークの影が現れはしないか？　こんな空模様は、彼にこそふさわしい。

門番が戻ってきた。代官はお会いにならない。

――私の名を伝えたのか？　私の名を忘れたのではないだろうな？

――アフメド・ヌルディン、テキヤの導師、だろ。時間がないんだと。出直してもらおうか。

代官は、書状のことを知らない。

瞬時に灰色の影が消え失せ、ポプラと、混沌とした日と、嘆きと、思い出を私は忘れた。私は正しかった、待つ必要などない。自ら向かって行けばいい。愚かでも臆病者でもないのなら、人は無力ではないのだ。

アリ＝アガの家の中庭に、判事のところの召使いが正装で立っていた。ゼイナが私にこっそりと教えてくれた――判事の奥様が、アリ＝アガのところに来ているんです、二度も奥様を呼びに行かなくてはならなかったんですよ。アガはとにかく来てくれと言うし、あちらは何の用事なのか知らないようでしたし。

　階段の下で私は立ち止まった。開け放しの扉を通して、上から話し声が聞こえる。もしそれが予想外のことでなく、必要もなければ、聞き耳をたてるようなことはしなかっただろう。老人は娘に、判事をとにかくここに来させろと言っている。頑として譲ろうとしないようだ。

——大事なことなんだ——老人がぜいぜい喘ぐのが聞こえた——馬鹿なことをしたもんだ。判事だか他の誰だか知らんが、あいつも罪に問われるだろう。ここに来るか、でなければ捕えた男を釈放するんだ。それで俺も安心できる。

——あの人の仕事には口出ししないんです、関係ないから。とくに今は絶対に。お父様も余計な口出しをしないほうがいいでしょう。

——俺が好きで口出しするとでも思ってるのか？　したいわけじゃない。できもしないんだよ。俺は年だし、力もない病人だ。他人の心配なんかできると思うか？　それでも、しなけりゃならんのだよ。みんなが俺に期待しているんだ。

　これがアリ＝アガの声か？　涙まじりの、弱々しい、哀れっぽくてひしゃげたこれが？　今のは彼の言葉か？　おお神よ、人というものは決して分からぬものだ！

——しなければならないのではなくて、したいんでしょう。人を従わせることに慣れてるから。そういうのが好きなんでしょう。

——好きなわけじゃない。これ以上はごめんこうむるよ、俺にはもう力がないんだ。みんなにそのことを認めてもらう力さえな。力を貸してくれ、俺のためにも、ハジを釈放してくれ。友達を忘れたと言われないためにもな。だがほんとは、俺はもう忘れたんだよ。俺に残されたわずかばかりの命は、全部おまえのものだ。それにハサンの。でもそんなことをみんなに言えるわけがない。

——分かりました、お父様。それについてはまたお話ししましょう。私たち、お互いに地の果てと果てに住んでるわけではないんですから。

——急いでくれ。とにかく急いでくれ。

——明日また来ます。

——朝一番だぞ。判事が何と言ったか、教えてくれ。夜は夫婦の話をするのにはいいからな。

これは何だ？ 崖の一番安全だと思って手をかけたところに、最初のひび割れができた。老人がふだん隠している気弱さに、私は軽蔑を感じた。破廉恥なことだ、まるで老人がけしからぬ所業にいそしんでいるところを見てしまったような気分だった。

私は靴脱ぎ場のところまで下りて、ちょうど今来たばかりだというふりをした。

彼女は顔に覆いを下ろそうと手を挙げたところだったが、私の姿を見るとその手を止めた。老人の具合はどうかと尋ねると、ごく短い返事をし、そして通して下さいと言う。彼女を引き止めなければならない。私はもう、簡単には物怖じしない男なのだ。

――少しだけ、よろしいですか、急いでいるのでなければ。

――急いでいますので。

――春にあなたから話がありましたが、あれを終わらせなければなりませんね。弟は、もちろん、死んでしまった。だが私は生きているので。

――通して下さい。

――私はお父上と親しくしています。非情に親しくしている。

――それが私に何の関係があるというのですか？

――あなたの望みが叶うように、手助けして差し上げよう、お父上が、亡くなる前にあなたのことを忘れないようにね。ハジ＝シナヌーディンを釈放するように、判事を説得なさい。それ以外のことは、いっさい願わぬことだ。これは、何よりあなたのためになる歩み寄りの申し出ですよ。

――あなたが私に、歩み寄り？

――歩み寄り、そうだ。そして私の言うことを、侮らないように。

女のきらきらした目の端に、憎しみの影が、あるいは軽蔑の影が、すばやくよぎる。私は彼女を侮辱したのだ。意図してのことだ。これで、判事がハジ＝シナヌーディンを釈放することはないだろう、判事自身はそのつもりがあったとしても。

不躾な態度をとるのは、たやすいことではなかった。彼女の憤りは、私を鞭のように打った。彼女が敵となったあかつきには、私は神の慈悲を必要とするかもしれない。

彼女の美しさ以上に、その目に浮かんだ雷のような激しさに心を奪われ、そのまま私はアリ＝アガの部屋に入った。静めるには熱すぎる彼女の閉ざされた思いは、どこに向かうのだろう? あの軽蔑を含んだ沈黙は、紡がれていったい何になるのだろう? 良き妻、良き母ではあり得るかもしれないが、もしそうでなければ、彼女はいったい何者だろう?

——手紙は渡したのかね?

ぼんやりと私は老人を見た。女の軽蔑がまだ私の心に影を落としている。

——娘さんが来ていたんですね。

——毎日来るよ。俺があまり食わないので心配だと。あの子と話をしたかね?

——あの人と話ができる人など、そもそもいるんですか?

——そりゃいる、とは思うが。あの子がお嫌いかな?

——ハジ=シナヌーディンのことを、お願いしました。釈放するよう判事を説き伏せられるといいのだが。

——それであんたに何と答えた?

——何も。

——あの子は時々、わけが分からんよ。

——今日はいかがですか?

——実にいいよ、毎日でも誰か友だちを、おお、神様お赦し下さい、牢に放り込んでほしいくらいだね。

この声は、堂々として自信ありげだ。ついさっき聞いたのはまったく別の、怖じ気づき、涙まじりの声だったはずだが。

この男は、どんな駆け引きをしているつもりなのだろう? 誰を相手に? 自分を相手に、他人のために? それとも他人を相手に、自分のためにか? だいたいこの男は何者だ? 習性の絡み合った塊か、作られた絵姿か、引き延ばされた思い出か? 人々が期待するものと本人の衰弱、どちらがより大事なのだろう? どちらも彼の中に生きていて、決定権を握っている。昔の誇りは老人に首を突っ込むよう駆り立てるが、彼の今あるすべてはそれに逆らう。死を目前にした疲れは、老人に瞼を閉じさせようとしながら、人々にはかつての力の幻を、今は影でしかないものを、見せようとする。人間は誰も、かつての自分と戦いながら終焉を迎えるのだろうか?

何が最後に勝利を得るのだろう?

——飛脚に金をせびられましたよ——寝ている老人の足下に座りながら、私は言った——書状に名前がないのを見ると、厚かましくなって。

――何でその輩をさっさと……おっと、すまない。払うしかなかっただろうよ。きっとすぐに気を良くしただろうな。

――恐ろしい思いをしました。それで、こんな面倒なことにあなたを巻き込んだのが良かったのかどうかと、考えました、この件に加担するようにあなたを言いくるめてしまったことも。

――何を言っているのかね？

老人の声は苛立ち、ほとんど侮辱されたように響いた。

――馬鹿者か、何も分からん子供なら、言いくるめられもしようが、俺は違う。あんたは手紙を書こうと言っただけだ。俺がそれ以上のことをしなければならんと言ったんだ。それとも、俺の頭はもう何も覚えていられなくなったとでも？　それにあんたが俺をどんな面倒に巻き込んだと言うんだね？　俺は起き上がることはできないが、ありがたいことにしゃべることはできる。それに、友だちのことを心配するという荷を下ろすことは、誰にもできんよ。これは俺の良心の問題だ。

――しかし、危いことになるかもしれません。

――俺には何も危いことなどないさ。でなきゃ、何でも危い。死神が扉の向こうに座り込んで待ってるんだ。何かしていれば、奴のことを考えずにすむ、俺には縁のないことだからな。俺は生きてるわけだ。

こうしている時の話し方はしっかりしていて、確信ありげな響きだ。以前そうだったのと同じだ。ついさっきのものと、今のものと、二つのどちらかが本来のもの、老人が本当に考え願っているものに近いはずなのだが。

それはしかしどうでもよかった。こちらが必要だと思っていることに疑いを抱かなければいいのだ。彼を信じよう。私は、老人をなだめるように言った。

――そう言って下さって、嬉しいですよ。勇敢で高潔な人は、素晴らしいと思います。

――そう思うべきだな、もしそういうのに出会ったら。だが年寄りというのは、勇敢でも高潔でもない。俺もだよ、ずる賢いだけかも分からんぞ、これは長い年月から来るんだ。こんな俺に対して、連中に何ができるもんかね？　人生の最後の道にさしかかった者を、牢に入れるか？　それとも殺すか？　愚か者ばかりだ。役にも立たん老人を庇い、人生これからという若者を踏み潰す。だから俺はいっさいを自分で引き受けるつもりだ、この特権に乗じてな。一生に一度のことだ。

笑いながら、咳き込む。

――なんとも皮肉なことじゃないか、危険もなしに英雄になる、皮肉で、可笑しなものだ。

可笑しいかどうか、それにあなたを守ってくれる人がいるかどうか。だがあなたがそう願うのなら、そうあって欲しいものだ、老人よ。もしあなたが処刑されたら嘆いてやろう。だがうまくいかなかったら、嘆きはさらに大きくなるだろう。あなたも私も、もうさして重要ではないのだ。

不思議なことに、老人は一度も、どうしてハジ＝シナヌーディンが投獄されたのか、何か罪を犯したのかを尋ねなかった。人の話では――私は言った――ポサヴィナの人々の脱走に何らかの形で手を貸したとかいう話です。そしてこれが、人望ある人たちに対する弾圧の始まりなのだと。人々がますます、皇帝《スルタン》と知事《ワーリー》の命令に服従するのを拒むようになっているというのが理由で、弾圧の口実は、行軍援助金の支払い拒否なんだそうです。ポサヴィナとクライナの蜂起があった後だから、これらの騒動が人々の行動の先例にならないように、歯を引き抜いて、恐怖を植え付けてしまおうというわけです。かくあるべし、というように。まさにそのために、つまりもっと大きな争乱が起きないように、まともに頭の働く者なら願わないようなことが起きないように、混乱と不満を作り出す者たちを始末しなければならないわけです、法の名を口実に悪をなす者たち、悪意に満ちた行為で人々を血まみれの醜い行動に走らせる者たちのことですが。万が一ハジ＝シナヌーディンが不運な目にあうとしても、そういう連中から私たちを引き離そうという神のご意志だとすれば、彼の不幸も、それに私たちの懸念も、無駄ではなかったということになるでしょう。

老人はハジ＝シナヌーディンの罪とやらについては、それほど大したものではないと思っていたのか、頭から信じていなかったのか、ばかばかしいとばかりに手を一振りし、弾圧については、いつだって人間の恐怖心がそういう噂を広めるもんだ、と言う――そんな話を聞いたのは、さほど遠い昔でもないね。こんなひどいことは初めてだってことはあっても、こんなにすてきなことは初めてだなんてことは、あったためしがない。でなけりゃ、いつだって今の方が昔より大変で、支払いの済んだ借金のほうが首にぶら下がってるものよりずっと楽だから、そんな気がするのかもしれんがね。俺は弾圧の噂を聞いた者がいるなんて、信じないね。もし本当に弾圧するつもりなら、話したりしないだろう。もし話したんなら、本当にするつもりじゃなくて単にみんなを脅してるだけだ。権力ってものは、いつだって容赦なくて、俺たちの嫌がることを強いる。だがもしも権力がなくなったら、どうなるね？ 俺が生きてる間に、ずいぶんと交代があったよ、いったいどれだけの判事や代官や郡長《カイマカム》が追放されたり殺されたりしたことか。数えきれんほどだ。だがそれで何かが変わったか？ 何も、さして変わってやしない。みんな今度こそ何か変わるだろうと思って、変化を待ち望む。良い権力者の時代になるようにとな。だがそれはいったいどんなものだ？ 俺自身のことを言えば、俺が期待するのは賄賂のきく連中だ、これが一番好きだね。これなら、近づく道があるんだから。最悪なのは、潔癖な権力者だ、何もいらんと言い、人間の弱さを知らず、ふつうの人間にはとても分かりかねる、はるか高みの法のことしかご存知ない。ああいう連中ほどひどいことをする者はいやしない、そいつらが作り出す憎しみときたら、まるまる百年は続くもんだ。ならばここの、地元の権力者はどうか？ どうでもないさ。小物だな、あらゆる点で。悪人にも善人にもなれん。適度に容赦なくて、そこそこ手心を加えることも知ってる。カサバを憎んではいるが、怖がってもいる。そのせいで腹の底から怒っていて、折があれば、さもなければ、折だと思った時に、復讐するわけだ。もしあいつらがやりたい放題にできるんだったら、そりゃ恐ろしいことになるだろう。だが連中はいつも過ちを恐れてる。それに手をゆるめても、大袈裟にやりすぎても、過ちになるかもしれんだろう。連中を懐柔するには、脅しが一番だ、もしそれを小声で、最後まで明かさずに言うならな。なにしろ連中には支えもなけりゃ、本人自身の価値もなく、何もかもが偶然や、誰かもっと高い立場にいる者にかかってるからだ、いつ、誰かの勘定のつり銭になるかもしれん。つまるところは哀れな連中で、だから場合によってはひどく危険にもなる。俺が望むのはハジ＝シナヌーディンを助け出すことで、連中がそのままでいようが悪魔の餌食になろうが、どうでもいいんだよ。

老人の考えは私のものとはいくらか違ってはいた

が、逆らう必要もない。私の邪魔にならなければいいのだ。

ムラ＝ユースフにここに泊まってもらえんかね、と老人は言った。男手がないんだ。

若者は、私が老人のところに居るようにと告げると、すぐに目を伏せた。喜びを隠そうとしている。

薄暗い夕刻、雲は重く動かず、カサバには静寂がのしかかっていた。

一日中人々は、固唾をのんで何かを予期していた。目を大きく見開き、聞き耳をたて、ふだんのおしゃべりや仕事に集中できない。今朝の興奮が過ぎ、何もかもがあまりにも平静で、音もないまま、まるで敵の軍勢がこっそり自分たちの陣営に退いていき、夜か翌朝に新たな一戦を始めるために待機しているかのようだ。そしてまさにこの静けさ、動きのなさ、叫び声も罵り声も脅しの声もない、誰もいない戦いの場、それが刻々と高まる緊張を生み出し、あとはすべてがはじけるだけとなっていた。人々はお互いの姿を、通行人を、通りを見つめ、待っている。どんなことでも兆しになり得る。私も通りに目を向けた。まだ始まってはいない。だが私は待った、私たちは待った、きっと何かが起こる、もうすぐだ。古いカサバの土台が音を立てて砕け始め、ほとんど感じられないような風が上空から吹き渡り、世界がきしみ出す。

鳴き声をあげて鳥が黒い空を飛んでいき、人々は沈黙し、私の血は期待に痛んでいた。

15

真実は私のものだ。真実を私は語ろう

その夜、私は遅くまで眠れなかった。それから、短い間隔でうとうとしては目を覚まし、眠っている間と目覚めている間の区別もつかぬままに、同じことを考え続けた。目を閉じもせず、服もほとんど着たまま、事が起きた時に慌てることがないように、一晩中眠らないでいようと思っていた。

一つのことを最後まで考え通すことができなかった。糸を断ち切り順序を乱す眠りのせいか、少しでも早く一番重要なことに到達したいという待ち切れない思いのせいか、私はひっきりなしにあの三人との——筆頭は判事とのものだった——邂逅の場面の数々を、じっくり、時間をかけて、彼らの驚きや恐怖、希望を示す動きを追いながら思い出し、すべてが崩れ落ちる瞬間が到来するのをできる限り引き延ばしていた——今、根は引き抜かれたばかりで、あの三人はまだそれにすっかり気づいてはおらず、これまでどおりの調子で生きていて、まだ敗北も屈辱も味わっていない。彼らの恐怖。これはすばらしい。転落との妥協では、だめだ。恐怖、先の見えない不安、一筋の安堵、目に宿る不安。それとも、このほうがもっとすばらしいか(彼らを勝負の場に戻してやろう、そして最初から始めさせてやる)——もうおしまいなのに、まだ何も知らず、信じておらず、まっすぐ大胆に立つ姿は、自信ありげだ。かつてのように、あの時まで、常にそうだったように。彼らが破滅した姿を見るのは嫌だ。私の思いが私の言うことに耳を貸さず、意に反して私が望む以上のところまで先走ってしまえば、この心にある憎しみが萎えてしまう。だが憎しみは、愛と同じくらい人が生きるために必要なものなのだ。

大きな銃撃音がカサバのどこかから聞こえ、私を眠りから引きはがした。始まったのか?

まだ夜の闇が続いている。ろうそくを灯し、壁に掛けた時計を見た。もうすぐ夜明けだ。

服を来て廊下に出た。

ハーフィズ＝ムハメドが、自分の部屋の扉のところで毛布をかぶって立っている。この男は、眠るということがあるのだろうか？

――あんたが服を着る音が聞こえたよ。どこかへ出かけるつもりか？

――あの銃撃音は何です？

――発砲するのは今が初めてじゃない、どうしたって言うんだ？

――あれはハジ＝シナヌーディンのためではないでしょうか？

――どうしてハジ＝シナヌーディンのために発砲すると？

――分かりません。

――行かないほうがいい。夜が明けたら、何だったのか分かるよ。

――すぐに戻ります。

――暗いし、危険だ。どんな人間がいるか分かったものじゃない。慈悲深き神よ！　あの人の不幸があんたをそれほどまでに打ちのめしたのか！　その善良さのせいで、あんたまで処罰されてしまう。

――知る必要があるんです。

――何を期待してるんだ？

私は壁伝いに、垣根に沿って進み、兵士たちが走り過ぎる間は暗がりに身を潜めた。牢獄から出た後の私は、聞き慣れないせかせかした足音や、慌ただしい駆け足に、得体の知れない恐怖を感じるようになり、予期せずして起こることすべてに恐怖を感じた。だが今は何が起きたのか知りたかった。たどり着き、目撃し、そこに加わりたかった。

だが何に加わろうというのだ？

本当に、何を期待し、何に望みをかけているのだ？

私は、飛脚が帝都のシラダル、ムスタファに持っていった書状にすべてを託していた。もし向こうから間もなく死刑執行令状か、あるいはせめて罪人の引き渡し状が届かなければ、息子の愛も尊敬も、もう存在しないことになる。だがそんなことは考える必要もないことだ。もしそうなったら、命など銀貨一枚の価値もないことになるだろうから。

だがもしも命に価値などないとしても、権力者たちの高慢さには疑いの余地がない。これに裏切られることはないだろう。カサバの小物が自分の父親を牢獄から牢獄へと引き回す、そんなことを皇帝のシラダルともあろう者が看過するだろうか？　もっと力のある者が前に立ち塞がったとしても、自分の恥辱と戦うだろう、そしてこっちの高官たちは大慌てになるだろう。シラダルの気質は、天使のようなものとはほど遠いに違いない。その手は、あれほどの高位にまで到達したのだ、決して軽くはないに違いない。

彼が私の代わりに、すべてを片付けてくれるだろう。あとはただ待てばいい、それが最善の、もっとも安全な策だ。だがどうしても街の人々を避けることはできなかった。ハジ＝シナヌーディンを囮《おとり》として選んだ時、同時に私は彼らを巻き込んでしまった。彼らはすべてを台無しにするかもしれないが、他にどうすることができる？　もしハジ＝シナヌーディンがあっさり、騒ぎも損害も起こらないうちに釈放されてしまえば、すべては水の泡だ。それでも私は彼らが何かもっと重大なことをやってくれると期待していた。何かは分からない。もしかしたら彼らの使者が、すでに知事《ワーリー》のもとに嘆願書を持っていったかもしれない。もしかしたらごろつきや兵士上がりの者たちに金をやって、捕われ人を奪回するように仕組んでいるかもしれない。あるいは連中を権力から引きずりおろすために、精鋭部隊《ヤニチェリ》を焚き付けているかもしれない。彼らのすることはほどんと誰にも気づかれないが、何事もなしでは済まないだろうと私は願っていた。できるだけ遠くまで、噂は広まらねばならない。そして私は、どんなことも私抜きに起こるのは許せなかった。私は、自分自身に決着をつけなければならないのだ。

石の橋《チュプリヤ》のたもとで、街の夜警と出会った。

——どこへ、こんな早朝から行くんですか、エフェンディ殿は。

——時刻を間違えたんだ。

——それはなんともはや。眠りを許された者は眠らず、始終眠たくてしようがない者には一晩中月明かりが照るってわけだ。

——何か目新しいことはないか？

——ないもんか！　いつだって何か目新しいことは起きてるよ。ただあたしに誰も話さないから、あたしは知らない。

——ついさっき、どこかで銃撃があっただろう。

——ありがたいことに、あたしの受け持ちの区じゃなかった。

——ちょっと聞き込みをしてみないか？

——あたしには関係ないね。

——金を払う。

——あんたはもっと大事なことにだって、金を払わなかったじゃないか。それともこっちのほうが大事なんですか？ 待ちなさいよ、何で怒ってるんだ？ ただで話してあげますよ。うちの隣の、夜警をやってるのにも聞いたんだ。でもそいつも知らなかった。そいつが何も知らないんなら、それは何も起きなかったのと一緒だ。これ以上、誰に聞くあてもないでしょう。

あちこちの窓に明かりが灯り、家々が目を覚まし始めた。

すっかり夜が明けると、ムラ＝ユースフが二つの知らせを持ってきた。一つはハサンが夜通し旅を続けて、今朝早くに家に戻ったというもので、もう一つは、街《チャルシヤ》が閉鎖されているという、もっと驚くべきものだった。

工房も市場も閂《かんぬき》が掛けられ、窓は鎧戸が下ろされ、至るところに南京錠がはめられ、もっとも重要な祭日でもこれほど人気のないことはないといった有様だった。

若い新参者の仕立て職人が、怯えたように振り向きながら窓の覆いを大急ぎで閉めている。

——どうしてどこもかしこも閉まっているんだ？

——分かんないよ。朝早く来て仕事をしてたんだ、それでひょっと目を上げると、誰も戸を開けてないんだ。

扉を引きずるようにして閉めると、鍵を隠すように服の中にしまい込み、職人は慌てて通りを下って姿を消した。

二人の商人がいた。急ぐ様子もなく、まるで警備の者のように歩きながら、仕立て職人の後ろ姿を眺めている。

私は尋ねた。

——あの男には、街はどこも閉鎖だと言わなかったのか？

——誰かが誰かに何か言ったとでもおっしゃるんで？

——みんなで示し合わせたのではないのか？

二人は驚いたように、顔を見合わせる。

——何のために示し合わせるんだ？

——ならば、どうして仕事場を閉めたんだ？

——俺はただ、今日は開けるのをよそうと、そう思っただけですよ。他の連中もそうするだろうとね。

——だがどうして？

——どうして？　どうしてかなんて、知るもんですか。

——本当に、示し合わせたわけではないのか？

——エフェンディ、導師殿、分かってないお人だね。どうしたら街全体が示し合わすことができるっていうんです？

——だが、このとおり、どこも閉まっている。

——まあ、そのとおり、どこも閉まっていますね。

——どうしてだ？

——どうしてって、示し合わせなかったからでしょう。

——よかろう。だがそれは昨日のことのせいではないのか？

——そりゃあ、昨日のことのせいでもあるな。

——それとも、今朝の発砲のせいか？

——そりゃあ、今朝の発砲のせいでもあるな。

——それとも、何か他のことのせいか。

——そりゃあ、何か他のことのせいでもあるな。

——カサバで何が起きているんだ？

——知りませんね、だから閉めるんですよ。

私の脇を素通りした視線は、真剣味を帯び、心ここにあらずといったように、気ぜわしげで、とらえどころがない。

——これから何が起こるのだろう？

——何も起きませんよ、神様のお力で。

——だがもし何か起きたら？

——だから、俺たちはみんな閉めたんですよ。

街の住人の理屈は、到底理解できない。これは、彼らにとって私たち修道師の理屈が理解しがたいように見えるというのと同じようなものなのだろうか？

彼らが本当のことを言わないとか、慎重なのだとかいうわけではない。ただ何か危険を察知する力があり、そうなるとみんながそれぞれ違う話をするようになるのだ。

私はハサンにこの会話のことを話した。あの二人の商人は奇妙な印象を残し、私が始めたことのせいで、一夜にして別世界の住人となってしまったように見える。彼らはもっと身近な存在になるはずではなかったのか？　そのことを私はハサンに言った、ただし違う言い方で——同じ理由で心配している時には、私たちはみんな同じように考えるはずではないのか？

ハサンは部屋で着替えをしていた。身体も洗ったし。二度目だよ――そう言う――疲れたな、親父のせいで急かされて。ドゥブロヴニクの旦那はへとへとで、間違いなく二日二晩は眠りこけるだろう。ハサンは疲れているというよりは、気もそぞろという感じだった。放心したような妙に明るい表情のせいで、夢でも見ているかのよう、現実から一人隔たっているかのように見える。月明かりのような、滑稽なまでに幸せな、かくべつ賢明とは言いがたいようなもの、そんな何かが彼を内面から照らし、外の世界に対する目をくらましていた。私に対しては、ああ、もちろんね、などと答えてはいるが、こちらの話を理解しているとは思えず、それはまるで私があの二人の商人の言うことを理解できなかったのと同じようだった。

――君はまだカサバに戻ってないな――彼の浮ついたような様子に、私はいくらか苛立ち、しかし気が軽くなったような感じもして、言った。

――うん？　ああ、そうか！　戻ったさ、もう何もかも仕入れたよ。父親は重病、ハジ＝シナヌーディンは投獄され、連隊長《ミラライ》のオスマン＝ベグがポサヴィナの連中をやっつけに出かけた。他にまだ何かあるかな？

それがこれまでに聞いたうちで最高の朗報であるかのように、ハサンは笑顔を見せた。

――アリ＝アガが重病とは、どういうことだ？　夕べは元気だったぞ。

――ハジ＝シナヌーディンが捕まったことで、動顛したんだ。

――みんな同じだよ、みんな心配しているんだ。

――どうしてだ？　釈放になるよ。金が大好きな人間が誰かは分かっているんだ。いいか、そういうのもいるんだ。

彼にとって、この日の朝に困難などというものはなかった。彼は笑った。

――生涯かけて囚人のことを心配して、とうとう自分が囚人になったわけだ。まったく奇妙な話だな、自分の愛に化身したなんて。

――みんな、本当に気の毒なことだと思ってるんだ。

非難のつもりだった。私はハサンを余計な考えから引き戻したかった。だが彼は乗って来ない。

――俺も気の毒だと思うよ。生涯かけて他人のために善行《セヴァブ》を積んできたことを思うとね、だが今は、他の者たちが彼のために善行を積もうとしている。まあそれで相殺されたということかもしれないが。

彼が情《じょう》を表に出すのを好まないのは知っていたが、この言い方はあまりにも非情に聞こえる。もしかしたら彼に期待し過ぎていたのか。今日は自分の幸せでいっぱいなのだろう。

——ドゥブロヴニクはどうだった？

——素晴らしかったよ。あっちは、まだ夏だ。春でないとは、不思議なことだ。

中庭の扉が開き、ハサンは窓辺に近づいた。ファズリヤが外から戻り、ハサンに下りて来るよう合図している。

——父さんのところにいてくれるか？——私に尋ねた。

——あまり時間がない。

——もう少しいてくれ。すぐに戻るよ。

アリ＝アガは前の晩と同じように見えた。というより、ずっと元気と言えるほどだ。

——ハサンはどこに出かけたんだ？——私に尋ねる。

——知りません、すぐに戻ると言っていましたが。

カサバで何が起きているのかね、と老人は尋ね、街《チャルシヤ》がどこも閉まっているという話に驚き、ハサンに家にいるように言ってくれと私に頼むのだった。俺のために。この病気じゃ、いつ何が起こるか知れたものじゃない。

——なぜハサンには、具合が悪くなったと言ったんですか？

——本当のことだ。前より具合が悪い。

——いつからですか？　昨夜は、小鳥のように生き生きしておられたではありませんか。ハサンにそれを言いたかったのだが、間に合いませんでした。

——他にもっとましな話しをできんのかね？　たしかに具合は良かったが、今は悪い、あいつに俺のそばにいてほしい。どこに不思議なことがあるかね？

——何もありません。本音は、一件が落着するまでハサンをご自分の寝台の脇に引き止めておきたい、そういうことではないのですか？

——あいつのためには、そのほうがいい。いきなり何かをやらかすということは、あんたもご承知のとおりだろう。誰も思いもつかないことをやる奴なんだ。戻って来たかどうか、見てくれないかね。

この時、何もかもが理解できた。老人の奇妙な態度も、娘の前で見せた弱々しさも、判事に囚人を釈放するよう請うたことも、今朝の病気も、すべてはハサンのためなのだ。危険から遠ざけ、考えもせずに事を起させないようにするためだ。だから息子を自分の病気で縛りつけ、私には理解できなかった奇妙な駆け引きをしたのだ。ハサンが動くより先に、ハジ＝シナヌーディンを助けようと思ったわけだ。息子への愛が父に、恐怖と、機知と、想像力をもたらしたのだ。

私は老人を安心させようとした。

――ハサンのことは心配しなくても大丈夫ですよ。浅はかなことは決してしないでしょう。

――どうして？

――彼はあのドゥブロヴニクのご婦人のことばかり考えています。彼の心ではヒバリがさえずっています。私にまでさえずりが聞こえるような気がしますよ。

――俺には聞こえないとお思いかね？ それもまた心配の種なんだよ。

――何が心配なんですか？

――そのさえずりだ。そいつのせいでも、馬鹿なことをするんじゃないかと。そういう時は誰でも善良になって、他人に憐れみをかけたりするもんだ。

――憐れみをかけても、何もしませんよ。愛とは利己的なものです。

――ほう、あんたが愛について何をご存知かな、修道師殿。俺はあいつのためにこの身を差し出した。それも利己的というものかね？

老人に尋ねてみたかった、いや、いつか尋ねるだろう。息子のためにどんなことをするというのか、息子のためにどんな代価を払うつもりなのか。もし息子が処刑されたら、あなたの愛情は何に変わるのか。おそらくは、私の知るかぎり最も激しい憎しみにだろう。

彼にとって人生に残されたのは、ただその愛だけなのだろう、他には何もない。死を前にしてさえ、最後の息をつく時を待ちながら、愛を守っている。もしかしたら愛のほうも彼を守っているのかもしれない、生に引き止めることで。もしかしたらそれは深く複雑な老齢の抜け目のなさ、死を目前にして老いた心に最後の花を咲かせようと、愛に姿を変えた恐怖心なのかもしれない。息子の心臓は枝葉の生い茂った木の幹であって、すくすくと伸びるために肥やしをやる必要はなく、父親の愛は息子にとってはたくさんある愛の一つに過ぎず、もしかしたら邪魔なもの、義務を押し付けられて苦痛となるだけのものかもしれない。しかし老人にとっては、これがただ一つの命綱なのだ。

もしかしたら――そう私は言う――私には分からないのだから。

カサバは静かだった。ゆっくりと死に至ろうとしているかのようだ、息づかいは次第に遅くなり、生命力が沈んでいく。

私がモスクの中庭の噴水台の石に腰掛けている間に、人々が市街や通りを過ぎる。一人で行く者、何人かで行く者、さながら眠りの中を、何かに浮かされたように、目をかろうじて開けて通って行く者、その人々は何か訳あって不幸で苛立ち、空ろで、時をやり過ごすために、あるいは時が来るのを待つために、足を運んでいる。そして彼らの夢遊病者のような徘徊と通り過ぎて行ったその跡は、目の詰まった網のように私を包んだ。

私は尋ねた――何が起きているのだ？

私の声が聞こえないらしい。

ハジ＝シナヌーディンの逮捕は、これほどまでに人々を動揺させたのか？　どんな不思議な絆で彼らは互いに結ばれているのだろう？　私の知らない、私には立ち入ることのできないどんな輪の中に、彼らは閉じこもっているのだろう？　いったい彼らはどうしたというのだ？　憤っているわけでも悲嘆にくれているわけでもなく、ただあらゆることから遠く距離をおいているようだ。そしてカサバを、あらゆるものを、鈍く眠たげではあるが倦むことを知らない好奇心でじっと窺い、何かを待ち構えている。一人一人は輪郭をなくし、とらえどころのない、同じ形をしたものへと姿を変えていた。

何かしなければいけない。見た目には分からないが、確かに芽は伸び、けれども時は空ろなままで、私は私自身からも、そして人々からも離れている。だがいったいどこが私の居場所なのか、それも分からない。

見知らぬ土地、見知らぬ人々の間に来てしまったかのようだ。

彼らから目をそむけ、太陽がないために色もない滴となって石の上に砕け散る水の細い糸を眺めながら、思った――私を落ち着かせてくれるのは、いつも、おのれのためにだけ生きるものだったはずだ。だが、重苦しい気持ちは増すばかりだった。

それから人々が立ち止まり、私には聞こえない何かに耳を傾け、同じ方向に歩き始める。

――どこへ？――一人に尋ねた。

――あっちだ。

――何のために？

――みんな行くんだ。

鉛屋根《クルシュムリ》のモスクから叫び声が響いた。

人々が勢いづき、足を速める。

通りは人で溢れ、何も見えず、何も聞こえず、私は群衆をかき分けようとして不意に、まるで川の渦流に巻き込まれるように、波打つ群衆の中にはまり込んだ。群衆が私を押し潰し、前へ後ろへ、一方の壁際から反対の壁へと引きずり、一瞬たりとも放してはくれず、しっかりと、熱っぽく不穏な、押し付けるような、不快な抱擁で抱きかかえる。無様で、滑稽だった。まるで悪魔が、何百という人の手足が絡み合った根の中に私をがんじがらめにして閉じ込め、起きていることのすべてから私を引き離そうとしているかのようだ。大群に押しひしゃげられた私は、人々と同じように押しのけ、叫び、脅しつけることはできても、自分で決めることができずにいた。すっかり巻き込まれて逆戻りもできず、大衆の一人と化し、私の力は恐ろしくも無意味な力の一部となって、失われていった。

それから不思議なことが起きた――自分の立場からすればあり得ないことで、受け入れがたいことであるのも忘れ、自分自身の根源によって、解き放たれた思い出の力によって、他の人々と同じになり、群衆の中に舞い戻っていた。私はもう、捕われているのではなかった。押されることも侮辱とは感じず、汗まみれの人々の匂いも気にならず、どこかに抜け道を見いださなくては、しかるべき場所に到達しなければ、何かを解決しなければ、ということも忘れていた。ここが私の居場所だ。私は彼らと同じ、人の多さに興奮し、叫び声に、合わさった力に興奮し、周りの人々に肩でのしかかり、腕を上げ、この場にいない誰かを威嚇し、あらゆる恐怖から自らを解放し、たとえはるか大昔になされたものであれ、血によって受け継がれた罪を持つ者たちが代価を支払う時が来たのだと確信し、他の人々と同じように大声で叫んでいる。何を叫んだ？ 分からない。もしかしたら――死を！――そうかもしれない。それとも、自分のものとも思えないような声を他の人々のものに合わせただけかもしれない。叫び、脅しの声として、より大きくなるように、なぜなら私も彼らの一部だから。いや違う！　私は私のものだ、百人の声となり百本の手となり百の頭となる、数知れない苦しみが私の中にはある。誰のものでもあり、やはり私のものだ。叫び声をあげる——ワァー！——そして思う——復讐だ！　血だ！　終わりだ！——だが何の終わりなのだろう？　価値のないものすべて、人々のためにならぬすべてのことに。考えずとも私には分かっている。明るい天空が、私の前に開かれた。

だが一瞬にして私は再び、周囲から切り離された。自分の根からもぎ取られ、人々の肘と汗を感じ、叫び声をあげる人々に腹を立て、ここから抜け出すことができない自分に腹を立てる——放してくれ！——彼らに嫌悪を感じながら叫んだ私は、閉じ込められ、力を奪われ、彼らとはまったく別世界の者だった。

それから、彼らが何を叫んでいるのか、誰を非難しているのか、誰を脅しているのかが聞こえた。誰もハジ＝シナヌーディンの名など口にしていない、誰も思い出しもしない、ことのついでにさえ。ただ自分たちに関わることだけ、彼らを抑圧するものを糾弾するばかりだ。貧しさ、物価高、恐怖、大小さまざまな不正、空約束、空しい年月、苛立った要求。夜の訪れはあまりにも繁く、死は早く、愛はいつも足りない。そして大いなる憎しみ、不安、屈辱。つまりは人生という名の、嘆きのすべてだった。

そうしたありとあらゆる汚れたことどもが集まり、積み重なり、今や人々は自分たちの不満を、市場でそうする時のように、声高に叫んでいる。不満がどれだけたっぷりあるかを見せびらかすかのように、ぶちまける——誰でも欲しいものにはくれてやる、さもなければ憎しみか血の代わりに持って行けといわんばかりだ。

戦場の銃撃と銃撃の間のような、叫びと叫びの間の息継ぎの時に、人々が喘ぎながら話す、とぎれとぎれに——ゆうべ、塔の番兵が殺された、銃でもなくナイフでもなく、立ったまま死んでたんだ——撫子《カランフィル》地区で、額に目が一つだけついた子供が生まれたぞ。人々は、自分たちの怒りを凌駕する何か運命的なことが起こるのを願っている。

堪えがたくなってきた。どんどん熱くなり、人の波は膨れ上がり、狂気は増し、群衆は大水のように私を引きずり、動かし、その私は木屑、破片となり、つむじ風の中で回され、誰かの肋骨に肘を突っ込み、私が叫ぶと他の者たちも叫び、誰かを踏みつけると洪水のような轟音が響き、足をすくませれば誰かが踏みつけようとするから、誰かの首をまるで絞殺者のように摑む。水はもう向こう岸にまで到達した、みんな窒息してしまうだろう。どこか別の通りで地響きがする。堰が開かれ、ようやく楽に息ができる。他の者たちの後を追って急ぐが、彼らを止めて静めようとする私を恐怖が捕えた。彼らは自分たちがどこへ押しかけようとしているのか、何を望んでいるかも分かっていない。彼らは押し砕かれた石、荒れ狂う鉄砲水だった。

代官館《ムセリマート》の前で、発砲音がする。

――あれは何だ？

――兵士たちが銃を発砲しているんだ。

誰も立ち止まらない。

息を切らせて彼らに追いつくと、敷石の上に、若い男が麻の上衣を血まみれにして倒れていた。周囲を囲んで何人かの男たちが立ち、見覚えのない男が、殺された若者の脇に膝をつき、頭を持ち上げようとしている。

群衆が建物の中になだれ込み、ものをひっくり返したり、打ち壊したりする音が聞こえた。

代官と兵士たちは逃げ出してしまい、そこにはいなかった。

私は血まみれの若者の上に身を屈めている男に近づいた。二人とも農民の身なりだ、それがとりわけ、私には哀れだった。

――死んでいるのか？

男は子供を抱くように死人の頭を左手で支え、恐怖にすくんだまま、壁のように白い死人の顔に赤みが戻り、唇が動き、ついさっきまでと同じようになるのを待つかのように、じっと見入っている。

二人とも若い。

――兄弟なのか？

――市場に来たんだ――男は私たちを定まらない目つきで見回しながら、呆然としたように言う。まださっきの出来事の中にいて、今という時に至るだけの力がない――塩を、買いに来たんだよ。

――地面に下ろしてやれ。

――それに釘も。家を建ててる最中なんだ。

――地面に下ろせ、もう死んでる。

――俺は言ったんだ、ちくしょう、閉まってるぞって。そしたらこいつが……

そして農民の太い指で優しく死んだ若者の顔を撫でながら、低い声で名を呼び始めた。

――シェヴキ！　シェヴキよお！

父親は、君たちがなかなか戻らないのに腹を立てるだろう、弟と一緒に家に戻らないと父さんにどやしつけられるだろう。立てよ、シェヴキ。目を覚ませ。

シェヴキ、どこにいるんだ？

どこにいるんだ、ハルン？

どこにいるんだ、姿を消し、殺された兄弟たちよ？

どうして私たちは引き裂かれるのだ、それでなくとも引き裂かれているのに？　わざわざそれを思い知らされるためか？　それともこうやって、愛することができないからといって、憎むためか？

――君の弟は殺されてしまった。ここに埋葬しようか？

男は今、掌にすっぽりと兄弟の顔を包んで、暖めていた。

――彼を運びなさい。せめて葬儀は立派にしてやろう。

男は死人を抱えた。子供か、折り畳んだ布か、小麦の束を抱えて運ぶように、畑の畝で身につけたとおりに、街路の敷石を大股に踏みしめながら。まだ狂いじみた望みを持って、死んだ弟の顔を見つめながら。

死した若者の遺体の前に進み出て、私は声高く祈りを捧げた。

人々が叫んでいるのが聞こえる。数は多く、怒りはまだ静まってはいない。

裁判所の建物の前の四つ辻で、私は脇に立ち、若者の腕に抱かれている死者がみんなに見えるようにした。

人々が半円を描いて取り囲み、黙って目を向ける。祈りを捧げ、私はモスクの方に進んだ。

私たちの後方で、うなり声とガラスの砕ける音、太鼓のように響く襲撃の音が聞こえる。

私は振り向かなかった。

モスクの近くで出会ったハーフィズ＝ムハメドに、一人は死者となり、もう一人は生きている兄弟のことを頼んで、通りをまた歩き始めた。

――どこへ行く？

私はただ手を振った、自分でも分からなかった。

——あんたを探してたよ、ハサンが。

その名は、まるで私にあたる光のようだった。彼がいないこの時間は、私をぐったり疲れさせた。今日、今、すぐに、これまでのどんな時よりも、彼が必要だった。

山道を登った。それでも私はもう少し時間がほしかった。登っていることが感じられるように、苦しさでへとへとになるために。朝からひどく緊張し、あらゆる瞬間に立ち会って来た私は、すべてから遠ざかりたかった。

私のいない所で時が続いていけばいい。すべてはどのようにでも運べばいい。

私は火から遠ざかるように、まさにその瞬間、身を遠ざけ、罪人にも証人にもならずに済むように、街から離れていなければならなかった。

あらゆるものから離れたかった。

秋だ。もう晩秋で、スモモの木は葉を落とし、陰鬱で岩だらけの山の頂は霧に包まれている。区画で仕切られた家々の間を、隙間をこするような音を立てて風が抜けていく。

もうすぐ雪になるな——自分に語りかける。

私には関係のないことだが。

あてもない散策者の歩き方を真似てみる。

ずいぶん長いこと、ここへは来なかった——そう言ってみる。

それもどうでもいいことだ。

子供たちが棒投げ遊びをしているのが見えた。不思議だな、子供たちが棒投げ遊びをしているぞ。

だがほら、あっちのほうが私には重要なことだ。

子供たちが遊んでいる向こう、街の中で、父親たちが猛り狂っている。

視線を向けたカサバははるか足下に、ひっそり落ち着いているかのように見える。通りを行き交う人々の姿は小さく、慌ててもおらず、何かに夢中になっている様子もない。こんなふうに遠くから、高みから眺めると、みんなここにいる子供たちと同じようだ。だがあれは子供ではない。あれほど正気を失った顔を、あれほど容赦のない目を、かつて見たことはない。血走った目とむき出しになった歯のせいで誰だか分からないような顔は、降誕祭の時に堕落した者たちがつける仮面のようだった。これは、彼らの恐ろしい祝日だ。

あの連中について考えるのはよそう、何も考えるのはよそう。過ぎて行く時がすべてを、私のいないところで終わりにしてくれるだろう。時を止めることも、急がせることも、私にはできない。

　時は滴となって落ちる、この雨のように、一滴、また一滴と。

　私は地区モスクの崩れそうな軒の下に、壁に身を寄せて雨宿りした。

　子供たちも、散り散りに走り去った。

　白い髭をたくわえた老齢のホジャが、震える手で握った杖に身を屈め込むようにして、ゆっくり、モスクに近づいてくる。この静寂の中で、まるで現実のものではないかのような老人がただ一人、信者を誰も連れていない。みんなは向こう側のカサバにいたが、彼には関心のないことだったのだろう。老齢はもっと大事なことを見るものだ。ホジャはモスクの前で礼拝の時を告げ始めたが、意味もないことだ、ほとんど聞こえない呼び声は、その場にいない誰かへの呼びかけだった。

　ちょうど昼だ。

　早朝からずっと立ったままだった。過ぎた時間の長さに圧倒されたかのように、私は疲れを感じた。

　モスクの壁に、背中でもたれかかる。そして目の前で次第に激しくなり、この世界から私を隔てる雨の作り出す編み目模様を見つめ、ホジャの祈りの力ないつぶやきに耳を傾ける。声はあの世の者のようだ、絶望的に悲しく、完全に孤独で、さらに悪いのは私がそれを聞いていることだった。あれは私の孤独についても語っていたのだから。壁に隔てられている私には、彼を助けることはできない。彼もまた、私の助けにはならない。

　一人。一人。一人きりだ。

　一人きり、罪を前にした時のようだ。

　けれどどうして私に罪があるのだ？　何か私にできたことがあっただろうか？　今朝は誰も彼らを止めることはできなかった。悪を意図した彼らの時が、月の満ち欠けのような、私より強く、彼らの意志より強いものが到来したのだ。彼らを引き返らせるか、説得することはできたかもしれないが、結局は同じだっただろう。

　あちらでは何が起きているのだろう？　あるいはもう終わったのか？　分からない、私にはどうでもいいことだ。蒔かれた種は刈り取られるだろう。

だが、本当に何かが起こらねばならなかったのだろうか？ きっと今頃はすべてが治まり、人々は恥じ入ってそれぞれの家に戻り、けれどもまだ満ち足りずに、妻に向かって残った怒りと苦渋で八つ当たりを始めるだろうし、私はといえば必要もなく、自分自身をあそこから遠ざけておこうとして、この秋に、裸になったプラムの木の幹に、山の上の石に、早い雪に、散漫な注意を向けようとしたが、無駄なことだった。私の思いはあそこに、カサバにあるからだ。もしかしたら何も起こらなかったのかもしれない、私がしたことは何の結果ももたらさなかったのかもしれない。

だが、内心の恐怖を感じ、あるいは殺された若者を猛り狂った人々に見せたことを恥じてさえいたにしても、何も起こらないかもしれないでは気が治まらない。何かが起こることを私は望み、神の前で自分が負うべき罪の一部を受け入れるつもりでいた。

こんなふうに疑念を抱くことは、苦しくはあったが、満足感をもたらしてもくれた——良心はまだ生きている、たとえ奴らが問題である時でさえ。

修道師というのは、ハイタカの残酷さと独り身の老女のような感じやすさを合わせ持ってるな——ハサンはいつだったか、例のごとく揶揄するようにそう言った。もしかしたらそのとおりかもしれない。胸苦しさがいつまでたってもなくならない。

こんなふうに暗い影や明るい影が私の中を通り過ぎ、その罪名を明らかにしたくないと思っている罪から我が身を守っていると、長い外套をまとい、腰帯に銃をはさんだ騎馬姿の五つの人影が、通りを早足でこちらに向かってきた。

代官と配下の男たちだ、すぐに分かった。

彼も私に気がつき、馬を止めて驚いたように、そして意地悪そうに私を見た。

最初の瞬間、私は予期せぬ出会いと、人気ない場所のせいで、恐怖に襲われた。私の身に何か起きても、誰も助けてはくれないだろうし、目撃者さえいないだろう。今日は悪行の日に違いない。

彼もまた少なからず驚いたのだろう、私に出会おうとは夢にも思わなかった場所で出くわしたのだから。私のことを自分の運命の鍵とでも思っただろうか、それとも追いつめられた獲物と？ 私はモスクの白い壁面に磔《はりつけ》にされた、格好の標的だった。

だがおかしなことに、私の恐怖はたちまち消えた。

彼をまっすぐ、見返すように背筋を伸ばして見る。何もかも私には分かっていた、何もかも。ほんのわずか前のことのように思い出した。いや思い出しもしなかった。すべては、本能的な防壁か、あるいは思い出したくもないような嫌悪となって、私の中にいつも用意されていたのだ。それから、代官の連れの四人の男たちに目を向けた。あの狭いテキヤの通りで、すべてが始まった、あの時私を襲った連中だ。あの時のように彼らがこちらにやって来るとしたら、私はいったいどんな罪を犯したことにされるのだろう？ だが火縄銃のように私に向けられた彼らの目も、恐怖を呼び覚ましはしない。救いの手である憎しみが、葡萄酒のように私を強くしていた。

　代官が決断したなら、あるいはこの機会を逃したことを後でどれほど後悔することになるか知ってさえいたなら、一瞬の後に私は生け贄にされていただろう。

　また会うだろうな、修道師よ。

　望むところだ！――私はそう思ったが、何も言わなかった。口が歪むような言葉でなければ口に出せそうにない。だがもしそうすれば、もう彼にも他の誰にも会う機会はなくなってしまうだろう。

　彼らは馬の向きを変えて、モスクの横を急いで走り去った。

　カサバから逃亡していく！

　時間があれば、街道まで出て代官の後ろ姿を見ながら罵りの言葉を吐き、再会の機会を楽しみにするところだが、今は一刻も無駄にはできなかった、もう待つのは終わりだ。代官は逃げた。つまり起こったのだ。私は無駄に種をまいたわけではなかった。

　恥も心地悪さも後悔も消えた。恥じることも悔いることもなく、自らを誇りに思い、悪の側についていないことを喜ばしく思う。神が裁きを下され、民がそれを為すというわけだ、私の憎しみは、私だけのものではない。私は一人ではなく、疑いの中にあるわけでもない。善良なる信者の常のごとく、私は勇敢で、神の側にいることを知っている。

　カサバに急ぎ、その途中で時折、この街路に火を放った狂気の群衆の後にまるで偶然というように取り残されて、ひどく慌てたような人々とすれ違った。

　街には誰もいない。裁判所の前にも人気はなく、門が打ち壊されて窓は砕かれ、壁の近くに紙が散乱している。

アリ＝ホジャがしゃがみこんで証書や裁判記録、何かの決定書、数えきれないほどの書き付けを集め、それらはあたかも罪と苛酷さの証拠の山となっていた。人は自分の為したことを何もかも書き記すものだ。それとも、自分は苛酷ではないと思っているのか？

　私は身を屈め、それらを選り分け始めた。

——何を探してるんだね？

——弟のことをどのように書いたのか、見たいのだ。

——なぜだ？　憎むための理由がいるわけかね。俺はこれを全部燃してしまうつもりだ。あんたたちはオオカミだな、この屑の中をかき回して、新しい悪業のための口実を見つけようってわけだ。

——私を侮辱するつもりなら、わけないことだろう、何も気にかけなければいいのだから。

——侮辱するわけじゃない。俺はわざと気に障ることをしゃべってるんだ。苦手なんだよ。

——何が？

——まあいいから、行きなよ。俺は人間が苦手なんだ。ほっといてくれ。

　私は彼をそのままにしておいた。これが一番賢明だ。狂気に守られたこの男は、私たちの誰よりも強い。

　裁判所の中に入った。誰もいない。弟のためにここへ来た時もそうだった。あの時と同じ静寂が、低い笛の音のように、耳の中でうなり始める。あちこちの隅に隠れて姿を見せぬ人の影が生み出す不穏さも同じだ。ただ、息が詰まるような匂いはもうなく、砕かれた窓と打ち壊された扉から、妨げるものもなく風が入ってくる。

　判事の部屋で、囁きのような会話が聞こえた。誰かいる。

　がらんとした公廷に踏み込んだ私は、興奮したまま、扉があった枠のところで立ち止まった。床に判事が倒れ、死んでいた。

　誰も教えてくれなかったが、死んでいるのは分かっていた。ここに来る前から分かっていた。町の古いモスクの軒先で待っていた時から、分かっていた。このために、これが私のいない間に起こるように、私はカサバの反対側まで行ったのだ。

　何人かの男たちが部屋の中央に立っていた。憐れむように判事を見ているが、私もその嘆きの輪の一部なのかどうか、それは分からない。

　部屋を横切り、死人の頭上で立ち止まる。身を屈め、頭を覆っていた毛布をむしり取った。

顔はいつもと同じように黄ばんでいたが、額は青ざめて、血まみれだ。瞼はどういうわけだか閉じられ、何の表情も見えず、生きていた頃と同じように、あらゆるものに対して隠されたままだった。

――哀れな男だ――私は思ったが、憎しみも喜びも感じない――おまえは私に多くの不善をなした。だが神がそう望むなら、お赦しがあるように。

死によって判事は私から隔絶されてしまった。悪しき記憶ももはや彼を引き止めることはできないが、私は他に何も考えることがなかった。嘆きはしない、記憶にも残さない、赦しもしない。ただ判事はいない。それだけだ。

慣習どおりに別離の接吻をするつもりはなかった。あまりにも偽善的だからだ。ここにいる人々は、彼が私に何をしたか、知っている。

私は自分にできる限りで、死者のための祈りを唱え始めた。

その時足音がして、私は振り返った。判事の妻だ。死者に近づいてくる。

場所を開けるために脇に退いた私は、意地悪い喜びも、いや好奇心さえも感じなかった。生きている間は憎んでいたから、誰かがこの男の死を悼むなどありえないことのように思っていた。それでも妻が嘆くと思うと気が重くなる、それも美しき慣習を守るため、秩序を守るために、偽って嘆くのだ。

顔の覆いを取り払い、私たちには一瞥もくれず、彼女は死者の前に膝をついた。何も言わずに身を屈め、夫の肩と額に口づける。それから絹の手布巾で夫の顔を拭い、黄色い頬に自分の手をじっと当てた。指が震えている。

本当に彼女は嘆いているのか？　私が予想していたのは嘆きの素振り、落胆、あるいは慟哭でさえあっただろう。だが死者の顔の上で震える指とは。そして、幼子にしてやるように、傷つけたり痛がったりしないように、そっと顔の血を拭う優しさ、これもまた衝撃だった。

私は、立ち上がった彼女に近づいた。

――すぐ家に運ばせましょうか？

彼女はいきなり私のほうを向いた、まるで私が彼女に殴りかかったとでもいうかのようだ。後になってようやく、彼女の目の下が落ち窪んで隈になり、目が涙でいっぱいになっていたのを思い出した。彼女にとっては、話に聞くだけのほうが、実際に見るよりまだ楽だとでもいうのか？　だがあの時の私は、こんなことに注意を払ってはいなかった。私を突き放し、火傷させ、鋭く貫いた彼女の視線にひどく驚かされたからだ。あれは、どれほど憎んでも憎み足りない敵に向ける目だ。

彼女の威嚇、思いもかけなかった悲嘆も、私を動揺させた。もしかしたらこの広い家はそれほど深閑としたものではなかったのかもしれず、これからそうなるのかもしれない。どうしてなのか分からず、具体的な理由もないまま、私は彼女とそして自分自身を、憐れに思った。空虚で孤独な感じだ。彼女が感じていたのと同じように。だがこれも、夕闇のように落ちかかる疲労感のせいかもしれない。

後から私は、この時の彼女がいかに美しかったか、涙で光る目と憎しみで我を忘れた表情のせいで、あの大きな家で会った晩よりどれほど美しかったかを思い出した。忘れ去られた片方の手が、落ち着かないままに身にまとった上衣の縁の下に入り込み、静けさにはっとして、そこに止まっていた。

私は、何かを探し求めているようなその手に自分の額を押しつけ、目を閉じ、この疲れを、今日という日を、忘れたかった。そして彼女と、すべての人々と、和解したいと思った。

外に出た。だが灰色の湿った雪片が舞い、世界を覆ってしまいそうな巨大な黒雲に圧迫された昼の中に出た時も、鬱々とした気分は私を捕えたままだった。風が私の中を吹き抜け、私は空洞そのものだ。

空ろな心はどうやって癒せばいいのだろう、イシャークよ、幻影よ。私の弱さは何をいつも新たに考えつくのだろう？

あてもなく歩き回り、宿場の前に立ち止まり、到着したばかりの隊商を長い間眺め、旅人であるというのは良いことなのだろうか、悪いことなのだろうかと考えた。ハルンの墓の前で立ち止まったが、何も言うことがない。勝利者がどう感じるかさえ、言えなかった。

テキヤに入り、力を取り戻すために一人にならなければ。だがそうしようという決心さえ起こらない。

その時ムラ＝ユースフの姿が目に入り、私の無気力は消え失せた。まるで霧が晴れたかのようだ。仕事のもっと重要な部分が目の前にあった間は、彼のことなど考えなかった。だが今、水からふいに上がったように彼は顔を出し、そして不愉快にも私自身を思い起させたのだった。

ハサンが探しています——彼は言った——ハジ＝シナヌーディンの家に来てほしいそうです。

ハジ＝シナヌーディンのことも私は忘れていた。もう家に戻ったのか？

彼は手短かに、しかし一部始終を語ることになった、本人が話そうと思っていた以上のことを私が知りたがったからだ——代官が、ハジ＝シナヌーディンをヴランドゥクの砦に送ったんです、護送の者をつけて。あそこから戻った者はほとんどいないんです。それを今朝知ったハサンは、すぐに手の者たちを連れてヴランドゥクに急いで出かけました。それでも、もし大水がヴランドゥクの手前に架かる橋を流してしまわなかったら、馬を潰して急いだのも無駄になってたでしょう。その災いのおかげで護送の一行に追いついて、ハジ＝シナヌーディンを奪い返してどこかの村に隠し、今日の事件を聞いてすぐに迎えに行かせたんです。

もし別の機会に、別人の口から聞いていたなら、私はこの話に大いに興味を覚えたことだろう。だが私は、疑いを抱きながら若者を観察していた。彼は冷静で抑制しているように見える。いかにも自分の意に反するといった調子で、これはあなたには何の関係もないことでしょうと言わんばかりだ。

彼の前では苛立ちを押さえることが難しい、その苛立ちにまかせて私は言った。

——私を見るその目つきが気に入らない。話し方もだ。

——私がどんなふうに見るんですか、それにどんなふうに話すんですか？

——自分自身を遠ざけ、私をも遠ざけている。知っていることを忘れたほうが、身のためだぞ。

——もう忘れました。私には関係のないことです。

——そうじゃない！ 関係はあるのだ、だが忘れなければならない。私のしたことはすべて、私だけの問題ではないのだ。

彼は言い返すことによってこちらの意表をつき、私はふたたび慎重さと、ほんの少し前には失せかけていた決意で、自らを防御しなければならなかった。

うなだれて、彼は立ち去った。

——テキヤから出て行かせて下さい——唐突に彼は、懇願というよりは要求のように言った——私の姿を見る限り、あなたはいつ起こるかもしれない裏切りのことを思うでしょう。

——おまえから受けた痛みも、思い出す。

——ならばなおのこと、悪いでしょう。行かせて下さい。そしてお互いを忘れましょう。恐怖から解放されましょう。

——私が怖いのか。

——怖い、そうです。あなたが私を恐れているのと同じように。

——行かせることはできない。私たちは同じ鎖に繋がれているのだ。

——あなたは自分の人生を、そして私の人生を破滅させるつもりだ。

——テキヤに入れ。

——こんなふうに生きていくことなんかできない。これじゃまるで死者の行列みたいに、互いのすぐ後をくっついて歩いているだけだ。どうして私を死なせてくれなかったんです？

——テキヤに入りなさい。

16

その日私たちは地獄に向かって言うだろう、
いっぱいになったか?
すると地獄は答えるだろう、まだ誰かいるのか?

雪、雨、霧、低い雲。冬の前触れがだいぶ前から迫っていた。冬は際限もなく、ほとんどゲオルギウスの日まで続くだろう。宗務局長《ムフティー》が今からもう苦しんでいる様子を私は想像した。宗務局長は、半年を恐れおののいて、半年を凍りついて過ごす。どうしてここから出て行かないのだろう、私には理解できない。宗務局長のためにブナや樫の薪を買い置き、煙突と暖炉を新しく作り、外から——つまり廊下から——薪を燃やして昼も夜も暖めるように、そう私は命じた。そして部屋には、トウヒの枝とオオグルマの香りを焚き込めるように。

私もまた、ひどい寒がりになった。私とハーフィズ＝ムハメドの部屋では、赤と青の壺を埋め込んだ土製の暖炉で心地よく火がはじけている。新しく男を一人雇った。ムスタファはもう役に立たず、我慢できないほどに喧嘩っ早くなり、いつもぶつぶつ文句を言い、年寄りの熊のように低いうなり声を上げるようになってしまった。だが私は、かつてのような寒い部屋には耐えられない。とくにすっかり機嫌を悪くし、嫌気がさし、床の雑巾のように湿気臭くなって裁判所から戻った時は、そうだった。

私の人生の多くが変わったが、古くからの習慣は保っていた。自分自身には、以前にあった以上の快適さを許したが、それもほんの少しだったし、人々と接する時には、それ以上の率直さをもってした。だがもしかしたらこれも、私がもう脅されていないから、判事《カーディー》の名誉と地位が、安全という心地よい感覚をもたらしてくれたからかもしれない。それに力もある。私自身が求めるものではないが、それでも夜になって私がハーフィズ＝ムハメドの部屋に立ち寄って、体の具合はどうです、何か要るものはありませんかと尋ねる時に見る彼の視線の中にさえ、それを認めることができた。

判事の職務はあまり余分な時間を残してはくれず、もう長い間この書き付けに目を通すこともしなかった。だがある夜、思い出して何枚かに目を通してみると、自分の記憶に疑いを抱くほどだった。これは本当に私が書いたのか、本当にこんなふうに思ったのか？　一番驚きだったのは、自分の臆病さだ。これほどまでに神の正義を疑うことがありえたのだろうか？

町中《まちなか》の実力者たちが、判事の職に就くようにと私に申し出た時は驚いた。判事になろうなどとは、考えたことも、またそうなりたいと思ったこともなかった。別の折であれば断ったかもしれなかったが、この時は救済に見えた。私は街《チャルシャ》で起きたすべてのことの後で、急に疲れを覚え、力萎えてしまい、私だけの問題ではなくそして今に始まったわけではない罠のようなものに気づいて不安になっていた。人間とは、じつに無防備なもので、だから楯が必要なのだ。

不思議なことに私は、遠い昔の夢の実現を待っていたかのように、新しい地位にすぐになじんだ。もしかしたらこれが子供の物語の金の鳥なのかもしれない、秘かに心のうちでこんな信頼を待ち望んでいたのかもしれない、ずっと前から、いつもずっと。このぼんやりした憧れが明らかになることを許さずにいたのは、実現しなかった時の落胆を恐れていたからかもしれない、そのせいで、他のあらゆる危険な望みといっしょに、魂の中の暗い隠された場所に押し込んでしまったのだろう。

私は恐怖に、ありきたりであることに、立ちはだかったのだ。何も驚くようなことはない、自分の幸福を、自分にはもったいないなどと思う者がいるだろうか？

最初の夜、私は、シラダルがどんな気分でいるかを想像した時と同じように、窓辺に立ってカサバを眺め、血が沸き立ってざわめく音に耳を傾けながら、谷に落ちる自分の大きな影を眺めた。下から人々が、些末な者たちが、私のほうを見上げているのだ。

私は幸福だったが、無邪気そのものでもなかった。弟ハルンの不幸がそもそものきっかけで、その後に続く多くの偶然に助けられた。だがそれらは偶然というだけでもなかった。打撃が私に力を与え、突き動かした。神がそのように望まれたのだ。もし私がただ手をこまねいてじっとしていたら、神は私に報償を与えては下さらなかっただろう。人々が他ならぬ私を選んだのは、私がある意味で英雄的であり、また犠牲者でもあり、別の意味では大衆的な人間であったためで、それ以上の理由ではなく、大衆にとっても町の実力者たちにとってもほどほどに受け入れられる人間だったからだろう。だが彼らにとって決定的だったのは、おそらく、私ならたやすく懐柔される、自分たちは好き放題にできると確信できたことにあったのだと思う。

——君はまた、自分がやりたいと思うことをやろうと、そう考えているんだな——ハサンは私に言った。

——私は、法と良心が命じることをする。

——人間は誰でも、自分は他の者より賢く立ち回れると思ってるが、それは自分だけが愚かではないと思っているからだ。だがそんなふうに思うことこそが、愚かなんだな。だから俺たちは、みんな愚かというわけだ。

私は侮辱されたとは感じなかった。彼がこんなふうに手厳しいのは、何かの不安に苦しんでいる証拠だという気がしたが、それがどんなものかは分からず、だた一時的なものであってほしいと思った。長く続くのは彼にとっても、私にとってもいいことではないだろう。無傷のままの彼、重荷や苦い思いに煩わされない彼が欲しかった。私は、あるがままの彼が好きだ、とくに私が彼と対等になれた今となっては、どんな状態であれ好きだ。それでも彼が、私の光のあたる側にいてくれるほうがずっと愛おしく思えた。彼は拘束を知らないもの、自由な風、晴れ上がった空だ。彼は、私とはまったく異質だが、そんなことはいっこうに構わない。私の地位に尊敬を払わず、以前の私を懐かしんだただ一人の人間で、私は彼の目に映っている人間に少しでも近づこうとしていた。自分でも、私はこんな人間なのだと思うようなこともあった。死んだ判事の姿を見た後で、私は彼を捜した、彼が必要だったからだ。会いたいと思った人間は彼だけだった、彼だけが私の奇妙な恐怖心を追い払うことができた。私は自分自身を再び彼に固く結びつけ、永遠に、いつでも必要な時に彼を取り戻すつもりでいた。どうしてなのか、本当のところは分からない。おそらく彼が人生を恐れない男だったからだろう。この地位は私に安定を与えてはくれたが、孤独も与えることになるに違いない。より高い地位にある者は、より大きな空しさを抱くものだ。だから私は友を大切にする。友は私の兵となり、暖かい支えとなるだろうから。

間もなくその必要性は、いっそう強くなった。

私は多くの責務を担うようになったが、それらを、強いられた戦いの楯、そして武器なのだと考えた。だがさほど長い時間が経たぬ間に、私は自分を守らねばならなくなった。雷はまだ落ちてはいなかったが、凶兆となる雷鳴は聞こえていた。

シラダルのムスタファが感謝の気持ちの代償として勅令を授けてくれ、それによって私の地位が保証されると、私は何をするにしても、ただ自分の良心のみに従おうと決心した。そしてすぐに、周囲の冷たい風を感じ始めた。私をこの地位につけた者たちは、私が彼らの言いなりにならないのを見ると、急に口が堅くなった。やがて、前の判事の死の責任は私にあるという噂が囁かれるようになった。私は噂を広める者たちをむやみと探し回ったが、まるで風を狩るようなものだった。誰にも責任を被せられないとなって、それで誰かが言い出したのか？　それとも、前から分かっていたのに、今になって犯人が必要になったということなのか？　もし私が本当に潔白だと思っていたなら、彼らとて私をこの地位に選びはしなかっただろう。

妥協すればよかったのか。私には分からないが、このとおり私は頑固者で、高い地位に守られて安心だと思っていたし、彼らがこちらの歩み寄りに同意するかどうかも分からなかった。私たちは、お互いを追い詰め始めた。

私は代官たち、つまり前の代官と今の代官の両方にも、悩まされた。前の代官は自分の村に居座って帝都に手紙を送り、圧力をかけてくる。今の代官は、以前も代官の地位にあって、それがどれほど不安定な立場かをよく知っており、抜け目なく何もかもが自分の傍らを素通りするように受け流し、自分自身にとって何らかの災いのもとになりそうな者のことは絶対に非難しない。前任者に、兵士を送っていちおう身柄を押さえるふりをするから、その前に隠れるようにと知らせさえしたのだ。そして誰も、それを悪いことだとは思っていなかった。

カサバの人々を私は避けた。彼らを軽蔑していたからというわけではなく、彼らの中にどれほどの敵意と破壊的な怒りがあるかをよく覚えていたからだ。人々と話をすることはもうできない、彼らが何者なのか分からなかったし、彼らは私に嫌われていると感じていて、私をまるで品物か何かでも見るように、虚ろな目で見るだけなのだ。

　私は宗務局長に会いに行った。弟を助けようとして、彼の前で愚行を演じて見せた時と、何もかも同じだった。ただ今はこちらが卑下する必要はない、少なくとも過度には。宗務局長は私に尋ねた――どの代官だと？　どの判事だと？――かと思えば帝都の師《ムッラー》について、それが彼の知る唯一の師だといわんばかりにしゃべり始める。それからふいに、最高に皮肉な冗談を言うかのように、後から脈絡を見つけたとでもいうかのように、弟ハルンのことを記憶の中から呼び戻して、砦から釈放されたのかねと聞いた。マリクは、叡智の宝庫を見るように宗務局長を見ている。最後に宗務局長は、苛立たしげに黄ばんだ手を振って私を下がらせた。あれを最後にあの哀れな男のところには行かなかった。あの男は、もし宗務局長でなかったら、ただのありふれた馬鹿者でしかない。宗務局長は私を我慢のならない男だと思っている、そうマリクは言いふらし、そうであればいいと思っていた人々は、誰もがそれを信じた。

　月々の報酬を受け取るまいと心に決めていた私だったが、立派なその決意は断念しなければならなかった。暗闇の中を手探りせずに済むように、私は信頼できる者たちを身辺に配置したのだが、彼らは耳にするか、あるいは想像したひどい噂話のあれこれで私を不安でいっぱいにしてくれた。みんながそんなふうで、私たちは互いをよく知っているか、あるいは知っていると思っていた。私はカラ＝ザイムに金を払い、宗務局長のところで耳にしたことを知らせるように頼んだ。私の周囲の者たちの中で、誰が他の誰かのために私の言葉をこっそり盗み聞きしているか、知れたものではない。

　ただ、美しい筆跡と用心のためにそばに留め置いたムラ＝ユースフだけが、黙って静かに自分の仕事をしていた。彼は忠実だと私は確信していた、恐怖心からだが。それでも私は、彼から警戒の目を離さなかった。私は、熱にうかされながら生きているようなものだった。

　そしてかなり手を汚す、けれども正当な説明のできる仕事に没頭し、ますます神経質になった。庇護者を求めて州《ヴィラーイェト》の副長官や帝都の大臣やシラダルに手紙を書き、贈り物や訴え状を送った。贈り物は役に立つが、訴え状はうんざりさせるものだ。分かってはいたが、私は理性をなくしてしまったかのようだった。他にどうしようもなかった。そうした訴え状は、無信心の道に立ちはだかるための警告であり、脅かされた信仰を救うための呼びかけ、帝国にとってこれほど重要なこの地に私をたった一人にしないでくれという叫びだったのだ。こんな誓いか呪《のろ》いの類いは、それと抱き合わせで何かの同盟か、より強力な友好関係か、実質的な利益を差し出すというわけでもなく、私にとっては害をもたらすだけのものだが、そのことを痛切に感じていたとしても――だからこそ私は、いかに自分が力なく孤独であったかに気づきさえしたのが――これらの訴状をみんなに送り、何らかの決定を待つことに、私は言い表しがたい満足も感じていた。さながら陣地を占領された軍司令官が、兵もなしに取り残されて援軍を呼び、これを待つようなものだ。

こんなことは何一つ役に立たなかったと、そこまで言う必要があるか？

じっさい、前任の代官の息の根を止めただけだ。こんな無法に決着をつけてほしいという私の嘆願によって、州知事の刑吏がやって来て代官に話があると召喚し、トラヴニクへ兵をつけて送り、そこで代官は絞首刑に処された。

この代官の死も、私のせいだと咎められた。その代償として知事は、ここではずっと前からないがしろにされていた自分への服従を私に命じ、私はわが身を守るために同意した。

時々私は何もかもを捨てて身を引くことを考えたが、手遅れだということも分かっていた。銃眼となったこの場所から這い出せば、たちどころにやられてしまうだろう。

（話が早すぎるし混乱している、それは分かっている。どれほど話をはしょっているかも承知の上だ。何もかもが、私の周りの何もかもが、締めつけて来る。まるで箍《たが》を嵌《は》められたようだ。ゆっくり、手探りしながら書くだけの時間も忍耐力もない。心穏やかだった頃は急がなかったが、今は走りながら、頭上に炎が覆い被さっているかのように身を屈めている。どうして書くのかも分からない。死に行く孤独な人が、肘を血まみれにして岩壁に自分の印を刻み込もうとするようなものかもしれない。）

ハサンも、ますます疎遠になった。初めのうちは、ムラ＝ユースフがハジ＝シナヌーディンの件について真相を打ち明けたのかと思ったが、理由はまったく別のところにあるのに違いないと考えるようになった。例のドゥブロヴニク婦人のせいでもない。彼女はここの厳しい冬から逃げ出してしまっていたが、春には戻って来ることはハサンも知っていた。

ハサンは運悪く——というのはハサン自身にとっても私にとってもということだが——トゥズラの近郊に住む親戚を迎えに出かけていた。向こうでは、多くの者たちが反乱の中でひどい目に遭っていた。オスマン＝ベグ連隊長は、みごとに自分の職務を果たしたのだ。人々を殺し、焼き打ちにかけ、土地から追い出し、あてのない逃走へと追いやり、人々は冬をひどい不幸のうちに迎えることになった。ハサンは親戚たちを、その妻や子供ともども一緒に連れて来て、自分の家に住まわせた。その時から彼はまったく別人に、重苦しく険しい、面白みのない男になってしまった。話すことといえば、根こそぎひっくり返された暮らしや焼け跡の様子、埋葬されないままの死体の山、そして何よりも、焼き払われた家々の傍らに立つ飢えた子供たち、目の当たりにしたもののせいで瞳に生々しい恐怖を浮かべた、正気を失ったような子供たちのことだった。

あの屈託のない軽薄さも、皮肉を効かせた気軽さも、陽気なおしゃべりも、風のように軽い言葉で橋を架けようとする試みも、失せてしまった。興奮してポサヴィナの災厄のことばかりを話題にし、それも以前のような遊び半分の調子ではなく、何か苦しげに、混乱したように、重苦しい口調で話すのだ。

ポサヴィナの黒い大地に殺されて横たわるか、でなければ遠い流浪の道へと消え去った受難者たちを、彼は自殺者と呼び、ボスニアの気違いどもと呼んだ。俺たちの熱狂というのは——そう彼は言った——俺たちの分別のなさと同じくらいに危険なものだ。ポサヴィナの連中はいったい何を考えたんだろう、仮に何かものを考えるなんてことをしたならの話だが？　皇帝軍と決着をつけてやろう、とか？　皇帝の軍は、武装もしているし、情け容赦なんて知らない、だから勇気も情熱もいらないというのにか？　それとも、自分たちはそっとしておいてもらえるとでも思ったのか？　いくら家がおんぼろだからといって、火花が炎となって燃え上がるのをそのまま放っておく者がいるとでもいうようにか？　俺たちは、知恵もなしの力づくや、ただ廃墟を後に残すだけの空しい英雄気取はもうたくさんだと思っていたんじゃないのか？ 無分別な父親が、子供の運命を決めていいのか？ その子供は、親の遺産として、苦しみと飢え、果てしない貧困、自分の影に怯える恐ろしさ、次の代へと受け継がれる臆病さと、犠牲者という哀れな名誉を残されるだけだというのにか？

あるいはまったく違った調子で、臆病心から出た追従とせせこましい分別くらい人間の価値を下げるものはないな、とも語った。俺たちは外の力によって、俺たち自身の意志を越えたところから、他の連中の思惑によって、服従させられた。それが俺たちの運命になってしまったんだ。最高の人間というのは、人生の最盛期にそんな無力さと服従から逃れる術を知っている連中だな。弱さを認めないことは、もうそれだけで勝利であり征服なんだ、そしてそれはいつか、未来のいつか、ずっと続くはるかに広々としたものになって、そうなればそれは試みじゃなく、始まりになる、反抗ではなく、自尊の行為になるんだ。

私は彼の話を聞きながら、彼が落ち着くのを待った。この男の熱気も憤りも、一時的なものだということは分かっている。彼の中の唯一の情熱は、終わりなきドゥブロヴニク婦人への恋だが、あれはまったく説明のつけようのないもので、恋というよりは、恋を必要とする思いのようなものだ。彼は自分自身を実現させることはない、おのれを発見することもない。あらゆることを試みるが、一定の場所に落ち着こうともしない、いつも失敗者であることを自分に許してしまう。高潔さという点でも、きっと失敗するだろう。

彼に、不具者のジェマイルを紹介されたことがあった。ジェマイルは、子供らが引く車椅子に乗ってやって来て、二本の杖を使い、先のない干涸びた足を引きずりながら、危なっかしい足取りで仕立て職の自分の仕事場に入る。座っている間は、整った力強い男らしい顔立ちや暖かい笑顔、広い肩、強い手、そして格闘士のような体つきで人々を驚かせるが、一度立ち上がると、とたんにそうした美しさは消え、憐れみなしには見ることのできない、車椅子によろよろと歩いていく不具者となってしまう。自分でそんな身体にしたのだ。酒を飲んでいる最中に鋭い刃物で自分の腿に切りつけ、とうとう足の筋と筋肉をずたずたにしてしまい、今でも酒を飲みながら、ナイフを干涸びた自分の腿に突き刺す。そんな時には誰も近づけようとはせず、また誰も彼を制することはできず、それほどに彼の手には力が残っていた。

——ジェマイルは俺たちの、ボスニアの姿そのものだ

——ハサンは言う——麻痺した四肢に宿る力。自らの死刑執行人、方向も意味も持たない豊穣だ。

——それなら私たちは何なのだ? 気違いか、不幸者なのか?

——この地上でもっとも混乱した民族だな。俺たちくらい歴史にいいように弄ばれた者たちはいないだろう。昨日の俺たちは、今日の俺たちが忘れてしまいたいと思っているような者だった。といって今日の俺たちが何か別の者になったわけじゃない。恐怖に陥って、途中で立ち止まってしまったんだ。もうどこへもこれ以上行けやしない。根を引きちぎられたのであって、どこかに受け入れられたわけじゃない。洪水によって母なる本流から切り離された小さな支流みたいに、もう流れもなければ河口もない。湖になるには小さすぎ、地面に吸い込まれてしまうには大きすぎる。祖先を漠然と恥じる気持ちと、背信者特有の罪の意識があるために、過去を省みようとはしない。そうかといって先に何か見る当てがあるわけじゃない、だからどんなものであれ決定が下されるのを恐れて、時間を引き止めようとするんだ。同胞たちも新来者も俺たちを軽蔑するから、俺たちは誇りと憎しみで我が身を守る。自分を守りたいと思いながら結局自分を失い、俺たちはいったい何なのか、もう分からない。不幸なのは、俺たちがこの干上がった川みたいな状態に惚れ込んでしまって、抜け出そうとしないことだ。だが何にだって代価はつく、この愛着にしてもだ。おれたちがこんなにも極端に軟弱でまた極端に情け容赦なく、優しいかと思えば頑固で、陽気でありながら悲しく、いつも他人ばかりか自分自身をびっくり仰天させるようなことをするのは、偶然だとでも思うか? 俺たちはたまたま、すべてがあやふやなこの世の中でただ一つ確かなもの、つまり愛というものに身を捧げているのか? 人生が俺たちの上を通り過ぎて行くのを、ただ意味もなく許しているというのか? わけもなく、ジェマイルとは違うやり方で、だが同じように確実に、自分自身を破滅させようとしているのか? そうじゃないなら、どうしてそんなことを俺たちはするんだ? なぜなら

それは、俺たちにとってすべてがどうでもいいことじゃないからだ。もし俺たちにとってどうでもいいことでないのなら、それはつまり俺たちは正直だということだ。俺たちが正直ならば、俺たちの狂気に栄えあれ！　とまあ、こういうことだな。

ハサンの話の結末は、彼の考え方そのものと同じくらいあっけにとられるようなものだった。だがまあ、都合の良いものだとも言える、人間がやろうと思えばできる、あるいはできないことを何でも説明できるからだ。しかし私は、歴史に由来し、また故郷に由来すると彼が言うところの病には感染していない。信仰によって、永遠の真実と世界の広大な空間とに結びつけられているのだから。ハサンの考え方は狭いと思ったが、そのことで言い争うつもりはなかった、もっと重要な悩みを持っていたから、彼が友達だったから、それに彼の考えは自然に静まっていくものだから、分離主義的ではあったが危くはないと見ていたからだ。想像の中で作られた苦しみ、それは彼の失敗の人生を解き明かす詩のようなもの、あるいは、得るものもなく自分の人生を無駄にしていることを自覚している大きな賢い子供のする言い訳のようなものだが、それでもその苦しみが説明するものはあった。実際、金持ちでなお誠実な彼が、他にいったい何をすることができたというのだろう？　自分で富を手に入れたわけではないし、富をあがめてもいないが、捨ててしまおうとも思っていない。だから人生が、彼に辛辣な痛みを与えようと上手く仕組んで、良心を慰めるために一連の小さな、興味深いとさえいえる虚偽を作り出したのだ。

こんなふうに理解していた私だったが、この点でも、ハサンに関する他の多くのことと同じように、私は思い違いをしていたのだった。

何も書き留めない間に、またずいぶん時間が過ぎた。人生は苦しみとなった。

人生が苦しさを増すに従って、私はハサンの姉のことをますます頻繁に思うようになった。彼女の奇妙な視線と嘆きを表す手を、覚えていた。自分についての悪い噂を否定しようと彼女を訪れても、家に入れてくれなかった。それで、もし承諾してくれるなら結婚を申し込みたいと伝えてもらった。彼女は何の説明もなしに拒否した。それで本当に身ごもっているのだと私は知った。本心から夫の判事のことを嘆き悲しんでいることも。彼女は私と同じように夫を見ていると思っていたのだが、どうやら判事の中に、誰にも見えなかったものを見ていたようだ。あるいは、他のあらゆる者に対して厳しかったのと同じくらい妻には優しく、彼女はそちらの面だけを知っていたのか。未亡人としての嘆きはいずれ過ぎ去るだろうが、私の申し出は時期尚早だった。残念だ。彼女と結婚すれば、人々の非難から身を守る最善の対策となっただろうし、後ろ盾となる立派な家柄の一員になれたはずだった。だがこのとおり、アイニ＝エフェンディは、墓の中からも私の邪魔をする。

わが良き友ハサンは、完全に正気を失ってしまった。これを私はただ、人間の頭の中に入り込めるものなら何でも情熱になりうる、とだけ説明しておこう。説明にはならないが、それがただ一つの説明だった。ハサンは自分の考えにとりつかれ、何度かポサヴィナに出かけた。ポサヴィナの反乱者たちの没収された土地を買い付けている、そう私は耳にした。父親に本当のことですかと尋ねてみた。老人は、抜け目なさそうな笑いを見せる。

――本当だとも。俺たちで買ってるんだ。いい取引だ、安く買えるからな。

――金は？

――ある。

――ならばどうして借金をしているんです？

――あんたも知ってるとおりだ。できるだけ広い土地を買いたいんでね、だから借金するんだ。こんな仕事はこれまで生きて来た間にやったことがない。

――貧乏人の土地を買っているわけですね？

――買ってる。

陽気に、子供のように老人は笑った。老人はこの一件で、病床から起き上がりさえしそうだ、そしておよそ馬鹿な真似をしている、息子への愛ゆえだ。二人の理由は違っているが、結果は同じだ、いずれ身を滅ぼすことになるだろう。

――あなたの病気も逃げて行きそうですね――私もまた笑った。彼と同じように、本当に久しぶりに陽気に笑った。

――すっかり良くなっていく感じだよ。

――元気になって、貧乏になりますよ。それが幸せというものでしょうか？

――元気になって、食うものがない。それが幸せってものなのか、俺には分からん。

——誰に食べさせてもらうんです？　お子さんのどちらかですか？　私でも、テキヤの食事を運ばせてあげることはできます。そんなふうにして、生きていくことはできますね。

——モスクの配給所の列に並ぶさ。

私たちは笑った。頭がおかしくなったかのように、まるでそれが最上の冗談であるかのように、なにか賢明で有益なことであるかのように、大声で笑った。人が自らを破滅させようとしている、だから私たちは笑った。

——つまり知ってるわけだ、油断のならないお人だな——私に尋ねた——どうして知ったのかね？　良いことをしようとしているのに、なぜ信用しない？

——分かってますよ。あなたたち二人が、どうやったら何か賢明なことができるというんですか？　とくに、ハサンがあなたを説き伏せたのに？　賢明ではない、だが立派なことです。

——そうだ、息子が俺を説き伏せた、だったらそれは賢明で立派なことだ。あんたにも息子がいたら、分かっただろうよ。

——たぶん、どうやって損失から喜びが得られるかが分かったでしょう。

——それはつまらんことかね？

——つまらないことではありません。

没収された土地を買い漁って追放された人々を住まわせたとしても、おそらく一文無しにはならないだろう。アリ＝アガの分別は、本人の熱狂にも息子のそれにも勝るに違いない。だがそれでも、損失は相当なものになる、ハサンはいったん始めたら、この先いっそう馬鹿なふるまいをするようになって、年を重ねていくだろうから。無我夢中の境地でいきなりものごとを始めるが、長続きはしない男だ。今はこれこそがただ一つの為すべきことだと信じているが、それも疲れて飽きてしまうまでのこと、いずれ父親と自分の首に相当の負債をぶら下げることになるだろう。

私は何も所有したことがないし、持ちたいと思ったこともないが、農民の血は財産をすり減らすことの恐怖を覚えていた。あれは行くあてのない世界の始まりだ。だがこの二人のやっていることは、人が程度というものを失った時の泥酔に似ている。何かに熱中しすぎて血が燃え上がり、少々のことでは止めることができなくなった時のよう、結果など考えない無分別な熱狂のよう、あるいは自らを切り刻むジェマイルのようだった。私の理性は、こんなものはまったく受け入れなかったが、それにもかかわらず、私はある種の晴れ渡った明るさと、深い喜びに対するほとんどとらえどころのない理由を感じていた。それは道理をわきまえないもの、滑稽なもの、さあ何か当たり前でないことをしようとでもいうような冗談を思い起させるものだ。だから説明を見つけることが容易ではなかったのだ。

何もかもが終わったらこの二人はしらふにもどり、高潔な行為がいかに高くつくものかを知ることになるだろう。とはいっても、何もかもがあまりにも美しいために、後悔する余地などないに違いない。ただの一グロシ銀貨にも値しない、人の感謝で誇りに満ち、その誇りですっかり目を眩まされてしまうのだろう。

権力者の仕事というのは、重く複雑なものだ。私はそのことをますます思い知らされるようになった。苦役のような仕事によろめき、自らを弁護し、人を攻撃し、身を守るために四苦八苦し、恐怖を人に与え自分でも苦しみ、苦労しながらも自分の力がますます大きくなるのを感じるが、それはもう手心を加える必要がなくなったからだ。にもかかわらず、奇妙な憂鬱と説明のつかない羨望の思いで私はハサンの顔を思い浮かべた。そしてまた、確かな後ろ盾を差し出してもいとも楽しそうに拒む時の様子や、人々の心の中に彼が呼び覚ます希望を。それほど真剣にというわけではなかったが、自分が気づかなかった可能性があったかのような感じがしていた。

それから、重大な事件がいくつか起きた。

（実はこれらの出来事は、実際にはよくあるようなことで、ただ特定の人々に関係することだから重大なのだった。つまりそれ自体が重要なわけではなく、むしろ私たちが他の出来事と区別するだけの関心を持つという点で重要なのだ。もしかつてのように時間にゆとりがあったら、私はこんなふうに考えるべきだと気づき、それにきっと満足を感じただろう。ものごとをこうして分析的に見ることには、一種独特の楽しみがある、あたかも自分が現実のさまざまな出来事に君臨しているかのような感じだ。だが今の私は現実の中にがっちりと挟まれてしまい、ただ書き記すことしかできない。）

　ポサヴィナで没収された土地の売り出しが公示された日、ハサンは思いもかけなかった妨害に出会った。触れ役がやって来て、宰相の配下の者が宰相の名においてすべてをお買い上げになると告げたのだ。それは誰も入札しないようにという命令に等しいものだった。しかし、私の理解するところでは妨害となるものでも、ハサンの理解ではそうではない。宰相の望みなどにはお構いなしにハサンは土地をいくらか買い入れ、残りの広大な部分の土地は、宰相の代理人が「ただ同然《バディハヴァ》」で手に入れた。そして、人々が家を修理して、そこに住まわせる家族のために食べ物を買えるだけの金まで渡し、ハサンは満足してカサバに帰って来たのだった。

——なんでまた宰相に喧嘩を売る必要があったんだ？

——冗談まじりに彼に尋ねた私は、宰相の腹立ちがいつまでも続くとは思ってもいなかった——まったく、人を恐れるということはないのか？

　私の問いに答えたのは老人だった。羊の皮でできた長衣をまとい、部屋の中をゆっくり歩き回っている。

——神さまのことは少しばかりな。皇帝なんぞはものかは、宰相ときては、俺の馬程度だな。

——どうして俺が恐れなきゃならないんだ？——ハサンは矛先を私に向けて突き返して来た——俺には君がいる。君がきっと俺を護ってくれるだろう。

——君が誰の擁護も必要としないことを願うよ。

——修道師というのは、絶対にまっすぐな返事をしないものだ——老人が笑顔を見せた。

　ハサンは真面目に答えた。

——確かにそのとおりだ。誰の擁護も必要としないほうがいい。俺自身が自分を守るほうが。友達を、自分が引き起こしている災いで脅すのはいいことじゃない。泳げない者は、誰かが引き上げてくれるだろうなんて願いながら水に飛び込んではいけないんだ。

——だがもし引き上げなかったら、それは友達ではないだろう。君は友情を縛りのないものと理解しているようだが、私は義務と考える。友は私自身も同然のものだ。友を守ることは、自分自身を守ることだ。わざわざ言う必要もないことだろう？

——必要はないよ。ただ親父は、俺に自分が何をしたかを俺が君にしゃべってしまわないように、無駄話を引き延ばしてるのさ。俺から金貨を隠したんだ、知ってたか？　一千ドゥカトだぞ！　戻って見つけたんだ、長持ちにしまってあるのを。鍵をかけてだよ。

――俺はおまえに話したぞ。

――話してくれた時には、手遅れだったよ。

――なぜ俺が隠したと？　誰からだ？　おまえのものなんだ、どうにでも好きにすればいい、俺はあの世まで持っていかん。


老骨に栄えあれ。老人のおつむはまだ健全だ。

――もし隠したとしたって、何が悪いんだ？　それに隠したわけじゃない、忘れてたんだ。年寄りの頭だぞ、そうびっくりすることじゃないだろう？


ハサンはわずかばかりの抵抗を見せたが、笑顔で老人の無邪気を装った言い訳を受け入れ、何かもっと納得のいくような説明を求める気配さえ表さなかった。そして親子はお互いに相手を許してやろうという陽気な態度でうわべばかりの言い争いに決着をつけたようで、私の見るところ、ハサンも結局こんなふうに事が運んだことにまんざら不満というわけではなさそうだった。要は善行をなしたわけだし、それにポサヴィナの親戚一家も親子の迷惑にはならなかった。

いずれにしても、ハサンほど金を出した者はいなかった。しかしこういう節度ある、それに多少憐れみの気持ちで行う立派な行為なら私にも分かるし、心地のよいものだ。人間的だし、理解できる限度というものがある。自殺的で脅威的なものもないし、計り知れなさで害をなすこともない。何も計算しない気前の良さは、ものの価値を一切知らない子供のする無駄遣いだ。


断食《ラマザン》のバイラム祭の二日目、ピリ司令官がテキヤに来た。疑わしい者たちの――それは彼にとってこの世のあらゆる人間を指していたが――動向を監視するのが役目という彼は、一通の手紙を私に差し出した。ハサンの友であるドゥブロヴニク人のルコがドゥブロヴニクの元老院に宛てて書いたものだった。今朝、商いの荷を持ってカサバから出て行ったドゥブロヴニク人たちが持っていたのだという。

――どうしてこれを押収したのだ？

――読んでみれば、どうしてだか分かりますよ。

――重要なものか？

――読んでみれば、重要かどうか分かる。

――商人たちはどこだ？

――もう出発しましたよ。まず読んで、それから連中が出て行くのももっともだったかどうか、意見をお聞かせ願いたいもんだ。

ぜったいに悪魔が手ずからこの愚かでしつこく、賄賂も通用しない、疑り深い男を私の首にぶら下げたのに違いない、この男はきっと、自分を生んだ母親さえもじっと窺うような目つきで追っていたのだろう。何も分からないうちに、誰それ構わず何かしらの罪を着せ、私を訴状の山で生き埋めにし、その一つ一つを覚えていてどんな決定が下されたかを詮索するのだ。私の不幸の半分は――それだけでも十分すぎるほどだったが――この男に起因しており、私は彼を神の下された罰と受け止め、誰にでも自分なりのピリ司令官がいるのだろうと考え始めていた。ただ私の場合は最悪だった、もしかしたら私を監査するために部下としてわざとこの男が押し付けられたのではないかとさえ思われ、もしそうだとしたら、人選は完璧だった。誰の部下でもなく、自分の愚かさ以外の何者にも仕えない、それだけでもこの男のせいで日に三回は苛立って肌を掻きむしるのに十分だった。だが本人はかすり傷一つ負わない。最初のうちは彼に道理をわきまえさせようとしたが、無駄な話で、そのうち私は疲れてしまった。彼は私の言うことにほとんど耳を貸さず、高慢そうに、軽蔑したように、頭を高くそびやかせ、しかも驚いたことに私の知恵と正しさに疑いを抱いているようで、堪えがたいまでの自負の念で私を苦しめるのだ。私はきっと、ひとたび怒りを破裂させたが最後、この男を絞め殺す以外にはないだろう、あるいは、これ以上耐えられないとなったら、一目散に逃げ出すしかないだろうと思った。最悪なのは、彼を馬鹿者とするだけの理由は数限りなく見つけることはできても、不正直者呼ばわりする理由が一つもないということだった。彼の中には、どんな理由でも構わないからあらゆる人間が罰せられなければならないという、忌まわしい正義の原則と熱に浮かされたような願望があり、私の容赦ない態度さえ彼にはまだ物足りないのだった。他の者たちは私が厳しすぎると非難し、彼は私が手ぬるいといって馬鹿にする。私は、敵から挟み撃ちにされていた。

ハイドゥークどもがドゥブロヴニク人たちを山のふもとで襲ったんです――彼はそう話した――だが防戦している間に馬が一頭逃げ出して、カサバのほうに近いそこらの村に駆け込んだ。ドゥブロヴニクの連中は馬を探したものの、結局見つけられず、そのまま出発してしまった、明るいうちに山を越えたかったんでしょう。馬は、この話を聞き及んだこの俺様、ピリ司令官がすぐに見つけましたよ、村の住民どもを締め上げて、村人たちがせしめたものを全部差し出させてね——そうだろうとも、おそらく村人たちは他人のものどころか、自分のものでも差し出したことだろう。こうして手紙を見つけたピリ司令官は、ラテン文字が読めなかったから、両替商《サラフ》のサロモンのところに持っていって読んでもらったのだという。

彼の回りくどい話と、この摑みどころのないような事件のせいで、私は目眩《めま》いがしそうだった。普通の人間ならただ手を振ってあっさりやりすごすようなことを、ピリ司令官は端まで追いつめ、影を狩り、密告者の報告書を掘り出したわけだ！

彼は私の前に立って待っている。私は手紙を読んだが、そこにはもう前から知っていることが書かれてあるだけだった。外国人は異国で見聞きしたことを書く、そんなことは誰もが知っているし、誰でもすることだ。ただ実際に現行犯として取り押さえられる者が出ると、みんなびっくりするのだ。読み終わって私は安堵の息をついた。ハサンに何か疑いが向けられるようなことは書かれていないし、私についても、侮辱されるようなことは書かれていない。ドゥブロヴニク人は主に宰相《ヴェジール》とこの国の治世について書いていた。たしかに的を得たところはあるが、読んでみるといかにも無様だった（「当局の混乱状態により此の國の力は枯れ果てて居り……此地の郡長官《カイマカム》、代官《ムセリム》のいずれもいや愚かなること……健やかなる社会の住人ならぬ此者たちの如何にして権力を掌握し仰せているかは、驚異と申し上る他ございません……。ボスニアにあっては、役人と密偵にて作られた諜報の網が張り巡らされ、それはさながら、いずこの西歐の國の如し……宰相は無法という法を施行し、みづからを帝國そのものと看做し、『仰せの通り《エヴェト》』と言わぬ者は即、敵と相成り……総じて申せば役人の配置替え、差し替え、追放は宰相のし放題、彼の者は完全に國を支配しております。法などまったく知らぬと一度ならず言い放ち……回教《イスラーム》の教えも基督《キリスト》の教えも等しく嫌悪しております。とはいえ政府は宰相を容易には免職しかね、というのも宰相は七年間の間金貨をかき集め、帝都に身の安全のための後ろ盾を確保しております故に……宰相の一族もまた此れを守り……宰相は此れ等の堕落した、容赦なき裏切り者集団を武器にして、民の首に手綱をかけて駆り立てるので、人民はもはや口を開くことさえしようとはいたしません。……脅迫と監視のこの制度でボスニアはもう帝國の死した手足と化しております。なんとなれば誰もが帝國の密偵を恐れ、最早友は友を信用せず、父は息子を、兄は弟を、互いに信じることができずにおるからで、もしボスニアで人の噂に上らないならそれはもう幸いなること……」――さらに、ポサヴィナで没収された土地の買収とその値段についても書かれてあった――値段ときては二束三文、宰相の一族の友人やら愛人とやらの名義で買い付けられたものであります。何もかも彼らが取り上げ手に入れ人々を追い払ったのであります――ドゥブロヴニク人はこのボスニアで、ただ目を閉じ耳を塞いでじっとしていたわけではなかったのだ！）

――ひどいな――私がどう判断するかを注視しながらじっと待っているピリ司令官の手前、私は言った。

――その男を捕えるべきですな。

――外国人を捕えるのは、簡単なことではない。

――外国人は何でも好き勝手にできるのですかな？

――そうではない。宗務局長に相談してみよう。

――ではそうして下さい。だがその前に捕えなくては。

――かもしれないが、考えてみよう。

彼はひどく不満そうに立ち去った。

　何たる災いかな！　あの男が余計なことに首を突っ込まなければ、せめて彼の側からは平穏でいられたのに。これが私に関係することかどうかは分からなかったが、今や必然的に関係することになってしまった。けれど何をしても私は過ちを犯す可能性があり、そうなればかくも私が恃みとしてきたわが良心は、何の助けにもならない。白髪が一気に増える時があるというが、今がそういう時だった。

　宗務局長は、バイラム祭の間に仕事の話はしたくない、聞きたくもないと言った。バイラム祭でなくとももちろん聞きたがらないのだが、私には彼がどう考えるかはどうでもよく、彼の名が重要だったのだ。

　代官は不在だった。家の者は、代官は出かけましたと言う。実際彼は、代官館にいた。バイラム祭の日にだ！　つまりもう何もかも知っているわけだ。

――その男を捕えることだな――ためらいも見せずに彼は言った。

――ですが、もし間違っていたら？

――詫びればいい。

代官の、いつにない断固とした態度に私は驚いた。彼の忠告になど耳を貸さないのが一番いい、どうせ私によかれとは思わないのだ。しかしもし彼の言う通りにすれば、彼にも責任の一端を追わせることができる。

――それが一番でしょう。

私は同意したが、本心からではなかった。

この苦しみから解放してくれたのはピリ司令官だったが、これがまた別の苦しみを押し付けて来た。ドゥブロヴニク人がハサンの助けを借りてカサバから逃げ出しましたよ、司令官はそう告げに来たのだ。ことの展開に憤ってはいるが、自分の疑惑が当たっていたとご満悦でもあった。畑地まで歩いて、そこから先は、待っていたハサンの手下の男たちと一緒に馬で逃げたんですよ。ハサンは一人で戻って来ました。

――まずいな――代官は首を回した。

彼の声も前かがみにすぼめた肩も、顎髭にあてた手も、薄い口の周りに浮かべたほとんど分からないほどの笑いを除けば、すべてが心配そうな様子を見せていた。自分は逮捕するのがよいと思っておりました、そう代官が知事《ワーリー》に伝えないはずはない。それに、ただ残念ながら自分には決定権がないので、とも。

ピリ司令官はもう責任を他人に転嫁して、非難し始めた。

――俺は捕えろと言いましたよ。

――まずいな――代官は繰り返して、私に釘を刺した。

これがどれほどまずいことかは、私自身よく分かっていた。今や罪あるのは、もうここにはいないドゥブロヴニク人ではない。罪あるのは残った者たち、つまりハサン、そして私だ。私はハサンの友であり、ドゥブロヴニク人が逃げる機会を与えてしまったのだから。他人の行為のせいで、他人の忠誠心のせいで、他人の愚かさのせいで、私は自分の庇護者であった知事の前で、罪ありとされようとしている。

私たちは直ちにハサンを呼び出した。私は背筋が冷たくなる思いで、取り調べを受けることに侮辱を感じたハサンが侮るような反抗的な態度で現れるだろうと予想していた。君の性急さはおよそ助けにはならないのだから慎重にしろと説いて、警告することもできなかった。彼が自分と私の立場を理解してくれればと願い、だからハサンの答え方を聞いた時にはすっかり安堵した。ええ――彼は答えた――あのドゥブロヴニクのルコ殿なら家に帰りましたよ、急いでいたんです。母君が危篤だという知らせが届きましてね。俺の使用人と馬を貸してやりました、駅逓所には休んでいる馬がいなかったもので。それから畑地まで送って行きました、いつも友達を送って行く時はそうするんです。ごく当たり前の話をしただけで、あんまり当たり前だったから、ほとんど覚えてもいませんが、もし必要なら思い出します。まあそんな必要があるとも思えませんがね。報告なんてこと（――密告だよ――と代官は説明した）は、一言も口にしませんでしたね。まったく驚きだな、商いしか手がけていない人なんですよ、他のどんなことにも手を出してなんかいない。俺にも、もしまた隊商を率いて商いを始めるつもりなら、スプリトやトリエステではなくドゥブロヴニクに隊商と品物を向けてはどうかと持ちかけてくれました。あの人が他のドゥブロヴニクの人たちと一緒に出発しなかったのは、みんなが出発したちょうどその時に家からの手紙を受け取ったからです（簡単に裏付けを取れますよ、手紙を届けた男はまだ宿所にいますから）。それで大急ぎで支度をしたんです、どうしても必要なものだけを持って。

私たちに報告書を見せられるとハサンは目を見開き、頭を振りながら、これは驚いたとばかりに言った――もしこれが俺の友人の手になるものならの話ですが。俺には実際のところ、分かりませんね。手紙をやりとりしたことがないから、筆跡が本人のものかどうか分からない。考えなら本人のものかどうか分かるかもしれないが、そいつは目で見ることができないし。だがもしこれが本当にあの人のものなら、どうも本当にそうらしいが、ならばあの人には二つの心があって、こっちのほうは俺には今まで見せたことのないものだということでしょう。報告書を読みながらハサンは大笑いし、それから言った――阿呆みたいに見えたら失敬、この手紙が災いをもたらすかもしれないという時に。だが幸いにして、そんなこともおそらくないでしょう、ここに書かれているのは、どんな国についてでも誰にも言えるようなことばかりで、こんなことにびっくりする者などいやしませんからね。俺からあなた方に注進するものでもないが、俺が思うに、必要もないのに火を燃え広がらせることもないし、自然に消えるものをわざわざ消すまでもないでしょう。醜聞や侮辱は避けられたわけでしょう、醜聞というのは噂されることであって、実際に行われること、というか、実際には行われなかったことではないんだから。後はただもくろみがあっただけのことだが、それも事前に阻止された。ならば侮辱もない、そうでしょう、俺たちがわざわざ求めない限りは。それに、ここから引き出すことのできる利益もあります。いや、もちろんこんな怪しげな行為は認められませんよ、もうとっくに人間を天使だなどと思ってはいませんけどね。友人を悪く言うことはしたくない、みっともないですからね。かといって庇おうとも思いませんし、必要だとも思わないが。もしかして俺は、自分のことばかり話していたかな、そしてもちろん何も後ろ暗いところはありませんが、皆さんと宰相殿にお赦しを請うことも辞しません、こんな馬鹿げたことに巻き込まれて、皆さんに無用なご心配をおかけしたんですから。

私は彼の話を感心して聞いていた。ドゥブロヴニク人の逃亡の理由を彼が知らなかったというのは疑わしいが、彼の良心は潔白だという印象をうまく与えているし、実際に清らかなはずだ、手紙も宰相の名誉も、彼には何の関係もないのだから。あらゆることに対して、平静に、信じるに足る返答をした。もしかしたら彼の一語一語の中に嘲笑するような響きを感じていたのは私だけかもしれない、彼の話にずっと注意を傾け、疑いを払拭して見せるのを喜んでいたのだから。今更にして彼が私にとってどれほど大切で、彼に不幸が降り掛かったらどれほど自分が打ちのめされるかを私は思い知らされた。ハサンに誰かの罪の肩代わりを負わせるようなことは、そう簡単には許さないつもりだったが、彼が自分で弁明して見せたのが嬉しかった。あるがままのものが私は好きだ、強いられたものではなく。

私は自分の身についてはさして心配していなかった、なにしろ宰相には私が必要だったのだ。

金曜日の午後のモスクでの礼拝の後、知事の補佐官《デフテルダル》が裁判所で待っているとムラ＝ユースフが告げに来た。こんなひどい天気の中を私のところに役人をよこすなど、悪魔の仕業に違いない。

私は代官のところに立ち寄ったが、つい先ほどお帰りになりました、急な高熱に見舞われまして、そう告げられた。代官の急な高熱は周知のものだ、あれであらゆる面倒ごとから逃れている。だがそれを知っていたところで気が楽になるわけでもない。

　補佐官は慇懃に私に挨拶し、知事からよろしくとのことです、と言った――赴いてきた用件をすぐに済ましてしまいたいものですな、大して時間がかからないと願いたいものです。長旅と長時間の騎馬でくたくただ、一刻も早く体を洗って休みたい。

――それほど急な任務で？

――まあ、急ということもできましょうな。今日中にもどんな手を打ったかを知事に報告しなければならないので。

　ためらうこともなく、補佐官は、知事があの手紙にひどくご立腹で侮辱を感じておいでだと言い放ち、そして一気にぶちまけた（それは私に向けられたもので、この件が深刻なものであることを警告したのだった）――あなたが、あのドゥブロヴニク人を勾留しようと思えばできたかもしれないのに、行かせてしまったことでも気を悪くしておられる（この言い方はここで発せられたものだ。つまりそうだ、生まれた場所に舞い戻って来たというわけだ）。ドゥブロヴニクの元老院に書状を送り、罪人を虚偽と侮辱の罪で罰してほしいと要求されましたよ。知事を、それに皇帝の思し召しに従って知事が支配するこの国を、あの男は侮辱したのですからな。そしてもし罪人がそれに値する罰を受けず、その処罰について報告を受けることがなければ、きわめて遺憾ながらドゥブロヴニクとのあらゆる取り引きとあらゆる関係を禁じねばならないことになる、なぜならそれはつまり、もはや友好もなく、良好な関係を維持したいというドゥブロヴニク側の希望もないことを意味するからであると。そうした友好関係は我々にとっても先方にとっても有益なものだが、もちろん我々にとってというよりは彼らにとってずっと有益なものであるはずだ。また善意を持った者には誰に対しても惜しむことない我らの好意的な受け入れが、知事個人ならびに州《ヴィラーイェト》のもっとも名高い人々についての汚らわしい捏造という見返りを被ったこともきわめて遺憾であり、そのことは本書状を記したドゥブロヴニク人がいかに真実を愛する心の乏しく憎悪の激しいかを示している。ゆえに、もしそれ相応の対応をとる気があるなら、そしてもし我らの関係がこのまま良好であり続けるためには――もちろん名誉を重んじる元老院におかれてはそれが望みと思うが――今後遣わされる者は、双方にとって真の友であってほしい。

そのような友は必ずやいることであろう、我らの関係は昨日今日のものではないのだから。そして受け入れ先の国の習慣と政府に敬意を払えるような種類の人間であってほしい。それはつまり、我らのパンと塩に唾を吐きかけ不名誉な振る舞いにおよび、おのれにそしてまた彼を遣わす共和国に恥辱をもたらしたりしない者、どこにでもおり、またわが国にもいるような、おのれについても生まれた国についても良きことを考えない最も悪辣な者たちと交流を結んだりしない者である。その悪辣な者の一人を、件《くだん》のドゥブロヴニク人はまことに悪しきやり方で買収し、奉仕させるように仕向けたのであり、その点については名誉ある元老院にはすべからくご承知のことと思う——と。宰相が誰のことを考えているか、お分かりでしょうな?

——分かりませんね。

——分かっているはずだが。

太ってぐにゃぐにゃした丸顔の補佐官は、ぶかぶかの絹の服を着ている。老婆のようだ、長年大物の傍らでどっかり腰を据えて来た者は、みんなこんなふうだ。

——知事はその男の逮捕をお望みだ。

——なぜ逮捕する必要がありますか? 弁明したとおりですよ、罪はない。

——おや、誰のことかお気づきのようですな。

そうだとも、気づいた。補佐官が来たと聞いてすぐに分かった、ハサンの皮をよこせと言って来ると分かっていた。だが彼は渡さない。他の者なら誰でも引き渡しただろうが、彼だけは渡さない。

私は補佐官に言った。栄えある宰相のご希望は、私にとって常に命令です。私に求められたことで従わなかったことがありましたか? だが今回はそのご意向をあきらめていただきたいと思います、宰相の名声と正義のために。ハサンは誰からも好かれ尊敬されています、私たちが彼を捕えれば、人々は不当だと考えるでしょう、罪がないと分かっている場合にはとくに。もし知事がそのことにお気づきでないなら、私が赴き、何もかも説明して、ご高配を請うことにします。

——宰相は全部ご承知ですよ。

——ならばなぜこのような要求を?

——件のドゥブロヴニク人は有罪でしょう? ならばハサンも同罪だ。もしかしたらそれ以上かもしれません。外国人ならこの国の敵になることも考えられますが、土地の者がそうなることなど想像もつかない。異常きわまりないことだ。

つまり宰相の考えは、そのままこの国の考えだとでもいうのか?——できるものならそう私は言ってやりたかった。だが権力者と話をする時、人は理に適った言い分はぐっとこらえ、彼らの考え方を受け入れなければならない。つまり、もう前もって打ち負かされているということだ。

ハサンは敵ではないし無実だと主張したが、無駄だった。補佐官はただ手を振り、まったくあの男の厚顔無恥な話を盲目的に信じたわけですな、と言った。

——ドゥブロヴニク人が駅逓所で休憩中の馬を見つけられなかったという話は、確認したんですかな? 実際には、駅逓所に出かけてもいなかったのに。

——誰がそんなことを言ったのです? 代官ですか?

——誰が言ったかなどはどうでもいい。ええそのとおり、で、確かめたんですよ。それればかりではない、あの男の話には他にも嘘があった。友人に手紙を届けたことになっている男と話しましたか? していないでしょう。嘘ですよ、従って有罪だ。従って逮捕は正当なものだ。知事があなたにここでしてほしいこと、それはつまり知事が横暴なことをしたと人に言わせないことです、横暴などではないのですからな。それに知事はあなたの仕事だから介入はしないと。誰もが良心に従って自分の仕事をすべきなのですからな。

——どんな良心です? ハサンは私の親友です、ただ一人の。

——ならばいっそう好都合、これが復讐などではなく、正義の問題だということは誰の目にも明らかだろうから。

——宰相とあなたにお願いします、この件に関して私を利用しないでいただきたい。もし同意したら、私は恐ろしいことをすることになる。

——賢明なことをすることになるでしょうな。つまり知事はお考えなのですよ、あの者たちがどうやってこんなに早くこちらの動きを知り得たのかと。

そうか、このぐにゃぐにゃした手で、私の首に縄を掛け始めたということか。

——つまり知事が私を疑っている、そう言いたいわけですか?

——というより、判事には親友などいないのが一番いいのだと言いたいのですよ。絶対にね。誰一人。何しろ、人というのは過ちを犯すものですからね。

——だが、もしいたとしたら?

——ならば選ばねばならないでしょう、友か、正義か。

——私は友も正義も損なうつもりはない。彼は無実だ。私にはできません。

——まあお好きに。ただ……。宰相は何も強いることはされませんからな。ただ……。

「ただ……」というのが何なのかは、よく分かっている。それは黒い鳥のように私の周囲を飛び回り、先端を突き出した槍の包囲陣となって私を取り囲んだ。分かっているとも、だが自分に向かって私は断言した——友は渡さない。これは勇気ではあったが、何の気休めももたらさないものだった。私を取り囲む影が、いっそう黒くなった。

——ただ——いかにも寒がりらしく、彼は肥え太った手を震わせた——あなたが大変な嫌われ者で、どれほどの訴えが帝都に寄せられているかはご存知でしょうな。みんなあなたの首を欲しがっている。そのほとんどは、宰相が手元で押さえておいでだ。宰相はあなたの後ろ盾ですね、でなければもうとっくの昔にあなたは他の者たちの憎しみで八つ裂きにされていましたよ。これをご存じないならあなたはそうとうな間抜けだし、ご存知ならどうしてそんなふうに恩知らずになれるのですかな? 宰相があなたを守って来たのはどうしてでしょうか? まさか目が美しいからだとでも? あなたが当てになるとお考えだからでしょう。もしそうでなければ、あなたを守る必要がどこにありますかな? 権力は友情ではなく、結束なんですよ。それにしても誰に対しても厳しいことこの上ないあなたが、ただ知事の敵にだけは優しいというのもおかしなものだ。知事は、自分の敵の友はすなわち自分の敵とお考えになる。もし知事とこの国が侮辱されてあなたがそれを守ろうとしないのなら、あなたは間違った側へ渡ったことになる。

——これをお読みなさい——補佐官は言って、私に一枚の紙片を差し出した。

やっとのことで語をつなげて意味を理解しながら、私は帝都の師《ムーラ》のところにいる同郷者の手紙を読んだ。そこには、どうして知事はかくも頑固に、判事のアフメド・ヌルディンを擁護するのでしょうかと書かれてあった。アフメド・ヌルディンは街の暴動を煽動し、また私的な憎しみから敬うべき学者《アリム》でもあり裁判官であった前判事の死の原因を作り出しました。そのことはその未亡人の訴えと目撃者の報告によって証明されており、まだ他にもアフメド・ヌルディンの専横とあらゆる権限を一手に握ろうという企みについての、もっとも信望ある名士たちからの訴えもあります。まさにその企みによって彼は神聖なる法にも、また皇帝の御高き御心が願うところにも背いております、なんとなれば皇帝の御心は、神から帝《パディシャハ》に授けられ、帝がさらにそれを家臣たちに分け与える権力が、ただ一人の家臣によって握られるようなことがないように、というものであるからです。そうなればそれは悪と不正への道となるのですから。もしここに申し述べたとおりでないのなら、もし知事が別の考えと別の理由をお持ちなら、どうかそれをお知らせ下さり、知事が公平であることをお示し下さい。

手紙に私は愕然とした。

奸計も訴えもあることは承知でいたが、証拠を見たのは初めてだった。矢の一撃がすぐ横を、うなるような音をあげて通り過ぎていったような気がした。恐怖を感じた。

——ご意見は？

私にどんな意見があるというのだ？　私は黙っていた。反抗心からではなかった。

——逮捕状をお書きになるか？

神よ、お助け下さい。私には書くこともできない、拒絶することもできない。最善の道は、死ぬことだ。

——お書きになるか？

何ということを強いられたのだろう？　わが友に、満たされることなく飢えたままの自分のただ一つの愛として守って来た唯一の人間に、裁きを下さなくてはならないとは。だがそうなったら私はいったい何だ？　自らを恥じるしかない空洞、この世でもっとも孤独で哀れな男か。私の中の人間らしさのすべてを守っていたのは、彼だ。もし彼を引き渡したら、自分を殺すことになる。こんなことを私に強いないでくれ。あまりにも残酷だ。

情けを知らぬ男に、私は言う——

——こんなことを私にさせないで下さい、あまりにも残酷だ。

——書かないと？

——書かない。そんなことはできない。

——まあ、お好きに。書状はお読みになったのだから。

——読みました。そして私がどうなるかも分かっています。だがどうか分かってほしい、善良な人よ、私に父か兄弟を殺せとは要求できないでしょう？　彼はそれ以上の存在です。自分自身以上の存在なのだ。彼は私をしっかり係留する錨のようなもの、彼がいなければこの世は真っ暗な洞窟だ。彼だけが私のすべてなのだ、だから彼は渡せない。私のことはどうなりと好きにするがいい。だが彼を裏切ることはできない、心の中にある最後の光を吹き消すことはできないからだ。私は処刑されるかもしれないが、それでも彼は渡さない。

——何とも素晴らしいことだ——主計官が嘲るように言う——だが賢明ではありませんな。

——もし友がいたら、素晴らしくそして賢明であるとお分かりだったでしょう。

だが残念ながら、私はこうは言わなかったのだ。似たようなことも一切言わなかった。後になって、本当にそう言っていたらどんなに正直だったことかと思ったのだが。

実際は、まったく違っていた。

——逮捕状をお書きになるか？——補佐官が尋ねた。

——やむを得ません——私は目の前の書状、私への脅迫状を見ながら言った。

——やむを得ない、ではない。良心に従って決断するだけのことでしょう。

おお、良心など放っといてくれ！　私は恐怖に従って、身の毛もよだつ思いに従って、決断するのだ。夢物語の中の自分とはもうお別れだ。しなければならないもの、それになる、つまり屑になるわけだ。こいつらに恥辱が下されんことを。私は彼らに、自分自身が忌み嫌うものとなるべく追いつめられた。

だがその場ではこうは思わなかった。ただ辛かった。何か恐ろしいことが起きている、思いつくことさえできないような非人間的なことが起きている、そう感じただけだった。それは、朦朧とした私をのみ込む恐怖と、高ぶりと熱で耳を聾する血の荒々しい脈打ちによって押さえつけられ覆われた何かだった。外に出たい。外の空気を吸って、黒い霧から解放されたい。だが即座に、この場ですべてを決定してしまわなければならないことも分かっていた、そうすれば決着がつく。そうしたら山に行こう、頂の一番高い所に行き、夜までそこに一人でいよう。何も考えずに、ただ息をして。息をして。

——手が震えていますな——補佐官はびっくりしたように言った——それほどまでに気の毒というわけですかな？

　胃が痛み、吐き気がする。

——それほどまでに気の毒なら、どうしてまた署名されたのかな？

　その非難の言葉に応酬してやりたかった、どのようにしてかは分からないが。けれども黙っていた。頭を垂れ、長い間そうしていて、それからようやくふと気づいたように、つかえながら言った——お願いですから。

——もうここにはいられません。どこかに行かなくては、どこでもいいから。とにかく遠くに。

——なぜですかな？

——みんなのせいだ。何もかものせいだ。

——どうしようもないお人だな——補佐官はあっさりと、しかし侮辱の限りをこめて言った。だがどうして私を軽蔑するのか分からないし、考えることもできない。痛みを感じることもなく、ただ心の中で、数を数えるように、彼の言葉をその本当の意味も分からぬまま、私は反芻した。まるで襲撃を目前にした時のような、この上ない恐怖の感覚だけがある。私の周囲は完全に閉ざされ、出口はない。そしてそれは、どうなってもいいことではなかった。恐ろしかった。

——誰がハサンのところへ行くのですか？

——ピリ司令官だ。

——砦に連行させて下さい。

　廊下に出た私は、ムラ＝ユースフと出会った。彼は自分の部屋へ戻ろうとしていた。

　ほんの束の間、ただ一瞬だった。私が彼の姿を認めた時、彼の目の動きが止まった。すぐにぴんときた。立ち聞きしていたのだ、知っているわけだ。出て行ったらきっとハサンに知らせるのだろう。ドゥブロヴニク人のこともこいつが知らせたのだ。どうして今まで気がつかなかったのだろう！

——どこにも行くな。おまえが必要になる。

　彼は頭を下げて自分の部屋に入った。

　私たちは黙って待った。

　補佐官は長椅子の上でうとうとしながら、ちょっとした物音にも目を開き、腫れぼったい瞼を持ち上げた。

　ピリ司令官が戻り、私はすべてが終わったことを知った。補佐官に、ハサンをどうするつもりか尋ねようなどとは思いもしなかった。尋ねる権利はもうなかったし、偽善ぶるだけの力もない。

私はただ一人取り残されてしまった。いったいどこへ歩き始めたらいいのだ？

ムラ＝ユースフが部屋に入って来る音は聞こえなかった。彼の足音は静かだ。扉の脇に立って静かに私を見ている。私の前でそわそわしないのを見るのは初めてだった。今はもう、私たちは対等だった。

私にはまだ彼が残されている。彼を憎み、嫌悪し、恐れてもいたが、今この時は、彼に近づいて欲しかった。一緒に黙っているために。あるいは私に何か言うか、私が彼に何か言うか。何でもいいから。せめて手を私の膝にのせてくれ。そんなふうにではなく、もっと違ったように私を見てくれ。せめて非難してくれ。いや、だめだ、そんな権利はない。だが彼がそうするだろうという考えそのもののせいで頭の中に抵抗心が、いや怒りさえもが現れ、私は自分が慰めの言葉を受け入れるか、あるいは何も受け入れないかのどちらかだと感じた。自由な人間か、獣か、どちらになるかの境目に私はいた。

——必要だって言われたでしょう。

——もう用はない。

——引き取ってもいいですか？

——何が起きたか、知っているな？

——はい。

——私は悪くない。強いられたのだ、脅されて。

彼は何も言わない。

——どうしようもなかった。喉にナイフを突きつけられたんだ。

相変わらず黙ったまま、拒むような態度で、私が近寄ることを許さない。

——なぜ黙っている？　私を裁いているふりでもしたいのか？　そんな権利はないぞ。権利などない。

——カサバから出て行かれたほうがいいですよ、アフメド導師。みんなから顔を背けられるのは、恐ろしいことです。私はそれを一番よく知っています。

だめだ、私とこんなふうに話すなど、許されない。これでは非難より悪い。遠くからの冷ややかな助言、侮蔑的な喜びだ。だがそれでも私の張りつめた心は何かを、どんなものでもいい、慰めでも侮辱でもいい、生に戻るために何かを期待していた。もしかしたら侮辱のほうがましかもしれない、慰めは私を完全にすり減らしてしまうだろうから。

――どうしようもない人間だな！――私は喉を詰まらせながら、私を突き刺した言葉を、彼に繰り返した。

――なぜかといえばだ、私はもっと違った形で話をしようと思っていたからだ。おまえはあまり賢明ではないな。仕返しをするのにひどい時を選んだものだ。いや、人々は私から顔を背けはしない。恐怖を抱きながら私を見るかもしれないが、軽蔑することはない。おまえもだ、そのことをしっかり覚えておけ。私は友を犠牲にするよう追いつめられたのだ、だったら他の誰に遠慮することがあるものか！

――それであなたは楽にはなりませんよ、アフメド導師。

――そうかもしれない。だが他の者たちも同じことだ、ハサンが処刑されれば、おまえにも罪がある、そのことを私は忘れない。

――私を罵ってあなたが心の重荷から救われるのなら、どうぞ続けて下さい。

――ドゥブロヴニク人が逃げ出さなければ、ハサンは家で今ものんびり座っていたはずだ。だがあのドゥブロヴニク人も、何が待ち受けているかを、占いの玉で見たわけではないだろう。

――あの人も手紙が没収されたことは知っていました。それだけで十分だったのではないんですか？

――そしておまえも知っていたわけだ。

――これは尋問ですか、それとも非難ですか？　本当に、残った者が一番ひどい目を見るんですね。

――おまえは残ったのではなく、残されたのだ。さあ、出て行け！

彼は振り返りもせずに出て行った。

無駄なことだった。不幸は、コクマルガラスの群れのように隊列をなして到来した。

私たちは翌日の朝の礼拝を寝過ごしてしまった、補佐官と私だ。補佐官は長旅と上首尾の仕事のせいで、私は眠れぬ夜とようやく夜明け前に訪れた眠りのせいだった。だが私は、恐ろしい知らせを真っ先に知ることになった。そうあるべきだったし、それは私にとってもっとも重要なことだった。そしてピリ司令官から話を聞いたことも幸いだった、知らせは彼本人と同じように、なんとも嫌悪を催すものだったが。

最初は彼の話すことがさっぱり理解できなかった。それほどに信じがたく、また思いもかけないものだったのだ。後になっても信じがたいことに変わりはなかったが、理解することはできた。

——あんたの命令は執行したよ——嫌らしい男は話した——砦の長官《ディズダル》は驚いたが、俺は長官には関係ないことだと言ってやった。あいつの義務は俺と同じ、ただ従うことだ。

——命令とは、どんな命令だ?

——あんたのだ。ハサンに対する。

——いったい何の話だ? 昨日の件のことか?

——いや違う。そうじゃなくて、昨夜の件だ。

——昨夜、何があった?

——ハサンを兵士たちに引き渡した件ですよ。

——どこの兵士だ?

——知らないね。兵士ですよ。トラヴニクに連行するという。

——その命令書は、補佐官が君に渡したのか?

——いや、あんたからのものだった。

——ちょっと待て、いいか。もし酔っ払っているなら、ぐっすり眠って来い。もし酔っていないなら……

——俺は酔っ払ったことなどありませんよ、エフェンディ、判事殿。酔っ払っちゃいないし、眠る必要もない。

——酔っていたほうが君にとっても私にとっても、まだましだったかもしれない。私の命令書というが、確かに見たのか? 誰が届けたのだ?

——見ないわけがない。あんたの筆跡だったし、あんたの印章が押されてました。持って来たのは、ムラ＝ユースフだ。

私は座り込んだ。自分の足で立っていられなかった。そして他人の大胆不敵さと自分の不運についての素晴らしい物語に、じっと耳を傾けた。

——真夜中過ぎに、ムラ＝ユースフが俺のところにあんたの命令書を携えて現れた、つまり、長官はピリ司令官立ち会いのもとに囚人ハサンを兵士たちに引き渡すように、然る後に兵士たちがムラ＝ユースフに付き添わせてトラヴニクに連れて行くから、というものだ。さらに命令書には、同上ハサンの手は縛らず、カサバからは夜明け前に連れ出すようにともあった。兵士たちは馬に乗ったまま砦の門のところで待っていて、そのうちの二人が長官を叩き起こしてあんたの命令書を渡したんですよ。長官は、前にはそんな話はなかったじゃないか、そんなことなら囚人を地下牢にぶち込みなんかしなかったのに、こんなふうにみんなちょっとずつ待っている間にこっちの夜は明けてしまう、もういつが夜でいつが昼だか分かりゃしない、とか何とか、ぶつくさ言ってましたがね。で俺は長官に、さっきあんたにも話したとおり、おまえの任務は従うことだと言ってやった。そしたらムラ＝ユースフまで文句を言い出した、これはあなた方の仕事であって私のすべきことではないのに、このとおりやりたくもないことをさせられて、と。でも重要なことだし知事がお望みで、しかもハサンの出発が内密に行われるようにとのことですから。ここの人たちは気違いじみてる、少し前にも起こったでしょう、だから何もかもそっと、誰にも気づかれないようにことが運ばれるのがいいんでしょう、とね。それからムラ＝ユースフはこうも言いましたよ、あなたが——つまりこの俺ピリ司令官のことだが——兵士たちとハサンと一緒に行ってくれるようにと導師に頼みました、自分は馬に乗るのが下手だからトラヴニクに到着する前に傷だらけになってしまうだろうと思って。でもアフメド導師は、司令官殿はここで必要な人で、不在になれば片腕が奪われたも同然だとおっしゃったんです、とさ。それについてはあんたに礼を言うよ（読者よ、どうか、金輪際お目にかかれないような馬鹿者に出会ったなどと絶対に言ってはならない、いつだって上手をいく馬鹿者が現れるのだ！）。ハサンが縛られて連れて来られると、長官は縄を解いてやるように命じて、どこへ連れて行くのかと尋ねましたよ、俺たちを臆病者のフクロウどもめと言って、甘美な眠りから叩き起こしたと腹を立ててね。それからムラ＝ユースフが、私たちはただ命令に従って動いているだけですと穏やかに説明すると、おまえはいつになったら大人になって、人の命令ではなく自分の頭でものを考えるようになるのかと聞き返した。もうその時期は来たはずだ、一人前なんだろう、それともこの男の——つまりこの俺ピリ司令官のことだが——司令官の後がまにでも座るつもりなのかね、それはやめておいたほうがいい、絶対にここまで完璧な域には到達できんだろう、まあせいぜい小ピリというところだなと。俺には長官の言ったことの意味は分からんが、どうやら侮辱のつもりだったらしい。それから例のハサンが、まことに居心地のよい宿をどうも、と長官に礼を言い出した。完璧な静けさに囲まれて、素晴らしいことこの上ない、ですから感謝をこめて、長官殿にもぜひご体験いただければと願いますね、と。俺はこのくだらんおしゃべりを止めさせて出発しようと命令した――それが正解だな――そう言ったのはハサンでしたよ――いろいろお仕事がおありでしょう、時間を無駄にしてはいけない。そして兵士たちに目をやってから、尋ねるんだ――アガ、エフェンディ、皆様方のいい思い出になるために、いったい俺は何をしたらいいんでしょう？　馬で疾走して見せるか、はたまた早足でみなさんの後を追っていくか――ごちゃごちゃ言うな！――体の大きな兵士が怒鳴ってハサンを馬に担ぎ上げ、足を縄で縛った。そして一同が動き出すと、ハサンは大声で叫びましたよ――わが友、判事殿に、よろしく《セラーム》！

　早足で駆けていったのか？

――どうして知ってるんです？

――全部知ったところで今では何の意味もない。だが君にはまだ分かっていないらしいな。

――何が分かってなくてはいけないんだと？

――彼らが逃げたということだ。そして君はそれに手を貸した。

――あんたの命令書を見たんだ。

――命令書など私は出していない。ムラ＝ユースフが書いたのだ。

――だが兵士たちは？　それにハサンを縛ったぞ。

――おそらく最初の通りに入った所で解いたのだろう。間違いない、ハサンの配下の男たちだ。

――あれがハサンの男たちかどうかは知らんが、命令書の筆跡はあんたのものだった。それにあんたの印章も。あんたからは何度も命令書を受け取ってるんだ。どんな字だって見れば分かる。他の者には書けないものだ。

――いいか、この愚か者。私は君から今聞いたこと以外には何も知らないのだ。

――おお、嘘をつけ。なにもかもご存知だったろうに。あんたが思いついてあんたが書いたんだ。友人のためだ。だがどうして俺をはめたんだ？　どうして俺なんだ？　誰か他の者は見つけられなかったのか？　二十年間まじめに、正直に仕えて来たんだ、なのに今や俺はあんたの生け贄だ。それにムラ＝ユースフだって、証言してくれるぞ。

――ムラ＝ユースフはもう戻っては来ないだろう。

――やはり知ってたんじゃないか！

話しても無駄だ、この男にとって悪いのは、私一人なのだ。

補佐官がぶくぶくした顔を絹の手布巾で拭いながら入って来た、興奮で赤くなっているが、話し方は静かで、一見したところ落ち着いている様子だった。

――これはまた、修道師殿、あからさまに悪口を吐き始めましたかな？　まあ結構、あなたはご自分の勤めを果たした。今度は別の者が勤めを果たす番だ。ただこれだけは教えてもらいたいものだ、いったいあなたは何を当てにしたのかな？　それともどうでもよかったとか？

――私は何もしていません。あなたと同じくらい驚いているんです。

――だがこれは何です？　あなたの命令書、それにあなたの印章だ。

――書記のムラ＝ユースフが書いたものです。

――何を言うかと思えば！　なぜ書記がそんなことをするのです？　そのハサンとやらの親戚だとか、あるいはあなたと同じようにお友達なのですかな？

――知りません。

――友達などではありません――ピリ司令官が口を挟んだ――ムラ＝ユースフは判事の使用人ですよ、何でも言われた通りにしていました。

――あまり良策とは言えないな、アフメド・ヌルディン殿。この大それた博打で誰を騙そうというおつもりだったのかな？

――もし自分の名を記したとしたら、それこそ私は大馬鹿ものでしょう。でなければもうここにはいなかったでしょう。そんなこともお分かりにならないか？

――あなたは、我々が馬鹿者だと、そしてあなたの子供じみた話を信じるとお考えなわけだ。

――コーランに誓ってもいい。

――もちろんそうでしょうとも。もっとも事態はこれ以上明白ではないでしょうが。ハサンはあなたの友達、唯一無二の親友だ、それはあなたが自分で言ったことですよ。昨日、あの男がどれほどあなたにとって重要か分かりました。だがあなたの書記には、囚人を自由にしてやるどんな個人的な理由もない、ただあなたに服従するだけだ、あなたに信頼された者としてですな。彼もまた逃げたのだから、すべての罪は彼に着せられることになると。よろしい。もしそんな案件が提出されたら、あなたはどのように裁きを下されるかな？

――ご存知のとおりです、その人物を良く知っていれば、その者の言葉を信じるでしょう。

――これはまた、何という強力な証拠だ！

――俺も言ったんですよ、判事が書いたんだ、友達のためにだと。

――おまえは黙っていろ！　おまえは胴着《フェルメン》の飾りに差されたバジルの葉っぱみたいなものだ。この一騒動の引き立て役として連中がよくぞおまえを見つけたものだ。知事はさぞお喜びになることだろう。

こうして私は、わけの分からない立場に立たされた。弁明すればするほど私の話は信頼されなくなり、ついには自分でも自信がなくなるほどだった。人々は、私の名を友情と信頼というものに結びつけたが、ある者は非難をこめて、別の者は賞賛をこめて、そうするのだった。私としては、一方を受け入れ他方は願い下げにしたかったが、この両者は手を携えてでなければやって来ることはないらしく、私は自分に心地よいほうを受け入れることにした。ハーフィズ＝ムハメドは私の手に接吻せんばかりだった。アリ＝ホジャは私を、自分がそうありたいと望むようになることを恐れぬ者と呼び、カサバの人々は私を尊敬の眼差しで見た。見知らぬ人たちが私のためといって、ムスタファのところに寄付を置いていった。ハサンの父、アリ＝アガはハジ＝シナヌーディンを通じて格別の礼をよこした。私は秘かな驚嘆を堪えきれず、その思いに慣れ始め、秘かに、自分のなした最大の裏切り行為に対する報償としてそうした尊敬の念を受け入れることにした。人々にとって友情とは、かくも疑う余地のないものなのか？　それとも、そうざらにあるものではないからこそ感動したのか？　まるで悪い冗談のようだ。生きている間に人々の尊敬を得ようと多くの善なること、有益なことをして来たのに、尊敬というものをもたらしたのは実に醜い行為であり、しかもそれを誰もが高貴な行為とみなす。賞賛に値するものではないとは分かっていたが、心地よかった、時には、本当にハサンを釈放する方策をとるべきだったのだという考えが私を苦しめはしたが。もちろん実際にそうしていたとしても、私の心の中以外には何も変わらなかったはずだ。ともかく、今の状況のほうがずっと良い（良い、のではなく、ずっと良い、のだ）。人々は私が実際にそうしたかのように敬い、私は私で自分の無実を証明できると確信していた。本当に何もしていないのだから。やがて西の国境近くから、ハサンとムラ＝ユースフの手紙が宗務院長のもとに届いた。そこには真実が包み隠さず書かれていたが、それは人々に、私たちが合意の上だったという確信を持たせるものとなった（もし私が彼らに対して悪いことをしたのなら、彼らが私を弁護するはずはなかろう、というわけだ）。彼私はその手紙を、自分の無実を信じてもらうための証拠になるものと考えた。もし審議になった場合には、こちらに有利な証人は十分に集められるだろう。

だがことは審議にも至らなかった。すべては私抜きのままに済んでしまった、もちろん最後の締めくくりは、私なしでは済まされないのだが。

夕方近くになって、カラ＝ザイムがやって来た。怯えているが、自分自身が理由ではなく、私のせいだ。彼に払っている一カ月分の報酬を受け取るためでなければ、ここに来ることさえなかったかもしれない。そうした支払いの折に、重要だと思う知らせを持って来たのだった。今度も重要だと思ったのだろう、そして今回は正鵠を得ていた。

まず、報酬を余分にほしいと言った。宗務院長に仕えている男に金を払わなくちゃならないんだ、そいつからもいろいろ聞き込んでいたんでね。

——それほど重要なものか？

——まあ、そうだろうな。今朝、帝都から飛脚が到着したのは知ってるか？

——知っている。だがどうしてかは知らない。

——君のことだ。

——私のこと？

——俺を裏切らないと誓ってくれ。コーランに手を置いて。そうだ。今晩、君を逮捕しに来る。

——何か命令を受けたというのか？

——そのよう、だな。死刑執行状《カトウル＝フェルマン》だ。

——つまり、砦で縛り首か。

——つまり、縛り首だ。

——どうしようもない。神の怒りだ。

——逃げられないのか？

——どこへ逃げるというのだ？

——知らんよ。言ってみただけさ。誰か助けてくれる奴はいないのか？　君がハサンを助けたみたいに。

——私はハサンを助けてはいない。

——今となってはどうでもいいことだろう。君が助けた、そういうことにしとけ。そうだ、君が助けたんだ、自分が寄進したものをぶち壊すなよ。

——来てくれてありがとう、私のために身を危険にさらしてくれた。

——どうしようもなかったんだ、アフメド導師。貧乏に尻を叩かれてね。だが気の毒には思っている、それは知っておいてほしいんだ。

——もちろん信じるよ。

——ずいぶん助けてもらったな、共に生き延びたんだ。よく君の話をするよ、俺と家内で。これからはもっとそうなるだろうな。接吻するというのはどうかな、アフメド導師、俺たちは昔、同じ戦場にいた。俺は切り刻まれて生き残り、君は五体満足なのに、運命は君が先に召されることを選んだ。

——こっちに来て接吻してくれ。カラ＝ザイム、私についてはせいぜい良いことを言ってくれ。

目に涙を浮かべたまま彼が立ち去り、私は薄暗い部屋にじっとしたまま、今聞いた話に衝撃を受けていた。

疑いようはない、本当のことに違いない。気違いじみた望みで自分を騙していたわけだ、他にありようはなかったのに。知事が堰を引き上げ、私は大水にのみ込まれた。

力なく繰り返す——死だ、終焉だ。そして、いつかと同じように、砦の地下牢で他人事のように構えながら待っていた時のように、すっかりは理解できずにいる。今はまだ遠く、考えられないようなことに思える、すべては明らかなのに。死、終焉。不意に、あたかも私を脅かす目の前の暗闇を前にして、初めてものが見えるようになったかのようだ。存在しないこと、何もないことへの恐怖が私を襲う。つまりこれが死だ、これが終焉だ。もっとも恐るべき運命との、最後の対面なのだ。

いや、そんなことはない。私は生きたい！ 何が起ころうとも、片足を死に突っ込んでも、死を見下ろす絶壁の上にいようとも、生きたい。生きねばならない！ 闘おう、歯を食いしばり、足の裏の皮がはがれるまで逃げて、誰か助けてくれる者を見つけるぞ。喉に刃を突きつけて助けを求めてやる。私だって他の者たちを助けた、そうでなかったとしてもどうでもいいことだ。終焉から、死から、逃げるのだ。

恐怖が、そして生きたいという願望が力を与えてくれ、その力で決然と私は出口に向かう。落ち着け、とにかく落ち着け。急な動きや恐怖を浮かべた目が私を裏切らないように。間もなく夜だ、暗闇が私を隠してくれるだろう。猟犬より素早く、フクロウより静かに。私は夜明けをどこか深い森の中か、どこか遠い場所で迎えるだろう、とにかくこんなふうに荒く息をついてはいけない。追われる前にもう走って来たみたいだ、心臓がこんなふうに激しく打ってはいけない、鐘のように、私の居場所を告げてしまうではないか。

だが急に力が萎える。大胆な気持ちが消え失せ、希望も失せる。何もかも無駄だ。

裁判所の前にはピリ司令官が立っているし、通りには三人の武装した兵士たちがいる。分かっている、私を見張っているのだ。

私はテキヤに向かった。

裁判所を見ようと振り返ることはしなかった、もしかしたらこれが最後かもしれない、だが引き止めるものは何もなかった。何も考えたくないし、考えられない。腸をぜんぶ引き抜かれてしまったかのように、自分の中が空虚だった。

通りの橋のたもとで、一人の若者が近づいてきた。

——すみません、裁判所に入りたかったんですけど、あなたに会わせてくれませんでした。俺、デヴェタク[39]から来たんです。

そう言って笑い、それからすぐに説明した。

——笑っちゃった、怒んないで下さい。いつもこうなんだ、慌ててる時はとくに。

——今は慌てているのかな？

——ええ、まあ。一時間もあなたに何て言おうか、繰り返していたんだ。

——それで、言えたか？

——全部忘れちゃった。

そしてまた笑った。どう見ても、慌てているようではない。

デヴェタクの者か！　母はデヴェタクの生まれだった、子供時代の半分を私はあそこで過ごした。私たちは同じ山々に囲まれ、同じ川を眺めたわけだ、川岸のポプラの木も。

笑っているその目の中に入れて、故郷を運んで来てくれたのか、最後の時を前にもう一度、私が故郷を見ることができるように。

39　ボスニア北西部の地名。

何の用だ？　いつかの私のように村から離れて来たのか、デヴェタクにある道よりももっと広い人生の道を探しに来たのか？　それとも大いなる旅立ちを前に、この若者によってすべてを私に思い出させようと、運命が悪ふざけしているのか？　あるいは神がお届けくださった印、勇気づけの合図なのか。

どうして今、この時に、この田舎者の若者が、本人が思っている以上に私にとって近い者が、現れたのだろう？　あるいは、この世界で私の代わりになるためにやって来たのだろうか？

ピリ司令官と兵士たちがついて来る。私の通り道を塞ぎ、出口を一つしか残さないつもりだ。

――宿はどこだ？

――どこにも。

――ではテキヤに行こう。

――あの人たちは、あなたの部下なんですか？

――そうだ。気にするな。

――何からあなたを守っているんですか？

――そういうしきたりなのだよ。

――あなたはカサバで一番偉い人なんですか？

――いや。

中に入ると彼は私の部屋の絨毯の上に座り、弱いろうそくの明かりが若者の骨張った顔の凹凸を際立たせ、巨大な影が背後に、そして床に、壁に広がった。粗末なテキヤの食事を曲がった鉄のフォークでむしゃむしゃ食べる彼の姿を、私は眺める。何を食べているか分かっていないのかもしれない。この出会いがどんな形で終わるのかを考えているのか。だが心配している様子も、不安げな様子もない。私もあんなだった、あの頃は。最初の食事を思い出す。三口でもう喉をつまらせそうだった。

私たちは違っているが、それでもまた同じだった。これは私だ、別の体で作られているが、同じ道を再び来たのだ。

もしかしたら私はまた、喜んで同じことをするのかもしれない。だが今、意識は悲しみで暗く沈んでいた。

――本気でカサバに住みたいと思っているのか？

――どうして分かるんです？

――街は恐ろしくないか？

――どうして恐ろしいんですか？

――ここは楽ではないぞ。

――だったら田舎は楽だとでも、アフメド＝エフェンディ？

——望みは大きいのか？

——あなたの幸運の半分でも十分だけど、それは大きいものですか？

——君にはそれ以上のものを願うよ。

若者は明るく笑った。

——どうか神様があなたのことをご承知でいてくれますように。出だしは上々だな、こんなふうに俺を迎えてくれるなんて、夢にも思わなかった。

——君はいい時に来てくれた。

——俺にとっていい時にでしょ。

そうかもしれない、どうして道が誰にとっても同じということがあるだろう。

関心を持って、もしかしたら優しささえ持ってこの若者を、あたかもかつての、考えられないほど若いころの、経験もなく心に刺のない、人生に対する恐れなどなかった自分であるかのようにじっと見た。彼の骨張った固いしっかりした手を握りたかったが、かろうじて押さえる。目を閉じて過去を取り戻したい、もう一度だけ、せめて一瞬だけでも。

私の視線の中に、自分には関係のない悲しみを見たのだろう、私の思いがけない注視を振りほどくように、彼は尋ねた——

——なんか変な目で俺を見るんですね、まるで俺のことを知ってるみたいだ。

——思い出していたんだよ、君と同じようにカサバにやって来た若者のことを、ずっと昔の。

——その人は、どうなったんですか？

——歳をとった。

——それがただ一つの災いだったらいいですね？

——疲れているか？

——どうしてそんなこと聞くんですか？

——よければ話がしたいんだ。

——いいですよ、一晩中でも、もしそうしたければ。

——どこの家だい？

——エミン・ボシニャクです。

——ならば親戚だ、それもごく近い。

——そうですね。

——それなら、どうして言わなかったんだ？

——聞いてくれるのを待ってたんです。

——いくつになる？

——二十歳。

――二十歳にはなっていないだろう。

――十九。

私は興奮して息が詰まりそうになった。私たちは若者のことや老いたホジャのこと、私が知っていた人々のことを話した、ただ一つ気にかかることだけは避けながら。知るためではなく、ただ話すためだ。かつては現実であり、けれども今はもう影でしかないものに私が思いを馳せるようにと、運命がまさにこの夜、この若者を送ってよこした。こんな奇跡が起きた今、何もかもを再び呼び覚ますことにしよう。だが私にあるのはそれがすべてだ。他はすべて他人のもの、私に残されるのは恐怖だけだ。

――父さんと母さんはどうしてる？

――ああ、元気ですよ。もっとひどくてもいいはずだったけど。ハルンが死んだことで二人はものすごく参っちゃって。俺たちみんなでですけど。今は少し落ち着いて、でもまだ嘆いてます、どうしてもしなきゃならないことを片付けたら、あとはじっと座って火を眺めてます。悲しいな。

そして笑った。彼の笑いはよく響き、陽気だった。

――ごめんなさい。悲しい時でもつい笑っちゃうんです。そんなでまあ、生きてます。みんなができる限り助けてくれるし、あなたが送ってくれたものがまだあるから。

――私が送ったものとは？

――金《かね》ですよ。五〇グロシ。俺たちのところじゃまさしく大金だ。父さんと母さんには大して要らない、小鳥みたいに小食だし、あるものでどうにか生きてます。最悪ってわけじゃないし。

誰が五〇グロシを送ったのだろう？ ハサンだ、そうに違いない。今晩は、最悪の夜を前にした要らぬ優しさの夜、美しい知らせの夜だ。こんな知らせは長いこと私の元を訪れなかった。この先もないだろう。

なぜ行き着くところまで行くのをためらう？ この後には優しさはもうない、あるべきことがあるだけだ。

――君の両親は？ エミンはどうしている？

――体は元気です、ありがたいことに。でも暮らしはやっとです。水が溢れたり、日照りがひどかったり。ただ父さんは得な性分なんで、どんなことでも実際より楽になるんです。俺が何も持ってないのは不幸だが、それはそれとして、そう父さんは言うんです。愚痴ったらそれはまた別の不幸になるんだって。そんなだから、抱えている不幸は小さくなるってわけです。

——お母さんは？　君が私のところに来るのを知っているのか？

——知ってますよ、もちろん。父さんは、いろいろ大変なこともあるだろうからって、これはつまりあなたのことを指して言ったんだけど、でも母さんは、首を折られはしないでしょうって、つまり俺の首のことだけど。

——お母さんも老けたかな？

——いいえ。

——美人だったよ。

——覚えてるんですか？

——覚えている。

——今もきれいですよ。

——ちょうどあの頃、私は戦場から戻ったんだ。もう二十年になるな。

——傷を負ってたんですよね。

——誰から聞いた？

——母さんから。

　そうだ、覚えているよ。何もかも今夜、思い出した。私は二十歳だった、それとももう少し上だったかもしれない。軍隊から、捕虜の身から戻ったのだ、ようやく癒え始めたばかりの、でなければまだじくじくしたままの傷の生々しい跡を体中につけ、自分の英雄的行為に誇りを抱き、だがすべてが終わった後に残されたはっきりしない何かのせいで悲しい気持ちだった。もしかしたらひっきりなしに呼び戻される記憶のせいかもしれないし、私たちを天の高みに召す犠牲の神聖さのせいだったのかもしれない。だがその後は空ろで、あらゆるものがありきたりで、地上を歩くのも辛かった。

　ある一日だけが、他の日々とははっきり違っていた。夢にもあの光景は現れた。早朝、包囲され救われる道はないと知った私たちは、偉大なる神の兵として死のうと決意した。私たちは五十人ほどで森のはずれの空き地にいて、そこからは敵の陣営から上るたき火の煙を遠くに見ることができた。みんなが私の話に耳を傾ける。私は誰もが私と同じように考えていると確信し、水がなかったから私たちは砂と土ぼこりで体を清め、私は声を落とすこともせずに祈りを唱えて朝の礼拝を捧げ、そして身軽になるために白い下着一枚になり、抜き身の剣を掲げ、平原の上に太陽が現れたまさにその瞬間、森から出撃したのだ。私たちがどんなふうに見えるか、哀れか恐ろしげか、そんなことは考えなかった。ただ心に火を、体には限界を知らない力を感じていた。後で私は、若者たちが一列になり、みんな白衣姿で筋肉をむき出しにし、手にした剣には朝の太陽が輝き、一団となって平原を歩んでいくのを見たような気がした。私の人生でもっとも清らかな瞬間だ、もっとも大いなる忘我の瞬間、目もくらむような光の閃き、何里も遠くから聞こえる自分の足音以外には何もない、聖なる静寂の時だった。カラ＝ザイムは私がその話をした時、びっくりしていた。自分だけが兵士の考えることを知っていると思っていたのだ（今はあの思い出のようなものは望みはしない、あれはもう戻らないものだ）。敵は私たちを恐れ、退いたり様子を窺ったりしていたが、敵のほうが私たちよりも数で勝っており、とうとう味方の、そして敵の多くの母親が慟哭することになる流血の切り合いになった。私は真っ先に進み、真っ先に倒れた。斬られ、突かれ、砕かれた、とはいえすぐにではない、そんなにあっさりとではなかった。長い間私は自分の前に血まみれのサーベルを掲げ、白い衣を身につけていない者に片端から突きかかり、斬りつけた。だが白い衣の数は時を経るごとに少なくなり、私のものと同じように赤くなった。頭上の空は赤い死衣となり、足下の大地は赤い収穫の畑となった。見るものは赤く、吐く息は赤く、叫ぶ声は赤い。それからすべてが黒くなり、静まり返った。目を覚ますと、もうあたりには何もなかった、自分の記憶以外には。目を閉じて大いなる瞬間を蘇らせようとした。敗北、傷、素晴らしい仲間たちの死など知りたくなかった、十人が闘わずして降参したなどとは信じたくなかった。実際にあったことを私は受け入れられなかった。ひどいものだ。身をよじるようにして、偉大なる犠牲者の光景を、輝きと炎を、それらが色褪せることを許さずに保とうとした。後になって幻影が消え去った時、私は泣いた。春になって捕虜の収容所から出て、サーベルも力も、陽気な心も、かつての自分もないままに、泥道をたどって帰郷の旅についた。思い出だけを護身符のように大切に持っていたが、それも力を失い、色も新鮮さも大胆さもかつての大義も失った。黙ったまま、疲弊させる平原の沼地を抜けて進む。黙ったまま、村の納屋や宿所に泊まり、黙ったまま、春の雨の中を進み、獣のように方角を直感で探りながら、故郷で、私を生み育ててくれた人たちの間で死にたいという願いに引かれ、進んでいった。

　私は若者に、ごく簡単なありきたりの言葉で、二十年前の春どうやって村にたどり着いたかを話して聞かせた。理由もなく、自分のために、まるで自分と話をするように話した、若者には関係のないことなのだから。だが彼がいなければ打ち明けることもできなかっただろう。自分と対話することもできなかっただろう。ただ恐ろしい明日のことを考えていただろう。

　若者は私を真剣な目つきで、驚いたように見ていた。

——もし元気で気分もよかったら、田舎に戻らなかったんですか?

——あらゆるものに裏切られると、人は逃げ場を求めるものなんだ、母の胎内に戻ろうとするように。

——その後は?

——忘れる。そして不安に駆り立てられる。こうでなければよかった、あるいはこうだったらよかったという思いだ。自分に与えられた食べ物から逃げて、他人のものを得ようとする。

——それって不幸ですね、食い物がいつも自分のいるところじゃなくてどこか別のところにあると思うんなら。

——そうかもしれない。

——でもその戦場の光とか閃きっていうのは、俺には分かんないな。どうしてそれが生きてる間で一番清らかな瞬間なのか。

——なぜなら、自分のことを忘れるからだ。

——それで何になるんですか? それに他の人も、何の得になるんだか。

　この若者に私たちのあの熱狂が分かる時は来ないだろう。それが良いことなのか、悪いことなのか。

——その先は、どうなったんですか?

——お母さんは話してくれなかったのか?

——あなたは悲しんでたって。

　そうだ、悲しんでいた、彼女もそれを知っていた。私に会わないうちから知っていた。私は死んだと伝えられていて、私もそんなふうに感じ、死者の中から戻って来たかのようだった。いやそれ以上にひどかったかもしれない、私を出迎えるのが死であるかのようだった。空虚ゆえの、なにか鈍い抑圧ゆえの、悲嘆ゆえの、暗闇ゆえの、何が起きたのか分からないという恐怖ゆえの死だ。私はどこかにいた、太陽の光のきらめきがある。赤いその反射が痛い。暗闇から閃くから痛むのだ、病んでいるかのようだ。私がいたどこか遠くで、そしていなければならないこの場所で、水が増す間に川岸の砂が崩れるように、何かが崩れ、私はどうやって泳ぎ着いたのか、どうしてそうしたのかも分からなかった。

母は熾《お》き火を消し、私の枕元で、椀にはった水の中に溶かした鉛を投げ込んで呪《まじな》いをした。私が起きている時は黙りこくったままで、寝ている間に叫ぶからだった。何かの呪縛に陥った時のためにと、私に護身符を持たせ、モスクへ連れて行き、祈りを教え、神に薬を求め、それでもみんな、私が何にでもおとなしく従い、すべてはどうでもいいという様子なだけに、いっそうの恐怖を感じていた。

――お母さんは、もっと何か話したか？

――ええ。あなたも父さんも、母さんに夢中だったって。この話になると父さんはいつも笑うんですよ。二人とも幸いだったなって、父さんはそう言うんです。父さんのほうは、あなたが死んだという噂を聞いてたし、あなたのほうは死ななかったから。だってもしあなたが死んだっていう話を聞かなかったら、母さんは父さんに嫁ぎはしなかったでしょ。だからあなたたちはみんな元気で、三人とも幸せってことなんだって。

よく知っているな。だが全部を知っているわけではない。噂を聞いた時も彼女は待っていたのだ、もっと待ったかもしれない、いつとも知れぬ時まで。自分から嫁いだのではない、嫁がされたのだ。私が到着する数日前だ。私があんなに眠らなければ、夜も旅を続けたなら、あれほど疲れていなければ、踏破しなければならない平原と低い山々がなければ、間に合ったかもしれない。彼女はエミンのもとに嫁がず、私はもしかしたら村から出て行かなかったかもしれない。そして今私を苦しめるこれらの何一つ、ハルンの死も、この夜も、この最後の夜も、なかったのかもしれない。だがやはりあったのかもしれない、いずれの夜かが、最後の夜になるのだから。そしていつだって、何かが苦しめるものに必ずなるのだから。

若者はもっと知りたがった。

――母さんが嫁いだ時は、辛かったですか？

――辛かったよ。

――だから悲しんでたんですか？

ああ、だからだ。それに傷のせい、疲れのせい、戦死した仲間のせいだ。

——それから？

——何もない。もう忘れた。苦しみもなくなった。

私が何を話すと期待しているのだろう？　私が忘れもせず、苦しみもなくなっていないと？　それとも、私にはどうでもよかったと？　私を見つめている間の表情は緊張し、何かが満たされないまま顔に残された。笑顔は無理やり作ったもので、何かの思いを隠しているかのようだ。母の純潔に疑いを持ちたくないと思う息子の、沸き上がる嫉妬心だろうか？　何かが彼の心を乱している。

——お母さんをとても愛しているんだろうね？

——もちろんですよ！

——兄弟か姉妹はいるのか？

——いません。

——君たちはよく私の話をするのか？

——ええ、俺と母さんは。父さんは聞いていて、笑うだけです。

——誰が君をここによこしたんだ？

——母さん。父さんはただ、いいよって。

——お母さんはどう言ったのかな？

——もしアフメド＝エフェンディが力になってくれなかったら、誰も頼れる人はいないって。

——お父さんは同意した、と。で君は？

——俺もです。この通り、やって来ました。

——だが君はいいことだとは思っていない。

赤くなって、日焼けした頬に火が散り、若者は笑いながら言った——

——ええっと、自分でもびっくりしてるんです。どうしてあなたなのかって。

——私たちが親戚だからだ。

——家でもそう言われたけど。

——エミンに言ったんだよ、息子が大きくなったら私のところによこしてくれと。面倒は見るから、それくらいのことはきっとできるだろうと。

嘘だった。彼を落ち着かせるためだ。

思ったよりも感じやすいようだ。親たちが私に頼み事をするというのが不自然なのか、何か奇妙に感じたのだろう。

私には奇妙なことではなかった。ついに知るに至ったわけだ、最後の最後に。彼女は私を忘れてはいなかった。喜ぶべきことなのかどうか、私には分からない、悲しいからだ。よく私の話をする、ということは私のことを考えていたということだ。そして私に一人息子を、田舎の貧乏者で終わらせないよう手助けするようにと委ねたのだ。愛しているのだろう、きっと、田舎の細道と不安定な暮らしから息子を遠ざけるためなら別離を甘んじて受け入れるほどに愛しているのだ。もしかしたら私にも責任があるのかもしれない、子供たちをカサバに送っているから、その噂がさらに子供たちを誘《おび》き寄せるのかもしれなかった。

だが、美しい人よ、話を聞いたら君は後悔するだろう。

今はどうか分からないが、君のことは美しさで覚えていたよ。それに二度と再び見ることのない、そしてまたいつまでも忘れられない苦しみの表情で覚えていた、苦しみの原因は私だったのだから。あの女ゆえに、私が生涯で愛したただ一人の女のために、私は妻を持たなかった。彼女ゆえに、失われ、奪われた彼女ゆえに、私はいっそう頑《かたくな》になり、誰に対しても、以前にもまして心を閉ざすようになった。略奪された気持ちだった。そして彼女に与えられなかったものを、他の誰にも与えようとしなかった。もしかしたら私は自分自身に、そして人々に、そうしようとは思わずに、自分でも分からぬままに、復讐していたのかもしれない。自分のそばにいない彼女が私を苦しめた。だがやがて私は忘れた、本当に。けれどすべては手遅れだった。完全に失ってしまったわけではなかった感情を、誰でもいい、親か兄弟か、他の女性、誰かに与えなかったのが悔やまれる。だがこんなふうに言うのも、理由があるわけではなく、帳尻を合わせようとしているだけなのかもしれない。なぜなら私は彼女さえ置き去りにして、気の毒に思うこともなく軍隊に身を投じたのだから、そしてもうすべてが取り返しがつかないという時になって、嘆き始めたのだから。

村に戻って三日め、親の心配と見張るような視線にへとへとになった私は朝、家からふらふらと歩き出し、村と森と川を見下ろす小高い平地に出た。その頂の岩肌の空き地の上では、鷹だけが舞っている。空と大地の虚空の間で、ぽつんと何世紀も静かに誰にも見いだされずに立っている大きな石のステチャク[40]に掌で触れ、私は石の声を、あるいは墓の声を聞こうと耳を傾けた。このステチャクの下に、生と死の秘密が隠されているとでもいうかのように。そして果てしなく広がる森と岩山の上に、大地の割れ目の上に腰を下ろし、高台の風がヘビのように、孤独と不在という二重の虚無の中で、ステチャクの下の大昔の死者さながらに啜《すす》るような音を立てるのを聞いた。

——おおい！——私は彼に、遠い空ろな時の中に向かって叫び、声は尖った石の尖端の向こうによろめくように響いた。孤独な声、孤独な風だ。

それから森の中に入り、木の幹の皮に額を打ち付け、曲がりくねった根に膝をぶつけ、灌木の中に両腕を広げて立ち止まり、ブナの木に抱きつき、そういうことを繰り返しては笑い、倒れ、また笑い、立ち上がって笑った——おおい！——あの遠い、孤独な者に、墓に閉じ込められてなお高みにありたいと願った者に向かって、叫んだ——おおい！——叫び、走りながら笑った。

彼女の村を見ないように遠回りして歩き、川辺まで下った。ここに孤独はなかったが、私はそれを上から、遠くから運んで来た。平らな川岸を歩き回り、川の浅瀬に足を踏み入れ、酔っ払いのように川から出たり入ったりしながら、早瀬の立てる低い流れの音にうっとりしながら、膝まで水につかって立ち、溺れたらどうだろうと考えてみる。もっと深く、渦を巻く流れの中へ、もっと深く行けば、水が顎まで、口まで、やがて頭の上に来る。頭上に本流が音をたてて流れ、私は青みがかった静寂に取り囲まれて、ゆらゆらした草が足にまとわりつき、私もまたゆらゆらと草になったかのように揺れ、小さな魚が口に入って耳から出て行き、小ガニが足の指をそのハサミで捕え、動きの緩慢な大きな魚が腿をだるそうに撫でる。静かだ。どうなろうと同じことだ——おおい！——声を出さずに叫び、林の中の川と道の間に、生と死の間に、腰を下ろした。

誰もいない、二つの村を結ぶこの山間の小道を通る者はいない。人々は家の周りか畑に出ている。孤独が心地よく痛み、彼女のことで心は嘆き、彼女と引き換えにできるものなど私にはなく、春の大地の暖かい湿り気が香り、ポプラの木にカッコウが舞い降り、浅瀬ではハトが水浴びして羽を震わせてはあたりに緑と赤の滴《しずく》を飛び散らせ、どこか遠くでゆったりと鐘の音が

40　ボスニア各地に見られる中世のキリスト教徒の墓石、独特の装飾が見られる。

響く。見慣れた土地、見慣れた色、見慣れた響き。私はあたりを見回す。私のものだ。匂いを嗅ぐ。私のものだ。じっと聞き入る。私のものだ。

空虚なもの、存在しないもの、それもまた私のものだ。

ここに来ることを私は切望した。オオカミのように風の匂いを嗅ぎ、私の願いは方角を見つけ、ここまでやって来た。ここにいる。願った奇跡はなかったが、それでもいい、それでも美しい、それでも静かだ。静かだ。眠っているかのように、元気をとりもどす時のように、静かだ。

生え伸び始めたばかりの、子供の肌のように柔らかい草に手を触れ、目覚めた大地のことを忘れた。

ここへ急いで来る途中も、故郷のことを思った。生まれた家のことを、そして彼女のことを思った、時々だったが。

今はただ、彼女のことだけを思っていた。

待ってくれたらよかったのに――自分の中で囁く――そのほうが楽だっただろう。どうしてかは分からないが、そのほうが楽だっただろう。私にとってはたぶん、君のほうが故郷より大事だったのだろう、生まれた家よりも。君がいない今となっては。君などいなければよかった、そうすればずっと楽で、ずっとよかっただろう。君がいないと、自分のものではない遠い昔が、そして人気のない街道が、目覚めていても見る奇妙な夢が、私を苦しめる。だがそれを追い払うこともできないんだ、君がいないと。

望むわけでもなく、どうでもいいことなのだが、それでも彼女の影に呼びかける。彼女の消えてしまった姿に、別れを告げよう。これが最後だ。そしてまた、彼女を置き去りにしよう。

そして彼女を呼び戻すことができた。青々とした若木から、水の輝きから、日の光りから、彼女を作り出すことができた。

彼女は遠くに、影で作られて立っていた。風がそよとでも吹いたなら、消えてしまいそうだ。

私はそれを願い、また恐れおののいた。

――来ると思っていたよ――私は言った。そしてすぐさま、間を入れずに――

――遅かった、もう何もないんだ、私の頭の中にある以外には。だがそれもなくなったほうがいい。

――アッラーのご加護があるように――私は永別を告

げた――君が亡霊のように私につきまとうことは許さない。君はいつまでもこの二つの山の間にいるんだ、月のように、川のように、光塔《ミナレット》の上の金剛石《ダイヤモンド》のように、光り輝く幻のように、この空間を鏡のように自分の姿で満たし寝台のように香りで溶かした君は。私は去って行くよ、君のいない世界に、君の面影さえ私の中から消えてしまう遠い所に。

――どうして頭を抱えているの？――彼女が尋ねる。

――悲しいの？

去って行くよ。私は言い、そして目を閉じる。鎧戸《カピヤ》を、門を閉ざすように、彼女の消えていく姿をその中に閉じ込めようと、瞼を閉じる。去って行くよ、君を見ることがないように。去って行く、裏切りのことを考えないために。

――あたしがどんなだったか、分かる？　そして今、どんなだか分かる？

もう行くよ、君を憎まないために、君のことがどうでもよくなってしまわないように。遠い旅路のあちこちに私は君の姿をまき散らした。風がそれを吹き飛ばし、雨が洗い流すだろう、願わくは。私の中では、痛みがそれをかき消すだろう。

――なぜ、秋に出て行ったの？　ここに残る理由があれば、出て行く必要はなかったのに。

――行かなくてはならなかったんだ。

――あなたはあたしを置いて出て行った。外の世界に何を求めて？　そして悲しみにくれて戻って来た。それがあなたの得たすべてだったの？

――傷のせい、疲れと、死んだ仲間のせいだ。

――あたしのせいでも悲しんでいた。

――君のせいでも悲しんでいた。だがそれを打明けるつもりはない。何日も何週間も、君に会うために旅をした。夜は森の木の下に横になり、飢えて、傷だらけの足で、氷る雨に凍えながら、君と語って何もかもを忘れた。果てしない街道を歩き続けたよ、もし君の手を握っていなければ、もしきみの腿に、脇腹にこの身を沿わせていなかったら、どれほどの道がこの先にあるのか、どれほどの恐ろしいようなかけ離れた遠さがこの世にはあるのかを思って、怖じ気づいてしまったことだろう。そして平らな道に出るのを今か今かと待った、そうすれば、君がもっと近くもっとはっきり見えるように目を閉じることができるから。どうして泣いているんだい？

——もっと話して、あたしのことをどんなふうに思ったのか。

彼女の頬は青ざめ、目の下に睫毛の落とす深い影が見えた。大地についた膝が震え、その両脇に手が置かれ、掌が草をなでていた、私の手がついさっきそうしたように。

——どうして来たんだ?

——一緒にここから出て行きましょうか? 何もかも捨てて、一緒に逃げるわ。

もう別の男の妻となって三日、夫の手の跡が君の上に残り、その口がきみのヴェールを取り払ったのだ。

総毛立つような思いで私はそう言った。

——だからよ——彼女は聞き分けがないように、訳が分からないように、言う。

私は絞殺者のように彼女の腕をつかんだ、他の男の妻を。そんなことはどうでもいい、私のものだ、永遠に。永遠とは一体何なのか分からないが、今この瞬間のことだけは分かっていた。ただ一つ大切な、時間も嘆きもかき消してしまう瞬間のことだけ。震える指が楔《くさび》のように食い込む。誰も私から生きた彼女を奪うことはできない、私は鋭い鉤爪で大地に釘付けにされた彼女を抱きしめ、川は静まり、私の鐘だけが鳴り響く。聞き慣れない、これまで鳴り響いたことのないあらゆる鐘が、警鐘のように響く。人が集まって来るだろう、だが人々など私には関係ない。誰もいはしない。おお、わが夢よ、汝は犠牲となったのだ。

やがて鐘が鳴り止み、世界が戻り、目を向けると生まれたままの彼女がいた、息を詰まらせ、毒草のように見える青い草の上に白く横たわった彼女が。大地にくいこんだ水晶の白い破片と化した腕の下からキンポウゲが花を開き、脚の間には待雪草が伸び、ポプラの花序が明るい肌の上にきらめいている。それらで彼女が埋めつくされるように、このままにしておこうか。それとも深い水の流れに横たえるか、あるいは森の上の石の墓の下に埋めるか。そして彼女の脇に横たわって、私は春の草となり、ヤナギの細枝となろうか。

私は立ち去った。振り向かず、彼女が私に呼びかけたかどうかも覚えていない。そしてステチャクのような不可思議な彼女の姿を、記憶にとどめた。

——おおい——私は時間の広がりを貫いて叫び、白い春の墓に呼びかけたが、遠くからのこだまは返って来なかった。

そうして忘れたのだ。

おそらくこの夜がなければ、まさに今夜がなければ、思い出すこともなかっただろう、息子が来なければ。彼女の息子、そしてもしかしたら私の。

愚か者ならきっとそうするように、こう言うことはできただろう、実際にあったことがもし起きていなかったら、人生は違ったものだっただろうと。兵役に出なければ、彼女から逃げ出さなければ、ハルンをカサバに呼び寄せなければ、もしハルンが……馬鹿馬鹿しい。ならば人生はどうなる？ もし彼女を置き去りにしなければ、彼女から逃れるほうが生涯を無駄に過ごすよりたやすいと思わなかったとしたら、そうしたらもしかしてこの夜はなかったかもしれない。だがきっと彼女を憎んでいただろう、私の幸せの邪魔をしたと、成功を勝ち取るのを妨げたと思って。今知っていることを私は知ることもなかっただろうから。人とは呪われたものだ、自分が通らなかったあらゆる道を惜しんで嘆く。だが他の道に何が待ち受けていたか、誰に分かるだろう。

——村から出て幸運でしたね。

若者は眠そうに言った。

——さあ、もう寝なさい。疲れているだろう。

——幸運でしたね。

——明日の朝は早くに起こすぞ。私は旅に出るんだ。

——遠くへですか？

——ハーフィズ＝ムハメドが面倒を見てくれる。テキヤにこのままいたいか？

——俺はどうでもいいけど。

私もだ。自分で選べ、そして自ら試みるがいい。私は君に何もしてやれない。誰も人に手助けなどできはしないのだ。

若者は私の手に接吻したいと言った。おそらく親からそうしなさいと言い聞かされて来たのだろう、私が気を良くするように、感じてもいない感謝の念を示すために。私はそうさせなかった。

若者は疲れて部屋からさがった。村からカサバまでの道は遠い（カサバから村への道はさらに遠かった）。もしかしたら万事があまりにもうまくいったのに少々面食らっているのか、もしかしたらここに残ることにいくらか落胆していたのか。私たちはすれ違ったのだよ、冷ややかに、他人同士のまま。

ほとんど傷つけられたような気分で私は思った——

もっと別なやり方ができたとでもいうのか。彼を抱きしめるか、接吻するか、賢明な助言をしてやるか、目に涙を浮かべて節くれだった手を握りしめ、息子よ、そう言って嘆くか、彼の記憶に残る最後の姿で心をなだめてやるか。本当に、彼の記憶の中にもっと美しく賢明なものが残されたほうがよかった。

そうだ、私はろうそくを手に持ち、年若い者と愚か者だけが享受できるこれ以上深くはないだろう眠りをむさぼる若者の枕元に立ち、自分の中に空しく情愛を探し求めた。光が彼の顔の凹凸に散り、骨張った胸がゆったりと呼吸し、私のものに似ているはっきりした唇が、置き去りにして来たがまだ決別はしていない何かに向かって笑みを浮かべている。私は思った――君はここで私の代わりになるだろう、私の人生の代わりに。私の骨よ、もしかしたら、かつての私よ、命は続いていく。だが私の中には何も湧き上がらず、無理に掻き立てた思いは冷え、私は彼に接吻するために身を屈めることも、手で触れることもできなかった。私は、優しさというものが苦手だ。

だがともかく、幸を祈る、若者よ。

夜警がどこかで真夜中の時刻を告げた。私の最後の真夜中、最後の日。自らの終焉で、その日の始まりを迎えるのだ。

分かってはいた。だが不思議にも、起こるべきことは遠く、まったく現実的でないものに思える。心の奥深くでは、起こるはずはないと思っている。そうなるだろうと分かっているが、それでも何かが心の中で笑いを浮かべ、逆らい、拒絶していた。起こるかもしれないが、あり得ない。知っていることはまだ十分ではない。この心にはまだ有り余る命があり、受け入れることに納得していない。だからこれを書いているのかもしれない。私は屈していない、死をはねのけるのだ。

けれども巻軸を下ろすと、その後は長いこと、麻痺した手にまたそれを取ることができなかった。疲れのせいか、無気力のせいか、それともこんなことをしても何の意味もないという臆病な考えのせいか。私を守るものは何もない。周りの世界が蘇った。世界は静かで、闇だった。

立ち上がり、開いた窓に近づく。静寂、闇。完全な、最終的な闇。どこにも何もない、どこにも誰もいない。最後の脈も打つのを止めようとしている、最後の視界も消えた。声も息も、光のわずかな筋もない。

おお、世界よ。空虚よ、なぜ今この時にこうなのだ？　するとそこに、音のない世界に、死の中に、声が聞こえた。陽気な、若々しい、清らかな声だ、不思議な歌を眠そうに、静かに、けれど生き生きと、逆らうような歌を歌い始めた。そして現れた時と同じように、唐突に消えた。小鳥のように絞め殺されたのかもしれない。

けれども声は心に残った。生き生きとした声、心を和らげ、目覚めさせ、湧きたたせる、ごくありきたりの、これまで気にもとめなかった耳慣れない人の声だ。ひょっとしたらあの世から来て静寂の中に現れたものだからかもしれない、ひょっとしたら恐れる気配もなかったから、あるいは恐れていたからかもしれない。あるいは同情するような、勇気づけるような声を、私に向けたからか。

感情が、ようやく今になって現れた。人を脅かす暗闇の中で歌っている者よ、私は聞いているぞ。おまえのか弱い声は何かの教えのようだが、それは今、いったい何についてのものなのだ？

どこにいるんだ、イシャークよ、反逆者よ。おまえは本当に存在したことがあったのか？　金の鳥よ、おまえは忌まわしい幻惑だった！　隣の部屋でハーフィズ＝ムハメドも起きていた。もしかしたら知っていて、私が呼ぶのを、あるいは彼のもとに私が行くのを待っているのかもしれない。彼は私が自分に決着をつけ、神の慈悲を乞うのを許してくれるだろう。きっとこの世の悲しみに、弱った老人の涙を注いで泣くだろう。彼は人々のことを嘆く、彼独特の流儀で。愛するわけではない、私もまた同じだった。だから私たちは孤独なのだ。

だがもしかしたら、私のことは特別に嘆いてくれるかもしれない。もしかしたら他の哀れなことども全般とは別に、最後の人間が最後の人間を受け入れるように、私を受け入れてくれるかもしれない。

彼にはこう言おう――私は一人です、ハーフィズ＝ムハメド。一人ぼっちで、悲しんでいる。あなたの手を差し伸べてほしい、ほんのひととき友となってほしい、父に、息子に、近しさを喜ぶことのできる親しい男に。あなたの痩せた胸で泣かせてほしい、そしてあなたも私のために、他のあらゆる人のためではなく、私のために、湿った掌を私の頭に置いてほしい。ほんのわずかの間でいい、だが私には必要なのだ、ほんのわずかの間だけ、もう最初の雄鶏が時を告げて啼いている。

最初の雄鶏！　時間に拍車をかける忌々しい鼓手、寝過ごさないようにと拍車をかけ、不幸をせき立て、寝床から叩き起こす。そして不幸は私たちを身の毛もよだつ思いにさせる。黙ってくれ、雄鶏たちよ、時を止めてくれ。

夜に向かって叫ぼうか？　人を呼び集め、助けを求めようか？

無駄なことだ。雄鶏は無慈悲だ、もう警報を鳴らしてしまった。

私は跪《ひざまず》き、じっと聞き入る。部屋の静寂の中で、壁から、天井から、目には見えない空間から、時計の刻む音が、運命の止めることのできない足音が、聞こえてくる。

恐怖が、水のように私を溺れさせる。

生者は何も知らない。教えてくれ、死者たちよ。どうしたら恐れなしに、あるいはせめて戦慄を覚えることなく、死に赴くことができるのだろう。死も、生と同じくらい無意味なものだというのに。

インク壺とペンと、ペンで書かれたものを、証人として召喚しよう

夕暮れの不確かな闇と

夜と、夜が蘇らせるものすべてを、証人として召喚しよう

熟れた月と白みかけた夜明けを、証人として召喚しよう

審判の日と、そして自らを非難する魂を、

証人として召喚しよう

時を、あらゆることの始めであり終わりであるものを、

証人として召喚しよう

人は誰も、常に失うものであるということの証人として

自らの手で記す

アリ＝アガの息子のハサン――

私は知らなかった

彼がかくも不幸だったとは

苦しみに満ちた彼の魂に安らぎを

1962-1966

解説――セリモヴィッチとその作品

本作品は、ユーゴスラヴィア時代の作家メシャ・セリモヴィッチ（Meša Selimović 1910-1982）の長編小説 *Derviš i smrt* の、オリジナルからの全訳である。なお、原題にある Derviš は、イスラーム教の神秘主義を信奉する修行者（ダーウィシュ）を表す語で、信仰生活の姿からいえば、既存の日本語では「修道士」あるいは「修道僧」といった表現がもっとも近いかもしれない。しかしこれらは、キリスト教や仏教の宗教的身分について用いられるものであることから、その連想を避けてあえて『修道師』という言葉を造語した。訳者（およびその良き助言者である編集者）の独断専行をお許し願いたい。

1　作家メシャ・セリモヴィッチについて

「慈悲深く慈愛あまねきアッラーの御名において」というコーランの文言を冒頭においた異色の小説『修

道師と死』は、ユーゴスラヴィア時代の名作として国際的にも高い評価を得ながら、日本ではまだ紹介されてこなかった。この翻訳にあたり、作者セリモヴィッチとその作品について、ここに簡単に紹介しておきたい。

作者の本名はメフメド・セリモヴィッチ Mehmed Selimović、「メシャ」は学生時代に友人たちがつけた愛称を、自ら好んで作家名としたものである。一九一〇年、ボスニア北東部の町トゥズラ Tuzla で、裕福なイスラーム教徒の家に生まれた。父親は享楽的で気ままな性格であったらしく、本作品に登場するハサンの原型はこの父にあるとセリモヴィッチは後に語っている。地元の学校を卒業後、ベオグラード大学でユーゴスラヴィア文学を専攻し、一九三四年に卒業して故郷のギムナジウムの教職を得る。第二次世界大戦中はパルティザン運動に加わり、その後共産党員となった。戦後はサラエヴォ大学で教壇に立ちながら文学者として作品を書き、また映画会社や国立劇場の監督、地元の出版社の編集責任者なども務めている。現役引退後の七三年にはボスニアを離れて妻とともにベオグラードへ移り住み、一九八二年そこで永眠した。

このようにざっと見渡したメシャの生涯は、二十世紀ユーゴスラヴィアを生きた模範的な文化人のもののように見える。しかしどんな人生も見かけほど平坦ではないように、彼にも少なからぬ苦渋の体験があった。その最初でかつ最大のものは、彼の生きた時代の悲劇、第二次世界大戦の中で起きている。一九四四年、メシャとともにパルティザン運動に加わっていた兄が、勤め先の軍の施設で窃盗罪により逮捕され、銃殺刑に処されてしまう――「数日後、兄を連行した保安局の運転手が兄の手紙を届けに来た。メシャによろしく、俺に罪はないと伝えてほしい、そう書かれてあった。罪がないのは分かっていた(……)。兄が埋葬された場所は教えてもらえなかったので、今も兄がどこに埋葬されているのか、私は知らない」――メシャは自伝的エッセイ『回想』の中でこう記している。ことの真相はともかく、思いもかけない形で失われた兄、処刑された男の弟として感じた後ろめたさと疎外への恐怖、兄を救えなかった後悔、事件の衝撃はセリモヴィッチの心に長く跡を残し、いつか兄の死について書きたいという思いが、『修道師と死』に至る長い作家修業の道標となった。

また一九四五年には、すでに妻子ある身でありながら、ベオグラードで出会った女性ダルカ・ボジッチと恋に落ちてサラエヴォで同居生活を始め、この私生活が非難されて共産党から一時除名されてしまう。ダルカはメシャにとって生涯の伴侶となり、彼自身も一九四七年には復党するが、ここでも彼は、人の悪意と疎外されることの恐ろしさを体験した。さらに後の一九五三年には、サラエヴォ大学の常勤職を獲得できず、その後四年間定職がないままに、さまざまな仕事をこなしながら生活に追われる日々を過ごす。ようやく暮らしが安定するのは、もう五十歳も近づこうという頃だった。

このような人生を歩んだメシャの、文学者としての履歴書はさほど長いものにはならない。文学への志は早くからあったようだが、作品の発表は一九四七年、短編「侮辱された男 *Uvrijedeni čovjek*」が最初で、これを収録して一九五〇年にパルティザン戦争をテーマとした短編集『第一連隊 *Prva četa*』を上梓した。しかしその後は、先のような事情から、生活のための仕事に時間をとられ、加えて自分の書いたものに満足できず、本人曰く「書くことに怖じ気づいてしまった」ために、本格的な文学的創作からはほぼ十年の間、遠ざかっている。ようやく一九六一年に『静寂 *Tišine*』を完成させるが、戦争から戻った男を主人公に、個人の不安な内面を描こうとした作品は、当時のユーゴスラヴィアの文壇からはさほどの評価を得ず、「セリモヴィッチは、文は書けるが才能はない」と一蹴した批評家もいたほどだったという。しかし、六五年には、ふたたび第二次大戦時を舞台にした『霧と月明かり *Magla i mjesečina*』を発表する。しかし、抑制された精緻な文体で人間の運命と愛を描いたこの作品も、ようやく後になって評価されるようになったものだった。

どちらかというと凡庸な作家という評価を大きく覆した作品――『修道師と死』は、翌一九六六年に刊行された。オスマン帝国時代のボスニアを舞台とし、錯綜したプロットと細かい心理描写で構成された作品は発表後ただちに反響をよび、翌年には、ユーゴスラヴィアで最も権威ある文学賞であったNIN賞を受賞する。ちなみにクロアチアのミロスラヴ・クルレジャは一九六二年、ダニロ・キシュは一九七二年、ドゥブラヴカ・ウグレシッチは一九八八年に、同賞を受賞している。

その後、一九七〇年には次の長編『砦 *Tvrđava*』を上梓する。『修道師』と同じくオスマン時代のボスニアに題材し、戦場から帰郷した男が、現実の打算的で脆い人間関係の中で孤立していく様子を描いた作品は、メシャにとって『修道師』を補完するという位置づけで書かれたものであった。しかしこれ以後のメシャは、一九七四年に現代を舞台にした小説『島 *Ostrvo*』を発表した以外には、短い断片的なものを残してめざましい創作活動を行っていない。結局『修道師と死』は、作家セリモヴィッチにとって、まさに入魂の一作となり、同時にユーゴスラヴィア時代の文学の傑作となって、今日に残されたのである。

2 『修道師と死』について

『修道師と死』は、オスマン帝国時代のボスニアを舞台に、イスラーム教の修道師アフメド・ヌルディンが自らの心の内を書き綴った記録という体裁をとった、一人称小説である。

スーフィー派の修道師となって二十年、テキヤ（修道場）の導師として身分を確立し、信仰生活に充足してきたアフメド、その安定がある事件によって脅かされるところから話は始まる。弟ハルンが逮捕された、理由は分からない、だがともかく助けなければ、たった一人の弟なのだ。ここでただちに彼は、二つの正義の板挟みになる。もし弟が、神の法の前に罪ありとされたのなら、弟を助けようとする行為は神の正義に逆らうものとなる。しかし実の弟を見捨てれば、それは人の正義に反すること、そしてそれはまた神の教えに反するものである。どちらを否定しても、自らの存在価値は失われてしまう。このディレンマを抱えたまま、アフメドは世俗の人間関係のただ中に踏み込んで行く。選ぶべきは神の秩序に従う道か、不確かな地上の愛に戻る道か。逡巡する修道師の前に現れるのは、主人公とは対照的に等身大の現実を享受する友人ハサン、美しく冷ややかなハサンの姉、あるいは弟を思って故郷から出てくる父、世俗の権力者たち、逃亡者イシャーク、そして共同生活をしながら何も共有していないテキヤの修道師仲間、だが俗世の権力は壁のような無関心さで立ちはだかり、弟を救出する手だては見つからない。そうする中、人々との対話の間隙を縫うように、過去に残した女の影が去来する。やがて弟の不条理な運命が明らかとなり、アフメドの世界は不可逆的に変容する。

二部構成をとる作品の第一部の語り手が、信奉と服従の道をひた歩む修道師であるなら、第二部の、闇の底から戻ったアフメドは、自らの信念を守りながら世界を力で切り開こうと歩き始める人間の姿をとる。しかしそんなアフメドが見るのは、ごく身近にいた裏切り者、むなしく失われる命、予想から大きくそれていく人生の現実ばかり。修道師の孤独な魂の迷走に、現実の人々の思惑が絡まって、事件は少しずつ、だが破局的に展開していく。

小説の背景に想定されているのは、十七世紀か十八世紀のボスニア、場所はサラエヴォと考えられる。

作中で言及されるポサヴィナの反乱や、ボスニアとドゥブロヴニクとの交易関係は、いずれも史実にもとづいたもので、この作品に歴史小説の趣向を添えると同時に、作品のプロットを構成する重要な要素ともなっている。アフメドの目を通して垣間見えるオスマン時代のボスニア——そこに生きる人々の息づかいや風習、山深いボスニアの自然、古いサラエヴォを連想させる街の様子などは、小説の魅力の大きな部分でもある。とはいえ、アフメドの身に起きることは、歴史の中に位置するものではない。この物語がいつどこの出来事かは、作中でいっさい言及されず、アフメドを取り巻く世界のどこまでが現実で、どこからが彼の空想なのかさえ、しばしばはっきりしない。逃亡者イシャークとは何者だったのか。闇の牢獄への監禁は、本当にあったことなのか。ハサンが語る、黒い石を胸に載せて眠る母親とは、いったいどこの世界の住人だったのか。時代も場所も、つかめるようで杳としてつかめない、このあいまいな設定が、現実と理想との間で葛藤する「私」の心の迷いをいっそう深くする。

歴史に舞台しながら、時空を離れた物語を語る——メシャは、かつて銃殺された兄の死への思いをむき出しで語ることを避けるため、距離をおくために、そうしたのだと明かしている。作品の最初のモチーフは兄の死なのだ、とも。そして死んだ兄への思いは、名前でしか登場しないアフメドの弟ハルンの幻影となって復活し、修道師の運命を導く道標として作中に現れる。しかし兄の死から二十年の歳月を経て練り上げられた作品は、その兄への思いを越えて、生と死、愛情と憎悪、ドグマ的価値観と自由を求める個人の意思、おのれの理想とした世界と俗世の現実の乖離を描く、一つの文学世界として完成した。ここにはさまざまな出来事と対話、それらを結ぶ暗示、警告、そして人生の本質への根本的な問いかけがある。それらはどれも、どこにでもある、私たちの身近にもあることだろう。セリモヴィッチの作家としての魂が編み出したこの愛と生の、あるいは憎しみと死の、原初的だが複雑な物語は、どこかに四羽の金の鳥を求める人間の、常に変わらぬ物語でもあるだろう。

＊　＊　＊

「作品の主人公は、パルティザン兵士でもよかった。彼と対立する世界は、別のドグマ、何かのイデオロギーでもよかった」と、作家は歴史性や宗教性がこの作品に本質的なものでないことを強調する。事実セリモヴィッチは、自ら無神論者の共産主義者を認じた作家であり、本作品中に用いられたコーラン（あるいはそれらしきもの）の文言も、必ずしも引用ではなく、作家の半ば創作という箇所もある。また話はあきらかにオスマン時代のボスニアで起きていることであり、実在の地名もちりばめられている。しかしアフメドたちのいる場所がどこなのかは漠然としたままで、その意味では、人々が生き、祈りを唱えて住むどこかであれば、作品の舞台はどこでもいいかのようにも見えてくる。

とはいってもなおメシャのこの作品にとって、ボスニア的なもの、イスラーム的な要素が重要な構築材となっていることを否定することはできないだろう。例えば、物語の終盤で山の中をさすらうアフメドが呼びかける石のステチャクは、ボスニア各地に残る中世のキリスト教徒の墓石である。十五世紀にオスマン領となったボスニアでは、以後、住民の間にイスラーム教の受容が進み、『ボスニア教会』と呼ばれた中世のキリスト教会は消滅して、一部の地域で活動が認められた以外にキリスト教会は存在しなくなるが、イスラーム世界にとっての「異教」の痕跡は、その後のボスニア文化の広い基盤の一部となった。アフメド・ヌルディンに関わる事件の発端となるゲオルギオスの日は、作中では異様な熱気を帯びた原始的な祭として描かれるが、これも本来、キリスト教の聖人である聖ゲオルギオスの祭日で、キリスト教圏ではこの日——四月二十三日（正教圏では五月六日）——聖人にちなんだ祝祭の行事が行われる。ボスニアでは、この日がキリスト教受容以前の古いスラヴ人の風習と合流して、イスラーム共同体の春の祝祭行事となって受け継がれ、セリモヴィッチが生きたユーゴスラヴィア時代にもこの習慣は続けられていたのである。

そしてメシャ自身はイスラーム教の、あるいは特定の宗教の信仰を持たないとしたが、それでも生まれ育ったボスニアに深く根ざしたイスラーム文化は、作家の心によく馴染んでいたに違いない、後年ベオグラードに移り住んでからもメシャは「コーランを読みたまえ、あそこには人間のあらゆる叡智がある」と友人たちに語っていたという。もちろん彼が知っていたコーランは翻訳によるものだが、文学的創造の滋養として、メシャは何かの折にコーランを手にしていたのだろう。メシャ本人が自分の魂そのものと評した作品で、古いボスニアが舞台となりイスラームの修道師が主人公となったのは、やはり必然的なことだったに違いない。

このように見れば、作品に用いられているコーランの出典箇所とその意義もおろそかにしてはならないとも言えるだろう。だが先にも記したように、作家自身の創作と考えられる箇所も多くあることから、作中でコーランあるいはイスラーム思想家のとおぼしき箇所について、その出典を示すことはしなかった。ただ以下に、各章の冒頭でエピグラフのように用いられている文言にもっとも関連があると考えられるコーランの箇所を示しておく。これらは、本作の英訳 *Death and the Dervish*（詳細情報は本解説末尾を参照）に付けられた注に依拠し、これをコーランのボスニア語訳（*Kur'an s prijevodom na bosanski jezik*. Preveo s arapskog jezika Esad Duraković, Sarajevo:Svjetlost, 2004）、『コーラン』（井筒俊彦訳、岩波文庫　上・中・下）に参照してまとめたものである。コーランの章内の節番号は「カイロ版」（岩波の井筒訳でカッコ内に示されたほうの番号）を示す。なお本作品の冒頭にある「慈悲深く慈愛あまねきアッラーの御名において」は、コーランのすべての章の最初に語られる言葉だが、作品冒頭と最後に繰り返される韻文は、コーランからの引用ではなくセリモヴィッチの創作と見られる。

・各章エピグラフ関連箇所（並び順に本作品の章、コーランの章と題、節番号）

2章　16『蜜蜂』61
3章　43『部族連合』88
4章　53『星』24
5章　47『ムハンマド』24
6章　22『巡礼』73
7章　41『分かりやすく』30
8章　?（5『食卓』25からの連想か）
9章　11『フード』55
10章　91『太陽』8-9
11章　9『改悛』118
12章　3『イムラーン一家』169
13章　14『イブラーヒーム』24
14章　17『夜の旅』81
15章　38『サード』84
16章　50『カーフ』30

3　セリモヴィッチのボスニア

『修道師と死』でボスニアの文学界を代表する作家となったセリモヴィッチだったが、一九七三年、長年住んだサラエヴォを去ってベオグラードに転居し、しかも「私はボスニアのイスラーム教徒の出自ですが、民族的にはセルビア人です」と明言する。さらに三年後には「私はセルビア文学に属しています。ボスニア・ヘルツェゴヴィナの創作世界にも属していますが、これは単に生まれ故郷の文学という意味であって、セルビア・クロアチア語圏の中の独立した文学であるとは考えていません」と語るようになる。

あたかもボスニアとの関係を断ち切ってしまおうとするかのようなこの言動の背後に何があったのか、これについて詳細は立ち入らないことにしよう。実際に何があったにせよ——直接の原因は、地元の人間関係のさまざまなこじれにあったようだが——彼にとってボスニアがついにどのようなものであったのかは、彼の残した次のような言葉の断片から推測するしかないのである——「ボスニアは私の大いなる愛であり、またしばしば現れる苦しい憎しみでもあります。幾度もボスニアから逃れようと試み、常にそこに居続けました、もちろん人がどこに実際に住んでいるかは重要ではないのですが。ボスニアは私の中の血流のようなものです。これは故郷との説明のつかない結びつきだけではなく、遺産と歴史、それに私、他人、遠い祖先たちの実体験のすべてが絡み合って私のものとなったのです。遠くから、愛情もなしに見るとボスニアは粗野で厳しく見え、しかし内から愛情をもって見ればボスニアは、自らそれを感じていないにしても、人間的に豊かなのです」。

ベオグラードに居を移してからこのように語ったメシャにとって、ボスニアとは、自分と分ちがたい生まれ故郷であり、しかし人生のすべてをそこに結びつけることのできない異質なものであったのか。もう少し勘ぐれば、この時代のボスニアのイスラーム教徒——一九七〇年代にはいって公式に「ムスリマン」という民族名が認められるまで、正式な民族名もなかったボスニア人のあいまいな位置づけも、多少は影響していたのかもしれない。いずれにしてもメシャの中に、長くボスニアと同郷人に対するアンビヴァレンスがあったことは推察される——「おそらく、歴史の中の平坦ではなかった道のり、絶え間ない不幸、歴史の運命のせいなのでしょう。ボスニアは、力ある隣人たちがそっとしておいてくれるという幸せを持ち合わせませんでした（……）。この地の人々は、教皇、皇帝、国王などに呪われ、焼き討ちにされ、破壊され、生き残った人々は結局自分自身を恃みとするところに戻ったのです。トルコ支配は一部の人々から信仰を奪い、しかしすべての人々から自由を奪った。だが異教の信者となった者たちも、結局ボスニア人として残っただけでした。占領者たちとは交わらず、習慣も生活様式も、言語も、故郷に対する愛も同じなのに、同胞たちと同じであったかつての自分たちではない、奇妙な種族なのです。そうして自分たちだけ孤独になりました。ボスニアのイスラーム教徒ほど、歴史の中で孤独になった民族集団はいないでしょう（……）。残されたのは消極さ、そして運命への従属でした（……）これに憎しみと不確かさ、恐怖、怒り、ボスニア人の見境なしの突撃、そして他の民族たちのトルコ人への憎しみに起因するボスニア人に対する攻撃のすべてを合わせたなら、ボスニアとボスニア人という伏魔殿《パンデモニウム》の、素描の出来上がりというわけです」――これはメシャが一九七〇年、まだボスニア文壇の重鎮として活動していた頃にセルビアのある新聞のインタビューの中で、どうしてボスニアが文学的インスピレーションになるのか、という問いに対して答えたものである。そしてこのメシャの描くボスニアが、『修道師と死』の中でハサンが語るボスニアに共鳴することに、私たちは難なく気がつくだろう――

『……俺たちはといえば、どこの国の者でもない、いつもどこかの境界上にいて、いつも誰かの持参金にされる。（……）何世紀も俺たちは、自分たちを探し求め、お互いを知ろうとしてきた。だがもうほとんど自分たちが何者なんだか分からなくなりそうだし、何かを求めているということも忘れてしまいそうだ（……）。あそこはこの世界で一番悲しい所ですよ。そして住んでいるのはこの世界で最も不幸せな人間たちだ。自分の顔を失いながら、他人の顔を受け入れることもできず、原郷から断ち切られ、けれどどこかに受け入れられたわけでもない、誰にとっても赤の他人だ、同じ血を引く者にとっても、血縁として俺たちを受け入れようとしない者たちにとっても。俺たちは世界の狭間に生き、民族と民族の境界の上にいて、誰もがいつ殴られるかわからず、誰かがいつも罪ありとされる。歴史の波は俺たちにぶつかって砕けるんだ、まるで断崖絶壁に波が砕けるように。』

ボスニアで生まれ育ち、そこで暮らしながらボスニアを描き、そしてボスニアを去ったメシャ、その描くボスニアは、同じようにボスニアに生まれ、この地を文学的主題としながら常にその外にいたイヴォ・アンドリッチともまた異なっている。ボスニアはメシャにとって、故郷でなければよかった故郷だったのか、ボスニア人とは民族であって民族でない民だったのか。彼自身が「世界の狭間に生き、民族と民族の境界上にいた」ように感じていたのか。多様な因子を、しかし豊かな土地と文化とを内包したボスニアの姿を見ると、メシャの人生はボスニアの一つの象徴であるかのようにも見えるのである。

本翻訳の原本は、Meša Selimović, *Derviš i smrt*. Roman. Sarajevo: Svjetlost, 1966である。また訳出にあたっては、以下の翻訳も参照した。

Death and the Dervish. Translated by Bogdan Rakić and Stephen M. Dickey. Evanston, Ill: Northwestern University Press, 1996.

Le Derviche et la mort. Traduit du serbo-croate par Mauricette Bergić et Simone Meuris. Paris: Gallimard, 1977.

Дервиш и смерть : роман ; пер. Александр Романенко. М.: Прогресс, 1969.

また、この解説には以下のものを参照した。

Miroslav Egrić, Meša Selimović (1910-1982). in *Magla i mjesečina*. Sabrana dela u deset knjiga. Beograd. 2006, pp.117-123.

Радован Поповић, *Дервишева кобна птица*. Београд: Службени гласник, 2009.

Meša Selimović, *Sjećanja*. Sabrana dela u deset knjiga. Beograd, 2006.

——, *KRUG*. Beograd:BIGZ, 1983.

最後に、いくつかの不明な点について解釈の仕方を教示してくれたベオグラードとザグレブの友人たちに遠く日本から感謝の気持ちを伝えたい。また、この作品を「東欧の想像力」のシリーズに加えることをご提案下さり、労を惜しまず訳校をていねいに検討し多くの適切な助言を下さった松籟社の木村浩之さんに、心からお礼を申し上げたい。

二〇一二年秋、あのボスニアを襲った戦争の悲劇から十五年以上を経たサラエヴォの街は、一見したところ平穏な、やや投げやりで怠惰な、けれど人なつこい昔のサラエヴォに戻っているかのように見えた。『修道師』の舞台は必ずしもサラエヴォではないが、アフメド・ヌルディンが街を歩き回る姿をメシャがどのように創造したのか、そしてこの町に生き、最後はこの町を離れてなおボスニアを思った作家の境地がどのようなものだったのか、モスクの光塔を見上げながらひととき、思いを馳せた。

——訳者

【訳　者】
三谷　恵子（みたに・けいこ）

東京都出身。

東京大学大学院人文科学研究科博士課程修了。

東京大学文学部助手、筑波大学文芸言語学系講師、同助教授、京都大学人間・環境学研究科教授を経て、現在は東京大学人文社会系研究科教授。

専攻は言語学、スラヴ語学、スラヴ言語文化論。

主要著書：『クロアチア語ハンドブック』（大学書林）、『クロアチア語常用 6000 語』（大学書林）、『スラヴ語入門』（三省堂）など。
主要訳書：スラヴェンカ・ドラクリッチ『バルカン・エクスプレス──女心とユーゴ戦争』（三省堂）、ミロラド・パヴィッチ『帝都最後の恋』（松籟社）、ドゥブラヴカ・ウグレシチ「君の登場人物を貸してくれ」世界文学のフロンティア 第二巻『愛のかたち』（岩波書店）など。

〈東欧の想像力〉10

修道師《しゅうどうし》と死《し》

2013 年 7 月 19 日　初版発行　　　　定価はカバーに表示しています

著　者　メシャ・セリモヴィッチ
訳　者　三谷　恵子
発行者　相坂　一

発行所　松籟社（しょうらいしゃ）
〒 612-0801　京都市伏見区深草正覚町 1-34
電話　075-531-2878　振替　01040-3-13030
url　http://shoraisha.com/

装丁　西田　優子
印刷・製本　モリモト印刷株式会社

Printed in Japan

Ⓒ 2013　ISBN978-4-87984-317-3　C0397

現代ラテンアメリカ文学併走

——ブームからポスト・ボラーニョまで

安藤哲行　著

[46判並製・412頁・2000円+税]

いわゆるブーム期の作品から、1990年代〜2000年代の作品まで、ラテンアメリカに生まれた魅力的な小説群を多数紹介する。ラテンアメリカの豊かな文学世界を探索するための地図。

メキシコの悲哀

——大国の横暴の翳に

中野達司　著

[46判並製・224頁・1600円+税]

メキシコの歴史を、分かりやすくまとめた入門書的歴史書。隣国アメリカをはじめとする諸大国の思惑に翻弄された、その苦難の歴史をたどる。

太鼓歌に耳をかせ

——カリブの港町の「黒人」文化運動とベネズエラ民主政治

石橋純　著

[46判上製・574頁・2800円+税]

80年代、南米ベネズエラ。都市下層（バリオ）で起こった文化—政治—経済運動の、現在に至るまでの変遷あるいは変節の物語を、担い手である住民の視線から描き出す。

イスマイル・カダレ『死者の軍隊の将軍』（井浦伊知郎 訳）

某国の将軍が、第二次大戦中にアルバニアで戦死した自国軍兵士の遺骨を回収するために、現地に派遣される。そこで彼を待ち受けていたものとは……

［46判・ハードカバー・304頁・2000円＋税］

ヨゼフ・シュクヴォレツキー『二つの伝説』（石川達夫、平野清美 訳）

ヒトラーにもスターリンにも憎まれ、迫害された音楽・ジャズ。全体主義による圧政下のチェコを舞台に、ジャズとともに一瞬の生のきらめきを見せ、はかなく消えていった人々の姿を描く、シュクヴォレツキーの代表的中編２編。

［46判・ハードカバー・224頁・1700円＋税］

イェジー・コシンスキ『ペインティッド・バード』（西成彦 訳）

第二次大戦下、親元から疎開させられた６歳の男の子が、東欧の僻地をさまよう。ユダヤ人あるいはジプシーと見なされた少年に、強烈な迫害、暴力が次々に襲いかかる。戦争下のグロテスクな現実を子どもの視点から描き出す問題作。

［46判・ハードカバー・312頁・1900円＋税］

サムコ・ターレ『墓地の書』（木村英明 訳）

いかがわしい占い師に「おまえは『墓地の書』を書き上げる」と告げられ、「雨がふったから作家になった」という語り手が、社会主義体制解体前後のスロヴァキア社会とそこに暮らす人々の姿を『墓地の書』という小説に描く。

［46判・ハードカバー・224頁・1700円＋税］

ラジスラフ・フクス『火葬人』（阿部賢一 訳）

ナチスドイツの影が迫る1930年代末のプラハ。葬儀場に勤める火葬人コップフルキングルは、妻と娘、息子にかこまれ、平穏な生活を送っているが……

［46判・ハードカバー・224頁・1700円＋税］

※すべてオリジナル言語からの翻訳でお届けします